Vergessens begab. Von den Gefahren, die dort angeblich lauerten, war ihm bisher nichts aufgefallen, und vielleicht waren die Geschichten von den Oberen nur erfunden, um Menschen wie ihn oder auch andere Mankuren davon abzuhalten, sich dem verbotenen Ort zu nähern.

Noch immer stand Walsier wie angewurzelt dort und grübelte. Es wäre nicht das erste Mal, dass die Oberen Märchen verbreiteten, um Orte vor unbefugten Eindringlingen zu schützen, dachte er. Doch würde er nie erfahren, ob die Geschichten der Wahrheit entsprachen, wenn er umkehren würde. Andererseits wäre seine Reise vergebens, sollten die Geschichten nicht wahr sein. Denn das hieße, dass es auch kein mächtiges Wesen gab, welches ihm seinen Wunsch erfüllen könnte. Dieser Gedanke kam ihm zum ersten Mal.

So etwas Widersprüchliches, ärgerte er sich.

Er hatte schon immer an all den Geschichten und Legenden, die von Mankuren stammten, gezweifelt, und dennoch hatte er sich auf diese Reise begeben. Nun erschien es ihm töricht, und ihn überkam ein sonderbares Gefühl. Eine Mischung aus Selbstzweifel und Versagen. Sein Wunsch, die Welt zu verändern, hatte seinen Verstand völlig übermannt, wie er nun begriff. Doch wenn er einfach aufgeben würde, ohne einen ersichtlichen Grund, würde er sich zum Gespött der Menschen machen, schlimmer noch, auch die Mankuren und nicht zuletzt die Oberen würden sich lustig über ihn machen. Es blieb ihm keine Wahl, er musste weitergehen, es gab kein Zurück mehr.

Er ließ die tote Landschaft, die ihn umgab, unbeachtet hinter sich. In seinen Gedanken malte er sich aus, welche magischen Fähigkeiten er haben würde und dass er endlich genauso mächtig wie die Mankuren sein würde.

Versunken in seinem Traum bemerkte er nicht, dass er sich bereits auf dem verbotenen Weg befand. Das Krächzen einer Krähe holte ihn zurück in die Realität. Er sah sich erschrocken um. Der trockene, rissige Boden war kaum noch zu erkennen. Die Sonne war nun fast hinter dem Horizont verschwunden, die Schatten wurden länger und färbten die Landschaft langsam schwarz. Eine bedrückende Stille breitete sich aus, die von einem lautlosen eisigen Wind begleitet wurde.

Walsier ergriff ein Gefühl der Angst. Er wusste, dass er beobachtet wurde. Aber außer der Krähe, die auf einem verdorrten Baum saß, der als einziger die Landschaft schmückte, war nichts zu sehen. Unsicher starrte er die Krähe an, die ihn ebenfalls zu mustern schien. Vorsichtig näherte er sich dem Baum, doch in diesem Augenblick flog die Krähe davon. Walsiers Blicke versuchten, ihr zu folgen, vergebens. Sie wurde einfach von der sich ausbreitenden Dunkelheit verschluckt.

Beunruhigt entzündete er eine Fackel, die den Weg vor ihm ein wenig erhellte. Er erkannte weitere Bäume, die eine klare Linie bildeten. Langsam folgte er dem Weg der Bäume und fragte sich, ob diese schon vorher da gewesen waren.

Er sah wieder die Krähe, sie saß auf einem Baum nicht weit entfernt und schien auf ihn zu warten. Immer wieder flog sie ein Stück voraus und setzte sich auf den nächsten toten Baum, der wie aus dem Nichts erschien. »Bist du der Wächter des Berges? Warum beobachtest du mich?«, flüsterte Walsier.

Der schwarze Vogel sah ihn mit einem durchdringenden Blick an, aber nicht mit den Augen einer Krähe, diese Augen schienen viel mächtiger zu sein.

Ein kalter Schauer lief Walsier über den Rücken. Der Blick der Krähe drang in ihn ein und ließ ihn für einen Moment lang erstarren. Er wusste nicht, was da gerade geschah, doch spürte er, wie sie all seine Gedanken und Erinnerungen las. Mit einem Krächzen löste die Krähe ihren Blick.

»Folge mir!«, hörte Walsier eine dunkle, zischende, fast grausame Stimme sagen, von der er nicht sicher war, ob sie von der Krähe kam. Doch er fürchtete sich nicht. Ohne zu zögern, folgte er der Krähe in die endlose Dunkelheit.

Nach wenigen Metern wurde seine Fackel von einem heftigen Windstoß gelöscht, und alles um ihn herum wurde tiefschwarz. Für einen Menschen war es unmöglich, etwas zu sehen, und dennoch setzte Walsier unbeirrt einen Schritt vor den anderen. Geführt von einer unbeschreiblichen Macht, die ihn in ihren Bann gezogen hatte.

In der Finsternis wandelnd bemerkte er nicht, wie sich die Landschaft um ihn herum veränderte. Der Boden wurde uneben und steinig. Vor ihm erstreckte sich ein riesiger Berg. Nichts wissend lief er weiter, seine Beine kontrolliert von der Stimme, die ihn zu sich rief.

Obwohl er keine Furcht hatte, gingen ihm viele Fragen durch den Kopf. Natürlich wusste er, dass es jedem Lebewesen verboten war, diesen Ort aufzusuchen. Es hieß, dass jeder der es wagen würde, die Grenze zum Berg der Verdammnis zu überschreiten, einen grausamen Tod starb. Kein Mankur oder Mensch hatte sich diesem Verbot je widersetzt. Zumindest war es nicht anders bekannt. Walsier fragte sich, ob er seinem sicheren

Tod entgegenlief. Doch der Wunsch, magische Fähigkeiten zu bekommen und den Mankuren ebenbürtig zu sein, war so groß, dass er bereit war, dieses Risiko einzugehen.

Denn die Legende besagte, dass im Berg der Verdammnis ein Wesen mit solch einer Macht eingeschlossen sei, dass selbst die Oberen es fürchteten. Und wenn selbst die mächtigsten Mankuren dieses Wesen fürchteten, musste es auch in der Lage sein, ihm magische Fähigkeiten zu verleihen, dachte sich Walsier. Er würde dieses mächtige Wesen befreien, und als Dank für seine Tat würde es ihm die magischen Kräfte verleihen, die er sich so sehr wünschte.

Aber er wusste nicht, dass er damit dem Untergang geweiht war, und mit ihm nicht nur die gesamte Menschheit, sondern auch alle Mankuren und der Rest der Welt. Denn die wahre Legende wurde den Menschen nie zugetragen.

So folgte er weiter der Krähe und erreichte den Berg der Verdammnis. Er stolperte und fiel unsanft zu Boden. Erst jetzt begriff er, dass der Weg hier endete. Vor ihm ragte eine steile Felswand auf. Er wusste nicht, was er nun machen sollte, für einen kurzen Augenblick glaubte er, sein Ziel nicht erreichen zu können, doch dann sah er wieder die Krähe, die sich direkt vor ihm auf einen Felsvorsprung gesetzt hatte. Hilfesuchend sah er den schwarzen Vogel an.

»Hilf mir, wie geht es weiter? Wie komme ich in den Berg?«, fragte er verzweifelt. Erneut starrte die Krähe ihn an und schien in die Tiefen seiner Seele einzudringen. Panik überkam ihn, irgendetwas schnürte seine Kehle zu.

»Bitte, hilf mir.« Seine Worte klangen gezwungen und schwach. Er bekam kaum Luft. Flehend sah er die Krähe an, während er nach Atem rang. Seine Kraft verließ ihn und er sackte zusammen.

»Hilf mir!«, flehte er die Krähe erneut an.

»Bist du bereit, deinem freien Willen zu entsagen und mir zu dienen?«, hörte er wieder die zischende, furchteinflößende Stimme.

»Ich bin bereit, alles zu tun, wenn du mir die Fähigkeit verleihst, die Magie zu nutzen«, versicherte Walsier. »Bitte, töte mich nicht.«

Dann wurde alles um ihn herum schwarz. Die Panik wandelte sich in ein Gefühl der Entspannung. Alles schien von ihm zu weichen, alle Ängste, alle Bedürfnisse und alles Verlangen. Wärmende Gleichgültigkeit legte sich über ihn. Nun ist es vorbei, dachte er, aber dann spürte er, wie seine Lungen sich wieder mit Luft füllten.

»So sei es!«, sagte die grauenvolle Stimme.

Walsier atmete tief ein und blickte sich erschrocken um. Er lag immer noch vor der steilen Felswand, in der nun ein breiter Riss zu sehen war. Direkt neben seinem Gesicht hockte die Krähe. »Trete ein!«, hörte er die bedrohliche Stimme sagen. Er stand auf und näherte sich langsam der Felsspalte. Er wusste nicht, was ihn erwartete, doch war er sich sicher, dass seine Reise nicht vergebens gewesen war. Erfüllt von Unsicherheit und Hoffnung ging er durch die Felsspalte in den Berg der Verdammnis hinein.

DAS TURNIER VON BENKLAD

Es war Frühjahr, und im ganzen Land hatten die alljährlichen Turniere begonnen. Junge Mankuren, die gerade ihre volle Kraft entwickelt hatten, traten gegeneinander an. Unabhängig voneinander fanden in jedem Dorf magische Duelle statt, um den Stärksten des Dorfes ausfindig zu machen. Denn alle Ortschaften durften jedes Jahr fünf Krieger zum Elitendrium schicken. Ein Turnier der magischen Künste, das einmal im Jahr von den Oberen zelebriert wurde, um neue Krieger für ihre Armee zu erwählen.

Es war eine große Ehre, der herrschaftlichen Armee beitreten zu dürfen. Jedem Krieger wurde eine spezielle Ausbildung zuteil, in der sie unter anderem die magische Sprache lernten. Nach ihrer Ausbildung durften sie leben, wo sie wollten, und wurden versorgt. Dafür mussten sie das Land beschützen und den Oberen gehorchen. Kaum ein Mankur wäre nicht gern ein Krieger der herrschaftlichen Armee geworden, doch beim Elitendrium zu siegen und es unter die ersten Zehn zu schaffen, war eine große Herausforderung und nicht ungefährlich. Die Teilnahme war freiwillig, aber jedes Jahr wollten so viele Mankuren ihr Glück im Turnier versuchen, dass innerhalb der meisten Dörfer bereits im Frühjahr Wettkämpfe um die Teilnahme am Elitendrium stattfanden.

Auch in Benklad wurden seit einigen Tagen täglich Duelle ausgetragen. Je nach Anzahl der Teilnehmer fanden zwei bis sechs Kämpfe am Tag statt, und es bedurfte mehrerer Tage, die fünf stärksten Kämpfer des Dorfes zu erwählen.

Wer zum Elitendrium wollte, musste seinen Gegner kampfunfähig machen und durfte dafür alle magischen Fähigkeiten einsetzen, die er besaß. Auch Waffen waren erlaubt, doch kam es selten vor, dass mit Schwertern oder Ähnlichem gekämpft wurde. Die Turniere in den Dörfern wurden nach den gleichen Regeln ausgetragen, wie sie beim Elitendrium galten, nur gab es nach der ersten Runde keinen zweiten Kampf für den Verlierer.

Die Fähigkeiten der Mankuren unterschieden sich deutlich. Es gab sehr mächtige Mankuren, die äußerst seltene Kräfte besaßen, und andere, die keine zu Eigen hatten.

Die Duelle waren meist innerhalb weniger Minuten vorbei, aber das Volk liebte es, durch die magischen Kämpfe unterhalten zu werden.

Das Turnier wurde außerhalb von Benklad auf einer großen Wiese ausgetragen. Und obwohl der erste Kampf schon bei Sonnenaufgang begann, fanden sich alle Dorfbewohner auf der großen Wiese ein, um ihn zu bestaunen.

Auch an diesem Morgen begaben sich die Bewohner in heller Aufregung zum Schauplatz. Der Leiter des Turniers stand bereits dort und erwartete die Kämpfer. Sein Name war Turgrohn, ein älterer hagerer Mankur, der trotz seiner zerbrechlichen Statur sehr mächtig aussah. Mit bald fünfhundert Jahren war er selbst für einen Mankur sehr alt und beherrschte die magische Sprache wie kein anderer im Dorf.

Nicht jeder Mankur beherrschte diese Sprache, die fast jeden Zauber erlaubte. Es gab nur wenige, die mehr als die einfachsten Worte beherrschten. Außerdem verlangte diese Art der Zauberei einen magischen Tribut. So gab es viele Zauber, die nur den mächtigeren Mankuren vorbehalten waren. Denn die magische Sprache nährte sich von der Magie derer, die sie nutzten. Benötigte ein Zauber mehr Energie, als sein Anwender besaß, so entzog der Zauber ihm seine gesamte Lebenskraft und tötete ihn. Nicht selten starben junge Mankuren bei dem Versuch, Zauber zu verwenden, denen sie nicht gewachsen waren.

Die Sonne hatte den Horizont bereits überschritten, und die Zuschauer warteten gespannt auf den Beginn des Duells. Shira und Rouh waren ebenfalls früh vor Ort und wollten auch in diesem Jahr keinen Kampf versäumen. Sie beobachteten Turgrohn, gespannt darauf, die heutigen Kämpfer endlich zu sehen.

»Es ist immer wieder aufregend. Ich bin gespannt, welche neuen Zauberkünste zu sehen sein werden«, sagte Shira und betrachtete die weite dunkelgrüne Fläche.

»Also, die letzten Kämpfe waren nicht gerade spektakulär«, sagte Rouh gelangweilt.

Das Turnier hatte erst vor zwei Tagen begonnen, dem entsprechend hatten erst wenige Kämpfe stattgefunden.

»Natürlich nicht. Es wird ja auch erst spannend, wenn die guten Kämpfer aufeinandertreffen.«

»Wenn du gute Kämpfer sehen willst, musst du zum Elitendrium«, sagte Rouh.

»Das mag sein, aber dir ist bestimmt bewusst, dass einige der Krieger der herrschaftlichen Armee aus Benklad kommen, oder?«

»Das weiß ich, aber die spannendsten Duelle werden dort ausgetragen«, antwortete Rouh.

Shira sah einen jungen Mankur, der auf Turgrohn zuging. Er hatte grüne Haut und grüne Haare. Seine Ohren waren spitz und relativ groß.

»Sieh nur, das ist Verdelo. Ich hätte nicht gedacht, dass er gern am Elitendrium teilnehmen würde«, sagte Shira.

Sie kannte fast jeden im Dorf, und auch sie war niemandem in Benklad unbekannt. Im Alter von drei Jahren wurde sie in Turgrohns Familie aufgenommen. Niemand im Dorf wusste, wo sie herkam. Turgrohn hatte damals erklärt, dass er das kleine Mädchen im Wald gefunden hätte. Völlig verwahrlost, hungrig und ganz allein.

Er war selbst Vater von zwei Kindern und konnte das kleine Mädchen nicht einfach zurücklassen. Die Dorfbewohner begrüßten seine Entscheidung nicht, aber niemand wagte es, ihm zu widersprechen, und so fanden sie sich damit ab.

Shira wurde seit ihrem ersten Tag in Benklad immer mit misstrauischen Blicken beobachtet. Jeder fragte sich, warum ihre Eltern sie im Wald ausgesetzt hatten, und die meisten vermuteten, dass es an ihr gelegen hatte. Viele Gerüchte wurden über sie verbreitet. Einige davon wurden so oft erzählt, dass viele Dörfler kaum noch an ihrer Wahrheit zweifelten. Mittlerweile waren mehr als dreißig Jahre vergangen, und immer noch waren die meisten von ihnen überzeugt davon, dass Shira ihre Eltern umgebracht hätte.

Seit dem Tag, an dem Turgrohn sie aufgenommen hatte, war sie den Bewohnern von Benklad ein Dorn im Auge gewesen. Auch Rouh blieb von den verurteilenden Blicken nicht verschont. Er war ein Aphthale, ein Tierwesen von magischer Herkunft. Er sah aus wie ein großer Tiger mit grünem Fell.

Eigentlich waren Aphthalen in jedem Mankurendorf willkommen, auch in Benklad, doch bei Rouh war es anders. Er war gemeinsam mit Shira in das Dorf gekommen und hatte einen ebenso schlechten Ruf wie sie.

Shira hatte sich in Benklad nie richtig zu Hause gefühlt, sie verbrachte die meiste Zeit des Tages außerhalb des Dorfes und erkundete die Umgebung. Je älter sie wurde, desto länger blieb sie fort, bis sie irgendwann gar nicht mehr zurückkam. Zusammen mit Rouh zog sie durch das Land und kehrte nur zurück, um die alljährlichen Auswahlturniere zu sehen.

Ein weiterer Mankur betrat den Duellplatz, er war fast einen Kopf kleiner als Verdelo und hatte viel breitere Schultern. Ein dunkler Bart bedeckte sein kantiges Gesicht.

Die drei Mankuren unterhielten sich kurz, dann nickte Turgrohn, hob seinen Arm, und die beiden Kämpfer stellten sich, zehn Schritte voneinander entfernt, gegenüber.

Der grauhaarige, alte Mankur rief laut: »Empaaz.« Er senkte seinen Arm und der Kampf war eröffnet.

Verdelo machte eine schnelle Handbewegung. Das Gras schien plötzlich lebendig zu werden und begann den kleinen, breiten Mankur einzuschnüren. Dieser befreite sich von dem dichten Bewuchs, indem er seine Beine in Flammen aufgehen ließ. Dann rannte er nach vorne und schoss dabei Feuerkugeln auf seinen Gegner. Geschickt wich sein Gegenüber den Feuerbällen aus und antwortete mit Energiekugeln, die wie grüne Kugelblitze aussahen. Bereits die zweite Kugel traf den breiten, bärtigen Mankur mit voller Wucht und schien an seiner Brust zu explodieren. Er flog einige Meter weit nach hinten und prallte mit einem dumpfen Geräusch auf den Boden.

Der Leiter des Turniers hob den Arm und begann zu zählen, doch der bärtige Kämpfer stand sofort wieder auf. Der grüne, große Mankur hob seine Arme und sagte etwas in der magischen Sprache.

Die Zuschauer konnten es nicht verstehen, da er zu weit wegstand, doch dann sahen sie, was geschah. Unter dem kleinen Mankur bildete sich ein Schlammloch, und er versank langsam im Boden. Er versuchte sich zu befreien, aber jede seiner Bewegungen ließ ihn nur noch tiefer versinken. Unaufhaltsam wurde sein Körper vom Erdboden verschlungen. Bevor die schlammige Masse sein Kinn erreicht hatte, wurde der Kampf abgebrochen und der Mankur befreit.

Der große grüne Krieger feierte stolz seinen Sieg. »Warum hat er sich nicht aus dem Schlammloch befreit, so schwer ist das nicht«, sagte Shira etwas enttäuscht darüber, dass der Kampf schon vorbei war. Sie waren von anderen Zuschauern umgeben, die den beiden hin und wieder verständnislose Blicke zuwarfen. Nur wenige Mankuren beherrschen die Sprache der Aphthalen. Es war eine angeborene Fähigkeit, genauso wie die Gabe mit Tieren sprechen zu können. Mankuren, die diese Sprache nicht beherrschten, konnten sie auch nicht hören, wenn sie gesprochen wurde. Die Aphthalen hingegen verstanden die Sprache der Mankuren, auch wenn diese nicht in der Lage waren, sich mit ihnen zu unterhalten.

»Ich habe gehört, dass die mächtigsten Mankuren aus Waodur kommen, die Auswahlkämpfe dort sind bestimmt interessanter«, sagte Rouh.

»Das bezweifle ich. Die letzten zehn Jahre sind die Krieger aus Benklad beim Elitendrium immer unter den besten Zehn gewesen. Nicht zuletzt, weil Turgrohn den Dorfbewohnern die magische Sprache beibringt, wenn sie es möchten.«

»Jedem, außer dir«, bemerkte Rouh.

»Danke, dass du das noch mal erwähnst«, entgegnete Shira verärgert. Sie hatte seit einigen Jahren den Kontakt zu Turgrohn gemieden. Sie hatte sich mit ihm zerstritten, da er ihr die magische Sprache vorenthielt.

Der riesige grüne Tiger hatte eine Wunde getroffen. Er bemerkte Shiras negative Gedanken und versuchte, sie abzulenken.

»Warst du eigentlich schonmal beim Elitendrium?«, fragte er.

»Natürlich nicht. Das weißt du doch.«

»Ich war schonmal dort«, erklärte Rouh.

»Du hast schonmal beim Elitendrium zugesehen?« Shira war überrascht, das hörte sie zum ersten Mal von Rouh. »Warum hast du mir nie davon erzählt?«

»Ich bin mir sicher, dass ich dir davon erzählt habe. Wir können ja dieses Jahr zusammen hingehen, wenn du willst.«

»Glaubst du wirklich, dass es eine so gute Idee wäre? Ich würde ungern den Oberen begegnen.«

»Sie werden dich gar nicht bemerken, dort sind so viele Zuschauer, einer mehr oder weniger fällt da wirklich nicht auf. Außerdem wissen sie nicht, wer du bist«, sagte Rouh.

»Das sollte auch besser so bleiben. Aber davon abgesehen, würde ich mir das Elitendrium gern ansehen. Das wollte ich schon immer.«

»Dann lass uns dieses Jahr gemeinsam hingehen«, sagte Rouh.

»Aber Turgrohn wird die Reise zum Marmitatal anführen.«

»Sicher, schließlich macht er das jedes Jahr.«

»Du weißt, dass ich ihn seit einiger Zeit ignoriere.« »Dann ignoriere ihn doch weiterhin. Wo ist denn das Problem?«

Shira blickte Rouh verwundert an. »Es ist nicht einfach, jemanden über Tage zu ignorieren, wenn es nicht möglich ist, ihm aus dem Weg zu gehen«, erklärte sie. »Wir könnten uns doch einfach allein auf den Weg machen.«

Das Elitendrium fand im Marmitatal am Fuße des Tayguien statt, dem höchsten Berg im Androrgebirge. Darin befanden sich die Festung des Lichts und das ewige Feuer. Dort lebten die Oberen mit ihren Familien.

»Es ist weit bis zum Marmitatal und zudem ziemlich gefährlich«, gab Rouh zu bedenken.

»Das mag sein, aber gefährlich ist es überall, oder?«, bemerkte Shira.

»Der Weg zum Marmitatal ist auch nicht einfach, jedes Jahr sterben viele Reisende, noch bevor sie auch nur in die Nähe des Tals gelangen.«

»Was ist denn so gefährlich an dem Weg?«, fragte Shira neugierig. Rouh hatte nie Angst, weswegen Shira sich wunderte, dass er sich vor einem Gebirge fürchtete.

»Im Androrgebirge wimmelt es von Mankurenfressern. Außerdem gibt es dort Steinformer und angeblich soll es dort sogar Drachen geben.«

»Drachen? Ich dachte, die wären schon lange verschwunden«, sagte Shira.

»Das denken viele, und doch gibt es einige Mankuren und auch Menschen, die behaupten, welche gesehen zu haben. Aber auch wenn es keine Drachen geben sollte, alleine die Mankurenfresser sind schon gefährlich genug. In einer Gruppe zu reisen, wäre auf jeden Fall sicherer. Es wäre besser, du würdest versuchen, mit Turgrohn auszukommen. Es werden noch genug andere Mankuren mitkommen, die Gruppe wird groß genug sein, um ihm aus dem Weg gehen zu können.«

Rouh sah Shira mit großen flehenden Augen an. Sie dachte einen Augenblick lang nach. »Na gut. Aber du musst mir versprechen, dass wir uns von der Gruppe trennen und allein weiterreisen, sollte ich Probleme mit ihm bekommen.«

»Selbstverständlich.« Rouh freute sich über Shiras Entscheidung.

***

Wenn keine Kämpfe stattfanden, verbrachten Rouh und Shira die Zeit abseits vom Dorf, im nahe gelegenen Wald, wo sie nicht weit vom Duellplatz ein kleines Lager aufgeschlagen hatten. Als nach einigen Tagen entschieden war, wer aus Benklad in diesem Jahr am Elitendrium teilnehmen durfte, mussten sich diejenigen, die als Zuschauer dem wichtigsten Turnier des Jahres beiwohnen wollten, bei Turgrohn anmelden. Er organisierte die Reise. Shira blieb nichts anderes übrig, als mit ihm zu sprechen. Würde sie sich ohne Turgrohns Einverständnis der Gruppe anschließen, könnte sie genauso gut allein losziehen. Schließlich wurden der Proviant und alle weiteren wichtigen Dinge, die für die Reise nötig waren, knapp bemessen, um so wenig Gepäck wie möglich mitzunehmen. Sie hätte sich nicht nur bei Turgrohn, sondern bei der gesamten Gruppe unbeliebt gemacht. Es dauerte ein paar Tage, bis sie sich überwinden konnte, mit ihm zu sprechen. Als sie ihn schließlich aufsuchte, war er sichtlich überrascht.

»Shira?! Von allen Besuchern hätte ich am wenigsten mit dir gerechnet.«

Turgrohn saß vor seinem Kamin und studierte sein Buch der magischen Sprache, als Shira bei ihm in der Tür erschien. Seine Familie schien nicht da zu sein. Zumindest ließ die Ruhe im Haus Shira annehmen, dass sich auch in den anderen Räumen niemand befand. Sie starrte Turgrohn an, ohne etwas zu sagen. Es fiel ihr schwer, die richtigen Worte zu finden, er sollte nicht denken, dass sie ihm verziehen hätte oder bereit wäre, mit ihm über die vergangenen Geschehnisse zu sprechen.

»Was führt dich zu mir?«, fragte Turgrohn schließlich. Seine Stimme klang freundlich und offenherzig. Er schien erfreut, über ihren Besuch zu sein.

»Ich bin nur gekommen, um dir mitzuteilen, dass Rouh und ich mit zum Elitendrium möchten. Bitte, nimm das zur Kenntnis und benachrichtige mich rechtzeitig darüber, wann die Reise beginnt«, sagte Shira kalt. Sie drehte sich direkt um und wollte, ohne einen Kommentar abzuwarten wieder gehen, doch Turgrohn gab sich damit nicht zufrieden.

»Warte!«

Shira blieb stehen, drehte sich aber nicht zu ihm um.

»Wieso glaubst du, ich würde dich mitnehmen? Und wieso willst du überhaupt mitkommen?«, fragte er.

»Warum solltest du mich nicht mitnehmen? Sag mir einfach Bescheid, wenn die Gruppe sich auf den Weg macht.«

»Sieh mich an, wenn du mit mir sprichst!«

Shira seufzte genervt. Ihr wurde klar, dass Turgrohn ihr Anliegen nicht einfach so hinnehmen würde. Langsam drehte sie sich wieder um und sah ihm in die Augen.

»Warum willst du zum Elitendrium? Hältst du das wirklich für eine kluge Idee?« Seine Stimme klang gereizt.

Shira hatte großen Respekt vor ihm. Auch wenn sie ihn schon längere Zeit nicht mehr gesprochen hatte, spürte sie, dass sein Einfluss auf sie nicht geringer war als zuvor. Allein seine Frage, ob sie es für eine kluge Idee halte, schüchterte sie ein. Denn ohne Zweifel war es keine kluge Idee, und Turgrohn würde sie so lange bedrängen, bis sie das zugab.

»Ich möchte einfach das Turnier sehen, du weißt, dass ich mich für die Kämpfe begeistere, und die besten Kämpfe finden nun mal beim Elitendrium statt«, erklärte sie.

»Das mag sein, mich wundert allerdings, dass du ausgerechnet dieses Jahr auf die Idee kommst, das größte Turnier des Jahres zu besuchen. Schließlich hast du die Jahre zuvor nie Interesse daran gehabt.«

»Das stimmt nicht! Ich hatte immer Interesse daran, aber ich hatte halt immer Angst davor, den Oberen zu begegnen.«

»Und warum hast du jetzt keine Angst mehr davor?«, fragte Turgrohn skeptisch.

»Weil ich …«, Shira zögerte.

»Ich höre?«, drängte Turgrohn. Er war gespannt auf ihre Antwort, wahrscheinlich, weil er die Wahrheit kannte. Shira dachte immer noch nach. »Nun antworte schon!«, drängte er.

»Weil das Gelände riesig ist und die Oberen nicht wissen, wer ich bin, sie werden mich gar nicht bemerken.« Ihre Worte klangen unsicher.

»Wirklich überzeugt scheinst du davon ja nicht zu sein«, stellte Turgrohn fest.

Shiras Blick wurde traurig und sank zu Boden. Ihr ganzes Leben lang hatte sie auf so vieles verzichten müssen, nur um ihre Identität geheim zu halten. Dabei wusste sie nicht einmal, warum.

»Wenn du unbedingt mitkommen willst, darfst du dich der Gruppe anschließen. Aber versprich mir bitte, dass du dich unauffällig verhältst«, sagte Turgrohn schließlich mit verständnisvollem Ton.

Shira lächelte. »Wirklich? Ich darf mitkommen?«

»Ja, aber wie gesagt, halte dich bedeckt und verwende unter gar keinen Umständen deine Kräfte!«

»Bestimmt nicht, versprochen. Nur wenn es nicht anders geht.«

»Ich sagte, unter gar keinen Umständen!«

»Ja, ist gut.«

»Versprich es mir!«

»Gut, gut, ich verspreche es«, sagte sie.

Turgrohn nickte anerkennend. »Ich werde Rouh und dir Bescheid geben, wenn es so weit ist. Entferne dich nicht zu weit vom Dorf, es wird nicht mehr allzu lange dauern, bis wir die Reise antreten. Das Elitendrium beginnt in wenigen Wochen.«

»Danke.« Shira freute sich so sehr, dass sie Turgrohn am liebsten umarmt hätte, aber sie hielt ihre Euphorie in Grenzen, schließlich war sie immer noch sauer und wollte ihn das weiterhin spüren lassen. Also verließ sie sein Haus ohne eine weitere Verabschiedung.

DIE REISE ZUM ELITENDRIUM

Als die fünf Gewinner der Auswahlkämpfe im Sommer ihre Reise zum Elitendrium antraten, wurden sie von weiteren zwanzig Dorfbewohnern begleitet. Sie alle wollten sich das Spektakel nicht entgehen lassen. Shira und Rouh schlossen sich, wie geplant, der Gruppe an.

Eine Kutsche, beladen mit Lebensmitteln und anderen nützlichen Dingen, die von zwei Montachos gezogen wurde, sowie fünf weitere beladene Montachos begleiteten die Reisenden. Montachos waren starke, große Vierbeiner. Wie eine Raubkatze konnten sie sich geschickt bewegen und gut springen. Sie hatten Pranken mit langen Krallen, die sie einziehen konnten. Sie waren für das unwegsame Gelände im Gebirge besser geeignet als Pferde. Auch wenn sowohl ihr Kopf als auch ihr Oberkörper an ein Pferd erinnerten.

Die Gruppe hatte sich gut vorbereitet, denn der Weg war weit, und auch das Elitendrium würde einige Tage dauern. Um das Marmitatal, das von den Bergen umschlossen einen großen Kessel bildete, zu erreichen, mussten sie den Andror, einen riesigen Fluss, der das Gebirge umfloss, überqueren. Vom Osten her führte nur ein Weg durch das Androrgebirge, der mit Montachos und Kutschen begehbar war. Hinter Gredam befand sich eine Brücke, die einzige Möglichkeit, in dieser Region mit Kutschen über den Andror zu gelangen. Sie ebneten den Weg über den breiten Fluss, in die engen verzweigten Schluchten hinein, die sich durch das gesamte Gebirge schlängelten.

In diesen Schluchten lebten die Steinformer. Beängstigende Kreaturen, die jede Gestalt aus Stein annehmen konnten, die ihnen beliebte. Sie sahen aus wie Felsen und ernährten sich von ihrer steinigen Umgebung. Berührten sie ein anderes Lebewesen, wurde dieses ebenfalls zu Stein. Doch kaum ein Mankur ließ sich von den Steinformern einschüchtern, denn für gewöhnlich waren sie sehr scheu und griffen nur an, wenn sie sich bedroht fühlten.

Alle Mankuren, die vom Osten her das Androrgebirge durchquerten, wählten den Weg durch die Schluchten. Allerdings war es immer wieder ein Abenteuer, da sich die Wege durch die Steinformer regelmäßig veränderten. Die größte Bedrohung allerdings stellten die Mankurenfresser dar. Sie jagten im Rudel und scheuten auch nicht davor zurück, größere Gruppen von Mankuren anzugreifen. Jedes Jahr verschwanden Dutzende Reisende in den Schluchten des Androrgebirges, die meisten davon auf dem Weg zum Elitendrium. Natürlich war es bekannt, welche Gefahren die Reise mit sich brachte, aber nur wenige hinderte das, an dem größten Fest des Jahres teilzunehmen.

Auch Shira hatte keine Bedenken. Sie war schon an vielen Orten gewesen, die als gefährlich galten. Häufig hatte sie dabei festgestellt, dass die Erzählungen über manche Gegenden übertrieben waren. Sie liebte es, zu reisen, aber meistens hatte sie dabei nur Rouh begleitet. Es war für sie eine unangenehme Abwechslung mit einer größeren Gruppe zu reisen. Shira war es nicht gewohnt, so viele Begleiter zu haben, auf die sie Rücksicht nehmen musste.

Da hauptsächlich kräftige, jüngere Mankuren dabei waren, kamen sie gut voran. Die drei Menschen, die sich der Gruppe angeschlossen hatten, waren starke Krieger, die keine Mühe hatten, mit den Mankuren Schritt zu halten. Turgrohn führte die Gruppe an. Er hatte die Auserwählten von Benklad die letzten zwanzig Jahre zum Elitendrium gebracht und kannte die Schluchten des Androrgebirges gut.

Außer Shira befanden sich noch vier weitere weibliche Mankuren unter ihnen. Eine davon gehörte zu den fünf Siegern des Dorfturniers und hieß Tarina. Ihre beiden Brüder nahmen ebenfalls am Elitendrium teil. Die drei stammten von zwei mächtigen Mankuren ab, die in Benklad lebten. Schon ihre älteren Geschwister hatten am Elitendrium teilgenommen und gesiegt. Viccar, Tarinas ältester Bruder, gehörte ebenfalls zu der Gruppe und war bereits seit drei Jahren ein Krieger der herrschaftlichen Armee. Gronbur, ein kräftiger Mankur, der im Dorf als Schmied seine Zeit verbrachte, ging jedes Jahr mit zum Elitendrium, und auch diesen Sommer ließ er sich nicht davon abbringen, und seine Familie begleitete ihn.

Die Gruppe hatte die Reise bereits am frühen Morgen angetreten, und als die Nacht einbrach, hatten sie den Silberkamm östlich vom Anchosee beinahe hinter sich gelassen.

Der Silberkamm war eine Bergformation, die in klaren Vollmondnächten ihre ganze Pracht zeigte. Dann wurde das Mondlicht an den Bergkuppen so stark reflektiert, dass es aussah, als wären sie die Lichtquelle selbst.

In der Nähe des Seeufers machten sie halt. Für die Nacht wurden Zelte aufgestellt. Es waren einfache Konstruktionen aus stabilen Ästen, die mit Tierhäuten bedeckt wurden. In der Mitte des Lagers wurde ein Feuer entzündet. Turgrohn verteilte Brot und Trockenfleisch, während die Gruppe sich um das Feuer sammelte.

»Sei nicht geizig, Turgrohn. Wir haben einen anstrengenden Tag hinter uns«, sagte Gronbur. Er erntete einen zornigen Blick von Turgrohn.

»Wir müssen unseren Proviant einteilen. Die folgenden Tage werden noch viel anstrengender sein. Wenn der heutige Tag für dich bereits mühsam war, solltest du und deine Familie besser umkehren!«, sagte Turgrohn.

»Entschuldige, es war nicht so gemeint«, gab Gronbur eingeschüchtert zurück.

»Ist sonst noch jemand unzufrieden mit seiner Ration?« Turgrohns strenger Blick traf einen nach dem anderen.

Keiner erwiderte etwas. Alle saßen schweigend da und aßen weiter. Nur die Kaugeräusche und das Knistern des Feuers waren zu hören.

Shira sah sich in der Runde um. Die ausdruckslosen, eingeschüchterten Gesichter amüsierten sie. Dann fing sie an zu lachen. Verwunderung füllte die Gesichter ihrer Begleiter.

»Entschuldigt bitte, aber es ist einfach zu lustig, wie sehr ihr euch von Turgrohn einschüchtern lasst. Was soll er denn mit euch machen?« Shira musste wieder lachen und sah Gronbur an.

»Er könnte dich in einen Frosch verwandeln, das würde dir bestimmt gut stehen«, sagte sie zu ihm und lachte weiter. Sie blies ihre Wangen auf und imitierte einen Frosch. »Quak, sei nicht so geizig, quak.«

Jetzt mussten auch die anderen lachen. Turgrohn war weniger belustigt von Shiras Auftritt und warf ihr wieder einen zornigen Blick zu.

»Zügle deine Zunge, Shira!«

»Warum, ich habe doch recht«, schmunzelte sie.

»Dir fehlt der nötige Respekt. Ich sollte dich in einen Frosch verwandeln«, sagte Turgrohn.

»Versuch es doch.«

Dieser Provokation konnte Turgrohn nicht widerstehen. »Ponerte rana«, sagte er. Doch noch bevor er die Worte zu Ende gesprochen hatte, flüsterte Shira etwas, ebenfalls in der magischen Sprache.

»Imutanzia.« Außer Tarina bekam niemand mit, dass auch Shira einen Zauber aussprach. Der Fluch verlor seine Wirkung, und sowohl Turgrohn als auch die anderen blickten Shira erstaunt an.

»Wie hast du das gemacht?«, fragte Viccar.

»Was gemacht? Was meinst du?« Shira stellte sich ahnungslos.

»Na, wie hast du Turgrohns Zauber abgewehrt?«, wollte Viccar wissen.

»Ich habe ihn nicht abgewehrt. Das war kein richtiger Zauber.«

»Wie kannst du das wissen? Du beherrschst die magische Sprache doch gar nicht«, wandte Viccar ein.

»Ist dir dieser Zauber denn bekannt?«, fragte Shira.

»Nein. Aber es lässt sich schnell feststellen, ob es ein richtiger Zauber war«, erwiderte Viccar provokant, bereit die magischen Worte zu sprechen.

»Du wirst gar nichts feststellen. Also spar dir deinen Atem. Sie hat recht, das war kein richtiger Zauber.« Widerwillig unterstützte Turgrohn Shiras Aussage. »Wir sprechen uns noch«, sagte er ihr mit zornigem Tonfall. Seit sie die Reise angetreten hatten, war dies das erste Mal, dass Shira Turgrohn nicht wie Luft behandelt hatte. Auch wenn es nur der Provokation gedient hatte, war es in Turgrohns Augen ein kleiner Fortschritt.

Später in der Nacht ging er auf Shira zu. Die anderen schliefen bereits, und der grauhaarige Mankur signalisierte Shira, ihn zu begleiten. Sie zögerte, doch Turgrohn sah sie mit einem durchdringenden, ernsten Blick an, und ihr wurde bewusst, dass sie ihn nicht weiter ignorieren konnte. Die beiden entfernten sich unbemerkt von den anderen Reisenden und liefen in den Wald. Turgrohn blieb stehen und musterte Shira. »Mir ist bewusst, dass du einen gewissen Groll gegen mich hegst und ich kann dein Bedürfnis, mich lächerlich zu machen, durchaus nachvollziehen. Dennoch muss ich dich warnen, in deiner blinden Wut vergisst du offenbar, deine Kräfte zu verbergen.«

»Es hat doch niemand mitbekommen«, sagte sie zaghaft.

»Da wäre ich mir nicht so sicher.« Er schwieg einen Moment lang und dachte nach. »Denkst du denn nicht, es ist an der Zeit, mir zu vergeben? Zumal es nicht an mir liegt, dass ich dir die magische Sprache nicht beibringe, und das weißt du auch. Du verstehst immer noch nicht, wie verletzend dein Verhalten für mich ist. Du musst endlich lernen, zu verzeihen. Du fügst mir sowie deinem Vater Unrecht zu.«

»Was hat denn mein Vater damit zu tun?«, fragte Shira.

Turgrohn sah sie bedauernd an. »Du weigerst dich, denen zu verzeihen, die dich lieben. Shira, begreif doch endlich, dass weder ich noch dein Vater dir etwas Schlechtes wollen. Wir versuchen, dich zu beschützen, dabei haben wir vielleicht nicht immer alles richtig gemacht und dich dabei verletzt. Doch geschah das nur in guter Absicht. Und wenn der Tag gekommen ist, wird dein Vater dir die Gründe erklären. Du wirst sie mit Sicherheit verstehen und bereuen, dass du ihn jahrelang verachtet hast. Lerne, zu verzeihen, Shira.«

»Warum sagst du mir nicht, aus welchem Grund mein Vater mich einfach weggegeben hat und sich kaum hat blicken lassen? Oder warum er dafür gesorgt hat, dass Rouh verurteilt wurde? Oder warum er dir verbietet, mir die magische Sprache beizubringen.«

»Und dennoch hast du die magische Sprache gelernt. Offensichtlich sogar von einem Meister.«

»Und das habe ich weder dir noch meinem Vater zu verdanken.« Shira war wütend, sie hatte all das nie verstanden und fühlte sich von ihrem Vater verraten. Sie wusste, dass Turgrohn mit ihrem Vater regelmäßigen Kontakt hatte. Sie selbst hatte ihn jedoch seit über zehn Jahren nicht mehr gesehen.

»Bitte glaube mir, du wirst es früh genug erfahren. Sei nicht so verbittert. Dein Vater liebt dich, er hätte dich niemals weggegeben, wenn er nicht dazu gezwungen gewesen wäre, es blieb ihm nichts anderes übrig. Außerdem lag es nicht an ihm, dass du ihn jahrelang nicht gesehen hast. Du wolltest ihn nicht mehr sehen.«

»Er war nie lange da. Jedes Mal versprach er, dass er in wenigen Tagen zurückkommen würde, und jedes Mal wurde ich enttäuscht. Immer wieder beteuerte er, dass es zu meinem Schutz wäre und ich Verständnis haben müsste. Und dann wurde Rouh verurteilt, wegen ihm. Das kann ich ihm einfach nicht verzeihen«, sagte Shira wütend. Seit dem Tag, an dem Rouh von den Oberen verurteilt wurde, hatte sie ihren Vater nicht mehr gesehen.

»Ich verstehe deinen Kummer, doch es wird dich ewig plagen, wenn du dich nicht endlich mit ihm versöhnst.« Er klang liebevoll und ermutigend. »Ich war immer bemüht, dir ein guter Vater zu sein, und habe dich aufgezogen wie meine eigenen Kinder. Warum hasst du mich so sehr?«, fragte Turgrohn traurig. Shira sah Turgrohn mit großen Augen an.

»Ich hasse dich nicht«, sagte sie leise. Nach einem kurzen Moment des Schweigens legte Turgrohn seine Hand auf Shiras Schulter. Plötzlich fühlte sich Shira schlecht, sie begriff, wie sehr sie Turgrohn verletzt hatte, und es tat ihr leid. »Bitte verzeih mir«, flüsterte Sie. Turgrohn lächelte und umarmte sie.

»Denkst du nicht, es ist an der Zeit, auch mit deinem Vater zu sprechen?« Shira löste sich von der Umarmung.

»Nein. Sicher nicht.«

Turgrohn war erschrocken über ihren Ton, der mit einem Mal wieder nach Hass und Verachtung klang. Damit hatte er nicht gerechnet. »Hast du denn nicht verstanden, was ich dir gesagt habe?« Verständnislosigkeit lag in seiner Stimme.

»Entschuldige, aber ich bin noch nicht bereit dazu«, sagte Shira.

Turgrohn akzeptierte ihre Worte, auch wenn er sie nicht nachvollziehen konnte. »Nun gut, aber warte nicht zu lang, denn bald ist es womöglich zu spät. Komm, wir müssen noch etwas schlafen, die Sonne wird bald aufgehen, und wir haben morgen einen anstrengenden Tag vor uns.«

Shira nickte und wollte gerade gehen.

»Warte! Denk an dein Versprechen!«, erinnerte Turgrohn sie.

»Keine Sorge, das werde ich.«

Am Morgen brachen sie früh auf und legten bis zum Mittag ein weites Stück zurück. Unterwegs wurden Beeren, Kräuter und andere Nahrungsmittel gesammelt. So sorgten sie dafür, dass ihre Vorräte immer wieder aufgestockt wurden. Einen weiteren Tag später erreichten sie Gredam, eine der größten Mankurenstädte im Land. Auch dort hatten sich einige Bewohner zusammengefunden, um die Reise zum Marmitatal anzutreten. Sie schlossen sich den Bewohnern von Benklad an.

Die Wanderung durch das Androrgebirge zog sich über zwei Tage hin. Das teilweise unwegsame Gelände sorgte immer wieder dafür, dass die Kutschen stehen blieben und die Montachos alleine nicht in der Lage waren, sie weiter voranzubringen. In der Nacht wurden sie von zwei Mankurenfressern überrascht, die auf Beutesuche für ihr Rudel waren. Sie schickten immer zwei Kundschafter vor. Wenn diese etwas gefunden hatten, holten sie das Rudel, um die Jagd zu beginnen. Aber sie wurden getötet und ihr Rudel, das sich weit entfernt befand, bekam von der vermeintlichen Beute nichts mit.

Während der restlichen Reise begegneten sie keinen weiteren Mankurenfressern und auch von den Steinformern bemerkten sie nichts. Die Gefahren, die sich in diesem Gebirge verbergen sollten, erschienen Shira weitaus geringer zu sein, als Rouh erzählt hatte. Es war nicht ungewöhnlich, dass bei manchen Erzählungen übertrieben wurde, aber vielleicht hatten sie auch einfach nur Glück.

DAS MYSTERIUM VON PRAUWO

In der Festung des Lichts wurden derweilen alle Vorbereitungen für das Elitendrium getroffen. Drognor saß an seinem Tisch und schrieb die Teilnehmer auf eine Liste. Neben ihm standen ein Tintenfässchen und eine Kerze, die schon fast abgebrannt war. Der Raum war sehr spartanisch eingerichtet. Neben dem großen Kirschholztisch, der auf einem dicken weinroten Teppich stand, befanden sich nur noch ein kleines Schränkchen und ein Regal darin. Es gab ein kleines Fenster, das aber kaum Licht hineinließ. An der Wand hinter dem Tisch hing eine Streitaxt, deren Schneide aus magischem Eisen gefertigt war.

Konzentriert las er jede Schriftrolle, prüfte ihre Herkunft und wie viele Teilnehmer die Dörfer angemeldet hatten. Es war eine sehr mühsame Arbeit und doch ließ er sich von niemandem helfen. Er bestand jedes Jahr darauf, die Liste allein zu erstellen, denn es bereitete ihm immer wieder Freude, die verschiedenen Schriftrollen zu lesen.

Jede Schriftrolle wurde durch einen Boten an die Festung des Lichts gesandt. Sie waren mit den unterschiedlichsten Mustern verziert, und das Papier fühlte sich immer wieder anders an. Viele waren mit feinem Gewebe versetzt, wodurch sie stabiler und geschmeidiger wurden.

Drognor hatte seine Arbeit fast beendet und hielt eine der drei letzten Schriftrollen in den Händen. Doch diese Schriftrolle war anders. Das Papier war viel dunkler, und die Schrift war leicht verschmiert. Im schwachen gelben Licht des Kerzenscheins schien sie dunkelrot zu schimmern. Drognor konnte den Absender trotz aller Bemühungen kaum lesen. In Gedanken vertieft starrte er durch das dunkle Papier. Er entzifferte den Namen des Dorfes. Prauwo las er.

»Vater?«

Drognor wurde aus seinen Gedanken gerissen und blickte erschrocken zur Tür. Sein Sohn stand dort. »Dracon, was machst du hier? Du weißt doch, dass ich nicht gestört werden möchte.«

»Ja, ich weiß, es tut mir leid.«

»Und was ist so wichtig, dass du mich störst?«

»Ich wollte dir nur mitteilen, dass ich nach Prauwo gehe.«

»Bitte was?«, fragte Drognor gereizt.

»Ich werde nach …«

»Ja, ich habe dich schon verstanden. Aber warum? Die Reise dorthin dauert mindestens vier Tage, du wirst nicht rechtzeitig zum Elitendrium zurück sein.«

»Ich denke nicht, dass das ein Problem ist«, entgegnete Dracon.

»Was willst du überhaupt dort?«

»Ich habe eine Nachricht von einem Freund erhalten. Er schrieb mir, dass einige Bewohner des Dorfes verschwunden seien, und hat mich um Hilfe gebeten.«

»Warum hat er denn nicht uns gefragt?«

»Wahrscheinlich hat er befürchtet, ihr würdet ihm nicht glauben«, sagte Dracon.

»Wie kommst du darauf?«

»Er ist der Einzige im Dorf, dem die Dinge ungewöhnlich erscheinen.« Außerdem war er ein Mensch, was sicherlich der eigentliche Grund dafür war, dass er sich nicht an die Oberen gewandt hatte. Aber das verschwieg Dracon.

»Dann ist er wahrscheinlich einfach verrückt geworden. Du musst lernen, Märchen von der Wahrheit zu unterscheiden.«

»Und das ist der Grund, warum er nicht euch um Hilfe gebeten hat. Bis dann Vater, wir sehen uns beim Elitendrium.« Dracon verließ den Raum.

Drognor starrte fassungslos auf die Tür. Nach einigen Augenblicken besann er sich und wandte sich wieder seiner Arbeit zu. Er sah auf das dreckige, verschmierte Schriftstück und musterte das Wort, das den Namen des Dorfes bezeichnete, aus dem diese Schriftrolle stammte. Wieder glaubte er, Prauwo zu lesen, doch dann fingen die Buchstaben an, sich zu bewegen. Sie formten einen Kreis und ordneten sich neu an. *Waodur.* Verwundert starrte Drognor auf das Schriftstück. Die Schriftrolle aus Waodur hatte er bereits am Anfang bearbeitet, und die Teilnehmer waren bereits in seiner Liste eingetragen. Er verglich die Namen und stellte fest, dass sich einer von ihnen unterschied.

Die schon bearbeiteten Schriftrollen hatte er in dem Regal gestapelt und suchte die Schriftrolle aus Waodur. Er war sich sicher, dass sie unter den ersten drei, die er gelesen hatte, dabei gewesen war. Sie musste sich in der untersten Reihe befinden, doch da war sie nicht. Auch in der Reihe darüber suchte Drognor vergebens. Er öffnete schließlich jede einzelne

Schriftrolle erneut, aber keine war aus Waodur. Auf der anderen Seite des Raumes lagen noch zwei weitere Schriftrollen. Es waren die, welche er noch nicht gelesen hatte. Im Glauben, er hätte die Rolle aus Waodur falsch abgelegt, schaute er sich auch diese Zwei noch an, ohne Erfolg.

Er setzte sich wieder und betrachtete nachdenklich das Papier auf seinem Tisch. Er fragte sich, ob es möglich war, dass er die Schriftrolle doch auf die falsche Seite gelegt und nun zum zweiten Mal genommen hatte. Er hielt es durchaus für möglich, aber dass er auch noch einen Namen falsch übertragen hatte, konnte er sich kaum vorstellen. Die Namen waren sich nicht einmal ähnlich. Dengor stand in seiner Liste, auf der Schriftrolle stattdessen Sclavizar.

Drognor goss sich ein Glas Kräuterwasser ein, während er darüber nachdachte, was gerade geschehen war. Er nahm das Glas in die Hand und schaute es an, dann stellte er es wieder ab, ohne einen Schluck zu nehmen, und schüttelte ungläubig den Kopf. Er korrigierte den Namen auf der Liste und betrachtete noch einen Augenblick lang die Schriftrolle, bevor er sie zu den anderen ins Regal legte.

Dieses Jahr gab es keine Teilnehmer aus Prauwo, was Drognor verwunderte. Aus diesem Dorf hatten bisher immer Mankuren am Turnier teilgenommen. Dann dachte er an seinen Sohn und fragte sich, warum Dracon ausgerechnet in dieses Dorf gerufen wurde, dessen Schriftrolle fehlte oder sich verändert hatte.

Er sah wieder auf die Liste. Zu Beginn hatte er die Schriftrollen gezählt und die Anzahl aufgeschrieben. Es waren fünfzehn gewesen. Er zählte die Schriftrollen erneut, aber es waren nur noch vierzehn. Plötzlich war er sich sicher, die Schriftrolle war aus Prauwo und die aus Waodur war verschwunden. Ein böser Zauber war hier am Werk.

Drognor überkam ein ungutes Gefühl. Er sprang auf und suchte seinen Sohn, zu seinem Glück hatte er die Festung des Lichts noch nicht verlassen. »Dracon, warte. Geh nicht!«

Dracon sah seinen Vater verwundert an.

»Bitte komm mit mir, ich möchte dir etwas zeigen«, bat er seinen Sohn.

Dracon war wenig begeistert darüber, dass sein Vater versuchte, ihn aufzuhalten, aber er folgte ihm in den kleinen gewölbten Raum zurück. Die Kerze auf dem Tisch war fast abgebrannt und bildete eine Wachspfütze mit einer kleinen tanzenden Flamme in der Mitte.

Drognor entzündete eine neue Kerze, nahm eine Schriftrolle aus dem Regal und setzte sich. »Komm zu mir, ich will dir diese ominöse Schriftrolle zeigen.« Er rollte sie über seinem Tisch aus. Sie wirkte immer noch sehr dunkel, doch die Schrift war klar zu erkennen. »Als ich sie das erste Mal öffnete, war ich mir sicher, sie würde aus Prauwo stammen, doch die Buchstaben bildeten vor meinen Augen ein neues Wort aus. Nun steht hier Waodur. Aber ich bin mir sicher, dass die Schriftrolle aus Waodur schon zu Beginn dabei war, zumal ich die Teilnehmer auch schon in die Liste eingetragen hatte.«

»Waren es die gleichen Namen wie auf der vermeintlich aus Prauwo stammenden Schriftrolle?«, fragte Dracon genervt.

»Einer unterschied sich.«

Dracon blickte auf die Flasche Kräuterwasser und auf das Glas daneben. »Bist du dir sicher, dass du nicht zu viel Kräuterwasser getrunken hast?«, sagte er und sah seinen Vater skeptisch an.

»Das ist eine unerhörte Unterstellung! Die Schrift war kaum zu lesen, doch dann bewegten sich die Buchstaben und formten einen klaren Schriftzug«, sagte Drognor wütend.

»Du sagtest doch gerade, dort hätte Prauwo gestanden, bevor die Buchstaben angefangen haben, sich zu bewegen.«

»Ja, es war schwer zu erkennen, aber ich bin mir sicher.«

»Und was genau willst du mir damit sagen?«, fragte Dracon.

»Es ist kein Zufall, dass du eine Nachricht aus Prauwo erhalten hast. Es ist sicher ein Hinterhalt.«

»Ich wüsste nicht, warum mein Freund mich in einen Hinterhalt führen sollte. Du machst dir unnötig Sorgen.«

Drognor kannte seinen Sohn zu gut, um zu wissen, dass er ihn nicht davon abbringen konnte, nach Prauwo zu gehen. Verzweifelt sah er ihn an. Er wusste nicht, wie er ihm klarmachen sollte, welche Gefahr diese Reise mit sich bringen könnte. Er war sich sicher, dass etwas Schlimmes geschehen würde, doch war es nur ein Gefühl, auf dem sich keine Argumentation aufbauen ließ. »Nimm wenigstens Xendra oder Antaro mit«, sagte er dann in der Hoffnung, seinen Sohn irgendwie schützen zu können.

Dracon seufzte. »Warum? Ich würde sie nur unnötig in Gefahr bringen.«

»Du gibst es also zu.«

»Was?«, fragte Dracon verwirrt.

»Dass du dich unnötig Gefahren aussetzt«, sagte Drognor.

Dracon schüttelte tadelnd den Kopf. »Ich werde jetzt gehen.« Er drehte sich gerade um, als Drognor wieder das Wort ergriff.

»Warte! Erscheint es dir denn nicht sonderbar, dass dieses Jahr keine Schriftrolle aus Prauwo dabei ist? Oder dass eine Schriftrolle verschwunden ist?«

Dracon stand immer noch mit dem Rücken zu ihm und überlegte, was er sagen sollte. Er ging davon aus, dass sein Vater sich verzählt und beim Übertragen der Namen einen Fehler gemacht hatte. Aber ihm war bewusst, dass Drognor diese Meinung nicht gut auffassen würde, und er wollte einen Streit vermeiden. Er drehte sich wieder um. »Wie kommst du darauf, dass eine Schriftrolle verschwunden ist, hast du sie am Anfang gezählt?«, fragte er.

»Natürlich habe ich sie gezählt. Das ist das Erste, was ich tue, und ich schreibe mir die Anzahl immer auf die Liste. Siehst du, hier steht es.« Er hielt Dracon das dicke Papier vor die Nase.

»Vierzehn«, las Dracon laut und zählte die Schriftrollen. »Es fehlt keine«, stellte er fest.

Drognor blickte verwundert auf die Liste und auf die Zahl, die oben links auf dem Papier stand. Es war eine Vierzehn. Aber er war sich sicher, dass dort zuvor eine Fünfzehn gestanden hatte. Zumal er sich auch erinnerte, eine Fünfzehn aufgeschrieben zu haben. »Irgendetwas geht hier nicht mit rechten Dingen zu. Ich bin mir sicher, dass es fünfzehn waren«, sagte er.

Dracon wusste nicht, was er davon halten sollte. Sein Vater klang sehr überzeugt, und normalerweise war er sehr sorgfältig. Es war ungewöhnlich, dass er so viele Fehler auf einmal machte. Aber vielleicht hatte er auch gar keinen Fehler gemacht, und es war tatsächlich ein Zauber, der die Schriftrolle hatte verschwinden lassen und die Buchstaben geändert hatte.

»Es ist nicht ungewöhnlich, dass einige Mankurendörfer keine Teilnehmer zum Elitendrium schicken, aber sollte es einen Zusammenhang geben, werde ich es herausfinden«, sagte Dracon. Er ging zu Tür und verließ den Raum, ohne eine Antwort abzuwarten.

»Geh nicht allein!«, rief Drognor verzweifelt hinterher, in der Hoffnung, dass Dracon ihn noch hören würde, aber er war bereits in den magischen Gängen der Festung verschwunden. Dracon dachte über die Worte seines Vaters nach. Er konnte sich nicht vorstellen, dass Curdo, sein Freund, der ihm die Nachricht geschickt hatte, ihn belügen würde. Es gab keinen Grund dazu. Allerdings wurde die Nachricht durch einen Schriftrollenvogel überbracht. Diese konnten nur durch die magische Sprache erschaffen werden und daher unmöglich von einem Menschen stammen.

Dracon war davon ausgegangen, dass Curdo einen Mankuren um Hilfe gebeten haben musste, nun fragte er sich, ob es nicht doch ein Hinterhalt sein könnte. Aber das hielt ihn von seinem Vorhaben nicht ab. Allerdings entschied er sich, nicht allein zu gehen, und suchte Xendra auf, die Tochter von Aminar und Planara. Sie verbrachten viel Zeit miteinander und waren gute Freunde. Er konnte ihr vertrauen, ohne seine Zustimmung hatte sie noch nie etwas weitererzählt. Er hätte genauso gut Antaro, ihren Bruder, fragen können. Auf ihn konnte er sich ebenso verlassen, aber er ließ sich weniger von Dracon beeinflussen und hätte sicher versucht, ihm dieses Vorhaben auszureden.

Da Dracon keine Lust auf Diskussionen hatte, schon gar nicht, wenn sie dazu führen könnten, seine Reise allein antreten zu müssen, fragte er lieber Xendra, ob sie ihn begleiten würde. Als er ihre Zimmertür öffnete, saß sie auf ihrem Bett und flickte ihre kleine Ledertasche, die sie sonst am Gürtel trug.

»Gut, dass du hier bist«, sagte Dracon, während er den Raum betrat.

Sie sah ihn verwundert an. »Wer hat dich denn so aufgescheucht? Und von Anklopfen hältst du wohl auch nichts mehr?«, erwiderte Xendra.

»Entschuldigung, aber ich habe es eilig. Ich wollte dich fragen, ob du mich begleiten willst.«

»Begleiten? Wohin?«

»Ich gehe nach Prauwo, ein Freund hat mich um Hilfe gebeten.«

»Prauwo? Dann sind wir erst in vier Tagen zurück. In drei Tagen beginnt das Elitendrium. Außerdem haben wir morgen früh Training. Da kann ich unmöglich fehlen.«

»Keine Sorge. Wir werden heute Abend zurück sein«, versicherte Dracon.

»Wie willst du das denn machen?«

»Wir werden fliegen«, sagte Dracon.

»Fliegen?« Xendra war verwirrt.

»Ja, mit einem Greif natürlich.«

»Die Oberen haben dir erlaubt, mit einem Greif zu fliegen?«

»Ich habe sie nicht gefragt«, gestand Dracon.

Xendra genoss es, Dracons kräftigen Oberkörper so dicht an ihrer Brust zu spüren. Erst als der Greif dicht unter den Wolken war, wagte sie einen Blick über seine Schulter. Der Wind rauschte an ihren Ohren vorbei, und die Luft war eiskalt. »Das ist unglaublich!«, stellte sie voller Freude fest. »Du hättest mich schon viel früher mitnehmen sollen.«

Dracon lachte. »Schön, dass es dir gefällt. Und es lag nicht an mir, dass du nicht früher schon mal geflogen bist. Ich habe dich oft genug gefragt.«

Er hatte recht, doch Xendra hatte sich nie getraut, sie hatte großen Respekt vor ihren Eltern und den anderen Oberen und vermied es, gegen deren Willen zu handeln. Dracon war das schon immer gleichgültig gewesen, er hatte seinen eigenen Kopf, was ihm bei den Oberen nicht den besten Ruf eingebracht hatte. Xendra sparte es sich, etwas auf diese Worte zu erwidern. Das Rauschen des Windes machte es sowieso schwierig, eine Unterhaltung zu führen. Der Greif flog schnell und nahm keine Rücksicht auf seine Begleiter. Xendra klammerte sich immer fester an Dracon und hoffte, dass er den Halt nicht verlieren würde.

***

Hedro flog ohne Pause bis nach Prauwo, am Nachmittag erreichten sie die Stadtmauern. Etwas abseits von den Stadttoren landeten sie. »Da wären wir, ich hoffe, ihr hattet einen angenehmen Flug«, sagte der Greif.

»Ich danke dir, Hedro. Bitte warte in der Nähe, bis wir zurück sind.«

»Ehrlich gesagt hatte ich nicht vor, hierzubleiben. Ich bin davon ausgegangen, dass ich euch nur herbringen soll.«

»Aber du fliegst doch sowieso wieder zurück, es wird nicht lange dauern, bitte warte auf uns«, bat Dracon ihn.

Hedro zögerte, dann schüttelte er unmutig den Kopf. »Ich weiß nicht, warum ich das tue, aber ich werde warten. Doch, sobald die Sonne untergeht, werde ich zurückfliegen. Wenn es sein muss, auch ohne euch.«

Dracon lächelte erleichtert und nickte. »Danke. Wir werden da sein«, versicherte er. »Komm Xendra, bis zum Sonnenuntergang müssen wir zurück sein. Länger wird Hedro nicht warten.«

»Und dann müssten wir zu Fuß zurück?«, fragte Xendra verunsichert.

»Ja, aber keine Sorge, wir werden schon rechtzeitig zurück sein. Jetzt komm.« Dracon lief zum Stadttor. Es war verschlossen und niemand war zu sehen. »Wo sind die Wachen?«, fragte er. Mit einem festen Faustschlag klopfte er an das Tor. Das Geräusch durchdrang die Stille. Doch nichts geschah.

»Und was jetzt? Wie sollen wir da reinkommen?«, fragte Xendra entmutigt.

Dracon blickte sie nachdenklich an. Dann ging er schweigend auf das Tor zu und versuchte, es aufzudrücken. Aber es bewegte sich nicht. Er sah die Mauern hoch. »Hallo, ist da jemand?«, rief er und hoffte auf eine Antwort.

»Das bringt doch nichts. Lass uns lieber wieder gehen«, bat Xendra.

»Wir können nicht gehen. Hier stimmt etwas nicht, und ich werde herausfinden, was es ist.« Entschlossen wendete Dracon sich wieder dem Tor zu. »Wenn wir es nicht mit Muskelkraft öffnen können, dann vielleicht mit Magie«, sagte er. Aber bevor er die Worte der magischen Sprache aussprach, öffneten sich die schweren Holztüren von allein.

»Du hast es geschafft«, freute sich Xendra.

»Ich habe gar nichts gemacht«, sagte Dracon verwundert. Die Stadt war leer, nirgends war jemand zu sehen. Ein eisiger Wind fegte durch die Straßen. Außer dem Knistern von Laub und dem Pfeifen des Windes, war nichts zu hören. Langsam gingen sie durch das Tor und suchten aufmerksam die Umgebung ab. Plötzlich wurden sie durch ein lautes Geräusch erschreckt. Das Tor war hinter ihnen zugeschlagen. Dracon musterte den verschlossenen Eingang und ließ seinen Blick langsam über die Mauer wandern, doch es war niemand zu sehen.

»Komm, weiter«, flüsterte er und zog sein Schwert. Vorsichtig liefen sie die Straßen entlang. Die Bewohner schienen verschwunden zu sein. Nicht mal ein Tier oder Aphthale war zu sehen. Aber es hatte nicht den Anschein, als wäre das Dorf geplündert worden. Es gab kein Anzeichen von einem Kampf.

»Was ist hier nur geschehen?« Fassungslos starrte Dracon in die leblosen Straßen.

»Bist du denn nicht hergekommen, weil dir ein Freund geschrieben hat?«, fragte Xendra.

»Ja, schon. Warum fragst du?«

»Lass uns zu seinem Haus gehen. Vielleicht ist er ja noch dort.«

Dracon erschien das mehr als unwahrscheinlich, dennoch stimmte er Xendra zu, und sie gingen zu Curdos Haus. Sie hatten es fast erreicht, als Dracon etwas über die Straße huschen sah. Unbeirrt lief er hinterher. Es war zwischen den Häusern verschwunden. Leise schlich er an den Hauswänden entlang durch die schattigen Gassen. Xendra wollte ihm folgen, doch sie verlor ihn aus den Augen, während er weiter nach der Gestalt suchte, die er zuvor gesehen hatte.

Wieder hörte er etwas, lautlos bewegte er sich zum Ende der Hauswand, an der er stand. Sein Schwert fest in der Hand, blickte er vorsichtig um die Ecke und erschrak. Vor ihm stand Curdo und starrte ihn mit kühlen Augen an.

»Curdo! Bin ich froh, dich zu sehen«, rief Dracon. Der Mann schien mit diesen Worten nichts anfangen zu können und starrte ihn weiter an, dann färbten sich seine Augen schwarz. Dracon wurde von diesem Blick gefesselt, er konnte seine Augen nicht abwenden. Vergebens versuchte er es, aber es gelang ihm nicht.

»Demra viir nomvas. Demra viir nomvas«, sagte Curdo mit einer zischenden, rauen Stimme.

Dracon war bewusst, dass es nicht sein Freund sein konnte, der da sprach. Unfähig, sich von dem verfluchenden Blick zu lösen, wartete er darauf, dass etwas Schlimmes geschehen würde. Aber er hatte Glück. Was auch immer es für ein Zauber war, er wirkte nicht. Curdo wiederholte erneut die Worte, doch ohne Erfolg. Seine Augen waren immer noch schwarz, aber dann veränderten sie sich, und Dracon glaubte, gelbe Schlangenaugen zu erkennen, die sogleich wieder vom tiefen Schwarz verschluckt wurden.

Curdo zog sein Schwert. Dracon parierte den Angriff und entwaffnete ihn. Aber Curdo gab nicht auf. Er beugte sich vor, um sein Schwert aufzuheben, als Dracon ihm die Klinge seines Schwertes auf den Nacken legte. »Hör auf!«, sagte er bestimmend.

Curdo verharrte einen Augenblick in seiner Position, dann warf er sich auf den Boden, ergriff sein Schwert und versuchte, Dracon damit die Füße wegzuschlagen. Dracon sprang zurück und Curdo verfehlte ihn.

Er stand auf und ging erneut auf Dracon los. Wieder wurde er entwaffnet, aber diesmal zögerte Dracon nicht und schlug ihn nieder. Dann fesselte er ihn.

Mit dem Bewusstlosen auf der Schulter lief er zum Stadttor und hielt dabei Ausschau nach Xendra. Sie wartete dort bereits auf ihn.

»Wer ist das?«, fragte sie.

»Das ist Curdo, von ihm war die Nachricht.«

»Warum hast du ihn gefesselt?«

»Er hat mich angegriffen.«

Xendra war verwirrt. »Wieso hat er dich angegriffen? Ich dachte, er ist ein Freund von dir.«

»Ist er auch. Er ist mit einem Zauber belegt worden. Ich nehme ihn mit. Vielleicht kann mein Vater ihm helfen.«

»Du willst ihn mit in die Festung des Lichts nehmen?«, fragte Xendra fassungslos.

»Ich sagte doch, dass er ein guter Freund von mir ist. Ich muss ihm helfen.«

»Hoffentlich weißt du, was du tust«, sagte Xendra kopfschüttelnd.

»Natürlich weiß ich das!«, erwiderte er eingeschnappt und ging strammen Schrittes mit dem Gefangenen über der Schulter zu dem Greif zurück. Xendra lief neben ihm her und betrachtete skeptisch den Menschen. Plötzlich drehte er ihr seinen Kopf zu und öffnete die Augen. Sie waren pechschwarz, der Blick traf Xendra wie ein Messerstich. Sie zuckte zusammen und spürte eine eisige Kälte in ihren Kopf steigen.

»Demra viir nomvas«, flüsterte Curdo.

Wie erstarrt blieb Xendra stehen. Wenige Sekunden lang war sie wie gelähmt. Curdo schloss seine Augen wieder, und Xendra fragte sich, was gerade geschehen war. Sie hatte das Gefühl, für einen kurzen Augenblick geschlafen zuhaben. Dracon hatte die Worte gehört. Aber Curdo hatte sie so leise gesprochen, dass er sich nicht sicher war, wo sie herkamen.

»Hast du das gehört?«, fragte Dracon.

»Was soll ich gehört haben?« Xendra wusste nicht, wovon er sprach, und Dracon war sich nicht sicher, ob Curdo die Worte tatsächlich wiederholt hatte oder ob er es sich nur eingebildet hatte.

Als Hedro den Menschen sah, war er wenig begeistert. »Wer ist das? Du willst ihn doch nicht etwa mitnehmen, oder?«, fragte er skeptisch.

»Doch, er ist ein guter Freund, ich muss ihm helfen.«

»Wenn du meinst, aber du musst selbst darauf achten, dass er nicht runterfällt. Ich werde keine Rücksicht auf ihn nehmen.«

»Du nimmst nie Rücksicht auf deine Reiter, du bist ein Greif«, bemerkte Dracon.

Hedro sagte dazu nichts, warf Dracon aber einen beleidigten Blick zu und ließ ihn wissen, was er von seiner Bemerkung hielt.

Während sie der Festung des Lichts immer näherkamen, dachte Dracon darüber nach, ob es ein Fehler war, Curdo mitzunehmen. Es stand außer Frage, dass es nicht Curdo gewesen war, der ihm die Nachricht hatte zukommen lassen. Er wusste, dass sein Vater recht gehabt hatte, auch wenn Dracon nicht direkt einen Hinterhalt erkannt hatte. Aber vielleicht legte derjenige, der sich hinter all dem verbarg, es darauf an, dass Dracon seinen Freund mit in die Festung des Lichts nahm. Dieser Gedanke verunsicherte ihn. Er wusste, dass er ein großes Risiko einging, aber er konnte Curdo nicht einfach zurücklassen.

Am späten Abend waren sie zurück in der Festung des Lichts. »Wir sollten getrennt gehen. Es ist besser, wenn uns niemand zusammen sieht«, sagte Dracon. Xendra stimmte ihm zu und ging vor. »Und erzähl bitte niemandem, dass ich Curdo mitgenommen habe«, bat Dracon. Xendra nickte, dann öffnete sie den Gang zu ihrem Zimmer und verschwand.

Mit Curdo auf der Schulter, der immer noch bewusstlos war, suchte Dracon seinen Vater. Er fand ihn an seinem Schreibtisch. »Vater, entschuldige, dass ich so spät störe«, sagte er, als er den Raum betrat. Drognor saß wieder an seinem Schreibtisch und war dabei, die Schriftrollen erneut durchzugehen. Überrascht von Dracons Erscheinen sah er ihn fragend an.

»Wolltest du nicht nach Prauwo? Und wieso hast du einen gefesselten Mankuren bei dir?«

»Einen Menschen, er ist ein Mensch«, korrigierte Dracon ihn.

»Wie bitte?! Ein Mensch? Du wagst es, einen Menschen in die Festung des Lichts zu bringen? Was stimmt nicht mit dir? Du weißt genau, dass es strengstens verboten ist, unerlaubt jemanden in die Festung zu bringen, und dann auch noch einen Menschen. Noch nie hat ein Mensch diesen Ort betreten, und das hat seinen Grund!« Drognor war so wütend, dass sein Gesicht rot anlief.

»Vater, beruhige dich. Das ist Curdo, mein Freund aus Prauwo.«

»Ich soll mich beruhigen? Er ist ein Mensch! Aus Prauwo, sagst du? Willst du damit etwa sagen, dass du bereits in Prauwo warst? Du hast dich also obendrein dem Verbot widersetzt, mit einem Greif zu fliegen?« Drognor war fassungslos. Er schüttelte den Kopf und ging zu dem kleinen Schrank, der neben seinem Schreibtisch stand. Er nahm sich ein Glas und eine dunkle Flasche heraus. Er füllte das Glas und trank es mit einem Zug leer. »Ich weiß nicht mehr, was ich mit dir machen soll, du widersetzt dich jeglicher Regel. Ich kann dich nicht immer in Schutz nehmen. Was denkst du dir eigentlich dabei?«

»Es tut mir leid. Es muss ja niemand davon erfahren.«

»Bist du entgegen meiner Bitte allein nach Prauwo gereist?«

»Ja«, log Dracon, er wollte Xendra nicht in Schwierigkeiten bringen.

Drognor leerte ein weiteres Glas Kräuterwasser. »Dracon, ich bin enttäuscht von dir, und ehrlich gesagt würde ich am liebsten dafür sorgen, dass du für deine Taten bestraft wirst. Du wirst diesen Menschen unverzüglich von hier wegbringen und niemandem auch nur ein Wort davon erzählen. Vielleicht werde ich noch mal beide Augen zudrücken, aber glaube mir, das ist das allerletzte Mal. Und jetzt geh. Sofort!«, sagte Drognor.

»Aber wir müssen ihm helfen.«

»Helfen? Warum sollten wir ihm helfen? Und warum ist er gefesselt und bewusstlos?«, wollte Drognor wissen.

»Weil er versucht hat, mich zu töten«, flüsterte Dracon.

»Er hat was?! Bring ihn sofort weg von hier.« Drognor war entsetzt. »Was haben wir bei dir nur falsch gemacht?«, fragte er sich laut, ohne Dracon anzusehen.

»Vater, bitte. Du musst ihm helfen, er wurde mit einem Zauber belegt, du musst versuchen, ihn davon zu befreien.«

»Warum sollte ich das tun?«

»Weil er ein Freund von mir ist, und weil er uns vielleicht sagen kann, was in Prauwo geschehen ist«, erklärte Dracon.

»Was in Prauwo geschehen ist?«, wiederholte Drognor verständnislos.

»Prauwo ist eine Geisterstadt, alles war wie ausgestorben.«

»Nur dein Freund war noch dort?« Ungläubig sah Drognor seinen Sohn an.

»Ja, die Dorfbewohner schienen einfach verschwunden zu sein. Es gab auch keine Anzeichen von einem Kampf. Es schien fast so, als wäre das Dorf einfach verlassen worden.«

»Und du hast nicht darüber nachgedacht, dass es vielleicht doch ein Hinterhalt war? Wieso glaubst du, ausgerechnet dein menschlicher Freund bleibt übrig, während die Bewohner des ganzen Dorfes verschwunden sind?«

Dracon hatte die ganze Zeit darüber nachgedacht. »Natürlich habe ich das, aber er ist mein Freund. Ich kann ihn nicht einfach seinem

Schicksal überlassen«, sagte Dracon. Drognor war wenig begeistert, aber er zeigte zunächst Verständnis.

»Warum glaubst du, dass er mit einem Zauber belegt wurde?«, fragte er.

»Seine Augen wurden schwarz, und er sagte etwas in der magischen Sprache. Ich weiß aber nicht, was sie bedeuten.«

»Erinnerst du dich an die Worte?«

Dracon nickte.

»Schreib sie auf«, forderte sein Vater ihn auf und zeigte zu dem Tisch, auf dem Papier und eine Feder lag. Dracon konnte die Worte nicht einfach aussprechen, denn dann hätte er den Zauber bewirkt. Als Drognor die Worte las, verfinsterte sich sein Blick. »Dieser Zauber dient dazu, Mankuren gefügig zu machen. Es ist einer der verbotenen Zauber und bedarf sehr viel Macht«, erklärte er.

»Warum hat er bei mir nicht gewirkt?«, fragte Dracon verunsichert. Er war beunruhigt, weil er sich plötzlich nicht mehr sicher war, ob der Zauber nicht doch etwas bewirkt und er es einfach noch nicht bemerkt hatte.

»Bei Mankuren, die sich vor dem Gedankenlesen schützen können, ist der Zauber wirkungslos.«

Dracon war erleichtert, als er das hörte. Drognor hingegen war wütend.

»Ich wusste, dass es kein Zufall war. Ich kann es einfach nicht glauben. Du bringst einen Menschen hierher, der ohne Zweifel von einem sehr mächtigen Wesen mit einem Zauber belegt wurde, dessen Ausmaß du nicht einmal kennst. Bist du nicht mehr bei Sinnen?«, schrie er völlig ungehalten.

Dracon war eingeschüchtert und ihm fehlten die Worte. Er wollte sich entschuldigen, aber bevor er etwas sagen konnte, sprach sein Vater weiter.

»Dracon, ich warne dich. Du weißt, dass ich immer auf deiner Seite war, aber diesmal bist du zu weit gegangen.« Der weißhaarige Mankur ging hinter den Tisch und nahm die Axt von der Wand.

»Was hast du vor?«, fragte Dracon. Drognor sah seinen Sohn zornig an. Dann wanderte sein Blick auf den Gefangenen, der gefesselt mit geschlossenen Augen auf dem Boden vor ihnen lag.

»Ich werde versuchen herauszufinden, wer dafür verantwortlich ist«, sagte er entschlossen.

»Wozu benötigst du die Axt?«

»Da ich nicht weiß, was mich erwartet, will ich auf alles vorbereitet sein.« Drognor näherte sich langsam dem Gefangenen. Behutsam legte er seine Hand auf dessen Stirn. Mit einem leichten Energiestoß, der sich durch das Aufleuchten seiner Hand bemerkbar machte, weckte er den Bewusstlosen auf. Dann trat Drognor einen Schritt zurück.

Curdo blinzelte und kam langsam wieder zu sich. Erst sah er recht benommen aus, doch als er Drognor erblickte, richtete er sich mit einem Ruck auf. Er neigte seinen Kopf erst zur rechten dann zur linken Seite, um ihn dann in der Mitte wieder auszurichten. Die Bewegung wirkte steif und erzwungen. Dann starrte er Drognor an, und seine Augen färbten sich wieder schwarz.

Auch Drognor wurde von dem Blick gefesselt, aber er konzentrierte sich und versuchte zu erkennen, wer sich hinter den schwarzen Augen verbarg. Plötzlich schrie er auf vor Angst. Dracon zuckte zusammen. Sein Vater schrie erneut, doch diesmal von Zorn erfüllt. Drognor holte mit der Axt aus, und bevor Dracon etwas hätte tun können, schlug er Curdo den Kopf ab. Der enthauptete Körper sackte zu Boden, während der Kopf direkt vor Dracons Füße rollte und ihn mit leblosen Augen anstarrte.

»Was, was hast du getan?« Dracon starrte seinen Vater fassungslos an. Drognor schwieg und musterte abwesend die Leiche. Dann sah er seinen Sohn an.

»Das war Caldes. Er hat mich durch diese verfluchten Augen angestarrt«, flüsterte er. »Ich wusste gleich, dass da etwas nicht stimmt. Es war vorhersehbar, dass so etwas geschieht. Du solltest deine künftigen Handlungen gewissenhafter bedenken. Sieh nur, was du angerichtet hast, ein toter Mensch in der Festung des Lichts«, schimpfte Drognor. Dracon starrte auf den leblosen Körper. Er hatte mit vielen Dingen gerechnet, aber sicher nicht damit, dass sein Vater Curdo vor seinen Augen enthaupten würde. »Caldes wird seine Gedanken gelesen und so erfahren haben, dass er mit dir befreundet war. Oder glaubst du etwa immer noch, es sei ein Zufall gewesen, dass ausgerechnet dein Freund überlebt hat?«, sprach Drognor weiter. Dracon sagte nichts und blickte seinen Vater entsetzt an. »Bitte vergib mir, ich hatte keine Wahl. Niemand hätte deinem Freund noch helfen können«, beteuerte Drognor, dem es nun doch ein wenig leidtat.

»Bist du dir sicher, dass es Caldes gewesen ist?«, fragte Dracon tonlos.

»Zweifelsohne, er war es.«

Einen Augenblick lang sahen sie sich schweigend an. Dracon wollte nicht glauben, was sein Vater sagte. Caldes war ein Nachkomme der zweiten Generation der Oberen. Ein sehr bösartiger Mankur, der von Gier geleitet und ohne Mitgefühl war. Sein bösartiges Wesen hatte die Oberen dazu gezwungen, ihn bereits im Jugendalter zu verbannen und ihm das Privileg, ein Oberer zu werden, zu verweigern. Er hatte seinen Eltern und den anderen Oberen Rache geschworen. Nach einem halben Jahrhundert erfüllte er schließlich seinen Schwur. Er verbündete sich mit den Schattenwesen und tötete alle Oberen. Somit trat die dritte Generation der Oberen ihr Erbe an. Ihnen war es gelungen, Caldes zu besiegen, doch war er mit dem Leben davongekommen. Es war gewiss, dass er irgendwann zurückkehren würde, aber Dracon hatte insgeheim gehofft, diesen Tag nie erleben zu müssen. Er war sich nicht sicher, ob die Zweifel an den Worten seines Vaters berechtigt waren oder ob er es einfach nicht wahrhaben wollte.

»Versprich mir, dass du in Zukunft vorsichtig bist«, sagte Drognor schließlich. »Ich werde mit den anderen Oberen sprechen müssen. Dabei werde ich kaum verschweigen können, was geschehen ist.«

Das war Dracon ebenfalls bewusst. »Du könnest die Kleinigkeit verschweigen, dass ich den Menschen hierher gebracht habe«, sagte er, ohne seinen Vater anzusehen.

Dann ging er zur Tür und verließ den Raum. Drognors Blick verharrte einige Sekunden auf der Tür, als könnte er hindurchsehen, dann sah er auf die Blutlache, die sich über dem Teppich ausgebreitet hatte. Er musste die Leiche verschwinden lassen und alle Spuren beseitigen, bevor jemand etwas bemerkte. Er wickelte den Toten zusammen mit dem Kopf in den schweren Teppich ein, der bereits mit Blut vollgesogen war. Er stellte sich vor die Zimmertür und murmelte etwas in der magischen Sprache, bevor er sie öffnete. Dahinter befand sich eine weitere Tür, als er diese öffnete, kam ihm ein beißender Gestank von Verwesung entgegen. Angewidert trat er zwei Schritte zurück. Dann zog er den Teppich mit der Leiche zur Tür und stieß sie hindurch. Sie fiel in ein tiefes Loch, in dem Gefangene aus Damphthron, die gestorben waren, entsorgt wurden. Das Gefängnis befand sich unterhalb der Festung des Lichts und war ein Teil davon.

Drognor schloss die Tür und ließ die Leichengruft dahinter wieder verschwinden. Der beißende Gestank stand immer noch in der Luft, und er musste sich eines Zaubers behelfen, um ihn wieder loszuwerden. Es bedurfte wenig Mühe, die Spuren seiner Tat zu beseitigen. Die Tatsache, dass er gerade vor den Augen seines Sohnes einen Menschen geköpft hatte, machte ihm viel mehr zu schaffen. Aber Dracon hatte nicht gesehen, was er in den Augen dieses verfluchten Mannes gesehen hatte. Drognor hatte keinen Zweifel, dass Caldes diesen Mann benutzt hatte.

Plötzlich wurde Drognor etwas Erschreckendes klar. Caldes hatte einen Weg gefunden, seine Handlungsfähigkeit zurückzuerlangen. Vielleicht hatte er sich noch nicht aus seinem Gefängnis befreit, doch würde es sicher nicht mehr lange dauern. Drognor musste unbedingt mit den anderen Oberen sprechen.

.

DIE KINDER DER OBEREN

Am nächsten Morgen fanden sich die Kinder der Oberen in der Kampfarena ein. Sie wurden regelmäßig im Schwert und Nahkampf trainiert. Aminar war der beste Schwertkämpfer unter den Oberen. Seit Jahren bildete er die Krieger der herrschaftlichen Armee aus, genauso wie er die Nachkommen der Oberen unterrichtete. Die Krieger der herrschaftlichen Armee wurden ein Jahr lang in der Festung des Lichts ausgebildet. Sie lebten auch so lange in der Festung, bis die neuen Sieger vom Elitendrium feststanden und sie ablösten. Sie trainierten häufig gemeinsam mit den Kindern der Oberen, aber es gab auch Tage, an denen es nicht so war. Denn auch wenn die Krieger der herrschaftlichen Armee zu den besten Schwertkämpfern zählten, war ihr Können dem der Oberen meist weit unterlegen.

An diesem Morgen war das Training nur für die Kinder der Oberen vorgesehen, und als Aminar in die Kampfarena kam, wurde er von Xendra, Antaro und Terron bereits erwartet. »Guten Morgen«, grüßte er sie und warf einen strengen Blick in die Runde. »Wo ist Dracon?«, fragte er genervt.

»Wahrscheinlich schläft er noch«, sagte Terron gehässig.

Aminar schüttelte verständnislos den Kopf. »Wenn er nichts lernen will, ist er selbst schuld«, sagte er resigniert. Zu Aminars Ärgernis war Dracon häufig zu spät und auch öfter gar nicht erschienen.

»Womöglich glaubt er, dass du ihm nichts mehr beibringen kannst«, bemerkte Terron.

»Das wäre sehr anmaßend.«

»Zuzutrauen wäre es ihm«, sagte Terron.

»Wie auch immer. Lasst uns anfangen.«

Kurze Zeit später kam Dracon in die Kampfarena. Er hatte in dieser Nacht nicht viel geschlafen, die Gedanken an Curdo hatten ihn wachgehalten.

»Schön, dass du dich auch noch zu uns gesellst. Warum bist du schon wieder zu spät?« Aminar klang streng und vorwurfsvoll.

Es war nicht so, dass die Kinder der Oberen nicht schon selbst für ihr Handeln verantwortlich waren. Ähnlich wie bei den Menschen waren auch die Mankuren schon im Alter von zwanzig ausgewachsen, und die Kinder der Oberen waren bereits zwischen dreißig und fünfunddreißig Jahre alt. Ihre Ausbildung begann im Alter von drei Jahren. Sobald sie sprechen konnten, wurden ihnen einfache Dinge der magischen Sprache beigebracht. Bis sie ihr zwanzigstes Lebensjahr erreicht hatten, wurden sie in der Kunst der Magie unterrichtet. Dazu gehörte alles Wissen, dass den Oberen bekannt war. Nutzung von Zaubertränken, Kunde über magische Lebewesen, aber auch über gewöhnliche Lebewesen. Pflanzen und Kräuterkunde sowie über die Verwendung von Flüchen und Möglichkeiten, sie wieder zu lösen. Es gab viel zu erlernen, und es war unmöglich, alles zu wissen.

In der Festung des Lichts befand sich eine Bibliothek, dort gab es unzählige Bücher über die magische Sprache, Rezepte von Zaubertränken, Kräuterheilkunde, Bücher über magische Lebewesen, über die Schattenwelt, über die Schattenwesen und vieles mehr. Nach ihrem zwanzigsten Lebensjahr waren sie selbst für ihre weitere Bildung verantwortlich.

Dass von ihnen verlangt wurde, regelmäßig zu trainieren, lag daran, dass sie auf einen möglichen Kampf gegen Caldes vorbereitet werden sollten. Da Aminar seine Zeit freiwillig dafür aufbrachte, ärgerte es ihn umso mehr, wenn sein Angebot, von ihm trainiert zu werden, nicht genutzt wurde.

»Es tut mir leid. Ich habe verschlafen«, entschuldigte sich Dracon.

»Das sehe ich. Ich bin es leid, dass du ständig zu spät kommst.«

»Wir könnten auch einfach etwas später am Tag mit dem Training beginnen«, sagte Dracon.

»Sicherlich, Eure Hoheit. Und am besten auch nur an den Tagen, an denen du bereit bist, deinen Pflichten nachzukommen«, entgegnete Aminar zynisch. »Zieh dein Schwert!«, forderte er Dracon auf. Gleich darauf griff Aminar ihn an. Die ersten zwei Schwerthiebe parierte Dracon noch, doch dann schlug Aminar ihm das Schwert aus der Hand und hielt ihm seine Klinge an den Hals. »Solange ich das kann, bestimme ich, wann wir beginnen. Und du solltest darüber nachdenken, ob es nicht klüger wäre, öfter beim Training zu erscheinen. Solltest du irgendwann Caldes gegenübertreten, könnte es tödlich für dich enden, wenn du ihm weder im Schwertkampf noch in der magischen Sprache ebenbürtig bist.«

Dracon gab ihm keine Widerworte. Es war kein Geheimnis, dass er die magische Sprache nicht gut beherrsche. Er war zwar bemüht, sich zu verbessern, aber wenn er das Gelernte nicht anwendete, vergaß er es schnell wieder. »Ich werde mich bessern«, sagte Dracon und schob mit zwei Fingern vorsichtig die Klinge von seinem Hals weg.

»Das bezweifle ich«, sagte Aminar. Er nahm sein Schwert herunter und blickte Dracon vorwurfsvoll an. »Du kannst dich mit Terron im Schwertkampf üben.«

Dracon lächelte selbstsicher und stellte sich Terron gegenüber. »Guten Morgen. Bereit zu verlieren?«, begrüßte er Terron provokativ.

Die beiden konnten sich nicht ausstehen. Sie gerieten ständig in Konflikt und waren schon von klein auf Rivalen.

»Wir werden sehen, arroganter Mistkerl«, gab Terron zurück.

»Seid ihr fertig?«, fragte Aminar, der neben ihnen stand und sie mit grimmiger Miene beäugte. »Fangt an!«

Es dauerte nur wenige Augenblicke, bis Dracon das Schwert aus Terrons Hand geschlagen hatte.

»Du musst schneller werden. Ich zeig es dir«, belehrte Aminar Terron. Er stellte sich Dracon gegenüber und forderte diesen auf, anzugreifen. Dracon war sein bester Schüler, dennoch entwaffnete er ihn mit Leichtigkeit. Terron versuchte, die Technik anzuwenden, die er bei Aminar gesehen hatte, aber er scheiterte erneut.

»Bring es ihm bei«, sagte Aminar zu Dracon und wandte sich Xendra und Antaro zu.

Terron grinste, als Aminar nicht mehr neben ihnen stand. Er war etwas kleiner als Dracon, aber breiter und muskulöser. Er war der Sohn von Diggto und besaß, wie sein Vater, die Fähigkeit, Steine und Erde zu formen und zu bewegen, wie es ihm beliebte. Seine Brust war durch einen dicken Knochenpanzer geschützt und machte es seinen Angreifern schwer, ihn zu verletzen. Seine Mutter war keine der Oberen. Ihr Name war Sylra, sie lebte ebenfalls in der Festung des Lichts. Sie beherrschte die magische Sprache sehr gut, besaß aber zu wenig Macht, um sie wirkungsvoll einsetzen zu können.

»Ohne dein Schwert wärst du sicher nicht so vorlaut. Du hättest keine Chance gegen mich«, warf Terron Dracon vor.

»Da wäre ich mir an deiner Stelle nicht so sicher«, entgegnete dieser.

Terron machte eine schnelle Handbewegung, und ein Stein flog auf Dracons Handgelenk, sodass er sein Schwert fallen ließ. Gespannt sahen sich die beiden an. Terron holte zum Schlag aus. Er war mit seinen Fäusten sehr schnell, wohingegen er mit einem Schwert in der Hand eher ungeschickt und langsam war.

Die ersten zwei Schläge werte Dracon ab. Der dritte Schlag traf ihn in den Magen. Durch die Wucht des Schlages krümmte er sich leicht nach vorne und war mit Terron auf Augenhöhe. Ohne zu zögern, schlug er ihm seinen Kopf ins Gesicht. Terron schwankte zurück, aus seiner Nase lief Blut. Er wurde wütend und griff wieder an. Er schlug Dracon auf den Unterkiefer, woraufhin dessen Lippe aufplatzte. Dieser wiederum packte Terron mit einem gekonnten Griff und warf ihn zu Boden.

»Was soll das hier werden?« Aminar stand wieder neben den beiden und warf ihnen einen strengen Blick zu. Wortlos gingen Dracon und Terron auseinander. »Was ist in euch gefahren? Wenn ihr euch unbedingt die Köpfe einschlagen müsst, könnt ihr das in eurer Freizeit machen. Ich dulde ein solch undiszipliniertes Verhalten nicht!«

»Er hat angefangen«, sagte Terron kleinlaut.

»Es interessiert mich nicht, wer angefangen hat. Wenn ihr euch nicht zusammenreißt, braucht ihr euch hier nicht mehr blicken zu lassen«, sagte Aminar. Er sah Terron an, dessen Nase immer noch blutete und mittlerweile dick angeschwollen war. Er schüttelte verständnislos den Kopf. »Dracon, bring das wieder in Ordnung.«

Dracon besaß die Fähigkeit, Wunden zu heilen, und auch seine eigenen Verletzungen heilten sehr schnell. Die Wunde an seiner Lippe war kaum noch zu sehen. »Wieso sollte ich?«

»Weil ich es sage«, Aminars Ton klang bedrohlich.

Widerwillig ging er zu Terron, der ihn wütend anstarrte.

»Fass mich nicht an«, sagte dieser.

»Wie du meinst«, entgegnete Dracon gleichgültig.

Aminar machte eine abfällige Handbewegung. »Ich sehe schon. Es hat keinen Sinn. Tauscht die Partner.«

Dracon ging zu Antaro, dem Bruder von Xendra, der ihn erfreut anlächelte. »Es ist immer wieder bemerkenswert, wie du es schaffst, meinen Vater zu verärgern, obwohl er dich so gut leiden kann«, bemerkte Antaro.

»Das war nicht meine Absicht.«

»Ich weiß. Wo hast du dich gestern wieder rumgetrieben?«, wollte Antaro wissen.

»Ist nicht so wichtig«, sagte Dracon.

Antaro schien enttäuscht über diese Antwort zu sein. Er war ein guter Freund, und Dracon verschwieg ihm selten etwas. Antaro wusste, dass irgendetwas geschehen war. Er erkannte es an Dracons Blick. »Wirst du es mir später noch erzählen?«, fragte er.

»Es ist besser, wenn ich es für mich behalte.«

Antaro sah Dracon skeptisch an und entschloss sich, ihn später noch einmal darauf anzusprechen.

Diggto und Drognor saßen zusammen am Tisch und unterhielten sich, als Aminar zu ihnen kam. Er war sichtlich genervt und schenkte sich einen Schluck Wasser aus einer großen Karaffe, die auf dem Tisch stand, ein.

»Ist das Training nicht gut gelaufen?«, fragte Drognor.

»Eure beiden Jungs versuchen sich in letzter Zeit immer öfter die Köpfe einzuschlagen.«

»Das machen sie doch immer, sie wollen doch nur wissen, wer der Stärkere ist. Kümmere dich doch nicht darum«, sagte Diggto.

»Wenn ich mich nicht darum kümmere, bringen sie sich noch um!«

Diggto und Drognor warfen sich fragende Blicke zu. Es war nicht ungewöhnlich, dass Dracon und Terron aufeinander losgingen. Weder Diggto noch Drognor verstanden, warum Aminar sich dieses Mal so darüber aufregte.

»Wer ist denn der Stärkere?«, wollte Diggto wissen.

»Wirklich?! Das ist das Erste, woran du dabei denkst?«, entfuhr es Aminar.

»Mich interessiert es ehrlich gesagt auch«, bemerkte Drognor vorsichtig. Aminar rollte mit den Augen.

»Ich kann es nicht genau sagen, weil ich immer dazwischengehe. Aber sie wissen beide ihre Stärken zu nutzen.«

»Lass sie doch einfach mal kämpfen«, schlug Diggto vor.

»Willst du, dass einer von den beiden ernsthaft verletzt oder sogar getötet wird?«

Drognor schmunzelte und sagte: »Du machst dir viel zu große Sorgen. Sie werden sich schon nicht töten, lass sie einfach machen.«

Aminar sah Drognor und Diggto verständnislos an. »Ich weiß gar nicht, warum ich überhaupt mit euch darüber gesprochen habe.« Er stand auf und verließ den Raum.

DAS ELITENDRIUM

Erschöpft von der beschwerlichen Reise erreichten die Bewohner von Benklad das Marmitatal. Tausende Mankuren, Menschen und Aphthalen verteilten sich über die weite Fläche. Überall waren Zelte und Kutschen zu sehen. Ähnlich wie auf einem Markt gab es Händler, die Lebensmittel und andere Dinge tauschten oder verkauften.

Langsam bewegte sich die Gruppe in das Tal hinein, das von hohen Felswänden umgeben war. Auf der Nordseite befand sich der Tayguien, der höchste Berg im Androrgebirge, in dessen Innern sich die Festung des Lichts verbarg.

Durch die vielen Leute war ein schnelles Vorankommen unmöglich.

Aufmerksam hielt Turgrohn nach einem freien Platz für das Lager Ausschau. Doch dauerte es eine Weile, bis sie etwas fanden. Es durfte nur am äußeren Rand gelagert werden, denn in der Mitte befand sich der Turnierplatz. Er war deutlich zu erkennen und diente als Tribüne für Gaukler und Musiker, wenn kein Duell stattfand. An jeder Ecke duftete es nach Essen. Es gab gebratenes Fleisch, geröstete Kastanien, Nüsse und vieles mehr. Fast alles, was das Herz begehrte, war hier zu finden.

Shira konnte sich gar nicht sattsehen. Außergewöhnliche Erscheinungen, soweit das Auge reichte. Eine solche Masse an Mankuren auf einmal hatte sie noch nie gesehen. Auch verschiedenste Aphthalen, die Shira nicht kannte, waren vertreten. Alle schienen fröhlich und freundlich zu sein. Überall wurde gesungen und gelacht.

»Hier werden wir unser Lager errichten. Wenn wir damit fertig sind, könnt ihr gern alles erkunden. Die Duelle beginnen morgen früh«, sagte Turgrohn, als er einen geeigneten Platz gefunden hatte.

Bereits nach kurzer Zeit war alles aufgebaut, und alle waren so schnell verschwunden, dass Turgrohn, ehe er sich versah, allein dastand. Keiner hatte daran gedacht, dass jemand im Lager bleiben musste. So blieb Turgrohn nichts anderes übrig, als selbst die Stellung zu halten.

Shira und Rouh hatten sich ebenfalls aufgemacht, das Festgelände zu erkunden. Neben dem Turnierplatz war eine hohe Holztribüne aufgebaut, die für etwa zwanzig Personen ausgelegt war.

»Da sitzen die Oberen während des Turniers«, sagte Rouh, als er bemerkte, wie Shira die Tribüne begutachtete.

»Alles hier ist überwältigend. Ich bin wirklich froh, dass du mich überredet hast herzukommen«, sagte sie.

»Das freut mich zu hören.«

Staunend gingen sie weiter. Von einem Gaukler fasziniert, blieben sie stehen und genossen einen Moment die Vorstellung.

»Lass uns weitergehen«, forderte Shira Rouh schließlich auf. Sie drehte sich um und stieß mit einem Mankur zusammen, der direkt hinter ihr stand und ebenfalls dem Gaukler zugeschaut hatte. Erschrocken trat sie einen Schritt zurück. Der Mankur war einen Kopf größer als sie und kräftig gebaut. Er hatte dunkelbraunes, glattes Haar, die seine Ohren knapp bedeckten. Seine großen braunen Augen wirkten freundlich und liebevoll, hatte aber dennoch eine Respekt einflößende Ausstrahlung. Shira war sofort bewusst, dass er ein sehr mächtiger Mankur sein musste. Er lächelte.

»Alles in Ordnung?«, fragte er.

Shira reagierte nicht und starrte ihn mit großen Augen an. Nie hatte sie beim Anblick eines Mankuren so ein Gefühl wie in diesem Moment verspürt. Eine Mischung aus Faszination und Hingabe.

»Alles in Ordnung?«, fragte er wieder.

Shira bemerkte, dass sie ihn anstarrte. Scham überkam sie. »Ja, äh, es tut mir leid«, sagte sie verlegen. Sie zog an Rouhs Fell, um ihm zu bedeuten, dass sie gehen wollte, und versuchte sich an dem jungen Mankur vorbeizudrängen. Der blickte sie etwas verwundert, aber amüsiert an und bemerkte, wie sie an Rouhs Fell zerrte.

»Gehört der dir?«, fragte er.

Shira sah in an und blickte dann auf ihre Hand, die das grüne Fell festhielt. »Er gehört niemandem!«, entfuhr es ihr prompt.

»Natürlich nicht, entschuldige, so war das nicht gemeint«, sagte er und lächelte. Sein Lächeln wirkte so ehrlich. Shira war gezwungen, es zu erwidern.

»Nimmst du am Turnier teil?«, wollte er wissen.

»Nein, wir sind nur Zuschauer. Nimmst du denn teil?«

»Nein«, sagte er und lachte.

»Was ist so lustig daran?«, wollte Shira wissen.

»Nichts. Woher kommst du?«

»Aus Benklad.« Kaum hatte sie das ausgesprochen, fragte sie sich, warum sie ihm das erzählte.

»Benklad, interessant. Ich habe mal eine Weile ganz in der Nähe verbracht.«

»Wirklich? Wo genau?«, fragte Shira skeptisch. Benklad war sehr abgelegen im Südosten des Landes. Die meisten umliegenden Dörfer waren Menschendörfer.

»Ich habe in Darnhein gelebt.«

»Du hast in einem Menschendorf gelebt?«, fragte Shira überrascht.

»Ja, was ist so schlimm daran?«

»Nichts eigentlich, es ist nur …«, Shira zögerte, sie wollte nicht unhöflich werden und seine Aussage infrage stellen.

»Es ist nur was?«, fragte er neugierig.

»Ich kenne Darnhein, und die Menschen dort sind Mankuren gegenüber nicht gerade freundlich gesinnt.«

»Das mag sein, aber mit mir sind sie gut zurechtgekommen.«

Das konnte Shira kaum glauben. Sie fragte sich, ob die Menschen nicht einfach nur Angst vor ihm hatten und ihn deswegen freundlich behandelten. »Dracon. Da bist du ja«, hörte Shira eine Stimme rufen. Ein Mankur mit langem weißem Haar und einem langen Bart stand plötzlich neben ihnen, seine Ausstrahlung in seinem weißen Gewand war noch viel mächtiger als die des jungen dunkelhaarigen Mankuren, den er eben Dracon genannt hatte.

Das Erscheinungsbild des Alten war imposant und gleichzeitig beängstigend. Auffällig waren seine Augen. Eine leuchtend gelbe Iris mit schwarzer Umrandung. Sein Blick stach einem direkt in die Seele. Diese Augen konnten in Gedanken und Erinnerungen eindringen und darin lesen wie in einem Buch. Shira hatte keinen Zweifel, das musste einer der Oberen sein. Unbehagen breitete sich in ihr aus, sie wäre am liebsten einfach gegangen, und doch war sie von seiner Erscheinung so fasziniert, dass sie ihren Blick nicht sofort von ihm lösen konnte.

Plötzlich sah der weißhaarige Mankur ihr direkt in die Augen. Sie spürte, wie sein stechender Blick versuchte, in ihre Gedanken einzudringen. Aber sie ließ es nicht zu. Es war schwierig für sie, und es kostete sie viel Anstrengung, aber es gelang ihr, seinen eindringenden Blick abzuwehren. Die stechenden gelben Augen füllten sich mit Verwunderung.

»Wer bist du?«, fragte der Obere misstrauisch.

Shira fühlte sich ertappt. Panik überkam sie. Ihr Herz fing so heftig an zu klopfen, dass sie glaubte, jeder müsse es hören können.

»Sprich! Oder haben sie dir die Zunge herausgeschnitten?«, sagte der alte Mankur bedrohlich.

Hilfesuchend sah sie Dracon an, der selbst etwas verwirrt zu sein schien, und dennoch erkannte er die Panik in Shiras Augen.

»Ich bitte dich, Vater. Lass sie in Ruhe«, sagte er und schob sich zwischen die beiden. Dann legte er seinen Arm auf die Schulter seines Vaters und drehte ihn weg.

»Warum hast du mich gesucht?«, versuchte Dracon ihn abzulenken und hoffte insgeheim, dass Shira verschwand.

Drognor war verärgert über Dracons dreiste Einmischung, aber er beschloss, erst später darauf einzugehen. Ein Streit hier vor allen Leuten war mehr als überflüssig.

»Wer war das?«, wollte Drognor wissen.

»Ich weiß es nicht, ich habe sie gerade das erste Mal gesehen. Warum? Was hast du für ein Problem mit ihr?«

»Nimmt sie am Turnier teil?«, fragte Drognor, während er sich nach ihr umsah, aber er konnte sie nicht mehr finden.

»Nein, warum interessiert dich das?«

»Sie sah einfach aus wie eine Kriegerin«, bemerkte Drognor.

Dracon blicke sich um, Shira war nicht mehr zu sehen. Sie hatten die Gelegenheit genutzt, um sich mit Rouh davonzumachen.

»Das war Dracon, der Sohn von Drognor und Verdala, zwei der Oberen«, sagte Rouh, nachdem sie außer Sichtweite waren.

»Also war der weißhaarige Mankur Drognor? Er ist doch der Anführer der Oberen, oder?«, fragte Shira nervös.

»Sie haben keinen Anführer. Aber er ist sicher einer der Mächtigsten von ihnen«, erklärte Rouh.

Jetzt begriff Shira erst, warum Dracon gelacht hatte, als sie ihn fragte, ob er am Turnier teilnehmen würde. Die Teilnahme der Oberen oder deren Kinder war ausgeschlossen. Shira sah Rouh nachdenklich an.

»Was ist? Hat er dir etwa Angst gemacht?«, fragte Rouh belustigt.

»Ja, schon ein wenig«, gab Shira zu. »Es war nicht gut, dass ich ihm begegnet bin.«

»Er wird sich dein Gesicht bestimmt nicht gemerkt haben.«

»Da bin ich mir nicht so sicher.«

»Und warum?«, fragte Rouh skeptisch.

»Er hat versucht, meine Gedanken zu lesen.«

Rouh riss entsetzt die Augen auf. »Hast du es zugelassen?«

»Nein, natürlich nicht«, sagte Shira.

»Dann wird er sich ganz sicher dein Gesicht gemerkt haben«, sagte Rouh.

»Hätte ich ihm etwa Einblick gewähren lassen sollen? Ich denke nicht, dass das besser gewesen wäre.«

»Wahrscheinlich nicht«, gab Rouh zu. »Wir sollten besser verschwinden.«

»Du meinst, dass Elitendrium verlassen?«, fragte Shira verwirrt.

»Ja, genau. Und am besten sofort«, sagte Rouh.

»Das Turnier hat doch nicht einmal angefangen, warum willst du schon wieder gehen?« Shira wollte noch nicht gehen. Sicher hatte sie Angst vor einer weiteren Begegnung mit einem der Oberen, aber sie würde einfach besser aufpassen.

»Es gibt nur eine handvoll Mankuren, die sich vor dem Gedankenlesen schützen können, und sie alle sind oder waren Obere oder Kinder von ihnen. Das wird auch Drognor bekannt sein. Aber jetzt verstehe ich auch, warum er dich so bedrängt hat. Du hast wirklich Glück gehabt, dass Dracon dir geholfen hat. Aus welchem Grund auch immer«, erklärte Rouh.

Diese Frage hatte Shira sich auch bereits gestellt, aber sie fand keine annehmbare Erklärung.

»Ich denke, dass es klüger wäre, das Marmitatal zu verlassen«, sagte Rouh.

»Wahrscheinlich hast du recht. Aber ich werde noch nicht gehen. Nicht, bevor ich nicht wenigstens einen Kampf gesehen habe«, sagte sie entschlossen.

Rouh ließ sich überreden, und die beiden entschieden sich, zu bleiben. Als sie am Abend im Lager eintrafen, waren auch die anderen der Gruppe bereits zurück, und alle unterhielten sich angeregt. Erst nachdem die Sonne unterging und das Essen vorüber war, kehrte Ruhe ein.

Shira blieb am Feuer sitzen, mit dem Rücken an Rouh gelehnt, der hinter ihr lag und bereits schlief. Sie blickte verträumt in die Flammen. Tarina war auch noch wach und setzte sich neben sie.

»Feuer ist faszinierend, nicht wahr?«, sagte sie und riss Shira aus ihren Gedanken. Sie nickte stumm und blickte wieder ins Feuer.

»Als du dich am See mit Turgrohn gestritten hast, habe ich gehört, wie du den Zauber ausgesprochen hast.«

Shira war überrascht. »Welchen Zauber?«, fragte sie.

»Du hast Turgrohns Fluch abgewehrt. Verrate mir, wie du das gemacht hast.«

»Ich habe nichts gemacht«, wehrte Shira ab.

»Ich habe es genau gehört«, sagte Tarina.

»Wenn du es genau gehört hast, dann müsstest du den Zauber doch kennen«, bemerkte Shira. Tarina wurde sauer.

»Ich habe die Worte nicht genau verstanden. Verrate sie mir bitte, das würde mir den Sieg sichern.«

»Ich kann dir nichts verraten.«

»Warum nicht? Ich verspreche dir, dass ich es niemandem weitersagen werde.«

»Ich kann es dir nicht sagen, weil ich keine Ahnung habe, wovon du sprichst. Du weißt, dass ich die magische Sprache nicht beherrsche«, erklärte Shira. Sie warf Tarina einen zornigen Blick zu, dann stand sie auf. »Entschuldige mich, ich möchte schlafen«, sagte sie und legte sich neben Rouh auf die andere Seite.

Tarina ging verärgert zu ihrem Zelt. Shira und sie waren nie Freunde gewesen. Im Gegenteil, Tarina war von ihren Fähigkeiten sehr überzeugt und hatte Shira immer missachtet. Denn alle Mankuren, die ihr von den magischen Fähigkeiten her unterlegen waren oder von denen sie das glaubte, waren unter ihrer Würde. Nur wenige Bewohner von Benklad kamen mit ihr zurecht. In ihrem Zelt lag Tarina noch eine Weile wach und dachte darüber nach, wie sie Shira den Zauberspruch entlocken konnte. Fiese Gedanken gingen ihr durch den Kopf, doch war ihr bewusst, dass sie nicht durch Gewalt an ihr Ziel gelangen würde. Sie musste sich schnell etwas einfallen lassen, denn am nächsten Tag könnte sie bereits ihren ersten Kampf haben.

***

Ein lauter Gong weckte Shira aus ihrem Schlaf. Sanfte Schwingungen breiteten sich im ganzen Tal aus. Zur Eröffnung des Elitendriums schlug der Turnierleiter zehn Mal den Gong. Mit dem zehnten Schlag drehte er eine große Sanduhr um, wenn diese abgelaufen war, gab er die Mankuren des ersten Kampfes bekannt. Alle Teilnehmer machten sich bereit, denn jeder von ihnen könnte bald sein erstes Duell antreten.

In heller Aufregung machten sich die Bewohner von Benklad zum Turnierplatz auf. Turgrohn führte sie direkt neben die Tribüne der Oberen. Von dort aus hatten sie uneingeschränkte Sicht auf den Duellplatz.

Shira war etwas genervt von dem Gedränge und der allgemeinen Aufregung, doch in Anbetracht der guten Sicht blieb sie bei Laune. Turgrohn zu folgen, hatte sich durchaus gelohnt. Allerdings war ihr etwas unwohl, in Sichtweite der Oberen zu stehen.

Hinter ihnen drängten sich immer mehr Leute heran. Alle hatten sich um den Turnierplatz herum gesammelt. Für diejenigen in den hinteren Reihen war die Sicht stark eingeschränkt, und dennoch standen sie dort voller Erwartung auf den ersten Kampf.

Die Sanduhr war nicht ganz zur Hälfte abgelaufen, und Shira kam das Warten ewig vor. Tarina, die ebenfalls gelangweilt wartete, kam zu ihr.

»Ich habe darüber nachgedacht, was du gestern Abend zu mir gesagt hast«, sagte Tarina.

Shira war verwirrt. »Und?«

»Wenn du mir nicht sofort den Zauber verrätst, dann …«

»Dann, was?«, schnitt Shira ihr erbost das Wort ab.

»Dann werde ich allen erzählen, dass du die magische Sprache beherrschst.«

»Das werden sie dir nicht glauben.«

»Ich bin mir sicher, sie werden«, sagte Tarina.

Shira wurde misstrauisch. »Wieso sollten sie, es stimmt schließlich nicht.«

»Ich weiß alles über dich, und ich werde alles erzählen, wenn du mir nicht endlich den Zauber verrätst«, drohte Tarina und grinste triumphierend.

»Die anderen wissen auch alles über mich, ich weiß nicht, was du ihnen erzählen willst«, entgegnete Shira. Sie war verunsichert, ließ sich aber nichts anmerken und hoffte, dass Tarina bluffte.

Auf der Tribüne erschienen die Oberen. Während sie alle wie aus dem Nichts auftauchten, kamen vier Mankuren über eine Treppe herauf, unter ihnen Dracon.

»Das sind die Kinder der Oberen«, bemerkte Tarina.

»Ich weiß«, entgegnete Shira.

Dann folgte noch eine etwas ältere Mankure. Es war Sylra, die Mutter von Terron. Shira wagte nicht, hinzuschauen. Sie wollte jeden Blickkontakt vermeiden. Doch kam sie nicht umhin, immer wieder Dracon anzusehen, der sich auf die Seite der Tribüne gesetzt hatte, an der sie stand. Rechts von ihm setzte sich Xendra. Sie hatte lange schwarze Haare, spitze Ohren und hellblaue Augen. Eine sehr hübsche Mankure, von der Shira nicht wusste, wer sie war. Neben ihr setzte sich ein junger rothaariger Mankur, dessen Gesicht dem einer Raubkatze glich. Ein kräftiger blonder Mankur schloss die Reihe und Shira fragte sich, wer seine Eltern waren.

Rouh ermahnte Shira, als er bemerkte, wie oft sie zur Tribüne schaute. Auch Tarina entging nicht, wie Shira ihre Blicke immer wieder auf den Sohn Drognors warf.

»Er ist hübsch, nicht wahr?«, bemerkte sie.

Shira sah Tarina an und zuckte gleichgültig mit den Schultern.

»Ich habe ihn schon letztes Jahr hier kennengelernt. Ein sehr liebenswürdiger Mankur.«

»Du kennst ihn?«, fragte Shira mit einer Mischung aus Ungläubigkeit und Verwunderung.

»Als ich ihm erzählt habe, wer ich bin und dass meine Brüder bereits der herrschaftlichen Armee angehören, hat er mir sogar empfohlen, am Elitendrium teilzunehmen«, erzählte Tarina. Sie sah zu Dracon hoch und winkte ihm zu. Als er sie sah, schien er zu zögern und etwas verunsichert zu sein, scheinbar erkannte er sie nicht. Dann erwiderte er aber ihren Gruß, entweder weil er sie kannte oder einfach nur aus Freundlichkeit. »Siehst du, wenn du willst, stelle ich ihn dir nach dem Kampf vor.«

»Nein, danke«, sagte Shira und blickte zu Dracon, der sie anlächelte. Verlegen und erschrocken darüber, dass sich ihre Blicke trafen, wandte sie ihre Augen sofort wieder ab. »Willst du ihn wirklich nicht kennenlernen?«, fragte Tarina.

»Nein und jetzt lass mich in Ruhe!« Genervt drehte Shira sich zum Duellplatz und schaute auf die Sanduhr.

Tarina hingegen konnte sich nicht damit abfinden, dass sie Shira immer noch nicht den Zauber entlocken konnte. Nachdenklich musterte sie Shira mit verächtlichen Blicken, doch diese ignorierte Tarina.

Endlich rutschte auch das letzte Sandkorn nach unten, und neben der Sanduhr erschien einer der Oberen. Shira dachte zunächst, dass er ein Gepardenfell über der einen Körperhälfte trug, doch dann erkannte sie, dass es sein eigenes Fell war. Die linke Seite seines Gesichts sah wie die eines Menschen aus, aber die rechte Seite wie die eines Geparden. Auch sein Kopf schien zweigeteilt zu sein. Während die eine Hälfte von schwarzen Haaren bedeckt war, hatte die andere Hälfte das Ohr und das Fell einer Raubkatze. Der restliche Körper hatte die Statur eines kräftigen Menschen. Auch wenn Shira die Oberen nie gesehen hatte, war sie sich sicher, dass das nur Aminar sein konnte.

»Seid gegrüßt, meine Freunde. Ich freue mich, dass ihr auch dieses Jahr wieder so zahlreich erschienen seid. Und auch dieses Mal scheinen die hinteren Reihen vom Geschehen nicht viel mitzubekommen. Doch das soll nicht so bleiben. Diggto, würdest du bitte etwas dagegen unternehmen?« Aminar sah erwartungsvoll zur Tribüne. Diggto nickte und erschien prompt neben ihm.

»Es ist mir eine Ehre. Bitte tretet alle ein Stück zurück«, sagte er grinsend. Er hatte lockiges, kurzes schwarzes Haar und trug einen Vollbart. Der relativ kleine, aber sehr stämmige Mankur kreiste seine flachen Hände über den Boden und führte sie dann nach oben. Um den runden Duellplatz herum bildeten sich Risse im Boden, und er hob sich etwa einen halben Meter in die Höhe. Es war faszinierend, wie Diggto die Erde einfach nach seinem Belieben formte. Die Menge jubelte. Natürlich diente dieses Schauspiel hauptsächlich zur Unterhaltung. Diggto verbeugte sich und verschwand wieder.

»Wir danken dir, Diggto«, sagte Aminar anerkennend. »Aber nun ist es endlich so weit, die mächtigsten Mankuren des Landes haben sich zusammengefunden, um ihre Kräfte zu messen. Auch dieses Jahr haben sich wieder viele ehrenhafte Krieger für das Elitendrium qualifiziert. Der Zufallszauber wird nun entscheiden, welche dieser Krieger den Eröffnungskampf antreten.« Er öffnete seine Hand und hielt sie über den Boden. Dann murmelte er etwas in der magischen Sprache. Es herrschte Totenstille, doch sprach er so leise, dass ihn niemand verstand. Vor ihm bildete sich eine blaue Wolke, und ein goldener Krug erschien. Aminar schwang seine Faust, als wollte er in den Krug schlagen. Kurz bevor er den Krug berührte, stoppte seine Bewegung, er öffnete wieder seine Hand und zog sie geschwind zurück. Aus dem goldenen Krug schossen zwei Leuchtkugeln empor und die Blicke der begeisterten Zuschauer folgten ihrer Flugbahn. Kurz bevor die Leuchtkugeln wieder nach unten fielen, explodierten sie und zeichneten zwei Namen in goldenen Schriftzügen in den Himmel. »Elras und Gildor«, las Aminar die Namen vor und wiederholte sie laut. »Elras und Gildor, ihr mögt das Elitendrium eröffnen. Bittet tretet nun zum Duell an.«

Gespannt warteten alle auf die Mankuren, die das Elitendrium eröffnen sollten.

»Die Regeln sind wohl allen bekannt«, sagte Aminar mit kräftiger Stimme. Damit seine Worte über das gesamte Marmitatal zu hören waren, wurde ein spezieller Zauber verwendet, der seine Stimme auch bis an den äußersten Rand des Tals trug. »Dennoch werde ich sie nach alter Tradition vor dem ersten Kampf vortragen, während sich unsere ehrenhaften Krieger hier einfinden«, fuhr Aminar fort. »Natürlich werden die Gegner immer erst kurz vor Kampfbeginn bekannt gegeben. In der Vorrunde wird jeder Teilnehmer mindestens zweimal antreten. Danach scheidet der Verlierer aus. Es ist alles erlaubt, doch es bleibt darauf zu achten, den Gegner nicht zu töten. Wie immer ist Verdala anwesend, die die Fähigkeit besitzt, Verletzungen zu heilen. Es ist also sehr unwahrscheinlich, dass jemand ernsthaft zu Schaden kommt. Dennoch möchte ich auch das Publikum bitten, achtsam zu sein, denn nicht selten werden auch die Zuschauer verletzt. Für den Kampf gilt, wer am Boden liegt oder wehrlos ist, darf nicht angegriffen werden. Wer länger als zehn Sekunden kampfunfähig ist verliert.«

Mittlerweile waren Elras und Gildor eingetroffen und hatten sich neben Aminar gestellt. »Seid gegrüßt. Möget ihr ein ehrenhaftes Duell führen. Tretet euch gegenüber, zehn Schritte voneinander entfernt«, bat Aminar die beiden kräftigen Mankuren. »Die Regeln sind euch bekannt?« Die beiden nickten. »Gut, dann soll das Duell beginnen.« Er hob seinen rechten Arm in die Höhe, und die beiden Krieger verbeugten sich voreinander. »Empaaz!«, rief Aminar, war im gleichen Moment verschwunden, und der Kampf war eröffnet.

Zurück auf der Tribüne beobachteten Aminar und die anderen Oberen gespannt den Duellplatz. Gildor, der ein langes schwarzes Gewand trug, streckte seine Hände nach vorn, seine Fingerspitzen verwandelten sich in scharfe Krallen, die im nächsten Moment auf seinen Gegner schossen. Dieser wich den fliegenden messerscharfen Geschossen geschickt aus und antwortete mit kleinen Blitzen, die den Angreifer knapp verfehlten. Gildor formte seine Arme zu meterlangen Peitschen und versuchte Elras zu schlagen, doch Elras war flink, und die Peitschenhiebe gingen ins Leere. Geschwind sprang er nach vorn und schwang sein Schwert. Er traf die Peitschenarme und schlug sie ab. Erschrocken verwandelte Gildor seine Arme zurück und ließ den Boden unter den Füßen des Angreifers explodieren.

Die Steinbrocken, die wie Geschosse aus der Erde flogen, trafen ihr Ziel. Elras fiel zu Boden, sprang aber gleich wieder auf und feuerte wutentbrannt Dutzende kleine Pfeile aus seinen Händen. Die meisten verfehlten ihr Ziel, aber ein paar trafen Gildor. Er zog die Pfeile aus seiner Schulter und seinem Bein, in diesem Moment der Unaufmerksamkeit griff Elras erneut an und feuerte drei weitere Pfeile ab, die alle gezielt in die Brust trafen. Gildor taumelte. Bevor er von allein zusammenbrechen konnte, schleuderte Elras eine große blaue Energiekugel auf ihn, und er ging zu Boden. Er blieb reglos liegen, nur sein schwarzes Gewand bewegte sich leicht im Wind.

Nach einem kurzen Augenblick der Stille erschien Aminar neben Elras. »Wir haben einen Sieger«, sagte er, packte Elras am Handgelenk und zog seinen Arm in die Höhe.

Während die Menge den Sieger bejubelte, begab sich Verdala zu dem Verlierer und heilte seine Wunden.

»Ich gratuliere, Elras. Das nächste Duell soll sogleich folgen«, sagte Aminar feierlich und wiederholte den Zufallszauber.

»Rouh, wer ist das?«, wollte Shira wissen, die beobachtete, wie Gildor geheilt wurde. Rouh hatte seine Augen auf Aminar gerichtet und bemerkte nicht, dass Shira woanders hinsah. »Das ist Aminar.«

»Ich meine die Mankure, die dort neben dem Verlierer kniet.«

Rouh sah zu ihr rüber. »Das ist Verdala, eine der Oberen.«

»Die Mutter von Dracon?«, fragte Shira.

Rouh bestätigte ihre Frage mit einem Nicken. Verdalas Gestalt faszinierte Shira. Die Frau hatte schulterlanges braunes Haar, ihre Augen waren verhältnismäßig groß und standen schräg zueinander. Die Nase war schmal und lang. Mit den breiten, vollen Lippen ähnelte ihr Gesicht einem Frosch.

Gildor stand wieder auf und verließ den Duellplatz, auch Verdala war wieder verschwunden. Die Aufmerksamkeit des Publikums galt wieder dem goldenen Krug, aus dem erneut zwei silberne Kugeln schossen. Während die Menge, die goldenen Schriftzüge erwartend, gespannt in den Himmel starrte, wandte Shira ihren Blick zu Dracon auf die Tribüne. Auch er fixierte die leuchtenden Kugeln. Shira war beeindruckt von seiner Ausstrahlung, alles an ihm schien perfekt zu sein. Auch wenn sie nur den Oberkörper sehen konnte, da das Geländer der Tribüne den Rest verdeckte, war er in Shiras Augen makellos. Sie starrte ihn an und vergas die Welt um sich herum.

Rouh stieß sie leicht mit seinem Kopf an. »Hör auf, ihn anzustarren. Wir hatten doch vereinbart, dass du den Blickkontakt mit den Oberen meidest.«

»Er ist ja auch keiner von ihnen«, entgegnete Shira zickig. »Außerdem habe ich ihn nicht angestarrt.«

»Das habe ich gesehen«, bemerkte Rouh. Er wandte sich wieder dem Duellplatz zu, über dem die Namen der nächsten Kämpfer erschienen.

Entgegen Rouhs Warnung konnte Shira es nicht lassen und sah wieder zu Dracon. Diesmal erwiderte er ihren Blick. Eine Hitzewelle durchfuhr Shiras Körper und stieg in ihren Kopf. Sofort richtete sie ihre Augen wieder auf den Duellplatz, und sie versuchte ihre Scham zu verbergen. Mit dem Wissen, dass er sie beobachtete, suchte sie vergebens eine Möglichkeit, sich seinem Sichtfeld zu entziehen. Sie fragte sich, ob er sie immer noch ansah, und dachte sich, dass sie noch ein Blinzeln wagen könnte, um sicherzustellen, dass er nicht mehr hersah, aber sie hielt sich zurück. Nervös fing sie an, mit Rouhs Fell zu spielen.

»Warum zupfst du an meinem Fell?«, fragte Rouh genervt.

»Entschuldige bitte«, sagte sie und ließ von seinem Fell ab. Sie zwang sich, ihre Augen auf den Duellplatz zu richten, doch war sie gedanklich völlig abwesend, und der zweite Kampf hatte bereits begonnen.

Tarina stand immer noch neben Shira und verfolgte konzentriert die Kampfstile ihrer möglichen Gegner. »Hast du das gesehen? Shira, das war unglaublich. Wenn du mir den Zauber nicht verrätst, habe ich kaum eine Chance«, sagte Tarina.

Aus ihren Gedanken gerissen, blickte Shira Tarina verwirrt an. Sie hatte gar nicht mitbekommen, was gerade passiert war, und bemerkte, dass einer der Kämpfer bereits auf dem Boden lag. »Ja, wirklich unglaublich«, sagte sie achtlos.

»Willst du, dass es mir ebenso ergeht?«, warf Tarina ihr entsetzt vor.

»Du wusstest, worauf du dich einlässt«, bemerkte Shira.

Aminar und Verdala waren wieder auf dem Duellplatz, der Kampf war nach wenigen Minuten vorbei. Aminar gratulierte dem Sieger. Doch dann kam Verdala zu ihm und sagte ihm etwas. Der Verlierer lag noch immer am Boden. »Es tut mir leid, doch leider können wir dem tapferen Candrun nicht mehr helfen. Es ist erschütternd, einen ehrenhaften Mankuren zu verlieren, und dies bereits im zweiten Duell. Möge er in Frieden ruhen.«

Andächtig senkte Aminar seinen Kopf und schwieg einen Moment lang. Dann sprach er weiter. »Trotz dieses traurigen Verlustes wird dieses Turnier fortgesetzt werden. Allerdings muss ich noch einmal darauf hinweisen, dass die Duelle keinen Kampf auf Leben und Tod darstellen. Das Ziel ist es, seinen Gegner kampfunfähig zu machen, und nicht, ihn zu töten. Diese Kunst gilt es zu beherrschen als Krieger der herrschaftlichen Armee. Sclavizar, solltest du erneut so unachtsam kämpfen, wirst du disqualifiziert«, warnte er. »Noch bevor die Sonne den höchsten Punkt erreicht, wird das dritte Duell stattfinden. Bis dahin verabschiede ich mich nun von euch.« Aminar verbeugte sich kurz und verschwand.

Trotz des toten Kriegers jubelte die Menge. Es war schon häufiger vorgekommen, dass im Duell jemand starb, doch meist erst in den letzten Runden. Einige Angehörige gingen zum Duellplatz, sprachen mit Verdala und nahmen den toten Mankuren mit. Die Zuschauer verteilten sich wieder über das Gelände, gingen zu ihren Lagern zurück oder kauften sich etwas zum Essen.

Shira und Rouh hatten sich, noch bevor Aminar sich verabschiedet hatte, vom Duellplatz entfernt.

»Warum wolltest du auf einmal so schnell weg?«, fragte Rouh verwundert.

»Ich möchte nur etwas Vorsprung haben, wenn gleich alle auf einmal losgehen, gibt es wieder ein einziges Gedränge«, sagte sie, obwohl der eigentliche Grund ein anderer war. Ihr war es immer noch unangenehm, dass Dracon bemerkt hatte, wie sie ihn angestarrt hatte. Sie wollte einfach nur schnell verschwinden. »Wie hat Sclavizar seinen Gegner eigentlich getötet?«, fragte Shira.

»Hast du das denn nicht gesehen?« Rouh war verwundert über die Frage.

»Nein, nicht direkt.«

»Das glaube ich einfach nicht. Du bist das erste Mal beim Elitendrium, bekommst einen der besten Kämpfe geboten, und du siehst nicht hin?« Rouh konnte es einfach nicht fassen. »Was war denn interessanter als dieses Duell?«

»Ich weiß auch nicht, was ist denn passiert, nun spann mich nicht so auf die Folter. Sag schon!«

Rouh schüttelte verständnislos den Kopf.

»Nun erzähl es mir schon«, forderte Shira ungeduldig.

»Sclavizar klemmte seinen Gegner zwischen zwei Steinsäulen ein, die aus dem Boden geschossen kamen. Dann rannte er auf ihn zu und feuerte unentwegt Energiekugeln, die seinen Gegner mit voller Wucht trafen, ab. Wenige Meter von ihm entfernt blieb Sclavizar stehen und ließ die Steinsäulen wieder im Boden verschwinden. Candrun schwankte leicht. Sclavizar beobachtete ihn, während er eine Steinkugel formte. Candrun machte nicht den Eindruck, dass er noch mal angreifen würde, aber er stand immer noch. Sclavizar zögerte nicht länger und ließ mit einer magischen Handbewegung die Steinkugel wie ein Geschoss durch die Lüfte fliegen. Sie traf Candrun am Kopf. Er fiel sofort um. Zu schade, dass du es nicht gesehen hast.«

»Das hätte ich wirklich gern gesehen. Aber er wird ja noch mal kämpfen.«

»Na, hoffentlich siehst du dann auch hin.«

»Das hoffe ich auch«, sagte Shira abwesend.

»Was ist denn los mit dir?«, fragte Rouh besorgt.

»Was meinst du?« Shira sah Rouh fragend an. Sie war sich nicht bewusst, dass sie auf Rouh apathisch wirkte. Völlig abwesend und in Gedanken versunken.

»Du scheinst seit dem letzten Duell irgendwie in deiner eigenen Welt zu sein. Bedrückt dich irgendwas?«

Shira blieb stehen. Sie wollte es erst abstreiten, doch dann entschied sie sich, mit ihm darüber zu sprechen. »Ich habe beim Duell eben … da habe ich nicht zugeschaut, weil …« Sie zögerte.

»Weil du Dracon angestarrt hast«, beendete Rouh ihren Satz.

»Du musst mir deswegen keinen Vorwurf machen. Ich bin halt fasziniert von ihm.«

»Und warum bist du plötzlich abgehauen, kaum dass der Kampf vorbei war?«

Shira blickte beschämt nach unten und strich mit ihrem Fuß langsam über den sandigen Boden. »Er hat es gemerkt«, sagte sie dann leise.

Rouh musste lachen.

»Das ist nicht komisch«, sagte Shira trotzig.

»Doch, ist es. So etwas bringt dich normalerweise nicht aus der Ruhe. Du wolltest dich doch von ihm fernhalten, also brauchst du dir auch keine Gedanken zu machen. Du wirst ihm schon nicht noch mal in die Arme laufen.«

»Hoffentlich hast du recht.«

»Lass uns noch ein wenig das Gelände erkunden, dann kommst du bestimmt auf andere Gedanken«, schlug Rouh vor.

»Ja, und gehe wieder das Risiko ein, eine unerwünschte Begegnung zu haben«, sagte Shira wenig begeistert.

»Dann lass uns doch außerhalb des Trubels langgehen. Ich nehme an, dass du das nächste Duell nicht ansehen möchtest, oder?«

»Nein, ehrlich gesagt nicht.«

»Na, dann, lass uns gehen. Während der Kämpfe ist sowieso kaum jemand auf dem Gelände unterwegs«, sagte Rouh.

DAS VERBORGENE LAGER

Das Marmitatal war sehr weitläufig. Es erstreckte sich vom Fuße des Tayguien bis zur Mittelschlucht des Androrgebirges. Es nahm einige Zeit in Anspruch, das kesselförmige Tal am äußersten Rand zu umrunden. Zudem befanden sich dort die Lager der Besucher und der Turnierteilnehmer. Shira ging es nicht darum, von den vielseitigen Gestalten auf dem Festplatz unterhalten zu werden, sie wollte einfach nur nachdenken und dabei ein wenig spazieren gehen in der Hoffnung, keine unangenehme Begegnung zu haben.

Dass es während des Elitendriums innerhalb des Marmitatals keinen einsamen oder ruhigen Platz geben würde, war ihr vorher klar gewesen. Allerdings war sie anfangs auch nicht davon ausgegangen, dass sie sich dem ganzen Trubel entziehen wollen würde, und das bereits am ersten Tag.

Die beiden liefen eine ganze Weile, ohne ein Wort zu wechseln. Einige Male blieb Rouh stehen, weil er glaubte, jemand würde sie verfolgen. Vereinzelt waren Leute zu sehen, und Rouh betrachtete sie misstrauisch. Er konnte nichts Verdächtiges finden, aber er wurde einfach das Gefühl nicht los, dass sie beobachtet wurden.

Sie gingen an vielen Lagern vorbei. Es war interessant zu sehen, wie einige Gruppen ihre Unterkünfte klar nach Hierarchien aufgestellt hatten, während es andere gab, die absolut gleichberechtigt schienen. Manche Gruppen waren so groß, dass sich innerhalb der Lager kleinere Gruppierungen fanden. Ihre Zusammengehörigkeit erkannte man lediglich an den Farben der Stoffe, aus denen ihre Zelte gefertigt waren. Manche Lager schienen fast so groß wie ein kleines Dorf.

Rouh und Shira näherten sich der Nordschlucht. Östlich der Schlucht befanden sich der Fuß des Tayguien und der Eingang zur Festung des Lichts. Dazwischen lag eine hohe, steile Felswand. Diese hatte kaum Vertiefungen und an den meisten Stellen einen Überhang. Die Gefahr eines Steinrutsches war dort sehr hoch. Deswegen fanden sich dort kaum Lager und entsprechend weniger Leute.

Als sie die Nordschlucht erreichten, blieb Shira stehen. Sie waren schon eine ganze Weile unterwegs, die Sonne stand schon sehr tief, und die Schlucht lag bereits in einem dunklen Schatten.

»Was ist los? Warum bleibst du stehen?«, wollte Rouh wissen.

»Siehst du das? Es sieht aus, als würde dort ein Feuer brennen«, sagte Shira.

Die Schlucht war nicht gut einsehbar, überall lagen große Felsbrocken. An der Felswand war ein flackerndes Licht zu erkennen. Versteckt hinter den schützenden Felsen schien sich noch ein Lager zu befinden. Ohne etwas zu sagen, ging Shira langsam den schmalen Weg entlang, der in die Schlucht führte. Rouh folgte ihr. Der Weg verlief rechts an einem Felsvorsprung vorbei. Die Quelle des Lichts war noch nicht zu erkennen. Shira kletterte auf einen Felsvorsprung.

»Kannst du etwas sehen?«, fragte Rouh neugierig.

»Da ist noch ein Lager.«

»Das ist aber mutig, so weit abseits zu campieren. Ich frage mich, wem dieses Lager gehört«, sagte Rouh.

»Das interessiert mich auch. Wir sehen es uns genauer an!«, beschloss Shira. Sie sprang von ihrem Aussichtspunkt herunter und marschierte los.

Bevor Rouh ihr folgte, drehte er sich noch einmal um. Er hatte erneut ein ungewöhnliches Geräusch gehört, und wieder beschlich ihn das Gefühl, sie würden verfolgt werden.

»Warte hier«, sagte Shira zu Rouh und näherte sich vorsichtig dem Lager. Ein übler Geruch drang in ihre Nase. Eine Mischung aus verwestem Fleisch und verbranntem Horn. Fünf Zelte standen im Kreis um eine große Jurte herum. Sie waren mit schmutzigen braunen Leinentüchern bedeckt. Vor der großen Jurte in der Mitte des Lagers brannte ein Feuer. Alles war still und wirkte wie ausgestorben. Nur das Feuer war ein Hinweis darauf, dass hier jemand war.

Shira bemerkte ein unangenehmes Kribbeln in der Magengrube. Die Umgebung wirkte bedrohlich. Shira bedeutete Rouh, hinter einem Felsen zu warten, während sie sich dem Lager näherte. Es behagte ihr nicht, weiterzugehen, und doch war die Neugier größer als ihre Angst. Sie erreichte das erste Zelt. Aufmerksam die Umgebung beobachtend schlich sie zum Eingang. Sie hörte nichts, es schien so, als sei niemand dort. Sie wagte einen Blick hinein. Das Zelt war leer. Verwundert trat Shira einen Schritt zurück und sah sich um. Dann ging sie leise zum nächsten Zelt und schaute auch dort hinein. Es war ebenfalls leer. Wie beim Zelt zuvor war nichts darin, nicht einmal Decken. Es wirkte etwas unheimlich. Vielleicht waren es einfach nur sehr genügsame Personen, die auf dem Boden schliefen und sich nur durch ihre Kleidung vor der nächtlichen Kälte schützten. Oder es waren Behausungen für irgendwelche Aphthalen oder Tiere. Es gab mehrere Möglichkeiten, die leeren Zelte zu erklären.

Plötzlich hörte sie etwas und zuckte zusammen. In der großen Jurte waren Stimmen zu hören. Von ihrer Position aus war der Eingang zu sehen, der ein Stück geöffnet war. Direkt neben dem Eingang standen ein Blecheimer und ein Tonkrug. Shira fragte sich, ob die anderen Zelte auch leer waren, aber sie entschied sich, dieser Frage nicht nachzugehen. Vielmehr wollte sie wissen, wer da in der Jurte war, bevor sie jemand bemerkte.

Für einen Moment dachte sie darüber nach, umzukehren, denn sie war sich sicher, dass dies kein gewöhnliches Lager war. Doch dann ging sie entschlossen weiter. Im Schutze des Schattens näherte sie sich langsam der Jurte, ständig umherschauend, um sicher zu stellen, dass sie von niemandem beobachtete wurde. Sie konnte schon fast sehen, was oder wer sich in diesem großen, runden Zelt verbarg, aber sie blieb stehen und belauschte das Gespräch.

»Wieso hast du deinen Gegner getötet? Diese unnütze Handlung hat die Aufmerksamkeit der Oberen auf dich gezogen. Es wird nun umso schwieriger werden, unseren Plan umzusetzen, wenn er nicht sogar schon gescheitert ist.«

Die Stimme klang zischend und furchteinflößend.

»Mein Herr, bitte verzeiht mir. Ich werde nicht versagen. Seid gewiss, ich werde euch nicht enttäuschen. Ein solcher Fehler wird nicht wieder vorkommen.«

Die Angst desjenigen, der diese Worte sprach, war deutlich zu hören. Shira fand das sehr beunruhigend, denn sie mussten von diesem mächtigen Mankuren stammen, der das zweite Duell so schnell für sich entschieden hatte. Sclavizar war sein Name, erinnerte sich Shira.

»Das hoffe ich für dich. Ein weiteres Versagen werde ich nicht dulden!«

Diese zischende Stimme fuhr Shira durch Mark und Bein. Sie bekam Gänsehaut. Ohne zu wissen, wer da sprach, wusste sie, dass es ein sehr bösartiges Wesen sein musste. Es ist nachvollziehbar, dass sich auch ein mächtiger Mankur davon einschüchtern ließ, dachte sie bei sich. Ihre Vernunft sagte ihr, dass sie verschwinden sollte, aber der Drang danach, zu erfahren, wer sich hinter dieser grauenvollen Stimme verbarg, war größer.

Sie ging langsam zum Eingang der Jurte. Sie musste einfach sehen, zu wem diese Stimme gehörte. Als sie nahe genug neben dem Eingang stand, wagte sie einen Blick hinein, und ihr stockte der Atem. Sie starrte in große, leuchtend gelbe Schlangenaugen, die sofort wie ein Messerstich versuchten, in ihre Gedanken einzudringen.

Auf einem kleinen Tisch stand ein Telmant, ein magischer Edelstein, mit dessen Hilfe die Kommunikation über sehr weite Entfernungen möglich war. In der Mitte des ovalen Kristalls war ein dunkelgrüner Kopf zu sehen, der wie der Kopf einer Kobra aussah, aber eindeutig zu einem Mankuren gehörte. Er hatte keine Nase, lediglich zwei Nasenlöcher, die sich über einem schmalen Mund befanden. Das Kinn war breit und sehr kantig. Die glatten Züge einer Schlange zusammen mit der kantigen Kinnform wirkten beinahe grotesk und verfehlten ihre Wirkung nicht. Der Anblick ließ Shira beinahe erstarren. So musste sich ein Beutetier fühlen, wenn es seinem Jäger direkt in die Augen blickte. Das Gefühl völliger Machtlosigkeit, dachte sich Shira. Aber sie wollte nicht die Beute sein. Mit aller Kraft löste sie sich von dem fesselnden Blick, drehte sich um, stolperte über den Blecheimer, der mit einem lauten Scheppern gegen den Tonkrug prallte, und lief davon.

»Lass sie nicht entkommen!«, zischte der Schlangenkopf.

Sclavizar lief sofort los und der schlangenartige Mankurenkopf in dem Kristall verschwand.

***

Während Rouh gewartet hatte, waren ihm wieder merkwürdige Geräusche aufgefallen. Nicht weit von ihm entfernt an einem gegenüberliegenden Felsbrocken glaubte er, etwas gesehen zu haben. Er war gerade im Begriff nachzuschauen, als er sah, wie Shira aus dem Lager gerannt kam. Er tat es ihr gleich und lief nur wenige Schritte entfernt voraus.

»Schnell, wir müssen verschwinden! Du solltest dich verstecken! Er darf dich nicht sehen!«, rief Shira ihm zu, in der Hoffnung, dass Sclavizar die Sprache der Aphthalen nicht beherrschte und sie nicht hören würde.

Rouh verstand zwar nicht, warum sie davonrannte und von wem sie sprach, aber für den Moment war das auch völlig unwichtig. Er wusste, dass er nicht gesehen werden durfte. Rouh sprang die Felswand hinauf, ohne dass Shiras Verfolger ihn sehen konnte, und versteckte sich in einer kleinen Höhle.

Shira lief weiter. Sie wollte gerade an dem dichten Geröll, das sich zwischen ihr und dem Marmitatal befand, vorbei, als sie einen heftigen Schlag im Rücken spürte. Sie prallte auf den Boden. Eine Energiekugel hatte sie getroffen, zu ihrer Überraschung war sie nicht sehr stark. Sie hielt Sclavizar für einen sehr mächtigen Mankuren, dem zufolge hätte die Energiekugel viel stärker sein müssen. Shira sprang wieder auf und suchte den Angreifer. Sclavizar war direkt hinter ihr und war im Begriff, eine weitere Energiekugel auf sie zu feuern. Doch dieses Mal war Shira schneller. Sie richtete dem äußerlich recht unscheinbaren Mankuren eine ihrer Handflächen entgegen und schoss eine Energiewelle auf ihn. Im Gegensatz zu einer Energiekugel war eine Welle schneller und schwer zu sehen. Sie breitete sich ringförmig aus und umfasste einen Radius bis zu zwanzig Metern. Die Energiewelle brachte Sclavizar zu Fall. Doch er blieb nicht lange am Boden und rannte mit gezogenem Schwert auf Shira zu. Sie zog ebenfalls ihr Schwert, parierte den Angriff und entwaffnete ihren Gegner. Sclavizar zeigte sich unbeeindruckt und wandte einen Zauber an. Unter Shiras Füßen wurde der Boden weich und schlammig, sodass sie ein kleines Stück einsank. Dann wurde der Boden schlagartig wieder fest.

Sclavizar hatte sein Schwert wieder aufgehoben und schlug wieder auf sie ein. Shira gelang es, trotz das ihre Füße im Boden steckten, ihn abzuwehren, aber sie musste sich so schnell wie möglich befreien. Sclavizar ließ ihr jedoch keine Chance dazu, für ihn stand zu viel auf dem Spiel, er musste diese auffällig widerspenstige Mankure irgendwie besiegen.

Shira wurde klar, dass sie ihm nicht ohne Weiteres entkommen würde. Jedes Mal, wenn sich ihre Klingen trafen, hörte man ihren Klang in der Schlucht widerhallen. Es war nur eine Frage der Zeit, bis jemand den Kampf bemerken würde. Das Elitendrium wurde gut bewacht, Kämpfe außerhalb des Turniers waren strengstens verboten, unabhängig davon, mit welcher Begründung gekämpft wurde. Die Oberen und natürlich auch die meisten Gäste wünschten ein friedliches Fest, deswegen wurden alle Gewalttaten und kriminellen Handlungen hart bestraft. Auch

Shira wusste das, sie musste diesem Kampf so schnell wie möglich ein Ende bereiten.

Mit einem Feuerschwall, den sie nur mit ihren Händen erzeugte, drängte sie Sclavizar zurück und befreite ihre Füße. Bevor Sclavizar erneut angreifen konnte, wurde er von zwei Energiekugeln getroffen und blieb am Boden liegen. Shira trat an ihn heran und drückte ihm ihr Schwert an die Kehle. Sclavizar blickte sie verängstigt an.

»Bitte, töte mich nicht«, stotterte er.

Nachdenklich betrachtete Shira den recht großen, aber sehr dürren Mankuren. Er wirkte schwach und zerbrechlich, fast wie ein Mensch. Shira war noch nie einem Mankuren begegnet, der so mächtig war und dennoch so viel Unsicherheit und Schwäche ausstrahlte. Mankuren erkannten ihresgleichen, auch wenn sie auf den ersten Blick wie Menschen aussahen. Denn sie spürten, ob ein Wesen von magischer Herkunft war. Sclavizar aber fehlte diese Ausstrahlung, was Shira irritierte. Hätte sie nicht gewusst, dass er der Zauberei mächtig war, wäre sie sich sicher gewesen, einen Menschen vor sich zu haben.

Sie zögerte einen Augenblick, doch dann steckte sie ihr Schwert in die Scheide und rannte zum Marmitatal.

Sclavizar richtete sich wieder auf. Er wartete, bis Shira gerade außer Sichtweite war, bevor er ihr folgte.

Shira wollte so schnell wie möglich in der Menge auf dem Festgelände untertauchen, und wenn sie sicher war, dass Sclavizar sie nicht verfolgte, würde sie zurück zum Lager gehen, um sich von den anderen zu verabschieden. Solange sie sich im Marmitatal befand, würde sie keine ruhige Minute mehr haben.

Doch vorher musste sie noch Rouh finden. Sie hoffte, dass er ungesehen ins Tal zurückgelangen konnte, aber sie sah ihn nirgends. Richtung Süden waren mehrere Lager, während in der anderen Richtung bis zum Eingang der Festung des Lichts kein Zelt mehr zu sehen war. Eine leere Fläche, auf der selbst Felsbrocken sehr rar gesät waren. Shira suchte Schutz zwischen den Lagern und hielt weiterhin Ausschau nach Rouh.

***

Der Gedanke daran, seinen Herrn wieder zu enttäuschen, bereitete Sclavizar furchtbare Angst. Er hatte nicht damit gerechnet, eine so starke Gegnerin anzutreffen. Er fragte sich, was schiefgelaufen war. Sein Gebieter und Lehrer hatte ihn ausgebildet, um gegen einen der Oberen kämpfen zu können, und jetzt war er nicht einmal mächtig genug, um eine dahergelaufene Mankure zu besiegen. Er verstand nicht, wie sein Herr ihm zumuten konnte, gegen einen der Oberen zu kämpfen, wenn er dem offensichtlich noch nicht gewachsen war. Sclavizar wurde plötzlich klar, dass er seinem Herrn nicht wichtig war. Er war für ihn nur ein Werkzeug, das sich freiwillig seinem Willen gebeugt hatte. Getrieben von einem unnachgiebigen Bedürfnis nach Macht. Sclavizars Wunsch, dieses Bedürfnis zu befriedigen, war so groß gewesen, dass er als Gegenleistung seine ewige Treue schwor.

Es waren seither zehn Jahre vergangen, doch erinnerte er sich genau an diesen Tag. Er würde nie vergessen, wie unendlich glücklich er gewesen war, als er spürte, wie die Magie durch seinen Körper floss. Und auch jetzt war er sich sicher, das Richtige getan zu haben. Es war ihm ein Vergnügen und vor allem eine besondere Ehre, von einem der mächtigsten Mankuren der Erde zu lernen, besser hätte es für ihn gar nicht laufen können. Er spürte wieder dieses befriedigende Gefühl von Macht. Die Magie, die ihm geschenkt worden war, durchfloss noch immer seinen Körper, und sie wurde immer stärker. Sein Selbstvertrauen kehrte zurück. Er würde diese Mankure finden, und dann würde er sie vernichten. Von diesem Gedanken beflügelt lief Sclavizar zum Marmitatal. Erst als er zwischen mehreren Lagern umherlief und die Gegend aufmerksam absuchte, begriff er, dass es fast unmöglich war, diese Mankure ausfindig zu machen. Er kannte ja nicht mal ihren Namen oder wusste irgendetwas anderes über sie.

***

Rouh hatte sein Versteck verlassen, nachdem Sclavizar nicht mehr zu sehen war. Aufmerksam folgte er dem schmalen Weg, der durch die Schlucht bis zum Marmitatal führte. Dort angekommen hielt er Ausschau nach Shira, aber ihm wurde schnell bewusst, dass es sinnlos war, sie zu suchen. Deswegen entschloss er sich, zum Lager zurückzugehen. Er war sich sicher, sie dort wiederzutreffen, sollte sie ihn nicht vorher finden. Rouh blickte zum Tayguien über die kahle Landschaft hinweg, die sich östlich von der Nordschlucht völlig leblos bis zur Festung des Lichts erstreckte. Am Fuße des Tayguien bemerkte Rouh zwei Gestalten, die genau in seine Richtung liefen. Er blieb stehen. Gespannt beobachtete er die beiden sich nähernden Gestalten. Es waren Mankuren, da war sich Rouh sicher, und plötzlich erkannte er auch, wer genau es war.

Casto und Aminar kamen auf ihn zu. Sie waren durch ihre Unterhaltung abgelenkt und schienen nicht auf ihre Umgebung zu achten. Das kam Rouh sehr gelegen, sofort nachdem er die beiden erkannt hatte, drehte er sich um und lief weiter in Richtung Westen, weg von der Nordschlucht und aus Castos Sichtfeld. Auf diese Begegnung konnte Rouh wahrlich verzichten.

Während er davonlief, fragte er sich, ob Casto ihn nicht schon längst gesehen hatte. Nachdem er sich ein Stück entfernt hatte, schaute er noch mal zurück, doch er konnte weder Casto noch Aminar sehen. Mit der Gewissheit, nicht verfolgt zu werden, lief er weiter. Es dauerte nicht lang, bis er auf Shira traf, die sich einige Lager weiter versteckt hatte und sich sofort zu erkennen gab, als Rouh an ihr vorbeiging.

»Wir gehen zum Lager zurück, aber wir müssen wachsam sein. Sclavizar wird mich sicherlich suchen. Am besten geben wir Turgrohn Bescheid und verabschieden uns vom Elitendrium«, sagte Shira. Rouh war überrascht, dass Shira nun doch das Turnier verlassen wollte.

»Was ist in diesem Lager geschehen? Warum hat Sclavizar dich angegriffen?«, fragte Rouh gespannt.

»Es war sehr eigenartig. Die Zelte waren alle leer, nur die große Jurte nicht. Ich hörte, wie sich jemand unterhielt. Ich belauschte das Gespräch und fand dabei heraus, dass der eine Mankur Sclavizar sein musste, der Mankur der das zweite Duell so schnell beendet hatte. Ich wollte wissen, mit wem er spricht, da habe ich hineingeschaut.« Shira schwieg und sah Rouh besorgt an.

»Und was ist dann geschehen«, fragte Rouh.

»Ich habe etwas gesehen«, sagte Shira leise und senkte nachdenklich ihren Kopf.

»Was genau hast du denn gesehen?« Rouh blieb stehen und sah Shira erwartungsvoll an.

Jetzt blieb auch Shira stehen und seufzte. »In der großen Jurte, die in der Mitte des Lagers, befand sich ein Telmant.«

»Und was ist daran so schlimm?«

»Ich sah eine furchtbare Gestalt darin, und sie hat mich auch gesehen. Nicht nur das. Sie hat sogar versucht, meine Gedanken zu lesen.«

»Aber davor kannst du dich doch schützen«, bemerkte Rouh.

»Ja schon, aber es war ungewöhnlich schwer, und ich konnte dem nicht lange standhalten. Zum Glück konnte ich weglaufen, bevor sich der Schutz löste«, sagte Shira.

»Was war das für eine Gestalt?«, fragte Rouh kritisch. »Kannst du diese Gestalt oder Kreatur bitte beschreiben?«

»Es war ein Mankur, aber ein fürchterlich aussehender Mankur. Er sah aus wie eine Kobra mit leuchtend gelben Augen.«

Als Rouh die Beschreibung hörte, musste er schlucken. »Sagtest du, wie eine Kobra?«, wiederholte er entsetzt ihre Worte.

»Ja, allein der Anblick ließ mir beinahe das Blut in den Adern gefrieren«, sagte Shira.

Rouh stockte der Atem. Er hatte bisher nur von einem Mankuren gehört, dessen Kopf dem einer Kobra ähnelte.

Shira entging nicht, dass Rouh geschockt war. »Was ist los? Weißt du etwa, wer dieser Mankur ist?«, fragte sie.

»Ich habe ihn nie gesehen, aber der einzige Mankur, von dem ich gehört habe, der auf deine Beschreibung passt, ist Caldes.«

»Caldes? Bist du dir sicher?«, fragte Shira verängstigt.

Rouh bestätigte sie mit einem Nicken.

»Warum haben die Oberen ihn eigentlich nicht getötet?«

»Das weiß ich nicht. Wahrscheinlich wissen das nur die Oberen selbst«, sagte Rouh.

»Glaubst du wirklich, dass es Caldes war, den ich gesehen habe?«, fragte Shira erneut.

»Ich hoffe, dass er es nicht war. Allerdings würde es erklären, warum er deine Gedankenbarriere durchbrechen konnte«, entgegnete Rouh.

»Wenn das wirklich Caldes war, müssen wir die Oberen warnen«, sagte Shira.

Rouh lachte freudlos. »Die Oberen warnen? Du willst mit den Oberen sprechen?«

»Nein, selbstverständlich nicht, aber wir könnten Turgrohn davon erzählen. Er kann es ihnen dann sagen.«

»Vielleicht ist es gar keine schlechte Idee, Turgrohn von deiner Begegnung zu berichten. Er wird sicher wissen, was zu tun ist.

Wahrscheinlich wird er uns aufklären, dass es noch andere Mankuren gibt, die ein ähnliches Aussehen haben, und dass es keinen Grund zur Sorge gibt«, sagte Rouh und versuchte sich Mut zu machen.

»Ja, so wird es wohl sein«, stimmte Shira ihm zu. Sie hätte zu gern geglaubt, dass es nicht Caldes gewesen war, doch sie hatte wenig Hoffnung. Nie zuvor hatte sie etwas so Grauenvolles und Mächtiges gesehen. Er war nicht einmal anwesend und hatte dennoch beinah ihre Gedanken lesen können. Es mochte andere Mankuren geben, die aussahen wie eine Schlange, aber sicher keinen, der auch so mächtig war wie Caldes. Außerdem wusste sie, dass es eine Prophezeiung gab, die von seiner Rückkehr berichtete. Es waren bereits mehr als hundert Jahre vergangen, seitdem Caldes verschwunden war, und gerade die jüngeren Mankuren dachten kaum darüber nach, dass er zurückkommen würde. Auch Shira hatte sich nie wirklich damit beschäftigt. Ihr waren einige Geschichten über Caldes bekannt, doch hatte sie diese Geschichten immer nur als Erzählungen von einer finsteren Zeit, die längst vergangen war, betrachtet. Sie wusste auch nur wenig über die Prophezeiung.

»Als ich die Nordschlucht verlassen habe, sah ich Casto und Aminar«, sagte Rouh und riss Shira aus ihren Gedanken.

»Haben sie dich auch gesehen?«

»Nein, ich denke nicht. Sie kamen von der Festung des Lichts und gingen zur Nordschlucht, zumindest in die Richtung. Ich dachte erst, dass sie auf mich zukommen würden, aber zum Glück war dem nicht so«, sagte Rouh.

»Glaubst du, dass sie zu diesem Lager gegangen sind?«, fragte Shira.

Rouh sah sie an, als hätte er gerade eine Eingebung gehabt. Plötzlich wurde auch Shira bewusst, was Rouh durch den Kopf ging. »Es war ganz sicher Caldes.« Ein Schauder durchfuhr ihren Körper. »Und die Oberen wissen bereits, dass er dort ist«, sagte sie. Anders als auf dem Hinweg gingen sie nun zügig und aufmerksam zurück. Sie sprachen wenig und behielten ihre Umgebung genau im Auge.

DROGNORS BERICHT

Die Oberen hatten sich auf Anweisung von Drognor in der Festung des Lichts eingefunden. In einem kleinen Versammlungssaal saßen sie zusammen und warteten darauf, den Grund dieses Treffens zu erfahren.

Drognor stand vor ihnen und blickte besorgt in die Runde. Er war sich nicht sicher, wie er es erklären sollte, doch er konnte unmöglich verschweigen, dass Caldes seine Rückkehr vorbereite. Aber es widerstrebte ihm, seinen Sohn dabei an den Pranger zu stellen.

»Warum wolltest du uns sprechen?«, ergriff Casto das Wort und sah Drognor gespannt an. Casto war groß und trug ein schwarzes Wams. Er hatte braune Augen, schwarzes Haar und einen kleinen Spitzbart. Sein Äußeres unterschied sich kaum von einem Menschen, nur seine zusätzlichen Zähne ließen erkennen, dass er ein Mankur war. Es waren die Giftzähne einer Schlange, die er allerdings in seinem Kiefer verbergen konnte, aber wenn er lachte, kamen sie zum Vorschein.

»Die Bewohner von Prauwo sind verschwunden«, sagte Drognor.

»Was meinst du damit, sie sind verschwunden? Wie kann ein ganzes Dorf einfach so verschwinden?«, fragte Planara skeptisch.

»Ich weiß es nicht. Aber es war wie ausgestorben. Weder ein Mankur noch ein anderes Lebewesen war dort zu finden«, sagte Drognor.

»Hast du einen Vergangenheitszauber angewandt, um herauszufinden, was geschehen ist?«, fragte Casto.

Diese Art von Zauber erlaubte es, vergangene Ereignisse, die sich an einem bestimmten Ort zugetragen hatten, zu sehen.

»Ich habe es versucht, aber das Dorf ist von einer mir unbekannten Kraft umhüllt, die den Zauber wirkungslos machte.«

»Warum bist du überhaupt dort gewesen?«, fragte Widera.

»Bei den Anmeldungen für das Turnier befand sich eine sonderbare Schriftrolle. Ich glaubte zunächst, sie würde aus Prauwo stammen, die Schrift war schwer zu lesen, doch dann veränderte sie sich, und die Buchstaben ordneten sich neu an. Waodur stand nun dort, allerdings war ich mir sicher, dass ich die Schriftrolle aus Waodur schon bearbeitet hatte. Ich verglich die Namen auf der Liste und einer unterschied sich. Zudem war eine Schriftrolle verschwunden«, erklärte Drognor.

»Du hast dich sicherlich verzählt«, warf Casto ihm vor.

»Und einen Namen falsch übertragen? Das wage ich zu bezweifeln«, entgegnete Drognor gereizt. »Es erschien mir sonderbar, dass aus Prauwo keine Schriftrolle dabei war, zumal mein Sohn mich kurz zuvor aufgesucht hatte, um mir mitzuteilen, dass er nach Prauwo wolle, um einem Freund zu helfen. Also bin ich selbst dort gewesen.«

Alle sahen Drognor erwartungsvoll an, aber er sprach nicht weiter.

»Du sagtest, ein Freund von Dracon hätte ihn um Hilfe gebeten. Warum hat das getan?«, fragte Planara.

»Einige der Bewohner waren zu dem Zeitpunkt schon verschwunden, allerdings hat das außer ihm niemand bemerkt«, sagte Drognor.

»Wieso hat er ausgerechnet Dracon um Hilfe gebeten?«, fragte Diggto.

»Ich bin mir nicht sicher, aber ich vermute, es lag daran, dass er ein Mensch war.«

Casto beäugte Drognor misstrauisch. »Du bist also in Prauwo gewesen, gleich nachdem Dracon die Nachricht von seinem Freund erhalten hatte, und da waren die Bewohner bereits alle verschwunden? Sag mir, wie hat dieser Mensch die Nachricht übersandt?«

»Das ist doch unwichtig«, entgegnete Drognor.

»Ist es das? Denn ich habe das Gefühl, dass du uns etwas verschweigst«, sagte Casto.

Drognor schwieg einen Moment lang. Er musste ihnen von seiner Begegnung mit Caldes berichten und suchte die richtigen Worte. »Caldes ist dafür verantwortlich. Ich habe ihn gesehen.«

»Du hast Caldes gesehen? In Prauwo?« Aminar war fassungslos.

»Nein, er hat mich durch die Augen eines Menschen angesehen.«

Casto blickte Drognor ungläubig an, dann grinste er. »Natürlich, durch die Augen eines Menschen«, wiederholte er sarkastisch. »Und welcher Mensch soll das bitte gewesen sein?«

»Der Mensch, den Dracon hierhergebracht hat«, sagte Drognor.

Plötzlich waren alle Augen auf Drognor gerichtet.

»Dracon hat einen Menschen in die Festung des Lichts gebracht?«, fragte Aminar entsetzt.

Erst jetzt wurde Drognor bewusst, dass er gerade seinen Sohn verraten hatte. »Er war verletzt, Dracon wollte ihm nur helfen.«

»Und dafür muss er diesen Menschen mit in die Festung des Lichts nehmen, wo er ihn doch sofort hätte heilen können«, sagte Casto zynisch.

»Erzähl uns die Wahrheit! Warum hat dein Sohn diesen Menschen in die Festung des Lichts gebracht?«, forderte Diggto mit Nachdruck.

Drognor blickte nachdenklich in die Runde, dann seufzte er. »Dracon war kurz vor Beginn des Elitendriums in Prauwo. Wie ich bereits sagte, ist er dem Hilferuf eines Freundes gefolgt. Dieser Mensch war eben dieser Freund, und Dracon war der Meinung, dass sein Freund mit einem Zauber belegt worden sei. Er brachte ihn her in der Hoffnung, dass ich ihm helfen könne. Aber dieser Mensch war nicht verflucht, sondern besessen. Besessen von Caldes.«

»Was ist mit diesem Menschen geschehen? Wo ist er jetzt?«, wollte Aminar wissen.

»Ich musste ihn töten«, gestand Drognor.

»Du hast ihn getötet?«, wiederholte Verdala überrascht.

»Ja, ich habe ihn enthauptet. Ich hatte keine Wahl. Dieser Mensch war ein Werkzeug von Caldes, niemand hätte ihm noch helfen können«, rechtfertigte sich Drognor.

»Aber du hättest ihn doch nach Damphthron bringen können«, wandte Planara ein. So wurde das Gefängnis genannt, in dem alle Wesen eingesperrt wurden, die sich den Regeln der Oberen widersetzten und den Frieden im Land bedrohten. Es befand sich tief unter der Erde, in ewiger Dunkelheit. Es war durch einen mächtigen Zauber geschützt, der es den Gefangenen unmöglich machte, zu entkommen.

»Und deinen Sohn ebenfalls«, flüsterte Casto vor sich hin.

»Dazu kommen wir später noch«, sagte Diggto, der direkt neben Casto stand und dessen Worte gehört hatte. »Nun sag uns, was genau geschehen ist«, forderte Diggto Drognor auf.

»Dracon kam vor zwei Tagen mit einem gefesselten, bewusstlosen Menschen zu mir. Er erzählte mir, dass dies sein Freund sei, den er in Prauwo gefunden habe. Das Dorf sei mankurenleer gewesen, nur sein Freund sei noch dort gewesen. Ich bin mir sicher, dass es ein Hinterhalt war. Caldes wollte diesen Menschen nutzen, um Dracon mit einem Zauber zu belegen, der ihn gefügig machen sollte. Was ihm glücklicherweise nicht gelungen ist«, sagte Drognor.

»Du hättest uns früher davon erzählen müssen«, sagte Diggto verärgert. Er verstand nicht, wie Drognor zwei Tage warten konnte, bevor er sein Wissen über Prauwo bekannt gab. Drognor wusste, dass es falsch gewesen war, er hatte so lange gezögert, weil er darüber nachgedacht hatte, wie er Dracon würde schützen können, was sich nun als sinnlose Zeitverschwendung erwies. »Ich bedaure mein Verhalten. Doch ändert das nichts daran, dass Caldes wieder eine Bedrohung darstellt.« Plötzlich sprachen alle durcheinander und diskutierten wild. »Ruhe, bitte beruhigt euch«, rief Drognor. Es wurde wieder still, und alle sahen ihn erwartungsvoll an. »Wir wussten alle, dass dieser Tag kommen würde. Caldes hat seine Macht zurückerlangt, und es ist ungewiss, ob er sich schon befreit hat. Aber ...«

»Es ist ungewiss, ob du Caldes wirklich gesehen hast«, unterbrach Casto ihn.

Drognor missfiel Castos Respektlosigkeit, doch wunderte es ihn wenig. Sie hatten sich nie sonderlich gut verstanden.

»Ich bezweifle, dass Caldes sich befreien konnte. Wir sollten keine voreiligen Schlüsse ziehen. Außerdem wäre es vielleicht hilfreich gewesen, den Menschen nicht gleich zu töten. Wie konnte Dracon überhaupt so schnell nach Prauwo gelangen? Ich nehme an, er ist wieder mit einem Greif geflogen. Ihn kümmert es ja nicht, ob er irgendwelche Regeln oder Gesetze missachtet. Er schreckt ja nicht einmal davor zurück, einen Menschen in die Festung des Lichts zu bringen«, sagte Casto verärgert. Drognor warf ihm einen missmutigen Blick zu.

»Du sagtest, ein Name auf der Schriftrolle hätte sich unterschieden. Wie lautete dieser Name?«, fragte Aumora.

»Dengor war der Name, den ich zuerst übertragen hatte. Aber diesen Namen haben ich nicht mehr gefunden, stattdessen stand Sclavizar auf der Schriftrolle«, sagte Drognor.

»Sclavizar? Das ist doch der Sieger vom zweiten Duell«, bemerkte Aumora.

»Der erschien mir etwas sonderbar. Sehr ungewöhnlich, selbst für einen Mankuren«, sagte Aminar.

»Jemand sollte mit ihm sprechen und herausfinden, ob er wirklich aus Waodur stammt«, schlug Diggto vor.

»Das werde ich machen«, meldete sich Aminar.

»Gut, sobald du etwas Neues in Erfahrung gebracht hast, werden wir uns wieder versammeln«, stimmte Drognor zu.

»Und was ist mit Prauwo?«, wollte Verdala wissen.

»Die Bewohner sind verschwunden, wir können ihnen nicht helfen, solange wir nicht wissen, was dort vor sich gegangen ist«, bedauerte Drognor und wollte den Raum verlassen.

»Drognor, warte! Nicht so schnell, wir haben immer noch nicht geklärt, was mit deinem Sohn geschehen soll.«

Drognor fluchte innerlich. Natürlich war es Casto, der noch mal an Dracons Fehlverhalten erinnern musste, keiner der anderen hätte etwas gesagt.

»Er hat recht. Bei allem Respekt, er muss bestraft werden«, stimmte Diggto zu.

»Wir sprechen nach dem Elitendrium darüber«, entgegnete Drognor mit zornigem Ton.

»Sobald das Elitendrium vorbei ist, werde ich ihn festnehmen und in Damphthron einsperren lassen, bis wir uns über das Urteil einig sind.« Casto freute sich beinahe, das sagen zu können.

»Das wagst du dich nicht«, sagte Drognor in bedrohlichem Ton.

»Abwarten«, entgegnete Casto und verschwand.

Drognor starrte völlig perplex auf die Stelle, an der Casto gerade noch gestanden hatte, während die anderen ihn ansahen. Es dauerte einen Augenblick, bis er sich zu ihnen umdrehte. »Warum starrt ihr mich so an? Seid ihr etwa seiner Meinung?«, fragte Drognor wütend. Zunächst traute sich niemand, etwas zu sagen, doch dann ergriff Widera das Wort.

»Ehrlich gesagt, sind wir alle der Meinung, dass dein Sohn für sein Handeln die Konsequenzen tragen muss. Er kann sich nicht einfach allen Regeln widersetzen, nur weil er dein Sohn ist.«

»Ihr könnt ihn nicht wie einen Verbrecher behandeln«, sagte Drognor. Die anderen warfen ihm verurteilende Blicke zu. »Also gut. Wir werden nach dem Elitendrium eine Verhandlung führen und ein Urteil über ihn fällen. Aber er wird nicht nach Damphthron gebracht!« Eindringlich sah Drognor die Oberen an und erwartete eine Reaktion.

»Darüber werden wir später entscheiden«, sagte Diggto schließlich und verschwand. Die anderen taten es ihm gleich. Nur Verdala und Drognor blieben zurück. Sie unterhielten sich noch eine Weile über ihren Sohn, der sich derweilen nichts ahnend auf dem Festgelände amüsierte. Es war früher Abend, die Kämpfe des ersten Turniertages waren vorbei, und die meisten Besucher tummelten sich auf dem Festplatz.

EINE NEUE VERBÜNDETE

Tarina war gerade in der Nordschlucht. Sie hatte Shira und Rouh den ganzen Tag lang verfolgt und sich ebenfalls in der Nähe von Sclavizars Lager versteckt. Den Kampf zwischen ihm und Shira hatte sie genau beobachtet. Sie war überrascht von dem, was sie gesehen hatte. Sie hatte Shira völlig unterschätzt. Außerdem fand sie es sehr ungewöhnlich, dass diese ein Schwert aus magischem Eisen besaß.

Das magische Eisen wurde von Casto im ewigen Feuer geschmiedet. Sobald ein magisches Wesen von ihm berührt wurde, war es seiner Fähigkeiten beraubt, solange es in Kontakt mit dem magischen Eisen stand. So konnte mit diesen Waffen beinahe jedes Lebewesen getötet oder gefangen genommen werden, was sie einzigartig und gefährlich machte.

Tarina wusste, dass nur die Oberen diese Waffen besaßen, und vermutete, dass Shira das Schwert gestohlen hatte. Mit diesem Wissen glaubte Tarina, sie nun in der Hand zu haben, und war erfreut, dass es sich gelohnt hatte, ihr zu folgen.

Als Tarina sicher war, dass sie niemand mehr sehen konnte, verließ sie ihr Versteck. Sie wollte zurücklaufen, aber dann blickte sie sich um und betrachtete Sclavizars Lager. Nach kurzer Überlegung beschloss sie, es sich genauer anzusehen.

Anders als Shira betrat sie direkt die große Jurte und sah den Telmant. Dann drehte sie sich um und betrachtete die Gegenstände am Boden. Als sie sich wieder zurückdrehte, stieß sie einen kurzen Schrei aus. Erschrocken starrte sie in Caldes Augen, der auf dem Telmant erschienen war. Ohne etwas zu sagen, sah er sie an und las ihre Gedanken. Sie konnte nichts vor ihm verbergen. Ihre Gier nach Macht. Ihr Verlangen, der herrschaftlichen Armee beizutreten und vielleicht den Oberen ebenbürtig zu werden. Ihre Verachtung gegenüber Schwächeren und auch, dass sie viel über Caldes wusste und ihn insgeheim immer bewundert hatte. Und nicht zuletzt den Grund, warum sie in diesem Lager war, alles konnte der furchteinflößende Mankur sehen.

Tarina wagte nicht, zu sprechen. Sie wusste, wen sie vor sich hatte. Obwohl auch sie Caldes nie zuvor gesehen hatte, hatte sie keinen Zweifel daran, dass er es war.

»Dich verlangt es nach Macht«, stellt Caldes fest und fing an zu grinsen. »Du erinnerst mich an mich, als ich in deinem Alter war. Du willst der herrschaftlichen Armee beitreten, aber nicht aus Gutmütigkeit, um das Volk zu schützen. Dir steht der Sinn nach viel mehr.« Er schwieg einen Moment lang. »Aber dieses Ziel wirst du auf deinem gewählten Weg wohl kaum erreichen.«

Tarina lauschte gespannt Caldes Worten.

»Ich hingegen kann dir bieten, wonach du suchst.«

»Was verlangst du von mir?«, fragte sie vorsichtig.

»Trete in meinen Dienst, entsage den Oberen, und ich werde dir die Macht verleihen, nach der du dich sehnst.«

Tarina war verunsichert. Sie hatte keine Angst vor Caldes, doch fiel es ihr auch nicht leicht, ihm zu vertrauen. »Wieso sollte ich dir glauben?«

»Was hast du zu verlieren?«, entgegnete er.

Tarina dachte über seine Worte nach.

»Es liegt auch in meinem Interesse, dass du weiterhin am Elitendrium teilnimmst. Aber wenn du mir Folge leistest, werde ich dir den Zauberspruch verraten, den du versuchst, dieser Mankure zu entlocken. Was deine Erfolgschancen deutlich erhöhen würde.«

Tarina war dem Angebot nicht abgeneigt. Einen so mächtigen Mankuren als Lehrer zu haben, hatte sie sich immer gewünscht. Sich in den Dienst der Oberen zu stellen, hätte sie nur in Kauf genommen, um in den Genuss ihrer Ausbildung zukommen.

»Wie entscheidest du dich?«, fragte Caldes.

»Ich werde dir dienen. Was soll ich tun?«

»Du wirst weiterhin am Elitendrium teilnehmen und gewinnen. Als Kriegerin der herrschaftlichen Armee bekommst du Zugang zur Festung des Lichts und erhältst noch einige andere Vorzüge, die uns noch nützlich sein werden. Erzähle niemandem von mir und verhindere, dass die Mankure, der du hierher gefolgt bist, jemandem etwas von mir erzählt.«

»Ich weiß nicht, wo sie ist und ob sie nicht schon darüber gesprochen hat«, sagte Tarina.

»Das ist mir bewusst. Finde es heraus und dann töte sie!«, zischte Caldes bestimmend und bösartig. Tarina nickte zustimmend. Dann verriet Caldes ihr den Zauber, den sie so sehr begehrte. »Du solltest wissen, dass dieser Zauber sehr viel Macht erfordert. Ich hoffe für dich, dass du ihm gewachsen bist. Nun geh! Du wirst wieder von mir hören, wenn es an der

Zeit ist. Und versuche nicht, mich zu hintergehen«, warnte Caldes mit bedrohlicher Stimme.

»Sei unbesorgt. Es ist mir eine Ehre, dir zu dienen, und ich werde dich nicht enttäuschen«, entgegnete Tarina selbstsicher.

Caldes lächelte zufrieden, während Tarina die Jurte verließ.

EINE BEUNRUHIGENDE BEGEGNUNG

»Hast du das eben eigentlich ernst gemeint? Ich meine, dass du Dracon nach Damphthron bringen wirst«, fragte Aminar, der mit Casto auf dem Weg zur Nordschlucht war.

»Ich würde nichts lieber tun. Aber ich denke nicht, dass es klug wäre, Drognor zu reizen. In diesen Zeiten müssen wir uns auf Wichtigeres konzentrieren. Da wäre es närrisch, sich von persönlichen Konflikten beirren zu lassen.«

»Das ist sehr weise, aber aus deinem Mund klingt es seltsam.« Aminar lachte.

»Was willst du damit sagen?«, Casto wusste nicht recht, wie er diese Worte auffassen sollte. »Was ich sagte, war kein Scherz. Sollte Caldes wirklich zurück sein, haben wir keine Chance gegen ihn, wenn wir nicht zusammenhalten.«

»Entschuldige bitte. Ich wollte dich nicht beleidigen. Es ist nur ungewohnt, so etwas von dir zu hören, wo doch Drognor oder Verdala eigentlich diejenigen sind, die uns immer belehren«, erklärte Aminar. Da musste Casto ebenfalls lachen. »Gegen Caldes haben wir sowieso keine Chance«, fügte Aminar beiläufig hinzu.

»Du sagst das so unbekümmert«, stellte Casto fest.

»Ich glaube erst, dass Caldes zurück ist, wenn ich ihn sehe. Drognor übertreibt gern, und ich habe die Vermutung, dass er einfach von Dracons Fehltritten ablenken will«, sagte Aminar.

Casto war überrascht. »Sonst bin ich doch derjenige, der sich gegen ihn ausspricht.« Er lächelte. Sie wollten ursprünglich die Bewohner von Waodur aufsuchen, aber ein Kundschaftervogel hatte ihnen berichtet, dass sich abseits des Tals, in der Nordschlucht, ein Lager befand. Sie waren sich nicht sicher, wen sie dort finden würden, aber es interessierte sie sehr, wer so mutig war, sich der Gefahren auszusetzen, die es mit sich brachte. Denn das Marmitatal war während des Elitendriums durch einen Zauber geschützt. Steinformer und Mankurenfresser konnten das Tal nicht betreten, doch dieser Schutz war in den Schluchten nicht mehr gegeben.

Casto dachte über Aminars Worte nach. »Ich sag es zwar nicht gern, aber ich glaube nicht, dass Drognor übertreibt. Wir wissen alle, dass Caldes irgendwann zurückkehren wird. Nur weil wir Angst davor haben, dürfen wir diese Tatsache nicht ignorieren«, sagte Casto und sah zur Nordschlucht. In der Ferne glaubte er, einen großen grünen Tiger zu erkennen.

»Du denkst, dass Caldes sich befreit hat?«, fragte Aminar und lenkte Castos Aufmerksamkeit von dem grünen Aphthalen ab.

»Nein, aber ich habe kein gutes Gefühl.« Als Casto wieder zur Schlucht blickte, war der grüne Aphthalen-Tiger nicht mehr zu sehen. Für einen Moment dachte er darüber nach, ob es Rouh gewesen war, aber er verwarf diesen Gedanken recht schnell. Rouh würde nicht ohne Shira herkommen, und er hielt es für ausgeschlossen, dass sie dort war. Sie würde niemals zum Elitendrium kommen, da war sich Casto sicher.

»Worüber denkst du nach?«, fragte Aminar.

»Ach nichts. Ich habe gedacht, dass ich jemanden gesehen hätte. Einen Aphthalen, den ich kenne, aber es war wohl jemand oder etwas anderes«, erklärte Casto.

Nach einiger Zeit erreichten sie ihr Ziel. Die Sonne stand bereits so tief, dass es in der Schlucht schon fast dunkel war, und das Feuer im Lager warf ein großes, flackerndes Licht an die Felswände. Wie schon Shira vor ihnen nahmen auch Casto und Aminar den üblen Geruch war, der von diesem Ort ausging. »Das riecht, als würde hier etwas verwesen«, sagte Aminar.

»Dem Gestank nach finden wir hier wahrscheinlich mehrere Leichen«, bemerkte Casto besorgt. Alles war ruhig, niemand war zu sehen. »Hallo, ist hier jemand?«, rief Casto laut. Es war immer noch nichts zu hören. Er rief noch einmal, diesmal noch etwas lauter. Wieder bekamen sie keine Antwort. Langsam gingen sie auf eines der Zelte zu.

Vorsichtig warf Aminar einen Blick hinein. »Es ist leer«, sagte er verwundert.

»Das war zu erwarten«, erwiderte Casto betrüblich.

»Nein, es ist komplett leer. Hier ist nichts drin«, sagte Aminar.

Casto war verwirrt. Davon musste er sich selbst überzeugen. Dann ging er direkt zum nächsten Zelt. »Das hier ist auch leer«, stellte er fest.

»Lass uns mal da drin nachschauen.« Aminar deutete auf die große Jurte, vor der das Feuer brannte. Sie betraten die Jurte und sahen den

Telmant. Aminar ging ein Stück auf den Kristall zu und wollte nach ihm greifen.

»Warte! Nicht!«, rief Casto. Fragend schaute Aminar Casto an. »Niemand lässt einfach so einen Telmant unbewacht herumstehen.« Casto bückte sich und hob einen kleinen Stein vom Boden auf, den er sogleich auf den Kristall warf. Ein kleiner heller Blitz leuchtete auf, bevor der Stein den Kristall berühren konnte. Im hohen Bogen flog der Stein zurück und landete vor Aminars Füßen.

»Ich sagte doch, dass niemand so etwas Kostbares ungeschützt zurücklässt«, sagte Casto. Telmante waren überaus selten, das machte sie so wertvoll.

Auf der rechten Seite stand eine Liege, die mit Kleidungsstücken bedeckt war, daneben waren zwei große Holzkisten. Erstaunt stellten die beiden Oberen fest, dass sich in den Kisten nur ein wenig Geschirr befand.

Plötzlich nahm Aminar ein Geräusch von draußen wahr. »Hast du das gehört?«, flüsterte er. Die beiden Mankuren lauschten aufmerksam. Es klang, als schliche ein Tier im Lager herum. Aminar sah Casto an, hielt sich den Zeigefinger kurz vor den Mund und wies ihn an, ihm leise zu folgen.

Zunächst war wieder alles still. Rücken an Rücken standen sie vor dem Zelteingang. Dann lief etwas auf der anderen Seite der Jurte entlang. Casto wagte einen Schritt nach vorn. Vorsichtig ging er weiter und blickte hinter das Zelt. Wie aus dem Nichts sprang eine haarige Bestie zähnefletschend auf ihn zu. Sofort hob er seine Hände und wehrte das wolfsähnliche Wesen mit einer Energiewelle ab. Diese war so stark, dass die Bestie ein Stück flog und gegen eine Felswand prallte, bevor sie zu Boden ging.

Jetzt erkannten sie das Wesen. Es war ein Mankurenfresser. Langsam kam der dunkelgraue Aphthale wieder zu sich. Er sah ein bisschen aus wie ein Wolf mit einem dicken grauen Fell. Er war etwa so groß wie eine Kuh und hatte dünne Beine. Nachdem er sich kurz geschüttelt hatte, schaute er Aminar und Casto mit seinen stahlblauen Augen an. »Eure Zeit wird bald ein Ende haben«, sagte der Mankurenfresser.

Sowohl Aminar als auch Casto beherrschten die Sprache der Aphthalen, und beide hatten ihn gehört. Sie hatten keine Angst vor ihm, dennoch befiel sie ein unbehagliches Gefühl. »Verschwinde oder wir werden dich töten!«, wies Aminar den Mankurenfresser an. Dieser schien zu grinsen und verschwand in der Dunkelheit. Für einen Moment starrten sie ihm hinterher in die dunkle Schlucht, die sich vor ihnen erstreckte.

»Was glaubst du, hat er damit gemeint? Hat er vor, wiederzukommen und sein Rudel mitzubringen?«, unterbrach Casto die Stille.

Aminar grinste. »Möglich wäre es. Aber irgendwie werde ich das Gefühl nicht los, dass er etwas anderes meinte. Er klang so sicher, als wüsste er genau, dass etwas geschehen wird.« Der faulige Gestank, der das Lager einhüllte, wurde stärker und kroch Aminar in die Nase. »Alles hier ist seltsam. Dieser Gestank, die leeren Zelte. Du kennst doch noch das alte Sprichwort.

> Ist der Geruch von verwestem Fleisch zu riechen,
> doch ist kein Wesen gestorben,
> solltest du dich schnell verkriechen,
> denn dort sind Schattenwesen verborgen.«

»Dieses Sprichwort habe ich ewig nicht mehr gehört, aber ich kenne es sehr wohl«, bemerkte Casto beunruhigt. Es stammte aus einer dunklen Vergangenheit. Aus der Zeit, in der die Schattenwesen das Land regierten. Dieses Sprichwort wurde einst den Kindern beigebracht, um sie vor einer Begegnung mit einem Todschatten zu schützen.

»Und dieser Mankurenfresser. Warum war er allein? Sie sind immer mindestens zu zweit unterwegs«, gab Aminar zu bedenken.

»Woher willst du wissen, dass der Mankurenfresser allein war? Vielleicht haben wir den zweiten nur nicht bemerkt. Durchaus denkbar, dass er sich im Schatten der Felsen versteckt hat.«

»Nein, ganz sicher nicht. Ich hätte es gerochen, wenn noch einer da gewesen wäre«, sagte Aminar.

»Vielleicht hat der Gestank deinen Geruchsinn getäuscht.« Casto grinste.

Aminar schmunzelte ebenfalls. »Dieser Gestank ist wirklich furchtbar, aber du weißt, dass mein Geruchsinn sehr sensibel ist.«

»Das ist wohl wahr. Wir sollten gehen und diesen Ort aus sicherer Entfernung beobachten«, schlug Casto vor. Aminar stimmte ihm zu. Casto richtete seine Handfläche auf die umliegenden Felswände. Er sprach einen Zauber aus, und kleine schwarze Vögel schienen aus seiner Hand zu fliegen. Die spatzenähnlichen Wesen verteilten sich rund um das Lager an den Felswänden. Als ein jedes seinen Platz gefunden hatte, verschmolzen sie mit ihrer Umgebung und waren nicht mehr zu sehen. Casto sah ihnen zu und nickte zufrieden. Dann blickte er zur großen Jurte und erschuf ein weiteres Vöglein, das in die Jurte hineinflog.

»Der Spitzelspatzenzauber. Daran hätte ich auch denken können«, sagte Aminar.

Spitzelspatzen waren stille Beobachter, von Magie erschaffene, seelenlose Wesen, die unsichtbar als Auge dienten, um sich wieder in Luft aufzulösen, sobald ihr Erzeuger es wünschte.

Casto und Aminar verließen die Nordschlucht, aber dieses Mal verzichteten sie auf den Fußweg und erschienen direkt im Lager der Bewohner von Waodur. Einige Mankuren saßen an der Feuerstelle und blickten die Oberen überrascht an.

»Seid gegrüßt. Gehe ich recht in der Annahme, dass ihr aus Waodur stammt?«, vergewisserte sich Casto.

»So ist es. Was ist der Grund für euren Besuch?«, fragte ein blonder Mankur, dessen Gesicht mit silbernen Schuppen gesprenkelt war.

»Der Krieger mit dem Namen Sclavizar, ist er hier? Wir würden gern mit ihm sprechen.«

Der junge Mankur sah Casto verwundert an. »Bei uns gibt es keinen Krieger namens Sclavizar«, sagte er.

»Stammt er denn nicht aus Waodur?«, fragte Aminar.

»Nein, ganz sicher nicht, das würde ich wissen«, erklärte der blonde Mankur.

»Und der Name Dengor, sagt der euch etwas?«, fragte Casto.

Der blonde Mankur blickte traurig zu Boden. »Gewiss. Er war ein Bewohner von Waodur und ein guter Freund.«

»Was ist mit ihm geschehen?«, wollte Aminar wissen.

»Er ist einige Tage, bevor wir die Reise zum Elitendrium angetreten haben, getötet worden.«

Aminar blickte den blonden Mankuren fragend an in der Erwartung, dass er erzählen würde, was geschehen war, doch das tat er nicht. »Wer oder was hat ihn getötet?«, fragte Aminar schließlich.

»Wir wissen es nicht. Als wir ihn fanden, war sein Körper zusammengefallen und grau. Es sah aus, als wäre ihm das Leben ausgesaugt worden. Es war ein schrecklicher Anblick. Sein Todesschrei zeichnete sich auf seinem Gesicht ab wie ein grauenvolles Gemälde.«

Casto und Aminar tauschten nachdenkliche Blicke aus. Sie wussten, dass nur ein Schattenwesen Dengor getötet haben konnte, und sie hatten auch eine dunkle Vorahnung, welches Schattenwesen es war.

AUF DEM FESTGELÄNDE

Dracon war zusammen mit Xendra auf dem Festgelände unterwegs. Sie vergnügten sich mit zahlreichen Spielen, tranken Bier und gelegentlich ein Gläschen Kräuterwasser. Sie trafen viele bekannte Gesichter. Manche von ihnen sahen sie nur einmal im Jahr beim Elitendrium. Sie hatten gerade neue Getränke bestellt und setzten sich auf eine Holzbank, die neben einem langen Tisch am Ausschank stand. Sie tranken ihr Bier und begutachteten die Leute, die an ihnen vorbeiliefen.

»Jedes Jahr ist es das Gleiche und doch gibt es immer wieder etwas Neues zu sehen«, sagte Dracon, während er einem Aphthalen hinterher sah, der einem Pferd ähnelte und lila Ohren hatte. Die Hinterbeine waren ebenfalls lila und hatten gespaltene Hufen. Obwohl dieser Aphthale recht groß und kräftig war, schien er zum Reiten ungeeignet, denn auf seinem Rücken fanden sich Stacheln, wie bei einem Igel. Der Aphthale wurde von einem Mankuren begleitet, dessen Arme ebenfalls mit Stacheln bedeckt waren. Dracon fragte sich, ob das Zufall sei. »Was es nicht alles für interessante Wesen gibt«, stellte er fest.

»Was ist eigentlich aus deinem Freund geworden, den wir aus Prauwo geholt haben?«, fragte Xendra. Bisher hatte Dracon ihr gegenüber noch kein Wort darüber verloren. Ihr war klar, dass es nicht gut gelaufen sein konnte, denn wenn Dracon oder sein Vater Curdo hätten helfen können, wüsste sie es bereits, da war sie sich sicher. Als sie Dracons Reaktion auf ihre Frage sah, tat es ihr fast leid, dass sie sich danach erkundigt hatte. Die Freude und das Leuchten in seinen Augen waren plötzlich verschwunden und einem düsteren, traurigen Blick gewichen. Dracon schwieg und starrte auf seinen Becher, den er in seiner Hand hielt. Xendra wartete, sie glaubte, er würde jeden Moment etwas sagen, aber er das tat er nicht. »Was immer auch geschehen ist, es tut mir leid. Ich verstehe, wenn du nicht darüber reden möchtest, aber solltest du dich anders entscheiden, bin ich für dich da«, sagte sie dann und legte tröstend ihren Arm um seine Schultern.

»Danke, das weiß ich zu schätzen.« Dracon leerte seinen Becher in einem Zug aus. »Ich hole noch eins«, sagte er, stand auf und ging zur Theke. Mit zwei schäumenden Krügen kam er zurück.

»Ich wollte keins mehr«, sagte Xendra.

»Auch gut, mehr für mich.« Er trank den ersten Krug in zwei Zügen leer, rülpste laut und nahm gleich noch einen Schluck aus dem zweiten Krug. Xendra war wenig begeistert von seinem Verhalten. Dracon bemerkte ihren Gesichtsausdruck und fing an zu lachen, leerte auch den zweiten Krug und stand auf.

»Komm, wir gehen weiter, aber vorher hole ich mir noch ein Bier für unterwegs.« Er deutete dabei auf die beiden Krüge in seiner Hand. Ein Mankur vertrug wesentlich mehr Alkohol als ein Mensch, vor allem wenn er so kräftig war wie Dracon, aber auch bei den Mankuren zeigte der Alkohol irgendwann seine Wirkung.

Xendra mochte Dracon nicht, wenn er betrunken war. Er behandelte sie dann nur noch mehr wie einen guten Freund, mit dem man sich raufte und zwischendurch mal einen trinken ging. Sie stand ihm zwar sehr nahe, aber nicht in der Art und Weise, wie sie es sich gewünscht hätte.

Mit zwei gefüllten Krügen kam Dracon zurück. Er lächelte wieder und schien den Gedanken an Curdo verdrängt zu haben. »Ich habe weiter westlich einen Stand gesehen, an dem mit Pfeil und Bogen auf ein wackelndes Holzpferd geschossen wird, für jeden Pfeil, der im Pferd stecken bleibt, bekommt man eine kleine Süßspeise oder ein Getränk«, sagte er. Nach dem Wort Getränk nahm er wieder einen großen Schluck und hielt dann Xendra den Krug hin. »Willst du wirklich nichts mehr?«, fragte er mit einem breiten Grinsen.

»Nein, danke. Später vielleicht«, antwortete sie genervt. Dracons Atem roch bereits stark nach Alkohol.

Sie gingen an einigen Musikanten vorbei, die eine fröhliche Melodie zum Besten gaben. Dracon fing an zu tanzen. Mit seinen Füßen stampfte er im Takt und drehte sich im Kreis. Er hatte sichtlich Spaß. Dracon tanzte auch gern, wenn er nicht getrunken hatte, der Alkoholrausch verstärkte nur sein Verlangen, sich bei guter Musik zu bewegen. Er tanzte mit unwillkürlichen Schritten vor sich hin und ließ seine Körperbewegungen vom Klang der Töne leiten. Plötzlich stolperte er und verlor das Gleichgewicht. Dabei stieß er gegen einen anderen Mankuren und schubste diesen. Dracon fing sich wieder und reichte dem am Boden liegenden Mankuren seine Hand. »Hey, mein Freund, tut mir leid.«

»Das will ich auch hoffen!«, sagte der kleine, schmächtige Mankur. Er stand auf, ohne Dracons Hand zur Hilfe zu nehmen, und klopfte sich den Sand von der Hose ab. Dann warf er ihm einen zornigen Blick zu und ging ohne ein weiteres Wort.

Dracon zuckte mit den Schultern. Er blickte in die beiden Tonkrüge, die er immer noch in Händen hielt, und stellte fest, dass sie leer waren. »Jetzt habe ich das gute Bier verschüttet. Ärgerlich!«

»Vielleicht hast du auch genug getrunken«, sagte Xendra vorsichtig.

»Genug?! Ich habe noch lange nicht genug. Wie könnte ich auch? Bei diesem Angebot.« Er lachte und hielt Ausschau nach dem nächsten Ausschank.

Auf dem Festgelände gab es zahlreiche Stände, an denen Getränke verkauft wurden. Die Getränkehändler verdienten sich eine goldene Nase beim Elitendrium. Sie kamen aus dem ganzen Land, sowohl Mankuren als auch Menschen, und ein jeder hatte mehrere Kutschen, die ausschließlich mit Fässern beladen waren, dabei. Verschiedene Weine und die unterschiedlichsten Biersorten trugen dazu bei, dieses alljährliche Fest einzigartig zu machen.

Dracon wurde schnell fündig. Ein kleiner rothaariger Krämer aus Talim bot verschiedene Biersorten an. »Sei gegrüßt. Sagt, Krämer, habt ihr auch Metbier?«

»Nein, tut mir leid. Aber ich kann dir dieses hervorragende Dunkelbier empfehlen. Es ist würzig und leicht süßlich. Wahrlich nicht so süß wie Metbier, doch für einen Bierliebhaber ein Genuss.« Der Krämer öffnete ein dunkles Fass und füllte einen irdenen Krug. Dann reichte er Dracon den Krug, der mit einer perfekten Schaumkrone geziert war. »Hier, probiere, es ist wirklich einmalig«, sagte er.

Dracon lächelte erfreut, nahm das Getränk und kostete davon. Der kleine rothaarige Mankur starrte Dracon erwartungsvoll an. »Es ist wahrlich ein Genuss! Bitte gib mir noch zwei. Xendra, du musst dieses Bier unbedingt probieren.« Dracon leerte rasch seinen Krug und holte drei Kupfertaler aus seinem Geldbeutel. Die Taler waren mit dem Wappen der Oberen geprägt, was ihre Echtheit zertifizierte. Es waren auch viele Taler ohne Prägung im Umlauf und durchaus ein gängiges Zahlungsmittel. Doch waren auch viele Fälschungen dabei. Deswegen wurden die geprägten Taler lieber gesehen und ohne Bedenken angenommen.

Das Bier war nicht mehr als zwei Kupfertaler wert, aber Dracon verzichtete auf sein Rückgeld. Der Krämer war hoch erfreut und zapfte zwei weitere Krüge Bier.

»Ich möchte nichts mehr trinken.«

»Wieso denn? Lass uns einfach etwas Spaß haben.«

»Ich sehe keinen Spaß darin, seinen Kummer in Alkohol zu ertränken.«

»Was ist dein Problem?«, fragte Dracon gereizt.

Als Xendra den vorwurfsvollen Blick von Dracon erntete, bereute sie sogleich ihre Worte.

»Es tut mir leid. Ich meinte es nicht so.«

»Hier trink! Vielleicht hast du dann bessere Laune.« Dracon drückte Xendra das Bier in die Hand. »Salut«, sagte er und leerte seinen Krug.

Xendra schüttelte den Kopf und blickte auf ihr Bier. Sie entschied sich, dass es besser sei, zu trinken und mit Dracon zu feiern, statt mit ihm einen Streit anzufangen oder einfach zu gehen. Letzteres würde ihn zwar nicht stören, und das war Xendra auch bewusst, aber sie wollte nicht allein sein.

***

Shira und Rouh liefen schweigend an dem Gemenge vorbei. Sie gingen am Rande des Festgeländes entlang, nahe den ersten Lagern. Beide suchten konzentriert die Umgebung nach Sclavizar ab. Sollte er sie verfolgen, wollten sie ihn sehen, bevor er sie fand.

Sie näherten sich einem großen Wagen, der mit Fässern beladen war. Unmittelbar daneben befand sich ein kleiner Stand, an dem Bier ausgeschenkt wurde. Fröhliche Melodie war zu vernehmen, und sie sahen einige Mankuren dazu tanzen. Shira blieb stehen und lauschte der Musik.

»Warum bleibst du stehen?«, fragte Rouh, der die klangvollen Töne kaum wahrgenommen hatte. Die meisten Aphthalen hatten kein Gespür für Melodien.

Shira schaute den tanzenden Leuten zu. Dazwischen fiel ihr ein junger braunhaariger Mankur auf. Er trug ein schwarzes Wams und eine braune, geschnürte Lederhose. Sie sah ihn nur von hinten, aber dann drehte er sich um, und sie erkannte sein Gesicht. »Das ist ja Dracon«, stellte sie erstaunt fest.

»Ohne Zweifel«, sagte Rouh überrascht.

Ausgelassen tanzte Dracon vor sich hin und hielt nebenbei einen Krug Bier in der Hand, ohne auch nur einen Tropfen zu verschütten.

»Ich hätte nie gedacht, dass der Sohn Drognors sich betrinkt«, bemerkte Rouh.

»Das macht ihn doch irgendwie sympathisch«, sagte Shira. Dracon hatte sie noch nicht gesehen, aber Xendra stand unweit des Ausschanks und beobachtete sie. Die große schwarzhaarige Mankure musterte Shira mit ihren stahlblauen Augen. Ihr Blick war so stechend, dass es Shira kalt den Rücken herunterlief. Sie hatte Xendra bereits auf der Tribüne gesehen, als sie neben Dracon saß, und auch wenn sie dort noch keine Blicke mit ihr ausgetauscht hatte, war sie ihr auch dort schon unsympathisch gewesen. »Komm, wir gehen weiter«, murmelte Shira. Sie wendete sich ab, ging zwei Schritte und blieb erschrocken stehen. »Verdammter Mist«, entfuhr es ihr. Direkt vor ihr stand Sclavizar.

Er war erfreut, sie gefunden zu haben, und lächelte zufrieden. Er wusste, dass es nicht klug wäre, sie mitten auf dem Festgelände anzugreifen. Zudem hatte auch er Xendra und Dracon gesehen, es wäre töricht, sich mit den Kindern der Oberen anzulegen.

Rouh war bereits vorgelaufen und bemerkte, dass Shira nicht hinter ihm war. Als er zurückblickte, sah auch er Sclavizar. Bevor er sich fragen konnte, wie er ihr helfen könne, lief Shira los. Sie rannte an Rouh vorbei, ohne ihn zu beachten, schließlich hatte Sclavizar Rouh nie zuvor gesehen und brachte ihn somit auch nicht mit Shira in Verbindung.

Dracon hatte Shira und Sclavizar ebenfalls bemerkt und betrachtete skeptisch den relativ hageren Mankuren, der keine Anstalten machte, Shira zu verfolgen. Auch ihm fiel auf, dass Sclavizar für einen Mankuren sehr ungewöhnlich war. Ihm fehlte die magische Aura, die einen Mankuren für gewöhnlich umgab. Ihre Blicke trafen sich.

Dracon hatte nie zuvor unerlaubt Gedanken gelesen. Er nutzte diese Gabe nicht leichtfertig, und bisher war er auch nie in eine Situation gekommen, in der es nötig gewesen wäre. Doch als er Sclavizar in die Augen sah, verspürte er den Drang, es diesmal zu tun, auch wenn es nicht angemessen war. Wahrscheinlich lag es am Alkohol, der seine Hemmschwelle senkte.

Aber er bekam nicht die Gelegenheit dazu. Der sonderbare Mankur ging schnellen Schrittes fort und verschwand in der Menge. Xendra trat an Dracon heran.

»Das war doch der Sieger vom Duell heute, oder?«, stellte sie fest.

»Ja, das war er«, bestätigte Dracon.

»Wer war die blonde Mankure? Es schien, als würde sie dich kennen«, sagte Xendra.

Dracon sah sie verwundert an und fragte sich, wieso Xendra dachte, dass diese Mankure ihn kannte. Sie war nicht dabei gewesen, als er sie das erste Mal getroffen hatte. Außerdem konnte von kennen nicht die Rede sein, schließlich waren sie sich nur einmal begegnet, und er wusste nicht mal, wie sie hieß. »Ich kenne sie nicht«, sagte er.

Xendra glaubte ihm nicht. Sie konnte nicht gut mit ihm umgehen, wenn er getrunken hatte. Er war dann schnell gereizt oder eingeschnappt, wenn ein Thema angesprochen wurde, das im gerade nicht passte. »Sie hat dich beim Tanzen beobachtet, bevor dieser andere Mankur aufgetaucht war, deswegen habe ich gefragt.«

»Sie hat mich beobachtet?«, fragte Dracon überrascht.

»Ja und sie schien zu wissen, wer du bist.«

»Die meisten hier wissen, wer ich bin«, bemerkte er und holte sich ein neues Bier. Als er wieder einen vollen Krug in der Hand hielt und den weißen Tropfen betrachtete, der von der Schaumkrone aus langsam den Rand des Kruges hinunterlief, überkam ihn ein ungutes Gefühl. Vielleicht hätte er besser nicht getrunken, dachte er sich. Aber das Ereignis mit Curdo hatte ihn mitgenommen. Vor allem, weil er nicht sicher war, ob sich sein Vater geirrt hatte oder nicht. Doch auch wenn er es nicht wahrhaben wollte, sagte ihm sein Gefühl, dass es tatsächlich Caldes war, der Curdo verflucht hatte und für das Verschwinden der Bewohner von Prauwo verantwortlich war. Er kannte die Prophezeiung, aber er hatte sie lange Zeit verdrängt, weil er sich vor ihrer Erfüllung fürchtete, denn sie sprach auch von ihm. Insgeheim hatte er immer gehofft, dass er den Tag nie erleben würde, an dem Caldes zurückkehren würde. Der Gedanke daran, dass dieser Tag nun bald kommen würde, machte ihm Angst. Bisher hatte er nicht daran geglaubt, aber dieser hagere Mankur hatte in ihm irgendetwas ausgelöst. Seitdem Sclavizar vor ihm gestanden hatte, dachte er nur noch an Caldes und hatte keinen Zweifel mehr daran, dass es nicht mehr lange dauern würde, bis er sich aus seinem Gefängnis befreien würde. Er fragte sich, was Sclavizar an sich gehabt hatte, dass er ihn mit Caldes in Verbindung brachte.

»Was ist los? Worüber denkst du nach?«, fragte Xendra, während Dracon gedankenverloren auf sein Bier starrte. Er reagierte nicht. »Hey, ich habe dich etwas gefragt«, unterbrach sie seine Gedanken.

»Was? Was wolltest du wissen?«

»Vergiss es einfach. Ich möchte nach Hause. Kommst du mit?«, fragte Xendra.

Dracon schaute wieder auf den Krug in seiner Hand und überlegte, ob er ihn noch austrinken sollte. Aber er war sowieso schon betrunken, ein Bier mehr oder weniger machte keinen Unterschied mehr, entschied er und trank ihn leer. Bis sie die Festung des Lichts erreicht hatten, würde er wieder nüchtern sein. »Gut, lass uns gehen.«, stimmte er Xendra zu.

***

Shira rannte immer noch. Sie durfte auf keinen Fall einen Kampf mit Sclavizar auf dem Festgelände riskieren. Kämpfe außerhalb des Turniers wurden hart bestraft. Niemand hatte es je gewagt, dieses Gesetz zu brechen, auch Sclavizar würde es nicht missachten. Das wurde Shira plötzlich klar, und sie wurde langsamer. Sie war südwestlich über das Gelände gelaufen und befand sich nun unweit von ihrem Lager. Die junge Mankure blieb stehen und schaute sich um. Die Sonne war schon lange untergegangen. Dort, wo sich die Lager befanden, war es sehr dunkel im Vergleich zum Festgelände, wo überall Öllichter und Fackeln in verschiedensten Varianten das Gelände erleuchteten. Sie konnte Sclavizar nirgends sehen, vielleicht hatte er sie gar nicht verfolgt.

Sie näherte sich immer weiter den Lagerplätzen und suchte Schutz in der Dunkelheit. Sie hielt immer noch Ausschau nach ihrem Verfolger, doch es schien, als hätte sie ihn abgehängt. Vielleicht versteckte er sich aber auch sehr geschickt. Shira durfte nicht mehr den geringsten Zweifel haben, bevor sie zu ihrem Lager zurückkehrte.

Sie suchte ein Versteck, von dem aus sie eine gute Sicht hatte. Eine verborgene Bucht, nahe den Steilwänden am äußeren Rand, bot ihr für die nächsten Stunden Schutz. Still hockte sie da und lauschte jedem Geräusch. Sie beobachtete alles genau, um sicherzugehen, dass Sclavizar ihr wirklich nicht gefolgt war.

Rouh war währenddessen im Lager angekommen. Die meisten schliefen schon, aber Tarina, Gronbur und auch Turgrohn saßen noch am Lagerfeuer. Alle Augen waren auf Rouh gerichtet. »Shira kommt später nach«, erklärte Rouh und legte sich auf seinen Schlafplatz. Er wusste, dass nur Turgrohn ihn verstanden hatte, die anderen beiden beherrschten die Sprache der Aphthalen nicht. Rouh hätte gern geschlafen, aber er war besorgt. Er war sich nicht sicher, ob Sclavizar Shira verfolgt hatte. Obwohl die Wahrscheinlichkeit sehr gering war, denn Rouh hatte gesehen, dass Sclavizar in eine andere Richtung gelaufen war. Dennoch war sie noch nicht zurück, und das verunsicherte ihn. Bis zu ihrer Rückkehr würde Rouh sicher nicht schlafen können.

***

Tarina blieb ebenfalls wach. Sie war kurz vor Rouh im Lager eingetroffen und wartete auf Shira. Sie nahm sich vor, die ganze Nacht wach zu bleiben, wenn es sein musste. Einige Stunden verweilte sie in ihrem Zelt und lauschte jedem Geräusch, in der Hoffnung, dass es Shira sei, die zurückkam. Aber sie kam nicht, und nach einer Weile fielen Tarina die Augen zu.

***

Kurz vor Sonnenaufgang kehrte Shira zum Lager zurück. Alles war ruhig. Leise bewegte sie sich an der Feuerstelle vorbei und ging zu Rouh. Sie ging davon aus, dass er schon schlief, und legte sich neben ihn.
»Da bist du ja endlich. Was ist passiert? Ich hoffe, es geht dir gut!?«, sagte Rouh.
»Du bist ja wach«, erwiderte Shira überrascht.
»Sicher, du glaubst doch nicht, dass ich schlafen kann, wenn ich nicht weiß, ob dir etwas zugestoßen ist.«
Shira lächelte. »Ich habe mich versteckt, um sicherzugehen, dass ich nicht verfolgt werde. Deswegen bin ich erst jetzt zurückgekommen.« Sie schwieg einen Moment lang. Nachdenklich schaute sie auf den sandigen

Boden vor ihren Füßen. »Ich denke, es ist das Beste, wenn wir das Elitendrium sofort verlassen«, sagte sie dann entschlossen.

»Du musst vorher mit Turgrohn sprechen. Lass uns bis Sonnenaufgang warten. Es ist ohnehin nicht ratsam, im Dunkeln den Rückweg durch das Gebirge anzutreten.«

Shira stimmte Rouh zu, und die beiden versuchten, noch ein wenig zu schlafen.

DIE NACHRICHT, DIE ALLES ÄNDERT

Dracon und Xendra erreichten gerade die Festung des Lichts. Dracon legte seine Hand auf die hohe Felswand, die sich vor den beiden erstreckte. »Abe al fortaluz«, sagte er. Das dunkle Gestein fing an, sich zu bewegen, und gab einen großen Zugang frei. Sie kamen in einen langen, gewölbten Gang, der durch Fackeln an der Wand erhellt wurde. Es gab keinen weiteren Zugang, nur wer die entsprechenden Zauber kannte, konnte in die Festung gelangen.

»Ich werde jetzt schlafen gehen. Wir sehen uns morgen wieder. Ich wünsche dir eine gute Nacht«, sagte Dracon gleichgültig. Er flüsterte die Worte der magischen Sprache, die die Tür zu seinem Schlafgemach freigaben. Ohne Xendra eines Blickes zu würdigen, verschwand er hinter der Tür, die sich vor ihm auftat.

Xendra war über sein abweisendes Verhalten wenig verwundert. Sie machte den Alkoholkonsum dafür verantwortlich und dachte nicht weiter darüber nach. Sie ließ ebenfalls mithilfe der magischen Sprache eine Tür erscheinen, die zu ihrem Zimmer führte.

Dracon setzte sich erschöpft auf sein Bett. Die Wirkung des Alkohols ließ langsam nach und wich der Müdigkeit. Er war froh, seine Ruhe zu haben. Doch die Ruhe war nur von kurzer Dauer. Drognor stand plötzlich vor ihm. Dracon erschrak und zuckte zusammen. »Vater?! Was machst du hier mitten in der Nacht?«

»Entschuldige bitte, dass ich dich so spät noch störe.«

»Du hättest wenigstens die Tür benutzen können«, fiel Dracon ihm ins Wort.

»Unterbrich mich nicht! Es ist wichtig. Die anderen Oberen wissen von deiner Reise mit dem Greif.«

»Also hast du ihnen von Curdo erzählt?«

»Von wem?«, fragte Drognor.

»Von dem Menschen, den ich hierhergebracht habe«, sagte Dracon verärgert.

»Ich musste es ihnen sagen.«

Als Dracon die Worte seines Vaters hörte, stockte ihm der Atem. Diese Nachricht traf ihn wie ein Schlag. Nicht, dass die Oberen ihn ganz sicher verurteilen würden, weil er einen Menschen in die Festung des Lichts gebracht hatte, sondern die Tatsache, dass sein Vater ihn verraten hatte, erschütterte ihn. »Willst du, dass sie mich einsperren?«, fragte er fassungslos.

»Nein natürlich nicht. Deswegen bin ich hier. Sobald das Elitendrium vorbei ist, wollen sie dich zumindest vorläufig einsperren und dich angemessen bestrafen.«

»Wieso hast du mich verraten?«

»Das war nicht meine Absicht. Ich musste ihnen von dem Vorfall erzählen. Sie müssen wissen, dass Caldes zurück ist!«, sagte Drognor.

»Caldes ist zurück, und die Oberen haben nichts Besseres zu tun, als mich einzusperren, wo sie doch jede Hilfe brauchen können?«

»Das ist ja das Problem. Du musst unbedingt von hier verschwinden! Geh gleich bei Sonnenaufgang ins Land hinaus. Wandere umher, wie du es desöfteren schon gemacht hast. Niemand wird Verdacht schöpfen.«

Dracon war sichtlich verwirrt. »Was redest du denn da?« Er hielt inne und dachte kurz nach. »Sie haben dir nicht geglaubt«, sagte er dann.

Drognor war immer wieder überrascht, wie gut sein Sohn ihn durchschaute. »Nein, haben sie nicht. Deswegen möchte ich, dass du gehst. Wir können nicht riskieren, dass sie dich einsperren. Du musst die Festung verlassen.«

»Es wäre nicht klug, einfach wegzulaufen, ich werde nicht zurückkommen können. Du musst noch mal mit ihnen reden«, drängte Dracon.

»Nein! Verstehst du denn nicht? Wenn du uns nicht zur Hilfe kommen kannst, sobald Caldes angreift, dann sind wir alle verloren. Du musst mir vertrauen.«

»Wie kann ich dir vertrauen? Dieses Problem würde nicht existieren, wenn du mich nicht verraten hättest«, entgegnete Dracon.

»Ich hatte keine Wahl.«

»Natürlich hattest du eine Wahl«, sagte Dracon wütend.

»Was hätte ich denn erzählen sollen? Sie mussten erfahren, dass Caldes diesen Menschen verflucht hat.«

»Sein Name war Curdo! Und was hat es dir gebracht? Sie haben dir ohnehin nicht geglaubt, und du bist dir noch nicht einmal sicher gewesen, ob es wirklich Caldes war.«

»Ich bin mir sicher! Ich habe es satt, dass hier jeder meint, ich würde langsam verrückt werden. Nur weil ich gern mal etwas Kräuterwasser trinke, heißt das noch lange nicht, dass ich nicht Herr meiner Sinne bin. Die Ignoranz der anderen ist töricht. Sie haben Angst vor dem, was uns bevorsteht, deswegen versuchen sie, es zu leugnen, genau wie du. Aber ihr werdet noch früh genug erkennen, dass ich recht habe. Bis dahin musst du die Festung verlassen. Du hast keinen Grund, mir nicht zu vertrauen. Ich weiß genau, was ich mache.«

Drognors Worte waren eindringlich und Dracon wagte es nicht, seinem Vater zu widersprechen. Er fühlte sich zwar nicht wohl bei dem Gedanken, einfach wegzulaufen, aber er wollte sich seinem Vater auch nicht widersetzen. »Gut, ich werde gehen, auch wenn ich nicht sicher bin, ob das der richtige Weg ist.«

Drognor war sichtlich erleichtert. »Das Elitendrium wird noch einige Tage dauern, dennoch solltest du am besten bei Sonnenaufgang das Marmitatal verlassen. Ich werde nichts von unserem Gespräch erzählen«, sagte Drognor.

»Sie werden wissen, dass du mit mir gesprochen hast, und wahrscheinlich werden sie mich im ganzen Land suchen lassen«, sagte Dracon.

»Mach dir nicht so viele Gedanken. Niemand wird nach dir suchen, solange ich es verhindern kann.«

»Wer weiß, wie lange das der Fall sein wird.« Dracon seufzte.

Drognor hätte ihn gern ermutigt, doch ihm fielen keine passenden Worte ein. »Wir werden uns bald wiedersehen. Ich wünsche dir viel Glück, mein Sohn.«

Mit diesen Worten verschwand er schließlich und ließ Dracon mit seinen Zweifeln allein. Dieser dachte wieder an Curdo, und mittlerweile ärgerte er sich, dass er ihn hergebracht hatte. Er fragte sich, ob Curdo noch am Leben wäre, wenn Dracon nicht in Prauwo gewesen wäre. Es war sinnlos, sich weiter mit diesen Gedanken zu plagen, er konnte seinen Fehler nicht rückgängig machen. Er musste mit jemandem darüber sprechen.

Xendra lag schon im Bett, aber sie schlief noch nicht, als es an ihrer Zimmertür klopfte. Sie war überrascht, als sie die Tür öffnete und Dracon davorstehen sah.

»Darf ich reinkommen?«, fragte er.

Xendra nickte und sah ihn verwundert an, während er sich auf einen Stuhl setzte, der neben ihrem Bett stand.

»Warum bist du hier?«

»Ich muss dir was erzählen«, sagte er und blickte nachdenklich auf den Boden.

»Es hat was mit dem Menschen zu tun, den du hergebracht hast, oder?«

Dracon antwortete nicht und starrte immer noch auf den Boden. Er war sich plötzlich nicht mehr sicher, ob er Xendra wirklich davon erzählen sollte.

»Was ist mit ihm geschehen?«, fragte sie.

»Mein Vater hat ihn getötet.«

»Warum hat er das getan?«

»Er glaubt, dass er von Caldes besessen war.«

»Und du glaubst das auch?«

»Ich weiß es nicht. Aber er hat den Oberen davon erzählt und möchte nun, dass ich die Festung des Lichts verlasse, damit sie mich nicht festnehmen können.«

»Wissen sie, dass ich dabei war?«

»Nein, mein Vater glaubt, dass ich allein in Prauwo war.«

Xendra war erleichtert, das zu hören. »Und nun bist du hier, um dich von mir zu verabschieden?«, fragte sie.

»Eigentlich habe ich gehofft, dass du mich begleitest.«

»Du willst, dass ich dich begleite? Ich denke nicht, dass mein Vater damit einverstanden sein wird.«

»Du musst ihn ja nicht um Erlaubnis bitten, oder?«, bemerkte Dracon.

Xendra sah ihn nachdenklich an. Sie konnte ihm seine Bitte nicht ausschlagen. »Ich hoffe, dir ist bewusst, dass mein Vater dich dafür verantwortlich machen wird, wenn ich mit dir gehe, und er wird sicher nicht erfreut sein.«

»Damit kann ich leben. Außerdem glaube ich nicht, dass das noch einen großen Unterschied macht«, sagte Dracon.

»Und wie lange willst du fortbleiben?«

»Ich weiß es nicht. Aber im Falle, dass ich nicht zurückkommen werde, werde ich dich zumindest hierher begleiten«, versicherte Dracon.

Xendra schüttelte verständnislos den Kopf. »Du hättest den Menschen nicht hierherbringen dürfen. Ich hätte dich davon abhalten müssen«, warf sie sich vor.

»Mach dir keine Vorwürfe. Ich hätte mich wahrscheinlich nicht davon abbringen lassen.«

»Nein, wahrscheinlich nicht«, stimmte Xendra ihm zu. »Gut, ich werde mit dir gehen«, entschied sie.

»Danke. Wir machen uns morgen früh kurz vor Sonnenaufgang auf den Weg. Gute Nacht«, sagte er und verließ den Raum.

***

Sclavizar war ebenfalls in seinem Lager angekommen. Enttäuscht darüber, dass er Shira hatte laufen lassen müssen, begab er sich zur großen Jurte, in der der Telmant stand. Er schaute den großen Edelstein an und dachte darüber nach, wie er seinem Herrn sein Versagen erklären sollte. Er war nervös. Die Forderung seines Gebieters war unmissverständlich gewesen. Ein weiteres Versagen würde er nicht dulden. Aber Sclavizar war gezwungen, es ihm zu erklären. Er zögerte noch einen Augenblick, dann rief er seinen Herrn.

»Rogate dasna«, sagte er leise. Der Kristall erstrahlte kurz in einem grellen Licht, dann erschien der kobraartige Mankurenkopf auf der glatten Oberfläche. »Sei gegrüßt, mein Herr.«

»Was ist geschehen? Wo ist die Mankure?« Die zischende Stimme schmerzte beinahe in Sclavizars Ohren.

»Bitte verzeiht mir. Ich konnte sie aufspüren, aber es war nicht möglich, sie anzugreifen. Sie war auf dem Festgelände, und zudem waren zwei Kinder der Oberen in ihrer unmittelbaren Nähe. Es war einfach zu riskant, und es schien mir unvernünftig, ihretwegen unser Vorhaben zu gefährden.« Dieses Argument würde auch sein Gebieter nicht widerlegen können. Sclavizar war zufrieden mit seiner Erklärung. Die gelben Schlangenaugen hingegen starrten ihn finster an. Die Blicke seines Meisters drangen in ihn ein wie Messerklingen.

»Unser Vorhaben ist bereits gefährdet«, sagte Caldes.

»Es war mir nicht möglich, an sie heranzukommen. Ich bitte euch um Vergebung«, flehte Sclavizar.

»Damit habe ich gerechnet. Diese Mankure könnte uns Probleme bereiten, wenn sie es nicht schon längst getan hat.«

»Wie meint ihr das?«

»Sie hat mich gesehen. Ich befürchte, dass nun die Oberen bald von mir erfahren werden. Doch wie es der Zufall wollte, hat diese blonde Mankure jemanden zu mir geführt, eine neue Verbündete, durch sie konnte ich einiges über die blonde Mankure erfahren, der du gefolgt bist. Sie kommt aus dem gleichen Dorf. Sie wird die blonde Mankure finden und sie töten«, sagte Caldes zufrieden.

»Wer ist diese Verbündete?«

»Das wirst du noch früh genug erfahren«, entgegnete Caldes, dann verschwand sein Gesicht aus dem Telmant.

Sclavizar war erleichtert, dass sein Meister ihm kaum einen Vorwurf gemacht hatte, und er fragte sich, wer die Verbündete war, von der Caldes gesprochen hatte.

***

Am frühen Morgen, als noch alle schliefen, war Shira bereits wach. Sie musste mit Turgrohn sprechen und ging zu seinem Zelt. Kurz bevor sie den Eingang erreichte, kam Turgrohn schon heraus. Er sah Shira und war überrascht, aber auch erleichtert, sie zu sehen. Auch er war besorgt gewesen, nachdem Rouh ohne sie ins Lager zurückgekehrt war.

»Guten Morgen, so früh schon auf den Beinen?«, flüsterte er.

»Ich muss dringend mit dir sprechen«, sagte Shira leise.

Turgrohn entging nicht, wie nervös Shira war, und befürchtete das Schlimmste. Sie verließen das Lager. Als sie so weit entfernt waren, dass sie ungestört sprechen konnten, blieben sie stehen.

»Ich muss das Marmitatal sofort verlassen«, klärte Shira ihren Ziehvater auf. »Was ist geschehen?«, fragte Turgrohn besorgt.

»Wir haben in der Nordschlucht abseits vom Marmitatal ein Lager entdeckt. Als wir es genauer betrachtet haben, wurden wir bemerkt und es kam zum Kampf.«

»Es kam zu einem Kampf? Willst du damit sagen, dass du außerhalb des Turniers auf dem Festgelände deine Kräfte genutzt hast?« Turgrohn war geschockt.

»Nein, es war außerhalb der Grenzen des Marmitals. Das Lager befindet sich in der Nordschlucht und liegt außerhalb des Schutzzaubers«, erklärte Shira.

»Also hat niemand den Kampf bemerkt?«

»Ich denke nicht. Der Angreifer war Sclavizar, der Kämpfer, der seinen Gegner im ersten Kampf getötet hat. Ich habe ihn kurzzeitig außer Gefecht gesetzt und konnte fliehen, dann hat er mich verfolgt. Auf dem Festplatz hat er mich gefunden, aber nicht angegriffen. Von einer weiteren Verfolgung hat er schließlich abgesehen. Shira schwieg.

»Was ist noch geschehen? Das war doch nicht alles?«, sagte Turgrohn. »Warum sprichst du nicht? Hattest du etwa einen Konflikt mit einem der Oberen?«, fragte er.

Shira sah ihn verunsichert an und dachte an ihre Begegnung mit Drognor. Aber sie entschied sich, davon nichts zu erzählen. »Ich habe in dem Lager etwas Beunruhigendes gesehen. Einen Mankuren, dessen Kopf aussah wie der einer Kobra mit großen gelben Schlangenaugen. Rouh sagte, es könnte Caldes gewesen sein.«

Turgrohn stockte der Atem. Damit hatte er nicht gerechnet. »Du hast Caldes gesehen? Willst du damit sagen, er war dort, auf der anderen Seite des Marmitals?« Seine Stimme zitterte.

»Ich weiß nicht, ob es Caldes war, aber es war ohne Zweifel ein sehr mächtiger Mankur. Er war nicht direkt dort. In dem Lager befindet sich ein Telmant. Ich habe ihn darin gesehen.« Shira machte eine kurze Pause. »Und er mich auch«, fügte sie dann leise hinzu.

Turgrohn starrte sie mit großen Augen an. »Wie meinst du das, er hat dich gesehen?«

»Ich befand mich unmittelbar vor dem Eingang der Jurte, in der der Kristall stand. Für einen Augenblick hatte ich uneingeschränkte Sicht zu ihm und habe ihm direkt in die Augen gesehen. Furchteinflößende Augen.«

»Konnte er in deine Gedanken eindringen?«, fragte Turgrohn.

»Nein, ich habe mich sofort von seinem Blick gelöst und bin davongelaufen. Daraufhin hat Sclavizar mich verfolgt.«

Turgrohn war sichtlich geschockt, und Shira schien die Begegnung mit Drognor plötzlich völlig belanglos. »Glaubst du, dass es Caldes war, den ich gesehen habe?«, fragte sie vorsichtig und sah, wie Turgrohns Augen kurz zuckten, als hätte sie ihn aus dem Schlaf gerissen.

»Entschuldige bitte, was sagtest du?«

»Kann dieser Mankur, den ich gesehen habe, tatsächlich Caldes gewesen sein?«

Turgrohn sah sie mit einer Mischung aus Verunsicherung und Verzweiflung an. »Ich werde sofort mit den Oberen sprechen«, sagte er schließlich.

Und auch wenn er ihr nicht direkt geantwortet hatte, hatte Shira nun keinen Zweifel mehr daran, dass es Caldes gewesen war, den sie gesehen hatte.

»Ich muss sofort deinen Vater rufen. Wenn du ihn nicht sehen willst, solltest du jetzt gehen«, sagte Turgrohn.

Alle Oberen hatten einen eigenen Ruf. Magische Worte, die, wenn sie verwendet wurden, seinen Besitzern verrieten, wer sie ausgesprochen hatte und wo dieser sich befand. Ein Geschenk, das sie von Lynea erhalten hatten, als sie zu Oberen ernannt wurden. Das besondere an diesen Worten war zudem, dass sie nur von den Oberen weitergetragen werden konnten. So lag es an ihnen, wem sie diese Wörter mitteilten, um gerufen werden zu können.

Wenn Casto dem Ruf von Turgrohn folgen würde, wäre er innerhalb von Sekunden da.

»Warte!«, rief Shira.

Turgrohn drehte sich zu ihr um und sah sie fragend an.

»Ich werde das Marmital verlassen, wenn du zurückkommst, werde ich nicht mehr da sein«, sagte sie.

»Es steht dir immer frei zu gehen. Aber sei dir bewusst, dass diese Welt nun viel gefährlicher geworden ist. Nimm dich in Acht. Ich hoffe, wir sehen uns bald wieder. Viel Glück«, sagte Turgrohn.

Shira nickte, dann ging sie zurück zum Lager. Sie war sich plötzlich nicht mehr sicher, ob sie das Marmital schon verlassen sollte, bevor Turgrohn zurückgekehrt war. Vielleicht würde er wichtige Neuigkeiten bringen. Nach kurzer Überlegung entschied sie sich jedoch, das Elitendrium zu verlassen. Nachdem sie sich mit Rouh ausgetauscht hatte, machten sie sich auf den Weg zur Südwestschlucht.

Währenddessen hatte Turgrohn Casto zu sich gerufen. Er war ein guter Freund, und sie kannten sich schon sehr lange. Casto erschien recht schnell. »Sei gegrüßt, mein Freund. Ich freue mich, dich zu sehen«, sagte er.

»Sei gegrüßt, ich freue mich, dich wohlbehalten zu sehen. Leider habe ich dich aus einem weniger erfreulichen Grund gerufen. Caldes wurde in der Nordschlucht gesehen in einem Telmant«, sagte Turgrohn.

Casto war wenig überrascht. »Wer hat dir davon erzählt?«

»Es gibt keinen Zweifel an dieser Information. Es befindet sich ein Lager in der Nordschlucht. Der Turnierteilnehmer namens Sclavizar, der seinen Gegner getötet hat, hat dort seine Unterkunft«, erklärte Turgrohn.

»Von dem Lager weiß ich bereits. Von wem es ist, war mir noch nicht bekannt, aber den Kristall habe ich gesehen. Es wundert mich nicht, dass er von Caldes genutzt wird. Allerdings kann ich es nicht glauben, oder ich möchte es nicht glauben. Davon abgesehen hast du meine Frage nicht beantwortet«, sagte Casto.

Turgrohn zögerte, aber er musste es sagen. »Es war Shira«, sagte er recht leise.

Castos Augen weiteten sich erstaunt. Es war also doch Rouh, den er gesehen hatte. Er hätte nie gedacht, dass Shira das Elitendrium besuchen würde. Aber sie war da gewesen und hatte Caldes gesehen. »Hat Caldes Shira auch gesehen?«, fragte Casto besorgt.

»Leider ja. Sclavizar hat sie sogar verfolgt.«

»Und wo ist sie jetzt?«, wollte Casto wissen.

»Kurz bevor ich dich gerufen habe, ist sie gegangen, sie wollte das Marmitatal verlassen.«

»Ist wahrscheinlich besser so«, bemerkte Casto.

»Ich werde mit den anderen sprechen. Ich muss gehen, du wirst aber sehr bald wieder von mir hören. Gib auf dich acht, mein Freund«, sagte Casto. Dann verschwand er und Turgrohn kehrte zum Lager zurück.

***

Auch an diesem Tag begann das erste Duell kurz nach Sonnenaufgang. Die Zuschauer hatten sich schon versammelt und erwarteten die Verkündung der Kämpfer. Aminar stand bereits auf dem

Duellplatz, und die übrigen Oberen saßen auf der Tribüne, nur Casto war noch nicht dort. Er erschien plötzlich neben Drognor, der sich erschrak. »Was soll denn das? Wo bist du gewesen?«, entfuhr es ihm im respektlosen Ton.

»Ich habe dir etwas sehr Wichtiges mitzuteilen«, entgegnete Casto.

»Kann das nicht noch warten?«

»Nein! Sofort, komm mit«, sagte Casto nachdrücklich, sodass Drognor ihm ohne Widerworte folgte. Sie gingen nur wenige Schritte. Drognor fragte sich, was Casto von ihm wollte. Er hatte bestimmt Dracons Abwesenheit bemerkt. Allerdings würde selbst Casto nicht so dreist sein und ihn deswegen noch während eines Duells zur Rede zu stellen. Es musste einen anderen Grund haben. Drognor war beunruhigt und konnte nicht mehr an sich halten. »Nun sag mir endlich, was so wichtig ist.«

Casto blickte sich um. Es war niemand in unmittelbarer Nähe. »Caldes wurde gesehen.«

Drognor war sichtlich geschockt. Natürlich wusste er, dass Caldes wieder aktiv war, doch selbst er hatte nicht so schnell mit seiner Rückkehr gerechnet. Bevor er etwas sagen konnte, ergriff Casto erneut das Wort.

»Das Lager in der Nordschlucht, von dem Aminar und ich bereits berichtet haben, ist zweifelsohne sein Werk. Dieser Mankur namens Sclavizar, der das zweite Duell gewonnen hat, ist sein Diener.«

»Langsam, willst du damit sagen, Caldes hat sich befreit?«, fragte Drognor entsetzt.

»Nein, das hat er nicht. Er lenkt Sclavizar über den Telmant.«

»Hast du das durch die Spitzelspatzen erfahren?«, wollte Drognor wissen. Casto lachte freudlos. Er hatte gar nichts von den Spitzelspatzen erfahren.

»Irgendein Zauber hat sie unwirksam gemacht«, sagte er.

»Dass Caldes bereits so mächtig ist, ist äußerst beunruhigend. Du sagtest, dass der Spitzelspatzenzauber wirkungslos war, woher weißt du dann davon?«, fragte Drognor.

»Das ist unwichtig. Es ist die Wahrheit, mehr müssen wir nicht wissen.« Drognor runzelte die Stirn. »Es wundert mich, dass gerade du daran zweifelst, wo du doch bereits von seiner Rückkehr überzeugt warst«, fügte Casto verächtlich an.

»Ich habe keine Zweifel. Dennoch ist mir nicht entgangen, dass du mir etwas verschweigst«, bemerkte Drognor gereizt.

»Ich verschweige dir nichts, was du wissen musst.«

Drognor schüttelte ungläubig den Kopf. Casto nutzte wirklich jede Gelegenheit, ihn zu verärgern. Es fiel ihm immer schwerer, mit Casto zurechtzukommen. Am meisten ärgerten Drognor dessen unverfänglichen Aussagen. Außerdem wusste er sich immer geschickt herauszureden, Drognor hasste es. Aber auch, wenn er genau wusste, dass Casto ihm etwas verschwieg, machte er sich nicht die Mühe, weiter nachzufragen. Er wusste, dass er von Casto sowieso nicht mehr erfahren würde. »Wir sollten diesen Mankuren namens Sclavizar festnehmen und versuchen, mehr über Caldes Vorhaben zu erfahren«, sagte Drognor.

»Lass uns mit den anderen sprechen und entscheiden, wie wir weiter vorgehen werden.« Casto drehte sich um und ging los.

»Ich werde noch herausfinden, was du mir verschweigst!«, rief Drognor ihm hinterher.

»Wir werden sehen«, entgegnete Casto unbeeindruckt. »Es ist mir im Übrigen nicht entgangen, dass dein Sohn nicht auf der Tribüne ist«, fügte er noch hinzu.

Natürlich war es ihm nicht entgangen, dachte sich Drognor. Wenn er eine Möglichkeit fand, ihm das Leben schwer zu machen, dann nutzte er sie.

»Es war nicht klug, ihn fortzuschicken, er hätte hilfreich sein können. Zumal Aminar ziemlich sauer darüber ist, dass er Xendra mitgenommen hat«, bemerkte Casto.

»Ich habe ihn nicht fortgeschickt«, wehrte Drognor ab. »Wie auch immer«, entgegnete Casto.

Das Duell hatte bereits begonnen, als Drognor und Casto zur Tribüne zurückkehrten. Die anderen Oberen hatten sich schon gefragt, was die beiden so Wichtiges zu besprechen hatten, und blickten sie fragend an. Drognor sprach einen Zauber, der die Oberen von der Umgebung akustisch abschirmte, sodass sie sich ohne unerwünschte Zuhörer unterhalten konnten. Die Nachricht von Caldes legte sich wie ein dunkler Schatten über ihre Gemüter.

Das Duell fand sein Ende. Aminar und Verdala wären beinahe zu spät auf dem Duellplatz gewesen. Sie durften sich nichts anmerken lassen, was ihnen sichtlich schwerfiel. Aminar verkündete den Sieger und Verdala heilte die Wunden des Verlierers. Die nächsten Kämpfer wurden bekannt gegeben.

Die Menge jubelte, Aminar jedoch tat sich schwer, fröhlich zu wirken. Die Erinnerung an die Vergangenheit hatte ihn eingeholt. Als würde es erneut geschehen, sah er die Bilder vor sich. Die stechenden gelben Augen von Caldes, die von Bösartigkeit und Hass erfüllt waren. Er erinnerte sich genau daran, wie Caldes ihn angesehen hatte, kurz nachdem er seinen eigenen Vater getötet hatte.

Die Krieger des Duells waren bereits eingetroffen und hatten sich neben ihn gestellt. Aminar versuchte, die Bilder aus seinem Kopf zu verdrängen, und begrüßte die beiden Mankuren. Nachdem der Kampf eröffnet war, nahm er auf der Tribüne wieder seinen Platz ein. Zur Mittagsstunde begaben er und Casto sich noch einmal zu Sclavizars Lager. Sclavizar saß gerade an seinem Lagerfeuer.

Sichtlich überrascht von dem unerwarteten Besuch starrte er die beiden Oberen an, die plötzlich aus dem Nichts vor ihm erschienen waren. Sclavizar war sofort bewusst, dass er nun Schwierigkeiten bekommen würde. Langsam stand er auf und versuchte, seine Anspannung zu verbergen.

Casto und Aminar musterten ihn, irgendetwas an seiner Erscheinung war ungewöhnlich. Schon beim Duell war Aminar aufgefallen, dass Sclavizar diese magische Ausstrahlung fehlte, die für einen Mankuren typisch und umso ausgeprägter war, je mächtiger dieser Mankur war. Doch bei Sclavizar war es anders. Hätte er keine magischen Fähigkeiten besessen, wäre sich Aminar sicher gewesen, dass Sclavizar ein Mensch war. Denn auch seine hagere Statur und sein schmales, knochiges Gesicht, das eingefallen wirkte, ließen von seiner Macht nichts vermuten. Auch Casto wurde immer misstrauischer, je länger er ihn betrachtete.

»Sei gegrüßt, Sclavizar, es ist nicht sehr klug, außerhalb des Marmitatals zu lagern. Dir ist sicherlich bekannt, dass der Schutzzauber hier nicht wirkt«, begann Aminar das Gespräch. Sclavizar war verunsichert. Er fragte sich, aus welchem Grund ihn die Oberen aufgesucht hatten. Aminar erwartete offensichtlich, dass er etwas sagte, doch er blieb stumm.

»Gehe ich recht in der Annahme, dass du aus Waodur stammst?«, ergriff Aminar erneut das Wort.

Sclavizar nickte.

»Wo sind deine Gefährten? Bist du allein hergereist?«, wollte Aminar wissen.

Casto hörte, wie kleine Steine von einem Felsen fielen. Auch Aminar waren die Geräusche nicht entgangen. Ein Rudel Mankurenfresser näherte sich und begann das Lager zu umkreisen. Sowohl Casto als auch Aminar waren sich sicher, dass das kein Zufall war.

Sclavizar stand immer noch angespannt da und brachte keinen Ton heraus. Er schaute sich um. Die Mankurenfresser waren nur noch wenige Meter entfernt. Er wusste, dass sie nicht seinetwegen dort waren, und ließ sich von ihnen nicht beunruhigen.

In Anbetracht der sich nähernden Gefahr verlor Casto die Geduld. Er zog sein Schwert und drückte die Klinge an Sclavizars Hals. »Wer hat dich geschickt?«, fragte er in einem bedrohlichen Ton.

Verängstigt blickte Sclavizar auf das Schwert, sein Herz raste, er musste etwas sagen, doch als hätte ihm jemand die Zunge herausgeschnitten, war er unfähig zu sprechen.

Die Mankurenfresser waren nun kaum noch zwei Schritte entfernt und fletschten bedrohlich die Zähne. Einer von ihnen ging auf Casto und Aminar zu. »Ich hatte euch doch gesagt, dass euer Ende nahe ist«, hörten Casto und Aminar den Mankurenfresser sagen. Es war zweifelsohne derselbe wie beim letzten Mal, als sie in diesem Lager waren. Aminar versuchte, ihm zu befehlen, mit seinem Rudel zu verschwinden, doch seine Gabe, Tiere und Aphthalen zu kontrollieren, war wirkungslos. Nie zuvor hatte er so etwas erlebt. Dieser Mankurenfresser schien durch einen Zauber geschützt zu sein. »Wir verschwinden!«, sagte Aminar kurz entschlossen.

»Nicht bevor ich eine Antwort erhalten habe!«, entgegnete Casto zornig und drückte sein Schwert noch fester an Sclavizars Hals.

In diesem Augenblick sprang einer der Mankurenfresser auf Aminar zu, verfehlte ihn aber, als dieser auswich. Aminar zog sein Schwert und erschlug den Mankurenfresser, bevor er erneut angreifen konnte. Casto erschuf einen Feuerkreis und grenzte das Rudel aus. Er wandte sich Sclavizar zu. »Sag mir, wer dich geschickt hat, oder du wirst das letzte Mal geschwiegen haben«, drohte er.

Sclavizar wusste, dass er etwas sagen musste. Casto würde ihn ohne zu zögern töten, sollte er nicht umgehend antworten. Panik packte ihn. Er durfte seinen Meister nicht verraten, doch schien es seine einzige Möglichkeit zu sein, wenn er überleben wollte. Gerade als er seinen Mund öffnen wollte, erlosch plötzlich der Feuerkreis um sie herum. Die Mankurenfresser zögerten nicht und griffen an. Während sie Sclavizar völlig außer Acht ließen, sprangen zwei von ihnen auf die Oberen zu, wurden aber sogleich von ihnen getötet.

»Lass uns verschwinden, es sind zu viele«, forderte Aminar Casto auf.

»Nein!«, brüllte Casto entschlossen. Er stieß eine Energiewelle von sich, die Sclavizar und alle Mankurenfresser um sie herum auf den Boden zwang. Selbst Aminar, der nicht damit gerechnet hatte, konnte sich nicht auf den Beinen halten. Casto schoss einige Feuerkugeln auf die Mankurenfresser, woraufhin sie sich winselnd zurückzogen. Casto packte Sclavizar an der Kehle. Er zog ihn ein Stück an sich heran, blickte ihm in die Augen und las seine Gedanken. Es dauerte nur einen kurzen Augenblick, bis er Sclavizar mit einem heftigen Stoß wieder losließ, sodass dieser nach hinten stolperte und zu Boden fiel.

Die Mankurenfresser hatten sich wieder gesammelt und kamen erneut auf sie zu gerannt. Doch diesmal verschwanden die beiden Oberen, bevor sie angreifen konnten. Sclavizar starrte auf die Stelle, an der gerade noch Aminar und Casto gestanden hatten. Die Mankurenfresser beachteten ihn nicht weiter und verließen das Lager. Sclavizar saß immer noch am Boden. Er war gescheitert. Die Oberen wussten nun, was er vorhatte, er würde seinem Meister sagen müssen, dass er versagt hatte.

»Sclavizar!«, hörte er plötzlich die Stimme seines Meisters rufen und fuhr erschrocken zusammen. »Sclavizar, komm zu mir!«, forderte Caldes ihn auf. Widerwillig folgte Sclavizar und ging in die große Jurte. »Verlasse sofort das Marmitatal. Begib dich zum Seelensee, wenn du dort bist, werde ich dir weitere Anweisungen geben.«

Sclavizar machte sich sofort auf den Weg. Er ließ alles zurück, nur den Telmant und einen Topf nahm er mit.

Aminar und Casto berichteten den anderen Oberen von den Ereignissen in Sclavizars Lager.

»Was hast du gesehen?«, fragte Verdala gespannt, als sie hörte, dass Casto Sclavizars Gedanken lesen konnte.

»Er wollte der herrschaftlichen Armee beitreten. Caldes hat sich gewisse Vorteile davon erhofft, die er sicherlich auch gehabt hätte.«

»Mehr konntest du nicht in Erfahrung bringen?«

»Nein, dafür hat die Zeit nicht gereicht«, sagte Casto.

»Wieso nicht?«

»Weil wir nicht ein ganzes Rudel Mankurenfresser töten wollten«, erwiderte Casto gereizt.

Drognor hätte ihm gern widersprochen, aber auch er wusste, dass es nicht richtig gewesen wäre, ein ganzes Rudel Mankurenfresser zu töten, das entsprach nicht ihren moralischen Werten. »Warum hast du Sclavizar nicht getötet?«, wollte Drognor wissen.

»Ich hielt es nicht für nötig.«

»Er ist ein Diener von Caldes und somit eine Bedrohung. Für gewöhnlich nehmen wir unsere Feinde fest oder töten sie. Warum hast du ihn verschont?«, fragte Drognor vorwurfsvoll.

Casto wusste darauf keine Antwort.

In Drognor regte sich Misstrauen. »Hast du es womöglich nicht getan, weil du auf seiner Seite stehst?«

»Sei vorsichtig mit dem, was du sagst, Drognor! Ich bin sicher kein Verräter«, entgegnete Casto gereizt.

»Ich habe ihn auch nicht getötet. Hältst du mich deshalb auch für einen Verräter?«, frage Aminar.

Drognor sah in nachdenklich an. Sein Blick ließ Aminar vermuten, dass er auch an seiner Loyalität zweifelte.

»Lasst uns zu diesem Lager gehen und Sclavizar festnehmen, sofort!«, forderte Drognor und die anderen folgten ihm.

Doch Sclavizar war bereits verschwunden, mitsamt dem Telmant. Zurückgeblieben waren nur die leeren Zelte und die glühende Asche vom Lagerfeuer. »Sein Vorhaben ist gescheitert, es war anzunehmen, dass er nicht mehr hier ist«, bemerkte Casto und erntete einen zornigen Blick von Drognor.

»Du bist schuld, dass er entkommen konnte!«, warf dieser Casto vor.

Casto wollte ihm gerade widersprechen, doch Verdala kam ihm zuvor. »Es ist nicht verwerflich, Skrupel davor zu haben, jemandem das Leben zu nehmen. Hör auf, ihm deswegen Vorwürfe zu machen.«

Drognor sah das anders, doch er gab ihr keine Widerworte.

»Was machen wir jetzt?«, fragte Aumora.

»Ich denke, uns bleibt nichts anderes übrig, als abzuwarten. Caldes Plan, Sclavizar in die herrschaftliche Armee zu bringen, ist gescheitert. Wir wissen nicht, was er als Nächstes machen wird«, sagte Casto.

»Wir müssen das Elitendrium abbrechen«, forderte Aumora.

»Nein, das ist nicht sinnvoll, solange von Caldes noch keine offensichtliche Bedrohung ausgeht. Wir würden nur unnötig Panik verbreiten. Außerdem werden wir die neuen Krieger brauchen«, sagte Aminar.

»Ich muss Aminar zustimmen. Wir werden das Elitendrium fortsetzen«, sagte Drognor entschieden.

UNVERHOFFTE RETTUNG

Shira und Rouh hatten das Marmitatal durch die Südschlucht verlassen. Sie wollten vorerst nicht zurück nach Benklad. Die meiste Zeit liefen sie schweigend nebeneinander her. Sie mussten sich auf die Umgebung konzentrieren, und zudem wollten sie möglichst unbemerkt bleiben.

Der Weg war mühsam, an einigen Stellen war er sehr steil und ging dann wieder in ein sanftes Gefälle über. Sie mussten Acht geben, wo sie hintraten, denn überall lagen lose Steine und Felsbrocken. Nach einigen Stunden hatten sie den letzten Bergkamm, der sie vom Andror trennte, erreicht. Er war nicht besonders hoch und die Kuppen waren bewaldet.

»Hinter den Bergen dort muss der Andror liegen. Lass uns bis zu den Wäldern laufen und dort die Nacht verbringen.«

»Bist du dir sicher, dass wir es vor Einbruch der Dunkelheit bis dahin schaffen? Ich meine, es ist weiter weg, als es aussieht«, wandte Rouh ein.

»Vielleicht hast du recht. Dann lass uns so lange laufen, bis es dunkel wird. Wir werden sehen, wo wir dann sind.« Kurz entschlossen ging Shira weiter. Als die Sonne unterging, hatten sie den Bergkamm erreicht, und der Weg führte wieder steil nach oben.

»Willst du da wirklich noch rauf?«, fragte Rouh.

»Es ist nicht weit, wenn wir auf der anderen Seite sind, suchen wir uns einen Platz, wo wir die Nacht verbringen können«, sagte Shira.

Der steile Pfad lag voller kleiner Steine, und Shira rutschte öfter aus, konnte sich aber jedes Mal fangen. Hinter dem Bergkamm ging es abwärts Richtung Fluss. Sie liefen ein Stück weiter, bis sie eine kleine Baumgruppe erreicht hatten. Rouh war erleichtert, als Shira endlich stehen blieb. Sie setzte sich an einen Baum und betrachtete den sternenklaren Himmel. Es war eine milde Nacht. Rouh legte sich neben sie und schloss die Augen.

Shira dachte an Caldes, an diese furchteinflößenden gelben Augen. Bei diesem Gedanken lief es ihr immer noch kalt den Rücken herunter. »Was weißt du über Caldes?«, fragte sie Rouh. Diesen überraschte die Frage ein wenig. Er hatte keinen Gedanken mehr an Caldes verschwendet, seit sie das Marmitatal verlassen hatten.

»Das, was die meisten wissen«, sagte er.

»Und was genau ist das?«

»Er wurde in Jugendjahren aus der Festung des Lichts verbannt. Als er erwachsen war, kam er zurück, um sich zu rächen. Er forderte Sensar, der damals einer der Oberen war, heraus. Sensar konnte ihm sehr lange Paroli bieten, aber Caldes war stärker. Er tötete Sensar und die anderen acht Oberen, darunter seine eigenen Eltern, Fuertro und Lynaja. Dann brach ein finsteres Zeitalter an.«

»Fuertro und Lynaja waren doch Castos Eltern«, unterbrach Shira ihn. Es war mehr eine Frage als eine Feststellung.

Rouh war verunsichert. Vielleicht war es kein Zufall, dass Shira der Stammbaum der Oberen nicht genau bekannt war, und er fragte sich, ob er zu viel gesagt hatte. Es war für ihn eine Qual, Geheimnisse vor Shira zu haben, und wäre er nicht gezwungen worden zu schweigen, hätte er ihr schon längst alles erzählt, was er wusste.

Shira wurde skeptisch, weil Rouh nicht antwortete. »Wieso sagst du nichts mehr?«

Rouh schwieg immer noch.

»Also stimmt es. Casto ist der Bruder von Caldes«, stellte Shira geschockt fest. Rouh antwortete nicht. Aber das brauchte er auch gar nicht. Nach langem Schweigen fragte sie Rouh, wie die Oberen es letztendlich geschafft hatten, Caldes zu besiegen. Doch wusste Rouh es nicht. Ihm war nur bekannt, dass Caldes im Berg der Verdammnis eingesperrt worden war.

»Wie konnte er so mächtig sein und alle Oberen besiegen? Das ist unfassbar und ehrlich gesagt sehr beängstigend«, bemerkte Shira.

»Ich habe gehört, dass er sich mit den Wesen der Schattenwelt verbündet hatte und sich der verbotenen Zauber bediente«, sagte Rouh.

»Die verbotenen Zauber? Was für Zauber sind das?«, fragte Shira überrascht.

»Ich habe gehofft, dass du mir das sagen kannst«, entgegnete Rouh. Ihm war nicht viel über die magische Sprache bekannt, denn nur wenige Aphthalenarten konnten sie nutzen, seine Rasse zählte allerdings nicht dazu.

Shira schüttelte den Kopf. »Ich habe noch nie davon gehört«, sagte sie. Dann verlor sie sich wieder in ihren Gedanken. Sie dachte über die Schattenwelt und ihre Bewohner nach. Die meisten von ihnen waren grausame Kreaturen, die sich von der Magie anderer Lebewesen nährten, und sie waren sehr gefährlich. Es gab Todschatten, die ähnlich wie die

Oberen verschwinden und an einem beliebigen Ort wieder auftauchen konnten. Sobald sie ihr Opfer gepackt hatten, war dieses unfähig, sich zu bewegen. Es hieß, sie würden alle Magie und alles Leben einfach aussaugen. Und wie auch alle anderen Schattenwesen konnten sie nur durch Waffen aus magischem Eisen getötet werden.

Shira hatte nie einen gesehen, aber es wurde erzählt, dass der Geruch des Todes an ihnen haftete. Ihr Anblick war so furchteinflößend, dass ihre Opfer vor Angst erstarrten. Die Todschatten waren wohl die gefährlichsten Schattenwesen. Sie waren sehr intelligent und in ihrer Welt die herrschende Spezies.

Neben den Todschatten hatte Shira auch von Finsterspinnen und Fäulnisbringern gehört. Die Finsterspinnen gebrauchten keine Netze, um ihre Beute zu fangen, sondern hinterließen am Boden ein unsichtbares Sekret, an dem alles haften blieb, was es berührte. Selbst der stärkste Mankur konnte sich ohne Magie nicht aus dieser klebrigen Falle befreien. Ihre tiefschwarze Farbe ließ sie in jedem Schatten unsichtbar werden. Erst wenn es zu spät war, erblickten ihre Opfer die riesige achtbeinige Kreatur.

Die Fäulnisbringer nährten sich genau wie die Todschatten von der Magie anderer Lebewesen. Sie sahen aus wie schwarze Schakale, deren Körper an einigen Stellen zu verwesen schienen. Jedes Lebewesen, das mit ihnen in Berührung kam, begann zu verfaulen. Selbst die Pflanzen, die sie berührten, verwelkten in nur wenigen Sekunden.

Doch all diese furchteinflößenden Wesen waren seit langer Zeit aus dieser Welt verschwunden, die Vorstellung, dass sie zurückkommen würden, machte Shira Angst. Sie wurde lange von diesen Gedanken wachgehalten, als ihr schließlich doch immer öfter die Augen zufielen, weckte sie Rouh. Sie wollte, dass er den Rest der Nacht Wache hielt. Er war etwas verwundert über diese Bitte. Für gewöhnlich hielten sie es nicht für nötig, dass einer wach blieb. Rouh witterte jede Gefahr und wachte auf, wenn eine Bedrohung nahte. Doch einen Todschatten würde er sicher nicht rechtzeitig bemerken, was der Grund für Shiras Sorgen war.

Um sie herum herrschte Totenstille, und ein dünner Nebel zog langsam über den Boden. Die Umgebung wirkte unheimlich, und doch konnte Shira keine Gefahr erkennen. Es wurde kühler, und sie schmiegte ihren Oberkörper an Rouhs wärmendes Fell.

Am nächsten Morgen ging Rouh auf die Jagd, während Shira am Lagerfeuer sitzen blieb. Sie stocherte gedankenverloren mit einem kleinen

Stock im Boden herum, als sie das Knacken von Ästen hörte. Erst dachte sie, Rouh würde zurückkommen, doch sie konnte ihn nicht sehen.

Shira beobachtete aufmerksam den Waldrand. Dann hörte sie ein Rascheln. Irgendetwas war im Gebüsch und näherte sich. Shira war sich sicher, dass es nicht Rouh war, nahm ihr Schwert in die Hand und stand langsam auf, ohne den Rand des Waldes aus den Augen zu verlieren. Einen kurzen Moment lang war es ganz still. Dann hörte sie wieder das Geräusch zerbrechender Äste.

Plötzlich kam ein großer Mankurenfresser aus dem Gebüsch. Er fletschte die Zähne und war im Begriff anzugreifen. Shira hörte wieder etwas im Busch, und kurz darauf stand ein weiterer Mankurenfresser vor ihr. Er sprang auf sie zu, und sie durchbohrte den Brustkorb des Aphthalen mit ihrem Schwert. Er war sofort tot, riss Shira im Fall zu Boden und landete auf ihr.

Sie wollte sich gerade von der erdrückenden Masse befreien, als der andere Mankurenfresser sich in ihrem Arm festbiss. Shira schrie auf und versuchte, ihn abzuschütteln. Es gelang ihr nicht. Sie ließ ihren Arm in Flammen aufgehen, woraufhin der Aphthale sofort winselnd seinen Biss löste und zurück in den Wald lief.

Shira betrachtete die Wunde an ihrem Arm. Es blutete stark, die messerscharfen Zähne dieser Bestie hatten sich tief in ihr Fleisch gebohrt. Sie schnitt mit ihrem Dolch ein Stück Stoff von ihrem Ärmel ab. Nachdem sie den Stofffetzen um die Wunde gebunden hatte, löschte sie mit einer Handbewegung das Feuer und blickte zu dem Kadaver, der nur wenige Meter entfernt lag.

Im Gebüsch regte sich wieder etwas. Shira wollte gerade wieder ihr Schwert ergreifen, als sie das schimmernde grüne Fell von Rouh erkannte. Sie war erleichtert, ihn zu sehen.

»Gut, dass du zurück bist. Wir müssen sofort hier verschwinden«, sagte sie.

Rouh hatte einen Hasen im Maul, als er auf sie zukam. Er ließ den Hasen vor Shiras Füße fallen und blickte auf den toten Mankurenfresser. »Dann wirst du dein Frühstück wohl später zu dir nehmen müssen«, stellte er fest.

»Du hast schon etwas gefressen, nehme ich an.«

»So ist es«, bestätigte Rouh.

Shira hob den Hasen vom Boden auf und ging los. Sie mussten das Jagdgebiet der Mankurenfresser so schnell wie möglich verlassen. Diese

Art der Aphthalen hatte einen sehr guten Geruchssinn. Es war unmöglich, sich vor ihnen zu verstecken.

Rouh bemerkte die Wunde an Shiras Arm. »Bist du gebissen worden?«, fragte er besorgt.

Shira schaute kurz auf die Verletzung. »Das ist nicht weiter schlimm«, sagte sie gelassen.

Rouh schien es nicht so entspannt zu sehen, er wurde nervös. »Mankurenfresser haben Giftdrüsen an ihren Zähnen. Es ist ein Nervengift und führt früher oder später zur Lähmung des gesamten Körpers. So jagen sie. Erst vergiften sie ihre Beute, und einige Zeit später spüren sie ihre hilflos gewordenen Opfer auf«, erklärte er.

Shira sah Rouh beunruhigt an und verarbeitete, was er gesagt hatte. »Gibt es ein Gegengift? Eine Pflanze oder so? Am besten eine, die hier in der Nähe wächst.«

»Nein, aber die Wirkung lässt nach etwa einem Tag wieder nach. Wenn dich die Mankurenfresser bis dahin nicht gefunden haben, wird dir das Gift nicht weiter Schaden«, sagte Rouh.

»Wie soll ich mich denn einen Tag lang vor diesen Biestern verstecken? Wir sind mitten in ihrem Jagdgebiet.«

»Wir müssen den Andror überqueren, bevor das Gift wirkt.«

Sie liefen in den Wald Richtung Westen. Es war ein sehr unebenes Gelände, von Sträuchern und Bäumen dicht bewachsen. Die Mankurenfresser waren ganz in ihrer Nähe und liefen ihnen direkt entgegen.

»Warte mal! Hast du das gehört?«, Shira lauschte aufmerksam den Geräuschen im Wald.

Rouhs Ohren drehten sich wie bei einer Katze. »Das sind die Mankurenfresser«, sagte er. Er wandte sich Richtung Norden und lief so schnell er konnte. Shira hatte keine Mühe, mit ihm Schritt zu halten, und sie rannten, bis sie plötzlich an einem Abhang standen. Am Fuße des Steilhangs befand sich ein breiter Weg, der nicht weit vom Andror entfernt war. »So ein Mist«, sagte Rouh und blickte den Abhang hinunter, während Shira dem großen Aphthalen auf die Schulter tippte und dabei auf den Waldrand starrte.

Rouh drehte sich um und sah die Mankurenfresser, die in einer scheinbar unzählbaren Masse aus dem Wald auf sie zukamen. »Du musst versuchen, sie zurückzudrängen, bis wir wieder einen Fluchtweg haben«, sagte Rouh.

Shira erschuf eine Feuerwand, doch dann wurde ihr plötzlich schwindelig, sie trat unkontrolliert einen Schritt zurück und stürzte in die Tiefe. Rouh sprang hinterher. Er federte sich so elegant an den Felsen ab, dass sein Lauf fast kontrolliert aussah. Dennoch scheiterte sein Versuch, Shiras Fall zu bremsen. Sie prallte auf den Boden. Ein furchtbarer Schmerz durchfuhr ihren Körper, und sie verlor das Bewusstsein.

Rouh ging aufgebracht hin und her. Er beobachtete ihre flache Atmung und fragte sich, was er machen sollte. Er war so verzweifelt in seine Gedanken vertieft, dass er die beiden Mankuren, die sich ihm näherten, gar nicht wahrnahm. Einer von ihnen ging direkt auf Shira zu. Erst jetzt bemerkte Rouh seine Anwesenheit. Es war Dracon, und obwohl Rouh ihn erkannte, erschreckte er sich so sehr, dass er anfing zu fauchen und seine Nackenhaare aufstellte. Irgendetwas an Dracons Ausstrahlung verunsicherte ihn, seine Anwesenheit behagte ihm nicht. Er wusste nicht, was es war, aber schon als er ihm beim Elitendrium das erste Mal begegnet war, hatte er dieses beklemmende Gefühl gehabt.

Auch Dracon hatte die beiden erkannt und schien sich von Rouhs Gefauche nicht beeindrucken zu lassen. Er trat an Shira heran und kniete sich neben sie. Er schaute Rouh an. »Lass mich ihr helfen«, sagte er.

Rouh ging einen Schritt zurück und hörte auf, zu fauchen. Nun bemerkte er auch Xendra, die nur wenige Meter von Dracon entfernt stand. Dieser legte seine Hände auf Shiras Bauch und heilte die Verletzungen. Rouh ließ ihn dabei nicht aus den Augen. Dracons Hände erstrahlten in einem warmen roten Licht, als er sie heilte. Auch die Vergiftung konnte er spüren, doch gegen Vergiftungen waren seine Heilkräfte wirkungslos. »Woher stammt die Bisswunde?«, wollte er wissen. Bevor Rouh antwortete, sah Dracon das Rudel Mankurenfresser und konnte sogleich die Bisswunde einordnen.

Das Rudel sammelte sich dicht vor ihnen mit fletschenden Zähnen. Rouh wollte sie angreifen. Er wusste, sie waren zu zahlreich, um sie besiegen zu können, aber er würde nicht kampflos aufgeben.

»Warte!«, sagte Dracon ruhig, aber bestimmt. Er ging auf die Mankurenfresser zu. Dann hob er seine Hand. Die Mankurenfresser blieben abrupt stehen. Er sah die Aphthalen bedrohlich an, seine Augen leuchteten grün. Er schien ihnen etwas mitzuteilen. Dann duckten sich die Mankurenfresser unterwürfig. Einen kurzen Augenblick später lief das Rudel in den Wald zurück. Das Glühen in Dracons Augen verschwand wieder, und Rouh wurde bewusst, warum er sich in seiner Gegenwart nicht wohlfühlte. Dass Dracon mit Aphthalen sprechen konnte, war ihm bekannt gewesen, aber dass er sie auch kontrollieren konnte, hatte er nicht gewusst. Er als recht großer und auch sehr starker Aphthale war völlig machtlos gegen ihn. Kein Wunder, dass seine Anwesenheit ihn beunruhigte.

Dracon kam zurück und sah die Angst in Rouhs Augen. »Du brauchst keine Angst haben, ich werde dir ganz sicher nichts tun.« Er hielt einen Moment inne und erwartete einen Kommentar, aber Rouh zeigte keine Reaktion.

Dracon wandte sich wieder Shira zu. Ihre Wunden waren geheilt, aber wegen des Gifts war sie immer noch bewusstlos. »Gegen die Vergiftung kann ich nichts machen, und die Mankurenfresser werden bald wiederkommen«, sagte Dracon.

Xendra wurde ungeduldig, im Gegensatz zu Dracon war sie weniger hilfsbereit. Sie hätte die Mankure und ihren Aphthalen-Freund ihrem Schicksal überlassen. »Lass uns weitergehen«, forderte sie Dracon auf.

»Wir können sie nicht einfach hierlassen. Wir werden sie mit nach Zimheim nehmen«, sagte Dracon. Er klang sehr entschlossen und würde keinen Widerspruch zulassen.

Xendra war sichtlich genervt, aber ihr blieb nichts anderes übrig, als Dracon zu folgen.

»Zimheim ist ein Mankurendorf, etwa einen Tagesmarsch von hier entfernt. Dort ist sie in Sicherheit, denn sie wird bestimmt nicht vor morgen früh aufwachen«, sagte er zu Rouh.

Dieser wusste Dracons Hilfe durchaus zu schätzen. Ohne ihn wären er und Shira wahrscheinlich schon tot. Dennoch wurde er dieses beklemmende Gefühl nicht los. Aber wie könnte er auch. Zwar schien Dracon nur gute Absichten zu haben, aber er hätte Rouh jeden Augenblick die Kontrolle über sich selbst rauben können. Bei diesem Gedanken bekam Rouh beinahe Panik.

Dracon sah ihn an und wartete auf eine Antwort. Er fragte sich, was gerade in Rouhs Kopf vorging, und bemerkte die Panik in dessen Augen. »Ich will euch nur helfen«, sagte er.

»Das ist mir bewusst, und dafür danke ich dir«, entgegnete Rouh angespannt.

Dracon nahm Shira hoch und ging los. Rouh sprang mit einem Satz neben ihn. »Ich werde sicher nicht von ihrer Seite weichen! Jedenfalls nicht, solange ich mein eigener Herr bin«, fauchte Rouh misstrauisch.

Dracon lächelte. »Ich habe nichts anderes erwartet.«

»Was sagt er?«, wollte Xendra wissen.

»Er hat sich nur bedankt«, sagte Dracon.

***

Als sie in Zimheim ankamen, war es bereits dunkel, doch in den meisten Häusern brannte noch Licht. Die Straßen waren leer, nur eine Katze kreuzte ihren Weg. Sie näherten sich einem der Häuser in der Nähe des Marktplatzes. Dracon klopfte dreimal an die Tür und wartete einen Augenblick.

»Wer ist da?«, erklang von drinnen eine tiefe Stimme.

»Ich bin es, Dracon, und ich habe drei Freunde bei mir.«

Die Tür öffnete sich, und ein kleiner, breiter, sehr muskulöser Mankur kam dahinter zum Vorschein. Er hatte eine Glatze, aber einen dichten, langen schwarzen Bart, der ihm bis zur Brust reichte. »Seid willkommen, Dracon und seine Freunde«, sagte er und bat sie herein. Dass Dracon eine bewusstlose Mankure trug, schien ihn nicht zu wundern, aber den Aphthalen-Tiger beäugte er genauer.

»Danke, Berbog. Und bitte verzeih, dass wir dich zu so später Stunde stören«, sagte Dracon.

»Ach, das ist kein Problem. Du weißt doch, dass ich selten schlafe.«

»Ja, das stimmt allerdings.« Dracon musste lachen. Berbog war bekannt dafür, dass er nur wenige Stunden im Monat schlief. Er brauchte den Schlaf nicht, das war eine sehr ungewöhnliche Fähigkeit für einen Mankuren. »Entschuldige meine Unhöflichkeit, das ist Xendra und …« Er beendete abrupt den Satz und sah Rouh an. »Wärst du so freundlich, mir eure Namen zu sagen?«

»Die Mankure auf deinen Schultern heißt Shira, und ich bin Rouh.«

»Das ist Rouh und sie heißt Shira«, wiederholte Dracon die Namen.

»Es freut mich, eure Bekanntschaft zu machen«, sagte Berbog. Seine Worte klangen aufrichtig, und Rouh fühlte sich in seiner Gegenwart nicht mehr so unwohl. Berbog beherrschte die Sprache der Aphthalen nicht. Aber er wusste, dass Rouh ihn verstand. »Was ist mit ihr?« Berbog sah zu Shira und wurde nun doch neugierig.

»Sie wurde von einem Mankurenfresser gebissen«, sagte Dracon.

»Das sind wirklich lästige Biester. Folge mir. Du kannst sie in eines der Zimmer nebenan bringen.«

Dracon legte Shira in das Bett, das sich in dem Zimmer befand, und nahm ihr den Schultergürtel ab, an dem sie ihr Schwert trug. Rouh beobachtete jeden Handgriff von ihm genau, was Dracon nicht entging. Während er das Schwert auf einen Stuhl legte, betrachtete er die Parierstange. Es war ein Schriftzug eingraviert. Das einfallende Licht war nicht im richtigen Winkel, und er konnte nur die ersten Worte lesen. Dracon wollte das Schwert aus der Scheide ziehen, aber Rouh schnaufte auffällig laut und sah in warnend an. Dracon hatte keine Angst vor ihm, und er war sich sicher, dass er ihn nicht davon abhalten würde, sich das Schwert anzusehen. Doch wollte er Rouh auch nicht unnötig verärgern und legte das Schwert weg.

Dann ging er zurück zu Berbog und Xendra, die in der Stube an einem großen Tisch saßen. Berbog hatte etwas Fleisch und Gemüse serviert und schien Xendra gerade sein selbst gebrautes Bier schmackhaft machen zu wollen.

Diese fühlte sich sichtlich unwohl. Sie versuchte, freundlich zu bleiben. Aber es gelang ihr kaum. Mit Berbogs offenherziger, aber auch sehr aufdringlichen Art wusste sie nicht umzugehen. Sie sah Dracon und war erleichtert.

Er blickte die beiden an und war leicht amüsiert. Berbog war ein guter Freund von ihm, er kannte ihn schon lange und wusste nur zu gut, wie anstrengend er sein konnte. Dass Xendra Schwierigkeiten mit ihm haben könnte, war Dracon schon vorher klar gewesen. »Ich hoffe, wir bereiten dir keine Unannehmlichkeiten«, unterbrach er seinen Freund, der immer noch versuchte, Xendra zu einem Schluck Bier zu überreden.

Berbog drehte sich zu ihm, und seine Mundwinkel formten sich zu einem breiten Lächeln. »Nein, nein. Über deinen Besuch bin ich immer hocherfreut. Und du weißt ja, ich habe Platz genug, und Essen habe ich auch wieder reichlich zubereitet. Ich bin froh, wenn es gegessen wird, ich bereite immer noch die gleichen Mengen wie früher zu«, sagte er traurig. Das Haus war sehr groß. Es hatte vier Schlafzimmer, ein riesiges Wohnzimmer mit einer offenen Küche und sogar einen Garten mit eigenem Brunnen. Berbog hatte seine Familie vor knapp vierzig Jahren verloren, als ein Drache das Dorf angegriffen hatte. Seitdem lebte er allein und war über gute Gesellschaft immer erfreut.

»Vielen Dank, Berbog. Ich bin immer gern bei dir.« Im Gegensatz zu Xendra konnte er sich mit Berbog gut unterhalten und amüsieren.

»Dracon, bitte setz dich«, forderte Berbog. Er zeigte auf einen Stuhl, der ihm gegenüberstand. »Du trinkst sicher ein Bier!« Ohne eine Antwort zu erwarten, nahm er einen irdenen Krug und zapfte ein Bier aus einem Holzfass, das sich direkt hinter ihm befand. »Bitteschön, es ist wieder köstlich.«

Dracon setzte sich und nahm den Krug. Nach kurzem Schweigen ergriff Berbog wieder das Wort. »Warum bist du hier? Versteh mich nicht falsch, aber du wolltest doch erst nach dem Elitendrium hierherkommen.« Berbog wusste, dass etwas nicht stimmte. Erst bei seinem letzten Besuch hatte Dracon ihm noch erzählt, wie sehr er sich wieder auf das Elitendrium freute. Berbog konnte sich nicht vorstellen, dass Dracon freiwillig gegangen war.

Dracon seufzte. Er musste eine Erklärung für Berbog finden. Eigentlich war er gegangen, weil sein Vater es von ihm verlangt hatte. Aber ohne weitere Erläuterungen würde sein Freund diese Antwort nicht akzeptieren. Allerdings wollte er ihn auch nicht anlügen.

»Familienangelegenheiten«, sagte er schließlich.

Berbog zog eine Augenbraue hoch. Dann lachte er. »Gut, mein Junge. Wenn du nicht darüber sprechen möchtest, respektiere ich das selbstverständlich. Ich hoffe, ich kann dich ein wenig von deinem Kummer ablenken. Erzähl mir mehr von deinen Begleitern. Xendra habe ich ja bereits kennengelernt. Von ihr hattest du mir auch schon viel erzählt.« Er lächelte Xendra an. Sie tat sich schwer, das Lächeln zu erwidern, was Berbog kaum bemerkte, Dracon hingegen schon. »Wer ist die andere Mankure und der beeindruckende grüne Tiger?« Gespannt sah der kleine Mankur Dracon an.

»Ich habe sie auf dem Weg hierher getroffen. Eigentlich viel mehr gefunden.« Er erzählte Berbog, was passiert war.

»Und du hast sie noch nie zuvor gesehen? Woher weißt du, dass wir ihr trauen können?«, fragte Berbog.

»Ich habe sie beim Elitendrium schon mal getroffen. Dort habe ich mich nur kurz mit ihr unterhalten, aber ich bin mir sicher, dass wir von ihr nichts zu befürchten haben«, erklärte Dracon.

Berbog traute Dracons Urteil und war beruhigt. Xendra hingegen war wütend, was Dracon nicht entging.

»Habe ich etwas Falsches gesagt?«, wollte er wissen, als er ihren zornigen Blick bemerkte.

»Sagtest du nicht, du hättest sie an dem Abend vor unserer Abreise das erste Mal gesehen?«

Dracon war verwundert über ihren aggressiven Tonfall. »Ich sagte, ich würde sie nicht kennen.«

»Warum hast du mir nicht erzählt, dass du sie vorher schon einmal getroffen hast?« Xendra versuchte, ihre Wut zu unterdrücken, was ihr kaum gelang.

Dracon verstand nicht, warum sie so sauer darüber war. »Wieso ist dir das eigentlich so wichtig? Seit wann muss ich dir von jedem Gespräch, das ich mit irgendjemandem geführt habe, berichten?« Er war genervt. Xendra war in letzter Zeit häufiger so anstrengend. Er hatte sie gefragt, ob sie ihn begleitet, weil er sich von ihr Unterstützung erhofft hatte, doch nun schien sie vielmehr eine zusätzliche Belastung zu sein.

»Du verschweigst mir, dass du sie kennst. Und dann musst du zufällig, das erste Mal in deinem Leben, das Elitendrium verlassen«, sagte Xendra.

»Du weißt, warum ich gehen musste!«

»Ich weiß, was du mir gesagt hast. Aber wer weiß, vielleicht hast du mir ja dabei auch etwas verschwiegen. Es war wahrscheinlich noch nicht mal ein Zufall, dass Shira unseren Weg nach Zimheim gekreuzt hat.«

»Natürlich nicht. Ich habe ihr gesagt, sie soll sich von einem Mankurenfresser beißen lassen und von einer Klippe springen«, sagte Dracon sarkastisch und brachte Berbog zum Lachen.

Xendra hingegen war verärgert. »Ich gehe schlafen. Ich wünsche dir eine angenehme Nacht, Berbog«, sagte sie wütend.

Kurz nachdem sie den Raum verlassen hatte, fragte Dracon: »Wieso ist sie so sauer? Was habe ich falsch gemacht? Ich muss ihr doch keine Rechenschaft ablegen. In letzter Zeit verstehe ich sie nicht mehr.«

Berbog grinste breit. »Ist das denn nicht offensichtlich?« Dracon sah Berbog fragend an. »Es wundert mich wirklich, dass du es noch nicht bemerkt hast«, sagte Berbog. Er nahm einen großen Schluck Bier und rülpste. »Sie ist eifersüchtig«, erklärte er.

Dracon blickte Berbog verwundert an und nahm ebenfalls einen Schluck aus seinem Krug. »Wieso sollte sie eifersüchtig sein?«

Berbog schüttelte verständnislos den Kopf. »Manchmal bist du wirklich ein Holzkopf. Sie hat Gefühle für dich.«

»Du meinst, dass sie in mich verliebt ist?«

»So ist es.«

»Ich habe eigentlich nie irgendwelche Andeutungen gemacht, dass sie für mich mehr sei als eine gute Freundin. Zumindest dachte ich das.« Er setzte den Krug gleich noch mal an und leerte ihn.

»Möchtest du noch ein Bier?«

»Nein, danke. Es ist schon spät, wenn du mich entschuldigst. Ich würde jetzt gern schlafen gehen«, sagte Dracon.

»Ist schon recht. Ich wünsche dir eine gute Nacht«, erwiderte Berbog.

***

Dracon lag noch lange wach. Obwohl er erschöpft war, ließen ihn seine Gedanken nicht zur Ruhe kommen. Er dachte an Curdo und an seinen Vater. Er fragte sich, warum er die Forderung seines Vaters, das Elitendrium zu verlassen, befolgt hatte und ob es nicht doch ein Fehler gewesen war. War er wirklich zu feige gewesen, sich seinem Vater zu widersetzen, oder wusste er insgeheim, dass sein Vater das Richtige tat? Er hätte gern mit jemandem darüber gesprochen, aber Berbog wollte er nicht von Curdo und seinem Schicksal erzählen, und auch Xendra schien ihm nicht die richtige Gesprächspartnerin zu sein. Mit ihr kam er zurzeit nicht gut zurecht. Dass sie sich scheinbar in ihn verliebt hatte, belastete ihn zusätzlich, denn er erwiderte diese Liebe nicht. Früher oder später würde er mit ihr darüber reden müssen, und er hatte Angst davor, wie sie reagieren würde. Vielleicht würde sie es gut auffassen, vielleicht würde sie aber auch wütend werden und auch keine freundschaftliche Beziehung mehr wollen. Über diese Gedanken schlief Dracon irgendwann ein.

EIN GEHEIMNIS WIRD VERRATEN

Shira öffnete ihre Augen und brauchte einen Moment, um sich zu erinnern, was geschehen war. Sie wusste noch, dass sie ein Rudel Mankurenfresser gejagt hatte, dass sie gebissen wurde und dass sie mit Rouh an einem Steilhang gestanden hatte. Sie suchte die Bisswunde an ihrem Arm und stellte fest, dass sie verschwunden war. Sie suchte auch nach anderen Verletzungen. Aber sie konnte nichts finden. Sie sah Rouh auf dem Boden liegen, ihn zu sehen, beruhigte sie ein wenig.

Sie lag in einem recht komfortablen Bett in einem schmalen Zimmer. Es bot gerade genug Platz, dass Rouh mit seinem breiten Körper zwischen Bett und Wand passte. Über dem Bett befand sich ein kleines Fenster, durch das die Morgensonne hineinschien. Ein kleiner Nachttisch und ein Stuhl, auf dem ihre Sachen lagen, befanden sich ebenfalls in dem Raum. Sie konnte direkt auf den Eingang blicken. Ein dicker Stoffvorhang diente als Tür.

»Guten Morgen.« Rouh freute sich, als er bemerkte, dass Shira wach war. »Wie fühlst du dich?«, fragte er.

»Grauenvoll. Ich habe Kopfschmerzen und mir ist schlecht«, antwortete sie. Sie hatte sich aufgesetzt, ihre Knie angewinkelt und hielt mit beiden Händen ihren Kopf fest. »Was ist passiert? Wo sind wir?«, wollte sie wissen.

»Wir sind in Zimheim bei einem Mankuren namens Berbog.«

»Wer ist Berbog?«

»Ein Freund von Dracon«, erklärte Rouh.

Shira hob den Kopf und sah Rouh fragend an. »Von Dracon? Wir waren doch im Androrgebirge an diesem Steilhang. Bin ich da nicht runtergestürzt?«

»Ja, und du warst verletzt. Ich hätte dir gar nicht helfen können. Aber Dracon war da, er hat dich geheilt und hierhergebracht.«

Shira konnte nicht glauben, was Rouh sagte. »Wieso war Dracon da? Ich meine, wo kam er her?«

»Das weiß ich nicht. Ich habe nicht viel mit ihm gesprochen. Ich habe ehrlich gesagt Angst vor ihm.«

»Warum? Ich denke, er hat uns geholfen.«

»Ja, sicher, aber er kann Aphthalen kontrollieren. So hat er die Mankurenfresser vertrieben.« Der Vorhang ging auf, und der eindrucksvolle dunkelhaarige Mankur, den Shira bereits auf dem Elitendrium getroffen hatte, kam ins Zimmer. Er hielt eine Tasse in der Hand und lächelte freundlich. »Guten Morgen«, sagte er. Er warf Rouh einen kurzen Blick zu. Shira war diese Situation furchtbar unangenehm, und sie starrte ihn nur verlegen an.

»Wie geht es dir?«, fragte Dracon schließlich.

»Gut«, antwortete sie tonlos.

Dracon grinste. »Wirklich? Du siehst gar nicht danach aus.« Sie sah noch sehr blass und mitgenommen aus. Er hielt ihr das warme Getränk hin. »Das hilft gegen die Kopfschmerzen«, sagte er.

Shira nahm das dampfende Getränk entgegen. Sie roch skeptisch daran und fragte sich, woher er von ihren Kopfschmerzen wusste.

»Ich hätte mir sicher nicht die Mühe gemacht, deine Verletzungen zu heilen und dich hierherzubringen, um dich anschließend zu vergiften.« Er sagte das in einem ironischen Ton und mit einem Grinsen im Gesicht. Shira wusste nicht recht, ob er sich gerade einen Scherz erlaubte oder es ernst meinte, und brachte immer noch kein Wort heraus. Sie starrte ihn weiter an und nahm einen Schluck von der warmen Flüssigkeit zu sich.

»Wenn es dir besser geht, kannst du dich gern zu uns gesellen.« Er drehte sich um und wollte gerade gehen, als Shira den Mund aufbekam.

»Danke«, sagte sie.

Dracon lächelte und nickte ihr wohlwollend zu. »Gern geschehen.« Dann verließ er das Zimmer.

Der erste Schluck von dem Getränk hatte bereits Shiras Magen beruhigt, und es schmeckte angenehmer als es roch. Es ging ihr langsam besser.

Es war bereits früher Vormittag, als Shira in die Stube kam. Berbog saß zusammen mit Xendra und Dracon an einem großen Eichentisch. Er war reich gedeckt mit den verschiedensten Obstsorten, etwas Gemüse, Brot und einem Spanferkel. Berbog hatte zum Mittagessen ordentlich aufgetischt.

Als Shira den Raum betrat, waren alle Blicke auf sie gerichtet, was sie verlegen machte. Dracon und Berbog lächelten sie freundlich an. Und dann war da noch diese schwarzhaarige Mankure, die sie auf dem Elitendrium bereits gesehen hatte. Auf Shira machte sie einen herzlosen Eindruck. Ihre Augen waren eisblau und strahlten Kälte aus. Die langen schwarzen Haare ließen sie wie leuchtende Eiskristalle wirken. Shira wusste nicht genau, was sie von ihr halten sollte. Berbog sprang direkt auf, als er sie sah.

»Willkommen in meinem Haus! Ich bin Berbog.« Er schüttelte ihre Hand und führte sie an den Tisch.

»Danke. Ich bin Shira«, erwiderte sie zögerlich. Sie fühlte sich von Berbogs offener Art etwas überrumpelt. Er sprach sie mit der Vertrautheit eines Freundes an. Er zog einen Stuhl vor und forderte sie auf, sich zu setzen. Links von ihr saß Dracon, neben ihm Xendra und ihm gegenüber setzte sich Berbog auf den Stuhl. »Rouh, du kannst es dir auch gern bequem machen«, sagte Berbog und zeigte auf einen großen Teppich, der vor einem Kamin lag.

»Kannst du Rouh verstehen?«, wollte Shira von Berbog wissen.

»Nein. Warum? Was hat er gesagt?«, fragte Berbog neugierig und blickte Rouh fragend an. Shira musste grinsen. »Er hat nichts gesagt. Ich wollte es nur wissen«, erklärte Shira. Berbog entgegnete ihr ein Lächeln. »Nimm dir etwas zu essen! Du bist sicher hungrig«, forderte er sie auf. Shira mochte ihn. Er nahm ihr mit seiner herzlichen Art jegliche Unsicherheit.

»Vielen Dank.« Shira sah Dracon an. Seine Ausstrahlung imponierte ihr immer noch sehr. Alles an ihm schien perfekt zu sein. Seine braunen Augen wirkten so gutmütig und liebevoll. Gleichzeitig aber auch sehr mächtig und respekteinflößend. In seiner Gegenwart fühlte Shira sich geborgen und bedroht zugleich. Dieses Gefühl verunsicherte sie. Aber sie wollte sich nichts anmerken lassen. Sie musste sich zusammenreißen.

»Entschuldige bitte, dass ich heute Morgen so unhöflich war. Ich weiß zu schätzen, was du für mich getan hast«, sagte sie.

»Ist schon gut. Ich weiß, wie es sich anfühlt, wenn man nach einem Mankurenfresserbiss aufwacht. Ist mir auch schon passiert.«

Das konnte Shira kaum glauben. »Wirklich? Ich meine, du kannst doch mit ihnen sprechen, also ich meine, du kannst sie doch.« Shira hielt inne.

»Sie beherrschen? Ja, aber das kann ich nur, wenn ich ihnen in die Augen sehe. Mankurenfresser sind schnelle und gute Jäger. Es ist nicht leicht, einem Rudel zu entkommen«, erklärte er.

»Vor allem nicht, wenn man so betrunken ist, dass man nichts mehr mitbekommt«, warf Xendra zynisch ein.

Dracon wusste genau, worauf sie anspielte, aber er ging nicht darauf ein und warf ihr nur einen tadelnden Blick zu. Berbog schmunzelte. Er kannte die Geschichte.

»War es nicht letztes Jahr, etwa zur gleichen Zeit? Erzähl es uns doch noch mal. Es war eine lustige Geschichte«, drängte Berbog freundlich.

Dracon ärgerte sich innerlich, dass Berbog das sagte, aber dieser wirkte dabei wieder so freundlich, dass er seine Bitte nicht ablehnen konnte. Er fragte sich, wie Berbog das machte, ob es auch eine Fähigkeit von ihm war. Sein Wesen schien so gutmütig zu sein, dass es unmöglich war, ihm böse zu sein. Zumindest kam es Dracon so vor. »So lustig ist die Geschichte gar nicht«, entgegnete er und nahm einen Schluck Bier.

»Komm schon, erzähl es doch, bitte«, forderte Berbog erneut.

»Gut, gut ich erzähle es ja. Es war im vergangenen Jahr während des Elitendriums. Antaro und ich waren am Abend auf dem Festgelände unterwegs. Xendra und Terron waren auch dabei.«

»Sind das auch Kinder der Oberen?«, fragte Shira verlegen.

»Ja, da fällt mir ein, ich habe mich dir gar nicht vorgestellt«, bemerkte Dracon.

»Wer du bist, weiß ich bereits«, sagte Shira.

»Du hattest bei unserer ersten Begegnung nicht den Eindruck gemacht«, entgegnete er.

»Da wusste ich es auch noch nicht«, gab Shira zu. »Ich war zum ersten Mal auf dem Elitendrium, und ehrlich gesagt habe ich zuvor nie einen von den Oberen oder von ihren Kindern gesehen. Und ich kenne ihre Namen auch nicht, bis auf deinen«, gestand Shira.

Dracon schmunzelte. »Wirklich, du kennst die Namen der Oberen nicht?«

»Doch, natürlich, aber nicht von ihren Kindern.«

»Das ist Xendra, sie und Antaro sind die Kinder von Aminar und Planara. Terron ist der Sohn von Diggto. Seine Mutter heißt Sylra, sie ist keine der Oberen«, sagte Dracon.

»Du musst nicht den gesamten Stammbaum aufzählen, erzähl lieber die Geschichte weiter«, wies Berbog ihn zurecht.

Draco lächelte und fuhr fort. »Wir lernten einen Mankuren kennen. Er hatte sehr große, runde Augen, die sich seitlich an seinem Kopf befanden. Sie standen sehr weit raus, und er konnte sie unabhängig voneinander bewegen. Er hatte eine lange Zunge, mit der er Insekten fing, die er dann aß.«

»Das ist uninteressant«, bemerkte Xendra gelangweilt.

»Dieser Mankur ist das Lustigste an der Geschichte«, sagte Dracon und grinste, als er an das Gesicht mit den großen, kugeligen Augen dachte. »Ich bin mir gar nicht mehr so sicher, wie er hieß. Ich glaube, Smeron oder so ähnlich. Er war sehr sympathisch. Antaro und ich haben mit ihm ein Trinkspiel gespielt. Als wir schon ziemlich betrunken waren, erzählte er uns, dass er auf seiner Anreise zum Elitendrium einen Drachen gesehen hätte. Wir haben ihm nicht geglaubt, und dann kamen wir auf die Idee, den Drachen zu suchen. Es war schon dunkel, und wir gingen in die Nordschlucht, wo uns die Mankurenfresser überrascht haben. Und um ehrlich zu sein, war es kein Rudel, es waren nur zwei.«

Berbog fing an zu lachen. »Zwei. Die Vorstellung, dass du dich gegen zwei dieser Biester nicht behaupten konntest, ist zu amüsant. Zumal Antaro auch noch bei dir war«, sagte er.

»Sie hätten beinahe gereicht, um ihn und meinen Bruder zu töten«, bemerkte Xendra.

»Das stimmt doch gar nicht«, stritt Dracon ab.

»Wenn Terron und ich euch nicht gefolgt wären, hättet ihr sicher nicht überlebt. Ihr wart so betrunken, dass ihr kaum in der Lage wart, euch zu verteidigen.«

»Das habe ich anders in Erinnerung«, widersprach Dracon. Er wandte sich wieder Shira zu. »Erzähl uns etwas über dich«, versuchte er abzulenken.

Shira war wenig begeistert über diese Aufforderung. Sie wollte nicht viel von sich erzählen. »Ich komme aus Benklad, aber das weißt du ja bereits.«

»Ja, ich erinnere mich. Wer sind deine Eltern? Vielleicht kenne ich sie.«

Sicherlich kannte er sie. Zumindest ihren Vater, dachte sie bei sich. »Ich weiß nicht, wer meine Eltern sind. Ich bin bei einem Mankuren namens Turgrohn aufgewachsen.«

»Von ihm habe ich gehört. Er ist ein großer Lehrmeister der magischen Sprache. Er hat sie dich sicherlich auch gelehrt, oder?«, fragte Dracon.

Shira stieß ein kurzes, spöttisches Lachen aus und erntete fragende Blicke. »Nein, hat er nicht.« Sie sah zu Berbog, der sie freundlich, aber verwundert anschaute. Er saß wieder vor dem großen Bierfass. »Was ist in dem Fass?«, fragte Shira.

Berbogs Augen leuchteten auf. »Das ist mein selbst gebrautes Bier. Du musst es unbedingt kosten!« Er sprang auf und lief zu einem Regal, das mit irdenen Bierkrügen bestückt war. »Dracon, du trinkst doch bestimmt auch noch eins mit«, sagte er. Er nahm drei Krüge, ohne auf eine Antwort zu warten. »Xendra möchtest du auch ein Bier?«

Xendra hatte überhaupt kein Bedürfnis, in dieser Gesellschaft zu trinken. Zumal sie immer noch sauer auf Dracon war. Sie hatte kaum mit ihm gesprochen. Sie konnte Shira nicht ausstehen, und Berbog nervte sie. Am liebsten wäre sie einfach gegangen. Aber sie wollte Dracon nicht mit Shira allein lassen. Sie hatte Angst, dass ihr etwas entgehen könnte. Das erste Bier stand schon auf dem Tisch, als Xendra antwortete »Nein, danke.«

Shira nahm das Bier gern an. Nach ihrem ersten Schluck wollte Berbog gleich wissen, wie es ihr schmeckte, und war hocherfreut über Shiras lobende Worte. Sein Bier war sein ganzer Stolz. Zufrieden darüber, von Turgrohn abgelenkt zu haben, suchte Shira ein neues Gesprächsthema, aber bevor sie etwas sagen konnte, ergriff Dracon das Wort.

»Darf ich fragen, warum Turgrohn dir die magische Sprache nicht beigebracht hat?«

Er war ziemlich neugierig. Es ärgerte Shira, dass er doch wieder auf das Thema zu sprechen kam. »Er wird seine Gründe haben«, sagte sie.

Dracon war mit dieser Antwort sichtlich unzufrieden, aber er wollte auch nicht aufdringlich sein und fragte nicht weiter nach.

»Und darf ich dich fragen, warum du nicht beim Elitendrium bist?«, sagte Shira.

Dracon grinste frech. »Ich habe meine Gründe.«

Shira musste sich eingestehen, dass sie nicht anders geantwortet hätte.

»Wieso bist du nicht mehr dort?«, fragte Dracon.

Shira dachte kurz nach. Sie wollte ihm nicht sagen, dass sie aus Angst vor Sclavizar, vor Caldes und nicht zuletzt aus Angst vor seinem Vater geflohen war. Das hätte sie sicher nur unnötig in Erklärungsnot gebracht. »Familienangelegenheiten«, sagte sie schließlich. Das war nicht einmal gelogen, denn sie war unter anderem gegangen, weil die Oberen nicht erfahren durften, wer ihr Vater war. Bei dem Gedanken an ihren Vater fiel ihr Caldes sofort wieder ein, und es lief ihr kalt den Rücken herunter. Sie war mit dem fürchterlichsten Mankuren, der je gelebt hat, verwandt, und für einen kurzen Augenblick fragte sie sich, ob sie das ebenfalls zu einer schlechten Mankure machte. Das laute Gelächter von Berbog riss sie aus ihren Gedanken.

»Familienangelegenheiten«, wiederholte er Shiras Worte. »Das habe ich gestern schon einmal gehört«, sagte er. Shira sah Berbog fragend an. »Dracon gab mir die gleiche Antwort, als ich gestern dieselbe Frage stellte.«

Shira musste lächeln, während Dracon seinem Freund Berbog einen strafenden Blick zuwarf. Dann stand Shira auf. »Ich muss mich verabschieden. Vielen Dank für die Gastfreundschaft«, sagte sie.

Xendra lächelte zum ersten Mal, seit sie Berbogs Haus betreten hatten. Dracon war weniger begeistert. Er hätte sich gern noch länger mit Shira unterhalten. Aber er wusste auch nicht, was er hätte sagen können, damit sie bleiben würde. »Wo willst du denn hin, so eilig? Du hast ja kaum etwas gegessen. Bitte setz dich wieder. Nimm noch ein Bier. Ich bestehe darauf«, sagte Berbog und füllte die Krüge wieder auf. Shira konnte Berbogs Bitte nicht abschlagen. »Verzeih mir, wenn ich etwas aufdringlich erscheine. Aber ich bin für gute Gesellschaft immer dankbar«, erklärte er. Dann erzählte er Shira von seiner Familie, wie er sie verloren hatte und dass er gern Freunde in sein Haus einlud, um die Leere sowohl in seinem Haus als auch in seinem Herzen zu verdrängen.

Auf Shira machte der kleine, bärtige Mankur nun einen sehr verletzlichen Eindruck. Seine kantigen Gesichtszüge wirkten nicht mehr so grob und sahen traurig aus. Obwohl er so viel Leid erfahren musste, war er dennoch so lebensfroh. Shira bewunderte ihn dafür. Sie bemerkte, wie viel Freude ihm der Besuch bereitete, und entschloss sich, zu bleiben.

Rouh mischte sich in ihre Entscheidung nicht ein. Er wurde von Berbog gut versorgt und hatte keinen Grund, sich zu beschweren.

Es dauerte nicht lang, bis Shira sich in einer regen Unterhaltung wiederfand. Sie sprachen über das Elitendrium und über Sclavizar. Berbog wollte alle Einzelheiten des Duells wissen und wer dieser Sclavizar war. Er fragte, wo Sclavizar herkam.

»Ich glaube, er stammt aus Waodur«, sagte Dracon.

»Das ist interessant. Ich habe einige Monate in Waodur verbracht, aber der Name Sclavizar ist mir nie untergekommen«, bemerkte Berbog.

»Ich habe gesehen, dass du vor Sclavizar geflohen bist«, wandte sich Dracon zu Shira.

»Warum? Kennst du ihn?« Dass Dracon sie gesehen haben könnte, als Sclavizar sie gefunden hatte, hatte Shira nicht bedacht.

»Ich kenne ihn nicht. Er hat mich verfolgt, weil ich in seinem Lager gewesen war.«

Dracon wurde skeptisch. »Was hast du dort gemacht?«

Shira bemerkte, wie unverständlich das klingen musste. Niemand treibt sich in fremden Lagern herum, wenn er nicht beabsichtigt, zu stehlen. Dracon musste sich das Gleiche denken. Zumindest ließ sein misstrauischer Blick das vermuten. »Es ist nicht das, was du denkst.« Er zog eine Augenbraue hoch. »Ich bin über das Gelände gelaufen, und weit abseits in der Nordschlucht sah ich ein Lagerfeuer. Ich war neugierig, wer sein Lager außerhalb des Schutzzaubers errichtet hatte. Sicherlich hätte ich umkehren sollen, aber es war so sonderbar, und meine Neugier war einfach größer als die Vernunft«, erklärte Shira.

»Was genau war denn so sonderbar? An diesem Lager?«, fragte Berbog.

»Abgesehen davon, dass es sich weit entfernt von dem dafür vorgesehenen Gelände befand, ging ein übler Gestank von dem Lager aus. Zudem schien es unbewohnt. Bis auf das Hauptzelt, in dem sich Sclavizar über einen Telmant mit Caldes unterhielt, waren alle anderen Zelte leer.«

Dracon, der gerade ein Schluck Bier genommen hatte, spuckte vor Schreck alles wieder aus. Fassungslos starrte er Shira an. Berbog tat es ihm gleich. »Was hast du da gerade gesagt? Er hat sich mit Caldes unterhalten?«, wiederholte er Shiras Worte. Sein Vater hatte tatsächlich recht gehabt. Ihm wurde bewusst, dass er ihm bisher nicht geglaubt hatte, sonst hätte ihn diese Nachricht weniger aus der Fassung gebracht.

Shira nickte. »Deswegen wollte Sclavizar mich töten, weil ich ihn gesehen habe.«

Dracon sah Shira nachdenklich an. »Er wollte dich töten? Hast du gegen ihn gekämpft?« Er konnte Shira nicht richtig einschätzen, sie hatte zweifellos Kampferfahrung und wusste sicherlich mit ihrem Schwert umzugehen. Dracon hatte ihr schon bei ihrer ersten Begegnung angesehen, dass sie keine gewöhnliche Mankure war, und hätte gern gewusst, welche Fähigkeiten sie besaß.

Shira wusste, dass er deswegen fragte. Er wollte wissen, ob sie in der Lage war, gegen einen mächtigen Mankuren wie Sclavizar zu kämpfen. Er hatte Sclavizar beim Turnier gesehen, er würde ihre Fähigkeiten besser einschätzen können, wenn er wüsste, dass sie ihm ein würdiger Gegner war. Aber es war ihr egal, sie hatte das Gefühl, ihm vertrauen zu können, und wollte ihn nicht anlügen. »Ja, aber ich konnte relativ schnell zurück zum Marmitatal fliehen.«

»Die Oberen müssen sofort davon erfahren. Ich werde meinen Vater rufen.«

»Nein!«, entfuhr es Shira. »Ich meine, du brauchst ihn nicht zu rufen. Sie wissen es sicher schon.«

Dracon schmunzelte. »Ich vergaß. Mein Vater war dir nicht gerade wohlgesonnen. Also hast du den Oberen bereits davon berichtet?«

»Ich habe es Turgrohn erzählt. Er hat es ihnen mitgeteilt.«

Berbog nahm einen Schluck von seinem Bier. Alle schwiegen, selbst ihm fehlten die Worte. Er hatte die Schreckensherrschaft von Caldes miterlebt. Allein die Erinnerungen an ihn ließen Berbogs Blut in den Adern gefrieren.

Shira fragte sich, warum sie von Caldes erzählt hatte. Alle waren in ihre Gedanken vertieft und fanden kaum in ein Gespräch zurück. Allerdings schien Dracon irgendwie erleichtert zu sein. Sie war sich nicht sicher, ob sie es sich nur einbildete, aber Dracon machte auf sie einen weniger bedrückten Eindruck als zuvor.

»Dracon, verzeih mir, wenn ich falschliege, aber es scheint mir, als würde dich diese furchtbare Nachricht erleichtern.« Berbog sprach aus, was Shira dachte.

»In gewisser Weise ist das so. Mein Vater hat es gewusst, aber niemand hat ihm geglaubt, nun, da sich seine Behauptung bestätigt hat, hat er seine Glaubwürdigkeit wiedererlangt. Außerdem bedeutet es, dass ich vor den Oberen wahrscheinlich nichts mehr zu befürchten habe und zur Festung des Lichts zurückgehen kann. Und gewiss erkenne ich die Ironie dahinter.«

»Wieso konntest du nicht zur Festung des Lichts zurückkehren? Haben dich die Oberen etwa verbannt?« Berbog lachte. Er kannte Dracon schon sehr lange und wusste bestens über seine Fehltritte Bescheid.

»Nein, aber sie wollten nach dem Elitendrium über mich richten.«

»Was hast du getan? Ich meine, dass du ihre Regeln nicht befolgst, ist schließlich nichts Neues. Du musst sie ja enorm verärgert haben, wenn dich selbst dein Vater nicht mehr verteidigen konnte. Ach, was solls, ich will es gar nicht wissen. Waren das die ›Familienangelegenheiten‹ über die du nicht sprechen wolltest?«

Bevor Dracon antworten konnte, sprang Xendra wütend auf. »Dracon, wir müssen uns unterhalten, unter vier Augen. Sofort! Wenn du uns entschuldigst, Berbog.« Sie würdigte Shira keines Blickes und ging zur Tür.

Dracon sah Shira und Berbog kurz hilfesuchend an. Dann folgte er Xendra nach draußen.

Als Shira sah, wie eingeschüchtert Dracon von ihr war, fiel ihr auf, dass er gar nicht so unfehlbar war, wie es zunächst den Eindruck gemacht hatte.

Nachdem die beiden das Haus verlassen hatten, streckte sich Rouh entspannt. Er hatte die ganze Zeit kein Wort gesagt. In Dracons Gegenwart wollte er nicht sprechen. »Wie lange willst du noch bleiben?«, fragte er.

»Ich weiß es nicht. Möchtest du gehen?«

»Was hat er gesagt? Worüber sprecht ihr?«, fragte Berbog neugierig. Ihm war nicht entgangen, dass sich die beiden unterhielten, auch wenn er sie nicht hören konnte.

Shira grinste. Sie mochte Berbog und nahm ihm seine aufdringliche Art nicht übel. »Er hat gefragt, wie lange wir noch bleiben«, antwortete sie freundlich.

»Ich hoffe doch, zumindest bis morgen früh. Ich schenk dir noch ein Bier ein. Die beiden werden schon wiederkommen«, sagte Berbog.

Shira sah Rouh fragend an.

»Ich habe nichts dagegen, wenn er mir noch einen von seinen köstlichen Schinken gibt«, sagte er. Shira lachte leise.

»Was ist so komisch? Was hat er gesagt?«

»Er bleibt gern, wenn er noch einen von deinen Schinken bekommt.«

Berbog musste ebenfalls lachen. »Aber sicherlich, mein Freund. Ich habe einen ganzen Keller voll davon. An Schinken und Bier mangelt es hier nicht!« Er verschwand hinter einer kleinen Tür, die in einen Gewölbekeller führte.

Xendra lief zum Dorfrand. Dracons Fragen ignorierte sie. Erst als sie fast den Wald erreicht hatten, blieb sie stehen. »Bist du eigentlich noch bei Sinnen?«, fragte sie ungehalten. Dracon verstand nicht, warum sie so wütend war.

»Ich verstehe nicht, wovon du redest«, sagte er verunsichert.

»Wir werden sofort deinen Vater rufen und ihm erzählen, dass Caldes zurück ist! Du kannst dieser verräterischen Mankure nicht trauen. Wir können uns nicht sicher sein, dass die Oberen davon wissen.«

»Wenn du ihr nicht glaubst, dass die Oberen es bereits erfahren haben, warum glaubst du dann, dass sie über Caldes die Wahrheit sagt?«

Xendra wusste zunächst nicht, was sie darauf antworten sollte. Sie traute Shira einfach nicht. Alles an ihr schien schlecht zu sein, und es war offensichtlich, dass sie etwas verbarg. »Sie verheimlicht etwas. Wir dürfen ihr nicht vertrauen! Wenn du deinen Vater nicht rufst, mach ich es«, sagte sie schließlich.

Dracon sah Xendra böse an, und sie konnte an seinem Blick erkennen, dass er Drognor nicht rufen würde. Sie schüttelte den Kopf und rief ihn selbst.

»Guten Abend, Xendra.« Drognor bemerkte Dracon und grüßte ihn ebenfalls. »Warum habt ihr mich gerufen?«

Xendra ergriff sofort das Wort. »Wir haben auf dem Weg hierher eine Mankure gefunden, die ebenfalls vom Elitendrium kam. Dort hat sie angeblich Caldes gesehen.« Xendra war nervös, Drognors Anwesenheit erfüllte sie immer wieder mit Ehrfurcht.

»Das wissen wir bereits.«

Dracon blickte triumphierend zu Xendra. Diese ärgerte sich und wusste nicht, was sie sagen sollte.

»Der Mankur, welcher das zweite Duell für sich entschieden hatte, Sclavizar ist sein Name, er ist ein Diener von Caldes«, sagte Drognor. Er sah Dracon selbstsicher an. »Zufällig war das auch der Name, den ich angeblich falsch übertragen hatte.«

»Es tut mir leid, dass ich dir nicht geglaubt habe«, bedauerte Dracon, der sofort begriffen hatte, was sein Vater damit andeuten wollte. »Was habt ihr mit ihm gemacht?«, fragte Dracon.

»Nichts, er ist davongekommen. Nun bleibt uns nichts anderes, als abzuwarten.« Drognor wandte sich Xendra zu. »Bitte erzählt mir mehr von dieser Mankure, die Caldes gesehen hat.«

»Ihr Name ist Shira. Sie kommt aus Benklad und ist angeblich bei einem Mankuren namens Turgrohn aufgewachsen. Wir haben sie südlich in der Nähe des Andrors gefunden. Sie ist bei der Flucht vor einem Rudel Mankurenfresser von einer Klippe gestürzt. Dracon hat sie geheilt und hierhergebracht.«

»Ist sie noch hier?«

»Ja. Sie ist bei Berbog im Haus«, sagte Xendra.

Dracon warf ihr einen vorwurfsvollen Blick zu, was sie allerdings nicht verstand. Sie konnte nicht wissen, dass Dracon eine Begegnung zwischen Shira und seinem Vater vermeiden wollte.

»Bring mich zu ihr«, forderte Drognor sie auf. Er wollte sie unbedingt sehen und herausfinden, warum Casto ihren Namen verschwiegen hatte.

»Warum willst du zu ihr? Sie wird dir nicht mehr sagen können, als du sowieso schon weißt«, bemerkte Dracon.

Drognor sah seinen Sohn nachdenklich an. Es machte ihn misstrauisch, dass dieser versuchte, ihn aufzuhalten. »Es geht mir weniger darum, was sie weiß, ich möchte wissen, wer sie ist. Also bring mich zu ihr.«

Dracon wollte seinen Vater davon abbringen. Er wusste, dass es nicht gut ausgehen würde, wenn Drognor Shira begegnen würde. Auch wenn er nicht wusste, warum sein Vater beim Elitendrium so aggressiv auf sie reagiert hatte.

Als sie nicht mehr weit vom Dorf entfernt waren, sagte Dracon: »Vielleicht sollte ich vorgehen und sie auf deinen Besuch vorbereiten.« Er suchte immer noch eine Möglichkeit, Shira zu warnen.

»Das ist unnötig.« Drognor konnte es kaum erwarten und wollte sich nicht aufhalten lassen. Dracon klopfte an die dicke Holztür, die in Berbogs Haus führte. Er war nervös, und er wünschte sich, dass Shira gegangen war. Niemand öffnete, es war auch niemand zu hören. Dracon klopfte erneut, doch nichts tat sich.

Vorsichtig öffnete er die Tür. Der große Tisch war immer noch reichlich gedeckt, aber Shira und Berbog waren nirgends zu sehen. Nur Rouh lag vor dem Kamin. Er schien erschrocken über den unerwarteten Besuch. Drognor machte ihm noch mehr Angst als Dracon. Obwohl er nicht wusste, ob ihm die Aphthalen und Tiere ebenfalls gehorchten.

Drognor erkannte den großen grünen Tiger sofort wieder und er begriff, dass er die Mankure, die er suchte, auf dem Elitendrium bereits gesehen hatte. »Ich grüße dich.«

Er wirkte sehr freundlich, damit hatte Rouh nicht gerechnet. Rouh senkte respektvoll seinen Kopf.

»Sag mir, wo ist deine Freundin?«, forderte Drognor.

Dracon war sogleich bewusst, dass sein Vater Rouh erkannt hatte.

»Sie wollte bald wiederkommen«, sagte Rouh.

Der Tiger hatte zwar nicht gelogen, aber er wich dem Blick des Oberen aus. Drognor spürte Rouhs Furcht und wollte ihn nicht weiter bedrängen. »Ich habe keine Zeit zu warten. Sobald sie zurück ist, ruf mich bitte«, sagte er zu Dracon.

Er war gerade verschwunden, als im Keller ein lautes Gepolter zu hören war, gefolgt von einem lauten Lachen, das eindeutig Berbog zu zuordnen war. Dracon forderte Xendra zum Warten auf und lief in den Keller. Etwa zwanzig Holzfässer, ordentlich gestapelt unter einem Himmel aus Schinken und Trockenfleisch, lagerten dort. Shira und Berbog hatten Bierkrüge in der Hand, kosteten die verschiedenen Biersorten und aßen Schinken.

»Dracon, du bist zurück. Hol deinen Krug, du musst unbedingt meine neuen Bierrezepte probieren!«

Dracon lächelte, zu gern hätte er sich dazu gesellt, aber er musste mit Shira reden. »Das müssen wir leider verschieben, würdest du mich bitte kurz mit Shira allein lassen.«

Berbog sah ihn etwas verwirrt an, nickte dann aber zustimmend und ging die Treppe hinauf.

Shira war überrascht und auch verunsichert.

»Mein Vater möchte mit dir sprechen«, sagte Dracon.

Shira wurde kreidebleich. Sie spürte, wie ihr Herz anfing, zu rasen. Innerhalb von Sekunden gingen ihr viele Fragen durch den Kopf. Sie hätte gern gewusst, warum Dracon seinem Vater erzählt hatte, dass sie hier war. Aber am wichtigsten schien es ihr, einen Weg zu finden, um dieser Situation zu entfliehen. Drognor würde sie wahrscheinlich mitnehmen und sie nach Damphthron bringen. Und ihr Vater würde ihr bald folgen oder noch viel schlimmer. Er würde sich Caldes anschließen. Nein, das konnte sie sich nicht vorstellen. Sie schob den Gedanken beiseite. »Warum will er mit mir sprechen? Ist er hier?«, fragte sie. Ihre Stimme zitterte.

»Er war hier. Warum hast du solche Angst vor ihm?«

»Warum hast du mich verraten?«, entfuhr es Shira. Hatte sie sich wirklich in ihm getäuscht.

»Was hast du verbrochen, dass du glaubst, ich könnte dich verraten? Davon abgesehen war nicht ich es, der ihm von dir erzählt hat«, sagte Dracon.

»Ich habe nichts verbrochen. Bitte glaub mir.«

»Das würde mir leichter fallen, wenn du mir verraten würdest, warum du Angst vor ihm hast.« Dracon dachte sich, dass Drognor Shiras Gedanken gelesen und irgendwas gesehen hatte, dass ihm nicht gefiel. »Was ist auf dem Elitendrium passiert? Warum hat mein Vater so auf dich reagiert?«, fragte er.

»Das kann ich dir nicht sagen. Aber bitte ruf ihn nicht. Ich werde einfach gehen, und du siehst mich nie wieder.«

Dracon wurde unsicher. Woher sollte er wissen, ob sie nicht doch eine Gefahr darstellte. Sie war sehr verschlossen ihm gegenüber und hatte sicher einiges zu verbergen. Aber dennoch hatte er das Gefühl, ihr vertrauen zu können. »Vielleicht möchte ich dich aber wiedersehen«, sagte er und lächelte sie an.

Shira war verwirrt. Obwohl er gerade ihr Henker zu sein schien, hatte er eine beruhigende Wirkung auf sie.

»Du musst mich auch verstehen. Ich weiß nicht, was du zu verbergen hast. Ich weiß nur, dass mein Vater nicht gerade begeistert von deinem Geheimnis ist. Du gibst mir keinen Grund, dir zu vertrauen.«

Da war etwas Wahres dran. Shira war selbst eine sehr misstrauische Mankure. An seiner Stelle hätte sie sich sicher auf Drognors Seite gestellt.

Dracon sah sie an und hoffte, sie würde etwas sagen, aber ihr fehlten die Worte. »Ich habe dich wirklich gern, und ich kann mir nicht vorstellen, dass du irgendwelche schlechten Absichten hast. Aber ich werde mich nicht dem Willen meines Vaters widersetzen, wenn du mir nicht sagen kannst, warum ich das tun sollte.«

Sie hatte keine Wahl. Wenn sie Dracon von ihren Fähigkeiten erzählen würde, könnte sie ihn vielleicht überzeugen, seinen Vater nicht zu rufen. Außerdem wusste Drognor es schon, was hatte sie also zu verlieren. »Er hat ... er wollte. Ich habe ...«, stammelte sie. Es wollte ihr nicht über die Lippen gehen.

»Er hat deine Gedanken gelesen?«

»Ja, nein. Ich meine, er konnte es nicht.«

»Wie meinst du das? Er konnte es nicht?«

»Versuch es«, sagte sie und sah ihm in die Augen.

Er war überrascht und zögerte. »Du meinst, ich soll ...« »Meine Gedanken lesen, ja«, beendete Shira seinen Satz.

Dracon scheiterte bei dem Versuch genauso wie zuvor sein Vater. »Ich verstehe«, sagte er, setzte sich auf eine Treppenstufe und zeigte auf den Bierkrug in Shiras Hand. »Gibst du mir einen Schluck?«, fragte er. Sie reichte ihm wortlos das Bier. Er sah sie nachdenklich an. »Du willst mir sicher nicht sagen, wer deine Eltern sind, oder?«

»Nein, ich kann es dir nicht sagen. Ich weiß es nicht.«

»Ich glaube dir kein Wort«, sagte Dracon und lächelte. Er nahm einen Schluck Bier.

Shira sah ihn an und wartete auf ein Urteil. Sie fragte sich, was er nun vorhatte. Wenigstens hatte er wesentlich gelassener reagiert als sein Vater, und dennoch lag ihr Schicksal in seiner Hand.

»Weißt du, an wen du mich erinnerst?«

Shira schüttelte den Kopf.

»An Casto«, sagte er.

Shira schluckte. Sie sah ihrem Vater überhaupt nicht ähnlich und verstand nicht, warum Dracon das sagte. »Wieso?«, fragte sie ungläubig.

»Er hat genau den gleichen Gesichtsausdruck, wenn er verunsichert ist.«

»Du scheinst ihn gut zu kennen«, sagte Shira.

»Eigentlich nicht. Wir sprechen nicht viel miteinander, er kann mich nicht ausstehen und ich ihn ehrlich gesagt auch nicht.«

Shira lachte. »Das wundert mich nicht.«

Dracon sah sie fragend an. »Wieso, bin ich so unausstehlich?«

»Nein, aber er bestimmt«, entgegnete sie.

»Wie kommst du darauf? Kennst du ihn?«, fragte Dracon skeptisch.

Shira wusste nicht, was sie sagen sollte, aber sie verspürte den Drang, ihm die Wahrheit zu erzählen. »Er ist mein Vater«, sagte sie leise.

Dracon schmunzelte. Er schien wenig überrascht zu sein. Er stand auf und füllte den Bierkrug wieder auf. »Danke«, sagte er, nachdem er noch einen großen Schluck genommen hatte.

»Wofür?«, wollte Shira wissen.

»Dass du es mir gesagt hast.«

»Wirst du mich jetzt verraten?«

»Warum sollte ich das tun?«

Shira zuckte mit den Schultern. Sie wusste schließlich selbst nicht, warum sie niemandem von ihrem Vater erzählen durfte. »Ehrlich gesagt hat mir mein Vater nie erklärt, warum er meine Existenz geheim hält.«

Dracon sah sie überrascht an. »Wirklich nicht? Weißt du, wer deine Mutter ist?«

»Nein.«

Dracon hatte keinen Zweifel daran, dass sie die Wahrheit sagte. »Ich kann mir nur einen Grund vorstellen«, sagte er. Er leerte den Krug, füllte ihn wieder auf und reichte ihn Shira.

»Willst du mir den Grund nicht nennen?«, fragte sie.

»Du kennst doch sicherlich die alten Legenden über Caldes und seine Abstammung. Er ist schließlich dein Onkel.« Shira trank gerade von dem Bier und verschluckte sich bei seinen Worten. »Hast du etwa nicht gewusst, dass er Castos Bruder ist?«, fragte Dracon.

»Ich habe es erst vor wenigen Tagen erfahren.« Sie schämte sich.

»Du brauchst dich deswegen nicht schlecht fühlen. Du hast dir deine Verwandtschaft schließlich nicht ausgesucht.«

»Es ist dennoch nicht gerade schön, mit dem gefürchtetsten Mankuren der Welt verwandt zu sein.«

»Das glaube ich dir.«

»Und willst du mir sagen, warum Casto mich vor den Oberen geheim hält?«

»Ich weiß es nicht. Ich habe nur gesagt, dass ich mir vorstellen kann, warum er das macht«, sagte Dracon. Er schwieg einen Moment lang und betrachtete ihr Gesicht. »Ihm wurde verboten, Kinder zu zeugen, weil das Erbe seiner Familie nicht weitergegeben werden sollte. Die Oberen fürchteten, es könnte wieder ein Mankur geboren werden, der wie Caldes werden würde.«

Shira starrte verzweifelt auf den Boden. »Sie werden meinen Vater und mich nach Damphthron bringen.«

»Ich glaube kaum, dass sich Casto so leicht einsperren lässt. Aber es ist nur eine Frage der Zeit, bis mein Vater die Wahrheit über dich erfährt«, bemerkte Dracon. Shira blickte ihn hilfesuchend an. »Ich werde niemandem davon erzählen. Da fällt mir ein, ich muss mit Xendra sprechen. Mein Vater hat von uns verlangt, ihn zu rufen, sobald wir dich gefunden haben. Ich werde sie davon abbringen.«

»Sie kann mich nicht leiden. Warum sollte sie dir den Gefallen tun? Ich würde wetten, sie kann es kaum erwarten, mich auszuliefern«, sagte Shira.

»Wahrscheinlich würde sie das tun, aber sie kennt dein Geheimnis nicht, also hat sie keinen Grund dazu.«

»Was macht ihr beiden so lange da unten? Dürfen wir mit feiern? Das Fass hier oben ist leer«, hörten sie Berbog rufen.

»Soll ich dir ein neues mit rauf bringen?«, fragte Dracon.

»Gern, aber nur wenn du nicht mehr allzu lange da unten bleibst, sonst verdurste ich noch.«

»Das kann ich nicht verantworten«, sagte Dracon. Er nahm sich ein Fass und ging nach oben. Er trug es mit einer Leichtigkeit, als wäre es leer.

Shira wartete noch einen Augenblick, sie hatte Angst, dass Xendra nicht auf Dracon hören würde. Während dieser mit Xendra sprach, ging Berbog wieder in den Keller. »Was ist los? Willst du hier übernachten?«, fragte er.

Sie lächelte. »Nein, natürlich nicht. Obwohl es nicht der schlechteste Ort ist, um ein Lager aufzuschlagen.« Berbog grinste und nickte zustimmend.

Xendra wollte wissen, worüber Dracon so lange mit Shira gesprochen hatte, doch er erzählte es ihr nicht. Dass er nicht ehrlich zu ihr war, ärgerte sie sehr. Sie verstand einfach nicht, warum er ihr etwas verschwieg, um jemanden zu schützen, den er kaum kannte. Dass sie miteinander aufgewachsen und schon jahrelang befreundet waren, schien nichts mehr wert zu sein. Zumindest dachte Xendra das. Es verletzte sie zutiefst, dass Dracon ihr scheinbar nicht vertraute. Außerdem machte sie es wütend, und sie sagte ihm, was sie dachte. Doch bevor Dracon Xendra etwas entgegnen konnte, kamen Shira und Berbog aus dem Keller und er schwieg. Xendra starrte Shira mit ihren blauen Augen an, als würde sie sie mit Blicken töten wollen.

Berbog füllte die Bierkrüge und lächelte. »Was ist denn los mit euch beiden? Habt ihr euch denn nicht ausgesprochen, als ihr eben fort wart?«, fragte er munter.

Xendra und Dracon sahen Berbog nachdenklich an. Beide schwiegen in der Hoffnung, der andere würde antworten.

»Ihr müsst es mir ja nicht erzählen. Im Grunde genommen geht es mich auch gar nichts an«, sagte Berbog schließlich.

Betretenes Schweigen erfüllte den Raum. Shira wusste, dass sie der Grund dafür war, und ein beklemmendes Gefühl ergriff sie. Sie hatte sich schon zuvor in Xendras Gegenwart unwohl gefühlt, doch nun, da sie nicht wusste, ob Dracon ihr Geheimnis wirklich für sich behalten hatte, kam die Unsicherheit zurück. Das nette Beisammensein hatte ein Ende gefunden. Shira trank ihr Bier leer und stand auf. »Ich denke, es ist besser, wenn ich gehe«, sagte sie.

Diesmal versuchte Berbog nicht, sie aufzuhalten. Er konnte sie verstehen und war selbst deprimiert darüber, dass die gute Laune verflogen war. Am liebsten wäre er mit Shira in den Keller zurückgegangen, aber den Gedanken behielt er für sich.

»Vergiss dein Schwert nicht«, sagte Dracon.

Shira hatte es in dem Zimmer liegen lassen, in dem sie aufgewacht war. Sie fragte sich, ob er sich das Schwert genauer angesehen hatte, dachte aber nicht weiter darüber nach. Es schien ihr jetzt belanglos zu sein, schließlich kannte er ihr Geheimnis.

Rouh war erleichtert, zu hören, dass Shira endlich gehen wollte. Zwar hatte er Berbogs Anwesenheit genossen und nicht zuletzt den guten Schinken, den er bekommen hatte, aber er traute Dracon nicht und Xendra noch viel weniger. Er wusste nicht, warum Drognor hier gewesen war, und war besorgt, dass er bald wiederkommen würde.

Während Shira ihr Schwert holte, fragte Xendra, ob Dracon nicht seinen Vater rufen wolle, bevor sie ging. Er lehnte mit der Begründung ab, dass er gerade nicht in der Stimmung sei, mit seinem Vater zu sprechen, und Xendra glaubte ihm.

Nachdem Shira und Rouh gegangen waren, war es immer noch still. Xendra wirkte zufriedener, aber Dracon blickte gedankenverloren auf seinen Bierkrug.

»Worüber denkst du nach?«, wollte Berbog von ihm wissen.

»Entschuldige, was hast du gesagt?«

»Ich fragte, wo du mit deinen Gedanken bist«, wiederholte Berbog.

Dracon hatte über viele Dinge nachgedacht, doch am meisten beschäftigte ihn die Situation mit Xendra. Er war verärgert über das, was sie ihm vorgeworfen hatte, und hätte gern mit ihr darüber gesprochen, aber was er ihr sagen wollte, war nicht für Berbogs Ohren bestimmt. »Ich habe an Caldes gedacht«, log er.

»Darüber solltest du dich noch nicht sorgen. Du wirst früh genug an nichts anderes mehr denken. Genieße die letzten unbeschwerten Tage, es ist ungewiss, wie viele uns davon noch bleiben«, erklärte Berbog, stand auf und füllte seinen Bierkrug. »Wisst ihr, damals, nachdem der Drache unser Dorf angegriffen hatte, schien für die Bewohner von Zimheim alles verloren zu sein. Und in der Tat. Viele haben ihre Liebsten verloren, und das Dorf war zudem völlig zerstört. Aber wir bekamen Hilfe, die Oberen sorgten dafür, dass unsere Häuser wiederaufgebaut wurden. Zimheim wurde größer und bot vielen ein neues Heim. Die Mankuren aus den umliegenden Dörfern halfen alle mit, und es entstanden viele neue Freundschaften, die bis heute bestehen. So ist es mit vielen Dingen im Leben. Schreckliche Ereignisse können Veränderungen mit sich bringen, die letztendlich zu einer Verbesserung führen. Auch wenn wir manchmal einen hohen Preis dafür zahlen.«

Xendra und Dracon blickten Berbog fragend an. »Willst du damit sagen, dass Caldes Rückkehr zu einer positiven Veränderung führen wird?«, fragte Dracon ungläubig.

»Seine Rückkehr ist unvermeidlich, deswegen hoffe ich einfach nur das Beste«, erklärte Berbog.

***

Shira und Rouh verließen Zimheim und folgten dem Andror in Richtung Westen. »Wieso war Drognor eben bei Berbog im Haus?« Rouh hatte diese Frage die ganze Zeit auf der Seele gebrannt.

»Er war bei Berbog im Haus?«, fragte Shira überrascht.

»Ja, er wollte dich sehen. Ich sagte, du würdest gleich zurück sein. Er bat Dracon, ihn zu rufen, sobald du wieder da seist, dann verschwand er«, erzählte Rouh. »Was hast du Dracon erzählt, dass er seinen Vater nicht gerufen hat?«

»Die Wahrheit«, antwortete Shira knapp.

Rouh blieb stehen und blickte Shira skeptisch an. »Die Wahrheit? Was genau meinst du damit?«

»Er wollte wissen, was auf dem Elitendrium geschehen ist, als ich Drognor begegnet bin, und ich habe es ihm gesagt«, sagte Shira.

»Und er wollte nicht wissen, wer deine Eltern sind?«

»Das habe ich ihm auch gesagt. Zumindest wer mein Vater ist, wer meine Mutter ist, weiß ich schließlich nicht.«

»Warum hast du das getan, ich meine, woher weißt du, dass er es den Oberen nicht erzählen wird?« Rouh war fassungslos. Er konnte nicht verstehen, wie Shira so leichtsinnig sein konnte.

»Ich glaube nicht, dass er das tun wird. Außerdem hatte ich sowieso keine Wahl. Wenn ich es ihm nicht gesagt hätte, hätte er seinen Vater sicher gerufen. Er wird es nicht verraten.«

»Hoffentlich täuschst du dich nicht«, bemerkte Rouh.

KÖNIG FERDINANDS VERBRECHEN

Weit im Westen gelegen, in einem Sandsteingebirge, gab es eine Festung, die auf dem Gipfel eines hohen Felsens errichtet war. Die Festungsmauern waren in den Sandsteinberg eingearbeitet und umgaben eine große Fläche. Hinter den hohen Mauern befanden sich neben der Burg noch viele andere Häuser, die ein kleines Dorf bildeten. Es gab sogar einen Brunnen, der von einer Quelle im Inneren des Berges gespeist wurde. Dort lebte König Ferdinand, ein König der Menschen.

Am Fuße des etwa hundertfünfzig Meter hohen Felsens waren Menschendörfer angesiedelt, und das umliegende Land wurde landwirtschaftlich genutzt. Die Menschen lebten dort weit entfernt von den Mankurendörfern.

König Ferdinand verachtete und fürchtete die Mankuren so wie alle anderen magischen Lebewesen. In der Festung fühlte er sich jedoch sicher. Die hohen Mauern befanden sich am äußersten Rand des Felsens, und es war unmöglich, sie zu erklimmen. Es gab nur ein großes Tor, das nur über eine breite Straße, die sich ein kurzes Stück am Felsen hochschlängelte, erreichbar war. Die Menschen dort glaubten, die Festung könne von niemandem eingenommen werden, doch hatte es in dem einen Jahrhundert, seitdem die Festung existierte, auch nie jemand versucht.

»Hört, hört ihr Gesinde. In zwei Tagen wird wieder das alljährliche Hoffest stattfinden, zu Ehren des Königs. Wir möchten einige Spiele veranstalten«, rief ein großer, breit gewachsener Mann. Er stand neben dem Brunnen auf dem Dorfplatz, und eine Gruppe von Menschen war um ihn herum versammelt.

»Hanna, komm ins Haus, es gibt Essen!«, rief Matré ihre Tochter, bevor der Mann weitersprach. Hanna kam ins Haus und Matré wollte gerade die Tür schließen.

»Warte! Ich will hören, was er sagt«, rief Matrés Vater zornig. Er saß unweit der Tür an einem Tisch. Ein alter, bärtiger Mann mit dicken Augenbrauen, zwischen denen sich eine tiefe Zornesfalte befand. Sein vom Alter geprägtes Gesicht hatte schon lange kein Lächeln mehr gesehen und wirkte immer unfreundlich.

Hanna und ihr Bruder setzten sich an den Tisch, auf dem bereits das Essen stand, während Matré folgsam die Tür aufhielt.

»Wer teilnehmen möchte, muss sich bis zum morgigen Abend beim Hauptmann am Westturm melden. Die Regeln sind euch sicher bekannt …«

»Schließ die Tür! Ich habe genug gehört«, sagte der alte Mann. Matré folgte seiner Forderung, dann setzte sie sich.

»Wo ist Vater? Er wollte doch zum Hoffest wieder da sein«, fragte Hanna.

»Du weißt doch, dass er für unseren König das Land verteidigt«, erklärte Matré und versuchte, ihre Besorgnis zu verbergen. Sie wollte ihrer Tochter keine Angst machen. Es wäre auch unnötig gewesen, die Gefahr lag in großer Entfernung und sollte die Festung eigentlich nicht erreichen. Allerdings hieß das nicht, dass Cesro, ihr Mann, noch am Leben war. Doch Matré glaubte fest daran, dass er zurückkehren würde.

»Du hast gesagt, dass er zum Fest wieder da ist! Er hat mir doch versprochen, bei den Spielen mitzumachen.« Hannas Kinderaugen füllten sich mit Tränen.

»Vielleicht kommt er ja morgen zurück«, versuchte Frin seine Schwester zu ermuntern.

»Sicher wird er das nicht! Er wird nicht seine Pflichten vernachlässigen, nur um an belanglosen Spielen teilzunehmen. Du dummer Bengel«, fiel der Großvater ihm ins Wort.

»Ich bin kein dummer Bengel«, entgegnete Frin wütend.

»Natürlich bist du das. Dumm und verzogen, meine Kinder hätten sich nie gewagt, Widerworte zu geben«, brüllte der Alte, und Frin fing an zu weinen.

»Das war unnötig. Meine Kinder sind gut erzogen«, sagte Matré.

»Das sehe ich anders«, entgegnete ihr Vater.

»Ich habe keinen Sohn, der durch die Länder streicht und sich mit Mankuren herumtreibt«, entfuhr es Matré. Eigentlich tat ihr diese Aussage leid, schließlich liebte sie ihren Bruder und hatte ihm auch sonst keine Vorwürfe zu machen. Aber in diesem Augenblick musste sie ihren Vater irgendwie schmerzlich treffen. Sie wusste genau, dass dieser nie verkraftet hatte, keinen Sohn zu haben, der ein Krieger in den Diensten des Königs war.

»Das ist nicht wahr! Ilas hat sich entschieden, ein freier Krieger zu werden, er treibt sich nicht herum. Er mag vielleicht Freunde haben, die uns unheimlich oder eigenartig erscheinen. Aber es ist nichts Ungewöhnliches, mit Mankuren befreundet zu sein, und es hat vor allem viele Vorteile. Schließlich leben wir in einer von Magie beherrschten Welt. So sieht es nämlich aus, Ilas lernt in dieser rauen Welt zu überleben und zieht durch die Lande, um Schwächeren zu helfen und grausame Drachen oder Ähnliches zu vernichten. Ein Held ist er! Wahrscheinlich unterstützt er gerade die königlichen Truppen. Und du? Nutzlos, wie fast jede Frau, bist du noch nicht mal in der Lage, die Kinder zu erziehen, selbst das Essen ist die reinste Zumutung. Wenn deine Mutter das nur vorher gewusst hätte. Ich sagte ihr ja damals, bring dieses unnütze Ding in den Wald, irgendwelche Tiere hätten dich schon gefressen. Leider hat sie es nicht übers Herz gebracht, und dann gebar sie auch noch ein weiteres Mädchen. Es war einer der schlimmsten Tage meines Lebens, als ich erfuhr, dass das zweite Kind ebenfalls ein Mädchen war.«

Diese Worte trafen Matré hart, ihr war zwar schon immer bewusst gewesen, ein unerwünschtes Kind zu sein, aber sie versuchte, diese Tatsache zu verdrängen. Doch manchmal kam sie nicht von dem Gedanken los, dass es ihr besser ergangen wäre, wenn ihre Mutter sich für den Wald entschieden hätte.

»Es tut mir leid, dass du mit zwei Töchtern bestraft wurdest, und noch viel mehr, dass ihr mich nicht im Wald ausgesetzt habt. Du bist so ein undankbarer, verbitterter, alter Mann. Du hast meine Schwester und mich immer wie Dreck behandelt. Es ist ein Wunder, dass aus Ilas so ein guter Mensch geworden ist, wo er doch so einen grausamen Vater hat«, sagte sie. Dabei liefen ihr die Tränen übers Gesicht.

»Ich war nie grausam zu ihm.« Der Großvater sprang auf und schlug auf den Tisch, so heftig, dass das Geschirr klirrte. »Was erlaubst du dir eigentlich, so mit deinem Vater zu sprechen? Treib es nicht zu weit, oder ich sorge dafür, dass du wegen Unzucht weggesperrt wirst!«, drohte er.

»Ha, damit kommst du doch nie durch. Wer glaubt schon einem alten, verwirrten Mann?«, entgegnete Matré selbstsicher.

»Da erkennt man mal wieder, wie naiv du bist. Das Volk giert doch nur darauf, jemanden steinigen oder verbrennen zu können. Die einfachen Leute erleben ja sonst nichts. Hast du vergessen, was letztes Jahr mit der jungen Hellen geschehen ist. Nur weil sie diesen betrunkenen Wachmann zurückgewiesen hat. Wie hieß er doch gleich noch? Ach ja, der Rötger war es. Nachdem Hellen ihn nicht beglücken wollte, war er in seinem Stolz so gekränkt, dass er sie als Diebin bezichtigt hat. Er behauptete, sie erwischt zu haben, während sie sein Haus durchsucht hätte. Die Geschichte war völlig unglaubwürdig, aber das interessierte niemanden. Als Gefolgsmann des Königs wurde seine Aussage nicht infrage gestellt, und ihr wurden die Hände abgeschlagen. Also glaube nicht, dir würde jemand zuhören.« Zufrieden mit sich setzte sich der Großvater wieder.

Die beiden Kinder saßen stumm am Tisch und wussten mit der Situation nicht umzugehen. Auch Matré wusste nichts zu erwidern, sie bereute, dass sie nicht mit ihrer Schwester zusammen nach Bergan gezogen war. Diese war mit einem Mankuren verheiratet, und ihr Vater verachtete sie dafür.

Die Stille wurde von einem energischen Schrei unterbrochen. Draußen lief eine der Hofdamen kreischend wie von Sinnen über den Brunnenplatz.

»Wir werden alle sterben!«, schrie sie.

Die ersten Leute sammelten sich schon um die Frau herum, vom Fenster aus konnte man nur noch die sich ansammelnde Menschenmasse erkennen.

»Ich werde nachsehen, was da los ist.« Im nächsten Moment war Matré auch schon zur Tür hinaus. Wortlos blieben die Kinder mit dem Alten am Tisch sitzen. Die Atmosphäre war sehr angespannt.

Der Trubel auf dem Brunnenplatz löste sich langsam auf, kurze Zeit später kam Matré zurück.

»Was ist passiert, Mutter? Erzähl! Ist es was Schlimmes? Werden wir angegriffen?« Gespannt und neugierig löcherte Frin seine Mutter mit Fragen, bevor sie überhaupt etwas sagen konnte.

»Du ungezogener Bengel, lass deine Mutter doch sprechen«, musste der immer schlecht gelaunte alte Mann unbedingt einwerfen.

»Gut, Vater, darf ich dann jetzt?« Matré erntete einen erzürnten Blick. »Das war die Dame Rüsell. Scheinbar ist eines ihrer Zimmermädchen erkrankt.«

»Das ist doch kein Grund, ein solches Theater zu veranstalten. Wo ist denn das Problem?«, wollte ihr Vater wissen.

»Nun, der Arzt sei sich sicher, es sei die Pest. Zurzeit werden alle Vorbereitungen getroffen, um die Kranke aus der Festung zu schaffen.«

»Wozu? Der König hat doch nach der letzten Seuche dieses Todesloch erbauen lassen. Alle, die krank waren, wurden wie Vieh in dieses Loch geworfen. Zehn Meter ist es tief, diejenigen, die noch in der Lage waren, an den befestigten Stahlstangen hinunterzuklettern und nicht schon durch den Sturz starben, mussten sich mit einem langsamen, qualvollen Tod abfinden. Grauenhaft, sage ich euch! Einmal am Tag wurde für die noch Lebenden Wasser und Brot an einem Seil in das Loch gelassen. Was für ein Glück, dass mir ein solcher Tod erspart blieb, aber ich musste mit ansehen, wie mein erster Sohn wie Dreck behandelt und in den sicheren Tod geschickt wurde.« Über das faltige Gesicht liefen dicke Tränen.

»Aber Großvater, du hast uns nie gesagt, dass du noch einen Sohn hattest.« Hanna wollte Genaueres wissen.

»Das geht euch auch nichts an, darüber spreche ich nicht«, sagte der Großvater streng.

»Das war zu der Zeit, als Ferdinands Vater noch König war. Ich denke nicht, dass König Ferdinand vorhat, so etwas zu tun, so grausam ist er nicht«, sagte Matré.

»Er vielleicht nicht, aber sein Vater lebt auch noch. Der ist zwar nicht mehr ganz bei Sinnen, aber es reicht noch, um großen Einfluss auf seinen Sohn zu haben. Außerdem ist dieser Ferdinand sowieso ein Weichei. Warte nur ab, wenn wirklich die Pest ausbricht, wird er tun, was der alte Herr sagt. Die Kinder dürfen erst mal nicht nach draußen, sie treiben sich mit allem Möglichem herum. Da können wir sicher sein, dass sie uns die Pest ins Haus schleppen«, sagte der alte Mann bestimmend.

»Aber was sollen wir denn den ganzen Tag machen? Du kannst uns doch nicht hier einsperren«, sagte Frin verzweifelt.

»Ich denke nicht, dass es nötig ist, die Kinder einzusperren. Wir sollten erst mal abwarten, ob überhaupt weitere Fälle auftreten.« Die junge Mutter nahm diese Situation gelassen.

Nach dem Essen schickte Matré die Kinder wieder zum Spielen hinaus. Sie genoss es sogar, sich gegen den Willen ihres Vaters zu stellen.

Der alte Mann wartete, bis die Kinder draußen waren. »Du widersetzt dich meinen Regeln? Wie kannst du es wagen? Wenn du die Kinder nicht sofort wieder zurückholst, kannst du ihnen gleich folgen und brauchst nicht mehr in dieses Haus zurückzukehren!«, drohte er.

Matré wurde sauer. »Weißt du was, das werde ich auch machen. Ich werde mit den Kindern fortgehen, dann kannst du zusehen, wie du zurechtkommst«, sagte sie.

Damit hatte ihr Vater nicht gerechnet und war überrascht. »Du würdest niemals gehen, dafür bist du doch viel zu feige«, bemerkte der alte Mann.

An der Küchenwand huschten zwei Ratten entlang und verschwanden in einem Loch in der Wand. »Hast du das gesehen? Diese Mistviecher! Überall laufen die herum, ich verstehe nicht, warum der König nichts gegen diese Plage unternimmt.«

»Das war noch nie anders. Ich frage mich, warum dich das auf einmal stört, Vater.«

»Ach, halt doch den Mund«, entgegnete der alte Mann garstig.

Matré schüttelte fassungslos den Kopf und ging in die Küche, um das Geschirr zu spülen. Sie dachte über die Worte ihres Vaters nach. Sie wollte nicht länger für ihren Vater das Dienstmädchen spielen. Ihre Kinder sollten nicht länger dem Zorn des alten Mannes ausgesetzt sein. Sie musste etwas ändern und beschloss, zu ihrer Schwester zu gehen. Sie würde ihrem Mann eine Nachricht hinterlassen, damit er ihr folgen konnte, falls er zurückkehrte, und ihr Vater würde schon irgendwie zurechtkommen. Aber auch wenn dem nicht so wäre, wollte sie sich nicht länger seiner Tyrannei fügen.

***

Weit entfernt von der Festung und dem dortigen Geschehen, östlich an der Grenze von Weisering, kämpfte die königliche Truppe gegen eine Schar von Jurkol, eine vogelähnliche Aphthalenart. Sie waren relativ groß, hatten blauschwarze Federn und einen krummen Schnabel. Sie lauerten ihrer Beute aus der Luft auf, allerdings gehörten weder Menschen noch Mankuren zu ihrem Beuteschema. Sie waren mit einer Flügelspannweite von zehn Metern durchaus in der Lage, Lebewesen von der Größe eines Menschen zu erlegen, aber sie fraßen kein Menschenfleisch. Sie ernährten sich von Wildtieren, die in den Wäldern lebten. Sie hatten sich lange von den Menschen ferngehalten, doch nun mussten sie ihr Jagdgebiet vergrößern.

Es war das zweite Mal, dass die Jurkol in das menschliche Territorium eindrangen. Vor etwa zwanzig Jahren waren sie den Menschen ebenfalls sehr nah gekommen. Damals hatten sie nicht davor gescheut auch die Nutztiere der Menschen zu fressen, und die Menschen hatten begonnen, die Jurkol zu jagen. Es war ein sehr brutaler Krieg und sowohl viele Menschen als auch viele Jurkol ließen dabei ihr Leben. Damals hatten die Oberen den Krieg beendet. Denn es war ihre Aufgabe, den Frieden zu bewahren. Nur wenn die Menschen untereinander Krieg führten, mischten sie sich nicht ein. Die Menschen waren in den Augen der Oberen unbelehrbar, und die meisten von ihnen wollten mit den Mankuren nichts zu tun haben. Irgendwann hatten die Oberen die Mühen mit den Menschen sattgehabt und ließen sie weitestgehend in Ruhe.

Doch im Krieg gegen die Jurkol griffen sie ein. Sie sprachen mit den Jurkol und sorgten dafür, dass diese nicht länger die Nutztiere der Menschen jagten. Doch mussten die Menschen akzeptieren, dass die Jurkol weiterhin die Wildtiere jagten. Widerwillig fügten sich die Menschen und griffen die Jurkol nicht mehr an. Die riesigen Vögel verließen bald wieder das Land und blieben lange Zeit fort.

Nun waren sie zurückgekehrt.

Es war nicht so, dass sie die Menschen bedrohen oder angreifen wollten. Sie hielten sich von den Dörfern fern und erbeuteten ausschließlich Wildtiere. Niemand hatte den Menschen das Recht erteilt, ein Stück Land ihr Eigen nennen zu dürfen.

Es war ein allgemeines Gesetz, dass nur so viel Land in Anspruch genommen werden durfte, wie zum Leben benötigt wurde. Es war nicht erlaubt, anderen Spezies zu verbieten, ein Stück Land mit zu nutzen, wenn es für diese lebensnotwendig war. Die Menschen missachteten dieses Gesetz der Oberen nur zu gern. Sie wollten weder Aphthalen noch Mankuren auf ihren Ländereien haben. Die meisten Herrscher, so auch König Ferdinand, führten deshalb immer wieder Kriege, nicht zuletzt, um ihre Macht zu demonstrieren.

Als König Ferdinand von den Jurkol erfahren hatte, schickte er sofort seine Truppen zum Wasserwald, um sie aus den Wäldern zu vertreiben. Die Menschen waren schon drei Tage auf der Jagd, doch die Jurkol waren schlau und sehr schnell. Sie waren den Menschen zahlenmäßig unterlegen, aber durch ihre Luftangriffe hatten sie kaum Mühe, sie abzuwehren, und die Truppen waren schon stark dezimiert.

Heron gab den Befehl zum Rückzug. Er war der Hauptmann und ein sehr guter Freund des Königs. Es dauerte nicht lange, bis die Truppe sich gesammelt hatte.

»Wir werden nach Herbato gehen und uns dort etwas ausruhen. Die Leute dort wissen, dass wir kommen. Zumindest, dass die Möglichkeit besteht, und sie sind vom König angewiesen, uns zu versorgen«, erklärte Heron.

»Und wo werden wir schlafen?«, fragte Ilas. Er war etwas kleiner als der Hauptmann, hatte aber eine sehr kräftige Statur.

»Ich weiß es nicht so genau, aber der König hat mir versichert, dass für alles gesorgt ist.«

»Und du glaubst wirklich, dass die Bewohner von Herbato mit unserem Besuch einverstanden sind? Es ist ein sehr kleines Dorf. Vielleicht ist es nicht so einfach, dreißig Männer zu bewirtschaften und ihnen auch noch eine Unterkunft zu bieten«, gab Ilas zu bedenken. Sein blondes, welliges Haar reichte ihm bis zur Schulter und bedeckte sein rechtes Auge.

»Ilas, es ist alles abgeklärt. Du wirst niemandem zur Last fallen. Die Einwohner von Herbato werden alle ausreichend entlohnt«, erklärte Heron.

»Hat der König dir das erzählt?«, fragte Ilas mit skeptischem Unterton. Er hatte eine sehr schlechte Meinung von König Ferdinand, denn in seinen Augen war er ein grausamer König und ließ keine Gelegenheit aus, seine Macht zu beweisen.

»Ja, hat er, und ich sehe keinen Grund, an seiner Aussage zu zweifeln!«, erwiderte Heron etwas lauter.

Ilas spürte den Zorn in Herons Stimme und entschloss sich, nicht weiter nachzufragen. Heron war einer der treuesten Diener des Königs, was Ilas nicht nachvollziehen konnte.

Sie trafen am frühen Abend in Herbato ein. Dieses Dorf war nicht sehr groß und den knapp dreißig Männern wurde sogleich die Aufmerksamkeit der Bewohner zuteil. Es gab einen Marktplatz, auf dem einige Bauern ihr Gemüse verkauften. In der Mitte befand sich ein Brunnen, an dem drei Leute in einer Reihe warteten, während ein Mann sich einen Eimer mit Wasser füllte.

Als die Krieger des Königs näher kamen, wurden die Leute unruhig. Einige zogen sich in ihre Häuser zurück und versuchten dabei, unauffällig zu wirken, was ihnen deutlich misslang.

Eine Frau in einem weinroten, langen Kleid kam auf Heron zu. »Die Truppe des Königs! Guten Abend. Ich kann leider nicht sagen, dass ihr willkommen seid, aber dennoch werden wir euch versorgen. Mein Name ist Amdra ich werde mich um euch kümmern. Bitte folgt mir.«

Wortlos folgten die Männer der kräftig gebauten Frau. Sie spürten deutlich die Blicke der Einwohner, wie sie an ihren Fenstern standen und jeden Schritt, den die Männer taten, genau beobachteten. Die Truppe fühlte sich unwohl unter den tadelnden Blicken der Dorfbewohner. Doch blieb ihnen keine andere Möglichkeit, als in diesem Dorf Zuflucht zu suchen.

Sie näherten sich einem Wirtshaus. Es sah von außen recht ungepflegt aus und war nicht sehr einladend. Die Gäste und der Wirt sahen einen kurzen Augenblick auf die Männer, gingen dann aber schnell wieder ihren Handlungen nach. Scheinbar waren sie drauf vorbereitet und störten sich nicht sonderlich an der Anwesenheit der Fremden.

»Hallo, Hektor, das hier ist die königliche Truppe oder das, was noch davon übrig ist«, begrüßte Amdra den Wirt.

Heron trat vor und sah den Wirt an. »Guten Abend, werter Herr. Ich möchte mich bei dir bedanken, dass du uns aufnimmst, und ich entschuldige mich für die Unannehmlichkeiten.« Er nahm einen kleinen Beutel von seinem Gürtel und reichte ihn dem Mann hinter der Theke. Nachdem der Wirt einen kurzen Blick in den Beutel geworfen hatte, funkelten seine Augen.

»Bitte, setzt euch«, wies er die Männer freundlich an, »Ihr müsst hungrig und durstig sein. Habt einen Augenblick Geduld bitte, meine Frau wird gleich servieren. Wir können leider nur das Tagesgericht anbieten, rote Linsen.«

»Das ist völlig ausreichend vielen Dank«, sagte Heron. Er lächelte und setzte sich an einen Tisch.

»Wenn ihr gespeist habt, werde ich euch zu euren Schlafkammern führen. Es ist eigentlich nur ein alter Stall. Wir haben leider nur beschränkte Mittel, bitte verzeiht«, entschuldigte sich Hektor.

»Das ist in Ordnung, bitte mach dir keine Gedanken darüber. Aber würdest du mich und die Verwundeten vielleicht jetzt schon zum Stall bringen? Und hättest du etwas Wasser und saubere Tücher, um die Wunden zu versorgen?«, fragte Heron höflich.

»Selbstverständlich, folge mir bitte.«

An der Theke führte ein schmaler Gang entlang, vorbei an einer kleinen Kammer, die als Speisekammer dient. Ein Stück weiter befand sich eine schwere Holztür, die der Wirt öffnete. Dahinter war eine Scheune, die viel Platz bot. Auf der rechten Seite waren drei Stallungen, in denen zwei Pferde standen und eine Kuh. Der Rest der Scheune war mit Heuballen ausgelegt, auf denen sich Wolldecken befanden.

»Hier könnt ihr übernachten. Es ist nicht die beste Unterkunft aber …«

»Aber auch nicht die schlechteste«, fiel ihm Heron ins Wort. Der Wirt lächelte und nickte anerkennend. Er brachte eine Schale mit Wasser und einige Tücher in die Scheune, dann war er so schnell wieder weg, dass Heron sich nicht mal bedanken konnte.

Die Männer an den Tischen im Wirtshaus schwiegen. Sie waren erschöpft von der Schlacht und voller Trauer über die Gefallenen. Hektor kam mit mehreren Krügen auf einem Tablett, verteilte sie zügig und lief wieder zur Küche zurück. Kurze Zeit später brachte er noch weitere Krüge, bis alle Gäste versorgt waren, und war sogleich wieder verschwunden. Nach dem Essen wurden die Männer allmählich wieder gesprächiger.

»Ich frage mich, warum die Jurkol die Menschen jagen. Schließlich stehen Menschen und Mankuren nicht auf ihrem Speiseplan«, bemerkte Ilas.

Einer der Männer lachte und sagte: »Wer hat dir denn erzählt, dass sie Menschen jagen?«

»Heron sagte mir, sie hätten einige Dörfer angegriffen, und der König könne sich überhaupt nicht erklären, warum sie ins Land eingedrungen sind.«

»Die Jurkol haben die Menschen nicht gejagt. Zumindest nicht, bevor sie von den Menschen angegriffen wurden«, sagte sein Schwager Cesro.

»Willst du damit sagen, dass wir diesen Krieg begonnen haben?«, fragte Ilas entsetzt.

»So ist es. Ich habe mitbekommen, wie der König mit Heron gesprochen hat. Er sagte, dass die Jurkol in seinen Wäldern Wild jagen würden und dass er das nicht dulden könne. Er forderte Heron auf, die Jurkol wieder zu vertreiben.«

»Warum hast du mir das nicht erzählt?«, warf Ilas Cesro vor. Ilas hätte erwartet, dass Cesro ihn davor warnen würde, in einen grundlosen Krieg zu ziehen.

»Ich dachte, Heron hätte mit dir darüber gesprochen. Zugegeben, ich habe mich gewundert, dass du ihn unterstützt, aber ich dachte, du würdest es für Heron tun«, entschuldigte sich Cesro.

»Er hat mit mir gesprochen, aber was er mir erzählt hat, sagte ich bereits. Was ist mit den Oberen?«

»Was soll mit ihnen sein?«, wunderte sich Cesro verständnislos.

»Sie werden den Jurkol mit Sicherheit zur Hilfe kommen und ohne Zweifel König Ferdinand zur Rede stellen. Hat er das bedacht?«

»Ich glaube nicht, dass er überhaupt gedacht hat«, bemerkte Cesro.

»Und warum bist du Heron gefolgt, obwohl du wusstest, dass die Jurkol unschuldig sind?«, fragte Ilas vorwurfsvoll.

»Weil du auch mitgekommen bist. Ich dachte, wenn du Heron hilfst, wird es das Richtige sein. Ich habe deinem Urteil immer vertraut«, erklärte Cesro.

Ilas schüttelte verständnislos den Kopf, aber er wollte seinem Schwager auch keinen Vorwurf machen. Cesro stand auf und bat Hektor, ihn zum Stall zu führen. Die anderen taten es ihm gleich, während Ilas in seine Gedanken vertieft am Tisch sitzen blieb. Er war entsetzt, über das was, sein Schwager ihm gesagt hatte.

Er fragte sich, wie Heron sein Vertrauen so missbrauchen konnte. Er war mit ihm aufgewachsen, sie waren in ihrer Kindheit unzertrennlich gewesen und bis heute noch gute Freunde, dachte Ilas jedenfalls bis zu diesem Zeitpunkt. Er verstand nicht, wie Heron so gewissenlos sein konnte. Wahrscheinlich wusste er genau, dass Ilas ihm nicht geholfen hätte, wenn er ihm die Wahrheit erzählt hätte. Er ärgerte sich, dass er seinem Bauchgefühl nicht gleich vertraut hatte, als Heron ihn bat, ihn zu begleiten. Er hatte sich seinem Freund verpflichtet gefühlt, obwohl er sich gedacht hatte, dass Heron ihm nicht die Wahrheit erzählt hatte.

Ilas war von Heron zutiefst enttäuscht und wollte ihn zur Rede stellen. Entschlossen stand er auf und ging an der Theke vorbei, sah den Wirt an und fragte: »Hier entlang, nicht wahr?«

»Ja, einfach geradeaus durch die Tür«, sagte Hektor.

Im Stall war es schon ruhig, nur das Schnarchen der Männer war zu hören. Cesro legte sich gerade auf einen der Heuballen nieder. Ilas überlegte, was er nun tun sollte. Er wollte nicht einfach verschwinden, ohne Heron die Meinung gesagt zu haben. Andererseits war er so wütend, dass er nicht eine Minute länger dortbleiben wollte. Ilas wusste, dass derzeit das Elitendrium stattfand, und er fragte sich, ob die Oberen deswegen noch nichts von der ganzen Sache mitbekommen hatten. Er selbst hatte die Oberen noch nie gesehen, und als Mensch hatte er kaum eine Möglichkeit, ihnen eine Nachricht zukommen zulassen. Aber er war ein sehr guter Freund von Dracon. Er hatte ihn vor einigen Jahren in Darnhein kennengelernt und pflegte immer noch regelmäßigen Kontakt zu ihm.

Jedes Jahr nach dem Elitendrium trafen sie sich in Zimheim. Ilas wusste, dass das Turnier noch einige Tage dauerte und Dracon sicher noch nicht dort sein würde. Er beschloss dennoch, nach Zimheim zu gehen, aber er wollte nicht einfach verschwinden, ohne Heron eine Nachricht zu hinterlassen. Er nahm sich die Zeit, einen Brief zu schreiben. Bevor er sich auf den Weg machte, verabschiedete er sich von Cesro und bat ihn, Heron den Brief zu geben. Cesro war wenig begeistert, aber er versuchte nicht, ihn aufzuhalten.

DIE RÜCKKEHR DER SCHATTENWESEN

Es war eine sternenklare, milde Nacht. Der Mond hatte fast seine ganze Fülle erreicht und erhellte die Dunkelheit. Ein Tag und eine Nacht waren bereits vergangen, als Ilas nicht mehr weit von Bergan entfernt war. Er wollte bis zum Abend dort sein und hatte noch einen halben Tagesmarsch vor sich.

Er war ziemlich ausgelaugt, dennoch gönnte er sich kaum eine Pause. Geistesabwesend setzte er einen Fuß vor den anderen. Die Wege durch den Wald waren für einen Menschen sehr gefährlich. Es lauerten überall Gefahren magischer Natur, auf die ein Mensch nur selten vorbereitet war.

Ilas hingegen reiste häufig durch das Land. Ihm waren die Gefahren bekannt, und er hatte keine Angst. Er war sehr kräftig und konnte sowohl mit dem Schwert als auch mit Pfeil und Bogen sehr gut umgehen, was ihm nicht nur einmal das Leben gerettet hatte.

Auch dieses Mal schien ihm das Schicksal gnädig zu sein. Ohne irgendwelche Vorkommnisse ging er bis spät in den Nachmittag seines Weges. Die Luft war angenehm kühl, und ein leichter Wind fegte durch das Laub der Bäume. Der Weg war mühsam, es ging ständig auf und ab. Die dicht bewachsenen Hügel, die sich vor dem Androrgebirge erstreckten, verlangten Ilas all seine Kraft ab. Seine Beine wurden schwer, und er musste eine Pause einlegen. Erschöpft setzte er sich gegen einen Baum gelehnt auf den Boden. Er streckte erleichtert seine Beine aus und sah in die Baumkronen.

Plötzlich schreckten die Vögel auf und flogen in Scharen davon, eine bedrückende Stille trat ein. Ilas beobachtete aufmerksam die Umgebung. Es war so leise geworden, dass er seinen eigenen Atem hören konnte. Er spürte die Gefahr, doch wusste er nicht, was auf ihn zukam. Mit dem Rücken an den Baum gepresst, stand er langsam auf und griff sein Schwert.

Vorsichtig schaute er hinter den Baum, wo sich eine Erhöhung befand, die ihm die Sicht versperrte. Plötzlich hörte er Stimmen. Menschen oder Mankuren, dachte er. Die Geräusche waren jetzt deutlich hinter dem Hügel zu hören. Es schienen mehrere zu sein. Er hätte eigentlich in die andere Richtung laufen und ungesehen verschwinden können, doch zwang ihn seine Neugier, das Gegenteil zu tun.

Dicht am Boden kroch er langsam den Hügel hinauf. Hinter der Erhebung ging es drei Meter in die Tiefe. Unter ihm konnte er etwa zwanzig Männer sehen. Vor der Meute stand eine schwarze, unheimliche Gestalt. Sie sah aus wie ein Schatten, der eine bedrohliche Kälte ausstrahlte. Ilas hatte so etwas noch nie gesehen. Er wusste nicht, was es für eine Kreatur war, aber sie war ohne Zweifel gefährlich. Ilas war zugleich entsetzt und verwirrt von dem, was er da sah.

Er kroch noch ein Stück weiter nach vorne, dabei schob er etwas Laub den Hang hinunter. Die schwarze Gestalt wurde sofort aufmerksam und starrte Ilas direkt in die Augen. Als würde ein Dolch sein Herz durchbohren, spürte Ilas den tödlichen Blick der Kreatur. Er wollte ihren stechenden blutroten Augen ausweichen, doch er war wie gelähmt. Die Kälte, die die Kreatur ausstrahlte, strömte durch seinen Körper und schien das Blut in seinen Adern zu gefrieren.

»Tötet ihn!«, erklang die Stimme der Kreatur. Sie zeigte mit ihren langen, spitzen, dünnen Fingern auf Ilas. Die Männer schauten zu Ilas und suchten sofort einen Weg hinauf.

Die Kreatur hatte ihren Blick von Ilas abgewendet, aber er konnte sich immer noch nicht bewegen. Es fühlte sich an, als wäre er zu Eis erstarrt. Ihm wurde bewusst, in welcher Lage er sich befand. Auf dem Bauch liegend, unfähig sich zu bewegen, kam eine Meute wilder Männer, die von einem Monster angeführt wurden, auf ihn zu. Er hatte keine Möglichkeit, zu entkommen.

Panik packte ihn. Die Männer würden ihn jeden Augenblick erreichen und ihn töten, ohne dass er irgendetwas dagegen hätte tun können. Bei diesem Gedanken bereute Ilas es, nicht einfach weggelaufen zu sein, als er die Chance dazu hatte.

Er hörte die stampfenden Schritte der Männer näher kommen und spürte die Vibration im Boden. Jetzt ist es vorbei, dachte er bei sich. Doch dann spürte er seinen Körper wieder. Etwas unkoordiniert erhob er sich langsam vom Boden.

Aber es war zu spät, vor ihm stand schon einer der Männer und stach ihm sein Schwert in die Schulter. Ilas drehte sich zur Seite und versuchte zurückzuschlagen, als ihn ein Schwerthieb am Oberschenkel traf. Dann spürte er einen heftigen Schlag im Gesicht. Völlig benommen versuchte er, sich zu orientieren. Dann sah er einen der Männer mit erhobenem Schwert schreiend auf sich zu rennen. Jetzt würde er nichts mehr machen können, er war sich sicher, dass das sein Ende war.

Er spürte keine Angst mehr, Gleichgültigkeit machte sich in ihm breit. Er schloss die Augen und wartete auf das Unvermeidliche. Viele Gedanken schossen ihm durch den Kopf. Er dachte an seine Schwestern, an seinen Vater und dann an Dracon. Dieses Mal war er nicht da, um ihm zu helfen, dieses Mal würde ihn niemand mehr retten können. Noch immer hielt er die Augen geschlossen und erwartete seinen Tod. Doch es geschah nichts.

Plötzlich hörte er einen Schrei. Es klang nicht wie ein Hilferuf, sondern vielmehr wie ein Kampfschrei. Er öffnete die Augen. Eine Mankure sprang vor ihn, schoss mit roten Energiekugeln auf die Männer und drängte sie zurück. Dann bewegte sie wellenförmig ihre Hände, woraufhin der Boden dieser Bewegung folgte. Wie Wasser bewegte sich die Erde durch die Angreifer hindurch und begrub sie unter sich.

Ilas konnte nicht glauben, was er da sah. Die blonde Mankure blickte zufrieden auf den Erdhügel, unter dem sie die Männer begraben hatte, und war sich ihres Sieges sicher. Doch die schwarze Kreatur stand bereits hinter ihr.

»Vorsicht!«, rief Ilas.

Die Mankure drehte sich um und sah der Kreatur direkt in die Augen. Sie war von dem Anblick so schockiert, dass sie sich nicht bewegte. Damit hatte sie nicht gerechnet. Diesen Moment der Fassungslosigkeit nutzte die Kreatur und schlang ihre kalten, langen Finger um ihren Hals.

Ilas beobachtete die Geschehnisse, die Mankure war wie erstarrt, und er wusste, dass sie sterben würden, wenn er ihr nicht helfen würde. Er raffte sich mit letzter Kraft auf und stolperte mit seinem Schwert in der Hand auf die schwarze Kreatur zu. Er schlug die Klinge mit voller Wucht auf ihren Kopf, doch glitt sie ohne Widerstand einfach durch den Schädel hindurch. Die Kreatur war erzürnt über den Angriff. Sie ließ die Mankure los und drehte sich zu Ilas um. In dem Moment, als das schattenartige Wesen den kraftraubenden, kalten Griff von der Mankure löste, fiel diese zu Boden.

Ilas blickte wieder in die furchteinflößenden Augen der Kreatur und war sich sicher, dass sie ihn nun töten würde. Ein breites Grinsen zog sich über das konturlose Gesicht. Gerade als die Kreatur Ilas packen wollte, durchfuhr sie eine seidenmatte anthrazitfarbene Klinge. Die Kreatur löste sich wie eine Rauchwolke in Luft auf. Dahinter stand die Mankure, hielt das Schwert mit der dunklen Klinge in der Hand und schaute sich nervös um. Ilas lag auf dem Boden und hielt sich sein verwundetes Bein.

»Ich glaube, das waren alle«, sagte er.

Die blonde Mankure blickte ihn fassungslos an. Sie war entsetzt über dieses Schattenwesen. Nie zuvor war ihr so etwas begegnet. »Bist du dir sicher?«, fragte sie angespannt.

»Ja, ich denke schon.«

»Wir sollten trotzdem hier verschwinden«, sagte sie bestimmend und schaute auf sein Bein. Es blutete stark, die Wunde schien tief zu sein. Sie nahm ihr Schwert und schnitt ein Stück von seinem Jackenärmel ab. Ilas stöhnte leise, als sie sein Bein abband.

Dann pfiff sie so laut, dass Ilas zusammenzuckte. Aus den dichten Büschen gegenüber kam ein großer grüner Tiger auf die beiden zu. Ilas wurde nervös, als er den großen Aphthalen sah. »Keine Angst, er ist mein Freund. Sein Name ist Rouh und ich bin Shira«, sagte die Mankure und lächelte Ilas an. Ihre blauen Augen wirkten freundlich.

»Ich heiße Ilas«, stellte er sich verunsichert vor. »Bist du eine der Oberen?«

Die blonde Mankure musste lachen. »Eine der Oberen? Nein, wieso denkst du das?«

»Du kämpfst wie eine, und dein Schwert …«

Shira sah ihn erstaunt an. »Was ist mit meinem Schwert?«

»Es ist aus magischem Eisen«, sagte er. Er hatte es an der seidenglänzenden schwarzen Farbe, wie sie nur das magische Eisen hatte, gesehen.

Shira war verwundert, dass er das erkannt hatte. »Du weißt, wie das magische Eisen aussieht? Das ist ungewöhnlich für einen Menschen.«

Rouh beugte sich vor Ilas nieder, sodass er auf seinen Rücken steigen konnte. »Steig auf, er wird dich tragen«, forderte Shira ihn auf. Sie musste Ilas helfen, allein schaffte er es nicht. »Wir werden dich nach Bergan bringen, ich hoffe, dass es da sicher ist.«

»Warum tust du das?«, fragte Ilas.

»Soll ich dich lieber deinem Schicksal überlassen?«

»Nein, und ich danke dir, dass du mich gerettet hast. Es ist nur ungewöhnlich, dass eine Mankure einem Menschen hilft.«

Shira war überrascht von dem, was sie da hörte. »Ihr Menschen habt wohl ein sehr schlechtes Bild von uns«, sagte sie tonlos.

»Ich denke, das beruht auf Gegenseitigkeit. Obwohl ich persönlich nicht schlecht über euch denke.«

»Das sagst du doch nur, weil ich dir helfe, oder?«

»Nein, ehrlich. Ein sehr guter Freund von mir ist ein Mankur. Er heißt Dracon«, sagte Ilas angestrengt.

»Das ist interessant«, bemerkte Shira.

»Kennst du ihn?«

»Nur flüchtig.«

»Und dennoch hast du ihm alles über dich verraten«, spottete Rouh.

»Ich hatte keine Wahl!«, sagte Shira laut und schaute Rouh verärgert an.

Ilas war zunächst verwirrt, begriff aber schnell, dass Rouh etwas gesagt haben musste. Er wusste, dass Tiere und Aphthalen sprechen konnten, auch wenn er sie nicht hörte. »Woher kennst du Dracon?«, fragte er vorsichtig.

»Er hat mir geholfen, als ich im Androrgebirge von einem Rudel Mankurenfressern angegriffen wurde.«

»Er hat dich gerettet«, korrigierte Rouh.

»Danke für die Berichtigung«, entgegnete Shira sarkastisch.

»Ich wollte es nur richtigstellen.«

»Er kann dich nicht hören«, sagte Shira.

»Du warst sicher auf dem Weg zum Elitendrium, oder?«, fragte Ilas.

»Nein, ich kam vom Elitendrium.«

»Aber es ist doch noch nicht vorüber?«

»Nein, aber niemand ist gezwungen, bis zum Ende dortzubleiben. Du solltest nicht so viel sprechen, schone lieber deine Kräfte«, sagte Shira genervt.

»Entschuldige bitte, wenn ich dir zu nahegetreten bin. Ich habe nur gefragt, weil ich gern wissen würde, ob Dracon noch dort ist.«

»Nein, ist er nicht. Er ist in Zimheim. Zumindest war er heute Mittag noch dort.«

Zu erfahren, dass Dracon schon in Zimheim war, freute Ilas. Er traute sich nicht, seine Frage auszusprechen, da er nicht unverschämt sein wollte. Shira zu verärgern, lag nicht in seinem Sinne.

»Ich kann dich nicht zu ihm bringen«, erklärte Shira, als würde sie wissen, was er fragen wollte.

Er wusste nicht, wie er Shira einschätzen sollte. Ihm war nicht klar, ob sie eine Freundin von Dracon war oder eher das Gegenteil. Er war sehr schwach und hatte Mühe, bei Bewusstsein zu bleiben. »Meine Schwester lebt in Bergan«, sagte er mit leiser Stimme.

Shira sah zu dem schlaffen Körper des Menschen, der auf dem Rücken von Rouh lag. Er wirkte so hilflos und schwach. Nicht fähig, sein eigenes Leben zu verteidigen, dachte sie sich. Und doch hatte dieser Mensch den Mut gehabt, ihr zu helfen, und das, obwohl er keine magischen Fähigkeiten besaß. Dann musste sie an die schwarze Kreatur denken. Ein übles Gefühl erfüllte ihre Magengrube. Sie würde ihrem Vater davon erzählen müssen, die Oberen mussten von diesem Schattenwesen erfahren. »Hast du diese Kreatur gesehen?«, fragte sie Rouh.

»Ja, ich habe sie gesehen.« Rouh hatte den Kampf genau beobachtet.

»War das ein Todschatten?«, wollte Shira wissen. Sie hatte zuvor nur Geschichten von den furchteinflößenden Schattenwesen, die sich von der Magie anderer Lebewesen ernährten, gehört. Einige der Geschichten hatte sie kaum geglaubt, sie schienen ihr übertrieben zu sein. Aber sie hatte sich getäuscht. »Er hat versucht, meine Kräfte auszusaugen. Es fühlte sich furchtbar an, und ich konnte mich nicht dagegen wehren«, sagte Shira.

»Ich habe so etwas nie zuvor gesehen, aber ich bin mir sicher, dass es ein Todschatten war. Du musst deinem Vater davon erzählen!« Rouhs Stimme klang streng. Er wusste, dass Shira sich kaum davon überzeugen lassen würde, mit ihrem Vater zu sprechen.

Shira blickte Rouh nachdenklich an. Ihr war bewusst, dass die Oberen von dem Schattenwesen erfahren mussten. Aber sie wollte unter keinen Umständen mit ihrem Vater sprechen. Allerdings konnte sie auch nicht untätig bleiben, andererseits hatte sie den Todschatten getötet. Er stellte keine Gefahr mehr dar. Aber sie konnte sich nicht darauf verlassen, dass nicht noch weitere Schattenwesen zurückgekehrt waren. Es war sogar sehr wahrscheinlich, dass es nicht das einzige Schattenwesen war. Sie suchte ein Argument, um nicht mit ihrem Vater sprechen zu müssen, aber sie fand keins.

»Du musst mit ihm sprechen. Es geht dabei nicht nur um dich«, drängte Rouh, dem nicht entgangen war, dass Shira einen anderen Weg suchte.

»Sind wir schon da?«, fragte Ilas. Erst jetzt viel Rouh und Shira auf, dass sie während ihres Gespräches stehen geblieben waren. Und als Shira Ilas ansah, dachte sie an Dracon.

»Ich werde Dracon eine Nachricht zukommen lassen«, beschloss Shira.

»Findest du das nicht etwas riskant? Wie willst du sichergehen, dass die Nachricht ihn auch erreicht?«, kritisierte Rouh.

»Keine Sorge, sie wird ihn schon erreichen«, entgegnete Shira überzeugt.

Mit der magischen Sprache war es möglich, Schriftrollenvögel zu erschaffen. Eine Schriftrolle, die sich in einen Vogel verwandelte und direkt zum Empfänger flog, wenn bekannt war, wo dieser sich aufhielt. Es war eine sehr sichere Methode, Nachrichten zu versenden, denn die Vögel verwandelten sich erst wieder zurück in die Schriftrolle, wenn sie ihr Ziel erreicht hatten. Nachdem sie gelesen wurden oder wenn sie ihr Ziel nicht erreichen konnten, lösten sie sich in Luft auf.

Shira schien das die beste Lösung zu sein. Sie würde weder Dracon noch ihren Vater sehen müssen. Sie öffnete ihre Hände, als würde sie einen Vogel fliegen lassen, und sprach die magischen Worte. »Mesdra abielo la briva.« Ein Vogel erschien über ihren Handflächen und verwandelte sich sogleich in eine Schriftrolle. In Gedanken verfasste Shira die Nachricht, die auf dem Papier erschien. Dann rollte sich das Schriftstück wieder zusammen, verwandelte sich wieder in einen Vogel und flog davon.

»Was hast du ihm geschrieben?«, wollte Rouh wissen.

»Das ich einem Todschatten begegnet bin. Außerdem habe ich ihm geschrieben, dass ich Ilas getroffen habe und ihn nach Bergan bringe. Vielleicht wird er dort hinkommen.« Shira hatte Rouh absichtlich nicht in der Aphthalensprache geantwortet, damit auch Ilas sie verstand. Doch Ilas sagte nichts, er schien ohnmächtig geworden zu sein. »Ilas, hörst du mich?« Er öffnete für einen kurzen Moment die Augen. Er hatte nicht registriert, was Shira gesagt hatte, und schlief wieder ein.

***

Kurz nach Sonnenuntergang erreichten sie Bergan. »Ilas, wach auf! Du musst mir sagen, in welchem Haus deine Schwester lebt.« Ilas wachte auf und blickte Shira verwirrt an. »Wir sind in Bergan angekommen. Kannst du mir sagen, wo genau deine Schwester wohnt?«, wiederholte Shira.

Mühselig richtete Ilas sich auf. Er musste sich orientieren, was ihm im ersten Augenblick nicht leichtfiel. »Dort entlang.« Er hob seinen Arm ein Stück und zeigte auf ein großes Gebäude, das wie eine Markthalle aussah. »Da vorne müssen wir links in die Straße reingehen. Am Ende der Straße befindet sich ein Haus mit einer Steinstatur vor der Tür, in diesem Haus wohnt sie.«

Als sie das Haus erreichten, half sie Ilas, von Rouh abzusteigen. Sie musste ihn stützen, damit er nicht zusammenbrach. Rouh blieb hinter ihnen, er wollte die Bewohner nicht verschrecken.

Shira klopfte an die Tür, und ein kleiner Junge öffnete. Mit riesigen Augen starrte er sie an und musterte sie.

»Vater, Onkel Ilas ist da«, schrie er schließlich. Ein großer dunkelhaariger Mankure kam zur Tür. Er war sehr kräftig gebaut und hatte ein sehr kantiges Gesicht.

»Ilas?! Was ist passiert? Kommt rein«, sagte er und half Shira, Ilas ins Haus zu bringen.

Rouh musste draußen bleiben, das Haus war relativ klein und bot keinen Platz für einen Aphthalen von seiner Größe. Doch er musste nicht lange warten, bis Shira zurückkam.

***

Der Schriftrollenvogel hatte Dracon bereits erreicht. Er war immer noch bei Berbog. Mit Entsetzen las er die Botschaft und rief sogleich seinen Vater. Es dauerte nur wenige Sekunden, bis Drognor erschien. Berbog war ehrfürchtig und wagte nicht, ihn anzuschauen.

»Seid gegrüßt«, sagte Drognor freundlich und sah sich um. Enttäuscht stellte er fest, dass weder Shira noch Rouh da waren. »Warum hat es so lange gedauert, bis du mich gerufen hast? Wo ist sie?« Erwartungsvoll sah er seinen Sohn an.

»Ich habe dich nicht wegen ihr gerufen«, antwortete Dracon. »Ich habe gerade erfahren, dass die Todschatten wieder im Land sind.«

»Todschatten?«, unterbrach ihn Drognor. »Bist du etwa einem Todschatten begegnet?«

»Nein, es wurde mir nur berichtet.«

»Von wem?«, wollte Drognor wissen.

»Eine Freundin schrieb mir, dass sie nicht weit von Bergan einem Todschatten begegnet ist, und er war nicht allein. Ihm folgten einige Menschen.« Dracon glaubte selbst kaum, was er da sagte, aber er hatte keinen Zweifel daran, dass Shira ihm die Wahrheit geschrieben hatten.

»Du glaubst doch selbst nicht, was du da erzählst. Muss ich dich an die letzte Nachricht, die du angeblich von einem deiner Freunde erhalten hattest, erinnern? Hast du denn nichts daraus gelernt?«

Dracon stutzte, als sein Vater ihn das fragte. Er war sich sicher, dass Shira ihn nicht anlügen würde, aber ihm kamen Zweifel, ob die Nachricht wirklich von ihr stammte. Er versuchte, seine Unsicherheit zu verbergen.

Drognor sah seinen Sohn nachdenklich an. »Angenommen deine Freundin hat dir tatsächlich die Wahrheit berichtet, wie konnte sie dem Todschatten entkommen? Es ist unmöglich, einem Schattenwesen zu entkommen, ohne im Besitz einer Waffe aus magischem Eisen zu sein«, sagte Drognor und blickte auf Dracons Schwert, das dieser auf dem Rücken trug. »Du hast dein Schwert doch noch oder?«, fragte er misstrauisch.

»Ja, selbstverständlich.« Es ärgerte Dracon, dass sein Vater überhaupt denken konnte, er würde sein Schwert abgeben.

»Dann kann es kein Todschatten gewesen sein. Außerdem kann ich mir kaum vorstellen, dass die Menschen sich mit den Schattenwesen verbünden würden. Wer immer deine Freundin auch sein mag, du kannst ihr nicht vertrauen, denn sie scheint dir nicht die Wahrheit erzählt zu haben.«

Entsetzt sah Dracon seinen Vater an. Er hatte nicht eine Sekunde lang in Betracht gezogen, dass Shira ihn belügen könnte. Der Gedanke daran war für ihn völlig abwegig. Dass Shira den Todschatten besiegen konnte, hielt Dracon nur für allzu wahrscheinlich. Er hatte den Schriftzug auf ihrem Schwert gesehen, und auch wenn er es zuvor nur vermutet hatte, war er sich nun sicher, dass die Klinge aus magischem Eisen war. Als Tochter eines Oberen, der die Waffen im ewigen Feuer schmiedete, war es mehr als verständlich, dass sie ein Schwert von ihm hatte. Für Drognor war sie allerdings eine Verbrecherin, würde er erfahren, dass sie eine Waffe aus magischem Eisen besaß. Denn das würde für ihn bedeuten, dass sie es gestohlen haben musste. Das wusste auch Dracon.

Drognor entging nicht, dass sein Sohn ihm etwas verschwieg. »Was verschweigst du mir? Wer ist deine Freundin?«.

Dracon war immer wieder verblüfft darüber, wie sein Vater sein Gesicht las. Er hatte ihm noch nie einen Blick in seine Gedanken gewährt, und doch schien sein Vater immer zu wissen, was er dachte. Nachdenklich blickte er zum Boden.

»Es ist diese Shira, habe ich recht?«, drängte Drognor.

Dracon sah seinen Vater überrascht an und wusste nicht, was er sagen sollte.

»So ist es. Sie hat ihm die Nachricht geschickt, und ich bin mir sicher, dass wir ihr nicht trauen können. Aber Dracon will sich nicht eingestehen, dass sie uns an der Nase herumführt«, sagte Xendra verächtlich.

Dass Xendra ihm aus Eifersucht in den Rücken fiel, machte Dracon wütend. »Ich habe keinen Grund, schlecht von ihr zu denken, und du auch nicht!«, entfuhr es ihm.

»Sie hat etwas verheimlicht«, sagte Xendra.

Dracon schüttelte verständnislos den Kopf.

»Ich habe dich bereits gewarnt, aber wie mir scheint, bist du nicht bereit, aus deinen Fehlern zu lernen«, tadelte ihn Drognor.

Die Worte seines Vaters verunsicherten Dracon. Bisher hatten sich alle Behauptungen seines Vaters bestätigt, und doch sagte ihm sein Gefühl, dass es dieses Mal nicht so sein würde. »Ich werde herausfinden, ob es die Wahrheit ist«, beschloss er. Er nahm seine Sachen und ging zur Tür. »Berbog. Bitte verzeih mir die Unannehmlichkeiten. Ich danke dir für deine Gastfreundschaft.«

»Du bist immer willkommen, mein Freund«, entgegnete Berbog.

»Wo willst du hin?«, rief Xendra ihm nach.

»Nach Bergan!«, antwortete Dracon.

»Ich werde mitkommen«, sagte Xendra.

»Nein, ich gehe allein!« Sein Ton ließ keine Diskussion zu, und Xendra wagte es nicht, ihm zu widersprechen. Dracon ging schnellen Schrittes davon, ohne sich umzudrehen.

»Wirst du ihm folgen?«, wollte Drognor von Xendra wissen. Er war besorgt. Er wusste nicht, ob er dem Urteil seines Sohnes trauen konnte. Xendra war sich zunächst nicht sicher, ob sie ihm folgen sollte, sie wollte einem Konflikt mit Dracon aus dem Weg gehen. Aber ihr entging Drognors Besorgnis nicht. Vielleicht würde Dracon ihre Hilfe brauchen. Schließlich entschloss sie sich doch, ihm zu folgen.

Dracon hatte sich von Zimheim noch nicht weit entfernt. Von Widersprüchen gequält gingen ihm viele Fragen durch den Kopf. Er verstand nicht, warum Xendra Shira misstraute. Er hielt es für unbegründete Eifersucht. Doch vielleicht täuschte er sich auch. Vielleicht wollte Xendra ihn beschützen, vor Dingen, die er selbst nicht erkannte. Plötzlich hatte er ein schlechtes Gewissen. Er hätte Xendra nicht so abweisen sollen. Sie hatte es sicherlich nur gut gemeint.

Im Wald war es ruhig, hier und dort ertönten die Rufe einer Eule. Das Laub der Bäume knisterte leise im Wind. Gelegentlich raschelte es im Gebüsch. In Gedanken versunken ließ Dracon sich von den gewöhnlichen Geräuschen der Nacht nicht beirren. Erst als eine bedrohliche Stille eintrat, wurde er aufmerksam.

Ein kühler, lautloser Wind strich über seine Haut. Er hörte einen Schrei. Eine weibliche Stimme. Sie kam ihm bekannt vor. Er rannte ein Stück zurück in die Richtung, aus der er gekommen war, und sah Xendra, die von einer schwarzen Kreatur gewürgt wurde. Er lief mit gezogenem Schwert auf die Kreatur zu, doch als er gerade zum Schlag ausholen wollte, ließ sie von Xendra ab. Das Schattenwesen schien überrascht zu sein und starrte Dracon mit seinen rotglühenden Augen an. Er spürte die Kälte in seinen Körper dringen. Für einen Moment lang erstarrte er. Die langen schwarzen Finger bewegten sich auf ihn zu. Doch er besann sich wieder und schlug mit dem Schwert auf die Kreatur ein. Er spaltete ihr den Schädel, woraufhin sie sich als Rauchwolke in Luft auflöste.

Xendra saß angeschlagen auf dem Boden und starrte auf die Rauchwolke.

»Ist alles in Ordnung mit dir? Bist du verletzt?«

»Das war ein Todschatten«, Xendra war völlig fassungslos.

Dracon ging zu ihr, nahm sanft ihren Arm und half ihr auf. Sie zitterte am ganzen Körper. Dracon umarmte sie. »Es ist alles gut, er ist weg.« Seine Stimme klang sanft und beruhigend. Xendra fühlte sich direkt sicher in seiner Gegenwart. »Es tut mir leid, dass ich dich zurückgelassen habe, verzeih mir«, flüsterte er und drückte sie noch fester an sich. Seine warme, behutsame Weise beruhigte sie. Sie genoss die zärtliche Berührung seines kräftigen Körpers und hätte ihn am liebsten nie wieder losgelassen. Doch Dracon löste die Umarmung wieder. »Wir müssen weiter!«, sagte er. Unbeirrt lief er in die Nacht, und Xendra folgte ihm.

Sie waren schon eine Weile unterwegs, ohne ein Wort gesprochen zu haben, bis Xendra es wagte, ihre Frage auszusprechen, die sie die ganze Zeit im Kopf hatte. »Willst du es nicht deinem Vater erzählen? Die Oberen müssen sofort erfahren, dass die Todschatten zurückgekehrt sind.«

»Sicher, aber wenn Shiras Nachricht der Wahrheit entspricht, dann ist Ilas verletzt und braucht meine Hilfe. Wir werden meinen Vater rufen, wenn wir in Bergan sind. Hier zu verweilen, ist ohnehin zu gefährlich. Und wir sollten auch besser leise sein«, erklärte er.

***

Sie erreichten Bergan noch vor Mitternacht. Die Straßen waren dunkel, auch in den Häusern brannte kein Licht. Aber Dracon wusste genau, wo er lang musste, und ging zielstrebig auf eine Straße links vom Marktplatz zu.

»Wo gehst du hin?«, fragte Xendra verwirrt über seine Zielstrebigkeit.

»Seine Schwester wohnt hier. Er wird dort sein, wenn er in Bergan ist.«

»Wer? Ilas?«

»Natürlich Ilas, wer denn sonst?«, gab er gereizt zurück.

Am Ende der Straße sah Dracon, dass in einem der Häuser noch Licht brannte. Es war das Haus von Ilas' Schwester. Dracon klopfte an die Tür und wartete.

»Wer ist da?«, erklang eine bekannte tiefe Stimme.

»Sei gegrüßt Zerdur, ich bin es, Dracon, und ich habe Xendra bei mir.«

Der große, breite Mankur öffnete die Tür. »Seid gegrüßt«, sagte Zerdur.

Gleich darauf wurde Zerdur von einer zierlichen brünetten Frau zur Seite gedrückt, es war Ilas' Schwester Dira. »Dracon, was für ein Glück, dass du da bist. Komm, du musst Ilas helfen, es geht ihm sehr schlecht.«

Sie zog Dracon hinein, während Xendra vor der Tür stehen blieb. Zerdur bat sie schließlich hinein und ging mit ihr in die Stube.

Dira hatte Dracon zu dem Zimmer, in dem ihr Bruder lag, geführt. Seine Wunden waren mit weißen Tüchern verbunden, die durch sein Blut dunkelrot gefärbt waren. Er war sehr schwach und kaum noch bei Bewusstsein. Dracon erschrak über seinen Zustand. Shira hatte ihm geschrieben, dass er verletzt sei, aber dass es so schlimm um ihn stand, hatte er nicht gedacht. Er ging ans Bett und löste zuerst das Tuch, das um Ilas‹ Oberschenkel gebunden war. Dracon hielt seine Hände über die Wunde, und sie begann, sich zu schließen. Es dauerte nicht lange, bis die Verletzung verschwunden war. Nachdem er auch die Wunde an der Schulter geheilt hatte, kam Ilas wieder zu sich. Als er Dracon sah, lächelte er. »Schön, dich wiederzusehen«, sagte Dracon.

»Das Vergnügen ist ganz meinerseits«, entgegnete Ilas.

»Ilas, ein Glück!«, freute sich Dira und umarmte ihn. »Ich dachte, ich würde dich verlieren.« Ihr standen Tränen in den Augen. Ilas lächelte sie an.

»Es ist doch alles gut gegangen«, sagte er.

»Was genau ist eigentlich geschehen, wer hat dir das angetan?«, wollte Dracon wissen.

»Hast du denn die Nachricht von Shira nicht erhalten?«, fragte Ilas.

Seine Schwester lächelte verständnisvoll. »Ich lasse euch allein«, sagte sie und verließ den Raum.

»Wenn ich die Nachricht nicht erhalten hätte, wäre ich nicht hier«, bemerkte Dracon.

»Hat sie dir denn nicht geschrieben, was geschehen ist?«

»Doch, aber ich wollte es von dir hören.«

»Wieso? Traust du ihr nicht?«, fragte Ilas neugierig. Er war immer noch unsicher, in welchem Verhältnis Dracon und Shira zueinanderstanden.

»Erzählst du es mir nun oder nicht?«, fragte Dracon ungeduldig, ohne auf Ilas‹ Frage einzugehen.

Ilas war überrascht von dieser Reaktion, aber er wollte Dracon nicht verärgern und beließ es dabei. »Ich war auf dem Weg nach Zimheim, als ich auf diese Gruppe Menschen traf«, begann Ilas die Erzählung.

»Menschen? Ich dachte, es war ein Todschatten«, unterbrach Dracon ihn prompt.

»Todschatten?«, wiederholte Ilas verwundert.

»Ja, ein Schattenwesen, das Magie stehlen kann«, erklärte Dracon.

»Ich weiß, was ein Todschatten ist. Jetzt lass mich ausreden. Die Menschen wurden von einem Schattenwesen begleitet. Ich war mir nicht sicher, ob es ein Todschatten war, schließlich bin ich zuvor nie einem begegnet. Es war eine grauenhafte Kreatur, wie der wandelnde Tod.« Ilas hielt inne und starrte ins Leere.

»Bist du dir sicher, dass die Menschen keine Gefangenen waren?«, fragte Dracon.

»Sie haben seine Befehle befolgt, das würden Gefangene wohl kaum machen. Der Todschatten befahl den Menschen, mich zu töten. Aber vorher hat er mich mit seinem eiskalten Blick gelähmt. Ich hatte keine Chance, mich zu wehren.« Ihm gingen plötzlich alle Bilder wieder durch den Kopf, und er schwieg einen Moment lang.

»Was ist dann passiert?«, wollte Dracon wissen.

»Als ich dachte, sie würden mich jetzt töten, tauchte diese Mankure auf. Sie wehrte die Menschen ab und tötete das Schattenwesen.«

»Weißt du, wo sie jetzt ist?«, fragte Dracon.

»Sie ist gegangen, nachdem sie mich hierhergebracht hat. Wohin sie wollte, weiß ich nicht. Kennst du sie gut?«

»Nein, eigentlich nicht«, gab Dracon zu und blickte ratlos auf die Wand.

»Ist sie wie du? Also, ich meine, sind ihre Eltern Obere?«

Dracon schaute Ilas verwundert an. »Wie kommst du darauf?«

»Sie hatte außergewöhnliche Fähigkeiten, und was mich noch mehr gewundert hat, war, dass sie ein Schwert aus magischem Eisen hatte. Du hast mal erzählt, dass nur die Oberen und deren Kinder diese Waffen besitzen.«

»Das ist richtig«, bestätigte Dracon. »Es ist zutiefst beunruhigend, dass die Todschatten in unsere Welt zurückgekommen sind«, fügte er hinzu und ignorierte Ilas' Frage zu Shira.

»Du meinst, es sind mehrere?«, fragte Ilas entsetzt.

»Ja, erst vor einigen Stunden habe ich selbst einen getötet, der uns auf dem Weg hierher angegriffen hat«, erzählte Dracon.

»Das ist wirklich sehr beunruhigend. Aber die Oberen werden die Schattenwesen doch sicher schnell wieder vertreiben, oder?«, fragte Ilas hoffnungsvoll.

»Sicher, wenn sie es können. Allerdings müssten sie auch erst einmal davon erfahren«, sagte Dracon.

»Du hast es deinem Vater nicht erzählt?«, fragte Ilas überrascht.

»Doch, habe ich, gleich nachdem ich die Nachricht von Shira erhalten hatte. Aber er hat mir nicht geglaubt.«

»Wieso denkt er, dass du ihn anlügst?«

»Er weiß, dass die Todschatten nur durch das magische Eisen besiegt werden können. Und wie du eben selbst sagtest, besitzen nur die Oberen und deren Kinder diese Waffen. Dass ich selbst einem Todschatten begegnet bin, weiß er noch nicht.«

»Willst du damit sagen, dass Shira das Schwert gestohlen hat?«, fragte Ilas vorsichtig.

»Nein, das hat sie nicht. Aber es wird schwierig werden, meinen Vater davon zu überzeugen.« Dracon war sich sicher, dass Shira das Schwert von Casto bekommen hatte. Drognor würde jedoch denken, dass sie es gestohlen hatte. Sobald Dracon seinem Vater bestätigen würde, dass die Schattenwesen zurückgekehrt waren, würde er im gleichen Atemzug Shira verraten. Sein Vater würde sie sicher nicht ohne Weiteres davonkommen lassen.

»Worüber denkst du nach?«, fragte Ilas.

»Das Schwert, das Shira besitzt, es gilt schon seit einigen Jahren als verschollen. Es wurde gestohlen, der Dieb wurde gefasst und verurteilt, aber das Schwert wurde nie gefunden«, sagte Dracon.

»Also hat Shira das Schwert doch gestohlen«, bemerkte Ilas.

»Nein, sicher nicht. Aber mein Vater wird davon ausgehen.«

»Warum bist du dir so sicher, dass sie unschuldig ist?«, wollte Ilas wissen.

»Ich weiß es einfach.«

»Du scheinst sie wirklich zu mögen. Ich hoffe, dass dein Urteilsvermögen dadurch nicht beeinträchtigt wird.«

»Was willst du damit sagen?« Dracon fühlte sich angegriffen, und sein Blick schüchterte Ilas ein.

»Nichts, ich meine nur. Du sagtest, du würdest sie nicht gut kennen, wie kannst du dir dann so sicher sein, dass sie unschuldig ist?«

Dracon dachte über Ilas' Worte nach. Dass Xendra sein Urteil anzweifelte, schrieb er ihrer Eifersucht zu. Sein Vater wusste, dass Shira ein Kind der Oberen sein musste, und hielt sie für eine Bedrohung, aus welchen Gründen auch immer. Doch dass Ilas ebenfalls bedenken zu haben schien, verunsicherte Dracon. »Das kann ich nicht«, musste er zugeben.

»Du musst es deinem Vater sagen, auch wenn du sie damit in Schwierigkeiten bringst.«

Dracon nickte, ohne Ilas anzusehen. »Ich weiß«, sagte er leise.

»Du solltest noch etwas wissen. Im Angesicht der jüngsten Ereignisse scheint es zwar nicht so bedeutend zu sein, aber ich wollte dir ursprünglich etwas anderes berichten«, sagte Ilas. Dracon sah ihn überrascht an. »König Ferdinand jagt die Jurkol. Er hat sie angegriffen auf ihrem Weg zum Wasserwald.«

»Ich kann gar nicht glauben, dass er sich schon wieder gegen die Gesetze der Oberen stellt. Dieser Menschenkönig ist einfach unbelehrbar«, sagte Dracon.

»Ja, das ist er, und die Oberen sollten ihn wirklich mal zurechtweisen, wie ich finde.«

Dracon lächelte, als Ilas das sagte. »Glaube mir, das haben sie schon öfter getan. Die Familie von König Ferdinand widersetzt sich schon seit Generationen den Gesetzen der Oberen«, erklärte Dracon.

***

Am nächsten Morgen sprach Dracon bereits sehr früh mit seinem Vater. Ein Stück abseits vom Haus, am Waldesrand hatte er ihn gerufen und erzählte ihm nun von den Ereignissen der vergangenen Nacht. Drognor war besorgt über das, was er hörte, und kam ins Grübeln. »Ich werde mich mit den anderen beraten müssen.«

Dracon war sehr verwundert, dass sein Vater kein Wort über Shira verlor. »Da ist noch etwas. Ilas erzählte mir, dass König Ferdinand die Jurkol jagt.«

»Schon wieder? Er kann es einfach nicht lassen, sich unseren Weisungen zu widersetzen, dieser Menschenkönig. Über sein Schicksal werde ich mich mit den anderen ebenfalls beraten müssen. Doch im Moment haben wir größere Sorgen.« Drognor blickte nachdenklich auf den Boden und zupfte an seinem langen weißen Bart. »Ich werde jetzt gehen«, sagte er dann und schaute Dracon mit ernster Miene an. »Bereite dich auf einen Krieg vor, mein Sohn, und nimm dich in Acht. Es ist nicht mehr sicher in unserer Welt.«

»Keine Sorge, mir wird schon nichts geschehen.«

Dracon hoffte, dass sein Vater nun verschwinden würde, doch das tat er nicht, sondern zupfte immer noch nachdenklich an seinem Bart. »Und noch etwas.«

Dracon zuckte zusammen, als er die Worte seines Vaters hörte, da er wusste, was nun folgen würde.

»Sicherlich gedenkst du, zur Festung des Lichts zurückzukehren, aber bevor du das tust, habe ich noch eine Bitte an dich.« Erwartungsvoll sah Drognor seinen Sohn an.

»Was soll ich machen?«, fragte Dracon, obwohl er die Antwort schon kannte.

»Finde diese Mankure«, sagte er und nahm Dracon endgültig die Hoffnung, dass er Shira davonkommen lassen würde.

»Wen meinst du?« Dracon stellte sich unwissend.

»Du weißt genau, wen ich meine. Ich will wissen, wo sie das Schwert herhat. Wenn du sie gefunden hast, ruf mich!«

Dracon zögerte einen Moment. »Gut, ich werde versuchen, sie zu finden«, sagte er dann.

Drognor sah ihn zweifelnd an. »Finde sie!«, wiederholte er mit strengem Blick. Dann verschwand er.

Dracon ging zurück zum Haus. Xendra und Ilas waren bereits wach. Sie wollten ihn auf der Suche nach Shira begleiten und ließen sich davon nicht abbringen. Die drei zogen in aller Frühe los.

»Wie willst du sie eigentlich finden«, fragte Xendra neugierig.

»Ich denke, dass sie nach Benklad zurückgehen wird. Vielleicht finden wir sie auf dem Weg dorthin.«

»Und wenn nicht?«, fragte Xendra.

»Darüber werde ich nachdenken, wenn es so weit ist.«

VERMEINTLICHE GEFAHREN

Das Elitendrium neigte sich allmählich dem Ende zu, und fünf der zehn Gewinner standen bereits fest. Unter ihnen war auch Tarina. Zwar hatte sie Caldes' Forderung, Shira zu töten, nicht nachkommen können, aber sie würde ihm dennoch gute Dienste erweisen, nun, da sie der herrschaftlichen Armee beitrat.

Sie hatte seit ihrer ersten Begegnung mit Caldes nichts mehr von ihm gehört, aber sie wusste, dass das nicht mehr lange so bleiben würde. Ihm war sicher nicht entgangen, dass sie unter den zehn Siegern war. Es war nur eine Frage der Zeit, bis er wieder mit ihr Kontakt aufnehmen würde. Dass Shira ihr entkommen war, ärgerte Tarina sehr. Turgrohn hatte erzählt, sie habe das Elitendrium verlassen, weil sie sich mit ihm gestritten habe, aber Tarina kannte die Wahrheit. Shira war vor Caldes geflohen. Tarina erfüllte ein Gefühl von Macht, als sie daran dachte. Sie hatte sich dem mächtigsten Mankuren, der je gelebt hat, angeschlossen. Auch wenn Shira ihr dieses Mal entkommen war, früher oder später würde sie ihr wieder begegnen, und dann würde Tarina sie töten.

***

Es war früher Abend, und die Besucher feierten unbesorgt, während die Oberen sich in der Festung des Lichts zusammengefunden hatten. Drognor berichtete von den Todschatten und den Menschen, die ihnen folgten.

»Die Schattenwesen können nur durch das Tor in unsere Welt gelangen. Es kann nur von unserer Seite aus geöffnet werden. Da stellt sich mir die Frage, wer es geöffnet hat«, überlegte Aminar.

»Caldes natürlich. Wer sollte es sonst gewesen sein«, entgegnete Drognor.

»Dazu müsste er sich aber befreit haben«, bemerkte Casto.

»Nur er ist in der Lage, das Tor zur Schattenwelt ohne das Mytricrom zu öffnen. Es kann niemand sonst gewesen sein«, sagte Drognor.

»Sicher ist er der Einzige, der den benötigten Zauber kennt, aber auch er kann das Tor nur öffnen, wenn er davorsteht. Dieser Zauber lässt sich nicht aus der Ferne bewirken. Er kann es unmöglich selbst getan haben«, warf Aminar ein.

»Wieso nicht? Woher willst du wissen, dass er sich nicht schon längst befreit hat?«, fragte Diggto.

»Er hätte keinen Telmant nutzen müssen, um mit Sclavizar zu kommunizieren, wenn er sich bereits befreit hätte«, erklärte Casto. Er war überzeugt davon, dass Caldes immer noch im Berg der Verdammnis festsaß.

»Ich kann nicht glauben, dass Caldes den Zauber, der das Tor zur Schattenwelt öffnet, irgendjemandem verraten würde. Es ist kaum vorstellbar, dass es jemanden gibt, dem Caldes solch ein Vertrauen schenkt«, sagte Verdala.

»Kaum vorstellbar, in der Tat. Und doch scheint er es getan zu haben«, bemerkte Casto. »Wenn es niemand von uns war«, fügte er an. Er hatte das nicht ernst gemeint, doch nahmen es die anderen Oberen weniger humorvoll und blickten ihn vorwurfsvoll an. »Entschuldigt bitte, natürlich war es niemand von uns«, sagte er, ohne dabei überzeugt zu klingen. »Es ist sicher kein Zufall, dass Caldes während des Elitendriums den Weg für seine Rückkehr bereitet.«

Alle wurden still. Dass die Schattenwesen zurück waren, hatte die Oberen zutiefst erschüttert, denn nun waren sie gewiss, dass die Zeit begonnen hatte, die den Untergang der Welt, wie sie sie kannten, herbeiführen könnte.

»Wahrscheinlich sollten wir noch nicht von den Todschatten erfahren. Vielleicht sollten sie während des Elitendriums unbemerkt durchs Land streifen. Dass Dracon zwei von ihnen getötet hat, war sicher nicht in Caldes' Sinne«, sagte Casto. Er kannte seinen Bruder nur zu gut und wusste, er würde nichts Unüberlegtes machen. Wahrscheinlich hatte er nicht damit gerechnet, dass einer der Oberen oder deren Kinder während des Elitendriums das Land durchstreiften. Seine Verbündeten zu verlieren, musste ihn bitter getroffen haben. Aber davon würde er sich nicht beirren lassen. Im Gegenteil, sicher war er wütend und plante bereits seine Rache. »Dafür wird er sich sicher an Dracon rächen wollen«, Casto war besorgt.

Dass ein Todschatten von Shira getötet worden war, hatte Drognor verschwiegen. »Es wundert mich, dass ausgerechnet du dich um meinen Sohn sorgst«, bemerkte Drognor abfällig.

»Auch wenn ich ihn nicht ausstehen kann, liegt es sicher nicht in meinem Interesse, dass ihm etwas zustößt. Was denkst du von mir?«, erwiderte Casto wütend.

»Ich denke, Casto wollte damit nur sagen, es wäre besser, Dracon zurückzuholen. Außerdem behagt es mir nicht, dass Xendra bei ihm ist. Er bringt sie immer wieder unnötig in Gefahr«, sagte Aminar.

Drognor sah ihn strafend an. »Er hat sie sicher nicht gezwungen mitzugehen!« Er war es leid, ständig Vorwürfe wegen seinem Sohn zu ernten. »Antaro und Terron machen auch, was sie wollen«, sagte er verärgert.

»Mein Sohn weiß sich zu benehmen und widersetzt sich nicht unseren Regeln, genauso wenig wie Aminars Kinder!«, warf Diggto wütend ein.

»Hört auf zu streiten. Drognor, hol Xendra und Dracon zurück«, forderte Aminar auf.

»Das kann ich nicht. Ich weiß nicht, wo sie sind«, gab Drognor zu. Casto lachte. »Was ist so komisch daran?«, fragte Drognor zornig.

»Ich hatte dir gesagt, dass es nicht klug war, ihn wegzuschicken. Mich würde schon interessieren, was du ihm erzählt hast, damit er geht«, sagte Casto.

»Und ich hatte dir bereits gesagt, dass ich ihn nicht weggeschickt habe. Er sucht jemanden, wenn er seine Suche beendet hat, wird er zurückkommen«, erklärte Drognor.

»Und warum hat er Xendra mitgenommen?«, fragte Planara verärgert. Schon an dem Tag, als die beiden das Elitendrium verlassen hatten, hatte sie Drognor zur Rede gestellt.

»Du weißt, dass ich darauf keinen Einfluss hatte«, wehrte Drognor sich.

»Du hast doch heute Morgen mit ihm gesprochen. Dann weißt du doch, wo er ist«, wandte Aminar ein.

»Er ist sicher nicht mehr dort. Ich sagte doch, er sucht jemanden.« Er wollte ihnen nicht erzählen, dass er Dracon beauftragt hatte, Shira zu suchen. Solange er nichts Genaueres über diese Mankure wusste, hielt er es für klüger, darüber zu schweigen. Er würde nur Misstrauen schüren.

»Wen sucht er denn?«, fragte Casto neugierig.

»Das ist nicht so wichtig.«

»Dann frage ich mich, warum er nicht zurückkommt, wenn es nicht so wichtig ist«, sagte Casto.

»Du weißt, dass er seinen eigenen Kopf hat«, versuchte sich Drognor herauszureden. Casto blieb skeptisch, fragte aber nicht weiter nach.

»Wenn meiner Tochter etwas zustößt, werden du und dein Sohn, dafür bezahlen. Das verspreche ich dir«, drohte Aminar wütend.

»Halt dich zurück, Aminar. Es wird ihr schon nichts geschehen«, versuchte Verdala ihn zu beruhigen. Einen kurzen Augenblick schwiegen alle.

»Das Elitendrium findet bald ein Ende. Wir müssen dafür sorgen, dass die Besucher sicher in ihre Dörfer zurückgelangen«, sagte Widera. Ihr hellblaues Haar tanzte über ihrem Kopf. Es war ständig in Bewegung, als wäre es lebendig. Ihre Haut hatte die gleiche Farbe wie ihr Haar und bildete an ihrer Stirn einen nahtlosen Übergang. Die schwarzen Pupillen wurden von großen, weiß leuchtenden Augen umrandet. »Wie sollen wir das machen? Vielleicht geraten die Leute in Panik, wenn wir ihnen von den Todschatten erzählen. Zumal wir nicht wissen, wie viele von ihnen im Land sind,« dachte Drognor laut.

»Ich stimme Drognor zu. Wir dürfen das Volk nicht in Panik versetzen, dennoch müssen wir alles versuchen, um es zu schützen«, sagte Diggto. »Einige unserer Krieger sollen die Besucher des Elitendriums begleiten, wenn sie die Heimreise antreten.«

»Was soll das bringen? Wenn sie von Schattenwesen angegriffen werden, sind sie ohne Waffen aus magischem Eisen genauso hilflos wie die Mankuren, die sie schützen sollen«, warf Casto ein.

»Dann müssen wir ihnen unsere Waffen geben«, forderte Widera.

Alle tauschten fragende Blicke aus. »Wir haben keine Wahl, wir können diesen Krieg nicht gewinnen, wenn wir die einzigen Waffen, die die Schattenwesen töten können, unter Verschluss halten«, sagte Aminar. Niemand traute sich, zuzustimmen. »Sicher ist mir bekannt, was damals geschah. Doch Caldes und die Schattenwesen stellen eine wesentlich größere Bedrohung dar. Wenn wir diesen Krieg nicht gewinnen, macht es keinen Unterschied mehr, ob jemand außer uns im Besitz vom magischen Eisen ist«, sagte Aminar.

»Er hat recht, wenn wir auch nur den Hauch einer Chance haben wollen, dann müssen wir unseren Kriegern diese Waffen aushändigen«, sagte Casto. Die anderen Oberen nickten zustimmend. »Bis das Turnier beendet ist, werde ich versuchen herauszufinden, wie viele Schattenwesen bereits zurückgekehrt sind.«

»Wie willst du das machen?«, fragte Planara.

»Ich werde mir ein Bild von der Lage im Land verschaffen. Es können nicht allzu viele Schattenwesen sein, sonst hätten wir es bereits erfahren. Ich gehe davon aus, dass das Tor zur Schattenwelt nicht lange geöffnet war. Allerdings halte ich es für klug, sicher zu stellen, dass es tatsächlich wieder geschlossen ist«, sagte Casto. Er sah Aminar an. »Begleitest du mich?«

»Gern.«

Nach und nach verließen die Oberen den Raum, bis nur noch Planara, Verdala und Drognor dort waren. »Planara, würdest du uns bitte entschuldigen. Ich möchte noch etwas mit Verdala besprechen.« Planara nickte verständnisvoll und verschwand.

»Worüber willst du mit mir sprechen?«, wollte Verdala wissen. Sie hatte Drognor bereits angemerkt, dass ihn etwas bedrückte.

Er erzählte ihr von Shira, dass er ihre Gedanken nicht lesen konnte und dass sie ein Schwert aus magischem Eisen besaß. »Ich bin mir sicher, dass sie Castos Tochter ist. Sie war es auch, die Caldes gesehen hat, deswegen hat Casto es zuerst erfahren. Als ich ihn fragte, von wem er die Nachricht erhalten hatte, gab er mir keine Antwort.«

»Wenn dem wirklich so wäre, was wäre so schlimm daran?«

»Ihm wurde verboten, Nachkommen zu zeugen. Er hat sich diesem Verbot widersetzt.«

»Das ist mir auch bewusst. Aber das ist doch nicht der wahre Grund, warum du dich fürchtest«, hakte Verdala nach.

»Fürchten? Wieso glaubst du, ich würde mich fürchten?«, fragte Drognor entrüstet.

»Mir machst du nichts vor. Ich sehe es in deinen Augen«, erklärte Verdala.

Drognor war überrascht und dachte kurz nach. »Ich befürchte, dass Shira die Mankure ist, von der die Prophezeiung spricht. Die Dienerin des Bösen, die Dracon das Leben nehmen könnte. Ich bin mir sicher, dass sie es ist.«

»Und warum denkst du das?«, wollte Verdala wissen.

»Ich habe lange darüber nachgedacht, dabei es ist offensichtlich. Jahrelang haben wir nichts von ihr gewusst, und nun, da Caldes seine Rückkehr vorbereitet, taucht sie auf. Das kann kein Zufall sein. Vielleicht war sie es sogar, die das Tor zur Schattenwelt geöffnet hat«, sagte Drognor.

»Und du hast Dracon auf die Suche nach ihr geschickt?«, fragte Verdala entsetzt.

»Es ging mir um das Schwert, dass sie die Mankure sein könnte, von der die Prophezeiung spricht, ist mir erst später klar geworden.«

»Dracon muss es unbedingt erfahren«, drängte Verdala.

»Er würde es ohnehin nicht glauben. Er vertraut ihr.«

»Wenn unser Sohn ihr vertraut, können wir es vielleicht auch.«

Drognor stieß ein kurzes, ungläubiges Lachen aus.

»Wir haben keinen Grund, an seinem Urteilsvermögen zu zweifeln«, Verdala klang verärgert.

»Das sehe ich anders. Hast du vergessen, dass er einen Menschen mit in die Festung des Lichts gebracht hat? Das zeugt nicht gerade von einem guten Urteilsvermögen.«

»Dann können wir nur hoffen, dass du mit deiner Vermutung falschliegst. Denn solltest du recht haben, ist er in großer Gefahr.«

»Er ist ja nicht allein. Außerdem wird er mich rufen, sobald er sie gefunden hat. Es wird sicher nicht lange dauern, bis ich wieder von ihm höre«, versuchte Drognor sowohl Verdala als auch sich selbst zu beruhigen. Doch sollte er noch feststellen, dass er mit dieser Vermutung falschlag.

DAS SCHICKSAL DER MENSCHEN

Agriem und Routag waren im Wasserwald auf der Jagd, dachte Routag zumindest. Agriem hingegen war aus einem anderen Grund dort. Er hatte Routag darüber nicht in Kenntnis gesetzt, denn Routag hätte ihn sicher nicht begleitet, wenn er gewusst hätte, was Agriem vorhatte. Er achtete genau auf jeden Baum am Wegesrand und versuchte irgendwelche Hinweise zu erkennen.

»Sag mal, suchst du irgendetwas? Also, ich meine außer Beutetiere?«, fragte Routag.

»Neulich war ein alter Mankur in Hastem. Er durchreist das Land und erzählt Geschichten. Er sagte, dass hier im Wasserwald eine alte Sapaduriakröte lebt. Man findet sie, wenn man ihren Spuren folgt«, sagte Agriem.

»Und was sollen das für Spuren sein?«

»Ich bin mir nicht sicher. Deswegen schaue ich mir ja die Umgebung so genau an. Dieser Mankur erzählte etwas von einer Felsformation und dass man auf Zeichen der Bäume achten müsse.« Agriem ging auf einen großen Felsen zu, der sich einige Meter weiter vor ihm erstreckte. Der Wald befand sich am Rand eines kleinen Gebirges, und überall waren Felsen mit kuriosen Formationen zu sehen.

»Auf Zeichen der Bäume achten. So ein Schwachsinn. Was willst du überhaupt von dieser Sapaduriakröte?«, fragte Routag genervt.

»Der alte Mankur erzählte, die Lebewesen dieser besonderen Aphthalenart seien die weisesten Lebewesen dieser Welt und dass sie sicher wüssten, wie sich ein Mensch der Magie bemächtigen kann. Ich muss diese Kröte unbedingt finden!«, erklärte Agriem. Sapaduriakröten waren uralte Wesen. Niemand wusste genau, wie alt sie wurden. Über diese Art der Aphthalen wurde erzählt, dass sie alles Wissen der Zeit hüteten. Sie wussten alles über die Vergangenheit und angeblich auch über die Zukunft.

»Du glaubst den Blödsinn? Von einem Geschichtenerzähler? Es gibt keine Sapaduriakröten mehr. Zumindest nicht hier im Wasserwald«, sagte Routag.

»Woher willst du das wissen?«

»Die Sapaduriakröten brauchen große Seen, um überleben zu können. Es gibt hier keinen großen See. Außerdem hat seit über hundert Jahren keiner mehr eine Sapaduriakröte gesehen. Es ist fraglich, ob sie überhaupt noch existieren.«

»Ach, was weißt du schon. Es wird viel erzählt. Es hat auch seit über hundert Jahren keiner einen Drachen gesehen, obwohl noch kein halbes Jahrhundert vergangen ist, seitdem ein Drache Zimheim angegriffen hat. Ich werde eine Sapaduriakröte finden, du wirst schon sehen«, erwiderte Agriem entschlossen und ging langsam um einen großen Felsen herum, der sich vor ihm befand.

»Ich habe Hunger und keine Lust, wieder bei deinen idiotischen Ideen mitzumachen.« Routag war es langsam leid, wegen Agriem immer in irgendwelche unangenehmen Situationen zu geraten. Ständig eiferte er jeder Geschichte nach, die davon erzählte, wie Menschen magische Fähigkeiten erlangen könnten. Sein ganzes Leben lang versuchte er schon, das Geheimnis der Magie zu entschlüsseln. Eines Tages würde er so stark sein wie einer der Oberen, sagte er immer. Agriem hasste die Mankuren. Einer von ihnen hatte vor Jahren seine Familie getötet, und seitdem wollte er sich an ihnen rächen. Routag war auch ein Mankur, aber bei ihm nahm Agriem das hin. Sie kannten sich schon aus Kindertagen und hatten viel zusammen erlebt. Er war bei jedem Abenteuer von Agriem dabei gewesen und ein treuer Freund. Sie waren beide vierzig Jahre alt. Aber Agriem sah wesentlich älter aus als Routag, der für einen Mankuren noch sehr jung war.

»Du erinnerst mich an einen ehemaligen Freund«, sagte Routag. »Du kennst ihn vielleicht, er lebte in Talim. Walsier war sein Name. Genau wie du wünschte er sich nichts sehnlicher, als den Mankuren ebenbürtig zu sein. Es sind nun bereits zehn Jahre vergangen, seit er erfuhr, dass im Berg der Verdammnis ein Wesen eingeschlossen sein soll, dass älter ist als die Magie. Es soll so mächtig sein, dass selbst die Oberen es fürchten. Er glaubte, dieses Wesen müsse fähig sein, ihm seinen Wunsch, an magische Fähigkeiten zu gelangen, erfüllen zu können. Und obwohl er nicht wusste, wie viel von dieser Geschichte der Wahrheit entsprach, ließ er sich nicht davon abhalten, diesen verfluchten Berg aufzusuchen«, erzählte Routag.

»Ich bin eben nicht der einzige Mensch, dem der Sinn nach magischen Fähigkeiten steht«, sagte Agriem.

»Gewiss nicht«, bemerkte Routag.

»Was ist aus diesem Walsier geworden?«, fragte Agriem.

»Ich weiß es nicht. Er ist nie zurückgekehrt.«

»Wie töricht, einer Geschichte nachzueifern, ohne zu wissen, ob sie überhaupt wahr ist«, entgegnete Agriem, während er immer noch den Felsen begutachtete.

»Ach, wirklich?«, sagte Routag und blickte Agriem verständnislos an. Doch dieser schien sich kaum für seine Worte zu interessieren.

»Sieh mal hier, dieser Felsen, sieht der nicht aus wie eine Kröte?«, sagte Agriem und betrachtet den Felsen genauer. Für Routag sah der Felsen gewöhnlich aus. Es brauchte schon viel Fantasie, um in dem runden, glatten Felsen eine Kröte zu erkennen, wie er fand. »Hier ist eine Art Eingang, das musst du dir ansehen!«, rief Agriem begeistert.

Routag schnaufte und schüttelte den Kopf. »Was ist denn?«, fragte er.

In dem massiven Felsen befand sich ein Spalt. Er schien nur zwei Finger breit zu sein und verlief von unten nach oben über den ganzen vorderen Bereich des Felsens. Agriem steckte seine Finger in den Spalt und bemerkte, dass dieser viel breiter war, als er aussah. Eine optische Täuschung, die so perfekt war, dass sie nur magischen Ursprungs sein konnte. Agriems linker Arm war schon fast ganz in dem Spalt verschwunden, und auch sein linker Fuß schien vom Felsen verschluckt zu werden. »Ich muss mir das ansehen. Kommst du mit?« Er sah Routag fragend an.

»Ja, ja, schon gut. Mir bleibt ja wohl nichts anderes übrig.«

Agriem nahm seinen Feuerstein und entzündete eine Fackel. Er ging durch den Spalt und verschwand im Felsen, Routag folgte ihm widerwillig. Ein dunkler, schmaler Gang führte ins Innere. Sie gingen ein leichtes Gefälle hinab. Nach einiger Zeit wurde die Luft immer feuchter.

»Warte, was ist das, hörst du das?«, fragte Agriem und blieb stehen. Er versuchte, das Geräusch zu identifizieren.

»Das ist Wasser, irgendwo tropft es«, sagte Routag. Sie gingen weiter, und das Geräusch des tropfenden Wassers wurde immer deutlicher. Der Gang wurde steiler und der Boden feuchter und rutschig. Der Weg teilte sich in drei Richtungen.

»Wo lang jetzt?«, fragte Routag.

»Ich würde sagen, wir folgen dem Geräusch des Wassers.«

»Es kommt aus allen Richtungen.«

Es war in der Tat unmöglich, zu sagen, wo das Geräusch herkam, es schien ganz so, als würde in allen drei Gängen das Wasser tropfen. »Dann nehmen wir einfach den mittleren Gang«, bestimmte Agriem und lief weiter. Die Wände kamen immer näher, und die Decke wurde tiefer. Schließlich mussten sie sich ducken, um weiterzukommen. Der Weg wurde wieder steiler, und sie hatten Mühe, nicht abzurutschen. Es wurde immer enger, und sie drohten beinahe stecken zu bleiben, als der Weg abrupt endete. Sie standen vor einer tiefen Schlucht, in der ein blaues Licht fluoreszierte.

»Ich werde da runtergehen«, beschloss Agriem.

»Du bist doch verrückt. Du weißt doch gar nicht, was da unten ist«, warnte Routag.

»Deswegen will ich es ja herausfinden.« Agriem lachte und kletterte die Wand hinunter, was ihm keine größeren Schwierigkeiten bereitete. Die Felsen waren fast stufenförmig angeordnet, sodass er einfach hinuntersteigen konnte. Routag zögerte einen Augenblick, folgte ihm dann aber. Es war einige Meter tief, aber sie kamen zügig unten an.

Sie folgten einem schmalen Pfad und befanden sich plötzlich in einer riesigen Tropfsteinhöhle. Alles war in ein blaues Licht getaucht, das tausende Glühgrillen, die an den Wänden saßen, erzeugten. Sie gingen ein Stück weiter auf eine kleine Erhöhung hinaus und standen direkt am Ufer eines riesigen Sees. Von der Decke ragte ein großer Stalaktit in die Mitte des Sees.

Agriem und Routag waren überwältigt von dem Anblick. Die Spiegelung der Glühgrillen auf der Wasseroberfläche ließen den See in einem sanften Blau erscheinen. Nach einem kurzen Moment des Schweigens sagte Agriem voller Selbstbestätigung: »Sagtest du nicht, es gibt hier keine großen Seen?«

»Ich habe nicht von unterirdischen Seen gesprochen. Ehrlich gesagt bin ich wirklich überrascht. Mir war gar nicht bewusst, dass sich im Wasserwald Tropfsteinhöhlen befinden. Faszinierend.« Staunend betrachtete Routag die malerischen Wände, deren Muster und Formen im blauen Licht atemberaubend schön aussahen.

Agriem ging zum Ufer und blickte in das Wasser. Sie standen am Rande einer Schlucht, die sich in der Tiefe des Sees verlor.

»Da schwimmt etwas«, bemerkte Routag.

»Aber es scheint nicht sehr groß zu sein«, stellte Agriem fest. Mehrere Schatten bewegten sich im Wasser. Viel war nicht zu erkennen. Das Licht war zu schwach, und der See war sehr tief.

»Woher willst du wissen, wie groß die Viecher da unten wirklich sind?«, fragte Routag, während er ebenfalls in den See blickte.

»Kannst du mehr erkennen als ich?«, fragte Agriem.

Routag beherrschte einige Zaubersprüche, und er verstand die Sprache der Aphthalen, doch seine Sinne waren nicht besser als die eines Menschen. »Nein. Besser als du sehe ich auch nicht.«

»Kennst du nicht einen Zauber, der uns nützen könnte?«

»Nein. Ich wüsste nicht, was da passen würde. Eine Sapaduriakröte zu rufen, gehört nicht gerade zu den gängigen Zaubersprüchen«, sagte Routag.

»Sind diese Kröten eigentlich gefährlich? Was fressen die?«, wollte Agriem wissen. Er hatte von Aphthalen kaum eine Ahnung und ließ sich immer wieder von Routag belehren, welchen Gefahren er sich eigentlich gerade aussetzte. In diesem Fall hatte er allerdings wenig zu befürchten. Sapaduriakröten waren friedliche Wesen. Sie waren sehr groß und hatten eine giftige, schleimige Haut, die zu ihrem Schutz diente.

»Ihre Nahrung besteht hauptsächlich aus kleinen Krebsen und Schnecken. Also kein Grund zur Sorge, du stehst nicht auf der Speisekarte. Aber du darfst sie auf gar keinen Fall berühren! Hast du gehört? Die Haut von Sapaduriakröten ist giftig. Du würdest innerhalb von Minuten sterben.«

»Gut zu wissen. Aber um sie anfassen zu können, müssten wir erst mal eine finden.« Agriem plätscherte mit der Hand im Wasser und versuchte, die Schatten zu identifizieren. Einer von ihnen wurde größer und schien sich der Oberfläche zu nähern. Es dauerte nicht lange, bis Agriem die Konturen dieser Kreatur erkannte, die geradewegs auf ihn zu schwamm und ihre wahre Größe zeigte. Er wich ein Stück zurück. Sie hatte die Form einer Schildkröte, auf ihrem Panzer leuchteten kleine grüne Stacheln, und ihr Kopf war mit einer Art Steinkranz gepanzert. Es war eine Sapaduriakröte, die zum Ufer geschwommen kam. Ihre Augen sahen aus wie die einer Schlange, und auch ihre kleinen, spitzen Zähne wirkten gruselig. Routag und Agriem hatten sich bereits einige Meter vom Ufer entfernt, als die Sapaduriakröte langsam aus dem Wasser stieg.

»Bist du dir sicher, dass sie uns nicht fressen will?«, fragte Agriem. Er hatte sich diese Wesen anders vorgestellt. Ihr Rückenpanzer überragte ihn, und ihn überkam die Angst, als er diesen großen, unheimlichen Aphthalen sah.

»Wir haben euch erwartet«, sagte sie.

Agriem konnte sie nicht hören, aber er sah an Routags Gesichtsausdruck, dass sie etwas gesagt haben musste. »Was hat sie gesagt?«, fragte er gespannt.

»Sie sagte ... äh ... sie sagte, dass sie uns erwartet hat«, stotterte Routag.

Die Sapaduriakröte musterte sie mit ihren grünen Augen. »Ich kenne den Grund, der euch hierhergetrieben hat. Ich werde euch eure Frage beantworten.«

»Du wirst uns sagen, wie sich ein Mensch magischer Fähigkeiten bemächtigen kann?«, fragte Routag ungläubig.

»Des Menschen Gier nach Macht und das Verlangen, sich der Magie zu bemächtigen, hat ihn seit jeher in Kriege gegen magische Lebewesen geführt. Die Menschen müssen lernen, ihren Platz im Kreislauf des Lebens zu akzeptieren.« Die Stimme der Sapaduriakröte klang ruhig und besonnen. »Es ist den Menschen nicht gegeben, die Magie zu beherrschen. Dennoch ist es ihnen nicht unmöglich«, sagte die Sapaduriakröte.

Routag wartete darauf, dass die Sapaduriakröte weitersprach, vergebens. »Wie ist es dem Menschen denn möglich, die Magie zu beherrschen?«, fragte er vorsichtig.

»Nur das Böse kann einem Menschen zur Magie verhelfen. Der eine Mensch, der sich mit dem Bösen verbündet, bricht den Fluch, der seine grausame Macht gefangen hält. Dieser Mensch führt eine finstere Zukunft herbei«, sagte sie. Dann glitt sie zurück ins Wasser und verschwand in der Tiefe.

Routag war sprachlos.

»Was hat sie gesagt? Hat sie dir etwas verraten, komm, sag schon. Was hat sie dir erzählt?«, drängte Agriem ungehalten.

»Sie sagte, dass nur das Böse den Menschen magische Fähigkeiten verleihen kann.«

»Das Böse? Hat sie denn nichts Genaueres gesagt?«

»Nein, hat sie nicht«, antwortete Routag.

»Aber das war doch nicht alles, was sie gesagt hat«, Agriem war enttäuscht.

»Sie sagte, dass der Mensch, der sich mit dem Bösen verbündet, eine finstere Zukunft herbeiführt«, erklärte Routag.

Agriem sah ihn verwundert an. »Wirklich? Und dafür sind wir hierhergekommen? Das hätten wir uns auch sparen können«, sagte er verärgert. »Dann werde ich wohl einen anderen Weg finden müssen. Vielleicht sollte ich auch zum Berg der Verdammnis gehen.«

»Das meinst du doch nicht ernst, oder? Du bist wirklich zu allem bereit?«

»Wer weiß«, entgegnete Agriem und machte sich auf den Rückweg.

Routag begriff nicht, wie die Menschen so zwanghaft etwas anstreben konnten, selbst wenn ihnen die Gefahren bewusst waren. Die Menschen wollten einfach nicht akzeptieren, dass sie den Mankuren unterlegen waren.

***

Sie hatten in der Vergangenheit viele Kriege gegen die Mankuren verloren. Erst seit einem Jahrhundert herrschte Frieden zwischen den Völkern. Aber der Groll und die Verachtung füreinander waren nie vergangen.

Die Menschen in Hastem mieden den Kontakt zu Mankuren und waren auch nicht gut auf sie zu sprechen. Nur wenige von ihnen ließen sich nicht von Vorurteilen beirren. Routag lebte seit frühster Kindheit in dem Menschendorf. Nach dem Tod seiner Mutter hatte sich sein Vater in eine Menschenfrau verliebt und lebte gemeinsam mit ihr in Hastem. Die meisten Bewohner wussten nicht, dass er und sein Vater Mankuren waren. Außer ihnen lebten noch zwei weitere Mankuren in Hastem, aber auch sie verbargen ihre Herkunft.

Über die Zeit hatte er die Menschen gut kennengelernt. Er hielt sie nicht für schlechte Wesen. Sie waren nicht bösartiger als die Mankuren, nur unreifer, wie Routag fand. Sie waren wie Kinder, die ihre Grenzen austesteten, bis sie begriffen, dass sie manche Dinge nicht ändern konnten.

***

Agriem und Routag erreichten Hastem am frühen Abend und gingen in die Dorftaverne. Während sie schweigend am Tisch saßen und auf ihre Getränke warteten, wurde es auf dem Dorfplatz unruhig. Ein junger Mann kam angeritten und schrie: »Verlasst das Dorf! Bringt euch in Sicherheit, die Schattenwesen sind in das Land zurückgekehrt. Sie haben Talim überfallen.«

Die Menschen sammelten sich auf dem Dorfplatz. Sie konnten kaum glauben, was der Mann erzählte. In Talim waren mehrere Schattenwesen eingefallen und hatten die Menschen gezwungen, sich ihnen anzuschließen. Erst sorgten sie dafür, dass sich die Bewohner von Talim auf dem Marktplatz sammelten, dann belegten die Schattenwesen sie mit einem Zauber. Die Männer folgten ihnen willenlos und töteten ihre eigenen Frauen und Kinder. Hastem wäre sicher das nächste Ziel, erklärte der Mann.

Die meisten Bewohner konnte er überzeugen, und sie packten ihr Hab und Gut, um das Dorf zu verlassen. Routag und Agriem hatten sich auch auf den Dorfplatz begeben und die Geschichte mit angehört.

»Komm mit, wir müssen uns beeilen«, sagte Routag entschlossen und lief los.

»Wo willst du hin?«, fragte Agriem, während er Routag hinterherlief.

»Wir müssen Cloub und seine Familie warnen und so schnell wie möglich das Dorf verlassen«, entgegnete Routag hektisch.

»Du willst wirklich das Dorf verlassen, nur weil irgendein Mann erzählt, dass Talim überfallen wurde? Woher willst du wissen, dass er die Wahrheit sagt?«, kritisierte Agriem.

»Wenn die Schattenwesen zurück sind und sie herkommen, sind wir ihnen ausgeliefert. Uns bleibt nur die Flucht. Außerdem war das der Bote von Hastem.«

»Deswegen muss er noch lange nicht die Wahrheit gesagt haben.«

»Ihm wird vieles nachgesagt, doch ein Lügner oder Geschichtenerzähler ist er gewiss nicht«, erklärte Routag.

Agriem war immer noch nicht überzeugt, folgte Routag aber dennoch zu Cloubs Haus. Cloub war ein guter Freund von Routag und ebenfalls ein Mankur, der verborgen unter den Menschen in Hastem lebte. Es war bereits spät am Abend, doch Cloub war nicht zu Hause. Seine Frau Casandra erklärte, dass Cloub am Vortag nach Talim gegangen, aber bisher noch nicht zurückgekehrt sei.

»Er war in Talim?«, fragte Routag entsetzt. Er befürchtete das Schlimmste. Zu erfahren, dass Cloub in Talim gewesen war, erschütterte ihn zutiefst. Wusste er doch, dass wenig Hoffnung bestand, ihn wiederzusehen. »Ich denke nicht, dass er zurückkommen wird«, sagte er bedrückt. »Du musst mit den Kindern verschwinden! Geh mit ihnen nach Weisering. Ich werde dich begleiten. Sobald die Sonne aufgeht, werden wir gehen«, forderte Routag Casandra auf. Er fühlte sich verpflichtet, die Familie seines Freundes zu beschützen. Er konnte nicht zulassen, dass ihnen etwas geschah.

»Ich verstehe nicht. Wieso sollte er nicht zurückkommen?«, wollte Casandra wissen. Sie hatte nicht mitbekommen, was Kirnga berichtet hatte.

Routag sah Casandra traurig an. »Talim wurde von Schattenwesen überfallen«, erklärte Routag. »Cloub wäre längst schon zurück, wenn ihm nichts geschehen wäre.«

Casandra starrte ihn entsetzt an. »Willst du damit sagen ...«, sie stockte. Sie konnte es kaum aussprechen. »Dass er tot ist«, flüsterte sie schließlich.

»Ich hoffe so sehr, dass ich im Unrecht bin. Aber wenn er bis zum Morgengrauen nicht zurück ist, werden wir Hastem ohne ihn verlassen müssen. Sicher werden die Schattenwesen hier als Nächstes zuschlagen.«

Casandra war fassungslos, sie wollte nicht glauben, was Routag da sagte. Aber sie kannte ihn gut genug, um zu wissen, dass er ihr die Wahrheit erzählte. Innerlich zerrissen, versuchte sie, sich zu beruhigen.

»Wo sind die Kinder?«, wollte Routag wissen.

»Sie schlafen bereits.«

Doch die Kinder schliefen nicht. Sie hatten das Gespräch belauscht und waren nun besorgt um ihren Vater.

»Wenn du möchtest, bleibe ich die Nacht über hier«, bot Routag an. Casandra nahm sein Angebot dankbar an. Agriem verließ das Haus und bereitete sich ebenfalls darauf vor, das Dorf am Morgen zu verlassen.

***

Noch bevor die Sonne aufging, wurde Routag aus dem Schlaf gerissen. Im Dorf herrschte bereits ein reges Treiben, es war noch nicht ganz hell, doch viele der Dorfbewohner hatten ihre Pferde gesattelt und das Nötigste zusammengepackt. Routag ging nach draußen. Auf dem Marktplatz standen drei Kutschen, die von vier hektischen Männern beladen wurden.

»Beeilt euch, wir wollen los!«, hörte er einen der Männer brüllen.

Routag ging wieder ins Haus. »Casandra, du musst die Kinder wecken, wir müssen los!«, rief er. Routag sah am Fenster die drei Kutschen vorbeiziehen. Fast alle Dorfbewohner folgten ihnen, einige ritten auf Pferden, doch die meisten gingen zu Fuß.

Casandra ging zu den Kindern ins Zimmer und gab einen entsetzten Schrei von sich. Routag rannte sofort zu ihr ins Zimmer. Die Betten der Kinder waren leer. »Wo sind sie, ich dachte sie würden noch schlafen«, sagte Casandra völlig verzweifelt.

Routag dachte nach. »Vielleicht sind sie in den Wald gelaufen, um ihren Vater zu suchen. Keine Sorge, wir finden sie«, versuchte Routag sie zu beruhigen.

Casandra nickte stumm, und die beiden verließen das Haus. Sie suchten das gesamte Dorf ab, doch gab es von den Kindern keine Spur. Als sie sicher waren, dass die Kinder nicht mehr im Dorf waren, liefen sie Richtung Talim in den Wald. Es herrschte eine beängstigende Stille und Casandra befürchtete das Schlimmste. Sie wollte nach ihren Kindern rufen, aber Routag hielt sie davon ab.

»Wir sollten besser leise sein. Wir wissen nicht wer oder was sich noch in diesem Wald versteckt«, flüsterte er. Casandra nickte und sie gingen langsam weiter. Sie folgten eine Weile dem Pfad Richtung Talim, und ihre Hoffnung, die Kinder wiederzufinden verließ sie mit jedem Schritt ein bisschen mehr. Doch dann hörten sie ein leises Wimmern. Hinter einem großen Dornenbusch fanden sie die beiden Kinder. Sie hatten sich versteckt, weil sie, kurz nachdem sie in den Wald gerannt waren, einen furchtbaren Schrei gehört hatten. Danach war diese beunruhigende Stille eingetreten, die sie zusätzlich verängstigt hatte.

Casandra und Routag gingen mit den Kindern nach Hastem zurück, um ihre Sachen zu holen. Als sie im Dorf ankamen, war es bereits Mittag, und nur noch vereinzelt waren Menschen zu sehen. Es war ungewöhnlich ruhig.

»Routag! Da bist du ja. Ich konnte nicht glauben, dass du ohne mich gehen würdest. Obwohl ich zugeben muss, dass ich langsam Zweifel bekommen hatte.«, rief Agriem erfreut, als er ihn sah.

»Es tut mir leid. Ich hätte dir Bescheid geben müssen, wir haben die Kinder gesucht. Danke, dass du gewartet hast«, sagte Routag.

Agriem lächelte. »Wenn ich Hastem schon verlassen muss, dann doch wenigstens in guter Gesellschaft.«

Schweren Herzens verließ Casandra mit ihren beiden Kindern das Dorf. Sie drehte sich noch mal um und blickte auf die verlassenen Straßen. Dann sah sie zum Waldrand. Verzweifelt starrte sie in den Wald. Sie wusste, dass es hoffnungslos war, und doch wünschte sie sich, dass Cloub aus dem Wald kommen würde. Routag bemerkte ihre Trauer und legte sanft seine Hand auf ihre Schulter.

»Komm, wir müssen gehen«, forderte er.

»Glaubst du, dass er noch lebt?«, fragte sie leise.

»Ich hoffe es.«

***

Weisering lag auf der anderen Seite des Mukadors, ein langer Fluss, der sich durch die Weiten des Landes zog. Es gab nur eine Brücke, die sich westlich von Hastem befand. Mit den Kindern kamen sie nicht schnell voran, und sie mussten öfter als geplant eine Pause einlegen.

»Wo gehen wir überhaupt hin? Wann kommt Vater nach? Woher weiß er eigentlich wo wir sind?«, wollte Pabor wissen.

Casandra wusste nicht, was sie antworten sollte. Sie wollte ihren Kindern noch nicht sagen, dass ihr Vater vielleicht nie wiederkommen würde. Pabor war gerade sieben Jahre alt, und seine kleine Schwester war erst fünf. Erwartungsvoll schauten Pabor und Silla ihre Mutter an, doch diese war ratlos.

Routag erkannte Casandras Hilflosigkeit und ergriff das Wort. »Er wird in ein paar Tagen nachkommen. Ich habe ihm eine Nachricht hinterlassen.«

»Wirklich?«, fragte Silla etwas ungläubig.

»Ja, du brauchst dir keine Sorgen zu machen, er wird uns nach Weisering folgen, sobald er die Nachricht liest«, sagte Routag.

Die Kinder lächelten und schienen beruhigt zu sein. Routag hatte tatsächlich eine Nachricht hinterlassen, aber er hatte wenig Hoffnung, dass Cloub sie jemals lesen würde. Sie näherten sich der Brücke, bisher hatten sie von der Karawane nichts gesehen. Erst als sie die Brücke beinahe erreicht hatten, sahen sie zwei Kutschen auf der anderen Seite des Mukadors, aber Menschen waren nicht zu sehen. Ein Geräusch schreckte sie auf.

»Seht nur, da«, Silla zeigte auf zwei gesattelte Pferde ohne Reiter. Sie standen nicht weit von ihnen entfernt und fraßen die rar gesäten Grashalme vom Waldboden. Routag ging zu den Pferden, griff ihre Zügel und brachte eines zu Casandra. Dann schwang er sich auf den Sattel des anderen Pferds.

»Wartet mit den Kindern hier, ich bin gleich zurück«, sagte Routag und ritt zur Brücke. Kaum angekommen blieb er entsetzt stehen. Überall waren Leichen auf der Brücke verteilt. Ihre Kleider waren von Blut rotgefärbt, und in einigen Körpern steckten Pfeile. Unter den Leichen waren keine Männer zu finden, und Routag begriff sofort, was geschehen war. Er spannte die Pferde von den Kutschen ab. Eins nahm er mit, während er die anderen frei ließ. Dann ritt er zurück.

»Was ist los? Was ist mit der Karawane passiert?«, fragte Agriem, obwohl er die Antwort bereits kannte.

»Setz dich auf das Pferd und komm mit«, forderte Routag ihn auf. »Ihr wartet hier so lange«, bat er Casandra und ihre Kinder.

»Wir müssen einen anderen Weg über den Fluss finden«, sagte er zu Agriem, als sie sich ein Stück entfernt hatten. Er wollte nicht, dass die Kinder ihr Gespräch mit anhörten.

»Aber es gibt keinen anderen Weg über den Fluss, wir müssen über die Brücke«, sagte Agriem.

»Das können wir den Kindern nicht zumuten.«

»Wie sollen wir sonst nach Weisering kommen?«, wollte Agriem wissen.

»Im Westen, ungefähr einen Tagesmarsch von hier entfernt, wird der Mukador etwas schmaler und flacher. Vielleicht finden wir eine Stelle, an der wir ihn durchqueren können.«

»Das ist viel zu weit. Es würde Tage dauern, bis wir Weisering erreichen«, wandte Agriem ein. »Wir werden den Kindern die Augen verbinden, bis wir die Brücke hinter uns gelassen haben«, schlug er vor.

Routag nickte stumm, er musste ihm zustimmen. Es war viel zu gefährlich, einen solch weiten Umweg auf sich zunehmen.

Silla ritt gemeinsam mit ihrer Mutter. Sie saß mit verbundenen Augen vor ihr. Pabor setzte sich hinter Routag auf das Pferd. Er hatte ebenfalls die Augen verbunden, doch im Gegensatz zu Silla wusste er, dass es kein Spiel war. Während sie langsam auf die Brücke zuritten, wurde Casandra bewusst, dass ihr und ihren Kindern schlimme Zeiten bevorstanden. Sie fragte sich, was geschehen wäre, wenn sie gemeinsam mit den Dorfbewohnern losgezogen wären. Routag wäre jetzt vielleicht nicht mehr bei ihr, und wahrscheinlich würde sie nicht einmal mehr leben. Sie hätte gern mit Routag ihre Gedanken ausgetauscht, doch konnte sie vor den Kindern nicht offen sprechen. Sie wollte sie so lange wie möglich vor der Wahrheit schützen. Dass Routag und Agriem bei ihr waren, machte ihr ein wenig Mut, denn sie wusste, dass sie alles tun würden, um sie und ihre Kinder zu beschützen.

Sie erreichten die Brücke und Casandra war bestürzt von dem Anblick, der sich ihr bot. Die Pferde hatten kaum eine Möglichkeit, an den Leichen vorbeizukommen, ohne darauf zu treten, und das Geräusch brechender Knochen, die unter dem Gewicht der Pferde nachgaben, durchdrang die unheimliche Stille. Pabor zog, von seiner Neugier getrieben, seine Augenbinde ein Stück hoch und wagte einen Blick auf die Brücke. Erschrocken zog er die Augenbinde wieder zurück und begann leise zu weinen, und ihn verließ die Hoffnung, dass er seinen Vater jemals wiedersehen würde.

***

Spät am Abend erreichten sie Weisering. Dort suchten sie ein Gasthaus auf. Die Kinder waren von dem anstrengenden Tag erschöpft und schliefen schnell ein. Routag, Agriem und Casandra hingegen bekamen kein Auge zu.

»Wieso glaubt ihr, dass wir hier sicher sind?«, fragte Casandra verängstigt.

Sie hatte Routag aus seinen Gedanken gerissen. »Ich hoffe es einfach«, sagte er, während Agriem schwieg.

»Was geschieht da draußen? Du bist doch ein Mankur, du weißt mehr, als du mir bisher erzählt hast«, warf Casandra Routag vor.

»Das stimmt nicht, ich kenne auch nur die Legenden von den Menschen. Du weißt, dass ich unter euch aufgewachsen bin und nur wenig

Kontakt zu anderen Mankuren hatte. Aber auch die Menschen wussten, dass dieser Tag kommen wird.« Er verstummte.

»Was meinst du damit, dass dieser Tag kommen würde?«

»Du hast doch bestimmt schon mal von Caldes gehört, oder?«

»Dem Herrscher der Schattenwelt?«, fragte Casandra.

»Er hatte sich seiner Zeit mit den Schattenwesen verbündet. Aber er ist ganz sicher nicht ihr Herrscher«, erklärte Routag.

Agriem lauschte gespannt Routags Worten. Er kannte die Geschichten von Caldes, aber auch er hoffte, dass Routag mehr wissen würde.

»Es gibt eine Prophezeiung, die besagt, dass er zurückkommen wird, um einzufordern, was ihm gehört.«

»Und was ist das?«, fragte Casandra.

»Die Herrschaft über die Erde.«

»Natürlich, wie könnte er auch bescheidener sein«, kommentierte Agriem sarkastisch.

Routag schwieg und sah besorgt in die Flammen.

»Und du glaubst, Caldes ist zurück?«, fragte Casandra besorgt.

»Soweit ich weiß, kann das Tor zur Schattenwelt nur von den Oberen geöffnet werden, aber von ihnen wird es wohl kaum einer gewesen sein. Es ist sicher das Werk von Caldes«, sagte Routag.

»Warum helfen die Oberen uns nicht? Sie müssen doch die Welt vor Caldes und den Schattenwesen beschützen!«, sagte Casandra verzweifelt.

»Ich bin mir sicher, dass sie es mit allen Mitteln versuchen werden.«

»Versuchen? Willst du damit sagen, dass sie scheitern könnten?« Daran hätte Casandra nie gedacht. Sie war immer davon ausgegangen, dass die Oberen die mächtigsten Lebewesen der Erde waren. Sie wusste nicht, wie falsch sie damit lag.

»Sie sind schon einmal gescheitert«, erklärte Agriem. »Wir sollten uns nicht darauf verlassen, dass sie uns beschützen werden.«

»Das müssen sie aber! Sie sind dafür verantwortlich, dass der Frieden zwischen den Menschen und den magischen Lebewesen gewahrt wird«, sagte Casandra wütend und vorwurfsvoll.

»Sie werden versuchen, den Menschen zu helfen, sobald sie erfahren, was geschehen ist«, sagte Routag überzeugt.

»Woher willst du wissen, dass sie nicht schon längst erfahren haben, was mit den Bewohnern von Talim geschehen ist? Sie haben ihre Augen überall und können jederzeit überall auftauchen. Warum lassen sie zu, dass so etwas Schreckliches passiert«, schimpfte Agriem.

Casandra fing an zu weinen. »Sie haben gesagt, dass sie die Menschen nur nicht vor sich selbst schützen. Warum lassen sie zu, dass Schattenwesen Menschendörfer vernichten?«, sagte sie.

Routag nahm sie in den Arm und versuchte, sie zu trösten. Bei dem Gedanken an die Oberen wurde sie wütend. »Ihr Mankuren seid doch alle gleich. Menschen interessieren euch nicht, sie sind für euch wertlos, nur weil sie keine magischen Fähigkeiten besitzen!«, entfuhr es ihr.

Agriem nickte zustimmend. Routag löste die Umarmung und sah Casandra traurig an. Ihre Worte verletzten ihn. Ausgerechnet von ihr so etwas zu hören, erschütterte ihn. Schließlich war sie mit einem Mankuren verheiratet. Und auch Routag war ihr immer ein guter Freund gewesen. Dass Agriem nie ein gutes Wort über die Mankuren verlor, war er gewöhnt und nahm es nicht persönlich, aber bei Casandra war das anders. Sie bemerkte, dass sie ihn gekränkt hatte. Sie dachte an Cloub und bekam ein schlechtes Gewissen.

»Es tut mir leid. Ich meinte das nicht so«, sagte sie bedauernd. »Aber ich verstehe einfach nicht, wie die Oberen so was zulassen können.«

»Ich kann deinen Vorwurf durchaus nachvollziehen. Aber sie werden mit Sicherheit nicht untätig bleiben«, sagte Routag. Dabei versuchte er, seine Zweifel zu verbergen, denn auch er war sich nicht sicher, ob die Oberen die Menschen vor den Schattenwesen beschützen konnten.

»Ich hoffe, du hast recht«, erwiderte Casandra.

DIE WALDMANKUREN

Rouh und Shira waren auf dem Weg zum Simsalbawald. Shira wollte Galdron besuchen. Er war der Anführer der Waldmankuren und ein guter Freund von ihr. Dieses spezielle Volk der Mankuren lebte in seiner eigenen Welt. Abgeschieden von anderen Völkern, versuchten sie, sich der Herrschaft der Oberen zu entziehen. Die Waldmankuren waren auf die Oberen nicht gut zu sprechen und verachteten sie sogar.

Denn vor langer Zeit hatten die Oberen Garadur verurteilt, den Vater von Galdron. Sie hatten ihm vorgeworfen, sein Volk in einen Krieg gegen die Menschen geführt zu haben, und hatten ihn in Damphthron eingesperrt, wo er in der Dunkelheit elendig zugrunde ging. Die Verurteilung war nicht gerechtfertigt gewesen. Garadur hatte lediglich die Tiere und Aphthalen im Simsalbawald beschützt.

Die Menschen hatten unzählige Bäume abgeholzt und alle Lebewesen gejagt, die sie antrafen. Dann stellten sie Fallen auf und machten den Wald unsicher.

Garadur bat die Oberen um Hilfe, doch sie wiesen ihn ab. Sie waren der Meinung, dass die Menschen keine bösen Absichten hatten und nur für ihr Überleben jagten. Sie sagten, Garadur müsse akzeptieren, dass der Wald nicht ihm allein gehöre.

Doch die Menschen begannen, den Wald zu zerstören. Sie legten Feuer, um freie Flächen für neue Dörfer zu schaffen, und vernichteten alles, was ihnen Angst machte.

So kam es, dass Garadur sein Volk in einen Krieg gegen die Menschen führte. Die Menschen waren den Waldmankuren unterlegen, und die umliegenden Menschendörfer wurden vernichtet. Seither hatte kein Mensch mehr den Simsalbawald betreten. Geschichten über schreckliche Mankuren, die jeden Menschen töteten, der ihren Wald betrat, hielten sie davon ab. Garadur war lebenslang verurteilt worden, denn für die Oberen war er ein Verräter, da er ihre Befehle missachtet hatte.

Die Waldmankuren wollten sich dieser Ungerechtigkeit widersetzen. Da sie gegen die Oberen nicht kämpfen konnten, zogen sie es vor, sich von der Außenwelt abzugrenzen und den Kontakt zu allen anderen

Völkern zu meiden. Shira hingegen war sehr oft im Simsalbawald und kannte Galdron gut. Sie wusste, dass die Waldmankuren sehr freundliche Wesen waren, obwohl das Gegenteil behauptet wurde. Sie hatte sich damals schon nicht von den Geschichten über den Simsalbawald, über schreckliche Mankuren, die sogar Kannibalen sein sollten, abhalten lassen, diesen wunderschönen Wald zu betreten.

Der Simsalbawald war einzigartig. Die Bäume waren über dreihundert Jahre alt. Sie waren mindestens dreißig Meter hoch und hatten einen Umfang von mehr als zehn Metern. Der Boden war dicht bewachsen und machte ein Durchkommen schwierig. Doch gerade diese unberührte Natur und die imposanten Bäume, die schon seit Hunderten von Jahren hier wachten, beeindruckten Shira so sehr, dass sie schon in jungen Jahren den Wald erkundet hatte.

Als sie den Waldmankuren das erste Mal begegnete, war sie zunächst verängstigt, da sie nicht wusste, wie viel von den Geschichten der Wahrheit entsprachen. Doch sie stellte sehr schnell fest, dass der Wahrheitsgehalt der Erzählungen sehr gering war.

Nachdem sie Bergan verlassen hatten, waren Rouh und Shira einen Tag unterwegs, bis sie den Simsalbawald erreichten. Bis zu Galdrons Dorf mussten sie noch einen weiteren Tag den Wald durchqueren.

Sie hatten den Wald noch nicht lange betreten, als Shira stehen blieb. »Hast du das gehört?«, fragte sie Rouh. »Da, schon wieder. Das klang wie ein Hilferuf.«

»Ja, ich habe es auch gehört«, bestätigte Rouh.

Die beiden rannten los und folgten den Schreien. Sie wurden lauter, dann verstummten sie plötzlich. Shira lief noch ein Stück, dann blieb sie abrupt stehen. Nur wenige Meter vor ihr lag eine tote Waldmankure. Shira näherte sich vorsichtig dem leblosen Körper. Das Gesicht war eingefallen, die Augenhöhlen zeichneten sich ab, und das Haar war weiß. Der Mund war geöffnet, der Todesschrei hatte sich in dem ausgetrockneten Gesicht abgezeichnet. Es sah aus, als wäre ihr das Leben ausgesaugt wurden. Shira war entsetzt von diesem Anblick. Auch Rouh war fassungslos.

»Bitte, bitte, lasst sie in Frieden«, erklang eine Stimme, und Shira zuckte vor Schreck zusammen. Eine Waldmankure kam hinter einem Gebüsch hervor. Sie hatte sich versteckt.

»Bitte, sie soll würdevoll bestattet werden«, flehte sie. Tränen liefen ihr übers Gesicht, und sie zitterte am ganzen Leib.

»Wir werden ihr nichts tun keine Angst. Wie heißt du?«

Die Waldmankure blickte Shira verängstigt an. »Ich kenne dich. Ich habe dich schon oft in unserem Dorf gesehen. Dein Name ist Shira. Galdron hat von dir erzählt«, sagte sie.

Shira nickte stumm. Das Volk der Waldmankuren war groß, sie kannte nicht jeden Einzelnen, doch die wenigen Fremden, die Kontakt zu den Waldmankuren hatten, waren meist dem gesamten Volk bekannt. »Was ist geschehen, wer hat das getan?«, fragte Shira.

»Ich weiß es nicht. Ich habe nur eine schwarze Gestalt gesehen und mich versteckt. Dann hörte ich meine Schwester schreien. Ich zögerte zu lange. Als ich meine Angst überwunden hatte, war es zu spät. Ich habe mich feige versteckt und meine Schwester im Stich gelassen.« Sie begann wieder zu weinen.

Shira nahm sie in den Arm. »Wie ist dein Name?«, fragte sie.

»Gilidrana.«, schluchzte sie.

»Hör mir zu Gilidrana, du darfst dir keine Vorwürfe machen, du hättest ihr nicht helfen können«, bemühte sich Shira, sie zu trösten.

»Ich hätte es versuchen müssen, vielleicht wäre sie dann noch am Leben.«

»Nein, sicher nicht. Das war ein Schattenwesen. Auch du hättest ihm nichts entgegenbringen können«, sagte Shira.

Gilidrana blickte sie verzweifelt an. »Wir werden dir helfen, sie ins Dorf zurückzubringen.«

Während sie sich dem Dorf näherten, begegneten sie immer mehr Waldmankuren, die im Wald umherstreiften. Sie berichteten ihnen, was geschehen war, und warnten sie vor den Todschatten. Als sie am Abend den Dorfkern erreichten, wurden sie von bewaffneten Kriegern empfangen, zwei von ihnen begleiteten Gilidrana und ihre tote Schwester zu ihrer Familie, während sich zwei weitere Krieger Shira und Rouh annahmen.

»Galdron erwartet dich. Folge mir«, sagte einer von ihnen. Die Kleidung der Waldmankuren war komplett in Braun gehalten. Auch ihre Haut war meist etwas dunkler. Einige hatten Köpfe, die aussahen wie Falken oder Adler, und es gab einige von ihnen, deren Häupter durch verschiedenste Pflanzen geziert waren. Alle Mankuren dieses Volkes wirkten, als wären sie ein Teil des Waldes. Viele von ihnen hatten eine Haut, die aussah wie Baumrinde, und bei einigen war selbst das Gesicht ganz oder teilweise von dem Rindenmuster bedeckt. Ihre Behausungen befanden sich in den breiten Baumstämmen. Sie reichten bis zu den Baumkronen hinauf und waren von außen kaum zu sehen.

Von zwei Waldmankuren begleitet, gingen Shira und Rouh unter den wachsamen Augen der Bewohner durch das Dorf, bis sie vor einem der riesigen Bäume stehen blieben. Einer ihrer Begleiter legte seine Hand auf den Baumstamm. Die grobe Baumrinde wich zur Seite, öffnete sich wie ein Vorhang und gab eine mit Moos bedeckte Treppe frei, die ihren Weg formte, während sie darüber liefen.

Sie waren umgeben von einem dichten Wurzelgeflecht, das lebendig zu sein schien und immer wieder neue Durchgänge freigab. Die magische Sprache ließ es zu, dass die Anzahl von Räumen grenzenlos war, ähnlich wie in der Festung des Lichts. Und obwohl Shira schon öfter die magischen Behausungen der Waldmankuren betreten hatte, war sie immer wieder fasziniert von ihrer Vielseitigkeit.

Sie gelangten in den Thronsaal, wo Galdron angespannt wartete, als Shira und Rouh eintraten.

»Seid gegrüßt, Shira und Rouh«, sagte Galdron. »Lasst uns allein«, befahl er den Wachen. Nachdem die Wachen den Raum verlassen hatten, musterte Galdron die beiden mit einem strengen Blick.

»Du hast uns erwartet?«, fragte Shira verunsichert.

»Ich wusste, dass ihr zu mir kommen würdet, seitdem ihr den Simsalbawald betreten habt. Allerdings weiß ich nicht, was euch zu mir führt.«

»Wir waren auf dem Elitendrium. Sowohl dort als auch auf dem Weg hierher sind viele Dinge geschehen, von denen du erfahren solltest.« Shira erzählte ihm von Sclavizar, von dem Telmant und von Caldes. Auch dass sie Drognor begegnet war und Dracon kennengelernt hatte, ließ sie nicht aus.

Die Geschichte von den Menschen, die den Todschatten folgten, nahm Galdron sehr gefasst auf, obwohl ihn diese Nachricht zutiefst beunruhigte. Er hatte keinen Zweifel daran, dass Shira ihm die Wahrheit erzählte. »Dass die Schattenwesen zurückgekehrt sind, habe ich bereits gewusst. Auch habe ich bereits vermutet, dass Caldes dafür verantwortlich ist«, sagte er und sah Shira nachdenklich an. »Dir ist die Prophezeiung, die Sensar ausspracht, kurz bevor er starb, sicher bekannt.«

»Ich habe davon gehört«, sagte Shira etwas verlegen.

Die Prophezeiung wurde bereits seit mehr als einem Jahrhundert weitergetragen. Doch über die Zeit gingen viele Details verloren oder wurden hinzugedichtet. Zudem hatte Shira sich nie dafür interessiert und die Geschichten auch nicht hinterfragt.

»Ich entnehme deinem Blick, dass dir die Prophezeiung unbekannt ist«, stellte Galdron fest. »Nun, es ist schon einige Jahre her, dass wir uns das erste Mal begegnet sind, und doch erinnere ich mich, als wäre es gestern gewesen. Du hast ein reines Herz, und ich habe dir vom ersten Augenblick mein Vertrauen geschenkt. Ich lehrte dich die magische Sprache und widersetzte mich damit dem Willen deines Vaters. Du hast mich nie danach gefragt, aber du kannst dir sicherlich vorstellen, dass ich das nicht ohne Grund tat.«

Galdron schwieg, um seine Worte wirken zu lassen. Shira wusste nicht, worauf er hinauswollte. Sie hatte sich immer gedacht, er hätte ihr die magische Sprache beigebracht, um Casto zu verärgern, schließlich war er einer von den Oberen. Außerdem hatte Galdron ihr erst angeboten, sie zu unterrichten, nachdem er erfahren hatte, dass Casto es Turgrohn verboten hatte, was Shira in ihrer Annahme bestätigt hatte. Gespannt wartete sie darauf, dass Galdron weitersprach.

»Es ist nicht so, dass ich dies tat, weil ich die Bedenken deines Vaters nicht verstand. Sondern viel mehr, weil ich mir sicher war, dass es ein Fehler wäre, dir die magische Sprache vorzuenthalten. Als ich damals mit deinem Vater darüber sprach, konnte ich ihn davon aber nicht überzeugen. Ich verunsicherte ihn lediglich, deswegen gab er dir das Schwert.«

Galdron zögerte, Casto hatte ihm verboten, darüber zu sprechen, doch er fand, es war nun an der Zeit, Shira die Wahrheit zu erzählen. »Wie du mir erzählt hast, hast du bereits erfahren, dass Caldes der Bruder von Casto ist«, sprach er weiter.

Shira musste schlucken, als sie das hörte. Es traf sie immer noch wie ein Messerstich, wenn sie daran dachte. Sie nickte stumm und Galdron sprach weiter.

»Sie hatten noch einen Bruder. Carito war sein Name. Er war nur wenige Jahre älter als Caldes, aber genauso bösartig. Nachdem Caldes seine Eltern getötet hatte und in den Berg der Verdammnis geflüchtet war, war nur noch Casto übrig. Und weil die Oberen fürchteten, seine Blutlinie würde wieder einen bösartigen Mankuren hervorbringen, verlangten sie von ihm, keine Nachkommen zu zeugen.«

»Was ist mit Carito geschehen?«, fragte Shira. »Er starb im Alter von fünfzehn Jahren. Es wird erzählt, dass er bei dem Versuch, einen der verbotenen Zauber zu nutzen, starb. Dein Vater möchte nicht, dass dir die magische Sprache beigebracht wird, weil er Angst hat, du könntest zu mächtig werden und dich dem Bösen zuwenden.«

Shira war zugleich verärgert und entsetzt. Sie konnte nicht verstehen, wie ihr Vater so etwas von ihr denken konnte, doch am meisten verletzte es sie, dass er so wenig Vertrauen in sie zu haben schien.

»Ich sagte ihm, dass es ein großer Fehler sei, solltest du es sein, von der die Prophezeiung spricht. Er dachte über meine Worte nach, dennoch entschied er sich dagegen. Aber er schien seine Zweifel an dieser Entscheidung zu haben. Schließlich gab er dir ein Schwert aus magischem Eisen, um sein Gewissen ein wenig zu erleichtern. Denn er wusste, dass du es irgendwann brauchen würdest, sollte ich mit meiner Vermutung richtig liegen. Mittlerweile bin ich mir sicher, dass ich recht habe. Es ist an der Zeit, dass du die Prophezeiung liest, damit du erfährst, was deine Bestimmung ist.«

»Ich soll die Prophezeiung lesen?« Ungläubig sah sie Galdron an. »Sie befindet sich in der Festung des Lichts. Ohne die Erlaubnis der Oberen bekommt sie niemand zu sehen«, sagte sie.

»Dein Vater kann sie dir zeigen«, erwiderte Galdron.

»Ich denke nicht, dass er das tun wird.«

»Das Schicksal der Welt hängt davon ab. Er wird sie dir zeigen, wenn du ihn darum bittest. Die Frage ist, bist du endlich bereit dazu, deinen Zorn hinter dir zu lassen und mit ihm zu sprechen?« Galdrons Ton klang vorwurfsvoll.

Shira war verärgert. Immer wurden ihr Vorwürfe gemacht, als wäre sie dafür verantwortlich, dass sie ihren Vater mehr als zehn Jahre nicht gesehen hatte. Er hätte sie genauso gut aufsuchen und das Gespräch mit ihr suchen können, doch auch er hatte es nie getan. Sie gab Galdron keine Antwort.

»Denk über meine Worte nach. Es ist schon spät. Wir werden uns morgen wiedersehen«, verabschiedete sich Galdron. Dann stand er auf und verschwand hinter einer der zahlreichen Türen, die aus dem Saal führten.

Shira und Rouh waren überrascht und starrten auf die Tür, durch die Galdron den Saal verlassen hatte. Die bewaffneten Krieger kamen zurück und baten sie, ihnen zu folgen. Sie führten Shira und Rouh in einen großen Raum, in dessen Mitte ein breites Bett stand. An den Wänden wuchsen verschiedenste Pflanzenarten, und der Boden war von weichem Moos bedeckt. Neben dem Bett stand ein großer Esstisch, der mit Früchten und Fleisch gedeckt war. Die Begleiter verabschiedeten sich und ließen Shira und Rouh allein.

»Was weißt du eigentlich über die Prophezeiung?«, fragte Shira nachdenklich.

»Ich weiß nicht mehr als du. Wenn du mehr erfahren willst, solltest du wirklich darüber nachdenken, mit deinem Vater zu sprechen.« Rouh gähnte und legte sich neben dem Bett auf den Boden.

»Es muss einen anderen Weg geben«, wehrte Shira ab.

»Einen anderen Weg, in die Festung des Lichts zu gelangen? Das bezweifle ich. Weißt du, ehrlich gesagt denke ich, dass es an der Zeit ist, deinem Vater zu verzeihen.«

Shira war erstaunt, ausgerechnet von Rouh diese Worte zu hören. Sie setzte sich neben ihn und blickte gedankenverloren in die Leere.

Der große Aphthale stupste sie sanft mit seinem Kopf an. »Wenn ich ihm verzeihen kann, wirst du es auch schaffen«, sagte Rouh.

Shira fühlte sich bedrängt und wollte nicht weiter darüber sprechen. Sie sagte nichts dazu und blieb schweigend neben ihm, mit dem Rücken ans Bett gelehnt, auf dem Boden sitzen. Während Rouh schnell einschlief, war Shira noch lange wach. Sie fragte sich, warum Galdron darauf bestand, dass sie die Prophezeiung las. Er hätte ihr auch einfach erzählen können, was genau sie besagte. Dass er von ihr verlangte, sie selbst zu lesen, konnte sie sich nur damit erklären, dass er sie dazu drängen wollte, Kontakt mit ihrem Vater aufzunehmen.

Sie musste einen anderen Weg finden, die Prophezeiung zu lesen. Sie hatte großen Respekt vor Galdron und ihm immer vertraut. Doch auch von ihm wollte sie sich nicht zu irgendetwas zwingen lassen. Sie wollte sich nicht mit ihrem Vater versöhnen, selbst wenn es ihr nicht gelingen sollte, die Prophezeiung zu lesen. Sie glaubte ohnehin nicht, dass es einen großen Unterschied machte, denn wenn es so wichtig wäre, würde Galdron ihr sagen, was sie besagte.

Am nächsten Tag brachen Shira und Rouh früh auf.

»Geh nun und erfülle dein Schicksal. Das Volk der Waldmankuren wird dich immer willkommen heißen«, verabschiedete sich Galdron.

Shira wusste genau, wo sie nun hingehen würde, und lief zielstrebig durch den Wald.

»Wo gehen wir hin? Zurück nach Bergan?«, fragte Rouh.

»Nein, ich will nach Darnhein, es liegt südöstlich von hier.«

»Darnhein? Aber das ist doch ein Menschendorf«, gab Rouh zu bedenken. In ein Menschendorf konnte er sie nicht begleiten, denn Aphthalen und Mankuren waren selten bei ihnen gesehen.

»Das ist richtig«, sagte Shira.

»Und was willst du da?«

»Ich werde dort etwas trinken gehen«, erklärte sie.

»Ist das dein Ernst? Und warum musst du dafür in ein Menschendorf?«

»Sie brauen einfach das beste Bier. Außerdem liegt es am nächsten von hier.«

Rouh war nicht gerade begeistert von ihrem Vorhaben, aber er versuchte nicht weiter, Shira davon abzubringen, denn er wusste genau, dass er sie nicht umstimmen konnte.

DIE OBEREN UND DIE MENSCHEN

Es waren einige Tage vergangen, seitdem die Oberen von den Todschatten erfahren hatten. Casto und Aminar hatten bei ihrem Streifzug durch das Land nichts von den Schattenwesen gehört oder gesehen, und sie wussten, dass das Tor zur Schattenwelt wieder verschlossen war. Allerdings war ihnen auch bewusst, dass es nur eine Frage der Zeit war, bis die Todschatten wieder zuschlagen würden.

Schließlich erhielten sie eine Nachricht von einem ihrer Krieger. Er schrieb von Menschen, die von Todschatten angeführt wurden und Menschendörfer überfielen.

»Ich verstehe nicht, warum Caldes die Menschendörfer angreift. Was will er damit bezwecken?«, sagte Diggto.

»Du hast es doch gehört. Er rekrutiert sie. Er braucht eine Armee«, sagte Drognor.

»Aber warum nutzt er dafür die Menschen, er hat doch die Todschatten«, gab Widera zu bedenken.

»Wenn sie zahlreich genug sind, sicherlich. Allerdings sind sie dann auch zu mächtig, als dass sie sich ohne weiteres, Befehle erteilen lassen würden. Wir wissen alle, dass Caldes schon mal die Kontrolle über sie verloren hat. Er wird zu vermeiden wissen, dass das noch einmal geschieht. Das Tor zur Schattenwelt ist wieder verschlossen. Nur wenige Todschatten sind bisher in unsere Welt gelangt. Wahrscheinlich nur so viele wie Caldes benötigt, um seine Pläne umzusetzen. Er hat jahrelang seine Rückkehr geplant, er weiß sicher genau, was er tut«, sagte Casto.

»Wir müssen die Menschen warnen«, bemerkte Planara.

Casto lachte verächtlich. »Es wird schwierig werden, sie davon zu überzeugen, sich Caldes nicht anzuschließen. Sie würden jede Gelegenheit nutzen, um uns Mankuren zu vernichten.«

»Ich kann mir nicht vorstellen, dass die Menschen ihm freiwillig folgen. Selbst die Menschen sind nicht so dumm, jemandem zu folgen, der sie in den sicheren Untergang führt«, sagte Verdala.

»Vielleicht folgen sie ihm nicht freiwillig. Was ist, wenn sie gezwungen werden?«, überlegte Aumora.

Ihre blauen Augen strahlten, und ihr langes hellblondes Haar wellte sich bis zu ihrer Hüfte hinab. Einen Moment lang waren alle still.

Drognor dachte über Aumoras Worte nach. »Ich halte das sogar für mehr als wahrscheinlich. Denn auch ich kann mir kaum vorstellen, dass sie sich freiwillig mit den Todschatten verbünden würden.«

»Wir werden die Menschendörfer aufsuchen. Es wird nicht schwierig sein, herauszufinden, ob die Menschen den Todschatten freiwillig folgen. Unabhängig davon müssen wir verhindern, dass Caldes sie zu seinen Dienern macht. Wir werden uns auf die Menschendörfer verteilen und herausfinden, was genau vor sich geht. Ich werde das Gebiet nördlich unserer Festung übernehmen«, bot Planara an.

So sprachen sich auch die anderen untereinander ab und brachen zu allen Menschendörfern im Land auf. Casto begab sich in den Südwesten des Landes. Grundsätzlich hatte er kein Problem mit den Menschen, doch er war auch nicht ganz frei von Vorurteilen.

Es war noch früh am Morgen, als er in Herbato erschien. Die Bewohner dort traten ihm skeptisch entgegen. Einige suchten Schutz in ihren Häusern, andere bewaffneten sich, da sie ihn zunächst nicht erkannten. Nachdem er bewiesen hatte, dass er einer der Oberen war, indem er sich von einem Ort zum anderen zauberte, nahmen sie die Waffen runter.

Herbato war ein Dorf, das unter einem hohen Einfluss von König Ferdinand stand. Deswegen hatten die Menschen dort keine große Ehrfurcht vor den Oberen, dennoch hörten sie sich an, was Casto zu sagen hatte. Er stand mitten auf dem Marktplatz, auf dem sich die Dorfbewohner um ihn herum versammelt hatten. Die Menge wurde still und schaute Casto gespannt an, während er die richtigen Worte suchte, um seine Rede zu beginnen. Es waren hundertdreißig Jahre vergangen, seit Caldes und mit ihm die Schattenwesen verschwunden waren. Keiner von diesen Menschen hatte diesen schrecklichen Krieg miterlebt. Geschweige denn jemals einen Todschatten gesehen. Sicher hatten auch die Menschen ihr Wissen über Generationen weitergetragen, doch war ungewiss, wie viel sie wirklich wussten über das, was damals geschehen war, und darüber, was Sensar prophezeit hatte. »Es ist nun mehr als ein Jahrhundert vergangen, seit ein Mankur namens Caldes dieses Land in Angst und Schrecken versetzt hat. Damals hatte er sich mit den Wesen aus der

Schattenwelt verbündet, und sie haben an seiner Seite gekämpft. Nachdem Caldes besiegt war, verließen die Schattenwesen unsere Welt wieder. Doch nun sind sie zurückgekehrt.«

Die Menge war wie erstarrt, die Nachricht schockierte sie.

»Die Todschatten sind wieder da. Sie ziehen durch das Land auf der Suche nach neuen Verbündeten, wie es scheint, hauptsächlich unter den Menschen«, sagte Casto. Er sah die Leute an und erwartete eine Reaktion, doch niemand rührte sich. »Wir wissen nicht, ob die Menschen gezwungen werden, ihnen zu folgen, oder ob sie sich freiwillig in ihre Dienste begeben.«

»Warum sollten wir uns mit den Todschatten verbünden?«, rief ein Mann aus der Menge.

»Weil es ihr Ziel ist, die Mankuren zu vernichten. Ich kann mir vorstellen, dass dies durchaus im Interesse der Menschen ist. Aber lasst euch gesagt sein, wer Caldes die Treue schwört, ist für die Ewigkeit ein Werkzeug des Todes.« Casto sagte das mit einem bedrohlichen Unterton. »Mir ist bewusst, dass ihr uns Mankuren nicht traut und uns teilweise sogar verachtet. Dennoch möchten wir euch nur vor einem grausamen Schicksal bewahren.«

Casto war sich nicht sicher, ob seine Nachricht angekommen war. Die Menschen sahen nachdenklich aus und wenig überzeugt.

»Die Oberen haben nie etwas für uns getan, warum sollte es dieses Mal anders sein?«, rief ein älterer grauhaariger Mann.

»Wir haben immerhin dafür gesorgt, dass ihr in Frieden leben könnt«, sagte Casto.

»Sicher«, bemerkte der Alte in einem sarkastischen Ton. »Wenn ihr so mächtig seid, warum nutzt ihr eure Macht nicht, um den Menschen etwas Gutes zu tun?«

»Und an was hast du dabei gedacht?«, fragte Casto.

»Heile die Kranken!«, forderte der grauhaarige Mann.

»Dazu besitze ich nicht die Fähigkeit«, bedauerte Casto.

»Ich denke, du willst es nicht. Wir Menschen interessieren euch Mankuren doch gar nicht. Woher sollen wir wissen, ob du nur versuchst, uns von einem Bündnis mit den Schattenwesen abzubringen, weil du Angst hast, dass ihr Mankuren tatsächlich vernichtet werden könntet?«

»Diese Frage ist durchaus berechtigt. Wenn ihr also der Ansicht seid, es wäre klüger, den Schattenwesen zu vertrauen als uns Oberen, dann kann ich euch davon nicht abhalten. Allerdings hatte ich gedacht, dass ihr schlauer seid.«

Die Menge wurde unruhig, die Menschen begannen zu diskutieren. Verständnislos blickte er zu den Leuten. Sie schienen Casto nicht mehr zu beachten, und er spürte das Verlangen, seine Macht zu demonstrieren, um ihre Aufmerksamkeit zurückzugewinnen. Doch fürchtete er, sie damit erst recht in die Arme der Todschatten zu treiben. Zumal es ihm auch nicht sinnvoll erschien, weiter mit ihnen zu diskutieren, und er entschloss sich, das nächste Dorf aufzusuchen.

Casto zauberte sich direkt auf den Marktplatz von Talim. Es herrschte Totenstille. Die Häuser waren ausgebrannt. Rauchwolken färbten die Luft schwarz, und an einigen Stellen loderten immer noch die Flammen. Casto ging langsam die Straße entlang und schaute sich um. Ein Haus stand offen, und er wagte einen Blick hinein. Er erkannte die Leiche einer jungen Frau und wich zurück. Er ging durch das gesamte Dorf und stellte fest, dass unter den Toten keine Männer zu finden waren.

Aus der Ferne nahm er ein leises Geräusch wahr. Casto versuchte, es zu orten. Langsam entfernte er sich vom Dorfkern und hörte nun ein deutliches Winseln. Hinter einem der Häuser sah er ein kleines Mädchen sitzen, das den leblosen Körper einer Frau festhielt. Als das Kind erschrocken zu ihm aufsah, rannte es plötzlich weg. »Warte!«, rief Casto. Doch das Mädchen lief, ohne sich umzudrehen, davon.

Casto hatte keine Zeit, ihr zu folgen, auch wenn er gern gewusst hätte, was in dem Dorf geschehen war. Er sah zum Waldrand und bemerkte einen jungen Mann, der ihn anstarrte. Casto ging auf ihn zu und erkannte, dass es kein Mann, sondern ein Mankur war. Er schien eingeschüchtert zu sein und bewegte sich nicht, hielt jedoch ein Schwert in seiner Hand. »Sei gegrüßt, ich bin Casto, Herrscher des ewigen Feuers. Sag mir, wer bist du und was ist hier geschehen?«

»Mein Name ist Cloub, ich stamme aus Hastem. Die Todschatten kamen gestern Abend nach Talim. Sie forderten die Menschen auf, sich ihnen anzuschließen. Sie sagten, es sei in ihrem eigenen Interesse. Sie drohten, alle zu vernichten, die sich weigerten, ihnen Folge zu leisten. Aus Angst, ihre Familien zu verlieren, unterwarfen sich die meisten Männer. Aber die Todschatten hatten nie vorgehabt, jemanden zu verschonen. Es war nur ein Vorwand, damit sich die Männer vor ihnen versammelten und nicht versuchten davonzulaufen. Denn letztendlich machten sie alle Männer zu ihren Untertanen, auch die, welche ihnen nicht folgen wollten.

Mit einer Art Zauber raubten sie deren Willen und brachten sie dazu, ihre eigenen Familien zu töten.«

»Sie wurden gezwungen, ihnen zu folgen«, wiederholte Casto die Worte. Es war weniger eine Frage als mehr eine Feststellung.

Cloub nickte. »Die Männer haben ihre eigenen Frauen und Kinder getötet«, flüsterte Cloub völlig fassungslos.

»Wie bist du ihnen entkommen?«, wollte Casto wissen.

Cloub blickte zu Boden, Scham überkam ihn. Er war bei seinem Freund im Haus gewesen, als die Todschatten in das Dorf kamen. Sein Freund hatte Cloubs Warnungen ignoriert und war auf den Marktplatz gegangen, während Cloub sich im Haus seines Freundes versteckt hatte. Er war so verängstigt gewesen, dass er sich die ganze Nacht nicht aus seinem Versteck gewagt hatte. Erst kurz bevor Casto erschienen war, hatte er sich auf den Weg nach Hastem machen wollen. »Ich weiß es nicht, Talim war bereits zerstört, als ich es erreichte«, sagte Cloub.

Casto wusste, dass er log. »Sieh mich an!«, forderte Casto ihn verärgert auf. Ehrfürchtig blickte Cloub ihm in die Augen, und er las seine Gedanken. »Dein Handeln war nicht sehr tapfer, dennoch hast du nur so dein Leben schützen können. Du solltest dir genau überlegen, ob du einen der Oberen anlügst. Dieses Mal will ich dir verzeihen, aber wage es nicht erneut«, sagte Casto bedrohlich.

Cloub nickte unterwürfig.

»Gib auf dich Acht, mein Freund«, fügte Casto an und verschwand. Es schien ihm plötzlich nicht mehr sinnvoll, die Menschen nur zu warnen, sie müssten vielmehr beschützt werden. Er beschloss, zur Festung des Lichts zurückzukehren und sich mit Drognor und den anderen zu beraten.

Drognor besuchte derweilen König Ferdinand. Er wollte nicht nur über die Todschatten mit ihm sprechen, sondern ebenfalls über den Krieg gegen die Jurkol.

Die Oberen ließen die Menschen aus Gutmütigkeit weitestgehend in Ruhe, solange sie sich an die Regeln hielten. Ferdinand davon zu überzeugen, sich Caldes und den Todschatten nicht anzuschließen und damit der Möglichkeit zu entsagen, die Oberen zu vernichten, schien ihm beinahe frevelhaft.

In der Festung von König Ferdinand lag Angst und Kälte in der Luft. Niemand war zu sehen, alle hatten sich in ihren Häusern verschanzt oder waren bereits geflüchtet. Klagende Rufe durchbrachen gelegentlich die

Stille. Sie kamen aus der Pestgrube, die sich abseits der Behausungen befand. Drognor war verwundert über den leeren Burgplatz. Er ging zu der Pestgrube. »Lasst uns raus!«, hörte er eine gequälte Stimme rufen. Er hatte ein solches Loch noch nie gesehen. Er verstand den Sinn dahinter nicht und nahm an, es sei eine Art Kerker. Er beschloss, König Ferdinand aufzusuchen, bevor er versehentlich Gefangene freiließ. Er wollte sich nicht einmischen, wenn sich die Menschen untereinander etwas antaten, obwohl er ihre Grausamkeit verachtete.

Er stellte sich den Wachen vor, die den Zugang zum Schloss bewachten. Widerwillig ließen sie ihn passieren. Es war reine Höflichkeit von ihm, sich anzukündigen, statt direkt bei König Ferdinand in der Burg zu erscheinen. König Ferdinand war sich durchaus bewusst, dass er keine Wahl hatte, und empfing Drognor in seinem Thronsaal.

»Sei gegrüßt, Drognor. Welcher Anlass verschafft mir deinen Besuch?«, fragte er höflich.

»Sei gegrüßt, Ferdinand. Ich denke, du weißt, aus welchem Grund ich hier bin.« Drognors Stimme wurde zorniger. »Du widersetzt dich mal wieder unseren Regeln. Ich hörte, dass du im Wasserwald die Jurkol jagst. Wir hatten dich gewarnt, und dennoch wagst du es erneut, dich gegen unsere Gesetze zu wenden.«

»Es ist nicht, wie du denkst. Die Jurkol haben angefangen, die Menschen zu jagen.«

»Schweig! Das ist eine Lüge!«, brüllte Drognor. Er ballte die Fäuste, seine Augen leuchteten, und er schwebte ein kleines Stück über dem Boden.

»Ich denke, du hast nicht den nötigen Respekt vor uns.«

Ferdinand war eingeschüchtert. Er bereute, auf seinen Vater gehört und die Jurkol angegriffen zu haben. Ihm war nicht klar gewesen, dass er den Zorn der Oberen auf sich ziehen würde. »Bitte vergebt mir. Ich … ich wollte euch nicht erzürnen«, stotterte er.

»Dafür ist es bereits zu spät. Du wirst für deine Taten büßen müssen. Dich erwartet ein langer Aufenthalt in Damphthron.«

König Ferdinand war geschockt. »Nein, bitte vergebt mir, ich tue alles. Aber bitte sperrt mich nicht im Verlies der ewigen Nacht ein«, flehte er.

»Ich werde dir noch eine Chance geben. Doch sei gewarnt, wenn du dich dieser Bedingung, die ich dir stellen werde, widersetzt, ist das dein bitterer Untergang.«

»Ich werde euch gehorchen, was auch immer deine Bedingung ist, ich werde sie erfüllen.« Er senkte unterwürfig sein Haupt.

»Nun gut, hör mir zu! Die Schattenwesen sind zurückgekehrt und ziehen durch die Lande. Sie bringen die Menschen dazu, ihnen zu folgen. Sie werden auch dein Volk verführen wollen. Sorge dafür, dass die Menschen in deinem Reich davon erfahren. Du musst mit allen Mitteln verhindern, dass sie den Schattenwesen folgen«, erklärte Drognor.

»Aber wie soll ich das machen?«

»Ich werde dir Hilfe zukommen lassen, wenn es nötig ist. Und nun sag mir, was es mit deinesgleichen, die in das tiefe Loch gesperrt wurden, auf sich hat.«

»Der schwarze Tod ist zurückgekehrt. Diese Menschen sind krank und dem Tode geweiht. Sie wurden in dieses Loch geschafft, damit sie keine weiteren Menschen anstecken können«, erklärte König Ferdinand.

»Ihr Menschen seid ein grausames Volk. Ohne Mitgefühl, völlig herzlos.«

»Aber wir versuchen doch nur, uns zu schützen.«

»Auf eine brutale Weise. Euer Verhalten ist inakzeptabel«, sagte Drognor verärgert.

»Was sollen wir denn machen, diese Krankheit ist unheilbar und immer tödlich.«

»Das ist nicht wahr. Euch Menschen fehlt einfach nur das nötige Wissen«, warf Drognor ihm vor. »Ihr Menschen habt unsere Hilfe nicht verdient, dennoch werde ich dieses Mal nachsichtig sein. Es gibt ein Heilkraut, es wächst in beinahe jedem Wald an schattigen, feuchten Stellen. Sieh her.« Er formte mit seinen Händen eine Kugel und sprach dabei Worte, die König Ferdinand nicht verstand. Dann erschien vor ihm ein Bild von einer Pflanze. »Wir nennen sie Sydanie, diese Pflanze vermag den schwarzen Tod, wie ihr die Krankheit nennt, zu heilen.« Das Bild verschwand wieder. »Nutze die Gelegenheit, zu beweisen, dass die Menschen ein gutes Wesen haben, oder du wirst es bereuen.«

Mit diesen Worten verschwand Drognor und verlies König Ferdinands Festung. Er war sich sicher, dass König Ferdinand ihm gehorchen würde. Dann kehrte auch er zur Festung des Lichts zurück, wo ihn Casto und die restlichen Oberen bereits erwarteten.

»Da bist du ja endlich, warum hat das so lange gedauert? Was hat König Ferdinand gesagt?«, wollte Diggto wissen.

»Ich habe ihn aufgefordert, es zu unterlassen, die Jurkol zu jagen.«

»Er hat die Jurkol gejagt? Das hast du uns gar nicht berichtet«, wandte Casto ein.

»Nein, es schien mir nicht so wichtig zu sein in Anbetracht dessen, was zurzeit geschieht.« Drognor erwartete Widerworte von Casto, doch der hielt sich zurück. »Ich habe ihn überzeugen können, den Todschatten nicht zu folgen und sein Volk vor ihnen zu warnen.«

»Ich muss dich enttäuschen«, sagte Casto. »Das zu verhindern, steht nicht in König Ferdinands Macht. Ich war in Talim, das Dorf war vollkommen zerstört. Mir wurde erzählt, dass die Todschatten alle Männer mitgenommen haben, während sie Frauen und Kinder töten ließen. Sie rauben ihnen ihren Willen. Diese Menschen werden von Caldes beherrscht und dazu gebracht, ihre eigene Familie zu ermorden.«

»Wer hat dir das erzählt?«, fragte Drognor.

»In der Nähe von Talim traf ich auf einen Mankuren, er war in Talim, als die Todschatten angriffen. Es gelang ihm, sich vor ihnen zu verstecken und zu überleben.«

»Und du glaubst diesem Mankuren?«, wollte Drognor wissen.

»Ich habe die toten Frauen und Kinder im Dorf gesehen, außerdem habe ich seine Gedanken gelesen.«

»Hat sonst jemand etwas in Erfahrung bringen können? Du vielleicht, Planara?«

Sie schüttelte den Kopf.

»Was ist mit dir Diggto? Aminar?«

»Nein«, sagte Aminar, »die Menschen, die ich getroffen habe, hörten zum ersten Mal, dass die Todschatten im Lande sind.«

Auch Verdala, Aumora und Widera hatten nichts Ungewöhnliches gesehen oder gehört.

»Wenn Caldes wirklich beabsichtigen sollte, die Menschen auf seine Seite zu zwingen, dann frage ich mich, warum die Todschatten bisher nur ein kleines Dorf angegriffen haben. Das scheint mir doch ein wenig unglaubwürdig«, sagte Drognor.

»Willst du damit etwa sagen, dass ich lüge?« Casto fühlte sich angegriffen.

»Zerstörte Dörfer sind bei den Menschen üblich. Wir sollten keine voreiligen Schlüsse ziehen. Die Menschen, die mit den Todschatten gesehen wurden, sind ihnen sicher freiwillig gefolgt.« Drognor konnte sich einfach nicht vorstellen, dass die Todschatten in der Lage waren, den Menschen ihren Willen zu rauben und sie gefügig zu machen.

»Du willst es nur nicht glauben, weil ich es erzählt habe! Du bist so ignorant«, brauste Casto wütend auf.

»Dann erkläre mir bitte, wie die Todschatten den Menschen ihren Willen rauben konnten? Sie besitzen nicht die Fähigkeit, einen solchen Zauber zu bewirken«, erwiderte Drognor.

»Scheinbar hat sich das geändert«, sagte Casto.

»Das ist unmöglich. Nur Lynea kann einem Lebewesen neue Fähigkeiten verleihen, und sie wird die Todschatten sicher nicht dazu bemächtigt haben, die Menschen zu ihren willenlosen Dienern machen zu können«, bemerkte Drognor. Casto war ihm schon immer ein Dorn im Auge gewesen. Ständig versuchte er, ihn zu provozieren, und brachte ihm auch sonst wenig Respekt entgegen. Am wenigsten ertrug Drognor dabei, dass Casto seine Gedanken vor ihm geheim halten konnte.

»Lynea war es sicher nicht. Aber was ist mit Nevim?«, fragte Casto.

»Nevim?! Das kann ich mir nicht vorstellen«, erwiderte Drognor.

»Caldes scheint seine Kräfte zurückerlangt zu haben. Wie erklärt ihr euch das? Es ist offensichtlich, dass er Nevim gefunden hat«, bemerkte Casto.

»Und du glaubst wirklich, dass sie sich verbündet haben?«, fragte Planara verunsichert.

»Dessen bin ich mir sogar sicher. Er hat nicht ohne Grund den Berg der Verdammnis als Zufluchtsort gewählt«, stellte Casto fest.

Eine bedrückende Stille trat ein. Bisher hatten sie immer gedacht, Nevim würde keine Bedrohung mehr darstellen. Dass er sich mit Caldes verbünden könnte, kam ihnen nie in den Sinn. Und doch war es nur allzu wahrscheinlich, dass genau das geschehen war.

»Wenn Caldes seine Macht zurückerlangt hat, warum ist er dann immer noch im Berg der Verdammnis gefangen?«, fragte Drognor skeptisch.

»Nevim wird sicher eine Gegenleistung erwarten. Wahrscheinlich verlangt er von Caldes, dass er ihn befreit«, erklärte Casto.

»Nevim kann nicht befreit werden«, widersprach Widera.

»Doch, kann er. Lynea nutzte einst den goldenen Drachenkopf, um ihn einzusperren. Und es ist mit selbigem sicher auch möglich, ihn wieder zu befreien«, sagte Casto.

»Die goldenen Drachenköpfe wurden beide vernichtet«, wandte Diggto ein.

»Nein, nur der von Nevim. Lynea aber versteckte ihren Drachenkopf. Niemand weiß, wo er ist, doch er existiert noch«, behauptete Casto.

»Woher willst du das wissen?«, fragte Drognor misstrauisch.

»Ich weiß es einfach.« Casto wollte nicht erzählen, woher er es wirklich wusste. Es war der Tag, an dem sein Bruder Carito starb, an dem er von dem goldenen Drachenkopf erfahren hatte. Casto erinnerte sich genau daran. Caldes, Carito und er hatten sich in die Kammer der Hoffnung begeben. Ein kleiner Raum in der Festung des Lichts, in dem das Mytricrom, das Buch der verbotenen Zauber aufbewahrt wurde. Carito wollte mehr über den goldenen Drachenkopf erfahren, denn es wurde nie etwas davon berichtet, dass auch der zweite Drachenkopf vernichtet worden war.

Carito war fest entschlossen, ihn zu finden. Im Mytricrom fand er einen Zauber, den Zauber des Wissens. Er hätte ihm offenbart, ob der goldene Drachenkopf noch existierte. Doch dieser Zauber forderte ein Opfer. Jede Antwort musste mit einer Seele bezahlt werden.

Als Carito das Buch aufschlug und Caldes sah, welchen Zauber sein Bruder verwenden wollte, begriff er, warum Casto und er ihn begleiten sollten, und er sprach den Zauber vor seinem Bruder aus. Caldes opferte Carito und erfuhr so, dass der goldene Drachenkopf noch existierte. Nur die Frage, wo er sich befand, stand noch offen.

Casto würde diesen Augenblick nie vergessen. Er sah es vor sich, als wäre es gerade erst geschehen. Carito fiel leblos zu Boden, während der Zauber das Wissen offenbarte. Caldes blickte Casto überlegen und bedrohlich an. Es war das erste Mal gewesen, dass Casto diesen Blick bei seinem Bruder sah. Es lag eine beängstigende Kälte darin. Eine Gewissenlosigkeit, die Casto wissen ließ, dass Caldes bereit war, jeden zu töten, der sich ihm in den Weg stellte.

Er sagte, nun müsse er nur noch wissen, wo sich der goldene Drachenkopf befinde, und Casto glaubte, dass Caldes nun ihn für die Antwort opfern würde. Doch er tat es nicht. Was Casto nicht wusste, Caldes war durchaus bereit, auch seinen jüngeren Bruder zu opfern. Aber im Gegensatz zu Carito wusste er, dass sich die Antwort dem Zauber entzog.

Als Carito tot neben dem Mytricrom aufgefunden worden war, hatten alle geglaubt, er sei gestorben bei dem Versuch, einen der verbotenen Zauber zu nutzen. Weder Caldes noch Casto hatten jemals ein Wort darüber verloren, was in der Kammer der Hoffnung wirklich geschehen war, und Casto hatte auch nicht vor, daran etwas zu ändern.

»Du scheinst einiges über das Vorhaben deines Bruders zu wissen. Ich frage mich, warum«, sagte Drognor und sah Casto misstrauisch an. »Ich glaube, dass du uns einiges verschweigst.« Drognors Ton war bedrohlich.

Er sah Casto mit einem merkwürdigen, zornigen Blick an, der ein seltsames Gefühl bei diesem auslöste. Casto kam plötzlich der Gedanke, Drognor würde von Shira wissen. Aber er ließ sich nichts anmerken und hielt dem durchdringenden Blick stand.

»Vielleicht stehst du sogar auf seiner Seite«, vermutete Drognor.

»Sei vorsichtig mit dem, was du sagst«, erwiderte Casto gereizt.

»Warum sollte ich? Ich bin mir nicht einmal sicher, ob du ihn damals im Berg der Verdammnis nicht doch gefunden und ihn verschont hast«, sagte Drognor. Er erkannte in Castos Augen, dass er mit seiner Vermutung richtig lag. Einen Augenblick lang starrten sich die beiden schweigend an. Die anderen Oberen wussten, dass diese Situation jeden Moment eskalieren konnte, doch keiner von ihnen sagte etwas.

»Warum hast du ihn denn nicht getötet? Du hättest ihm ebenso folgen können. Aber du hast es nicht einmal versucht, weil du dir sicher warst, zu versagen«, konterte Casto wütend.

»Nein, ich war mir fälschlicherweise sicher, dass du ihn töten würdest. Ich konnte ja nicht ahnen, dass du ihn verschonen würdest.«

Er machte Casto so wütend, dass dieser seine Fäuste ballte. »Ich habe ihn nicht verschont, ich habe ihn nicht gefunden!«, brüllte er.

»Das hast du damals auch gesagt, aber ich denke, wir beide wissen, dass das nicht die Wahrheit ist«, sagte Drognor.

Casto konnte sich nicht mehr beherrschen und wollte gerade zum Schlag ausholen, aber Aminar hielt ihn auf.

»Das reicht! Uns gegenseitig Vorwürfe zu machen oder irgendwelche Mutmaßungen anzustellen, wird uns sicher nicht weiterbringen«, sagte er und versuchte, die Situation damit zu entschärfen.

Dann ergriff Planara das Wort: »Es mag uns noch nicht möglich sein, Caldes zu töten, und wir wissen auch nicht, was uns bevorsteht, sollte es ihm tatsächlich gelingen, Nevim zu befreien. Aber den Schattenwesen, die sich nun zurück in unsere Welt gewagt haben, können wir Einhalt gebieten. Wir sollten uns darauf konzentrieren, die Menschen vor ihnen zu beschützen.«

Die anderen stimmten ihr zu.

»Aminar, Casto und Widera, ihr sorgt dafür, dass alle unsere Krieger im Land mit Waffen aus magischem Eisen ausgestattet werden«, sagte Drognor. »Diggto und ich werden uns darum kümmern, dass die Menschendörfer von den Kriegern der herrschaftlichen Armee bewacht werden.«

»Hast du mittlerweile etwas von Dracon und Xendra gehört?«, wollte Planara von Drognor wissen. Der schüttelte bedauernd den Kopf. »Hoffentlich ist ihnen nichts schlimmes geschehen«, sagte sie.

»Nein, sicher nicht. Das hätten wir erfahren«, versuchte Drognor Planara zu beruhigen.

»Das würde ich nur zu gern glauben.«

UNGEWISSHEIT

Cloub war in Hastem angekommen. Das Dorf war wie ausgestorben. Die Straßen waren menschenleer, und außer dem Wind, der durch die Gassen heulte, war nichts zu hören. Er lief zu seinem Haus in der Hoffnung, seine Familie dort zu finden, auch wenn es ihm nur allzu unwahrscheinlich erschien.

Während er die Straßen entlangging, schaute er immer wieder in die Fenster der Häuser, die alle verlassen zu sein schienen. Als er sein eigenes Haus betrat, wusste er gleich, dass seine Familie nicht mehr dort war. Er durchsuchte die Räume und stellte fest, dass sie geflüchtet sein mussten.

Erst als er das Haus wieder verlassen wollte, fiel ihm das Papier ins Auge, das auf dem großen Tisch lag, der sich in der Stube befand. Es war die Nachricht von Routag. Cloub war erleichtert, zu lesen, dass seine Familie von Routag begleitet wurde, und er machte sich auf den Weg nach Weisering.

Doch als er unterwegs die toten Dorfbewohner fand, verließ ihn die Hoffnung wieder. Er suchte unter den Leichen seine Familie und stellte erleichtert fest, dass sie nicht dabei waren. Dennoch war er zutiefst erschüttert. Die meisten dieser Menschen kannte er, und viele von ihnen waren Freunde gewesen. Tränen liefen ihm über das Gesicht, während er die Brücke, die über den Mukador führte, hinter sich ließ.

Es war schon früher Abend, und vor ihm lag noch ein weiter Weg. Er würde durch die Nacht laufen müssen, wenn er Weisering vor dem Morgengrauen erreichen wollte. Doch es behagte im nicht, im Dunkeln weiterzureisen, und er übernachtete im Wasserwald.

Zur Mittagsstunde des nächsten Tages kam er in Weisering an. Genau wie in Hastem herrschte totenstille. Dieses Dorf war annähernd doppelt so groß wie Hastem, und dennoch war kein Mensch zu sehen. Verunsichert suchte er die Straßen ab und gelangte zum Marktplatz, in dessen Mitte sich ein großer Brunnen befand.

Cloub sah sich aufmerksam um. Einige Minuten verharrte er in der Mitte des Platzes. In einem der Häuser bemerkte er einen grauhaarigen Mann, der hin und wieder die Gardine seines Fensters zur Seite schob und vorsichtig hinausschaute. Cloub ging zu dem Haus und klopfte an die Tür. Es dauerte einige Minuten, bis ein schmächtiger, kleiner Mann öffnete.

»Sei gegrüßt. Ich bin Cloub, ich stamme aus Hastem und bin auf der Suche nach meiner Familie. Sie hinterließen mir eine Nachricht, dass ich sie hier finden würde«, erklärte er freundlich.

»Hier wirst du sie sicher nicht finden«, sagte der alte Mann. Er wollte sich wieder in sein Haus zurückziehen, aber Cloub hielt ihn auf.

»Was ist hier geschehen?«, fragte er.

»Vor zwei Tagen sind die Männer nicht von der Jagd zurückgekehrt. Um sie zu suchen, ritten weitere Männer in den Wald, starke Krieger, doch auch sie verschwanden. Nur ihre Rösser wurden gefunden. Gestern Abend kam dann eine Familie aus Hastem hier an, die von den Geschehnissen in Talim berichtete. Als die Leute von den Schattenwesen erfuhren, bekamen sie Angst und verließen das Dorf. Diese Narren, als wenn es da draußen sicherer wäre.«

Cloub hoffte, dass es seine Familie gewesen war, von der der alte Mann sprach. »Weißt du, wo sie hingegangen sind?«, fragte Cloub hoffnungsvoll.

»So weit ich weiß, wollten sie das nächste Mankurendorf aufsuchen«, sagte der Alte.

Der westliche Teil des Landes war hauptsächlich von Menschen besiedelt. Die nächsten Mankurendörfer waren Bergan und Lima, aber auch die Mankurenstadt Dradonia war nur unwesentlich weiter entfernt. Doch führte der Weg dorthin durch den Tamwald, der sich über mehrere Quadratkilometer bis hin zu den Wäldern von Donadur erstreckte und war mit Pferden und Kutschen nur schwer zu bewältigen, was dafürsprach, dass die Dorfbewohner nach Lima oder Bergan gereist waren.

»Sie haben nicht gesagt, welches Mankurendorf ihr Ziel ist?«

Der alte Mann schüttelte den Kopf. »Es tut mir leid. Das ist alles, was ich weiß«, sagte er und schloss die Tür.

Cloub blieb noch einen Moment stehen, bevor er weiter durch das Dorf lief. Er hoffte, ein Pferd zu finden, das von seinem Besitzer zurückgelassen worden war. Doch nach erfolgloser Suche begriff er, dass es Zeitverschwendung war. Niemand würde ein Pferd zurücklassen, wenn er sein Hab und Gut transportieren musste.

Verunsichert stand er am nördlichen Dorfrand und blickte in die Ferne. Im sandigen Boden ließen sich Spuren erkennen, denen er folgte.

Doch bereits nach wenigen hundert Metern war der Boden von dichtem Gras bewachsen, und es waren keine Spuren mehr zusehen. Er dachte darüber nach, wo er hingehen sollte. Zwar war der Weg nach Dradonia mühsamer als nach Bergan oder Lima, doch wurde Dradonia von einer Stadtmauer umgeben, was es zu einem sichereren Zufluchtsort machte. In der Hoffnung, Routag hätte ähnlich gedacht, entschied er sich, dem Weg weiter nach Dradonia zu folgen.

***

Matré hatte eine Nacht, bevor Drognor König Ferdinand aufgesucht hatte, die Festung verlassen und war auf dem Weg nach Bergan. Sie hatte ein Pferd von ihrem Vater mitgenommen und es mit Lebensmitteln und Decken beladen. Sie und ihre Kinder reisten nicht allein. Eine Freundin und deren Familie begleiteten sie. Es dauerte vier Tage, bis sie Bergan erreichten, der Weg war mühsam, aber er verlief ohne Komplikationen. Matrés Schwester Dira war überrascht von dem Besuch.

»Warum seid ihr hier?«, fragte sie nach einer freudigen Begrüßung.

»Die Pest ist wieder ausgebrochen. Ich wollte die Kinder in Sicherheit bringen«, antwortete Matré. Sie wollte ihrer Schwester nicht sagen, warum sie die Festung wirklich verlassen hatte.

»Ich verstehe. Deine Freunde müssen leider im Stall schlafen, wir haben nicht so viel Platz im Haus. Aber kommt erst mal rein«, sagte Dira.

Während sich die anderen schlafen legten, blieben Matré und ihre Schwester noch am Tisch sitzen. »Was ist mit unserem Vater, hast du ihn einfach zurückgelassen?«, fragte Dira.

»Ich konnte ihn nicht mitnehmen, der Weg wäre viel zu anstrengend gewesen.«

»Und dann lässt du ihn einfach zurück, in einer pestverseuchten Stadt?«

Jetzt, wo ihre Schwester ihr das vorhielt, klang es plötzlich grausam, und Matré fühlte sich auf einmal schlecht. »Ich musste doch ohne ihn gehen«, erklärte sie mit zitternder Stimme. »Ich bin doch wegen ihm gegangen«, flüsterte Matré.

»Du bist wegen ihm gegangen?«, hakte Dira verwundert ein.

»Er ist immer so grausam zu mir und den Kindern gewesen. Du hast ja keine Vorstellung, wie verletzend er sein kann. Ich habe es einfach nicht mehr ausgehalten.«

Dira nahm ihre Schwester tröstend in den Arm. »Glaub mir, ich weiß, wie verletzend er sein kann. Seitdem ich Zerdur geheiratet habe, habe ich keinen Kontakt mehr zu ihm. Du weißt, wie sehr er Mankuren hasst. Er hat mir nie verziehen, dass ich einen geehelicht habe. Ich kann dir keinen Vorwurf machen. Vielleicht hat er es sogar verdient, einsam zu sterben.«

Dira schwieg einen Moment lang und dachte über ihre Worte nach. Für einen kurzen Augenblick schämte sie sich für das, was sie eben gesagt hatte. Kaum ein Mensch hatte es verdient, einsam zu sterben. »Habt ihr auf eurer Reise hierher eigentlich etwas Ungewöhnliches bemerkt?«, fragte sie Matré und versuchte auf andere Gedanken zu kommen.

»Was meinst du mit ungewöhnlich?«, wollte Matré wissen.

»Es heißt, dass die Todschatten zurückgekehrt sind«, sagte Dira.

»Wer hat das erzählt?«

»Ich weiß es von Ilas.«

»Ilas war hier? Ich dachte, er ist mit Cesro im Wasserwald, um die Jurkol zu verjagen«, bemerkte Matré verwundert.

»Dort war er auch, aber nachdem er erfahren hatte, dass König Ferdinand zu Unrecht die Jurkol jagen lässt, hat er sich auf den Weg nach Zimheim gemacht und wurde auf seiner Reise von einem Todschatten angegriffen.«

»Er wurde von einem Todschatten angegriffen?«, wiederholte Matré fassungslos die Worte ihrer Schwester.

»Keine Sorge, es geht ihm wieder gut. Er hat viel Glück gehabt.«

»War Cesro bei ihm?«, wollte Matré wissen.

»Nein, er war allein hier.«

»Geht es ihm gut? Hat Ilas etwas gesagt?«, fragte Matré nervös.

»Er hat nicht von Cesro gesprochen, aber ich gehe davon aus, dass es ihm gut geht, sonst hätte er sicher etwas gesagt.«

Diese Worte beruhigten Matré. »Ist Ilas jetzt in Zimheim?«

»Nein, er ist mit Dracon und Xendra mitgegangen. Wenn ich es richtig verstanden habe, ist Dracon auf der Suche nach jemandem, und Ilas begleitet ihn.«

»Ich verstehe nicht, warum er Cesro nicht mit hierher genommen hat«, bedauerte Matré.

»Sei froh, dass er es nicht getan hat. Wer weiß, ob er den Angriff des Todschattens ebenfalls überlebt hätte«, gab Dira zu bedenken.

»Und woher willst du wissen, dass im Wasserwald keine Todschatten sind?«

»Das weiß ich nicht. Ich wollte dich auch nicht beunruhigen. Mach dir nicht so viele Sorgen. Es geht ihm sicher gut. Lass uns schlafen gehen, der Tag war lang, besonders für dich.«

Matré nickte stumm und ging zu ihrem Bett.

***

Am nächsten Morgen waren die Kinder früh auf und spielten vor der Haustür. Zerdo, der Sohn von Dira und Zerdur, war größer und stärker als Frin, obwohl dieser zwei Jahre älter war. Das war nicht ungewöhnlich für einen Homuren. So wurden die Halbmankuren genannt, die einen menschlichen Elternteil hatten. Genau wie die Mankuren waren die Homuren stärker als die Menschen und besaßen meist magische Fähigkeiten.

Auch Zerdo beherrschte bereits einige Worte der magischen Sprache und beeindruckte Frin mit seinen Kunststückchen. Er ließ Steine verschwinden und konnte sogar kleine Pflanzen aus dem Boden wachsen lassen. Hanna war ebenfalls beeindruckt, auch wenn sie erst fünf Jahre alt war, verstand sie trotzdem, dass ihr Cousin anders war. Auch Jerome, das Kind der Familie, die zusammen mit Matré nach Bergan gekommen war, war bei ihnen. Sie spielten unbekümmert und wurden von anderen Dorfbewohnern gegrüßt.

Bergan war ein relativ großes Mankurendorf. Einige der Bewohner waren Menschen oder Homuren, und alle kannten sich untereinander. Die meisten Mankurendörfer waren freie Dörfer und hatten weder einen König noch eine andere Form der Regierung innerhalb des Dorfes. Sie hatten lediglich einen sogenannten Sprecher. Der Sprecher vertrat die Anliegen der Dorfbewohner. Er war dafür verantwortlich, Versammlungen einzuberufen, bei denen über allgemeine Regeln abgestimmt wurde. Das System funktionierte sehr gut, denn es stand jedem frei, das zu tun, was er wollte, solange er keinem anderen schadete, und wenn doch, kümmerten sich die Oberen oder deren Krieger darum.

Auf dem Marktplatz trafen die ersten Bauern ein. Jeden Morgen kamen sie mit frischen Lebensmitteln und tauschten sie gegen Silbertaler oder andere nützliche Dinge. Nach und nach füllte sich der Marktplatz. Matré ging vor die Tür, um nach den Kindern zu sehen. Sie bemerkte das rege Treiben auf dem Platz. »Ist hier jeden Morgen so viel los?«, fragte sie ihre Schwester neugierig.

Dira lächelte. »Ja, bei gutem Wetter schon. Wenn du willst, können wir gleich mal zum Marktplatz gehen. Meistens kommt ein Gaukler und belustigt die Leute.«

»Wirklich? Das klingt amüsant.« Matré freute sich, sie hatte lange keinen richtigen Markt mehr betreten.

***

Das Publikum war sehr gemischt, viele der Mankuren waren eindeutig als solche zu erkennen und sahen teilweise sogar sehr kurios aus. Matré und ihre Kinder kamen aus dem Staunen gar nicht mehr heraus. Sie waren das erste Mal in einem Mankurendorf. Neben den Bauern hatten sich auch einige Händler mit Stoffwaren und Tonkrügen auf den Marktplatz begeben. Alles wirkte sehr bunt. Viele der Mankuren hatten sonderbare Haarfarben oder andere Auffälligkeiten an ihrem Körper. Einer hatte Schuppen statt Haut, ein anderer war übers ganze Gesicht dicht behaart. Frin sah sogar einen Mankuren mit sechs Armen.

»Hanna, sieh nur da vorne« sagte er und zeigte auf den sechsarmigen Mankuren. Fasziniert starrte Hanna die sechsarmige Gestalt an, und auch Frin konnte seine Augen nicht abwenden. Der Mankur stand nicht allzu weit weg und bemerkte die neugierigen Blicke der Kinder. Er lächelte und winkte sie zu sich. Die Kinder rannten zu ihm hinüber.

»Wo wollt ihr hin?«, rief Matré ihnen hinterher.

»Das ist schon in Ordnung. Das ist Zysper, der Gaukler«, sagte Dira gelassen.

Zerdo lief Frin und Hanna hinterher. Der Gaukler hatte einen Koffer dabei, den er vor sich hinlegte und öffnete. Die Kinder waren gespannt, was er mit seinen sechs Händen auspacken würde. Er griff mit jeder Hand einzeln in den Koffer hinein, ohne ihn ganz zu öffnen. Erwartungsvoll beobachteten die drei seine Bewegungen.

Er holte sechs kleine Säckchen vor, die mit Sand gefüllt waren. Dann stand er auf und fing an zu jonglieren. Dabei nutzte er nur zwei seiner Arme. Er holte, während er jonglierte, eine Flöte aus seinem Koffer und begann zu spielen. Die Sandsäckchen flogen so schnell, dass sie einen Kreis in der Luft zeichneten. Er warf alle Säckchen auf einmal nach oben, sie explodierten mit einem lauten Knall und ließen einen goldenen Regen auf die Erde hinabfallen. Dann nahm er eine Gitarre aus seinem Koffer. Sein Koffer schien gerade groß genug, um die Flöte und die Bälle zu verstauen, doch das täuschte. Er legte die Flöte weg und fing an zu singen. Mittlerweile hatten sich schon mehr Leute um ihn herum gesammelt und lauschten der gesungenen Geschichte.

»Einst wurde ein Kind geboren,
voll schwarzer Magie und die Welt war verloren.
Ein dunkler Mankur beherrschte das Land
Er wurde Caldes genannt
hat Freude und Glück verbannt.
Er verfluchte Mankuren und vernichtete Menschen,
es schien sinnlos, gegen ihn zu kämpfen.
Doch gaben die Oberen den Kampf nicht auf
und das Schicksal nahm seinen Lauf.
Sie traten ihm machtlos entgegen
und Caldes nahm ihnen das Leben.
Ihre Kinder verzweifelt, traten ihr Erbe an,
ohne zu wissen, wie man Caldes besiegen kann.
Sie baten Lynea um Hilfe, in Hoffnung und Glauben,
sie würde Caldes seiner Magie berauben.
Was Lynea auch tat,
woraufhin Caldes den Berg der Verdammnis betrat.
Sein Bruder ihm folgte, ihm den Tod zu bringen,
doch sollte es ihm nicht gelingen.
Drum er ihn mit einem Fluch bedachte,
der Caldes zum Gefangenen des Berges machte.
Es schien wieder sicher, doch niemand vergaß den Tag,
an dem Sensar die Prophezeiung von sich gab.
In der Dunkelheit macht sich Caldes bereit.
Es ist nicht zu vermeiden, dass er sich befreit.
Um seine Macht zurückzugewinnen

und die Herrschaft der Welt zu erringen.
Niemand kann sagen, welches Schicksal uns blüht
und wer sich um die Rettung der Welt bemüht.
Doch die Prophezeiung auch sagt, es ist bald so weit,
dass ein mächtiger Mankur die Welt von Caldes gänzlich befreit.
Also habt nur Mut,
wir sind nicht verlassen
und alles wird gut,
so nehmt es gelassen.«

Die Melodie weiterspielend, tanzte er fröhlich umher und machte mit seinen vier freien Armen lustige Bewegungen. Obwohl es keine lustige Geschichte war, brachte er sie so lebhaft und fröhlich rüber, dass seine Zuschauer begeistert waren. Auch Hanna war wieder fröhlich, nachdem Zysper das hoffnungsvolle Ende angefügt hatte.

Er verbeugte sich vor seinem Publikum. Einige Leute warfen ihm ein paar Taler auf seinen Koffer und gingen wieder, andere applaudierten. Die meisten blieben stehen und warteten gespannt auf eine Fortsetzung.

»Sing uns noch ein Lied, bitte«, rief Frin laut.

»Ja, oder erzähl uns von Caldes' Eltern«, warf Zerdo ein.

Zysper wurde nachdenklich und streifte mit Daumen und Zeigefinger über seinen spitzen Ziegenbart.

»Bitte«, drängte ihn Frin.

»Gut, ich werde euch eine Geschichte erzählen. Aber sie wird nicht von Caldes' Eltern handeln, sondern von ihm selbst. Es ist eine Geschichte von Liebe und Betrug«, sagte Zysper. Er nahm seine Gitarre und fing an zu spielen. Dann begann er zu erzählen, diesmal sang er nicht, aber er untermalte seine Erzählung mit einer Melodie, die fröhlich war, aber zugleich einen unheilvollen Unterton hatte.

»Es wird erzählt, dass Caldes sich im Alter von dreizehn Jahren verliebt hat. Es heißt, sie sei wunderschön gewesen, aber im Herzen noch bösartiger als Caldes selbst. Sie erwiderte seine Liebe, und eine furchteinflößende Beziehung begann. Nachdem Caldes aus der Festung des Lichts verbannt worden war, verachtete sie die Oberen genauso sehr wie er. Sie unterstützte ihn bei seiner Rache. Und auch wenn es bis heute niemand weiß, war sie ihm behilflich bei all seinen grausamen Taten. Als Caldes schließlich im Berg der Verdammnis eingesperrt wurde, brach eine schmerzhafte Zeit für sie an, denn sie wurde viele Jahre von ihm getrennt, und es war ungewiss, wann sie sich wiedersehen würden. Die Jahre vergingen und ihre Sehnsucht wurde größer. Als sie es nicht mehr ertragen konnte, versuchte sie sich zu trösten und begann eine Beziehung mit dem Bruder von Caldes. Sie spielte nur mit ihm, und letztendlich brach sie ihm das Herz. Nur drei Jahrzehnte später wendete sich das Schicksal, und sie fand eine Möglichkeit, zu Caldes zu gelangen. Und auch wenn sie ihn nicht befreien kann, ist sie doch in der Lage, seine Pläne auszuführen. Unbemerkt und unerkannt unter denen, die das Volk beschützen sollen.«

»Ist sie eine von den Oberen? Dann ist sie eine Verräterin. Die Oberen müssen doch davon wissen!«, sagte Zerdo.

»Es ist nur eine Geschichte«, entgegnete Zysper und zwinkerte.

»Lass uns gehen, dieser Typ ist mir unheimlich«, hörte Hanna einen jungen Mankuren sagen. »Es heißt, dass alle Geschichten, die er erzählt, wahr sind oder wahr werden«, fügte der junge Mankur hinzu und ging. Hannah blickte Zysper verängstigt an. Der lächelte fröhlich, doch auch sie fand, dass er etwas Sonderbares an sich hatte.

»Kommt mit. Wir gehen weiter«, rief ihre Mutter.

Frin und Zerdo gingen nur ungern, sie hätten Zysper gern weiter zugehört, Hanna hingegen war erleichtert und lief sofort zu ihrer Mutter.

WIEDERSEHEN UND VERLUST

Zwei Tage waren vergangen, seitdem Shira und Rouh sich von Galdron verabschiedet hatten. Sie gingen einen Pfad durch den Wald entlang. Das Gelände war sehr uneben, und dicht bewachsene Felsen schmückten die Landschaft unter dem Blätterdach. Sie kamen an eine Lichtung, von der aus ein Dorf zu sehen war. »Das ist Darnhein«, sagte Shira. »Ich war früher sehr oft hier, in der Zeit als du …«, sie wollte es nicht aussprechen.

»Als ich in Damphthron war«, beendete Rouh ihren Satz.

Shira drehte sich um und sah Rouh an. Sie fühlte sich schuldig und sprach nicht gern darüber, was Rouh widerfahren war. Sie dachte an dieses furchtbare Gefängnis. Es befand sich tief unter der Erdoberfläche. Die Verurteilten wurden in Ketten aus magischen Eisen gelegt und in völliger Dunkelheit in Verliese gesperrt. Nur zum Essen bekamen sie ein wenig Licht. Aus diesem Loch der ewigen Finsternis gab es kein Entfliehen. In Damphthron eingesperrt zu werden, war eine der gefürchtetsten Strafen, und manch einer behauptete sogar, diese Strafe sei schlimmer als der Tod.

Shira hatte Rouh nie darauf angesprochen, obwohl sie sich schon oft gefragt hatte, ob er in den acht Jahren, die er dort verbracht hatte, auch den Tod herbeigesehnt hatte. Rouh wurde damals von den Oberen verurteilt, weil er angeblich ein Dieb war. Casto hatte ihn beschuldigt, ein Schwert aus magischem Eisen gestohlen zu haben. Es war das Schwert, das Casto Shira geschenkt hatte und das sie immer noch bei sich trug. Die Waffen aus magischem Eisen waren so wertvoll, dass der Diebstahl hart bestraft wurde. Selbst die Oberen durften sie ohne einen gemeinsamen Beschluss nicht weitergeben. Casto musste sich vor den Oberen rechtfertigen, als das Schwert verschwunden war, und er brauchte einen Schuldigen. Rouh kam ihm dabei sehr gelegen. Denn er hatte schon immer ein Problem mit dem Aphthalen. Seiner Meinung nach brachte Rouh Shira immer in Gefahr. Außerdem wusste dieser Aphthale zu viel über sie und hätte sie verraten können.

Von seinen Emotionen gelenkt, sah Casto keine andere Möglichkeit, seine Tochter zu beschützen. Also teilte er den anderen Oberen mit, dass Rouh ihm das Schwert gestohlen hätte und Shira konnte nichts dagegen machen. Die Verhandlungen fanden immer in der Festung des Lichts statt, und nie durfte jemand außer dem Angeklagten und den Oberen selbst einer solchen Verhandlung beiwohnen. Am Ende wurde Rouh schuldig gesprochen und musste acht Jahre in einem der dunklen Verliese verbringen.

Shira konnte sich nie verzeihen, was damals geschehen war. Immer wieder machte sie sich Vorwürfe, weil sie es nicht geschafft hatte, Rouh zu beschützen. Sie war zutiefst verletzt und hasste ihren Vater bis heute für dieses Verbrechen. Sie wusste nicht, dass auch Casto seine Tat bereute. Ihm war damals nicht bewusst gewesen, wie wichtig Rouh für seine Tochter war, und begriff erst viel zu spät, was er ihr angetan hatte.

Als Rouh Damphthron erwähnte, kamen die Erinnerungen mit einem Mal wieder zurück. »Es tut mir leid. Aber ich muss unbedingt Mikka besuchen«, sagte Shira und wollte so schnell wie möglich wieder auf andere Gedanken kommen.

»Wer ist Mikka? Du willst doch jetzt nicht in ein Wirtshaus gehen, oder?«

»Doch natürlich, deswegen bin ich doch hergekommen. Und um deine Frage zu beantworten, Mikka ist der Besitzer des Wirtshauses.«

»Interessant«, entgegnete Rouh gelangweilt.

»Es ist besser, wenn du außerhalb des Dorfes wartest, die Menschen hier sind Mankuren und Aphthalen gegenüber nicht freundlich gesinnt.«

»Natürlich sind sie das nicht«, kommentierte Rouh abfällig.

»Wartest du hier am Waldrand, bis ich wiederkomme?«

»Mir bleibt wohl kaum etwas anderes übrig«, sagte Rouh grimmig, drehte sich um und verschwand im Wald.

Shira tat es leid, aber nach den Ereignissen der letzten Tage musste sie einfach mal auf andere Gedanken kommen. Darnhein war ein sehr übersichtliches Dorf, und bis zu Mikkas Gasthaus war es nicht weit. Voller Erwartung betrat Shira das Wirtshaus. Sie hoffte, einige ihrer alten Bekannten wiederzutreffen.

Es war später Nachmittag, alle Tische waren schon belegt, nur die Barhocker an der Theke waren noch frei. Nachdem Shira sich kurz umgesehen hatte, stellte sie schnell fest, dass sie niemanden kannte. Enttäuscht setzte sie sich an die Theke.

»Shira!«, rief jemand hinter ihr. Sie drehte sich um, und da fiel ihr auch schon Mikka in die Arme. »Dich habe ich ja ewig nicht gesehen.«

»Hallo, Mikka. Ich war gerade in der Nähe, und da musste ich einfach vorbeikommen. Wie geht es dir, was gibt es Neues?«

»Ach, weißt du, hier hat sich nicht viel geändert außer den Gesichtern der Gäste.« Mikka lachte laut. »Erzähl mir etwas von dir, du hast doch sicher einiges erlebt.«

»Ja, das habe ich«, antwortete sie bedrückt.

»Wie mir scheint, waren diese Erlebnisse nicht besonders erfreulich«, stellte Mikka fest.

»Nein, waren sie nicht. Aber eigentlich möchte ich nicht darüber sprechen.«

»Wie du meinst. Es ist schon sonderbar. Monatelang lässt sich keiner von euch in diesem Dorf blicken, und dann kommt ihr beide am gleichen Tag zurück«, sagte Mikka.

»Wieso wir beide?«, fragte Shira überrascht.

»Ich hatte dir doch vor einiger Zeit erzählt, dass hier im Dorf ein Mankur gelebt hatte.«

Shira dachte nach. Mikka hatte ihr tatsächlich vor einigen Jahren von einem Mankuren erzählt, der für kurze Zeit in Darnhein gelebt hatte. »Ja, ich erinnere mich. Aber ich kann kaum glauben, dass die Menschen hier kein Problem damit hatten, dass ein Mankur unter ihnen gelebt hat.«

Mikka lächelte. »Das kann ich mir vorstellen. Aber sie kamen gut mit ihm aus. Es gab nur wenige, die seine Anwesenheit ungern duldeten. Jedenfalls hat er mich heute auch besucht.«

Shira fragte sich, wie es wohl sei, als Mankur in Darnhein zu leben. Dann fiel ihr wieder ein, was Dracon zu ihr sagte, als sie ihn das erste Mal traf, und plötzlich beschlich sie ein ungutes Gefühl. »Wie heißt dieser Mankur?«, fragte Shira.

»Sein Name ist Dracon.«

Obwohl sie mit dieser Antwort gerechnet hatte, war sie ein wenig erschrocken. Sie fragte sich, warum er hier war, und fürchtete, dass es wegen ihr sei.

»Kennst du ihn?«, fragte Mikka.

»Nur flüchtig. Was hat er hier gemacht?«

»Das, was die meisten hier tun. Etwas essen und Bier trinken. Er sagte, dass er in der Nähe war und mich und meine Frau besuchen wolle.«

Das erschien Shira sehr merkwürdig, sie war sich beinahe sicher, dass das kein Zufall war. »Wieso hat er eigentlich hier gelebt?«, fragte Shira.

»Er hatte einige Zeit bei einem Freund gewohnt, der hier ein Haus hatte.«

»Und sein Freund? Lebt der immer noch hier?«

»Du meinst Ilas. Nein, der lebt schon länger nicht mehr hier. Dass Dracon hier aufgetaucht ist, hat mich selbst sehr gewundert. Wo er so lange nicht hier war. Wie auch immer. Er sagte, dass er heute Abend noch mal wiederkommt. Wenn du Glück hast, triffst du ihn noch«, sagte Mikka.

»Wenn ich Glück habe, sicher«, entgegnete Shira mit einem gestellten Lächeln. Diese Nachricht beunruhigte sie, und ein wenig ärgerte sie sich auch darüber. Sie war hergekommen, um einen netten Abend zu verbringen, was unter diesen Umständen kaum noch möglich war. Wenn sie Dracon nicht begegnen wollte, würde sie nicht mehr lange bleiben können. Sie dachte darüber nach, sofort wieder zu gehen, denn wenn er wirklich wegen ihr hier war, hatte das sicher nichts Gutes zu bedeuten, und sie wollte es auch nicht herausfinden. Dennoch entschied sie sich, wenigstens ein Bier zu trinken.

»Sag mal, was machen die da eigentlich?«, fragte Shira, als sie zu einem der Tische hinter sich blickte. Dort saßen sich zwei kräftige Männer gegenüber und wurden von einigen Leuten, die um den Tisch herumstanden, angefeuert. Shira konnte nicht genau erkennen, was sie da taten. Zwei der Männer versperrten ihr die Sicht.

»Die wetten darum, wer der Stärkere ist. Ein sehr primitives Spiel. Jeder trinkt einen Humpen Bier aus, und dann wird die Kraft im Armdrücken gemessen. In dem Blechtopf am Rand des Tisches wird der Einsatz gesammelt. Den ganzen Abend über muss jeder einmal antreten und den Einsatz erhöhen. Wer zum Schluss übrig bleibt, darf den Topf behalten. Und damit der Gewinner nicht betrunkener ist als der Herausforderer, muss dieser genauso viele Bierkrüge leeren, wie der Gewinner bereits getrunken hat, bevor er das Spiel antreten darf.«

»Ich wusste gar nicht, dass die Menschen so viel Alkohol vertragen«, bemerkte Shira.

»Tun sie auch nicht. Wenn der Herausforderer vorher schon getrunken hat, zählen diese Krüge mit. Zudem dauert dieses Spiel meist nicht mehr als fünf Runden. Dann findet sich kein Herausforderer mehr. Anfangs war es noch lustig, aber mittlerweile gewinnt immer derselbe Typ. Auch noch so ein schmieriger Idiot, ich mag den Kerl nicht.«

»Welcher ist es, links oder rechts?«, wollte Shira wissen. Sie versuchte an den Männern, die vor dem Tisch standen, vorbeizuschauen. Es gelang ihr aber nicht.

»Rechts am Tisch sitzt er, sein Name ist Gregor. Solange ich ihn kenne, trinkt er schon. Kein Mensch kann so viele Bierkrüge hintereinander leeren wie er.«

»Ich kann nichts sehen«, ärgerte sich Shira. Die Männer brüllten sich an, und Shira konnte Freude und Wut in ihren Ausrufen nicht unterscheiden. Gespannt beobachtete sie das Geschehen. Mikkas Frau Mara lief ständig hin und her, um die Männer mit Bier zu versorgen, während Mikka am Zapfhahn fröhlich die Humpen füllte.

Gregor hatte schon acht Krüge Bier getrunken, und langsam fand sich niemand mehr, der gegen ihn verlieren wollte. Die Männer, die zuvor Shiras Sicht versperrt hatten, traten jetzt zur Seite, um den Blicken Gregors auszuweichen, der wie besessen einen neuen Gegner suchte. Er hatte strähniges graues Haar. Seine dicke Nase war mit kleinen roten Adern überzogen, und sein Gesicht wirkte leicht aufgequollen. Als er schließlich aufstand, sah Shira, dass er recht groß war und einen sehr dicken Bauch hatte. Er war völlig betrunken, aber sicher, dass ihn niemand schlagen würde.

»Ich brauche mehr Geld! Wer traut sich, gegen mich anzutreten? Kommt schon, Leute. Victor, was ist mit dir? Komm schon!«

»Nein, danke Gregor, heute nicht«, wies ihn Victor ab.

»Was ist denn los mit euch? Was seid ihr denn nur für Feiglinge?«

»Wer sagt denn, dass wir Feiglinge sind? Ich trete gegen dich an«, sagte Shira. Sie sah Gregor an und musterte ihn von unten nach oben, bis sich ihre Blicke trafen.

Mikka griff ihr an die Schulter und wollte sie davon abbringen. »Lass das besser, du wirst dir keine Freunde machen.«

»Ich weiß schon, was ich tue. Außerdem tut ihm eine Niederlage sicher gut«, unterbrach sie ihn und dachte, dass das eine gute Gelegenheit war, um an ein paar Silbertaler zu kommen.

Gregor sah sie etwas verwundert an, es war ungewöhnlich, dass eine Frau ihn herausforderte. Aber es war ihm egal, Hauptsache, leicht verdientes Geld, dachte er.

»Was ist? Hast du ein Problem damit, dass ich eine Frau bin?«

»Warum sollte ich? Aber heul nicht rum, wenn ich dir den Arm breche.«

»Keine Sorge, nach neun Bier heule ich nicht mehr«, erwiderte Shira. Sie grinste und setzte sich an den Tisch, während Mikka schon sieben Bier für Shira zapfte.

»Denk dran, du musst jeden Krug, ohne ihn abzusetzen, leeren, bevor wir beginnen«, belehrte Gregor sie.

»Ich weiß.« Mankuren konnten wesentlich mehr Alkohol vertragen als Menschen, wobei auch bei ihnen die weiblichen Mankuren schneller betrunken wurden als die männlichen.

»Und gib uns vorher den Einsatz!«, forderte Gregor scharf, während Shira das Bier trank.

Sie holte zwei Silbertaler aus ihrer Tasche und schmiss sie in den Blechtopf. Sie leerte jeden der sieben Krüge in einem Zug. Nachdem sie den letzten ausgetrunken hatte, brachte Mikkas Frau schon die nächsten beiden Krüge für den Beginn des Spiels.

»Ja, dann mal hoch die Humpen, auf deine erste Niederlage«, sagte Shira fröhlich. Sie war schon gut angetrunken, als sie mit Gregor die Position einnahm. Sie war stärker als jeder Mensch, sogar stärker als die meisten Mankuren. Für sie bedurfte es keiner Anstrengung, Gregors Arm zur Seite zu drücken, aber sie wartete eine Minute, bevor sie es tat.

»So stark bist du wohl doch nicht«, spottete Shira, als sie gewann.

Gregor war sichtlich erzürnt, sprang auf und brüllte: »Das kann nicht wahr sein. Das ist unnatürlich! Du bist doch nicht wirklich eine Frau?«

»Was soll ich denn sonst sein?«

»Na, eine Mankure«, sagte Gregor.

»Nein. Ganz sicher nicht«, widersprach Shira.

Gregor sah sie misstrauisch an und suchte irgendein Anzeichen an ihrem Körper, das sie als Mankure entlarven würde. Er fand aber nichts. »Viktor, versuch du es doch oder du, Helmut. Sie ist wirklich außergewöhnlich stark für eine Frau«, verlangte Gregor.

Die Blöße, gegen eine Frau verloren zu haben, konnte er nicht auf sich sitzen lassen. Er musste die anderen überzeugen, dass sie außergewöhnlich stark war. »Kommt schon, einer muss sich doch trauen. Es ist nur eine Frau.«

Shira fiel vom Stuhl und lachte. »Und betrunken ist sie auch«, fügte er hinzu. Doch es fand sich niemand, der gegen sie antreten wollte.

Shira machte eine abwinkende Handbewegung. »Ich habe genug. Noch mehr Bier vertrage ich nicht«, sagte sie. Außerdem wollte sie nicht gegen Menschen antreten. Ihr war bewusst, wie hinterhältig es war. Sie wollte nur Gregor eine Lektion erteilen und dann einfach die Taverne verlassen. Aber leider lief es nicht so, wie sie es sich vorgestellt hatte. Sie stand auf und wollte gehen, doch Gregor versperrte ihr den Weg.

»Wo willst du denn so eilig hin?«, fragte er.

»Ich denke nicht, dass dich das etwas angeht«, sagte Shira. Sie nahm den Blechtopf und packte die Silbertaler in einen kleinen Lederbeutel, den sie am Gürtel trug.

In der Menge kam Unruhe auf. Gregor war sauer über seine Niederlage und fing an, Shira zu provozieren. Er wollte sie nicht gehen lassen und wurde handgreiflich. Er packte ihren Unterarm und zog sie zurück.

»Fass mich nicht an!«, zischte sie. Sie riss sich los und wollte wieder zur Tür gehen, aber Gregor ergriff von hinten ihre Schulter. Sie drehte sich um, und durch Gregors Gezerre riss ihre Kleidung. Plötzlich war alles still. Man konnte ihre rechte Schulter sehen und einen Teil ihres Rückens. Auf ihrem rechten Schulterblatt befand sich ein großer tropfenförmiger Fleck aus blauen, glänzenden Schuppen.

»Eine Mankure! Ich wusste es! Betrügerin!«, brüllte Gregor. Erleichtert und bestätigt hetzte er die Masse auf.

Shira wurde bewusst, wie dumm es gewesen war, gegen Gregor anzutreten. Dann ging alles sehr schnell. Einer der Männer schlug ihr mit der Faust ins Gesicht. Sie war so betrunken, dass es ihr schwerfiel, sich zu verteidigen. Ihr fehlte die Körperkoordination. Sie versuchte, sich zu konzentrieren, und ihre Zauberkräfte einzusetzen, währenddessen bekam sie einen heftigen Schlag ins Gesicht, diesmal von der anderen Seite. Kurz darauf trat ihr einer der Männer von hinten in den Rücken, und sie fiel auf den Boden. Bevor sie sich wieder aufrichten konnte, trat Gregor ihr in den Bauch, sodass sie sich beinahe übergeben hätte. Mikka wollte eingreifen, wurde aber von den Männern zurückgehalten, während sich seine Frau aus dem Geschehen heraushielt.

»Gib mir mein Geld zurück!«, forderte Gregor.

»Wenn du es haben willst, musst du es dir schon holen«, entgegnete Shira entschlossen.

»Wie du willst.« Er ging auf sie zu und holte zum Schlag aus, doch seine Bewegung wurde gestoppt. Dracon stand neben ihm und hatte seinen Arm gepackt.

»Das reicht!«, drohte er.

»Das ist nicht deine Angelegenheit«, entgegnete Gregor.

»Ich mache es aber zu meiner Angelegenheit«, erwiderte Dracon provokant.

Gregor wusste, dass er gegen Dracon nichts ausrichten konnte. Wütend riss er seinen Arm los und trat einen Schritt zurück. »Ihr Mankuren seid doch alle gleich. Ihr nutzt jede Gelegenheit, um den Menschen zu zeigen, dass ihr ihnen überlegen seid. Ihr nehmt euch einfach, was ihr wollt, ohne Rücksicht oder Ehrgefühl.« Gregor glaubte, Dracon würde jeden Moment auf ihn losgehen, und er hatte Angst vor ihm. Aber er bereute seine Worte keine Sekunde lang.

»Das halte ich für ein wenig übertrieben«, sagte Dracon ruhig. »Was hat sie getan?«, wollte er wissen.

»Sie ist eine Betrügerin! Sie hat uns unser Geld gestohlen!«, schrie jemand aus der Menge.

»Ist das wahr?«, fragte Dracon und sah Shira an. Sie stand gerade wieder auf.

»Nicht ... äh, nicht so ganz. Ich habe ehrlich gewonnen.«

»Du bist ja völlig betrunken«, stellte Dracon fest.

»Von ehrlich gewonnen kann nicht die Rede sein. Sie hat uns verschwiegen, dass sie eine Mankure ist. Sie soll uns unsere Silbertaler wiedergeben«, sagte Gregor.

»Wobei denn gewonnen?«, fragte Dracon.

»Beim Armdrücken.«

»Gib ihnen ihre Taler zurück«, forderte Dracon.

»Was?« Entrüstet sah Shira ihn mit ihren glasigen Augen an.

»Na los, mach schon.«

»Nein. Das ist mein Geld.«

»Das kann nicht dein Ernst sein.« Er riss ihr den Lederbeutel, in dem sich die Silbertaler befanden, aus der Hand und warf sie Gregor zu. »Hier.«

»Sie soll verschwinden!«, brüllte Gregor.

»Wir wollten sowieso gehen«, erwiderte Dracon. Er packte Shira am Handgelenk, zog sie hinter sich her und verließ die Taverne.

Shira versuchte, sich von seinem Griff zu lösen, aber er war zu stark. »Lass mich los«, sagte sie wütend und versuchte immer noch, sich zu befreien. Doch es gelang ihr einfach nicht. Sie wurde aggressiv und ließ ihren Arm in Flammen aufgehen, woraufhin Dracon seinen Griff sofort löste. Er betrachtete seine verbrannte Handfläche. Auch Shira sah die Wunde, und plötzlich tat es ihr leid. Es war nicht ihre Absicht gewesen, ihn zu verletzen. Doch die Wunde heilte innerhalb von Sekunden, und Shira beobachtete das Geschehen erstaunt.

»Warum hast du dich eingemischt? Ich hätte das schon geregelt«, sagte sie schließlich.

Dracon musste lachen. »Wie denn? Indem du dich zusammenschlagen lässt?«

»Ich war ihm überlegen. Wenn du nicht dazwischengegangen wärst, hätte ich ihn fertiggemacht«, war Shira überzeugt.

»Sicher, das habe ich gesehen«, entgegnete Dracon sarkastisch. »Wie kommst du überhaupt dazu, dich mit Menschen im Armdrücken zu messen?«

»Ich wollte doch nur meinen Beutel etwas auffüllen. Wo ist mein Beutel überhaupt?«, fragte Shira und suchte verwirrt ihren Gürtel ab.

»Ich habe ihn diesem schmierigen Typen gegeben. Dem du immer wieder in die Faust gerannt bist.«

»Du meinst Gregor. Ja, der war ziemlich sauer.«

Sie musste lachen. »Aber es war nicht fair, meinen Beutel herzugeben!«

»Ich denke, es war nicht fair von dir, dieses Geld überhaupt anzunehmen.«

»Ich weiß gar nicht, wo das Problem ist. Es waren doch nur ein paar Silbertaler. Außerdem hatte Gregor es nicht anders verdient«, wetterte Shira. Sie stand wieder auf, und ihr wurde plötzlich übel. Sie drehte sich um, ging zwei Schritte bis zu einer Hauswand, lehnte sich mit dem Rücken dagegen und sank langsam auf den Boden. Dann legte sie sich hin und schloss die Augen. Alles drehte sich.

Dracon ging zu ihr und hockte sich vor sie. »Komm, steh auf, du kannst hier nicht liegen bleiben.«

»Warum nicht? So unbequem ist es nicht«, murmelte Shira vor sich hin. Dracon nahm Shira vorsichtig hoch. Sie griff ihm an den Oberarm und strich über seine Muskeln. »Du bist so stark und so … so perfekt.« Sie streichelte seinen Oberarm und ließ ihre Hand langsam zu seiner Brust gleiten, dann hielt er ihre Hand fest.

»Wir sollten jetzt besser gehen«, sagte er. Er legte sie über seine Schulter. Während er zum Waldrand ging, schlief sie ein.

Als sie aufwachte, schaute sie auf eine Flamme. Erschrocken richtete sie sich auf und sah sich um. Sie war in einer Höhle, und vor ihr brannte ein kleines Feuer. An der Decke war ein Loch, durch das ein wenig

Mondlicht hineinschien. Auf der anderen Seite vom Feuer saß Dracon und sah sie mit einer ausdruckslosen Miene an. »Wieder nüchtern?«, fragte er tonlos.

Shira faste sich an ihr Gesicht. Es schmerzte und fühlte sich geschwollen an. Ihre Lippe war aufgeplatzt, und ihr linkes Auge war so zugeschwollen, dass sie es kaum öffnen konnte.

»Steht dir gut«, bemerkte Dracon beiläufig und grinste schadenfroh.

Shiras Erinnerungen kamen langsam zurück, und ein Gefühl von Scham überkam sie. »Es tut mir leid«, flüsterte sie.

Dracon lächelte und setzte sich neben sie. »Darf ich?«, fragte er und legte sanft seine Hand auf ihre Wange. Sie spürte, wie es angenehm warm wurde. Der Schmerz verschwand, und die Spannungen lösten sich. Dann nahm er seine Hand wieder weg. »Machst du so was öfter?«, fragte er.

»Was meinst du?«

»Übermäßig viel trinken, Menschen betrügen, dich verprügeln lassen.«

Shira hätte sich am liebsten in einem Loch verkrochen, so peinlich war es ihr. Es war das zweite Mal gewesen, dass sie so betrunken war. Und schon nach dem ersten Mal hatte sie sich geschworen, es nie wieder so weit kommen zu lassen. Damals war sie in einer Taverne in einem Mankurendorf und hatte bei einer Wette beinahe ihr Schwert verloren. Aber von Menschen verprügelt zu werden, und das auch noch vor Dracons Augen, war noch schlimmer.

»Nein, natürlich nicht. Es hätte gar nicht so weit kommen dürfen. Ich wollte nur gegen Gregor antreten und direkt wieder gehen. Er nimmt die anderen Männer immer aus. Ich fand einfach, dass er eine Lektion verdient hätte. Ich konnte ja nicht ahnen, dass er so aggressiv darauf reagiert.«

»Sich mit Menschen im Armdrücken zu messen, ohne sie wissen zu lassen, dass du eine Mankure bist, ist schon ziemlich hinterhältig«, merkte Dracon an.

»Ich weiß, und es tut mir auch leid. Es war dumm von mir, und ich werde es sicher nicht noch mal machen. Außerdem habe ich meine Strafe ja bereits bekommen. Du warst ja so freundlich, meinen Geldbeutel zu verschenken«, sagte Shira zerknirscht.

»Ich habe ihn nicht verschenkt, ich habe das Geld nur seinem rechtmäßigen Besitzer zurückgegeben«, entgegnete Dracon.

»Ja, ich hab schon verstanden. Was machst du eigentlich hier? Warum bist du in Darnhein?«, fragte Shira.

»Ich war auf dem Weg nach Benklad, weil ich dich gesucht habe.«

»Du hast mich gesucht?«, Shira klang entrüstet. Sie hatte mit ihrer Vermutung also richtig gelegen, er war wegen ihr hier. Ein flaues Gefühl füllte ihre Magengrube, und sie wäre am liebsten davongelaufen. »Hat dein Vater dich geschickt?«, fragte sie ahnungsvoll.

Dracon nickte, und Shira war sich sicher, dass er sie verraten hatten. »Warum hast du es ihm gesagt?«, fragte sie.

»Was soll ich ihm gesagt haben?«

»Dass Casto mein Vater ist.«

»Das habe ich ihm nicht erzählt.« Er schien gekränkt zu sein von ihrem Misstrauen. »Er weiß, dass du das verschollene Schwert bei dir trägst«, erklärte er. Shira sah ihn fragend an. »Aus deiner Nachricht, die du mir gesendet hast, ließ sich schließen, dass du eine Waffe aus magischem Eisen besitzen musst. Er will wissen, wo du sie herhast.«

»Das Schwert hat mir mein Vater geschenkt«, sagte Shira.

»So was habe ich mir schon gedacht.«

»Und was hast du nun vor? Wirst du deinen Vater rufen?« Shira war immer noch verunsichert.

»Warum sollte ich, das Schwert habe ich schon in Zimheim gesehen«, bemerkte Dracon.

»Wenn du nie vorhattest, mich auszuliefern, warum hast du mich dann gesucht?«, wollte Shira wissen.

»Ich dachte, das ist dir lieber, als wenn mein Vater dich selbst sucht«, sagte Dracon.

»Wenn du mich ihm auslieferst, macht es kaum einen Unterschied«, entgegnete Shira.

»Ich sagte doch bereits, dass ich das nicht vorhabe. Ich werde meinem Vater erzählen, dass ich dich nicht finden konnte. Es war sowieso unwahrscheinlich, dass du nach Benklad zurückgehen würdest. Er wird mir sicher glauben.«

»Bist du allein hergekommen?«

»Xendra und Ilas haben mich begleitet. Aber sie wissen nicht, dass ich dich gefunden habe, und von mir werden sie es auch nicht erfahren.«

»Danke, das weiß ich zu schätzen«, entgegnete Shira, während sie sich fragte, ob er wirklich die Wahrheit sprach.

»Warum nennst du es eigentlich das verschollene Schwert?«, fragte sie.

»Es ist die einzige Waffe aus magischem Eisen, von der die Oberen bisher nicht wussten, wo sie sich befindet. Casto hat sie jahrelang glauben lassen, das Schwert sei gestohlen worden. Er hat sogar den vermeintlichen Dieb gefasst«, erzählte Dracon.

Shira zog das Schwert aus der Scheide und legte es auf den Boden. »Nimm es!«, bot sie verärgert an.

Dracon sah sie ungläubig an, dann schüttelte er den Kopf. »Ich denke, es ist besser, wenn du es behältst. Du könntest es noch brauchen.«

»Ich wollte es nie haben. Es hat immer nur Ärger gebracht.«

Dracon nahm das Schwert und sah es sich an. Es war sehr leicht und perfekt ausbalanciert. »Ich finde es gar nicht schlecht.«

»Ist es auch nicht, aber der Preis war zu hoch«, erklärte Shira.

»Welcher Preis? Ich dachte, Casto hat es dir geschenkt.«

»Hat er auch, und Rouh musste dafür acht Jahre in Damphthron verbringen.«

»Wieso? Was hatte Rouh damit zu tun?«, wollte Dracon wissen.

»Er war der vermeintliche Dieb. Casto hat ihn beschuldigt, um den Verdacht von sich abzulenken. Ich wollte ihm das Schwert zurückgeben, damit er Rouh wieder freilässt, aber er bestand darauf, dass ich es behalte. Er sagte, wenn ich es nicht behielte, würde er Rouh erst recht nicht freilassen. Ich behielt das Schwert und habe seitdem nie wieder mit Casto gesprochen.«

»Das kann ich gut nachvollziehen. Ich hatte nie eine gute Meinung von ihm, aber dass er dir so etwas antut, hätte ich auch nicht gedacht«, sagte Dracon.

Shira wusste nicht, was sie dazu sagen sollte. Sie dachte an Rouh und hätte ihn gern gerufen. Er wollte in der Nähe von Darnhein auf sie warten. Sie starrte in die dunkle verregnete Nacht und fragte sich, wo Rouh wohl sein mochte.

»Du weißt, was es mit den Todschatten auf sich hat, oder?«, fragte Dracon.

Aus ihren Gedanken gerissen, sah sie ihn verwundert an. »Ja, ich denke schon«, zögerte sie.

»Du solltest vorsichtig sein, wenn du weiterreist. Wo ist eigentlich Rouh?«

»Er wartet auf mich irgendwo in der Nähe, hoffe ich.«

»Es ist gefährlich allein da draußen.«

»Wir haben uns nur getrennt, weil ich nach Darnhein gegangen bin. Ich dachte nicht, dass ich so lange wegbleibe. Er macht sich bestimmt schon Sorgen«, erklärte Shira.

»Dann such ihn doch.«

»Es macht dir nichts aus?«

»Warum sollte es?«

Shira lächelte, ging nach draußen und pfiff in einem so hohen Ton, dass ihn viele Wesen nicht zu hören vermochten. Sie hatte Glück. Rouh war wirklich nicht weit entfernt und hörte sie. Es dauerte nicht lange, bis er in die trockene Höhle kam. Shira freute sich, ihn zu sehen, und schlang ihre Arme um sein nasses Fell. Sie löste die Umarmung schnell wieder, da die Feuchtigkeit unangenehm war.

»Wo bist du so lange gewesen?« Er schüttelte sich trocken und machte Shira dabei nass. Sie sah ihn beleidigt an.

»Danke«, sagte sie patzig.

»Was macht der denn hier?«, fragte Rouh unfreundlich und blickte Dracon an.

»Freut mich auch, dich wiederzusehen«, sagte Dracon.

Rouh hatte nicht daran gedacht, dass Dracon ihn verstehen konnte. »Entschuldige bitte, ich meinte es nicht böse. Ich war nur verwundert über deine Anwesenheit.«

»Und äußerst erfreut«, bemerkte Dracon in einem sarkastischen Ton.

»Er ist mir gefolgt, wegen meines Schwerts«, erklärte Shira.

»Wegen deines Schwerts?«

»Ja, Drognor weiß von dem Schwert.«

»Und du bist gekommen, um ihr das zu sagen?«, Rouh sah Dracon fragend an.

»In gewisser Weise schon«, sagte Dracon.

Rouh war verwirrt. »Musst du dein Schwert jetzt abgeben?«, fragte er.

»Nein, ich denke nicht«, sagte Shira, während sie Dracon einen fragenden Blick zuwarf. Aber der beachtete sie gar nicht und stand auf. Shira fragte sich, was mit ihm los war, doch dann spürte sie eine leichte Vibration im Boden. Rouh stand angespannt neben dem Feuer und sah nach draußen, während Dracon bereits am Ausgang war und hinausschaute.

»Lösch das Feuer!«, flüsterte er. Shira machte eine schnelle Handbewegung, und die Flammen erloschen, ohne auch nur einen Funken oder eine Rauchwolke zu hinterlassen.

»Das müssen mindestens sechzig Mann sein«, flüsterte Shira. Die drei standen am Höhlenausgang und sahen eine Armee von menschlichen Kriegern, die nur wenige Meter von der Höhle entfernt Richtung Darnhein liefen. Ihre Fackeln erhellten den Wald, so waren zwischen ihnen einige Todschatten zu sehen und noch andere Schattenwesen, die Shira nicht kannte. Sie liefen auf allen vieren, ihr Widerrist reichte bis auf Schulterhöhe der Menschen. Sie hatten spitze Ohren und eine breite, lange Schnauze, dazu waren sie sehr stämmig und muskulös gebaut. »Was sind das für Kreaturen?«, fragte Shira leise. Dracon hielt den Zeigefinger vor seine Lippen, um ihr zu sagen, dass sie still sein sollte.

Als die Kreaturen etwas weiter entfernt waren, sagte er: »Das sind Fleischreißer, sie haben ein sehr ausgeprägtes Gehör.«

Einer der Todschatten blieb stehen und sah direkt zu der Höhle. Seine blutroten Augen leuchteten im Dunkeln. Dracon schob Shira zur Seite, sodass der Todschatten sie nicht sehen konnte.

»Was ist?«, fragte einer von ihnen.

»Ich rieche Mankurenfleisch.« Die Stimmen der Todschatten klangen dunkel und rau.

»Das müssen wir ignorieren, wir haben einen Auftrag zu erfüllen.« Dann gingen sie weiter. Als sie sich ein Stück entfernt hatten, folgte Dracon ihnen.

Shira sah Rouh an. »Ich muss ihm helfen. Bleib bitte hier.«

»Meinst du nicht, es wäre besser, wenn ich mitkomme?«

»Nein, das ist zu gefährlich«, entgegnete Shira und rannte los.

***

Die meisten Dorfbewohner wurden aus dem Schlaf gerissen, als die Todschatten mit ihrer Armee einfielen. Die Todschatten und ihre menschlichen Krieger verteilten sich im ganzen Dorf. Sie drangen in jedes Haus ein und töteten Frauen und Kinder. Die Männer, egal ob jung oder alt, wurden von den Todschatten bearbeitet und auf ihre Seite gezogen.

Shira lief in das Dorf. Sie sah Dracon in einem der Häuser verschwinden, in das zuvor ein Trupp Krieger hineingestürmt war. Auf der gegenüberliegenden Seite kam gerade ein Todschatten, gefolgt von seinen Männern, aus einem Haus heraus. Shira rannte mit gezogenem Schwert auf das Schattenwesen zu und erschlug es. Die Männer griffen sie sogleich an, und sie musste sich gegen fünf Krieger behaupten. Sie schoss eine Energiekugel auf einen der Männer, während sie die anderen vier mit dem Schwert abwehrte. In einem der Häuser hörte sie Schreie. Sie rannte hinein und blieb abrupt stehen. Sie sah, wie einer der Todschatten einen Mann an der Kehle festhielt und ihm in die Augen starrte. Ein weiß schimmernder Luftstrom kam aus dem Mund des Mannes und wurde von den Nasenlöchern des Todschatten eingesaugt.

Shira stand still in der Tür und beobachtete leise das Geschehen. Einer der Männer bemerkte sie und rannte auf sie zu. Aber sie schlug ihn mit einem Schwerthieb nieder. Der Todschatten schien fertig zu sein mit seiner Prozedur. Der Mann, dessen Familie gerade getötet worden war, folgte ihm nun bedingungslos und war ebenfalls im Begriff, Shira anzugreifen. Sie trat einen Schritt zurück. Von hinten kamen vier weitere Männer auf sie zu gestürmt. Einem der Männer trat sie die Beine weg und schlug im nächsten Moment einen weiteren mit einer Energiekugel nieder. Auch die beiden anderen Männer hatten keine Chance, an die Mankure ranzukommen. Ihrer schnellen Kampfkunst hatten sie nichts entgegenzusetzen.

Nachdem Shira den letzten Angreifer besiegt hatte, schaute sie zum Eingang des Hauses, aus dem die Männer zuvorgekommen waren, und sah die dunkle Gestalt des Todschattens. Er schwebte über dem Boden und kam auf sie zu. Seine roten Augen fixierten sie und versuchten, sie zu lähmen. Die finstere Grausamkeit, die sie ausstrahlten, ließ Shira erstarren.

Plötzlich wurde sie zur Seite gestoßen. Dracon griff das Schattenwesen an, ohne ihm in die Augen zu sehen. Dabei war er unheimlich schnell, im nächsten Augenblick hatte er die Kreatur mit seinem Schwert durchbohrt, und eine Rauchwolke war das Einzige, das von ihr übrig blieb.

»Alles in Ordnung?«, fragte er.

»Ja, danke.«

»Du darfst ihnen nicht in die Augen sehen!«, warnte Dracon.

Die Schattenwesen bemerkten schnell ihren Verlust und forderten die Männer zum Rückzug auf. Ohne Dracon und Shira weiter zu beachten, verließen sie das Dorf. Nur einer der Todschatten blickte auf die beiden zurück und musterte sie, dann verschwand auch er.

Einige Häuser brannten, Schreie und verzweifelte Rufe waren zu hören. »Ich muss Xendra und Ilas finden«, sagte Dracon und rannte ins Dorfzentrum. Shira folgte ihm. Vor einem kleinen Haus in der Nähe des Marktplatzes blieb er stehen. Die Tür stand offen, und es roch verbrannt. Die Einrichtung war komplett zerstört und von Xendra, Ilas und ihrem Gastgeber war keine Spur zu sehen. Dracon lief zum Marktplatz und rief nach den beiden. Aber er bekam keine Antwort. Suchend schauten sie sich um, dann stach Shira das Wirtshaus ins Auge.

»Mikka«, entfuhr es ihr. Dracon blickte Shira an und ohne ein Wort liefen sie gleichzeitig los. Auch die Tür vom Wirtshaus stand offen. Überall lagen Scherben auf dem Boden, die Tische und Stühle waren größtenteils zerstört.

»Mikka, bist du da?«, rief Shira. Hinter der Bar regte sich etwas. Es klirrte und ein leises Stöhnen war zu hören. Hinter der Theke lag Mikka unter dem zerbrochenen Spiegel, der zuvor hinter der Bar gehangen hatte, begraben.

Dracon ging zu ihm, entfernte die Glasscherben und suchte die Wunden an Mikkas Körper. Er hob vorsichtig dessen Arm hoch, den dieser an seinen Bauch presste. Dann sah er eine Scherbe, die Mikkas Brustkorb durchbohrte. »Ich muss sie rausziehen«, sagte Dracon. Mikka nahm zur Kenntnis, was Dracon sagte, gab aber keinen Laut von sich. Dracon griff vorsichtig die Scherbe und zog sie heraus. Er drückte seine Hand auf die Wunde. Sie verschloss sich sofort, und einen Moment später war sie geheilt.

»Danke, mein Freund«, sagte Mikka erleichtert.

»Wo ist Mara?«

Mikka sprang auf und rannte in die Küche. »Mara!«, rief er verzweifelt. »Dracon, schnell, du musst ihr helfen.« Mara lag auf dem Küchenboden. In ihrer Brust steckte ein Dolch. Mikka hockte neben ihr und hielt sie im Arm. »Bitte, du musst ihr helfen.«

Dracon kniete sich neben den leblosen Körper. Er wollte den Dolch herausziehen und legte seine Hand auf ihren Brustkorb. Dann hielt er inne. »Ich kann ihr nicht mehr helfen, es tut mir leid«, bedauerte er.

»Wieso? Warum hilfst du ihr nicht?«, brüllte Mikka verzweifelt, Tränen liefen ihm übers Gesicht.

»Sie ist tot, Mikka. Ich kann Tote nicht wieder zum Leben erwecken. Es tut mir leid.«

Entsetzt sah Mikka Dracon an. Fassungslos schüttelte er den Kopf und drückte den toten Körper seiner Frau noch fester an sich. Dracon drehte sich um und ging. Shira fehlten die Worte. Sie wusste nicht mit der Situation umzugehen. »Es tut mir leid.«, sagte sie zu Mikka und blickte ihn traurig an. Dann folgte sie Dracon nach draußen.

Sie suchten das gesamte Dorf ab und ließen kein Haus aus. Die Todschatten und die von ihnen verfluchten Menschen hatten eine Spur der Verwüstung hinterlassen. Es gab einige Überlebende, die meisten davon waren verletzt, aber Dracon konnte sie heilen. Von Xendra und Ilas fehlte jede Spur.

»Ich muss den Todschatten folgen«, war Dracon entschlossen.

»Glaubst du, sie haben Ilas und Xendra mitgenommen?«, fragte Shira.

»Ich weiß es nicht, aber ich werde es herausfinden.«

»Ich begleite dich«, beschloss Shira.

Dracon schaute sie nachdenklich an, er würde sicher Hilfe brauchen, sollte er Xendra und Ilas aus den Fängen der Todschatten befreien müssen.

»Keine Widerrede. Außerdem bin ich dir noch was schuldig«, bemerkte sie und lächelte ihn an.

Er wusste nicht, wieso, aber ihr Lächeln verlieh ihm Zuversicht. »Gut, dann komm, wir dürfen keine Zeit verlieren«, sagte er. Sie holten Rouh, der vom Rand des Dorfes aus das Geschehen beobachtet hatte. »Hast du gesehen, in welche Richtung die Todschatten und die Menschen gegangen sind?«, fragte Dracon ihn.

»Ja, sie sind nach Süden gegangen«, sagte Rouh.

»Waren Xendra und Ilas dabei?«, wollte Shira wissen.

»Das kann ich nicht sagen. So genau habe ich sie nicht gesehen, dafür waren sie zu weit weg«, bedauerte Rouh.

DRADONIA

Nach einer dreitägigen Reise erreichten die Menschen aus Weisering das westliche Stadttor von Dradonia. Unter ihnen waren auch Agriem, Routag und Casandra mit ihren Kindern. Die Gruppe zählte etwa fünfzig Menschen, Routag war der einzige Mankur unter ihnen, was außer Agriem und Casandra allerdings niemand wusste.

Die Stadtwachen von Dradonia hatten die Gruppe bereits in der Ferne gesehen und erwarteten sie mit erhobenen Waffen vor dem geschlossenen Stadttor. Durch die Kutschen und Pferde wussten sie sofort, dass es sich um Menschen handeln musste. Es war äußerst ungewöhnlich, dass eine so große Gruppe von Menschen eine Mankurenstadt aufsuchte, und die Mankuren begegneten dem unerwarteten Besuch mit Vorsicht. Nachdem sie allerdings erkannt hatten, dass auch Frauen und Kinder dabei waren, nahmen sie die Waffen herunter.

Fünf Mankuren standen vor dem Stadttor, einer von ihnen trat nach vorne. Er hatte langes, gewelltes schwarzes Haar, das ihm bis über die Schultern reichte. Seine großen, schräg zueinanderstehenden Augen waren von einem dunklen, klaren Blau. Sein Blick war streng, wirkte aber nicht unfreundlich. Auf dem breiten Schwertgürtel, der über seiner Brust entlanglief, war auf Schulterhöhe ein kleines Bild zu sehen. Von einem Kreis umrandet, zeigte es den Tayguien vor der aufgehenden Sonne, das Wappen der Oberen.

Die Menschen wussten damit nichts anzufangen, aber Routag erkannte an diesem Zeichen, dass der Mankur vor ihnen ein Krieger der herrschaftlichen Armee war. Er begrüßte die Menschen und fragte nach ihrem Anliegen. Ein kräftiger, aber recht kleiner Mann, der die Gruppe angeführt hatte, erzählte den Wachen, was geschehen war. Dass einige Schattenwesen zurück ins Land gekehrt waren, war den Einwohnern von Dradonia bekannt, aber dass sie die Menschen jagten, um sie zu ihren Dienern zu machen, hörten sie zum ersten Mal. Dennoch boten sie den Menschen ihre Hilfe an und gewährten ihnen Zugang zur Stadt.

Mit großem Respekt betrat die Gruppe Dradonia, nie zuvor hatte einer von ihnen ein Mankurendorf gesehen, geschweige denn eine

Mankurenstadt. Erstaunt liefen sie die Straßen entlang und bewunderten die für sie völlig fremde Umgebung.

Diese Stadt war nicht nur einzigartig, weil es die älteste Mankurenstadt im Land war, sondern auch wegen ihrer außergewöhnlichen Gebäude. Die Häuser der Mankuren waren häufig rund mit einem Dach, das sich in einer sanften Steigung zu einer Spitze formte, aber nicht in Dradonia. Die Häuser dort hatten eine quadratische Grundform und flache Spitzdächer, die von einer dichten Moosdecke bewachsen waren. Die Mauern bestanden aus hellgrauem Gestein, das mit filigranen Bildern, die teilweise gemalt oder direkt in das Gestein eingearbeitet waren, verziert war. Diese kunstvollen Verzierungen machten jedes Haus einmalig.

Casandra blieb vor einem der Häuser stehen und schaute sich die Verzierungen genauer an. Die Bilder zeigten eine Gruppe Mankuren, die um ein Feuer herumsaß. Die Flamme bewegte sich, und Casandra starrte ungläubig auf das Kunstwerk. Plötzlich stand einer der Mankuren auf und winkte ihr, woraufhin Casandra erschrocken einen Schritt zurücktrat.

»Was ist los?«, fragte Routag besorgt.

»Die Bilder – sie leben.«

Routag blickte zu der Wand, vor der Casandra kurz zuvor gestanden hatte. Die Mankuren auf dem Bild tanzten nun um das Feuer herum. »Du musst keine Angst vor ihnen haben. Sie erzählen nur eine Geschichte aus vergangenen Zeiten«, erklärte Routag.

»Aber einer von ihnen hat mir gewinkt.«

Routag lachte. »Sie nehmen uns wahr, denn sie erzählen ihre Geschichte nur, wenn ihnen jemand zusieht«, erklärte Routag.

Obwohl Casandra mit einem Mankuren verheiratet war und ihr die Magie nicht völlig fremd war, fand sie die lebendigen Bilder beängstigend. Auch Agriem bestaunte die Bilder. Sie faszinierten ihn, waren ihm aber auch gleichermaßen unheimlich.

Zwischen den Häusern verliefen vier Alleen, die vom Stadtkern bis zu den Stadttoren führten. Nur die Ostallee endete nicht an einem Stadttor. In jeder Allee waren Obst- oder Nussbäume gepflanzt. Im Zentrum befand sich die Stadthalle, die mit ihrer hohen Glaskuppel alle anderen Gebäude überragte. Dahinter erstreckte sich ein großer Garten, bis zum östlichen Rand der Stadt, indem Obst und Gemüse gepflanzt wurden. Dieser Garten gehörte allen Bewohnern der Stadt. Jeder, der dort erntete, trug auch zur Bewirtschaftung bei. Von zwei der Stadtwachen geleitet, wurden die Menschen direkt vor die Stadthalle, die am Marktplatz lag, geführt, wo sie stehen blieben.

Der schwarzhaarige Mankur, der sie vom Stadttor aus begleitet hatte, ging in die Stadthalle hinein, die leer zu sein schien, und schloss die Tür hinter sich.

Auf der Treppe vor dem Eingang standen drei Mankurenkinder, die gleichzeitig jeder einen felligen Ball auf die Stufen warfen. Als die apfelsinengroßen Fellkugeln aufprallten, kamen vier Beinchen aus ihnen heraus, an denen statt Füßen kleine Hände waren. Die drei Bälle mit dem grauen Fell kletterten die Stufen hinauf zu einer Kupferschale, die links vom Eingang stand.

Der erste vierbeinige Ball erreichte die Schale und kletterte hinein. Eine glitzernde Staubwolke erschien, und nur wenige Sekunden später kam der Ball rotgefärbt wieder heraus. Er lief zur Treppe zurück, dicht gefolgt von dem zweiten vierbeinigen Ball, der nun dunkelgrün war. Der dritte Fellball stolperte über seine eigenen Hände, auf denen er lief, und stieß gegen die Schale, bevor er hineinkletterte. Die anderen Bälle hatten in der Zwischenzeit die Treppenstufen erreicht und sprangen mit Schwung hinunter, dabei zogen sie ihre Beinchen wieder ein.

Am Boden angekommen rollten sie noch ein Stückchen nebeneinander, dann blieb der rote Ball liegen und wurde von dem grünen überholt.

»Gewonnen!«, rief einer der Mankurenjungen. Er hatte Ohren wie ein Wolf, seine Nase war schwarz, und sein Gesicht war von den Wangenknochen bis zum Kinn behaart. Die anderen beiden nahmen ihre Fellbälle ebenfalls wieder an sich, sie pusteten sie kurz an, und die bunten Farben wandelten sich wieder in ein dunkles Grau.

Der Mankurenjunge mit den Wolfsohren wurde auf die Pferde aufmerksam, die zwischen den Menschen standen. Mankuren hielten keine Pferde, und er hatte diese Tiere noch nie gesehen. Auch seine beiden Freunde bestaunten die Tiere neugierig, aber sie waren zurückhaltender und wagten es nicht, sich ihnen zu nähern.

Der Mankurenjunge mit dem behaarten Gesicht hingegen ging vorsichtig auf eines der Pferde zu. Routag hielt dessen Zügel. Er grüßte den kleinen Mankuren freundlich und lächelte ihn an, das Pferd aber wurde unruhig. Der wolfsähnliche Mankurenjunge war nur noch wenige Schritte entfernt, als das Pferd panisch stieg und laut wieherte. Einen

Augenblick lang starrte der Mankurenjunge das Pferd erschrocken an, das für ihn plötzlich riesig wirkte. Dann rannte er wieder zu seinen Freunden.

Sie tauschten ein paar Worte aus und liefen auf die andere Seite vom Marktplatz, wo sie die Kupferschale auf die Fensterbank eines Hauses stellten und ihr Spiel fortsetzten. Diesmal mussten die Fellbälle eine Veranda hinaufklettern und anschließend die Wand entlang hoch zur Fensterbank. Dabei wurden sie von den Menschen beobachtet, die fasziniert von den sonderbaren Fellbällen waren.

Inzwischen begaben sich immer mehr Mankuren in die Stadthalle.

»Was geht da vor sich?«, fragte Casandra leise.

»Ich bin mir nicht sicher. Wahrscheinlich beraten sie sich darüber, was sie mit uns machen werden«, entgegnete Routag gelassen. Nach einer Viertelstunde, die der Gruppe aus Weisering ewig erschien, kamen einige Mankuren wieder aus der Stadthalle heraus und gingen auf die Menschen zu. Sie erklärten ihnen, dass sie bei den Bewohnern untergebracht würden, und die Gruppe wurde aufgeteilt.

Dass die Mankuren sie in ihren eigenen Heimen unterbrachten, war für die Menschen völlig fremd, und es behagte ihnen nicht. Sie hatten keine gute Meinung von den Mankuren, aber großen Respekt vor ihnen, teilweise sogar Angst. Sie hatten nur aus Verzweiflung den Schutz bei ihnen gesucht, aber es fiel ihnen zunächst schwer, diesen mächtigen Wesen zu vertrauen.

Die Mankuren hingegen waren sehr offenherzig und ließen sich kaum von Vorurteilen beeinflussen, nur vereinzelt gab es welche, die den Menschen misstrauten und abweisend reagierten. Viele Gepflogenheiten der Mankuren waren den Menschen unbekannt und sorgten nicht selten für erstaunte, fragende Blicke. Manche Dinge, die für die Menschen selbstverständlich waren, gab es bei den Mankuren nicht.

Es fing damit an, dass es in der Stadt keine Hierarchien unter den Bewohnern gab. Sie waren alle gleichgestellt, unabhängig von ihrer Stärke, ihrem Aussehen oder auch ihren Tätigkeiten. Auf den Straßen wurde sich gegrüßt, auch wenn sich unbekannte Gesichter begegneten. Es gab zahlreiche Tiertränken und überdachte Futterstellen, aber Stallungen gab es nicht.

An den Futterstellen verteilt standen einige Montachos, die genüsslich fraßen. Die Pferde der Menschen sollten zu den Futterstellen geführt werden, doch die Tiere fürchteten sich vor den Montachos, die zwar nicht wesentlich größer, aber viel breiter und kräftiger waren. Die Menschen versuchten vergebens, die Pferde zu beruhigen.

Dann kam ein kleiner blonder Mankur zu ihnen. Er hatte ein sehr schmales Gesicht, wodurch seine spitzen Ohren sehr groß wirkten. Er stellte sich vor die wiehernden Pferde und sprach mit ihnen. Die Menschen konnten das Gespräch zwar nicht mit anhören, aber sie nahmen an, dass sich der kleine Mankur mit den Tieren unterhielt, denn nur wenige Augenblicke später beruhigten die Pferde sich wieder.

Sie gingen zu den Futterstellen und wurden ohne Zaumzeug zurückgelassen, was die Menschen nicht verstanden. Sie befürchteten, die Tiere würden davonlaufen, doch die Mankuren versicherten ihnen, dass sie gut versorgt würden und sicher freiwillig blieben.

Die Mankuren hielten, anders als die Menschen, keine Nutztiere, was auch der Grund dafür war, warum sie nur selten auf Pferden zu sehen waren. Die Tiere und Aphthalen, die sich über die Stadt verteilten, waren freiwillig dort. Im gegenseitigen Einverständnis zogen alle Spezies ihren Nutzen voneinander. Fleisch und Felle besorgten die Mankuren ausschließlich durch die Jagd. Es entsprach nicht ihren moralischen Werten, andere Lebewesen in Gefangenschaft zu halten und sie zu töten.

Routag kam im gleichen Haus wie Casandra und ihre Kinder unter, während Agriem den großen Mankuren mit den tiefblauen Augen, der sie am Stadttor empfangen hatte, begleitete. Frasir war sein Name. Es widerstrebte Agriem, im Haus dieses schwarzhaarigen Mankuren untergebracht zu werden. Er schien ihm einfach unsympathisch, nicht zuletzt, da der Mankur einen Kopf größer und breiter war als er.

Agriem selbst war für einen Menschen sehr kräftig gebaut, aber dieser Mankur schien ihm in jeder Hinsicht überlegen zu sein, was ihn verunsicherte und auch ein wenig einschüchterte. Schweigend lief Agriem neben Frasir her, betrachtete die Bilder auf den Häuserwänden und folgte ihren Geschichten.

Eine erzählte von einem Menschenmädchen, das sich verirrt hatte. Einige Mankuren fanden es und brachten es zurück in sein Dorf. Doch die Menschen dort glaubten, die Mankuren hätten das Mädchen entführen wollen, griffen die Mankuren an und verjagten sie aus dem Dorf. Die nächste Geschichte, die Agriem sah, erzählte von einer Art Raubtier. Agriem konnte nicht genau erkennen, was es war. Es hatte eine Mähne und lange Stoßzähne. Es jagte die Mankuren, dabei geriet es mit einem seiner Vorderläufe zwischen zwei dicke Wurzeln und blieb stecken. Die

Mankuren befreiten das Wesen, obwohl sie zuvor noch seine Beute gewesen waren.

Jede Geschichte, die Agriem sah, erzählte von guten Taten der Mankuren. Die Menschen hingegen wurden immer in einem schlechten Licht dargestellt. »Zeigen diese Bilder die Wahrheit, oder sind es erfundene Geschichten?«, wollte Agriem wissen.

»Sie erzählen von Ereignissen, die vor langer Zeit geschehen sind«, entgegnete Frasir mit ruhigem Ton.

»Es wundert mich, dass ich keine Geschichte finden kann, die vom wahren Wesen der Mankuren erzählt«, sagte Agriem.

»Was willst du damit sagen?«, fragte Frasir argwöhnisch.

»Es scheint, als ob alle Geschichten nur von den guten Taten der Mankuren erzählten.«

»Wenn nur gute Taten vollbracht werden, kann auch nur von solchen erzählt werden«, sagte Frasir.

»Es ist wohl kaum eine gute Tat, ein Menschendorf zu überfallen und Frauen und Kinder zu töten«, stellte Agriem provokant fest.

»Wovon genau sprichst du?«, hakte Frasir nach.

»Es waren Mankuren, die vor zehn Jahren unser Dorf plünderten. Dabei töteten sie meine Frau und meinen Sohn.«

»Das tut mir leid. Bedauerlicherweise gibt es auch unter den Mankuren einige, die ein schlechtes Wesen haben«, sagte Frasir.

»Wohl die meisten«, flüsterte Agriem, aber Frasir hatte ihn gehört.

»Du scheinst eine sehr schlechte Meinung von den Mankuren zu haben«, bemerkte Frasir. »Ist dein Freund, mit dem du hergekommen bist, nicht auch ein Mankur?«

»Ja, aber das ist etwas anderes«, entgegnete Agriem.

»Was genau soll daran anders sein?«

»Er ist bei den Menschen aufgewachsen«, erklärte Agriem.

»Und dennoch bleibt er ein Mankur«, sagte Frasir. Seine Stimme war sehr tief und klang ruhig und monoton. Er wirkte auf Agriem sehr verschlossen, was Misstrauen bei ihm erweckte.

Frasir blieb vor einem der Häuser stehen. »Das ist mein Haus. Hier wohne ich mit meiner Tochter.«

Agriem betrachtete die sich bewegenden Bilder auf der Hauswand. Sie erzählten von einem Krieg zwischen Mankuren und Menschen. Den die Menschen scheinbar grundlos begonnen hatten. »Das war ja nicht anders zu erwarten«, murmelte Agriem in seinen roten Bart, der sein halbes Gesicht bedeckte.

Frasir warf ihm einen tadelnden Blick zu, der Agriem ein wenig einschüchterte. Der Mankur ging die Stufen zu der kleinen Veranda hinauf und war dabei, die Tür zu öffnen.

»Du sagtest, du lebst hier mit deiner Tochter?«, fragte Agriem.

»Ja, das sagte ich.«

»Was ist mit ihrer Mutter?«

»Sie wurde getötet.« Frasir betrachtete Agriem vorwurfsvoll. »Von einem Menschen«, fügte Frasir schließlich an.

Agriem blieb verunsichert stehen. Er konnte Frasirs Worte kaum glauben. Es war für ihn nicht nach vollziehbar, warum Frasir einem Menschen half, wenn es tatsächlich der Wahrheit entsprach, was er eben behauptet hatte. Agriem war fest davon überzeugt, dass Frasir die Menschen hassen müsste, wenn er durch sie seine Geliebte verloren hatte. Genauso wie er selbst die Mankuren dafür hasste, dass sie ihm seine Familie genommen hatten.

Frasir erwartete eine Reaktion von Agriem, doch der starrte ihn nur an. Ihm fehlten die Worte. »Folge mir!«, sagte Frasir nach kurzem Schweigen und ging ins Haus. In der Mitte des Raumes stand ein Eichenholztisch, dahinter war ein Kamin zu sehen. Ein Stückchen weiter rechts befand sich eine Kochstelle. Eine Mankure war gerade dabei, das Essen zu zubereiten.

Als Frasir mit Agriem zur Tür hereinkam, drehte sie sich zu ihnen um. Sie hatte die gleichen tiefblauen Augen wie Frasir und langes schwarzes Haar. Und obwohl sie mit ihren katzenähnlichen Ohren, die aus ihrem glänzenden Haar herausragten, eindeutig als Mankure zu erkennen war, war sie in Agriems Augen makellos. Er hatte nie zuvor so etwas Hübsches gesehen und war überrascht, dass eine Mankure so wunderschön sein konnte.

»Das ist Alesa, meine Tochter«, stellte Frasir sie vor.

Agriem lächelte sie verlegen an, brachte aber keinen Ton heraus. Er fragte sich, wie alt sie wohl sei. Den Mankuren war ihr Alter nicht leicht anzusehen. Alesa war eindeutig jünger als Frasir. Sein Gesicht ließ Spuren der Zeit erkennen, aber er sah nicht älter als Agriem aus. Agriems Neugier zwang ihn, nachzufragen. »Entschuldige bitte meine Frage, Frasir. Aber wie alt bist du?«

Frasir lächelte. »Ich bin hundertfünfzig Jahre alt.« Agriem war erstaunt und blickte Alesa an. »Sie ist achtunddreißig«, sagte Frasir, als hätte er Agriems Gedanken gelesen. »Das ist Agriem, er wird eine Weile bei uns wohnen, sofern er es möchte«, erklärte Frasir seiner Tochter.

»Du bist einer von den Menschen, die heute aus Weisering gekommen sind«, stellte Alesa fest. »Es freut mich, deine Bekanntschaft zu machen.«

»Eigentlich stamme ich aus Hastem«, räumte Agriem verlegen ein. Dass ihre Anwesenheit ihn offensichtlich verunsicherte, amüsierte Alesa, und sie lächelte. Für Agriem schien es, als würde ihr Lächeln den Raum erhellen.

Frasir bat Agriem, ihm zu folgen. Er führte Agriem an der Kochstelle vorbei in einen schmalen Gang, in dem sich vier Türen befanden. Vor der Tür am Ende des Ganges blieb er stehen und öffnete sie. Dahinter befand sich ein kleiner Raum, der mit einem Bett und einem kleinen Schränkchen ausgestattet war.

»Hier wirst du schlafen, ich hoffe, es genügt dir«, sagte Frasir.

Agriem nickte und bedankte sich. Seine Abneigung gegen die Mankuren war für den Moment verflogen. Nicht zuletzt wegen Frasirs bezaubernder Tochter.

***

Zwei Tage waren seit der Ankunft der Menschen in Dradonia vergangen. Casandra verstand sich sehr gut mit ihrer Gastgeberin, deren Name Opinia war. Allerdings konnte ihr das nicht die Ungewissheit nehmen. Nicht zu wissen, ob sie ihren Mann jemals wiedersehen würde, nicht zu wissen, was in der Welt da draußen geschah und ob ihre Kinder jemals wieder in Frieden leben könnten.

Sie half Opinia gerade, den Tisch abzuräumen, als die Kinder das Haus verließen. Sie trafen sich zum Spielen mit den anderen Kindern auf dem Marktplatz. Casandra war nicht wohl bei dem Gedanken, sie unbeaufsichtigt zu lassen, deswegen bat sie Routag, sie zu begleiten.

Die Mankurenkinder führten den Menschenkindern ihre Zauberkünste vor. Dabei erschufen sie Bilder von Tieren oder Pflanzen aus weißem Rauch. Einer von ihnen ließ die Sandkörner am Boden tanzen und formte aus ihnen kleine Figuren, die sich kurz bewegten und dann wieder in sich zusammenfielen.

Die Menschenkinder waren begeistert. Pabor hatte sich immer gewünscht, mit Mankurenkindern spielen zu können. Als Sohn eines Mankuren hatte auch er die Möglichkeit, die magische Sprache zu erlernen. Aber sein Vater hatte ihm nur wenig beigebracht, er hatte immer befürchtet, Pabor würde seinen Freunden irgendwann imponieren wollen und sich verraten.

In Hastem durfte niemand wissen, dass sein Vater ein Mankur war. Nun war er endlich in einer Mankurenstadt und musste nicht mehr verheimlichen, dass er ein Homur war. Aber er konnte sich kaum darüber freuen. Während seine kleine Schwester sorglos spielte und bereits die ersten Wörter der magischen Sprache nachahmte, trauerte er um seinen Vater.

Routag entging Pabors Kummer nicht, und er hätte ihm gern ein paar tröstende Worte gespendet, doch hatte auch er kaum noch Hoffnung, Cloub jemals wiederzusehen.

Casandra lief mit Opinia an ihnen vorbei, sie gingen zu den Gärten, um Salat und Obst für das Mittagessen zu besorgen. Den Mankuren bereitete es Freude, den Menschen ihre Lebensweise zu zeigen. Sie wollten die Menschen nicht ändern, aber sie hofften, ihnen mehr Respekt vor der Natur und anderen Lebewesen beibringen zu können.

In den Gärten waren am Morgen viele Mankuren und auch einige Menschen zu sehen. Sie wässerten die Pflanzen und ernteten ihr Gemüse für den Tag. Casandra war überrascht, wie harmonisch alle miteinander umgingen. Niemand versuchte mehr als der andere zu bekommen oder hatte Sorge, er würde irgendetwas nicht bekommen, weil jemand es ihm vor der Nase wegschnappen würde. Es war genug für alle da, und auch wenn eine bestimmte Obst- oder Gemüsesorte nicht mehr vorrätig war, so gab man sich mit etwas anderem zufrieden. Das Wichtigste war für sie, dass niemand hungern musste.

»Es ist wirklich bemerkenswert, wie rücksichtsvoll ihr Mankuren miteinander umgeht«, bemerkte Casandra. »Bei den Menschen hat jeder sein eigenes Land, es wird nicht ohne Handel geteilt.«

Opinia lächelte. »Davon habe ich gehört. Aber wie ich es verstanden habe, ist auch jeder für sein Land allein verantwortlich und bewirtschaftet es aus eigener Kraft. Da ist es nur verständlich, dass eine Gegenleistung erwartet wird, wenn die Ernte verteilt werden soll. Es ist nicht so, dass wir eure Lebensweise nicht verstehen. Nur ist sie in unseren Augen fehlerhaft und führt zu einem gesellschaftlichen Ungleichgewicht.« Opinia machte eine kurze Pause, bevor sie weitersprach. »Aber ich will ehrlich zu dir sein. Es ist nicht überall so. Auch bei den Mankuren herrscht nicht immer Einigkeit.«

Die beiden gingen zurück zum Haus, vorbei an der großen Markthalle und dem Marktplatz, auf dem immer noch die Kinder spielten. Casandra blickte die Westallee hinunter. Mankuren und Menschen liefen die Straße entlang, einige kamen ihnen entgegen, andere verschwanden in den Häusern oder Gassen. In der Ferne konnte Casandra das Stadttor sehen. Ein Mankur hatte es gerade durchquert und lief in ihre Richtung. Er trug einen dunklen, langen Mantel. Seine Schritte waren langsam, und er wirkte müde. Casandra konnte ihren Blick nicht von ihm abwenden. Die Art, wie er sich bewegte, kam ihr bekannt vor.

Casandra ging ihm langsam entgegen. Sie hielt einen Korb in der Hand, in dem sie das geerntete Obst transportierte. Plötzlich ließ sie den Korb fallen, da sie den Mankuren erkannte. Es war Cloub. Auch er hatte sie erkannt. Sie rannten aufeinander zu und fielen sich um den Hals.

»Ich kann es kaum glauben. Ich dachte ich würde dich nie wiedersehen«, sagte Casandra. Tränen liefen ihr über das Gesicht während sie ihm sanft mit der Hand über die Wange strich. »Es tut mir so leid, dass ich nicht auf dich gewartet habe. Aber ich musste doch die Kinder in Sicherheit bringen. Bitte verzeih mir. Ich wäre niemals ohne dich gegangen, wenn ich gewusst hätte, dass du noch lebst«, schluchzte sie.

Cloub umarmte sie. »Ist schon gut. Du hast das richtige getan.«

»Ich dachte du wärst während des Überfalls in Talim gewesen«, rechtfertigte sich Casandra.

»Ich war dort und ich habe sie gesehen.«

»Du hast die Todschatten gesehen? Wie bist du ihnen entkommen?«, fragte Casandra überrascht.

Cloub wusste nicht, was er antworten sollte. Zu verraten, dass er sich versteckt hatte, würde ihn feige aussehen lassen. Und er wollte auf keinen Fall ein Feigling in den Augen seiner Familie sein. Er dachte an seinen Sohn. »Wo sind die Kinder?«, wollte Cloub sogleich wissen, ohne auf ihre Frage einzugehen.

Casandra entging nicht, dass er etwas verschwieg, doch schien es ihr nicht der richtige Zeitpunkt genauer nachzuhaken. Sie war einfach nur glücklich, ihn wieder zu sehen. Sie lächelte und zog Cloub zum Marktplatz, wo Routag mit den Kindern war.

Als Routag Casandra mit dem schmalen Mankuren an ihrer Seite auf sich zukommen sah, sprang er sofort auf und machte Pabor und Silla auf die beiden aufmerksam. Die Augen der Kinder begannen zu strahlen, als sie ihren Vater sahen..

EINE LÜGE WIRD AUFGEDECKT

Es war später Nachmittag, als Dracon und Shira die Menschen und die Todschatten eingeholt hatten. Sie schlichen sich an die Gruppe heran und beobachteten sie aus sicherer Entfernung. Rouh hatte sich versteckt und wartete.

»Xendra und Ilas sind nicht dabei«, stellte Dracon fest.

»Wie kannst du dir so sicher sein?«, fragte Shira. In etwa hundert Metern Abstand saßen sie sichtgeschützt hinter einem großen Felsen. Shira konnte sehen, dass keine Frauen dabei waren, aber Gesichter konnte sie nicht erkennen. Es war unmöglich, zu sagen, ob sie wirklich nicht dabei waren, zumal die Sicht auf einige Personen verdeckt war. Es waren etwa siebzig Menschen.

»Siehst du den Falken da oben?«, fragte Dracon. Shira sah in den Himmel. Ein Vogel kreiste über der Gruppe. »Er lässt mich durch seine Augen sehen.«

»Und was sollen wir nun machen?«, wollte Shira wissen. »Wir können versuchen, die Todschatten zu töten, was das Richtige wäre. Oder von hier verschwinden, bevor uns jemand bemerkt, was sicherlich ungefährlicher wäre.«

»Wie viele Todschatten sind es?«

»Es sind drei.«

»Damit werden wir doch fertig, oder?«, fragte Shira.

»Drei Todschatten wären sicher kein Problem, wenn da nicht noch die vielen Menschen wären«, sagte Dracon.

Shira warf wieder einen Blick zu den Menschen hinüber. Sie waren gerade dabei, ihr Lager für die Nacht aufzuschlagen. »Wir warten, bis sie schlafen. Dann greifen wir an«, schlug sie vor.

Dracon schob seinen Kopf an den Felsen vorbei, um nach den Menschen zu sehen, zog ihn aber sofort wieder zurück. »Das mit dem Warten wird wohl nichts«, befürchtete er.

»Wieso? Was ist los?« Shira war im Begriff, selbst nachzuschauen, aber Dracon hielt sie zurück.

»Da kommen fünf Männer auf uns zu«, flüsterte er.

Shira konnte sich nicht zurückhalten und spähte hinter dem Felsen hervor. Die Männer waren nicht mehr weit entfernt.

»Da vorne habe ich etwas gesehen«, rief einer von ihnen.

Shira sah Dracon fragend an. Dann zuckte sie mit den Schultern, sprang auf und zog ihr Schwert. Dracon tat es ihr nach. Die Männer waren zunächst überrascht. Doch dann gingen sie mit lautem Gebrüll auf Shira und Dracon los. Sowohl die Todschatten als auch die anderen Menschen wurden sofort aufmerksam.

Shira und Dracon hatten die fünf Männer gerade kampfunfähig gemacht, als die drei Todschatten vor ihnen auftauchten. Sie umkreisten die beiden und versuchten, ihre Augen zu fixieren, aber es gelang ihnen nicht. Plötzlich schnellte ein Pfeil in Dracons Oberschenkel, und er fiel auf die Knie.

Shira sah zu ihm hinüber, einer der Todschatten nutzte die Gelegenheit und wollte sie packen. Sie reagierte schnell und durchbohrte den Angreifer mit ihrem Schwert, woraufhin dieser verschwand und nur schwarzen Rauch hinterließ. Plötzlich spürte sie einen Schlag in ihrem Rücken und fiel zu Boden. Einer der Männer hatte sie von hinten getreten. Dann kam ein Todschatten auf sie zu und versuchte, ihre Kehle zu erwischen. Sie rollte sich zur Seite und wich den tödlichen Klauen aus. Schnell richtete sie sich wieder auf, und es gelang ihr, den zweiten Todschatten zu vernichten.

Der letzte Todschatten hielt Dracon fest. Dieser war wie erstarrt, unfähig, sich zu verteidigen. Shira holte zum Schlag aus, um Dracon aus den Fängen des Todschattens zu befreien, aber einer der Männer trat sie, bevor sie zuschlagen konnte, zur Seite. Zwei weitere Männer kamen von der anderen Seite mit erhobenen Schwertern auf sie zu gerannt. Sie schoss eine Energiewelle auf die Angreifer, und sie gingen zu Boden. Schnell trat sie wieder an den Todschatten heran und schlug ihm den Kopf ab. Dracon lag auf dem Boden und bewegte sich nicht. Shira kniete sich neben ihn. In dem Moment öffnete er die Augen.

»Das war knapp«, seufzte er erleichtert. Er zog den Pfeil, der immer noch in seinem Oberschenkel steckte, heraus, dann stand er langsam wieder auf. Die Menschen hatten sie umzingelt, aber sie schienen sie nicht mehr angreifen zu wollen. In dem Augenblick, als der letzte Todschatten getötet wurde, schienen sie erstarrt zu sein. Dann kamen sie nach und nach zu sich. Der Fluch der Todschatten löste sich, und sie blickten sich verwirrt um. Der Mann, der Dracon direkt gegenüberstand, sah ihn misstrauisch an.

»Was habt ihr mit uns gemacht?«, fragte er.

»Wir haben euch von den Todschatten befreit«, sagte Dracon.

»Ich sehe hier keine Todschatten.«

»Wir haben sie getötet.«

»Und wo sind ihre Leichen?«, wollte der Mann wissen.

»Schattenwesen hinterlassen keine Leichen.«

»Du lügst doch, ihr seid Mankuren! Dieser verfluchte Zauber war bestimmt euer Werk«, rief der Mann.

»Ich hätte mit etwas mehr Dankbarkeit gerechnet«, bemerkte Dracon.

Die Menge wurde unruhig. »Wir sollten besser verschwinden«, flüsterte Shira. Dracon nickte und ging an dem Mann vorbei, Shira folgte ihm.

Der Mann blickte ihnen hinterher, dann brüllte er: »Ergreift sie!«

Shira und Dracon stellten sich Rücken an Rücken und stießen eine Energiewelle von sich, die sich ringförmig um sie herum ausbreitete. Die Menschen wurden zu Boden gerissen. Einige der Männer standen schnell wieder auf und versuchten, Shira und Dracon aufzuhalten, aber es gelang ihnen nicht. Während die meisten von ihnen zurückblieben, rannten ihnen drei der Männer hinterher.

Shira und Dracon blieben stehen und stellten sich ihren Verfolgern. Sie hatten kaum Mühe, ihre Angreifer zu besiegen, und der Kampf war schnell vorbei. Die drei Männer knieten entwaffnet auf dem Boden. Dracon wollte sie zurechtweisen, er war wütend darüber, dass die Menschen Shira und ihn angegriffen hatten. Er sah die Männer an und wollte gerade etwas sagen, doch dann schüttelte er nur den Kopf und machte eine abwinkende Handbewegung. »Lass uns gehen«, wandte er sich zu Shira. Dracon warf einen letzten Blick auf die Menschen, dann ging er los.

***

Rouh hatte sich ihnen bereits wieder angeschlossen, als es langsam dunkel wurde. Windgeschützt an einer Felswand hinter einem großen

Baum machten sie es sich an einem Lagerfeuer bequem. Dracon war bereits seit zwei Tagen wach und spürte nun die Müdigkeit, die er zuvor kaum bemerkt hatte. Nur wenige Minuten nachdem er sich gesetzt hatte, schlief er, mit dem Rücken an den Felsen gelehnt, ein.

Shira hatte einen unruhigen Schlaf. Der dicke Rauch des erloschenen Feuers kroch in ihre Nase und weckte sie am frühen Morgen. Rouh war ebenfalls schon wach. Er wurde vom Hunger geweckt. »Ich werde jagen gehen«, sagte er, kaum dass Shira die Augen geöffnet hatte, und verschwand hinter den Bäumen. Shira wollte ebenfalls das Lager verlassen und die Umgebung nach Wasser und essbaren Pflanzen erkunden. Aber Dracon schlief noch, und sie wollte ihn nicht wecken. Sie entschied sich dennoch, zu gehen. Sie hatte sich kaum vom Lager entfernt, als sie Dracon rufen hörte und sofort zurücklief. Er war sichtlich erleichtert, als er sie sah.

»Mach das bitte nicht noch mal«, er klang vorwurfsvoll.

»Was meinst du? Ich wollte mich nur umsehen.«

»Sag mir das nächste Mal bitte Bescheid, wenn du weggehst. Auch wenn du mich dafür wecken musst. Ich komme nicht gut damit zurecht, wenn meine Gefährten einfach verschwinden.« Er setzte sich und starrte nachdenklich auf den Boden. Er fragte sich, was mit Xendra und Ilas geschehen war und wie er sie finden sollte. Shira entging nicht, wie besorgt er war.

»Sie waren nicht im Dorf und auch nicht bei den Todschatten. Sie werden sicher noch am Leben sein. Wahrscheinlich werden sie dich ebenfalls suchen«, versuchte sie, ihn zu ermutigen.

Dracon war niedergeschlagen, weil er nicht wusste, was er machen sollte. Er dachte darüber nach, seinen Vater zu rufen, aber er würde ihm sicher nur Vorwürfe machen. Verzweiflung packte ihn. Er wurde wütend auf sich selbst, weil er sie alleine gelassen hatte.

»Mach dir nicht so viele Sorgen. Wir werden sie finden. Xendra hat sicher auch ein Schwert aus magischem Eisen, oder nicht?«

»Ja, aber das hast du auch, und trotzdem wärst du ohne mich schon tot.«

»Jeder hat mal Pech. Das heißt aber nicht, dass ohne dich jeder unfähig ist, zu überleben«, entgegnete Shira verärgert.

»Wer weiß«, erwiderte Dracon tonlos.

»Du bist auch nicht unfehlbar!« Shira dachte an die Todschatten. Ihr fiel die Verletzung an Dracons Bein wieder ein, und sie schaute auf seinen Oberschenkel. Die Hose hatte ein Loch, aber von der Wunde war nichts mehr zu sehen. Sie dachte an die Verbrennung, die sie ihm versehentlich zugefügt hatte, und wie sie dabei zusehen konnte, als diese wieder heilte.

»Jeder hat mal Pech«, erwiderte er provokant.

»Du bist ziemlich arrogant. Liegt das vielleicht daran, dass du unsterblich bist?«

Dracon war verwundert über diese Frage und war sich nicht sicher, ob sie das sarkastisch meinte.

»Wie kommst du darauf?«, fragte er.

»Deine Wunden, sie heilen so schnell«, sagte Shira.

Dracon lächelte selbstgefällig. »Deswegen bin ich aber nicht unsterblich. So perfekt bin ich dann doch nicht.«

Shira hatte ihren peinlichen Aussetzer schon verdrängt, aber nun kamen ihr die Geschehnisse der letzten Nacht wieder in den Sinn, und sie fragte sich, ob Dracon auf ihre Aussage am Vorabend anspielte. Sie erinnerte sich vage an ihre Annäherungsversuche, und Scham überkam sie. Sie fühlte sich plötzlich unwohl in seiner Gegenwart. »Vielleicht solltest du deine Suche besser allein fortsetzen«, sagte sie und stand auf.

»Es tut mir leid, wenn ich etwas Falsches gesagt habe. Es war nicht böse gemeint. Bitte geh nicht.« Sein flehender Blick zwang Shira, zu bleiben. »Ich weiß nicht, was ich machen soll. Ich weiß ja nicht mal, in welche Richtung sie gelaufen sind. Wenn ihnen etwas zustößt, werde ich mir das nie verzeihen«, gestand er.

»Du und Xendra seid ihr eigentlich …«, Shira unterbrach den Satz. Sie war sich nicht sicher, ob sie die Antwort wissen wollte.

»Was? Ein Paar?«, fragte er. Shira nickte. »Nein, sie ist mehr wie eine Schwester für mich.«

»Das sieht sie sicher anders«, sagte Shira leise.

»Ach, was du nicht sagst. Wo ist eigentlich Rouh?«

»Er wollte jagen gehen«, antwortete sie, ohne ihn anzusehen. »Vielleicht sollten wir zurückgehen.«

»Zurück nach Darnhein? Ich glaube nicht, dass sie dort ist, und wenn doch, ist sie es sicher nicht mehr, wenn wir dort ankommen. Wir würden Darnhein erst heute Abend erreichen«, überlegte Dracon.

Shira wusste auch nicht weiter. Xendra und Ilas hätten überall sein können. Ein Tag und zwei Nächte waren bereits vergangen, seit Dracon sie das letzte Mal gesehen hatte. Die beiden starrten nachdenklich auf die Feuerstelle vor ihnen. Ein Haufen Asche mit den verkohlten Resten abgebrannter Äste, in denen hier und da noch kleine Glutfunken auflöderten, wenn der Wind an ihnen vorbeistreifte.

Rouh war derweilen im hohen Gras auf der Pirsch. Eine Rotte Wildschweine stillte gerade an einem Tümpel ihren Durst, als er sich vorsichtig an sie heranschlich. Eine junge Bache stand etwas abseits, auf sie hatte er es abgesehen. Er war gerade nah genug und setzte zum Sprung an, als ein Pfeil an ihm vorbeischnellte und das Wildschwein genau ins Herz traf. Rouh blieb unsicher am Boden. Während die Rotte panisch davonlief, verharrte er im Gras.

Nachdem die Wildschweine verschwunden waren, hörte er, wie sich jemand näherte. Er stand überrascht auf, als er sah, dass es Ilas war, der die Bache erlegt hatte. Er ging auf ihn zu, und Ilas erstarrte vor Schreck, als er Rouh erblickte. Doch als er bemerkte, dass Rouh keine bösen Absichten hatte, begriff er, wen er vor sich hatte.

»Rouh?«, fragte er zaghaft. Der große grüne Tiger nickte, und Ilas war sichtlich erleichtert. »Du glaubst gar nicht, wie froh ich bin, dass du es bist. Bist du allein hier?« Rouh schüttelte den Kopf. Er wusste, dass Ilas seine Worte nicht hören konnte, und bedeutete ihm mit einer Bewegung, ihm zu folgen. Mit seinem Maul packte er die Bache im Nacken und schleifte sie mit.

Dracon war überglücklich, als er Ilas sah. »Du lebst. Ich bin so froh, dich zu sehen. Wo ist Xendra?«, fragte er sofort.

»Ich weiß es nicht. Als die Todschatten in das Dorf einfielen, hat sie mich und noch einige andere Dorfbewohner aus dem Dorf geleitet. Sie sagte, dass wir uns verstecken sollen, was unser Glück war. Sonst wäre ich wahrscheinlich nicht mehr hier. Wir hatten uns nicht weit vom Dorf entfernt, als wir die Schreie hörten und sie zurücklief.«

»Was ist mit ihr geschehen?«, fragte Dracon ungeduldig.

»Sie ging ins Dorf. Sie war sich sicher, dass sie dich dort finden würde.« Ilas schwieg einen Moment lang. Er wirkte bedrückt.

»Bitte sag mir endlich, was geschehen ist.« Dracon war beunruhigt. Er konnte in Ilas Augen lesen, dass etwas Schlimmes passiert sein musste.

»Ich weiß es nicht. Sie kam kurze Zeit später zurück. Aber sie beachtete uns nicht. Es schien, als wäre sie nicht sie selbst. Ich lief ihr hinterher und sprach sie an, woraufhin sie mich mit einer Energiekugel niederschlug. Als ich wieder zu mir kam, war sie fort.«

Diese Nachricht erschütterte Dracon, denn er wusste, dass Xendra sich niemals so verhalten würde, und er bekam Angst. Er dachte daran, wie er mit ihr Prauwo verlassen hatte, und daran, dass er geglaubt hatte, Curdo hätte den Zauber noch einmal ausgesprochen, während Dracon ihn aus dem Dorf getragen hatte. Plötzlich kam ihm der Gedanke, dass er es sich nicht eingebildet hatte und Xendra dabei verflucht wurde. »Ich muss sie unbedingt finden!«, sagte er verzweifelt.

»Ich kann gut verstehen, dass du dir Sorgen machst, und ich werde dir sicher bei deiner Suche helfen. Aber ich muss erst etwas essen. Ich sterbe vor Hunger«, bemerkte Ilas.

»Wir werden sie finden«, versuchte Shira ihn zu ermutigen.

Dracon sah sie unsicher an. Ihre Augen waren voller Hoffnung und Zuversicht. Sie verliehen ihm Mut. Während das Fleisch über dem Feuer garte, sprachen sie kein Wort. Erst nachdem sie gegessen hatten, fragte Ilas, wo Dracon gewesen war, als die Todschatten Darnhein angegriffen hatten. Er erzählte ihm alles, nur, in welchem Zustand Shira war, als er sie fand, ließ er aus.

Während Dracon und Ilas sich unterhielten, machte Shira sich Gedanken darüber, wie sie Dracon helfen könnte, und dann fiel ihr etwas ein. »Ich weiß, wer dir helfen kann«, fiel sie den beiden ins Wort. Sie erntete neugierig fragende Blicke. »Wir werden zu Galdron gehen. Ihm entgeht kaum etwas, was im Simsalbawald oder in unmittelbarer Nähe drumherum geschieht.«

»Das ist ein Scherz, oder?«, entgegnete Dracon.

Shira begriff nicht, warum er das sagte. »Nein, er kann uns sicher helfen.«

»Du willst wirklich zu Galdron?« Dracon war fassungslos.

»Ja, er ist ein Freund von mir.«

»Er ist ein Freund von dir?«, fragte Dracon erstaunt und ungläubig.

»Ja, ich verstehe gar nicht, warum dich das so verwundert.«

»Weil die Waldmankuren nicht gerade gastfreundlich sind«, bemerkte er.

»Das stimmt nicht. Kennst du Galdron überhaupt?«, wollte Shira wissen.

»Ich bin ihm nie begegnet. Aber mein Vater erzählte mir, dass Galdron ein finsterer Mankur sei, der neben den Waldmankuren keine anderen Völker im Simsalbawald dulde. Er verachtet die Oberen und tötet jeden, der seinem Volk zu nahekommt.«

Shira starrte Dracon entsetzt an. »Ehrlich, das hat Drogonor dir erzählt? Hat er dir auch erzählt, warum Galdron die Oberen verachtet?«

»Garadur, Galdrons Vater, wurde von den Oberen verurteilt und in Damphthron eingesperrt, weil er die Menschen und ihre Dörfer rund um den Simsalbawald vernichtet hatte. Er starb in Gefangenschaft und Galdron schwor den Oberen Rache. Ich denke nicht, dass es klug wäre, ihn aufzusuchen.«

»Es wundert mich, dass dein Vater dir nicht die ganze Wahrheit erzählt hat.«

»Die ganze Wahrheit? Was meinst du damit?«

»Garadur hat die Menschen nicht einfach getötet. Er hat den Wald und seine Bewohner geschützt. Die Menschen jagten die Tiere und Aphthalen, aber nicht, um sie zu essen, sondern um sie auszurotten. Garadur bat die Oberen um Hilfe, doch sie weigerten sich einzugreifen. Sie sagten, die Menschen würden nur ihren Instinkten folgen und der Wald würde nicht Garadur allein gehören. Erst als die Menschen dann auch noch Feuer legten, griff Garadur sie an.«

Shiras Worte trafen Dracon wie ein Schlag. Ihm wurde plötzlich einiges klar. Er hatte nie recht verstanden, warum Garadur grundlos die Menschen angegriffen hatte, doch Drognor hatte behauptet, dass er einfach ein bösartiger Mankur sei. Und so naiv es ihm plötzlich auch erschien, hatte er an den Worten seines Vaters nie gezweifelt. Er fragte sich, was sein Vater ihm noch alles verschwieg. »Ich nehme an, Galdron hat dir die Geschichte erzählt«, sagte er.

»Ja, und es ist die Wahrheit. Galdron ist ein guter Mankur und zudem sehr weise«, sagte Shira.

Dracon bemerkte den Zorn in ihrer Stimme. Dass Drognor die Tatsachen verdrehte und Garadur sowie Galdron als Mörder darstellte, machte sie wütend. Shira blickte Dracon grimmig an.

»Ich glaube dir«, sagte er etwas eingeschüchtert von ihrem Blick. Shiras Gesichtsausdruck wandelte sich sofort.

»Dann solltest du ja keine Bedenken mehr haben. Er wird mit Sicherheit freundlich zu dir sein. Du hast ihm schließlich nichts getan«, sagte sie überzeugt.

»Du scheinst ihn gut zu kennen.«

»Ich sagte doch, dass er ein Freund von mir ist.«

»Ich glaube trotzdem nicht, dass er mich freundlich empfangen wird, wenn er erfährt, wer ich bin«, bedachte Dracon.

»Du musst ihm ja nicht sagen, dass du Drognors Sohn bist.«

Nachdenklich sah Dracon sie an. Er war sich unsicher. Doch vielleicht war das die einzige Möglichkeit, Xendra zu finden. »In diesen Wald bekommt ihr mich nicht rein!«, warf Ilas ein und riss Dracon aus seinen Gedanken.

»Wahrscheinlich wäre es auch nicht klug, einen Menschen mitzunehmen«, stimmte Dracon ihm zu. Aber er wollte Ilas auch nicht zurücklassen.

»Ich denke nicht, dass Galdron ein Problem mit ihm haben wird«, sagte Shira.

Das konnte Dracon kaum glauben, aber er vertraute Shira.

»Ich hoffe, dass du recht hast.«

»Ihm wird nichts geschehen«, versicherte Shira.

»Habt ihr nicht gehört, was ich gesagt habe? Ich werde diesen Wald nicht betreten!«, wiederholte Ilas seine Worte.

»Glaube mir, Ilas. Es ist sicherer für dich, wenn du uns begleitest«, sagte Dracon.

Ilas dachte über Dracons Worte nach. Die Waldmankuren machten ihm Angst, aber vor den Todschatten fürchtete er sich noch mehr. Letztlich entschloss er sich, Dracon und Shira, am nächsten Morgen, zu begleiten.

***

Der Weg durch den Wald wirkte düster und leblos. So hatte Shira den Simsalbawald noch nie gesehen. Verdorrte Pflanzen bedeckten den Boden, und vereinzelnd waren tote Tiere zu sehen. Dann bemerkten sie etwas Größeres im Geäst liegen. Sie erkannten einen toten Aphthalentiger, der Rouh ähnlich war. Doch war sein Körper grau und völlig eingefallen. Durch das graue Fell zeichneten sich die Konturen des Skelettes ab.

Sprachlos erfassten die vier die Umgebung und bewegten sich immer tiefer in den Wald hinein. Es herrschte eine unheimliche Stille. Nur das Knacken der Äste, die unter ihren eigenen Schritten zerbrachen, war zu hören. Rouh blieb stehen.

»Was ist? Warum bleibst du stehen?«, fragte Shira.

»Wir werden beobachtet«, erwiderte Rouh.

Dracon und Shira schauten sich um, während Ilas nervös nach seinem Schwert griff. Unbehagen machte sich in ihm breit. Er wusste nicht, was Rouh gesagt hatte, aber die Anspannung seiner Gefährten konnte er deutlich spüren. Ein eiskalter Wind streifte über den Boden. Nun zogen auch Shira und Dracon ihre Schwerter.

Der Wind wurde stärker und schien vom Boden aufzusteigen. Die Kälte kroch langsam in ihre Glieder.

»Was ist das?«, flüsterte Shira.

»Ich weiß es nicht«, antwortete Rouh.

Regungslos warteten sie darauf, dass irgendetwas geschah. Doch was immer sie auch beobachtete, hatte scheinbar nicht vor, sie anzugreifen.

»Wir gehen besser weiter«, bestimmte Dracon.

Shira nickte, und sie gingen langsam und aufmerksam weiter. Der eisige Wind verschwand, und die Bäume und Sträucher sahen wieder lebendig aus. Dann vernahmen sie nicht weit entfernt eine Stimme.

»Das muss Xendra sein.« Dracon war sich sicher, ihre Stimme zu erkennen, und lief in die Richtung, aus der sie zu kommen schien. Die Stimme wurde lauter. Shira sah Rouh fragend an. Im nächsten Moment begriff Rouh, welche Kreatur sie beobachtet hatte.

»Dracon, bleib stehen! Das ist eine Falle!«, rief er.

Dracon blieb sofort stehen. Die Stimme wurde lauter, aber er konnte Xendra nicht finden. Dann wurde auch ihm klar, wo die Stimme herkam und was ihn und seine Begleiter beobachtete. Er ging langsam zu Shira, Ilas und Rouh zurück. »Sie werden gleich angreifen«, sagte Dracon konzentriert.

»Wer, die Todschatten?«, fragte Ilas nervös.

»Nein, die Varyänen.«

»Was sind Varyänen?«, fragte Shira.

»Baumgeister, sie ernähren sich von anderen magischen Wesen. Versucht, an nichts zu denken. Sie können eure Gedanken hören«, flüsterte Dracon.

Shira suchte mit hektischen Augenbewegungen die Umgebung ab. »Wo sind sie?«

»Sie sind in den Bäumen, ich kann ihre Blicke spüren«, bemerkte Dracon.

Plötzlich kamen halb transparente grüne Kreaturen die Baumstämme heruntergelaufen. Sie sahen aus wie buckelige, fellose Katzen mit gelben Augen und scharfen Zähnen. Von allen Seiten bewegten sie sich auf die vier zu. Der erste Baumgeist sprang mit gespreizten Krallen auf Rouh zu, doch Dracon erschlug die Kreatur im Flug. Der Geist löste sich einfach auf. Die anderen Baumgeister schienen verunsichert und zögerten. Dann griff der nächste an, aber auch er wurde mit einem Schwerthieb niedergestreckt. Die Varyänen fauchten und umkreisten ihre Beute. Plötzlich kamen alle zusammen auf sie zu gesprungen. Zwei von ihnen bissen sich in Rouhs Rücken fest, der vergebens versuchte, sie abzuschütteln. Shira eilte ihm zu Hilfe.

Ilas beachteten die Baumgeister gar nicht, als Mensch hatte er vor ihnen nichts zu befürchten. Er war weder als Beute interessant noch eine Bedrohung für sie, denn mit seinem Schwert konnte er nichts gegen sie ausrichten. Wie die Todschatten konnten auch die Baumgeister nur durch das magische Eisen getötet werden. Es ging alles sehr schnell. Nachdem Shira und Dracon drei weitere Baumgeister getötet hatten, ergriffen die Letzten die Flucht.

»Sind sie weg?«, fragte Ilas.

»Ich denke schon«, antwortete Dracon.

»Sind das auch Kreaturen von Caldes gewesen?«, wollte Shira wissen.

»Nein, die Varyänen leben schon seit Jahrhunderten im Simsalbawald. Es wundert mich, dass du noch nie von ihnen gehört hast«, entgegnete Dracon.

»Es wundert mich noch mehr, dass ich zuvor nie welchen begegnet bin.«

»Es ist auch ungewöhnlich, dass sie uns angegriffen haben. Normalerweise erkennen sie, wenn jemand eine Waffe aus magischem Eisen bei sich trägt«, sagte Dracon.

***

Als sie das Dorf fast erreicht hatten, blieb Dracon stehen. In den Bäumen versteckt, saßen Waldmankuren, die sie beobachteten.

»Was ist? Warum bleibst du stehen?«, fragte Shira.

»Schau nach oben in die Baumkronen«, flüsterte Dracon.

Shira sah nach oben. »Das sind nur die Wachen, keine Sorge, sie werden uns nichts antun, solange wir ihnen keinen Grund dafür geben«, erklärte sie.

»Ich hoffe, dass unsere Anwesenheit nicht Grund genug ist«, sagte Dracon besorgt. Er kam sich vor, als würde er ins offene Messer laufen. Shira hingegen schien keine Bedenken zu haben und war offensichtlich sogar froh darüber, die Waldmankuren zu sehen.

Zwei bewaffnete Waldmankuren kamen ihnen entgegen. Der eine war schmal und hatte einen leichtfüßigen Gang. Sein graues Haar reichte ihm bis über die Schultern. Sein Begleiter war etwas stämmiger gebaut, und sein Kopf sah aus wie der eines Falken. Beide trugen ein dunkelgrünes Gewand, das mit einer filigranen goldenen Stickerei verziert war. »Menschen sind in unserem Wald nicht willkommen«, sagte der eine mit bedrohlicher Stimme und sah dabei Ilas an. Die Wachen in den Baumkronen hatten ihre Bogen auf sie gerichtet.

»Seid gegrüßt, ich bin Shira, eine Freundin von Galdron. Bitte richte ihm aus, dass ich hier bin. Dieser Mensch ist ein Freund von mir, er steht unter meinem Schutz, bitte teile auch dies Galdron mit und frage ihn, ob er uns empfangen wird.«

Sie musterten Shira, Ilas und Dracon genau, während sie Rouh weniger beachteten. Der Mankur mit dem Falkenkopf beäugte Dracon misstrauisch und gab ihm mit seinem Blick unmissverständlich zu verstehen, dass er ihn für eine Bedrohung hielt. Dracon war sich sicher, dass der Waldmankur ihn erkannt hatte. »Kommt mit«, sagte der andere schließlich. Unter den wachsamen Augen der Bogenschützen wurden sie in das Dorf der Waldmankuren begleitet. Dort kamen drei weitere Krieger, die ihre Schwerter in der Hand hielten, auf sie zu. Dracon wollte ebenfalls sein Schwert ziehen, doch Shira hielt seinen Arm fest und sah ihn mit strengem Blick an.

»Mach keinen Fehler«, flüsterte sie.

»Seid gegrüßt«, sagte einer von den drei Kriegern. Er war sehr groß, seine Haare sahen aus wie dicke braune Wurzeln, und auf seiner Haut war eine feine Holzmaserung zu sehen.

»Vardur! Sei gegrüßt.«

Shira war erleichtert, dass sie endlich bekannte Gesichter sah. Vardur war Galdrons Cousin und ebenfalls mit Shira befreundet.

Sie gingen weiter bis zu dem großen Baum, in dem sich Galdrons Thronsaal befand. Vardur bat sie, zu warten, bevor er den Zugang öffnete und hineinging. Wie ein Vorhang schloss sich die Öffnung im Baum hinter ihm und wurde wieder eins mit der Baumrinde, als wäre sie nie dort gewesen. Es dauerte nur wenige Minuten, bis Vardur zurückkam. »Galdron erwartet euch«, sagte er und forderte sie auf, ihm zu folgen.

Der Baumstamm, der von innen riesig wirkte, beeindruckte Dracon. Obwohl er in der Festung des Lichts aufgewachsen war und ihm die Vielseitigkeit der magischen Räume durchaus bekannt war, faszinierte ihn, was er sah. Die Treppe bewegte sich wie eine Schlange unter ihnen und änderte immer wieder ihre Richtung. Die Wände bestanden aus einem dichten Wurzelgeflecht, das immer wieder seine Gestalt änderte. Die Treppe machte einen Bogen und lief in die Wand hinein, woraufhin sich die dicken Wurzeln zur Seite schlängelten und einen Durchgang in einen großen Saal freigaben.

Ilas war von dem Anblick überwältigt. Noch nie hatte er etwas derartig Beeindruckendes gesehen. Galdron stand mitten im Raum und sah sie an.

»Seid gegrüßt. Shira, Rouh und?«, sagte er und musterte Dracon mit einem strengen Blick, während er Ilas ignorierte.

Shira bemerkte sein Misstrauen. »Das sind Ilas und Mikka«, antwortete sie, bevor einer von den beiden etwas sagen konnte.

Galdron wusste, dass Shira ihn belog. Doch ließ er sich nichts anmerken. Er trat einen Schritt an Ilas heran und blickte ihn finster an. »Du solltest wissen, dass Menschen hier nicht willkommen sind. Du bist nur hier, weil Shira für dich bürgt. Das Volk der Menschen wird wegen seiner Taten von uns Waldmankuren verachtet. Eine Versöhnung unserer Völker wurde von deinesgleichen verhindert. Die Hoffnung, dass sich dies einst ändern wird, ist vor langer Zeit versiegt. Wir werden deine Anwesenheit hier dulden, solange Shira mein Gast ist. Dennoch werden wir dir keine Beachtung schenken, denn ihr Menschen habt unseren Respekt nicht verdient«, erklärte Galdron entschlossen.

Ilas war erleichtert. Er hatte nicht damit gerechnet, dass Galdron so gefasst auf den Besuch eines Menschen in seinem Dorf reagieren würde. Doch seine Worte hinterließen einen bitteren Beigeschmack. Ilas schwieg und Galdron wandte sich wieder Shira zu.

»Warum bist du zurückgekommen?«, fragte er.

»Darnhein wurde gestern überfallen. Eine Armee von Menschen, angeführt von Todschatten, rissen die Dorfbewohner aus dem Schlaf. Es gelang uns, sie zu vertreiben und einige der Bewohner zu retten. Dabei ging unsere Gefährtin verloren. Wir haben gehofft, dass du uns bei der Suche helfen könntest. Xendra ist ihr Name«, erklärte Shira. Galdron sah sie nachdenklich an, dann deutete er auf einen großen Tisch, der nur wenige Schritte entfernt stand, und bat die Besucher, sich zu setzen.

»Die Schattenwesen haben sich mit den Menschen verbündet, sagst du?« Galdron war sichtlich erstaunt.

»Dass sich die Menschen mit ihnen verbündet haben, denke ich nicht«, wandte Dracon ein.

»Warum kämpfen sie dann an ihrer Seite?«

»Es hat den Anschein, dass sie dazu gezwungen werden«, erklärte Dracon.

»Die Schattenwesen sind nicht befähigt, den Menschen ihren Willen zu nehmen«, bemerkte Galdron.

»Doch, die Todschatten sind es. Ich habe es mit eigenen Augen gesehen«, bestätigte Shira.

Galdron runzelte die Stirn, widersprach aber nicht. Nachdenklich sah er die beiden Mankuren an. »Die Schattenwesen stammen aus einer anderen Welt. Eine Welt, die ebenso wie unsere von Magie genährt und beherrscht wird«, sagte Galdron.

»Von dunkler Magie«, wollte Shira ihn berichten.

»Es gibt keine dunkle Magie. Magie ist weder gut noch schlecht. Es ist allein ihr Nutzer, der sie zu etwas Bösem oder Gutem macht«, erklärte Galdron.

»Aber die Schattenwesen sind bösartige Kreaturen«, wandte Shira ein.

»Für uns sind sie das. Aber auch sie folgen nur ihrem natürlichen Drang zu überleben. Die Todschatten nehmen in ihrer Welt einen ähnlichen Platz ein wie die Mankuren in der unseren. Sie sind sehr intelligente Wesen und haben sehr bemerkenswerte Fähigkeiten. Aufgrund ihrer Beschaffenheit und ihrer Fähigkeiten haben sie kaum ein anderes Wesen zu fürchten. Weder in ihrer noch in unserer Welt. Erst als Lynea dieser Welt das ewige Feuer schenkte und damit das magische Eisen, hatte diese Welt den Todschatten etwas entgegenzusetzen. Die erste Generation der Oberen vertrieb die Schattenwesen, und lange Zeit wagten diese es nicht, die Schattenwelt wieder zu verlassen, bis Caldes sie zurückholte. Er versprach ihnen, sicher in unserer Welt leben und jagen zu können, sobald die Oberen vernichtet seien. Die Todschatten fürchteten die Oberen und ihre Waffen sehr, doch ihr Verlangen, auch diese Welt zu beherrschen, war größer. So verbündeten sie sich mit Caldes, um die Oberen zu töten, was ihnen, wie ihr wisst, gelang. Es vergingen einige Monde, und das Land schien verloren zu sein. Doch dann verlor Caldes die Kontrolle über die Schattenwesen, was der Grund dafür war, dass die Kinder der Oberen Caldes besiegen konnten. Die Todschatten wurden zurück in die Schattenwelt getrieben, und das Tor zur Schattenwelt wurde von den Oberen durch einen Zauber verschlossen.«

Ilas verstand nicht, worauf Galdron hinauswollte, und fragte sich, ob es Shira und Dracon ähnlich erging oder ob ihm einfach das Hintergrundwissen fehlte.

»Was willst du damit sagen?«, fragte Shira im selben Moment, und Ilas war erleichtert, dass nicht nur er Galdron nicht zu verstehen schien.

»Die Rückkehr der Todschatten kann nur bedeuten, dass Caldes einen Weg gefunden hat, sie wieder zu kontrollieren.«

»Du meinst, sie folgen ihm nicht freiwillig?«, fragte Dracon.

Galdron sah Dracon nachdenklich an. »Doch, aber sie verfolgen immer ihre eigenen Ziele, ohne eine Gegenleistung würden sie seinen Befehlen nicht folgen. Aber Caldes ist gewiss nicht derjenige, der den Todschatten die Fähigkeit verliehen hat, die Menschen zu ihren Dienern zu machen. Ich fürchte, dass sich eine viel größere Bedrohung hinter all dem verbirgt.« Galdron gab einem seiner Diener ein Handzeichen, woraufhin dieser verschwand.

Shira und Dracon warteten darauf, dass Galdron weitersprach. Auch Ilas war gespannt zu erfahren, welche Bedrohung größer sein sollte als Caldes oder die Todschatten. Doch Galdron schwieg.

»Von was für einer Bedrohung sprichst du?«, drängte Shira ihn, weiterzusprechen.

»Ihr werdet es erfahren, wenn die Zeit reif dazu ist.« Diese Antwort war sehr unbefriedigend, aber von Galdron würden sie sicher nicht mehr erfahren.

»Warum macht Caldes sich überhaupt die Mühe, die Menschen zu seinen Dienern zu machen?«, fragte Dracon.

»Ich denke, er braucht eine Armee.«

»Aber er hat doch die Schattenwesen auf seiner Seite.« »Sicher, aber wie ich bereits sagte, verlangen sie eine Gegenleistung. Er hat sicher aus der Vergangenheit gelernt. Das Tor zur Schattenwelt wurde nur für eine kurze Zeit geöffnet. Wahrscheinlich hat Caldes nicht vielen Schattenwesen den Zugang in unsere Welt gewährt. Was immer er auch für ein Ziel verfolgt, er hat seine Pläne sicherlich sehr gut durchdacht.« Galdron schwieg einen Augenblick und sah Shira nachdenklich an. »Shira, ich hatte dir bereits gesagt, dass du die Prophezeiung lesen musst.«

»Warum sagst du mir nicht einfach, was in der Prophezeiung geschrieben steht?«, fragte Shira verärgert.

»Das kann ich nicht«, bedauerte Galdron.

»Du willst nicht!«, warf Shira ihm vor. »Du versuchst, mich auf diese Weise zu zwingen, mit meinem Vater zu sprechen.«

Galdron blickte sie entsetzt an. »Es ist sehr bedauerlich, dass du so von mir denkst. Ich muss dich enttäuschen, daran liegt es nicht. Außerdem ist es gar nicht nötig, dass du mit deinem Vater sprichst. Dein Freund hier kann dich ebenso gut in die Festung des Lichts bringen. Habe ich recht, Dracon, Sohn des Drognor?«

Shira war überrascht, und auch Dracon wusste nichts zu sagen. Galdrons große, dunkle Gestalt wirkte beunruhigend. Wie bei einer Baumrinde durchzogen sein Gesicht feine Maserungen. Das dunkelgrüne Haar wellte sich über seine Schultern und wirkte wie ein Blätterdach. »Es erstaunt mich wahrlich, dass ihr geglaubt habt, ich würde den Sohn von Verdala und Drognor nicht erkennen. Ihr vergesst, dass ich die Macht der Oberen spüren kann. Ich bin etwas enttäuscht von dir Shira. Ich dachte, du vertraust mir, allerdings kann ich durchaus nachvollziehen, warum du bedenken hattest, mir die Wahrheit zu sagen. Deswegen will ich dir verzeihen. Nun zu dir Dracon. Es ist mutig von dir, mein Dorf zu betreten, wo dein Vater doch so viele Lügen über die Waldmankuren verbreitet hat. Bitte verrate mir, wie du über mein Volk denkst.« Dracon blickte Galdron ratlos an. Mit dieser Frage hatte er nicht gerechnet. Er hatte erwartet, dass Galdron seine Wachen rufen und ihn angreifen würde, wenn er erfuhr, wer er war. Doch dass er einfach gelassen vor ihm sitzen und ihn fragen würde, was er von dem Volk der Waldmankuren halte, hätte er nie gedacht.

»Glaubst du auch, dass wir Waldmankuren bösartige Wesen sind?«, wollte Galdron wissen.

»Nein, ich … das glaube ich nicht«, stotterte Dracon.

»Und doch spüre ich deinen Zweifel. Du solltest deine Augen nicht vor der Wahrheit verschließen. Mach nicht den gleichen Fehler wie deine Eltern.« Erwartungsvoll schaute er Dracon an. »Ich weiß, dass du meine Gedanken lesen kannst, wenn es dir beliebt. Nur zu, riskiere einen Blick, und du wirst erkennen, dass mein Volk und ich keine bösen Absichten verfolgen«, sagte Galdron.

Dracon war überrascht über diese Offenheit und ebenso verunsichert. Er konnte nicht glauben, dass Galdron ihm einfach einen Einblick in seine Gedanken gewähren würde. Vielleicht wollte er ihn auch nur auf die Probe stellen. »Das weiß ich zu schätzen. Aber ich denke nicht, dass das nötig ist«, sagte Dracon respektvoll.

Galdron nickte anerkennend. »Du hast ein gutes Herz. Anders als dein Vater lässt du dich nicht von Hochmut und Missgunst leiten. Bring Shira in die Festung des Lichts, zeige ihr die Prophezeiung«, sagte Galdron.

Dracon sah ihn nachdenklich an. »Ohne die Erlaubnis der Oberen kann ich das nicht tun.«

»Ich bin mir sicher, dass du einen Weg finden wirst.« Er schwieg einen kurzen Augenblick. »Ihr sucht also jemanden. Wie war ihr Name? Xendra? Ist sie nicht auch ein Kind der Oberen?« Es schien mehr eine Feststellung als eine Frage zu sein. Shira nickte stumm. »Gestern ist eine Mankure, die nicht meinem Volk angehört, im Simsalbawald gesehen wurden. Sie folgte dem Weg zum verwesten Moor«, erklärte er.

»Zum verwesten Moor? Bist du dir sicher, dass es Xendra war?«, fragte Dracon skeptisch.

»Nein, ich sagte, eine Mankure, die nicht meinem Volk angehört. Ob es eure Gefährtin war, werdet ihr selbst herausfinden müssen«, sagte Galdron.

Dracon konnte sich kaum vorstellen, dass Xendra zum verwesten Moor gehen würde. Es grenzte an die Wüste der Toten, in der sich das Tor zur Schattenwelt befand. Doch sollte Caldes sie tatsächlich verflucht haben, war es durchaus denkbar, dass er sie dorthin führte. Obwohl Dracon sich nicht erklären konnte, warum Caldes das machen sollte. Vielleicht wollte er sie benutzen, um das Tor zur Schattenwelt zu öffnen, oder er verfolgte eine ganz andere Absicht. »Glaubst du, sie will das Tor zur Schattenwelt öffnen?«, fragte er Galdron.

»Ich entnehme deiner Frage, dass du dir ziemlich sicher bist, dass diese Mankure eure Gefährtin war«, entgegnete Galdron. »Sag mir, warum denkst du, dass Xendra das Tor zur Schattenwelt öffnen würde. Glaubst du, dass sie sich mit Caldes verbündet hat?«

»Ganz sicher nicht freiwillig. Aber ich vermute, dass Caldes sie mit einem Zauber belegt hat, der sie dazu bringt, seinem Willen zu folgen.«

»Wenn das Ziel dieser Mankure das Tor der Schattenwelt war, hat sie es sicher schon erreicht. Bisher wurde es aber noch nicht geöffnet«, sorgte sich Galdron.

»Woher weißt du das?«, fragte Dracon skeptisch.

»Ich kann die Macht der Schattenwelt spüren, sobald das Tor geöffnet ist. So war es auch, als es beim letzten Neumond geöffnet wurde«, erläuterte Galdron.

»Du wusstest, dass die Schattenwesen zurückgekommen sind, und hast die Oberen nicht gewarnt?«, Dracon war entsetzt.

»Ich war mir sicher, dass sie es früh genug erfahren würden«, entgegnete Galdron und schien sich keiner Schuld bewusst zu sein.

Dracon machte das wütend, aber er ließ sich nichts anmerken. »Weißt du, wer es geöffnet hat?«, fragte Dracon.

»Nein, derjenige, der es geöffnet hat, hat den Simsalbawald nicht betreten, um das Tor zur Schattenwelt zu erreichen. Sonst hätte ich es sicher mitbekommen.«

»Aber es ist nicht möglich, dorthin zu gelangen, ohne durch den Simsalbawald zu gehen. Es sei denn …«

»Es sei denn, es war einer der Oberen oder jemand, der ebenso die Fähigkeit besitzt, sich an einen beliebigen Ort zu wünschen«, unterbrach Galdron Dracon.

»Außer den Oberen und den Todschatten gibt es niemanden, der diese Fähigkeit besitzt. Und die Todschatten können das Tor nicht öffnen«, überlegte Shira.

»Du musst dich täuschen, es war keiner von den Oberen«, sagte Dracon.

»Wie kannst du dir da sicher sein?«, fragte Galdron.

Dracon wusste nicht, was er darauf antworten sollte. Er konnte nicht sicher sein, aber er wollte einfach nicht glauben, dass einer der Oberen sich mit Caldes verbündet hatte.

»Vielleicht hat derjenige auch einen Zauber genutzt, um sich den Blicken meines Volkes zu entziehen«, sagte Galdron.

»So wird es sicher gewesen sein«, sagte Dracon.

»Du solltest nicht ausschließen, dass manche Mankuren, denen du vertraust, nicht auf deiner Seite stehen«, warnte Galdron.

»Ich denke, ich kann ganz gut einschätzen, wem ich vertrauen kann und wem nicht«, erwiderte Dracon.

»Das hoffe ich für dich, denn in diesen Zeiten könnte dein Leben davon abhängen«, erklärte Galdron.

Dracon sagte nichts dazu und erhob sich. »Was hast du vor?«, fragte Shira.

»Ich werde zur Wüste der Toten gehen und nach Xendra suchen.«

»Wir werden dich begleiten«, sagte Shira und stand ebenfalls auf.

»Wartet bis zum Morgengrauen. Es wäre nicht klug, die Reise vor Sonnenaufgang anzutreten. Bis dahin seid ihr meine Gäste«, lud Galdron freundlich ein.

»So lange kann ich nicht warten«, widersprach Dracon.

Shira konnte ihn durchaus verstehen und versuchte nicht ihn von seinem Vorhaben abzubringen. Ilas hatte noch kein Wort gesagt. Seine Ehrfurcht vor Galdron gebot ihm, zu schweigen und sich im Stillen mit Dracons Entscheidung abzufinden.

»Gut, wie ihr meint. Es ist eure Entscheidung«, sagte Galdron und begleitete sie nach draußen. Er gab Dracon noch eine geheimnisvolle Warnung mit auf den Weg. »Hüte dich vor denen, die dir nahestehen. Sie werden versuchen, dich vom richtigen Weg abzubringen.« Schließlich fasste er Dracon bei den Schultern. »Es hat mich gefreut, den Sohn Drognors kennenzulernen. Du bist immer willkommen.« Mit diesen Worten verabschiedete sich Galdron und verschwand wieder in dem dicken Baumstamm.

DAS TOR ZUR SCHATTENWELT

Ilas hatte schon viele Geschichten über das verweste Moor gehört und hätte gern darauf verzichtet, es mit eigenen Augen zu sehen. Dracons Anwesenheit beruhigte ihn zwar, doch war er sich sicher, dass sie im verwesten Moor nichts Gutes erwartete. Rouh hatte es vorgezogen, bei Galdron zu warten, und Ilas bedauerte es, nicht die gleiche Wahl gehabt zu haben.

Die halbe Nacht lang waren Shira, Ilas und Dracon bereits gelaufen, als Ilas um eine Pause bat, und sie setzten ihre Reise im Morgengrauen fort. Als das verweste Moor nur noch wenige Kilometer entfernt war, füllte sich die Luft mit einem üblen Geruch.

»Das stinkt ja grauenvoll«, rümpfte Ilas die Nase.

»Deswegen wird es auch das verweste Moor genannt«, sagte Shira und lächelte.

Der Boden wurde feuchter und schlammiger. Es waren kaum noch lebende Bäume zu sehen, und vor ihnen erstreckte sich eine karge Sumpflandschaft. Aufmerksam den Boden begutachtend, bewegten sie sich langsam weiter. Der Schlamm unter ihren Füßen wurde immer flüssiger. An einigen Stellen stiegen Luftblasen auf, die kleine Krater im Schlamm hinterließen, welche dann wieder verschwanden. Allmählich formte sich ein Teil des schlammigen Bodens zu einem Fluss. Dickflüssige Erdmassen bewegten sich immer schneller auf einen Tunnel zu, der in einen der blassroten Felsen geformt war, welche immer mehr die Landschaft zierten. Im Fluss bewegte sich ein schwarzer Tentakel, der Shiras Aufmerksamkeit weckte.

»Habt ihr das gesehen?«, fragte sie.

»Was?«, hakte Ilas nach. Der Tentakel war wieder weg.

»Ich dachte, ich hätte etwas gesehen«, sagte Shira.

»Meinst du das da?«, fragte Ilas und zeigte auf die gegenüberliegende Seite des Flusses. Dort bewegte sich eine Art Raupe neben dem schlammigen Strom. Sie hatte leuchtend rote Streifen und war etwa einen Meter lang. Shira rutschte ab. Sie fand keinen Halt mehr und fiel in den schlammigen Fluss. Dracon streckte ihr die Hand entgegen, und Shira versuchte, sie zu erreichen, als sich etwas um ihr Fußgelenk wickelte. Im nächsten Augenblick wurde sie nach unten gezogen.

»Shira!«, brüllte Dracon. Er dachte kurz daran, ihr hinterher zu springen, doch Ilas hielt ihn fest.

»Warte!«, forderte er.

Weiter mittig im Strom tauchte Shira wieder auf und hielt sich an einem Stück Treibholz fest. Die Strömung trieb sie zum Tunnel. Dracon lief zu den Felsen, in denen der Fluss verschwand, und kletterte bis über die Mitte der schlammigen Brühe. Er streckte ihr die Hand entgegen, aber er war zu weit über ihr. Shira hatte Glück, sie stieß an einen großen Stein, der sich unter der schlammigen Oberfläche des Flusses befand, und konnte sich festhalten. Es gelang ihr, den Stein hinaufzuklettern und Dracons Hand zu fassen. Nachdem er sie hochgezogen hatte, bemühte sie sich, den Schlamm abzuwischen, was ihr kaum gelang.

Allmählich ließen sie die Sumpflandschaft hinter sich. Der Boden wurde wieder fest und sehr trocken. Die blassrote Farbe war in ein dunkles Grau übergegangen, und schwarzes Gestein zeichnete vor ihnen eine kahle Landschaft. Feine Nebelschleier zogen über den Boden und wurden immer dichter. Es herrschte Totenstille.

»Was ist das für ein Ort?«, fragte Ilas.

»Das ist die Wüste der Toten«, flüsterte Dracon. Er blieb stehen. Leere hatte sich um sie herum ausgebreitet. Alle Richtungen sahen auf einmal gleich aus und machten eine Orientierung unmöglich. Aufmerksam betrachteten sie ihre Umgebung. In der Ferne war etwas zu erkennen. Eine dunkle Gestalt schien sich ihnen zu nähern.

Shira und Dracon zogen ihr Schwert. Ilas tat es ihnen gleich, obwohl er sich bewusst war, dass seine Klinge gegen ein Schattenwesen nichts ausrichten würde. Angespannt beobachteten sie die schwarze Gestalt, deren Konturen langsam deutlicher wurden. Der Himmel war in eintöniges Grau gefärbt und tauchte die Umgebung in ein düsteres Licht. Erst als die Gestalt nur noch wenige Meter entfernt war, erkannten sie ihr Gesicht. Es war Xendra, die Dracon direkt in die Arme fiel, als sie in sah.

»Dracon, ich bin so froh, dich zu sehen.«

Auch Dracon war erleichtert, und erwiderte ihre Umarmung. Xendra grüßte Ilas mit einem Nicken, während sie Shira ignorierte.

»Was machst du hier? Warum bist du hierhergekommen?«, fragte Dracon schließlich, als er die Umarmung wieder löste.

»Ich weiß es nicht. Ich erinnere mich nicht.«

»Du bist von Darnhein aus hierhergelaufen und erinnerst dich nicht daran?«

»Nein, das Letzte, was ich weiß, ist, dass ich in Darnhein war, um dich zu suchen. Dann war ich plötzlich hier. Ich weiß nicht, wie lange ich schon hier bin. Bisher konnte ich weder Sonne noch Sterne sehen. An diesem unheimlichen Ort gibt es weder Tag noch Nacht«, berichtete Xendra.

Dracon starrte sie mit einer Mischung aus Verwunderung und Entsetzen an. Er hatte nun keinen Zweifel mehr daran, dass Caldes sie mit einem Zauber belegt hatte. Er war sich nicht sicher, ob er Xendra noch vertrauen konnte. Er versuchte, seine Unsicherheit ihr gegenüber zu verbergen.

»Wie kommen wir von hier wieder weg?«, fragte Ilas besorgt. »Wie konnte sich die Umgebung so schnell verändern, ohne dass wir es bemerkt haben? Wir müssten doch das verweste Moor noch sehen können.« Ilas klang beinahe verzweifelt, als er das sagte. Keiner wusste darauf eine Antwort.

»Wir gehen wieder zurück in die Richtung, aus der wir gekommen sind«, entschied Dracon. Doch der Weg führte sie nur weiter durch die beängstigende, finstere Leere.

»Bist du dir sicher, dass das die richtige Richtung ist? Es wirkt beinahe, als wäre dieser Ort von der restlichen Welt abgeschnitten«, sagte Ilas.

Die schwarze Steinwüste nahm kein Ende, und der Himmel war ein einziger grauer, nahtloser Teppich.

»Ich glaube nicht, dass wir noch in unserer Welt sind«, entgegnete Dracon.

»Was willst du damit sagen?« Ilas klang nun noch nervöser.

»Ich denke, wir befinden uns zwischen den Welten.«

»Wie finden wir hier wieder raus?« Verzweifelt suchte Xendra die Umgebung ab.

»Die Wüste der Toten lässt es nicht zu, einen Weg zurückzufinden. Sie täuscht die Sinne ihrer Opfer und hält sie für immer gefangen«, flüsterte Ilas vor sich hin. »So heißt es bei uns Menschen. Es ist mir gerade in den Sinn gekommen.«

Die Stille wurde von ungewöhnlichen Lauten durchbrochen. Ein leises Brüllen gefolgt von schweren, dumpfen Schritten.

»Was war das?«, fragte Ilas angespannt.

Shira sah, eine Antwort erwartend, Dracon an.

»Ich habe keine Ahnung, aber wir sollten uns auf das Schlimmste gefasst machen. Die Wüste der Toten ist die Verbindung zwischen den Welten. Sie wird von Drachyden bewacht«, erklärte Dracon.

»Was sind Drachyden?«, fragte Ilas.

»Drachen mit drei Köpfen«, erklärte Xendra.

»Lasst uns bitte von hier verschwinden«, drängte Ilas.

»Es muss einen Weg zurückgeben. Wenn die Wüste der Toten die Verbindung zwischen den Welten sein soll, dann muss es auch möglich sein, in unsere Welt zurückzugelangen. Warum sonst sollte sie jemand bewachen?«, sagte Shira überzeugt.

»Wo ihr gerade von bewachen sprecht. Da kommt etwas auf uns zu«, sagte Ilas. In der Ferne war etwas Großes zu erkennen. Die Konturen wurden deutlicher. Es hatte drei Köpfe und lief auf vier Füßen. Kein Zweifel, ein Drachyde. Er spie Feuer aus allen drei Köpfen und kam auf sie zu gerannt. Sie zogen ihre Schwerter, und Dracon schob Ilas wortlos hinter sich. Shira wehrte die Feuerbälle ab und ließ die Flammen des Drachyden erlöschen, während Dracon ihn von der Seite angriff. Die äußeren Köpfe schnappten nach ihnen, der mittlere versuchte unablässig, Shira mit seinem Feuerschwall zu treffen. Dracon schlug einen der Köpfe ab.

Xendra war so perplex, dass sie sich nicht bewegte, während der Drachyde sie fixierte und im Begriff war, sie zu fressen. Shira sprang nach vorne, wehrte die Kreatur ab und trennte den zweiten der drei Köpfe ab. Der übrig gebliebene spie eine große Flamme auf Shira. Das Feuer schien sie zu verschlingen. Doch als die Flammen wieder erloschen, war Shira immer noch unversehrt.

Xendra sah etwas von Shiras Haut abfallen. Es sah aus wie Asche, aber es war nur die Schlammkruste, die sich durch die Flammen von Shiras Haut gelöst hatte. Nicht einmal ihre Kleidung war verbrannt, wie Xendra erstaunt feststellte. Während der Drachyde Shira erneut angriff, stieß Dracon sein Schwert von der Seite in das Herz der Kreatur. Der große Körper des Drachyden ging mit einem dumpfen Laut zu Boden.

Ilas hatte sich die ganze Zeit nicht vom Fleck bewegt.

»Wieso konnte dir das Feuer nichts anhaben?«, wollte Xendra wissen. Dass Shira ihr gerade das Leben gerettet hatte, schien sie völlig zu ignorieren. Sie ging einen Schritt auf Shira zu und hielt ihr die

Schwertspitze an die Kehle. »Antworte mir!«, sagte sie in einem bedrohlichen Ton.

Dracon schubste sie zur Seite. »Bist du verrückt geworden? Sie hat dir gerade das Leben gerettet!«, sagte er.

Xendra warf ihm einen zornigen Blick zu, steckte aber dann das Schwert weg. »Mit dir bin ich noch nicht fertig«, flüsterte Xendra Shira ins Ohr und ging weiter.

»Wo willst du hin?«, fragte Dracon.

»Einen Weg hier raus suchen.« Xendra war wütend.

»Wir sollten in die andere Richtung gehen«, sagte Dracon.

»Warum? Alle Richtungen sind gleich, oder erkennst du hier irgendeinen Unterschied in dieser verfluchten Gegend?«, entgegnete Xendra gereizt.

»Nein, deswegen bringt es auch nichts, ziellos umherzuirren«, erwiderte Dracon.

»Und was schlägst du sonst vor?«

Darauf hatte Dracon keine Antwort.

»Ich stimme Dracon zu. Wir sollten uns erst mal Gedanken machen, wie wir den Weg finden können«, sagte Ilas. Er war wieder etwas entspannter und bemühte sich einen klaren Kopf zu bewahren.

»Wie willst du im Nichts einen Weg finden? So etwas Dummes kann nur ein Mensch sagen«, spottete Xendra.

Doch Ilas ließ sich nicht beirren. »Vielleicht sind wir einfach nicht aufmerksam genug. Es muss etwas geben, das wir bisher nicht bemerkt haben«, sagte er und suchte die Umgebung ab. Und tatsächlich fiel ihm etwas auf. »Seht ihr, was sich immer ändert?« Die drei Mankuren waren verwirrt und begriffen nicht, worauf Ilas hinauswollte. »Seht ihr es denn nicht? Der Nebel!«, rief er.

Erst jetzt bemerkten die drei, dass der Nebel sich in klaren Konturen bewegte. Er zeichnete in seiner Strömung verschiedene Wege. »Du glaubst, dass der Nebel ein Wegweiser ist?«, stellte Dracon erstaunt fest.

»Er hat recht. Seht nur, es gibt vier Richtungen, die wir wählen können. Wir sollten uns trennen«, schlug Shira vor.

»Auf keinen Fall! Wir bleiben zusammen!« Dracon ließ nicht zu, dass sie sich trennten, in dieser tödlichen Gegend. Keiner widersprach ihm, sein Ton hatte deutlich gemacht, dass er nicht diskutieren würde.

»Ich würde vorschlagen, dass wir die Richtung wählen, aus der der Drachyde gekommen ist«, sagte Ilas.

Dracon nickte, Shira und Xendra hatten auch nichts einzuwenden. Der Nebel folgte tatsächlich einer klaren Linie und führte zu einem großen Tor. Es schien nicht bewacht zu sein, aber es war verschlossen. »Wie sollen wir da reinkommen?«, fragte Xendra, während sie das große, schwere Tor genauer betrachtete.

»Ich glaube nicht, dass wir da rein wollen«, Ilas klang verängstigt.

»Und wenn es der Weg zurück ist? Dummer Mensch.« Xendra flüsterte die letzten Worte.

»Da wollen wir sicher nicht rein. Das ist das Tor zur Schattenwelt«, gab Dracon zu bedenken.

Xendra ging auf das Tor zu. Sie stand mit dem Rücken zu ihren Gefährten, und diese konnten nicht sehen, wie sich ihre Augen schwarz färbten. »Abeforta munsobra«, flüsterte sie. Alle hatten gehört, dass sie etwas gesagt hatte, doch keiner hatte es verstanden, und sie dachten, Xendra hätte wieder eine abfällige Bemerkung gemacht. Plötzlich öffnete sich das Tor. Ein eisiger Wind strömte heraus. Es war niemand zu sehen, und durch die Toröffnung war nur schwarze Leere zu erkennen. Dracon fragte sich sogleich, ob Xendra es gewesen war, die gerade das Tor geöffnet hatte. Sie stand immer noch mit dem Rücken zu ihm. Er ging zu ihr hin, packte sie an der Schulter und drehte sie zu sich. Ihre Augen sahen wieder normal aus.

»Hast du das Tor geöffnet?«, fragte Dracon aufgebracht.

»Wie soll ich das gemacht haben?« Xendra war verwundert über Dracons Frage.

»Was hast du gerade vor dich hin geflüstert?«, wollte er wissen.

»Ich sagte, dummer Mensch«, entgegnete Xendra und warf Ilas einen verachtenden Blick zu.

»Das haben wir alle gehört«, sagte Dracon verärgert. »Ich meine danach.«

»Danach habe ich nichts mehr gesagt.«

Dracon sah sie misstrauisch an. Dann blickte er durch das Tor in die Dunkelheit. »Lasst uns hier verschwinden«, fügte er hinzu.

Sie hatten sich schon ein ganzes Stück von dem Tor entfernt, als Shira zurückblickte. Es stand immer noch offen. Sie sah zwei Kreaturen hindurchkommen.

»Wir werden verfolgt!«, warnte sie die anderen sogleich.

Dracon schaute ebenfalls auf die Kreaturen, die sich schnell näherten. »Das sind Fleischreißer«, sagte er verwundert. Er wusste, dass sie nur den Befehlen der Todschatten folgten. Zähnefletschend kamen die Fleischreißer auf sie zu gerannt. »Shira, du nimmst den Linken, ich den Rechten.« Shira nickte und lief auf den Fleischreißer zu. Dracon erledigte seinen Angreifer ohne Probleme, während Shira mehrere Anläufe brauchte, bevor die Kreatur zu Boden ging.

Ilas, Shira und Dracon liefen sofort weiter in die entgegengesetzte Richtung, nur Xendra blieb stehen und blickte auf das Tor zurück. Ihre Augen waren wieder schwarz. »Serpaforta munsobra«, flüsterte sie.

Keiner hatte sie gehört, aber Dracon hatte bemerkt, dass sie ihnen nicht folgte. »Xendra, was ist los, kommst du?«, rief er. Xendra war wieder sie selbst. Sie war verwirrt, lief aber im nächsten Augenblick zu Dracon. Sie folgten dem Nebel zurück bis zu der Stelle, an der sich der Weg teilte. »Diesmal gehen wir in die andere Richtung. Und haltet die Augen offen. Die Schattenwesen werden sicher nicht erfreut sein über unseren Besuch«, warnte Dracon. Ilas Blicke wurden panisch. Auch Xendra und Shira bekamen es allmählich mit der Angst zu tun. Dracon lief unbeirrt weiter und schien völlig furchtlos zu sein.

»Wie kannst du so entspannt bleiben?«, wollte Ilas wissen, aber Dracon antwortete nicht. Er war nicht entspannt, doch ließ er sich nichts anmerken. Der Boden wurde allmählich heller, und am Horizont wurden Felsformationen sichtbar. Ein beißender Gestank kroch langsam in ihre Nasen.

»Was ist das für ein Geruch? Kommt mir irgendwie bekannt vor«, stellte Ilas fest. Dann erkannte er die Konturen einer Felsformation vor sich, und ihm war sofort klar, wo der Gestank herkam. »Das verweste Moor. Wir sind zurück«, sagte er erleichtert. »Ich hätte nie gedacht, dass ich einmal so froh darüber sein würde, diesen widerlichen Geruch zu riechen«, sagte Ilas. Als sie schließlich den Simsalbawald erreichten, ging die Sonne bereits unter. An einem kleinen Bachlauf machten sie ein Lagerfeuer für die Nacht. Ilas hatte es sich bequem gemacht und schlief bereits. Xendra war mit ihren Gedanken beschäftigt und fand keine Ruhe. Dracon saß neben ihr. Er starrte auf das fließende Wasser und schien in seiner eigenen Welt zu sein. Shira beobachtete ihn und dachte darüber nach, Dracon zu bitten, sie mit in die Festung des Lichts zu nehmen. Doch sie verwarf den Gedanken schnell wieder. Xendras Anwesenheit erzeugte eine unangenehme Spannung in der Gruppe, die Shira ungern den weiten Weg bis zum Marmitatal ertragen wollte. »Ich werde mich morgen früh von euch verabschieden«, teilte sie den anderen mit und holte Dracon aus seinen Gedanken. Xendra sah sie gleichgültig an. »Um so besser«, sagte sie. Dracon war etwas überrascht. Er hatte noch nicht darüber nachgedacht, dass Shira, nun, da Xendra wieder da war, ihre eigenen Wege gehen würde. Er hätte sie gern davon abgehalten, wusste aber nicht, wie er das machen sollte. Statt etwas zu erwidern, sah er sie nur betrübt an.

Bis tief in die Nacht grübelte er darüber nach, wie er Shira davon überzeugen könnte, mit ihm zu gehen. Aber wenn er sie in die Festung des Lichts bringen wollte, musste er zuerst mit seinem Vater sprechen. Es war viel zu riskant, sie ohne Erlaubnis mitzunehmen. Außerdem würde er sich des Verrats schuldig machen.

EIN FLUCH WIRD GEBROCHEN

Noch bevor die ersten Sonnenstrahlen den Horizont erreichten, verließ Dracon das Lager, um mit seinem Vater zu sprechen. Drognor wurde von seinem Ruf geweckt und befürchtete das Schlimmste. »Was ist geschehen?«, fragte er sogleich nervös, als er neben Dracon erschien. Drognor blickte sich um und stellte fest, dass sie sich im Simsalbawald befanden. »Würdest du mir bitte erklären, warum wir uns in Galdrons Reich befinden?«, fragte er mit einem bedrohlichen Unterton.

Dracon erzählte Drognor von Darnhein und den Todschatten. Er begründete seinen Aufenthalt im Simsalbawald damit, dass es der kürzeste Weg zurück zur Festung des Lichts war. Das Treffen mit Galdron verschwieg er genauso wie die Reise durch das verweste Moor zur Wüste der Toten und seine Vermutung, dass Caldes Xendra mit einem Zauber belegt hatte.

»Ich verstehe nicht, warum du mich nicht gerufen hast, als Darnhein überfallen wurde. Es war sehr leichtsinnig von dir, alleine gegen so viele Todschatten anzutreten«, warf Drognor ihm vor.

»Wahrscheinlich war es das. Es tut mir leid.«

»Wie dem auch sei, ihr müsst zurück zur Festung des Lichts kommen, es ist an der Zeit, dass wir uns auf den Krieg mit Caldes vorbereiten. Hast du Shira gefunden?«

»Nein, ich meine ja.« Dracon hatte zuvor genau darüber nachgedacht, was er seinem Vater sagen wollte, damit dieser ihm die Erlaubnis gab, Shira in die Festung des Lichts zu bringen, aber jetzt fand er nicht die richtigen Worte.

»Und wo ist sie? Wo ist das Schwert?«, fragte Drognor.

»Du darfst es ihr nicht wegnehmen«, sagte Dracon.

»Was sagst du da?« Drognor war verwundert über Dracons bestimmenden Ton.

»Sie hat es nicht gestohlen. Sie hat es ehrlich erworben.«

»Woher willst du das wissen?«

»Der Dieb wurde damals gefasst und bestraft. Das ist dir sicherlich bekannt.«

»Ja, ich erinnere mich. Ein Aphthale, acht Jahre verbrachte er in Damphthron, aber das Schwert wurde nie gefunden«, sagte Drognor.

»Dem Gesetz nach darfst du es ihr nicht abnehmen, wenn sie es ehrlich erworben hat«, entgegnete Dracon.

»Aber es ist eine Waffe der Oberen!«, entfuhr es Drognor.

»Es sind deine eigenen Gesetze. Shira konnte nicht wissen, dass sie eine gestohlene Waffe kauft. Das schließt ihre Schuld aus«, konterte Dracon. Drognor wusste nichts darauf zu sagen. »Vater, bitte glaube mir, das Schwert ist in guten Händen.«

»Weißt du, Dracon, es missfällt mir, eine Waffe der Oberen in fremden Händen zu wissen. Vor allem, da ich weiß, dass deine Freundin jemand anderes ist, als sie vorgibt zu sein.«

»Was willst du damit sagen?«

»Dass du ihr nicht trauen kannst.«

»Da täuschst du dich. Und ich verstehe nicht, warum du so denkst«, sagte Dracon verärgert. »Sie hat einen Todschatten getötet und Xendra das Leben gerettet. Ich bin mir sicher, dass sie auf unserer Seite steht.«

Drognor sah ihn nachdenklich an. Er wusste, dass er seinen Sohn kaum überzeugen würde, ohne einen Beweis für seine Vermutungen zu haben. Womöglich würde er ihn sogar nur noch mehr in Shiras Arme treiben. »Du scheinst wirklich überzeugt davon zu sein. Ich werde das Schwert nicht zurückfordern und es weiterhin als verschollen betrachten«, sagte er schließlich.

Und obwohl es das war, was er hören wollte, konnte Dracon den Worten seines Vaters keinen Glauben schenken. »Dann ist es sicher kein Problem für dich, wenn ich sie mitbringe in die Festung des Lichts«, sagte Dracon.

Drognor wurde misstrauisch. »Da stellt sich mir allerdings die Frage, warum?«

»Ich möchte sie einfach an meiner Seite haben.« Dracon glaubte, das Misstrauen seines Vaters nur mehr zu schüren, wenn er ihm erzählen würde, dass er vorhatte, Shira die Prophezeiung zu zeigen.

Drognor dachte über die Worte seines Sohnes nach. Ihm fielen genug Gründe ein, warum diese sonderbare Mankure die Festung des Lichts nicht betreten sollte, doch gab es auch einen Grund, der dafür sprach. »Gut, dann bring sie mit und verliert keine Zeit auf eurem Weg, denn mit jedem Tag schwindet die Hoffnung ein Stück mehr.« Mit diesen Worten verschwand Drognor.

Dracon war überrascht, dass sein Vater ohne weitere Diskussion eingewilligt hatte. Ihm kamen Zweifel, ob er seinem Vater vertrauen konnte. Er konnte sich nicht vorstellen, dass Drognor eingesehen hatte, dass Shira keine Gefahr darstellte. Er hatte vielmehr das Gefühl, dass Drognor ihn das nur glauben lassen wollte. Plötzlich wurde Dracon bewusst, dass er sowohl zu Xendra als auch zu seinem Vater das Vertrauen verloren hatte, und er dachte an Galdrons Worte: »Hüte dich vor denen, die dir am Nächsten stehen.«

Er war sich nicht mehr sicher, ob er Shira mitnehmen sollte, denn er fürchtete, sie in Gefahr zu bringen.

***

Shira und Ilas waren mittlerweile aufgewacht. Xendra saß an einem Baum gelehnt und hielt Ausschau nach Dracon. Shira wusch ihr Gesicht im Bachlauf und nahm einen großen Schluck aus ihrem Wasserschlauch. Ilas tat es ihr gleich und streckte sich in der Sonne. »Wo ist Dracon?«, fragte er.

»Er wird mit Drognor sprechen, denke ich«, sagte Shira. Sie kniete vor dem Bach und beobachtete den dicht bewachsenen Uferrand. Zwischen den Grashalmen bewegten sich kleine Tiere. Shira konnte sie nicht genau erkennen, sie schienen mit ihrer Umgebung verschmolzen zu sein. Nur ihre Bewegungen, die die Grashalme unnatürlich verbogen, verrieten, dass sie dort waren. Shira trat einen Schritt zurück und ließ das Flussufer nicht aus den Augen.

»Ist alles in Ordnung?«, fragte Ilas, der Shiras skeptischen Blick bemerkt hatte.

»Ich bin mir nicht sicher, aber irgendetwas ist hier im Gras.«

Ilas besah sich die hohen Grashalme genauer, konnte aber nichts sehen und zuckte mit den Schultern. Seit sie wach waren, hatte Xendra kein Wort gesprochen. Gelegentlich sah sie Shira zornig an. Hin und wieder trafen sich ihre Blicke, und auch Ilas bemerkte die Spannung zwischen den beiden. Shira wusste nicht mit ihr umzugehen. Sie fragte sich, ob Xendra wirklich nur eifersüchtig war oder ob es noch einen anderen Grund gab, der Xendras Zorn gegen sie schürte.

Dracon kam zurück und schaute bedrückt in die Runde. Xendra war sich sicher, dass sie Shira nun bald los sein würde, und lächelte zufrieden. »Was hat dein Vater gesagt?«, fragte sie erwartungsvoll.

»Wir sollen zur Festung des Lichts zurückkommen.«

»Sonst hat er nichts gesagt?«

»Nichts was von Belang für dich wäre.« Dracon wusste genau, worauf Xendra hinauswollte.

»Dann wird es wohl Zeit, sich zu verabschieden«, sagte Shira und stand auf.

»Ich habe eigentlich gehofft, dass du uns begleitest.«

Shira sah Dracon verwundert an. »Ganz sicher nicht«, sagte sie.

»Du hast nichts zu befürchten. Mein Vater hat sein Einverständnis gegeben.«

Xendras Augen weiteten sich. Sie konnte nicht glauben, dass Drognor seine Meinung geändert hatte und Dracon ihn tatsächlich hatte überzeugen können, dass Shira vertrauenswürdig war. »Wieso willst du sie mitnehmen?«, fragte Xendra. Ihre Wut war nicht zu überhören.

»Weil ich weiß, wie gern du sie hast«, antwortete er sarkastisch.

Shira hielt sich die Hand vor den Mund und verbarg ein Grinsen. Es war offensichtlich, dass Dracon mit Xendras Verhalten nicht zurechtkam. Xendra überraschte diese Antwort nicht, dafür kannte sie ihn zu gut.

»Ich werde trotzdem nicht mitkommen. Es tut mir leid«, sagte Shira. Sie ging davon aus, dass Dracon sich denken konnte, warum sie seine Bitte ablehnte, und verzichtete auf eine Begründung. »Ich wünsche euch viel Glück auf eurer Reise«, sagte sie, verabschiedete sich und ging in den Wald.

Dracon blickte ihr nach, und ihm kam plötzlich der Gedanke, dass er Shira nie wiedersehen würde, wenn er sie jetzt gehen ließe. Er zögerte einen Moment lang, doch dann lief er ihr hinterher. »Shira, warte!« Sie blickte sich überrascht um und sah ihn fragend an. »Bitte, komm mit mir.«

»Du weißt, dass ich das nicht kann.«

»Wir werden nicht lange dortbleiben.«

»Nein, es tut mir leid. Ich möchte den Oberen nicht beggnen, und schon gar nicht meinem Vater.«

»Sie müssen ja nicht wissen, dass du dort bist«, sagte Dracon.

»Wie soll das gehen?«

»Das ist nicht so schwierig, wie du vielleicht denkst. Wir halten uns nur dort auf, wo wir sie nicht antreffen. Ich zeige dir die Prophezeiung, und dann bringe ich dich wieder hinaus.«

»Und was ist mit deinem Vater? Zumindest er wird wissen, dass ich dort bin. Glaubst du wirklich, er lässt mich in Ruhe lassen?«

»Ich habe nicht gelogen, als ich sagte, dass er mir sein Einverständnis gegeben hat«, erklärte Dracon und bemühte sich seine Unsicherheit zu verbergen.

Shira hatte Zweifel. Sie traute Drognor nicht. Sie hatte Angst, dass er sie gefangen nehmen wollte und Dracon nur aus diesem Grund erlaubt hatte, sie mitzunehmen. Oder vielleicht wusste Dracon sogar von Drognors Vorhaben. Sie sah Dracon in die Augen, sie konnte sich nicht vorstellen, dass er sie verraten würde, und dennoch erkannte sie, dass Dracon verunsichert war. »Warum liegt dir so viel daran?«, fragte sie.

Er wusste nicht, was er darauf antworten sollte. Ihm ging es weniger darum, dass sie die Prophezeiung las, er wollte nur, dass sie bei ihm blieb, auch wenn er bedenken hatte, was seinen Vater anbelangte. »Ich möchte einfach nicht, dass du gehst. Du kannst mir vertrauen. Dir wird sicher nichts geschehen«, versuchte er sie zu überzeugen.

Sie dachte darüber nach und musste sich eingestehen, dass sie gern die Prophezeiung gelesen hätte. Nun, da sich die Gelegenheit bot, schien es ihr töricht, sie nicht zu nutzen, auch wenn ihr nicht wohl dabei war. Aber sie vertraute Dracon. »Gut, ich werde mitkommen. Aber nur wenn wir vorher noch Rouh abholen.«

Dracon nickte und war froh, dass sie bei ihm bleiben würde. Allerdings hatte er auch das Gefühl, sie zu betrügen, weil er ihr nicht gesagt hatte, dass er bedenken hatte, was seinen Vater anbelangte.

Sie erreichten das Dorf der Waldmankuren am späten Nachmittag und verbrachten eine Nacht dort. Dann durchquerten sie zwei weitere Tage den Simsalbawald Richtung Norden, bis sie einen kleinen See erreichten. Es war ein sehr heißer Tag, und die Sonne hatte gerade den Zenit überschritten. Der Wald endete, und die weite baumlose Landschaft, die sich vor ihnen erstreckte, bot kaum Schatten. Sie würden stundenlang durch die sengende Sonne laufen müssen. Sie entschieden sich, am See zu bleiben und erst am Abend weiterzugehen.

Ilas, Xendra und Dracon setzten sich am Waldrand in den Schatten, während Shira zum Seeufer lief. Rouh folgte ihr. Sie streckte ihre Hand ins Wasser und blickte auf die glatte Wasseroberfläche, Rouh stand neben ihr und trank aus dem See. Dann ging er zurück zum Waldrand und legte sich in den Schatten.

Shira blieb am Seeufer und legte ihr Schwert ab. Dann begann sie, sich auszuziehen. Dracon beobachtete sie. Shira hatte ihre Kleidung so weit abgelegt, dass nur noch ihr Unterleib von einer kleinen Hose bedeckt wurde. Ilas, der Dracons aufmerksame Blicke bemerkt hatte, fing an zu grinsen.

»Starr sie nicht so an!«, entfuhr es Xendra, der Dracons Blicke ebenfalls nicht entgangen waren. Dracon zuckte zusammen, als Xendra das sagte. Verlegen schaute er in eine andere Richtung, ohne etwas zu erwidern.

Shira sprang ins Wasser und schwamm einige Runden, bevor sie den anderen zu rief: »Kommt doch auch rein. Es ist herrlich.« Ilas zögerte nicht lange und ging ebenfalls ins Wasser.

Während Xendra Ilas und Shira beobachtete, sah Dracon sie nachdenklich an. »Was ist los? Warum siehst du mich so an?«, fragte Xendra.

»Was ist in Darnhein passiert, nachdem du dich von Ilas getrennt hattest?«, wollte Dracon von ihr wissen. Xendra schien verwundert über seine Frage. Er wusste nicht, ob es daran lag, dass er sie gerade aus ihren Gedanken gerissen hatte, oder ob es an der Frage selbst lag.

»Ich bin zu Mikka gegangen, aber sein Wirtshaus war zerstört, und ich konnte ihn nicht finden. Ich habe mich noch umgesehen und wollte zu Ilas zurückkehren. An das, was dann geschah, erinnere ich mich nicht. Es war, als hätte ich geschlafen, und als ich aufwachte, fand ich mich in der Wüste der Toten wieder.«

»Du hast Ilas angegriffen und ihn mit einer Energiekugel niedergeschlagen«, sagte Dracon vorwurfsvoll.

»Davon weiß ich nichts.«

Dracon wusste, dass irgendein Zauber sie geleitet hatte. Doch anders als bei Curdo schien der Zauber bei Xendra nur zeitweise zu wirken. Vielleicht hatte er seine Wirkung auch bereits verloren, aber es war genauso möglich, dass Xendra immer noch von dem Zauber beeinflusst werden konnte.

»Du denkst, dass es mir wie Curdo ergangen ist. Dass Caldes mich mit einem Zauber belegt hat«, sagte Xendra.

»Es wird sicher ein Zauber gewesen sein, der dich dazu gebracht hat, in die Wüste der Toten zu gehen, das kannst du nicht abstreiten«, sagte Dracon.

»Dessen bin ich mir bewusst. Aber es ist sicher nicht wie bei Curdo, schließlich bin ich wieder Herr meiner Sinne.« »Wahrscheinlich hast du recht«, stimmte Dracon zu, klang dabei aber nicht überzeugt.

»Du musst mir versprechen, dass du es den Oberen nicht erzählst. Oder hast du es deinem Vater es bereits gesagt?«

»Nein und das werde ich auch nicht«, versicherte er.

»Als wir in Prauwo waren, ist da irgendwas geschehen, was du mir nicht erzählt hast?«, wollte Dracon wissen. Er dachte an den Zauber, den Curdo ausgesprochen hatte.

»In Prauwo? Nein, sicher nicht«, sagte Xendra etwas verwundert über diese Frage.

»Als wir Prauwo verlassen haben, hat Curdo da etwas gesagt?«, fragte Dracon.

»Während du ihn getragen hast? Er war bewusstlos, schon vergessen?«, gab Xendra verwundert zurück.

Dracon sah sie kritisch an, während Xendra verständnislos den Kopf schüttelte. »Mach mir bitte keinen Vorwurf. Ich bin nur etwas besorgt«, sagte Dracon.

»Das verstehe ich, aber deine Sorge ist unbegründet. Sicher hat mich der Todschatten, dem ich in Darnhein begegnet bin, kurzzeitig verflucht, ich kann mir mein Handeln kaum anders erklären.«

»Ich denke nicht, dass die Todschatten dazu fähig sind«, erwiderte Dracon.

»Sie sind auch in der Lage, die Menschen gefügig zu machen. Es ist nicht undenkbar, dass sie auch den Willen der Mankuren beeinflussen können«, sagte Xendra.

Das konnte Dracon nicht abstreiten, und dennoch hatte er Zweifel. Er fragte sich, welchen Nutzen die Todschatten davon haben sollten, der größer war als die Energie, die sie aus der Magie einer mächtigen Mankure ziehen würden. Als er darüber nachdachte, viel ihm die erste Begegnung mit den Todschatten wieder ein. Er war Xendra zur Hilfe gekommen, als sie von einem Todschatten angegriffen wurde. Als er genauer darüber nachdachte, fiel ihm ein, dass der Todschatten von Xendra abgelassen hatte, noch bevor Dracon ihn angegriffen hatte. Er fragte sich, ob es Zufall gewesen war oder ob der Todschatten vielleicht erkannt hatte, dass

Xendra von Caldes kontrolliert wurde. Dracon wusste nicht, was er machen sollte. Denn es gab keine Möglichkeit, herauszufinden, ob Caldes Xendra wirklich verflucht hatte. Er würde es erst wissen, wenn er sie erneut kontrollieren würde. Und auch dann nur, wenn Dracon es mitbekommen würde.

»Ich habe mich noch gar nicht dafür bedankt, dass du mich gerettet hast«, sagte Xendra liebevoll und rutschte ein Stück an ihn heran.

»Dafür brauchst du dich nicht bedanken. Es war meine Schuld, dass es überhaupt so weit gekommen ist. Es tut mir leid«, entgegnete Dracon.

»Du musst dir keine Vorwürfe machen. Ich war es doch, die dir hinterhergelaufen ist. Es war meine Entscheidung.« Sie legte ihren Arm um seine Schultern und schmiegte sich noch näher an ihn heran.

Er rutschte ein Stück zu Seite und entfernte ihren Arm. Sie schien enttäuscht darüber zu sein und versuchte erneut, sich ihm zu nähern. Dracon war verunsichert, er wusste nicht, wie er sich aus dieser unangenehmen Situation befreien sollte. Plötzlich beugte Xendra sich vor und versuchte, ihn zu küssen.

»Wollt ihr nicht auch ins Wasser kommen?«, rief Ilas, der gesehen hatte, was dort vor sich ging.

Xendra schreckte zurück und Dracon war erleichtert. Er sprang sofort auf und ging zum Wasser. Ihm war bewusst, dass er mit Xendra hätte reden müssen, aber er wollte sie nicht verletzen. Doch lange würde er sich diesem Gespräch nicht mehr entziehen können. Xendra war verärgert, aber sie würde so schnell nicht aufgeben.

Als die Sonne unterging, setzten sie ihre Reise fort. Sie liefen bis in die Nacht hinein und wollten das weite Tal, das sich bis zum Andror erstreckte, vor Sonnenaufgang hinter sich gelassen haben. Es war die letzte Nacht, die sie gemeinsam mit Ilas verbrachten. Am folgenden Tag verabschiedeten sie sich von ihm. Er ging weiter nach Zimheim, während die anderen dem Andror Richtung Westen folgten.

***

Nachdem sie den Fluss überquert hatten, schlugen sie ihr Nachtlager auf. Shira und Rouh gingen jagen, und seitdem sie sich bei Galdron wiedergesehen hatten, waren sie das erste Mal allein. »Ich verstehe nicht, wie du freiwillig in die Festung des Lichts gehen kannst. Dir muss doch klar sein, dass du ohne fremde Hilfe nicht wieder hinauskommen wirst, oder?«, sagte Rouh.

»Wieso komme ich dort nicht wieder raus?«, fragte Shira überrascht.

»Die Festung des Lichts ist ein Labyrinth von Gängen, die nur mithilfe der magischen Sprache zu einem Ziel führen. Wenn du die entsprechenden Zauber nicht kennst, wirst du niemals in irgendeinen Raum gelangen oder zum Ausgang«, erklärte Rouh.

Shira wurde unsicher. Sollte Dracon sie belogen haben, hätte sie keine Möglichkeit zu fliehen. Sie dachte darüber nach. »Das wusste ich nicht. Aber ich vertraue Dracon. Es wird schon gut gehen«, sagte sie, obwohl sie Zweifel hatte.

»Wie du meinst. Aber ich werde nicht mitkommen.«

»Das habe ich auch nicht erwartet.« Shira wusste, dass sie Rouh nicht würde überzeugen können, seine Meinung zu ändern, und versuchte es auch nicht, obschon sie ihn lieber dabeigehabt hätte. »Wirst du im Marmitatal auf mich warten?«, fragte sie.

»Nein, ich möchte die Nacht nicht dort verbringen. Ich werde am Seelensee auf dich warten.«

»Wieso die Nacht dort verbringen? Ich habe nicht vor, lange in der Festung des Lichts zu bleiben.«

»Wir werden erst am Nachmittag dort ankommen. Also werdet ihr sicher die Nacht dort verbringen«, sagte Rouh.

»Nein, ganz sicher nicht. Ich werde reingehen, die Prophezeiung lesen und wieder rauskommen.«

»Das hängt davon ab, ob Dracon dich lässt.«

Shira wurde stutzig, als Rouh das sagte, und fragte sich wieder, was wäre, wenn Dracon sie nicht wieder hinauslassen würde. »Keine Sorge, das wird er«, sagte sie und versuchte sich selbst noch davon zu überzeugen.

***

Dracon saß vor dem Lagerfeuer und starrte durch die Flammen hindurch auf Xendra, die ihm gegenübersaß. Sie hatten nicht viel gesprochen, seit Shira und Rouh fortgegangen waren, und bisher hatte

Xendra auch nicht wieder versucht, sich ihm anzunähern. Er war erleichtert, als Shira und Rouh zurückkamen und die für ihn unangenehme Zweisamkeit beendeten. Denn er hatte nicht nur das Problem, dass er mit ihr über ihre Gefühle für ihn sprechen musste, sondern auch die Ungewissheit, ob er ihr überhaupt vertrauen konnte. Er war immer noch nicht überzeugt davon, dass der Zauber, der Xendra in die Wüste der Toten getrieben hatte, nicht mehr wirkte.

***

Als Shira nach oben schaute, sah sie ein paar Sterne funkeln. Dann bildete sich ein großer Vollmond im Himmel. Er erhellte die Dunkelheit, und Shira konnte die Umgebung erkennen. Sie stand vor einem Höhleneingang. Neugierig schaute sie hinein, aber es war zu dunkel, um etwas zu sehen. Sie erzeugte eine Flamme in ihrer Hand und ging langsam in die Höhle. Sie erkannte Zeichnungen an der Wand und betrachtete sie genauer. Die Bilder fingen an, sich zu bewegen, und zeigten eine Mankure, die eine Flamme in der Hand trug und eine Höhle betrat. Die Mankure schien auf den Höhlenwänden etwas zu sehen, wie Shira in diesem Augenblick. Plötzlich verschwanden die Bilder, und ein dunkler Kreis zeichnete sich auf der Felswand. In dem Kreis war wieder die Mankure zu sehen. Sie war in Ketten gelegt, und ein Feuer breitete sich um sie herum aus. Die Flammen verschlangen das Bild, und die Felswand wurde wieder grau.

Shira versuchte, die Geschichte zu verstehen. Diese Mankure mit der Flamme in der Hand, das war sie gewesen, dachte sie. Doch verstand sie nicht, warum sie verbrannt ist. Sie konnte nicht verbrennen, es sei denn, diese Ketten waren aus magischem Eisen. Ein kalter Schauder lief Shira über den Rücken. In Gedanken vertieft starrte sie auf die kahle Felswand. Sie fragte sich, was diese Bilder zu bedeuten hatten. Plötzlich überkam sie ein Gefühl von Einsamkeit. Sie wusste nicht, wo sie war und was eigentlich geschehen war.

Sie ging aus der Höhle hinaus und sah sich verwirrt um. Sie hatte diese Gegend nie zuvor gesehen. Sie wusste nicht, wie sie hierhergekommen war. Unsicher ging sie von der Höhle fort und versuchte, sich zu orientieren. Doch die Landschaft um sie herum schien sich immer wieder zu verändern. Erst glaubte sie, ein Gebirge zu erkennen, das sich dann plötzlich in einen riesigen Wald verwandelte. Aus dem Nichts flogen auf einmal Gesichter auf sie zu, wie Geister schwirrten sie herum und schnitten Grimassen. Dann verschwanden sie, und der Boden wurde weich und schlammig. Shiras Füße wurden von einer zähflüssigen Masse umschlossen, und es gelang ihr nicht, wieder herauszukommen. Mit jeder Bewegung sank sie noch schneller ein. Weit und breit war nichts zu sehen. Der Boden schien sie einfach zu verschlingen. Sie versuchte, sich mit ihrer Zauberkraft zu behelfen, doch es geschah nichts. Panik überkam sie. Ihr gingen so viele Fragen durch den Kopf, während der Boden sie langsam verschluckte. Um sie herum wurde alles dunkel, und sie riss die Augen auf.

Vor ihr tanzte die Flamme des Lagerfeuers. Ihr Kopf lehnte an einem weichen, warmen Untergrund. Es war Rouh. Erleichtert begriff sie, dass sie gerade geträumt hatte. Neben ihr lag Dracon und schlief. Sie richtete sich auf und zuckte vor Schreck zusammen. Xendra stand neben Dracon und hielt ihr Schwert in den Händen. Die Spitze der Klinge war auf Dracons Brustkorb gerichtet. Shira sah sie entsetzt an. Xendras Augen waren pechschwarz. Shira fragte sich, ob sie immer noch träumte, als Xendra ihre Arme hob, bereit, Dracon mit der Klinge zu durchbohren.

Shira sprang auf und versetzte Xendra einen Tritt in den Magen und diese stürzte nach hinten. Shira zog ihr Schwert und ging auf Xendra zu. Im gleichen Augenblick wurden Dracon und Rouh wach. Nachdem Xendra auf den Boden aufgeschlagen war, wurde ihr Blick wieder klar, und sie erschrak, als sie Shira mit erhobenem Schwert neben sich stehen sah.

Dracon schoss eine Energiekugel auf Shira. Sie traf Shira von der Seite und riss sie zu Boden. Dann ging er zu ihr und sah sie mit einem bedrohlichen Blick an. »Warum hast du Xendra angegriffen?«, fragte er.

»Sie wollte dich töten.«

Dracon sah Xendra an, die neben ihm stand.

»Sie lügt«, sagte sie mit Bestimmtheit.

»Es ist wahr. Sie steht unter einem Zauber. Ich habe es gesehen. Ihre Augen, sie waren schwarz«, erklärte Shira nervös. Sie befürchtete, Dracon würde ihr nicht glauben. Aber er machte nicht den Eindruck, als würde er an Shiras Worten zweifeln.

Xendra wusste nicht, was geschehen war. Sie konnte nicht ausschließen, dass Shira die Wahrheit sagte. Aber sie wollte diesen

Gedanken nicht zulassen. Sie wollte einfach nicht glauben, dass sie Dracon etwas antun könnte. »Das stimmt nicht! Ich habe geschlafen«, rief Xendra.

Dracon skeptisch zu Xendra, dann sah er ihr Schwert auf dem Boden liegen. »Komm mit, wir müssen uns unterhalten«, forderte Dracon Xendra auf. Die beiden entfernten sich einige Meter von dem Lager und verschwanden hinter den Bäumen. »Bist du dir sicher, dass du geschlafen hast?«, fragte Dracon, nachdem sie stehen geblieben waren.

Sie war sich nicht sicher, und sie wusste, dass sie es ihm sagen musste. Nicht nur, weil er in Gefahr war, sondern auch in der Hoffnung, dass er ihr helfen würde. Zu wissen, dass eine fremde Macht jeder Zeit die Kontrolle über sie übernehmen konnte, machte ihr große Angst. Verzweifelt sah sie Dracon an. »Du musst mir helfen! Du musst mich von diesem Fluch befreien!«

»Ich weiß nicht, ob ich das kann.«

»Du musst es versuchen. Du kannst dir nicht vorstellen, was es für ein schreckliches Gefühl ist, nicht zu wissen, ob man noch sein eigener Herr ist«, sagte sie.

»Du weißt, dass die Zauber, welche es ermöglichen, andere Lebewesen zu kontrollieren, verbotene Zauber sind.«

»Natürlich weiß ich das. Aber sie müssen doch zu brechen sein.« Xendra war den Tränen nahe.

Als Dracon in Xendras flehende Augen sah, bekam er Schuldgefühle. Er war sich nun sicher, dass Xendra in Prauwo mit dem Zauber belegt worden sein musste. Er machte sich Vorwürfe, sie mitgenommen zu haben, und fühlte sich verpflichtet, ihr zu helfen. »Wenn es nicht funktioniert, könnte das meinen Tod bedeuten.«

Dessen war sich auch Xendra bewusst. Und sie wusste nicht, was ihr mehr Angst machte. Dass Dracon sterben könnte bei dem Versuch, ihr zu helfen, oder dass sie ihn womöglich unfreiwillig umbringen würde, wenn sie nicht von dem Fluch befreit werden könnte. »Vielleicht sollten wir die Oberen um Hilfe bitten«, schlug Xendra vor.

Auch Dracon hatte bereits darüber nachgedacht, aber er kam zu dem Schluss, dass es keinen Unterschied machen würde. Sicher war es möglich, diesen Zauber umzukehren, die Frage war nur, ob einer der Oberen mächtig genug dafür war. Jeder von ihnen würde bei dem Versuch, einen verbotenen Zauber zu brechen, gleichermaßen riskieren zu sterben. Das konnte Dracon nicht mit sich vereinbaren. Er musste es selbst machen, schließlich war es seine Schuld, dass Xendra verflucht wurde.

Dracon nickte entschlossen. »Gut, ich versuche es«, sagte er. »Exdemra viir nomvas.« Er hatte die Worte kaum ausgesprochen, da spürte er auch schon, wie ihn seine Kräfte verließen.

Xendras Augen wurden schwarz, und eine dunkle Rauchwolke strömte aus ihrem Mund. Nachdem sich der dunkle Rauch verzogen hatte, wich auch die Schwärze aus ihren Augen. Sie kam wieder zu sich und erschrak, als sie Dracon am Boden liegen sah. Sie glaubte, er sei tot. »Nein, bitte nicht! Dracon, wach auf! Bitte wach auf«, rief sie verzweifelt.

Shira hörte Xendra und lief zu ihr. »Was hast du getan?«, fragte sie entsetzt. Als Shira sich neben Dracon hockte, öffnete er die Augen.

»Hat es geklappt?«, fragte er benommen. Er konnte nicht richtig sehen, die Bilder vor seinen Augen waren verschwommen, und ihm fehlte die Kraft, sich zu bewegen.

»Ich glaube schon. Geht es dir gut?«, fragte Xendra besorgt.

»Es ging mir nie besser.«

»Was hat sie dir angetan?«, wollte Shira wissen.

»Es ist nicht ihre Schuld«, versicherte Dracon. Seine Kräfte kehrten allmählich zurück. Vor seinen Augen zeichneten sich wieder klare Konturen ab, und er richtete sich langsam auf. Shira erwartete, dass er ihr erzählen würde, was gerade geschehen war, aber das tat er nicht aus Rücksicht auf Xendra. Allerdings wollte er Shira auch nicht das Gefühl geben, er würde ihr nicht mehr vertrauen. »Du brauchst dir keine Sorgen machen, und am besten vergessen wir einfach, was hier gerade passiert ist«, sagte er.

Shira war etwas verunsichert, sagte aber nichts. Dann ging sie zu Rouh zurück, kurz darauf folgten Dracon und Xendra ihr.

IN DER FESTUNG DES LICHTS

Am folgenden Tag erreichten sie am späten Nachmittag das Marmitatal, und Rouh verabschiedete sich von ihnen. Die drei Mankuren standen am Tayguien vor der hohen Steilwand, in der sich der Zugang zur Festung des Lichts befand.

Nichts erschien ungewöhnlich oder ließ vermuten, dass sich an dieser Stelle, an der Dracon und Xendra stehenblieben, ein Eingang befand. Xendra sprach die Worte, um den Eingang zu öffnen. Dabei war sie sehr bedacht darauf, dass Shira sie nicht verstehen konnte. Das graue Gestein rollte sich lautlos auseinander und gab einen gewölbten Zugang frei.

Vor ihnen lag ein langer Gang, der durch Fackeln, die an den Wänden befestigt waren, erhellt wurde. Ein moosgrüner Teppich lief nahtlos über den Boden und folgte dem Gang in eine scheinbar endlose Leere. Es war kein Ende zu sehen, und auch Türen suchte Shira vergebens. Plötzlich erschien vor ihnen eine breite Holztür. Doch weder Dracon noch Xendra hatten einen Zauber ausgesprochen und schienen gleichermaßen verwundert zu sein. Die Tür öffnete sich. Drognor stand dahinter. Shira erschrak, als sie ihn sah, sie hatte gehofft, keinem der Oberen zu begegnen.

»Seid gegrüßt. Kommt mit mir, ihr werdet bereits erwartet«, sagte er.

Shira fühlte sich unbehaglich. Sie blickte zurück, doch der Eingang war bereits wieder verschwunden, und sie sah nur den langen Gang, der ins Nichts zu führen schien. Sie packte Dracon am Handgelenk und blickte ihn flehend an. »Bitte, lass mich wieder gehen«, flüsterte sie.

»Dracon! Denk nicht einmal daran!«, sagte Drognor.

Sowohl Dracon als auch Shira zuckten zusammen, als Drognors Stimme durch den Gang dröhnte. Shira sah Dracon an und hoffte, dass er sich seinem Vater widersetzen würde, aber er tat es nicht. Sie bekam Angst und bereute zutiefst, dass sie nicht auf Rouh gehört hatte. Er hatte sie gewarnt, und sie war so naiv zu glauben, Dracon könne sie vor den Oberen schützen.

Xendra ging an Drognor vorbei durch die Tür, während Shira und Dracon noch zögerten. Doch waren sich beide bewusst, dass sie keine

Wahl hatten, sie mussten ihr folgen. »Bleib einfach bei mir. Ich werde dafür sorgen, dass dir nichts geschieht«, versicherte Dracon.

Drognor konnte seinen Sohn hören und war offensichtlich verärgert über dessen Worte. Er sagte aber nichts und strafte Dracon nur mit einem verurteilenden Blick.

Sie betraten einen großen Saal. Der Zutritt befand sich oberhalb des riesigen Raumes und führte über einen Balkon zu einer Treppe nach unten. Die hohen Wände waren mit edlen Wandteppichen geschmückt. Jeder dieser Teppiche war mit filigranen Stickereien übersäht, die alle eine Geschichte erzählten. In die Felsen waren Steinfiguren gehauen, die die graue Fläche wie ein Kunstwerk erscheinen ließen. Einige Adler und Falken saßen in den natürlich geformten Felsmulden, die überall zu finden waren. Rings herum befanden sich acht große massive Holztüren, die aus dem Saal führten. Die bogenförmigen Eingänge wurden von riesigen Statuen bewacht. Es waren die Abbilder der ersten Oberen. An den Ausgängen standen überall Wachen, unter ihnen war auch Tarina, wie Shira überrascht feststellte.

Alle Oberen und ihre Kinder waren anwesend und noch weitere Gäste, einer davon war Katron, der älteste Mankur, der noch lebte. Es wurde erzählt, dass er über achthundert Jahre alt sei, aber niemand außer ihm kannte sein wahres Alter. Er war kein Oberer, aber er war dennoch weiser als jeder von ihnen. Sein langes weißes Haar bedeckte seine Schultern, und die untere Hälfte seines Gesichts verbarg er unter einem fransigen, langen Bart. In seiner schwarzen Robe wirkte er ein wenig unheimlich. Er hielt einen langen Stab in seiner rechten Hand, der von einer beeindruckenden Schnitzerei gekrönt war. Sie stellte einen Drachenkopf dar.

Shira hatte Katron zum ersten Mal im Dorf der Waldmankuren getroffen. Es war schon einige Jahre her, und sie hatte kaum mit ihm gesprochen, aber sie erinnerte sich genau an diesen mysteriösen Mankuren mit dem sonderbaren Stab.

»Wie konntest du mich nur hierherbringen?«, flüsterte sie fassungslos.

Doch auch Dracon war verwundert über diese Versammlung. »Ich wusste davon nichts«, sagte er und musterte die Gäste.

Shira sah ihren Vater, der sich gerade mit Planara unterhielt. Casto war für einen kurzen Moment überrascht, als er Shira bemerkte, besann sich aber sofort und ignorierte sie, um keinen Verdacht zu schöpfen.

Doch Drognors aufmerksamen Augen entging nichts. Er schaute zu Shira, die seinem stechenden Blicken auswich, was ihn erzürnte. »Mir machst du nichts vor, ich weiß genau, wer du bist«, flüsterte er ihr bedrohlich ins Ohr.

»Lass sie in Ruhe«, sagte Dracon, obwohl er nicht verstanden hatte, was sein Vater zu Shira gesagt hatte. Er hatte kaum noch Zweifel daran, dass sein Vater Shiras Besuch nicht ohne Grund gestattet hatte.

Drognor sah Dracon überrascht an. Er wollte bei seinem Sohn kein Misstrauen erwecken und verschwand schließlich ohne ein weiteres Wort.

Schockiert und verwirrt sah sie Dracon an und stotterte: »Ich dachte, du hättest mit ihm gesprochen.«

»Das habe ich auch.«

»Er hat nicht den Eindruck gemacht, als ob er mich willkommen heißen würde.«

Dracon hätte gern das Gegenteil behauptet, aber das konnte er nicht. Er wusste, dass sein Vater irgendetwas vorhatte, aber er wollte Shira nicht beunruhigen und versuchte, seine Unsicherheit zu verbergen.

»Lass uns zu den anderen gehen«, forderte er Shira auf. Dracon drehte sich um und wollte gerade loslaufen, doch Shira hielt ihn fest.

»Warte!«

Er sah sie fragend an. »Du brauchst keine Angst zu haben, niemand wird dir etwas tun. Die Oberen sind keine Monster.« Seine dunklen braunen Augen wirkten so ehrlich. Er gab ihr einfach ein Gefühl der Sicherheit. »Was ist jetzt, kommst du?«, fragte er.

»Eigentlich würde ich lieber wieder gehen.«

Dracon konnte sie nur zu gut verstehen, aber er wusste, dass es sicher ein Fehler wäre, zu gehen. Sie würden den Anwesenden nur einen Grund geben, zu glauben, dass Shira etwas zu verbergen hatte. »Ich denke, es ist besser, wenn wir bleiben. Vertrau mir.«

Widerwillig gab Shira nach und folgte Dracon die Treppe hinunter. Sie waren kaum unten angekommen, als Aminar zu ihnen kam.

»Dracon, schön dich wieder zu sehen. Ich muss mit dir unter vier Augen sprechen«, sagte er in strengem Ton und wandte sich Shira zu. »Wenn du uns kurz entschuldigen würdest.« Er packte Dracon am Arm und zog ihn mit sich.

»Du kannst mich doch nicht einfach hier stehen lassen«, flüsterte Shira leise vor sich hin, während sie Dracon hinterherblickte. Er hatte doch gesagt, dass sie bei ihm bleiben sollte, wie konnte er sie nun einfach alleine stehen lassen. Nervös schaute sie sich um. Die anderen Mankuren schienen sie nicht zu beachten, zumindest glaubte sie das, bis ein junger blonder Mankur auf sie zukam.

»Du bist also eine Freundin von Dracon«, begann dieser das Gespräch. Shira antwortete nicht und sah ihn nur skeptisch an. »Der letzte Freund, den er hierhergebracht hat, wurde geköpft, aber das hat er dir sicher erzählt.«

»Von ihm?«, fragte Shira entsetzt.

»Nein, von seinem Vater.« Terron grinste zufrieden.

***

Während Dracon sich mit Aminar unterhielt, schaute er immer wieder zu Shira hinüber und fragte sich, was Terron ihr gerade erzählt hatte.

»Es wäre schön, wenn du mir zuhören würdest, statt deine Geliebte zu beobachten«, tadelte ihn Aminar.

»Sie ist nicht meine Geliebte«, sagte Dracon, ohne seinen Blick von Shira und Terron abzuwenden.

»Dann frage ich mich, warum es dich stört, dass sich Terron mit ihr unterhält.«

»Es stört mich nicht«, entgegnete Dracon gereizt.

»Natürlich nicht«, erwiderte Aminar sarkastisch.

Terron entfernte sich wieder von Shira, und Dracon wandte sich wieder Aminar zu. »Worüber wolltest du mit mir reden?«

»Wenn du das nächste Mal vorhast, meine Tochter zu entführen, würde ich gern darüber in Kenntnis gesetzt werden.«

»Wovon redest du? Ich habe sie nicht entführt.«

»Natürlich nicht. Aber du weißt, dass sie dir überallhin folgen würde, wenn du sie darum bittest. Deswegen liegt es in deiner Verantwortung, sie nicht in Gefahr zubringen.«

»Es wird nicht wieder vorkommen«, versicherte Dracon.

»Das hoffe ich für dich, und nun stell mich deiner Geliebten vor.«

»Ich sagte doch …«

»Ja, ja, ich weiß. Sie ist nicht deine Geliebte«, unterbrach Aminar ihn lächelnd und ging zu Shira, die sich nicht vom Fleck gerührt hatte. Aminar war sehr freundlich, und Shira mochte ihn. Als er sich wieder zu den anderen an die Tafel gesellte, forderte er Dracon und Shira auf, ihm zu folgen. Aber Shira bewegte sich nicht und starrte Dracon misstrauisch an.

»Was hat Terron zu dir gesagt?«, fragte er.

»Wer?«

»Der blonde Mankur, der gerade bei dir war. Was hat er dir erzählt?« Dracon wusste, dass Terron sicher nichts Gutes über ihn erzählt hatte, und Shiras misstrauischer Blick bestätigte seine Annahme.

»Nichts Besonderes. Er hat sich nur vorgestellt.«

Dracon zog verwundert eine Augenbraue hoch. »Hat er das? Deswegen wusstest du auch, wie er heißt.«

Shira hatte selbst bemerkt, wie dämlich ihre Antwort gewesen war, aber aus irgendeinem Grund traute sie sich nicht, Dracon zu erzählen, was Terron wirklich gesagt hatte. Vielleicht aus Angst, dass es tatsächlich die Wahrheit gewesen war.

»Willst du wirklich nicht mit mir darüber reden?« Dracon spürte ihr Misstrauen und fragte sich umso mehr, worüber Terron mit ihr gesprochen hatte, dass sie so verunsichert war.

»Ich weiß nicht, was du meinst«, log Shira. Doch es gelang ihr nicht, Dracon zu täuschen. Er sah zu Terron, der neben Xendra an der Tafel saß. Als dieser bemerkte, dass Dracon ihn beobachtete, grinste Terron ihn selbstsicher an. »Komm mit, wir setzen uns«, sagte Dracon, während er Terron einen verachtenden Blick zuwarf.

Shira sah sich um. Außer Drognor, der am Ende des Saals auf einer Erhöhung stand und die Gäste um Ruhe bat, saßen alle Oberen an der Tafel. Es gab nur drei freie Stühle, die sich zwischen Verdala und Diggto befanden. »Können wir nicht einfach hier stehen bleiben?«

»Sicher. Es wäre allerdings nicht klug, wenn du keine Aufmerksamkeit auf dich ziehen willst«, sagte Dracon.

Shira ließ ihre Blicke durch den ganzen Saal schweifen, dann sah sie sich alle Oberen noch mal genau an und musterte auch alle anderen Gäste. Sie beobachtete Drognor, doch als sich ihre Blicke trafen, wendete sie ihre Augen sofort von ihm ab. Verzweifelt sah sie zur Treppe und zu der Tür, durch die sie gekommen waren. Dann schaute sie zu Tarina. »Kennst du die Mankure da hinten eigentlich?«, fragte Shira.

»Nein, warum fragst du?«

»Reine Neugier«, erwiderte Shira abwesend. Sie hatte immer noch Blickkontakt mit Tarina. Sie war relativ weit entfernt, und dennoch konnte Shira die Feindseligkeit in ihren Augen sehen.

»Nun komm schon. Sie werden dich nicht unfreundlich empfangen. Aminar hat dir doch auch nichts getan«, sagte Dracon, und Shira wandte ihren Blick von Tarina ab. »Die beiden Schlimmsten von ihnen kennst du außerdem schon.« Dracon lächelte, während er das sagte.

Shira wusste, dass er von Casto und Drognor sprach und musste ebenfalls lächeln. Schließlich folgte sie ihm. Er stellte ihr Verdala und Diggto vor. Auch sie begrüßten Shira freundlich, worüber sie erleichtert, aber auch überrascht war. Sie hatte sich die Oberen immer als arrogante, kalte Mankuren vorgestellt, die ohne jede Form von Mitgefühl ihre eigenen Gesetze walten ließen. Dabei war das Gegenteil der Fall. Diggto hatte ein sehr sanftmütiges Wesen und wirkte bei Weitem nicht so bedrohlich wie Drognor. Verdala war sogar sehr liebevoll und nahm Shira jede Unsicherheit. Ähnlich wie bei Dracon hatte sie bei Verdala das Gefühl, ihr bedingungslos vertrauen zu können.

Mit diesem Gedanken kamen die Zweifel auf einmal zurück. Sie fragte sich, ob dieses Gefühl wirklich echt oder ob es magischer Natur war. Vielleicht besaßen Dracon und seine Mutter die Fähigkeit, das Vertrauen ihres Gegenübers zu gewinnen, um es dann zu ihren Gunsten zu nutzen. Aber auch wenn Shira es für nur allzu wahrscheinlich hielt, dass es so war, konnte sie nicht glauben, sich in Dracon getäuscht zu haben.

Verdala schaute sie neugierig an. Sie hätte sich sicher gern mit Shira unterhalten und sie wahrscheinlich mit unangenehmen Fragen gelöchert, doch Drognor hatte bereits das Wort ergriffen. Alle Gäste waren still und hörten ihm gespannt zu.

»Viele von euch wissen bereits, welche schlimmen Dinge in jüngster Zeit geschehen sind. Mankuren wurden ihrer Magie beraubt und schändlich zugerichtet oder sind einfach verschwunden. Auch andere magische Wesen ereilte dieses Schicksal. Die Schattenwesen durchstreifen wieder das Land. Wir wissen, dass die Todschatten die Menschen heimsuchen und sie zu ihren willenlosen Sklaven machen. Allerdings ist noch unklar, wieso sie dazu fähig sind. Es steht außer Frage, dass Caldes ihr Verbündeter ist, doch sicher ist er nicht derjenige, der den Todschatten ihre neuen Fähigkeiten verliehen hat.«

»Die Prophezeiung wird sich bewahrheiten!«, erklang trocken und rau eine Stimme aus dem Saal. Es war Katron, der gesprochen hatte. Der alte Mankur stand auf. »Sie besagt, dass sich das Böse befreien wird, nicht Caldes, auch wenn viele glauben, es sei von ihm die Rede. Aber er wurde seiner Kräfte beraubt, Lynea persönlich hat sie ihm genommen. Es ist offensichtlich, was geschehen ist.« Es herrschte Totenstille im Saal, Spannung lag in der Luft. »Caldes hat seinen Zufluchtsort mit Bedacht gewählt. Einige von euch erinnern sich vielleicht. Es sind nun viele Jahrhunderte vergangen, seitdem Lynea ihren Bruder Nevim verbannte. Lange war diese Welt vor ihm sicher. Doch wartet er seither in seinem Gefängnis, dem Berg der Verdammnis, auf den Tag, an dem er wieder befreit wird. Er ist in der Lage, Caldes seine Macht zurückzugeben und auch ihm und den Todschatten neue Fähigkeiten zu verleihen. Es ist also nicht Caldes, von dem die Prophezeiung spricht, sondern Nevim«, erklärte Katron.

»Das haben wir auch schon befürchtet. Wenn dem so ist, scheint dieser Krieg für uns bereits verloren zu sein«, sagte Drognor.

»Das sehe ich anders. Die Wahrscheinlichkeit, dass dieser Krieg gewonnen werden kann, hat sich nicht verringert. Es wird sich zeigen, ob der Mankur, der dazu bestimmt ist, diese Welt von Caldes und Nevim zu befreien, erfolgreich sein wird«, sagte Katron.

Alle Blicke waren nun auf Dracon gerichtet, und er kam sich hilflos vor. Es stand außer Frage, dass die Prophezeiung von ihm sprach, aber er hatte das Gefühl, die Erwartungen nicht erfüllen zu können.

»Sicher, doch bis dahin müssen wir versuchen, die Völker dieser Welt zu schützen. Die Krieger der herrschaftlichen Armee wurden alle mit Waffen aus magischem Eisen ausgestattet. Einige Todschatten wurden bereits besiegt. Unsere Aufgabe ist es, den Schattenwesen Einhalt zu gebieten und zu verhindern, dass sie noch weitere Menschen zu ihren Untertanen machen. Die Menschendörfer im Süden und im Südwesten des Landes wurden bereits von den Todschatten heimgesucht oder verlassen«, sagte Drognor und erlöste Dracon damit von den Blicken der Anwesenden.

»Wir haben nicht genug Krieger, um alle Menschendörfer zu schützen. Die Mankurendörfer dürfen auch nicht unbewacht bleiben«, warf Diggto ein.

»Das ist korrekt. Wir müssen versuchen, so viele wie möglich zu beschützen«, sagte Drognor. »Ansonsten können wir nur hoffen, dass Dracon seinen Weg finden wird.« Mit diesen Worten schloss Drognor seine Rede.

Einige der Gäste verließen in Begleitung von Diggto den Raum durch eine der schweren Holztüren. Shira versuchte zu erkennen, wo die Türen hinführten. Doch hinter allen drei Türen war immer nur der Anfang eines Ganges zu sehen, der genauso mit einem grünen Teppich ausgelegt und von Fackeln beleuchtet war wie jener Gang, durch den sie gekommen waren.

Katron ging zu Dracon, der nach den letzten Worten seines Vaters ziemlich verunsichert war. »Mach dir nicht so viele Gedanken«, sagte er zu Dracon. »Folge einfach deinem Herzen, das Schicksal wird dich auf den richtigen Weg führen.« Dann verließ er ebenfalls den Raum. Katrons Worte machten Dracon ein wenig Mut.

Shira beobachtete Casto und Drognor, die sich gerade unterhielten. Drognor schien Casto nicht wohlgesonnen zu sein. Er sah ihn verachtend an und sagte etwas, woraufhin Casto wütend aufstand. Sein zorniger Blick schien Drognor Respekt einzuflößen. Shira konnte nicht verstehen, worüber sie sprachen, sie waren am anderen Ende des Saals. Zu gern nur hätte sie gewusst, was ihren Vater so wütend machte. Doch dann wurde es ihr plötzlich klar. Drognor wusste es. Er wusste, dass Casto ihr Vater war. Sie bemerkte, wie sowohl Casto als auch Drognor gelegentlich zu ihr herübersahen.

Plötzlich schlug Casto seine Faust, die von einer Flamme umschlossen wurde, auf den Tisch. Einige der Gäste wurden ebenfalls aufmerksam auf die beiden Oberen, was diesen nicht entging, und mit einem Mal waren sie verschwunden.

»Können wir jetzt gehen?«, bat Shira Dracon, der sich mit Verdala unterhielt.

»Ihr möchtet sicher alleine sein«, sagte Verdala und lächelte. Dracon ließ sich die Gelegenheit, mit Shira zu verschwinden, nicht nehmen. Sie verließen den Saal durch eine der schweren Holztüren und gelangten in einen Gang, von dem Shira glaubte, es sei derselbe, wie die beiden, die sie zuvor gesehen hatte.

»Du solltest wissen, dass die Festung keine direkten Wege hat, du kannst nur durch die magische Sprache in die Räume gelangen«, sagte Dracon.

Rouh hatte es ihr erzählt und sie gewarnt, aber nun wurde ihr erst richtig bewusst, dass sie gefangen war. Ohne Begleitung konnte sie diesen endlosen Gang nicht verlassen, geschweige denn aus der Festung gelangen.

Dracon bemerkte Shiras Unsicherheit. »Keine Sorge, ich werde dich schon wieder nach draußen bringen, aber erst möchte ich dir etwas zeigen. Ensei cuara eransa.«

Nachdem Dracon die Worte gesprochen hatte, erschien vor ihnen eine Tür, und sie betraten einen kleinen Raum, in dessen Mitte sich eine Art Altar befand. Dieser schien von oben beleuchtet zu sein, obwohl nirgends eine Lichtquelle zu sehen war. Der Raum wirkte durch die Lichtsäule warm und zugleich unheimlich.

»Wo sind wir hier?«, fragte Shira.

»Das ist die Kammer der Hoffnung. Hier wird die Schriftrolle, auf der die Prophezeiung niedergeschrieben wurde, aufbewart«, sagte Dracon.

Die Schriftrolle lag ausgebreitet auf dem großen Tisch. Dahinter war eine Steinsäule zu sehen, auf der ein dickes Buch lag. Es hatte einen dunklen Einband, der im gleichen seidenmatten Anthrazitton glänzte wie das magische Eisen. In dunkelroter Schrift stand etwas darauf. Shira konnte es nicht erkennen und wollte an dem Altar vorbei zu dem Buch gehen.

»Warte, du kannst dich dem Altar nicht einfach nähern. Er wird durch ein Kraftfeld geschützt«, warnte Dracon.

Ungläubig betrachtete Shira den Altar. Sie stand unmittelbar davor, und von einem Kraftfeld war nichts zu sehen oder zu spüren. Sie zuckte mit den Schultern und machte einen weiteren Schritt nach vorn. In dem Moment gab es einen lauten Knall, und sie flog einige Meter weit zurück.

Dracon schaute sie vorwurfsvoll an. »War das nötig?«, fragte er, ohne eine Antwort zu erwarten.

»Entschuldige bitte«, sagte Shira.

Er schüttelte verständnislos den Kopf und wandte sich wieder dem Altar zu. Er sagte irgendetwas in der magischen Sprache. Doch er flüsterte so leise, dass Shira ihn nicht verstand.

»Komm, du kannst sie jetzt lesen.«

Shira stand vom Boden auf und ging wieder zum Altar. Die Schriftrolle lag ausgerollt darauf und der Text war in goldener Schrift verfasst.

PROPHEZEIUNG

Wenn sich die Todschatten über das Land verbreiten und die Sonne blutet, wird sich das Böse befreien. Mächtiger als je zuvor wird es zurückkehren und fordern, was einst ihm gehörte. Das Unheil kommt mit denen, deren Vorfahren einst die Welt davor bewahrt hatten. Ihre Blutlinie, eine blasse Flamme der Hoffnung und zugleich die Quelle des Untergangs. Die heilenden Hände brauchen das Feuer. Mithilfe einer vergessenen Macht können sie das Böse besiegen, wenn es der Dienerin des Bösen nicht zuvor gelingt, die heilenden Hände zu vernichten. Ohne die heilenden Hände wird auch das Feuer erlöschen. Falsche Deutungen lassen die Sonne für immer untergehen. So bleibt das Schicksal der Welt ungewiss.

Shira war verwirrt, sie hatte etwas Eindeutigeres erwartet. Außerdem war sicher von Dracon die Rede und nicht von ihr. Sie fragte sich, warum Galdron darauf bestanden hatte, dass sie die Prophezeiung las. Er hatte gesagt, dass sie von ihr sprechen würde, aber das würde bedeuten, dass sie die Dienerin des Bösen war.

»Von was für einem Feuer ist die Rede?«, fragte Shira.

»Die Oberen vermuten, dass das Ewige Feuer gemeint ist. Vielmehr, dass damit die Waffen aus magischem Eisen gemeint sind.«

»Denkst du das auch?«

»Ich weiß es nicht, ich denke, dass wir etwas übersehen.«

Shira las erneut die letzte Zeile und verstand Dracons Bedenken. Enttäuscht blickte sie auf die goldene Schrift. Sie hatte Antworten erwartet, stattdessen kamen nur weitere Fragen auf. »Was glaubst du, wer die Dienerin des Bösen ist?«, wollte sie wissen.

»Ich habe keine Ahnung. Einige der Oberen glauben, dass ebenfalls ein Nachkomme von ihnen gemeint ist«, sagte Dracon.

Shira sah ihn entsetzt an. Wenn damit ein weiteres Kind der Oberen gemeint war, konnte es nur sie sein, dachte sie. Sie bekam Angst und fragte sich, ob es wirklich möglich war, dass sie die Dienerin des Bösen war, ohne es zu wissen. Vielleicht hatte Caldes auch sie mit einem Zauber belegt.

»Was ist los? Worüber denkst du nach?«, fragte Dracon, der das Entsetzen in Shiras Augen bemerkt hatte.

»Nichts, gar nichts«, entgegnete sie verunsichert.

In diesem Augenblick kam Dracon derselbe Gedanke, und er begriff, warum sein Vater ein Problem mit Shira hatte. Er hatte sicher genau diese Vermutung. Aber Dracon konnte sich nicht vorstellen, dass Shira die Dienerin des Bösen war, und er verdrängte den Gedanken wieder.

Dann ging er zur Tür, während Shira neugierig zu dem Buch blickte. Sie ging ein Stück näher heran und las, was auf dem Einband stand. *Mytricrom*. Als sie das Wort leise wiederholte, spürte sie eine eigenartige Kraft, die sie anzog. Langsam legte sie die Hand auf das Buch und war im Begriff es zu öffnen. Sie erschrak, als Dracons Hand plötzlich auf ihrer lag und sie davon abhielt.

»In diesem Buch solltest du besser nicht lesen«, sagte er mit einem bedrohlichen Blick.

»Was ist das für ein Buch?«

»Das Buch der verbotenen Zauber. Lass uns gehen, bevor jemand bemerkt, dass wir hier sind. Wenn sie es nicht sowieso schon wissen«, sagte Dracon und ging zur Tür. »Ich will unnötigen Diskussionen aus dem Weg gehen. Du musst wissen, die Oberen verstehen sich nicht so gut, wie es nach außen scheint.«

»Und was hat das mit dir zu tun?«

»Einige sind auch auf mich nicht gut zu sprechen und würden mit Sicherheit ein Problem daraus machen, dass ich dich hierhergebracht habe. Also lass uns gehen.«

***

Drognor und Casto befanden sich in einem kleinen Raum, der sich irgendwo in der Festung des Lichts befand. »Halte mich nicht zum Narren, Casto! Ich weiß, dass sie deine Tochter ist. Streite es nicht ab.« Drognor war außer sich vor Wut. Seine Fäuste glühten in einem blauen Licht, bereit, jeden Moment zerstörerische Energie freizulassen.

Casto schien entspannt zu bleiben, er hatte sich wieder beruhigt. »Was macht dich so sicher?«, fragte er.

Diese Gelassenheit machte Drognor nur noch wütender. »Ich weiß von ihren Fähigkeiten. Sie ist zweifelsohne ein Kind der Oberen.«

»Das erklärt nicht, warum es meine Tochter sein soll«, sagte Casto.

»Du hast sie verschwiegen, weil sie sich Caldes verschrieben hat. Wieso sonst hast du sie aus der Festung des Lichts verbannt.«

»Ich habe sie nicht verbannt«, wehrte Casto ab. »Euer Verbot zwang mich dazu, sie abzugeben.« Der Vorwurf hatte Casto so wütend gemacht, dass er unüberlegt gesprochen hatte, was er nun bemerkte.

Drognor grinste zufrieden. »Ich habe es gewusst«, sagte er triumphierend.

Casto sah Drognor verachtend an. »Und selbst wenn sie meine Tochter ist, deine Sorge, dass sie mit Caldes im Bunde steht, ist unbegründet.«

»Dann erkläre mir bitte, warum sie ausgerechnet jetzt, da Caldes zurück ist, auftaucht? Das ist sicher kein Zufall. Sie ist sicher die Dienerin des Bösen, von der die Prophezeiung spricht. Oder wie erklärst du dir, dass sie Dracon begleitet?«

»Das kann ich mir nicht erklären. Ich würde deinen Sohn keinen Meter irgendwohin begleiten«, sagte Casto abfällig.

»Du wirst verantwortlich für unseren Untergang sein, wenn du sie weiterhin schützt. Kannst du mit dieser Bürde leben?«, fragte Drognor und sah Casto vorwurfsvoll an.

»Ich habe dir nichts mehr zu sagen«, gab dieser ihm zu verstehen und verschwand.

Drognor war verärgert. Er konnte nicht zulassen, dass Shira ihr Ziel erreichte, und er war fest entschlossen, sie daran zu hindern. Für ihn gab es keinen Zweifel, dass sie die Dienerin des Bösen war, und er würde dafür sorgen, dass Shira seinem Sohn für immer fernbleiben würde.

Casto hatte sich wieder in den Versammlungssaal begeben. Es standen noch einige Krieger dort, die sich mit Aminar unterhielten. Außer ihnen war nur noch Verdala dort, die den Gesprächen lauschte. Casto wurde langsam klar, was er getan hatte. Drognor so stehen zu lassen, war nicht klug gewesen. Er kannte ihn gut genug, um zu wissen, dass er sich so nicht gern behandeln ließ. Er duldete keine Respektlosigkeit, und viel weniger noch duldete er es, wenn ihm die Wahrheit verschwiegen wurde. Casto fragte sich, ob er Shira in Gefahr gebracht hatte.

Shira und Dracon hatten die Kammer der Hoffnung wieder verlassen. Sie befanden sich wieder in dem beweglichen Gang, der immer gleich aussah und doch immer woanders hinführte. Shira faszinierte dieser Gang, doch genauso sehr beunruhigte er sie auch. Die Tür, aus der sie gekommen waren, war bereits wieder verschwunden, und der Gang erstreckte sich in beide Richtungen, so weit das Auge reichte. In regelmäßigen Abständen waren an den Wänden Fackeln angebracht. Shira verstand den Sinn dahinter nicht, schließlich bewegten sie sich immer nur wenige Schritte bis zur nächsten Tür. Und dennoch schien dieser endlos.

»Bist du schon mal bis zum Ende gelaufen? Gibt es überhaupt ein Ende?«, fragte sie, während sie sich umblickte.

Dracon lächelte. »Als Kind bin ich mal einige Stunden in eine Richtung gelaufen. Ich habe kein Ende gefunden«, sagte er.

»Bringst du mich jetzt bitte wieder nach draußen«, bat sie Dracon.

»Lass uns die Nacht hier verbringen. Es ist bereits dunkel, da ist es nicht ratsam, sich in dieser Gegend des Androrgebirges aufzuhalten«, sagte er.

Es war, wie Rouh zuvor gesagt hatte. Dracon zwang sie, die Nacht dort zu verbringen, und sie fragte sich, ob er das geplant hatte.

»Wenn du unbedingt willst, bringe ich dich hinaus. Du sollst nicht denken, dass ich dich hier festhalten will«, sagte Dracon, als wenn er ihre Gedanken gelesen hätte.

Vor ihnen erschien wieder eine Tür, die in ein Schlafzimmer führte, das schlicht, aber sehr liebevoll eingerichtet war. In einem Kamin brannte ein Feuer. Auf dem Kaminsims stand ein aus Holz geschnitzter Adler. Gegenüber stand ein großes Bett. Zwei Säbel kreuzten sich an der Wand darüber. Zwischen den Säbeln war das Wappen der Oberen zu sehen. Es zeigte den Gipfel vom Tayguien vor der aufgehenden Sonne. Links vom Bett war eine schmale Tür, die Dracon öffnete. Dahinter befand sich ein kleines Zimmer.

»Du könntest dort schlafen. Diese Räume gehören zusammen, du wirst also hinter der Tür immer mein Zimmer finden. Willst du die Nacht nun hierbleiben, oder soll ich dich nach draußen bringen?«

»Ich werde bleiben. Aber sobald die Sonne aufgegangen ist, möchte ich die Festung des Lichts wieder verlassen.«

»Wie du willst«, entgegnete Dracon. »Solltest du deine Meinung ändern, weck mich einfach. Ich lasse dich jeder Zeit wieder hier raus«, versicherte er.

Seine Worte beruhigten Shira, und ihre Zweifel ihm gegenüber legten sich wieder. »Danke«, sagte sie, betrat das kleine Zimmer und schloss die schmale Tür hinter sich. Sie wurde nervös und öffnete die Tür im nächsten Moment wieder. Erleichtert sah sie in den Raum, den sie zuvor verlassen hatte. Dracon stand immer noch an derselben Stelle und sah sie etwas verwundert an. »Entschuldige bitte. Ich wollte nur sichergehen«, sagte sie und schloss die Tür wieder.

Ihre Schlafkammer war relativ klein. Neben dem Bett stand ein Nachtisch, auf dem eine Kerze brannte. Außer einem grünen Ohrensessel befand sich weiter nichts in dem Zimmer. Doch durch den grasgrünen Teppich, der den Boden bedeckte, wirkte das Zimmer gemütlich. Shira legte ihre Waffen ab und setzte sich auf das Bett. In ihre Gedanken versunken starrte sie auf die ruhige, fast bewegungslose Flamme der Kerze.

Plötzlich begann die Flamme wild zu tanzen und erlosch beinahe. Shira wendete ihren Blick Richtung Tür. Drognor stand dort und sah sie mit seinen leuchtenden gelben Augen bedrohlich an. »Du wirst dich von meinem Sohn fernhalten! Diesen Raum wirst du vorerst nicht verlassen!«, sagte er. Er drehte sich zur Tür, zeichnete mit der geöffneten Hand einen Kreis in die Luft. Er murmelte etwas vor sich hin, und die Tür verschwand. Zurück blieb eine kahle Felswand. Dann verschwand er wieder.

Shira war völlig überrumpelt. Sie versuchte zu begreifen, was da gerade geschehen war. Dann sprang sie auf und tastete die Wand ab, an der sich kurz zuvor noch eine Tür befunden hatte.

***

Dracon hatte derweilen Besuch von Xendra bekommen. »Ich dachte, wir könnten diese Nacht gemeinsam verbringen. Es wird so schnell nicht mehr vorkommen, dass wir ungestört sind«, sagte Xendra. Zärtlich streichelte sie mit dem Handrücken über Dracons Brust und sah im begehrend in die Augen.

Er hatte gehofft, sie hätte selbst bemerkt, dass er ihre Gefühle nicht erwiderte, doch hatte er sich getäuscht. Er hielt ihre Hand fest und wies sie sanft zurück. »Ich denke, es ist besser, wenn du gehst.« Er blickte zu der schmalen Tür, hinter der sich Shiras Schlafkammer befand. Von seiner Seite aus war sie nach wie vor zu sehen.

»Bist du etwa immer noch sauer auf mich?«, fragte Xendra. Sie näherte sich Dracon wieder und versuchte, ihn mit ihren Reizen zu verführen. Er wich ihren zärtlichen Berührungen aus, doch sie ließ sich nicht zurückweisen.

Währenddessen stand Shira vor der Felswand und begann sich zu beruhigen. Sie holte tief Luft, streckte ihre Handflächen gegen die Wand und brach ein Loch hindurch. Zu ihrer Verwunderung befand sich Dracons Zimmer tatsächlich noch dahinter. Sie sah Dracon und Xendra, die sie verwundert anstarrten. Xendra hatte ihre Hände auf seine Hüften gelegt, während er sie an den Unterarmen festhielt. Es traf Shira wie ein Schlag. Ein Kribbeln erfüllte ihre Brust. Zu ihrer eigenen Verwunderung verletzte sie, was sie sah, aber sie hatte keine Zeit, weiter darüber nachzudenken.

»Bring mich hier raus, sofort!«, forderte sie Dracon auf.

Er bewegte sich immer noch nicht und war erstaunt über das, was da gerade geschehen war. Felsbrocken lagen im Raum und hatten die schmale Tür, auf die er gerade noch geschaut hatte, unter sich begraben.

»Du hast gesagt, dass du mich jeder Zeit hier rauslassen würdest. Also steh zu deinem Wort«, sagte Shira aufgebracht.

Dracon zeigte auf die große Tür. »Abe depor dafuera.«

Shira sah ihn einen Moment lang an, dann lief sie durch die Tür in den Gang hinein und sah direkt vor sich die nächste Tür. Als sie diese öffnete, stellte sie erleichtert fest, dass sie tatsächlich nach draußen führte. Ohne sich umzudrehen, rannte Shira davon.

Dracon blickte ihr hinterher, dann sah er in das kleine Zimmer, aus dem sie sich befreit hatte. Er fragte sich, wovor sie geflohen war. Er war im Begriff, ihr hinterherzulaufen, aber Xendra hielt ihn zurück.

Nur wenige Minuten später erschien Drognor in dem kleinen Raum. »Wo ist sie?«, schrie er wütend.

Dracon sah seinen Vater nur fragend an.

»Sie ist nach draußen gelaufen. Dracon hat ihr den Ausgang geöffnet«, antwortete Xendra sogleich.

»Stimmt es, was sie sagt? Du hast ihr den Weg nach draußen geöffnet? Wie konntest du nur?«, fuhr Drognor seinen Sohn an.

»Es war mir nicht bewusst, dass sie eine Gefangene war«, gab Dracon garstig zurück. »Was ist überhaupt passiert? Ist sie deinetwegen weggerannt?«

»Das werde ich dir später erklären. Halte dich fern von ihr!« Mit diesen Worten verschwand Drognor wieder.

FLUCHT AUS DEM MARMITATAL

Es war bereits dunkel, und in dieser wolkenverhangenen Nacht konnte Shira kaum etwas sehen. In dem weiten Tal, das von Felsen umschlossen wurde, gab es keine Möglichkeit, sich zu verstecken. Sie konnte nur hoffen, dass die Dunkelheit sie schützen würde. Die Nordschlucht war der am nächsten gelegene Weg, der aus dem Marmitatal hinausführte.

Sie war schon einige Minuten lang gerannt, und es hatte angefangen zu regnen. Sie erreichte gerade die Nordschlucht, als Drognor plötzlich vor ihr stand. Es war ihm nicht schwergefallen, sie zu finden. Shiras Atem stockte, als sie ihn sah. Seine Hände glühten von blauer Magie und formten eine blaue flammende Kugel. Er schleuderte die blaue Kugel auf Shira, doch zu seiner Verwunderung parierte sie den Angriff ihrerseits mit einer Energiekugel, nur war ihre rot. Die Kugeln prallten aufeinander und löschten sich aus.

Drognor reagierte schnell und feuerte mehrere Energiekugeln hintereinander ab. Shira wich geschickt aus oder löschte die blauen Energiegeschosse mit ihren eigenen aus.

Sie war so schnell in ihren Bewegungen, dass Drognor kaum eine Chance hatte, sie zu treffen. Es gelang ihm nur, Shiras Kleidung mit der Spitze der Klinge zu streifen. Der Kampf strengte ihn an, Shira war eine außergewöhnlich starke Gegnerin. Sein Verdacht, sie sei die Mankure, die seinen Sohn töten könnte, wurde dadurch nur noch verstärkt.

Shira rannte auf ihn zu, sprang in die Luft und schleuderte eine Energiekugel auf ihn. Sie traf ihn mit voller Wucht, und er ging zu Boden. Er schien bewusstlos zu sein, und Shira wollte den Moment nutzen, um die Flucht zu ergreifen, aber als sie Drognor den Rücken zuwandte, war er schon wieder bei Sinnen. Shira spürte einen heftig schmerzenden Schlag im Rücken und prallte auf den Boden. Sie wollte sich gerade wieder aufrichten, da stand Drognor bereits neben ihr. Er holte mit seinem Schwert zum Schlag aus.

»Du lässt mir leider keine andere Wahl«, sagte er.

Shira riss entsetzt die Augen auf. Als er zuschlug, drehte sie sich zur Seite, sodass die Klinge sie knapp verfehlte. Dann fegte sie Drognor mit einem Tritt die Beine weg. Er ging zu Boden. Shira zögerte keinen Augenblick und feuerte eine Energiekugel auf ihn. Sie musste vorsichtig sein, sie wollte und durfte ihn nicht verletzen. Einem der Oberen etwas anzutun, wäre fatal gewesen. Sie beugte sich über ihn und gab ihm noch einen Schlag ins Gesicht.

Neben ihm lag sein Schwert auf dem Boden. Er war weder tot noch ernsthaft verletzt, und Shira wusste, dass er schnell wieder zu sich kommen würde. Sie musste sich irgendwie Zeit verschaffen, also legte sie die Klinge des Schwertes auf seine Hand. Es war aus magischem Eisen. Seiner Kräfte beraubt, würde er länger bewusstlos bleiben.

Sie lief in die Schlucht hinein. Ohne sich umzudrehen, lief sie immer weiter die Nordschlucht hinab. Es regnete und der starke Wind schlug ihr dicke Wassertropfen ins Gesicht. Drognor schien ihr nicht zu folgen. Sie wurde langsamer und suchte die Umgebung ab. Der wolkenbedeckte Himmel ließ die Nacht in einem tiefen Schwarz erscheinen. Ein Gewitter zog auf, und Shira hatte in einer Höhle Schutz gesucht. Vor der Witterung geschützt, beobachtete sie verträumt das Schauspiel der Naturgewalten.

Ein merkwürdiges Geräusch, das aus der Höhle kam, ließ sie plötzlich aufschrecken. Als würde etwas Metallisches am Felsen kratzen. Shira versuchte, etwas zu erkennen, aber es war einfach zu dunkel. Sie wollte gerade ein paar Schritte weiter ins Dunkle gehen, als ihr ein riesiger Feuerschwall entgegenkam. Aus Reflex hielt sie den Flammen ihre Handflächen entgegen, und diese erloschen auf der Stelle. Bereit, jeden Augenblick ihr Schwert zu ziehen, starrte sie in die dunkle Höhle.

»Wer bist du, dass du es wagst, mein Feuer zu löschen?«, ertönte eine kräftige, laute Stimme aus der Dunkelheit.

Shira hörte ein Schnaufen, dann kamen kleine Rauchwölkchen auf sie zu. Was auch immer es war, es fing an, sich zu bewegen, und kam auf sie zu. Es musste gewaltig sein, denn der Boden fing an zu zittern. Aus dem Schatten kam etwas zum Vorschein, erst sah Shira den Fuß mit vier großen Krallen. Dann sah sie nach oben und war wenige Augenblicke wie gelähmt. Sie sah direkt in die bernsteinfarbenen Augen eines riesigen Drachen. Er sah atemberaubend, aber auch furchteinflößend aus. Immer wenn ein Blitz die Nacht erhellte, war die goldrote Farbe der glänzenden Schuppen zu erkennen. Shira brachte kein Wort heraus, während der Drache sie betrachtete und an ihr schnupperte.

»Der Geruch des Schicksals haftet an dir«, sagte er. Wie eine Schlange wandte er seinen Hals erst langsam nach links und dann rechts. Der Drache musterte Shira genau.

Es war Shira unheimlich, ihr war noch nie ein Drache begegnet. Sie bewegte sich langsam rückwärts zum Höhlenausgang.

»Fürchtest du dich etwa? Dazu besteht kein Grund. Ich habe nicht vor, dir etwas anzutun.« Die Stimme des Drachen klang sanft, aber tückisch.

»Dann stört es dich sicher nicht, wenn ich gehe«, sagte Shira eingeschüchtert.

»Es steht dir frei zu gehen, wohin es dir beliebt. Aber sei gewarnt, wenn du den falschen Weg wählst, wirst nicht nur du darunter leiden.«

Sein Blick jagte Shira Angst ein. Während sie ihn anstarrte, gingen ihr all die Geschichten durch den Kopf, die sie über Drachen gehört hatte. Sie fragte sich, ob sie wirklich brutale, herzlose Wesen waren, wie sie in den Erzählungen beschrieben wurden, oder ob diese Erzählungen einfach übertrieben waren. Sie ging wieder einige Schritte zurück, bevor sie sich umdrehte, um die Höhle zu verlassen. Es behagte ihr nicht, dem Drachen den Rücken zuzukehren, doch blieb ihr nichts anderes übrig. Die Höhle befand sich einige Meter in der Höhe, und direkt vor ihrem Eingang war ein steiler Abgrund, den Shira zuvor hinaufgeklettert war.

»Wählst du den richtigen Weg, dann werden wir uns bald wieder begegnen«, hörte Shira den Drachen sagen.

Sie drehte sich zu ihm um und zuckte zusammen, denn ihre Nasenspitze berührte fast die des Drachens, der ihr erschreckend tief in die Augen blickte. Shira trat einen Schritt zurück.

»Wie ist dein Name?«, wollte der Drache wissen.

»Shira, ich heiße Shira«, stotterte sie.

»Ich bin Baron. Ich hoffe auf ein baldiges Wiedersehen«, entgegnete er, drehte sich um, schlug Shira seine Schwanzspitze beinahe ins Gesicht und verschwand wieder in der Dunkelheit.

Das Gewitter hatte sich immer noch nicht verzogen, und der Regen erschwerte den Abstieg in die Schlucht. Es war gerade Mitternacht, und Shira suchte vergebens Schutz zwischen dem Geröll, das sie umgab. Sie lief stundenlang weiter, bis sie kurz vor Morgengrauen den Seelensee erreicht hatte. Sie machte ein Feuer und hoffte, dass Rouh sie dadurch schneller finden würde, was er auch tat. Shira war erleichtert, ihn zu sehen.

»Du bist tatsächlich lieber bei Nacht durch die Nordschlucht gelaufen, statt in der Festung des Lichts zu bleiben«, stellte Rouh überrascht fest.

»Nein, ich musste fliehen.«

Rouh sah sie entsetzt an. »Warum? Was ist passiert?«

Shira erzählte Rouh, was geschehen war.

»Und hatte ich recht damit, dass es unmöglich ist, sich in der Festung zu bewegen oder sie zu verlassen, ohne die richtigen Worte zu kennen?«

»Ja, so ist es«, bestätigte Shira.

»Und wie bist du dann geflohen?«

»Dracon hat mir geholfen.«

»Er hat dir geholfen, nachdem du seinen Vater angegriffen hast?« Rouh verstand nichts.

»Ich habe erst mit Drognor gekämpft, als ich die Festung bereits verlassen hatte. Er ist mir gefolgt. Außerdem habe ich ihn nicht angegriffen, ich habe mich nur verteidigt.«

»Und wo ist Dracon?«

Shira sah Rouh verwundert an. »Woher soll ich das wissen?«, sagte sie verärgert. Sie stand auf und löschte das Feuer.

»Du scheinst nicht gut auf ihn zu sprechen zu sein, was hat er getan?«

»Nichts, es ist seine Entscheidung, mit wem er sich abgibt. Lass uns gehen.« Dass Dracon offenbar doch Gefühle für Xendra hatte, die über eine Freundschaft hinausgingen, machte sie traurig und wütend zugleich. Sie hätte nicht gedacht, dass es sie so verletzen würde, und ärgerte sich über sich selbst.

Rouh wusste, dass etwas geschehen sein musste, aber er traute sich nicht, weiter nach zu fragen. Shiras Laune verriet ihm, dass sie nicht darüber sprechen wollte.

Bevor sie loslief, blickte Shira noch einmal auf den See, der in der Morgensonne glitzerte. »Warum heißt dieser See eigentlich Seelensee?«, fragte sie, das ruhige Wasser betrachtend.

»Eine Legende besagt, dass die Urvölker der Gebirgsmankuren auf der Flucht vor Caldes den See durchqueren wollten. Doch sie wurden von Caldes und seiner Armee umzingelt und erfroren im eisigen Wasser. Es heißt, dass die Seelen der Gebirgsmankuren seither im See gefangen sind«, erzählte Rouh.

»Das klingt grauenvoll.« Shira betrachtete den See auf einmal mit ganz anderen Augen. »Lass uns gehen«, forderte sie Rouh auf.

»Hast du ein bestimmtes Ziel?«

»Ich möchte nur so weit wie möglich von der Festung des Lichts weg.«

»Richtung Norden kommen wir am schnellsten aus dem Gebirge heraus.«

»Und was liegt im Norden?«

Rouh überlegte kurz. Er kannte den Norden des Landes nicht gut. So wie Shira hatte er den größten Teil seines Lebens im Osten verbracht, wo sich die meisten Mankurendörfer befanden. »Ich weiß nicht genau, was sich im Norden befindet. Ich habe mal gehört, dass es im Norden viele Menschen geben soll. Und ganz weit in der Ferne liegt der uferlose See, dessen Wasser dich tötet, wenn du es trinkst.«

»Wie kann denn Wasser tödlich sein, wenn man es trinkt?«

»Es ist salzig.«

»Ein uferloser See mit salzigem Wasser?«, fragte Shira erstaunt.

»Ja, hast du denn noch nie davon gehört? Die Oberen nennen ihn den Ozean. Sie sagen, dass er mehr als die Hälfte der Erdkugel bedeckt.«

»Davon hat mein Vater mir einmal erzählt. Aber ich wusste nicht, dass das Wasser salzig ist.«

»Und wo willst du jetzt hin?«, fragte Rouh.

Shira dachte nach. Sie wollte an einen Ort, an dem sie vor Drognor sicher war, doch gab es nicht viele Orte, an denen es möglich war, sich vor den Oberen zu verstecken. Aber sie fand einen Ausweg. »Ich weiß, wo wir hingehen«, sagte sie. Entschlossen ging sie los und Rouh folgte ihr.

»Sagst du mir, wo wir hingehen?«

»Das wirst du früh genug erfahren.«

Sie gingen nur wenige Schritte, bis Rouh sie erneut auf Drognor ansprach. »Warum hat Drognor dich angegriffen? War es wegen des Schwerts?«

»Ich weiß es nicht!«, entgegnete Shira aufgebracht.

»Kein Grund, mich gleich so anzuschreien.«

»Es tut mir leid. Ich bin nur verärgert, und ehrlich gesagt habe ich Angst«, sagte Shira.

»Angst? Warum?«

»Drognor wird sicher wütend sein. Wenn er den anderen Oberen erzählt, was geschehen ist, werden sie mich suchen und töten.«

»Aber sie werden dich doch nicht töten, weil du dich verteidigt hast«, sagte Rouh.

»Nein, aber ich bezweifle, dass Drognor ihnen erzählen wird, dass ich mich nur verteidigt habe.«

Rouh lagen noch so viele Fragen auf der Zunge, doch er bemerkte, wie nervös Shira war, und folgte ihr schnellen Schrittes, ohne weiter nachzufragen.

Der Gedanke an Drognor und die Prophezeiung ließ Shira keine Ruhe. Sie dachte an Dracon und fragte sich, ob sie ihm je wieder in die Augen schauen konnte. Was würde er denken, und was hatte Drognor ihm erzählt? Sie fragte sich, ob Drognor noch lebte, und ihre Kehle schnürte sich zu bei dem Gedanken daran, dass sie womöglich für seinen Tod verantwortlich war. Zweifel überkam sie. Sie machte sich Vorwürfe, dass sie die Festung des Lichts überhaupt betreten hatte. Vielleicht wäre alles nicht passiert, wenn sie mit Ilas mitgegangen wäre oder irgendwo anders hin.

TÖDLICHER FEHLER

Dracon war seinem Vater und Shira gefolgt, er fand Drognor am Anfang der Nordschlucht. Er war immer noch bewusstlos. Für einen Augenblick lang dachte Dracon, dass sein Vater tot sei. Er suchte nach Verletzungen und sah die Klinge seines Schwertes, die immer noch auf seiner Handfläche lag. Dracon legte das Schwert beiseite und wollte seinen Vater heilen. Doch Drognor erwachte bereits wieder.

»Vater, geht es dir gut? Was ist passiert?«

Drognor war verwundert, Dracon zu sehen, und blickte sich um. »Wo ist sie?«, entfuhr es ihm zornig.

»Shira? Hat sie dir das angetan?«

»Natürlich war sie es! Sie ist die Dienerin des Bösen, von der die Prophezeiung berichtet«, sagte Drognor.

»Nein, ganz sicher nicht.«

»Sie hat mich beinahe umgebracht. Das ist ein klarer Beweis!«

»Du bist nicht einmal verletzt«, gab Dracon zu bedenken.

»Was willst du damit sagen?«

»Hat sie dich angegriffen? Oder hat sie sich nur verteidigt?«, wollte Dracon wissen.

»Sie hat mich natürlich angegriffen.« Drognor war entsetzt, dass Dracon offenbar nicht auf seiner Seite stand. »Ich wollte nur mit ihr sprechen, aber sie hat mir keine Möglichkeit gelassen und ist direkt auf mich losgegangen. Ich verstehe nicht, wie du dieser Mankure vertrauen kannst.«

Dracon sah seinen Vater zweifelnd an. Er dachte an Galdron und fragte sich, ob sein Vater auch bei Shira die Wahrheit zu seinen Gunsten schönte.

»Glaubst du mir etwa nicht?«, fragte Drognor wütend.

»Was ist eben in der Festung des Lichts geschehen? Warum ist sie davongelaufen?«, fragte Dracon. Er traute seinem Vater nicht. Es ergab einfach keinen Sinn, was er erzählte.

»Sie wollte, dass ich ihr folge. Sie hat das alles nur gemacht, damit du glaubst, sie sei unschuldig. Aber das ist sie sicher nicht«, behauptete Drognor.

»Ich verstehe nicht, wovon du sprichst.«

»Das wundert mich nicht. Sie hat dir völlig den Kopf verdreht. Aber das wird ein Ende haben. Lass uns zurückgehen, ich muss sofort mit den anderen reden.«

»Sie hat sicher nicht versucht, dich zu töten«, sagte Dracon.

Drognor blickte seinen Sohn wütend an. »Willst du damit sagen, dass ich lüge?«

»Ich weiß, dass du die Wahrheit des Öfteren zu deinen Gunsten verdrehst«, sagte Dracon.

»Bitte? Das ist eine unerhörte Unterstellung! Wie kannst du deinem Vater gegenüber nur so respektlos sein?«

»Ich weiß von Galdron, was damals wirklich geschehen ist«, sagte Dracon.

Das raubte Drognor die Worte. Fassungslos sah er seinen Sohn an und wusste nichts zu sagen.

»Deiner Schweigsamkeit entnehme ich, dass es wahr ist«, stellte Dracon fest.

»Du hast mit Galdron gesprochen?«

»Ja und er ist gewiss nicht so bösartig, wie du ihn dargestellt hast.«

»Weißt du, mein Sohn, vielleicht habe ich zu deinem eigenen Schutz nicht immer jedes Detail preisgegeben. Doch mit Shira ist es etwas anderes. Deine Sinne werden geblendet. Sie trägt das Böse in sich. Vertrau mir, sie muss vernichtet werden.«

Dracon war entsetzt. »Vernichtet? Du willst sie umbringen?« Er schüttelte verständnislos den Kopf.

»Dracon, das Schicksal der Welt hängt davon ab. Entscheide dich nicht für die falsche Seite!«

»Keine Sorge, das werde ich nicht. Du solltest nicht so sehr darauf vertrauen, dass es nicht deine Sinne sind, die geblendet werden«, sagte Dracon.

»Das wird sich zeigen. Nun lass uns gehen. Ich werde den anderen erzählen, wer sie ist, und ich werde nicht mehr verschweigen, dass sie im Besitz des verschollenen Schwertes ist.«

Widerwillig, ohne seinen Vater eines weiteren Blickes zu würdigen, folgte er ihm. Er wäre lieber Shira hinterhergegangen, aber er wusste, dass es keine kluge Entscheidung gewesen wäre. Sie kehrten zur Festung des Lichts zurück.

Es war schon spät, und dennoch rief Drognor die Oberen sowie Xendra, Antaro und Terron. Er berichtete über die jüngsten Ereignisse, wobei er die Wahrheit zu seinen Gunsten schönte. Er erzählte, dass er Shira für die Dienerin des Bösen hielt. Dass sie Castos Tochter war, verschwieg er allerdings.

»Sie ist vor dir geflüchtet! Sie wollte dich sicher nicht umbringen, du warst nicht mal verletzt«, wandte Dracon ein.

Er konnte nicht glauben, was sein Vater da erzählte, und wollte nicht länger schweigen.

Drognor erzürnte es, dass Dracon ihn vor allen anderen der Lüge bezichtigte. Aber es dauerte nicht lange, bis er die anderen Oberen davon überzeugt hatte, dass Shira eine Gefahr darstellte. »Wir müssen sie finden und unschädlich machen. Bevor sie noch größeren Schaden anrichtet.«

»Ich möchte sie anhören, bevor wir über sie urteilen«, sagte Casto bestimmend.

»Das sehe ich auch so. Wenn es nicht absolut nötig ist, werden wir sie nicht einfach töten!«, fügte Widera hinzu.

»Gut, wenn ihr es so wünscht«, stimmte Drognor zu.

»Ich werde sie suchen«, sagte Dracon.

»Das hatte ich nicht anders erwartet, aber du wirst nicht allein gehen.« Drognor wusste, dass sein Sohn nicht vorhatte, Shira etwas anzutun. Er konnte nicht riskieren, dass Dracon ihr zur Flucht verhelfen würde. Er forderte Xendra, Terron und Antaro auf, seinen Sohn zu begleiten. »Wenn ihr sie gefunden habt, werdet ihr sie gefangen nehmen und hierherbringen. Dann entscheiden wir, was mit ihr geschehen soll.« Drognor blickte in die Runde. Alle schienen damit einverstanden zu sein. »Macht euch bei Sonnenaufgang auf den Weg. Sollte sie die Nacht überleben, wird sie nicht weit kommen. Sie ist in die Nordschlucht gelaufen. Diese Richtung bietet nur wenige Möglichkeiten, das Gebirge zu verlassen.«

Nachdem sich alle zurückgezogen hatten, suchte Drognor Xendra in ihrem Zimmer auf. Sie war sichtlich verwundert über seinen Besuch. »Entschuldige bitte, dass ich dich so spät noch störe. Aber ich habe eine wichtige Aufgabe für dich. Folge mir.«

Xendra war verunsichert und fragte sich, was Drognor von ihr wollte. Dann sagte er etwas in der magischen Sprache, so leise, dass Xendra es nicht verstand. Vor ihnen erschien eine Tür. Als Drognor sie öffnete und dahinter die Waffenkammer zum Vorschein kam, war Xendra überrascht. Er ging auf einen hohen quadratischen Stein zu, der sich abseits der Waffen am Ende der Kammer befand. Darauf lag ein Kissen, auf das ein Pfeil aus magischem Eisen gebettet war. Ein Kraftfeld schützte ihn, wie Xendra feststellte, als Drognor es mit einem Zauber verschwinden ließ.

Er nahm behutsam den Pfeil und betrachtete ihn. »Dieser Pfeil wurde von Sensar mit dem Gift der schwarzen Riesenmamba getränkt. Es ist das stärkste uns bekannte Gift. Kein Mankur hat es bisher überlebt«, erklärte er.

Xendra wusste immer noch nicht, was Drognor genau von ihr wollte, und sah ihn erwartungsvoll an.

»Dracon bringt sich und das Schicksal der Welt in Gefahr. Es ist nun an dir, ihn davor zu bewahren.«

Xendra verstand nicht recht, was Drognor ihr damit sagen wollte. »Was soll ich tun?«

»Du musst Shira töten.«

Xendras Augen leuchteten auf. »Diese Aufgabe werde ich mit Freude erledigen.«

Drognor lächelte zufrieden. Er wusste, dass Xendra ihn nicht enttäuschen würde. »Sei behutsam mit dem Pfeil, er darf nicht in falsche Hände geraten.«

»Aber Dracon wird versuchen, mich daran zu hindern.«

»Es besteht kein Grund, ihm von deiner Aufgabe zu erzählen. Er vertraut dir, also nutze deinen Vorteil.«

Xendra nickte. Sie nahm den Pfeil und betrachtete nachdenklich seine Spitze. Dann sah sie Drognor an. »Warum hast du mich ausgewählt? Warum nicht meinen Bruder oder Terron?«, fragte sie vorsichtig.

»Du kannst am besten mit Pfeil und Bogen umgehen. Außerdem vertraue ich dir.«

Xendra wusste seine Worte zu schätzen. Drognor begleitete sie noch aus der Waffenkammer hinaus. Nachdem die Tür hinter ihnen verschwunden war, verabschiedete er sich.

***

Am Morgen, noch bevor die ersten Sonnenstrahlen das Marmitatal erreichten, machten sich Xendra, Dracon, Antaro und Terron auf den Weg zur Nordschlucht. »Warum hast du Pfeil und Bogen mitgenommen?«, fragte Dracon neugierig. Er hatte Xendra selten mit Pfeil und Bogen gesehen. Er wusste zwar, dass sie eine sehr gute Schützin war, aber auch, dass sie die Waffe ausschließlich zur Jagd benutzte. Im Kampf verließ sie sich lieber auf ihr Schwert.

»Drognor hat ihn mir gegeben und einige Pfeile aus magischem Eisen. Damit ich die Todschatten schon aus der Distanz erledigen kann«, sagte sie.

Dracon konnte sich kaum vorstellen, dass sein Vater Pfeile aus magischem Eisen abgeben würde. Dafür hatte er viel zu große Angst, dass sie in falsche Hände geraten würden. Schließlich war es bei Pfeilen nicht immer einfach, sie zurückzuholen. »Darf ich die Pfeile mal sehen?«, fragte er.

Antaro, der mit Terron voranging, drehte sich zu den beiden um. »Ihr könnt eure Waffen später bestaunen. Wir haben Wichtigeres zu tun«, sagte er in strengem Ton.

Xendra war erleichtert, dass sie so den neugierigen Blicken von Dracon entging, während dieser sich fragte, was sie vor ihm verbarg. Gelegentlich versuchte er, einen Blick auf die Pfeile in Xendras Köcher zu werfen, aber er konnte nur einen Pfeil aus magischem Eisen erkennen, was ihn stutzig machte.

Die Nordschlucht schlängelte sich durch eine felsige Landschaft und teilte sich am Ende in zwei Wege auf. Der eine führte weiter Richtung Westen zum Seelensee, während der andere in den Finsterfluchforst führte. Antaro ging unbeirrt weiter in Richtung Seelensee.

»Bist du dir sicher, dass sie nicht in die andere Richtung gegangen ist?«

Antaro war verwundert über Xendras Frage. »Nein, ich habe ihre Fährte verloren. Aber niemand geht freiwillig in den Finsterfluchforst.« Antaro hatte einen sehr ausgeprägten Geruchssinn, auf den sich seine Begleiter bei ihrer Suche verließen.

»Und wenn doch, wird sie den Wald nie wieder verlassen«, fügte Terron in leicht verbittertem Ton an. Er hatte seine Schwester an diesen Wald verloren. Sie war lange vor seiner Geburt gestorben, und er kannte sie nur von Erzählungen.

Das Gelände war teilweise sehr steinig und an manchen Stellen steil. Der nächtliche Regen hatte seine Spuren hinterlassen. Der Boden war rutschig und mit Schlammpfützen bedeckt. Am frühen Vormittag erreichten Sie den Seelensee. Antaro war sich nicht sicher, welchen Weg sie nun nehmen sollten. Er hatte Shiras Fährte bisher nicht wieder wittern können und schien ratlos. Terron machte Antaro Vorwürfe, und Xendra mischte sich in die Diskussion ein. Dracon hingegen hielt sich raus. Er war besorgt. Sicher würde Shira nicht freiwillig in den Finsterfluchforst laufen, aber er wusste, dass sie sich im Androrgebirge nicht gut auskannte. Es war durchaus denkbar, dass sie im Dunkeln unbemerkt hineingelaufen war.

Als Terron Dracons besorgten Gesichtsausdruck sah, grinste er zufrieden. »Hast du etwa Angst, dass ihr etwas zugestoßen sein könnte? Du wirst sie sowieso nicht wieder sehen, sobald die Oberen ein Urteil gefällt haben.« Terron genoss es richtig, diese Tatsache Dracon unter die Nase zu reiben.

Dracon wurde wütend. Er wollte sich aber nicht provozieren lassen und ließ sich nichts anmerken.

Terron trat ein Stückchen an ihn heran. »Sollte sie noch leben, werde ich dafür sorgen, dass sie verurteilt wird.« Den letzten Satz flüsterte er in Dracons Ohr. »Und wenn sich die Gelegenheit bieten sollte, werde ich sie töten.«

Dracon konnte sich nicht mehr beherrschen und schubste ihn mit beiden Händen wütend von sich weg. Terron stolperte und konnte sich gerade noch vor einem Sturz bewahren.

»Hört auf mit dem Blödsinn! Reißt euch zusammen«, brüllte Antaro. »Ich denke, sie ist weiter in den

Westen gelaufen. Folgt mir, auf der anderen Seite des Sees werden wir eine Pause machen.« Antaro erwartete keine Zustimmung und ging einfach weiter. Xendra folgte ihm, während Dracon und Terron ihm verwundert hinterherblickten.

»Wer hat dich eigentlich zum Anführer gemacht?«, beschwerte sich Terron, folgte ihm aber.

»Wenn du einen besseren Vorschlag hast, kannst du ihn mir gern mitteilen«, entgegnete Antaro, und niemand widersprach ihm.

Am westlichsten Ausläufer des Sees entdeckten sie die Überreste von Shiras Lagerfeuer. Antaro nahm ihren Geruch wieder wahr. »Sie war hier. Es kann nicht lange her sein«, sagte er.

Dracon war erleichtert. Endlich hatten sie ein Lebenszeichen von ihr.

»Wir verschieben die Pause lieber. Wir können nicht riskieren, dass sie uns entwischt«, beschloss Antaro.

Am späten Nachmittag standen sie vor den Stadttoren von Dradonia. Entlang der Allee bis hin zum Marktplatz standen überall am Rand Krämer und Kaufleute.

»Lasst uns in ein Gasthaus gehen. Wir essen dort was und hören uns um. Vielleicht hat sie ja jemand gesehen«, schlug Antaro vor.

***

Shira war nur wenige Stunden zuvor in Dradonia angekommen. Sie hatte sich neue Kleidung besorgt, denn der Kampf mit Drognor hatte Spuren hinterlassen. Rouh wartete außerhalb der Stadt. Seine Erscheinung war zu auffällig, und hätte zu viel Aufmerksamkeit erregt. Shira wollte die Stadt gerade wieder verlassen, und ging von einer Seitenstraße zurück auf eine der Alleen, die zu den Stadttoren führten, als sie Dracon sah. Er stand mit dem Rücken zu ihr nur wenige Meter entfernt. Sie sprang zurück in die Gasse, aus der sie gekommen war.

Vorsichtig schaute sie um die Ecke. Sie erkannte Terron und Xendra. Sie unterhielten sich. Einen Augenblick lang stand sie an der Wand und wartete ab. Dann sah sie wieder um die Ecke. Xendra und Terron waren immer noch dort. Antaro konnte sie ebenfalls sehen, aber Dracon war verschwunden, was sie ein wenig irritierte. Sie nahm ihren Kopf wieder zurück.

»Versteckst du dich vor jemandem?«

Shira zuckte zusammen. Dracon stand direkt neben ihr. Sie wusste nicht, wie sie ihm entgegentreten sollte. Verunsichert starrte sie ihn an und brachte kein Wort raus.

»Willst du mir erzählen, warum du einfach abgehauen bist oder warum du meinen Vater hilflos zurückgelassen hast?« Dracons Gesichtsausdruck war völlig emotionslos, das machte es unmöglich, zu erkennen, was er wirklich dachte.

»Ist … ist ihm was passiert?«, stotterte Shira.

»Nein. Ich habe ihn gefunden, bevor ihm etwas zugestoßen ist. Es geht ihm gut. Aber es hätte auch anders ausgehen können.«

»Ich hatte nie vor, ihm etwas anzutun. Ich wollte ihm nur irgendwie entkommen«, sagte Shira verzweifelt. »Ich habe mich nur verteidigt.« Sie hoffte, dass Dracon ihr glauben würde.

»Mein Vater hat mir etwas anderes erzählt. Er sagte, du hättest ihn angegriffen und dass du zuvor geflohen seist, damit ich denke, du seist unschuldig.«

»Und glaubst du ihm?«, fragte Shira verunsichert.

Dracon sah sie nachdenklich an. Er war sich nicht sicher, was er glauben sollte, aber sein Gefühl sagte ihm, dass sein Vater log. »Nein, das tue ich nicht«, sagte er schließlich. »Er hat die Oberen davon überzeugt, dass du eine Gefahr für uns alle bist. Er hält dich für die Dienerin des Bösen, von der die Prophezeiung spricht.«

»Denkst du das auch?«

»Nein. Sicher nicht.«

Shira wusste immer noch nicht, ob sie ihm trauen konnte. Aber sie konnte sich auch nicht vorstellen, dass er sie die ganze Zeit belogen hatte. Und dennoch wirkte er sehr verhalten ihr gegenüber.

»Ist es wahr, dass dein Vater einen deiner Freunde geköpft hat, weil du ihn mit in die Festung des Lichts gebracht hast?«, fragte Shira.

Dracon sah sie überrascht an. »Hat Terron dir das erzählt?«, wollte er wissen.

Seine Augen verrieten Shira, dass es die Wahrheit war. »Es ist wahr«, stellte sie fassungslos fest.

»Es ist ein wenig anders. Er hatte ihn nicht einfach getötet, weil ich ihn mitgebracht habe.«

»Das macht keinen Unterschied. Du wusstest, wozu dein Vater fähig ist. Du hättest mich warnen können.«

»Ich wusste nicht, dass dazu ein Grund besteht«, versuchte Dracon sich zu rechtfertigen.

Shira war wütend. »Was hast du vor? Bist du hier, um mich festzunehmen?« Shira war immer noch misstrauisch.

»Nein.«

»Du hast sie gefunden!«, unterbrach Terron ihn, der gerade um die Ecke kam.

Shira sah Dracon wütend an. »Warum habe ich dir nur vertraut?«, sagte sie vorwurfsvoll.

Diese Worte verletzten ihn. Es war nie seine Absicht gewesen, sie in eine solche Situation zu bringen. Aber er wusste auch nicht, wie er ihr helfen sollte, ohne sich selbst gegen die Oberen zu stellen. Shira versuchte, an ihm vorbei zu flüchten. Er hielt sie nicht auf, aber Terron reagierte sofort und schoss ihr eine Energiekugel in den Rücken. Sie landete unsanft auf dem Bauch. Bevor sie wieder aufstehen konnte, stand Terron bereits neben ihr und hielt ihr sein Schwert seitlich an den Hals.

»Legt deine Hände auf den Rücken und mach keine Dummheiten. Ich werde nicht zögern, dich zu töten!«, sagte Terron. Seine Stimme klang bedrohlich. Auch sein Schwert war im ewigen Feuer geschmiedet worden und beraubte Shira ihrer Kräfte. Terron wollte ihr die Handschellen anlegen. Er trug sie an seinem Gürtel, aber mit einer Hand war es kaum möglich, sie zu lösen. Er sah Dracon an. »Ich nehme an, du hast nicht vor, mir zu helfen, oder?«

Dracon grinste. »Ich denke, dass du meine Hilfe nicht brauchst.«

»Ich weiß, was du dir erhoffst. Aber ich werde sie sicher nicht entwischen lassen«, entgegnete Terron garstig.

»Ich weiß nicht, wovon du sprichst«, sagte Dracon gehässig.

Während Terron versuchte, die Handschellen von seinem Gürtel zu lösen, wurde er unaufmerksam. Shira nutzte die Gelegenheit und rollte sich zur Seite. Dabei trat sie Terron die Beine weg, und er stürzte zu Boden. Sie sprang auf und rannte los. Aber am Ende der Gasse erschienen Xendra und Antaro. Beide zogen sofort ihr Schwert, als sie Shira auf sich zu rennen sahen.

Diese blieb kurz stehen und blickte verzweifelt in beide Richtungen. Auch sie zog ihr Schwert, war aber völlig planlos, wie sie sich verteidigen sollte. Es war die gleiche Situation wie zuvor mit Drognor. Sie war gezwungen, sich zu schützen und gleichzeitig auch ihren Gegnern nichts anzutun. Wenn sie irgendetwas Falsches machen würde, wäre das für Drognor nur eine Bestätigung, dass sie die Dienerin des Bösen war.

Terron kam auf sie zu gerannt und holte zum Schlag aus. Shira wehrte ihn ab. Im gleichen Augenblick griff Xendra von der anderen Seite an. Shira konnte gerade noch ausweichen, und die Klinge von Xendras Schwert schlug klirrend auf die Wand. Terron packte Shira, bevor sie weglaufen konnte, und schlug ihr mit der Faust ins Gesicht. Sie schwankte ein Stück nach hinten. Terron traf sie ein weiteres Mal im Bauch, sodass sie zusammensackte. Er bewegte seine Faust äußerst schnell, Shira hatte kaum Zeit auszuweichen, und mit einem weiteren Treffer im Gesicht zwang er sie zu Boden. Xendra drückte ihr sofort die Klinge an den Hals, und Terron legte ihr die Handschellen an. Dann holte er wieder zum Schlag aus, aber Dracon ging dazwischen.

»Das genügt!«, sagte er und schob sowohl Xendra als auch Terron zur Seite. Dann half er Shira auf.

Die sah ihn wütend an. »Du bist der Schlimmste von ihnen!«, sagte sie.

Terron lachte, als sie das zu Dracon sagte. »Und das, obwohl er der Einzige ist, der auf deiner Seite war.«

Shira war sich nicht sicher, ob es Sarkasmus war oder ob er die Wahrheit sagte. Sie fragte sich, ob sie Dracon unrecht getan hatte. Aber das machte auch keinen Unterschied mehr. Er würde ihr nicht helfen. Er würde sich niemals gegen die Oberen stellen, davon war sie überzeugt. Denn dann wäre er ein Verräter, und sie würden ihn ebenfalls festnehmen lassen. Sie sah Dracon nachdenklich an. Seinen Gesichtsausdruck konnte sie nicht deuten. Sie glaubte, es sei eine Mischung aus Mitleid und Enttäuschung.

Antaro hob Shiras Schwert auf. »Das nehme ich. Lasst uns gehen.«

»Willst du heute nicht zurückgehen?«, fragte Xendra.

»Nein, wir verbringen die Nacht in der Stadt und machen uns bei Sonnenaufgang auf den Weg«, entschied Antaro.

Es war bereits später Nachmittag, würden sie sich noch am selben Tag auf den Weg machen, müssten sie im Dunkeln durch das Androrgebirge laufen. Sie suchten ein Gasthaus auf. Die Gäste warfen ihnen kritische Blicke zu, als sie sahen, dass Shira Handschellen trug. Aber es störte sie nicht, und es traute sich auch niemand, sie darauf anzusprechen.

Gerade als sie sich setzen wollten, kam ein Mann zur Tür hereingerannt. »Wir werden angegriffen!«, brüllte er. »Am Nordtor sind zwei Todschatten eingedrungen, am Südtor sind es sogar drei. Sie werden von einer Armee Menschen begleitet.« Der Mann war völlig außer sich. »Wer nicht kämpfen kann, muss versuchen zu fliehen!«, rief er noch, bevor er das Gasthaus hektisch wieder verließ.

Dracon sah Terron an, der Shira am Oberarm festhielt. »Nimm ihr die Handschellen ab!«, forderte er ihn auf.

»Das hättest du wohl gern.«

»Wir können sie nicht hierlassen, sie werden sie töten.«

»Was wäre denn so schlimm daran? Deinen Vater würde es sicherlich nicht stören«, sagte Terron. Antaro warf ihm einen strafenden Blick zu.

»Nimm ihr sofort die Handschellen ab!«, wiederholte Dracon gereizt.

»Das werde ich sicher nicht machen! Wir wissen nicht einmal, ob tatsächlich Todschatten in der Stadt sind«, sagte Terron.

Draußen wurden Schreie laut. »Ich glaube kaum, dass der Mann gelogen hat.« Dracon wollte die Handschellen selbst abnehmen, aber Terron schubste Shira weg.

»Ich werde nicht zulassen, dass du sie befreist!«, brüllte er und holte zum Schlag aus.

Dracon wehrte ihn ab und schlug ebenfalls zu. Sie tauschten mehrere Schläge aus, bis Xendra dazwischenging.

»Die Stadt wird angegriffen, und ihr habt nichts Besseres zu tun, als euch zu prügeln? Reißt euch endlich zusammen! Wir nehmen ihr die Handschellen ab. Sie wird nicht fliehen«, sagte Xendra.

»Was macht dich da so sicher?«, wollte Terron wissen.

»Vertrau mir einfach.«

Terron sah Xendra nachdenklich an. Dann stimmte er ihr zu. Er wusste nicht, was sie vorhatte, aber er war sich sicher, dass sie in seinem Interesse handeln würde.

Bei Dracon hingegen erweckte Xendra Misstrauen. Er ging zu Antaro und riss ihm Shiras Schwert aus der Hand, das er, seitdem er es ihr abgenommen hatte, in der Hand hielt. Dann ging Dracon zu Shira, nahm ihr die Handschellen ab und drückte ihr das Schwert in die Hand.

»Denkst du nicht, dass du zu weit gehst?«, wandte Antaro ein.

»Sie wird uns helfen«, entgegnete Dracon überzeugt.

»Sie wird flüchten«, warf Terron zornig ein.

»Das Risiko bin ich bereit einzugehen«, sagte Dracon.

»Ich aber nicht«, sagte Terron entschlossen und wollte Dracon wieder angreifen.

Antaro hielt ihn auf. »Lass gut sein. Dafür haben wir keine Zeit. Er wird schon wissen, was er macht.«

»Das bezweifle ich«, sagte Terron.

»Geht ihr zum Nordtor. Ich werde mit Dracon und Shira zum Südtor gehen. Sobald die Todschatten erledigt sind, treffen wir uns wieder«, sagte Xendra und ging zur Tür.

Dracon gab Shira ein Zeichen, Xendra zu folgen. »Verschwinde, sobald sich die Gelegenheit ergibt«, flüsterte er Shira ins Ohr, während sie hinausgingen.

»Nicht bevor die Todschatten erledigt sind«, sagte sie.

Dracon lächelte. »Deine Entscheidung«, sagte er.

Überall auf den Straßen liefen Leute hektisch umher. Bewaffnete Männer verteilten sich in verschiedene Richtungen. Die Bewohner konnten nicht fliehen, weil die Stadttore belagert wurden. Die Todschatten befanden sich immer noch am Südtor, als Xendra, Shira und Dracon sich dem Schlachtfeld näherten. Die Stadt war durch ihre hohe Mauer gut geschützt. Aber die Todschatten hatten die Stadtwachen getötet und dafür gesorgt, dass die Tore nicht mehr verschlossen wurden.

In Dradonia lebten viele Krieger der herrschaftlichen Armee, und die Stadt wurde gut verteidigt. Die Angreifer kamen kaum in die Stadt hinein und waren ihren Gegnern weit unterlegen. Einzig die Todschatten boten ihnen einen Vorteil.

Einer von ihnen befand sich rechts vom Stadttor. Er hatte einen Mankuren an der Kehle gepackt und schien ihn auszusaugen. Dracon rannte auf ihn zu und schlug dem Todschatten den Kopf ab. Aber er kam zu spät. Der Mankur fiel leblos zu Boden. Die vier Todschatten am Südtor wurden schnell getötet, aber die Menschen kämpften immer noch weiter. Der Fluch der Todschatten löste sich nicht, denn am anderen Ende der Stadt war noch ein Todschatten am Leben. Er forderte die Menschen zum Rückzug auf.

Xendra befand sich etwas abseits von Shira, die sich noch im Kampf mit einem Menschen befand, und hatte die perfekte Distanz, um den Pfeil abzuschießen. Das war ihre Gelegenheit. Niemand würde es bemerken. Dracon war nicht weit von Shira entfernt, er würde Xendra nicht rechtzeitig aufhalten können. Sie nahm den Pfeil, den ihr Drognor gegeben hatte, vorsichtig aus dem Köcher. Behutsam spannte sie den Bogen und visierte ihr Ziel an. Shira hatte gerade ihren Gegner niedergestreckt und verharrte einen Augenblick lang. Xendra zögerte nicht und ließ die Sehne aus ihren Fingern gleiten.

Dracon kämpfte gerade noch gegen den letzten Menschen, der noch übrig war und nicht die Flucht ergriffen hatte. Er wich einem Schwerthieb aus und sprang ein Stück zurück, genau in die Flugbahn des Pfeils hinein. Der Pfeil blieb in Dracons rechter Schulter stecken. Der Mensch, der ihn angegriffen hatte, schwang sein Schwert über Dracons Kopf und holte zum Schlag aus, als sei das Schwert eine Axt, mit der er Dracons Schädel spalten wollte. Doch dieser wehrte den Schlag ab.

Xendra beobachtete entsetzt das Geschehen. Sie hoffte, dass das Gift nicht wirken würde, aber dann sah sie, wie Dracon sein Schwert fallen ließ. Er zog sich den Pfeil aus der Schulter, und während er den Pfeil betrachtete, sank er auf die Knie. Sein Angreifer schien verwirrt zu sein, holte dann aber erneut zum Schlag aus.

Xendra konnte nicht fassen, was da gerade geschah. Dieser Mensch würde Dracon vor ihren Augen den Kopf abschlagen. Wie gelähmt starrte sie zu ihm hinüber. Sie dachte, es wäre jeden Augenblick zu Ende, aber dann ging Shira dazwischen. Xendra war das erste Mal froh, sie zu sehen. Dracon lag auf dem Boden und bewegte sich nicht mehr.

Shira sah die Wunde an seiner Schulter, die schon wieder zu heilen begann, aber die umliegenden Adern waren schwarz, was Shira stutzig machte. Dann entdeckte sie den Pfeil aus magischem Eisen, hob ihn auf und roch an der Spitze. Sie wusste sofort, dass der Pfeil vergiftet gewesen sein musste. Sie schaute sich um in der Hoffnung, den Schützen zu finden, und entdeckte Xendra. Diese hielt immer noch den Bogen in der Hand.

Erst als Shira auf sie zugelaufen kam, löste sich Xendra aus ihrer Schockstarre und rannte davon. Doch Shira war schneller, sprang ihr von hinten in den Rücken und zwang sie zu Boden. Sie kniete sich auf sie, sodass sie sich nicht bewegen konnte, und drückte ihr das Schwert in den Nacken. »Was hast du getan?«, schrie sie wütend.

»Das wollte ich nicht«, sagte Xendra.

»Was ist das für ein Pfeil?«

»Drognor hat ihn mir gegeben.«

Das überraschte Shira. »Wieso sollte Drognor seinen Sohn umbringen wollen?«, fragte sie.

Xendra grinste höhnisch. »Der Pfeil war für dich bestimmt«, erwiderte sie.

»Ruf ihn!«, forderte Shira Xendra auf. Drognor war sicher der Einzige, der Dracon helfen konnte. Er wusste, welches Gift an dem Pfeil klebte, und wenn es ein Gegengift gab, würde er es beschaffen können, dachte sie sich.

»Wie du meinst«, entgegnete Xendra zufrieden. Sie war sich sicher, dass Drognor ihr helfen würde.

Als Drognor erschien und Shira sah, trat er sie, ohne zu zögern, von Xendra weg. Dabei fiel ihr das Schwert aus der Hand. Drognor hob es auf und ging auf sie zu.

»Drognor, warte!«, rief Xendra. Er blickte sie fragend an. »Der Pfeil, er hat Dracon getroffen«, sagte sie.

»Was?! Was sagst du da?« Er war fassungslos.

»Sie war es! Shira war es! Sie hat mir den Pfeil gestohlen.«

Drognor wandte sich Shira zu, die sich gerade wieder aufrichten wollte. Er schlug eine Energiekugel auf sie, sodass sie wieder hinfiel, und stieß das Schwert so fest durch ihre linke Schulter, dass es im Boden stecken blieb.

Shira lag auf dem Bauch und konnte das Schwert nicht entfernen. Sie hätte sich die Klinge entlang nach oben drücken müssen, doch der Schmerz hinderte sie daran.

Drognor sah sich um und entdeckte seinen Sohn. Antaro kniete neben ihm, auch er hatte den Pfeil bemerkt. Terron und Antaro waren, kurz bevor Drognor erschienen war, am Südtor eingetroffen. »Kümmert euch um sie!«, sagte Drognor zu Xendra und Terron.

Er ging zu Dracon. »Lebt mein Sohn noch?«, fragte er.

Antaro sah Drognor an. »Ja. Er atmet noch. Ist der Pfeil von dir?«, fragte er zögerlich und hielt den Pfeil in der Hand.

»Sei vorsichtig, der Pfeil ist vergiftet. Ich hatte ihn deiner Schwester gegeben, aber Shira hat ihn ihr gestohlen, um Dracon zu töten.« Drognor schwieg einen Augenblick lang, bevor er weitersprach. »Ich werde ihn von hier wegbringen. Bleib bitte bei ihm, ich bin gleich wieder zurück.«

Antaro fragte sich, warum Drognor seiner Schwester einen vergifteten Pfeil gegeben hatte und wann Shira den Pfeil gestohlen haben sollte. Er hatte kaum Zeit, darüber nachzudenken, bis Drognor wieder zurück war. »Wo bist du gewesen?«, fragte er ihn.

»Ich habe Hedro gebeten, herzukommen. Er wird mir helfen, Dracon zurück zur Festung des Lichts zu bringen.«

»Was ist das für ein Gift?«, wollte Antaro wissen.

Drognor ließ einen Augenblick lang auf seine Antwort warten. Immer noch fassungslos blickte er auf seinen Sohn. »Es ist das Gift der schwarzen Riesenmamba. Nun geh und sorge dafür, dass Shira bekommt, was sie verdient«, forderte er Antaro auf. Geschockt von Drognors Antwort, brachte er kein Wort mehr heraus und nickte stumm.

Xendra und Terron hatten Shira die Handschellen wieder angelegt. Sie lag immer noch am Boden, festgenagelt durch ihr eigenes Schwert.

»Dafür wirst du bezahlen«, sagte Terron, nachdem Xendra ihm erzählt hatte, was angeblich geschehen war. Er zog das Schwert so weit nach oben, dass die Spitze gerade nicht mehr im Boden steckte, und drehte es in der Wunde. Shira biss sich auf die Zähne und versuchte, einen Schmerzschrei zu unterdrücken.

»Was machst du da?«, fragte Antaro, der mittlerweile hinter Terron stand.

»Wonach sieht es den aus?«, entgegnete dieser garstig.

»Als würdest du sie unnötig quälen!«

Terron trat ein Stück an Antaro heran. Ihre Nasenspitzen berührten sich beinahe. »Hast du nicht mitbekommen, was sie getan hat? Dracon wird sterben.« Dann blickte er zu Shira. »Es ist ein Jammer, dass er dir vertraut hat«, sagte er zu ihr und riss wütend das Schwert aus ihrer Schulter. Er holte zum Schlag aus und war im Begriff, Shira zu töten, aber Antaro hielt ihn auf.

»Du wirst sie nicht töten«, sagte er.

»Geh mir aus dem Weg!«

»Das werde ich nicht! Es ist nicht unsere Aufgabe zu entscheiden, was mit ihr geschieht.« Einen Moment lang starrten sich die beiden schweigend an. »Wir werden sie zur Festung des Lichts bringen. Dort werden die Oberen über sie urteilen. Lasst uns gehen«, sagte Antaro bestimmend.

»Wolltest du die Nacht nicht hier verbringen?«, fragte Xendra. Es war fast dunkel. Um sie herum wurden die Leichen auf Karren geworfen und aus der Stadt gebracht.

»Ich denke, keiner von uns möchte die Nacht hier verbringen«, sagte Antaro, als er sich umblickte. »Wir werden am See übernachten.«

Wenig später saßen sie schweigend am Lagerfeuer. Shira hatte sich gegen einen Baum gelehnt. Ihre Wunde schmerzte, und sie musste an Dracon denken. Seit sie Dradonia verlassen hatten, hatte keiner von ihnen ein Wort gesprochen. Der Gedanke, dass Dracon sterben würde, quälte Shira, und sie erkannte am Gesichtsausdruck ihrer Begleiter, dass es ihnen nicht anders erging. »Wird er wirklich sterben?«, fragte sie schüchtern.

Antaro warf ihr einen fragenden Blick zu. Er konnte die Trauer im Klang ihrer Stimme wahrnehmen und begann daran zu zweifeln, dass Shira den Pfeil auf Dracon geschossen hatte. Xendra schwieg ebenfalls.

Terron hingegen stand auf und ging zu ihr. »Ich verrate dir etwas. Das Gift an dem Pfeil war das Gift der schwarzen Riesenmamba. Es gibt keinen Mankur, der dieses Gift je überlebt hat.«

Shira liefen Tränen aus den Augen, als er das sagte. Terron trat ganz nah an sie heran. »Dafür wirst du büßen!«, sagte er und schlug mit der Faust auf ihre Wunde.

»Terron, lass sie in Ruhe! Was ist in dich gefahren?«, brüllte Antaro. »Das war überflüssig.«

»Das sehe ich anders«, erwiderte Terron und setzte sich wieder auf die andere Seite vom Lagerfeuer.

»Wieso hast du diesen Pfeil überhaupt gehabt?«, wollte Antaro von seiner Schwester wissen.

»Drognor hat ihn mir gegeben.«

»Das weiß ich. Aber warum?«

»Er wollte, dass ich Shira damit töte.«

»Da haben wir es. Wir machen uns umsonst die Mühe, sie mitzuschleppen. Wir sollten sie gleich töten«, sagte Terron.

»Ich glaube nicht, dass das im Interesse der Oberen ist, sonst hätten sie uns sicher davon erzählt«, gab Antaro zu bedenken.

Terron machte eine abfällige Handbewegung und legte sich hin.

»Wann hat sie dir den Pfeil denn gestohlen?«, fragte Antaro.

Xendra sah ihren Bruder misstrauisch an. »Woher soll ich das wissen? Ich habe es nicht bemerkt.«

»Woher wusste sie von dem Pfeil? Ich meine, außer dir wusste doch niemand davon, oder?«

»Glaubst du etwa, dass ich lüge? Sie wird den Pfeil wohl in meinem Köcher gesehen haben.«

Das erschien Antaro suspekt. Selbst wenn Shira den Pfeil gesehen haben sollte, hätte sie nicht wissen können, dass es ein Giftpfeil war. Antaro beschloss, nicht weiter nachzufragen. Er wollte sich nicht mit seiner Schwester streiten. Während Xendra und Terron schliefen, beobachtete er Shira. Sie hatte ihre Augen geschlossen, ihr Gesicht war schmerzverzerrt, und der Schein des Feuers wurde von den Schweißperlen auf ihrer Stirn reflektiert. Antaros Zweifel wurden immer größer. Er kannte seine Schwester gut genug, um zu wissen, dass sie ihm nicht die Wahrheit gesagt hatte.

Er kniete sich neben Shira, die erschrak, als sie ihn neben sich bemerkte. Ängstlich sah sie ihn an und rechnete damit, dass er ihr jeden

Augenblick Schmerzen zufügen würde, wie Terron zuvor. Aber er schaute sich nur die Wunde an. Dann nahm er ein kleines Fläschchen von seinem Gürtel und öffnete es. Er wollte es gerade über die Wunde schütten, als ihm die Handschellen ins Auge fielen. Er verschloss das Fläschchen wieder. »Ich muss sie dir abnehmen, sonst wirkt es nicht«, flüsterte er.

Shira war verwirrt. Sie wusste nicht recht, wovon er sprach, denn sie konnte sich kaum vorstellen, dass er ihr die Handschellen abnehmen wollte.

»Versprich mir, dass du mich nicht angreifst«, verlangte Antaro.

»Das werde ich nicht«, versicherte sie.

Er nahm ihr die Handschellen ab und legte diese zur Seite. Dann öffnete er das Fläschchen wieder und träufelte eine silbern schimmernde Flüssigkeit in die Wunde, die sich daraufhin verschloss. Er setzte sich neben Shira, ohne ihr die Handschellen wieder anzulegen.

Shira besah sich ihre Schulter, sie hatte keine Schmerzen mehr, und die Wunde war verheilt. Lediglich eine schmale Narbe vom Einstich war geblieben. »Warum machst du das?«, fragte sie überrascht.

»Weil ich meiner Schwester nicht glaube. Zumal ich Dracon sehr gut kenne. Er ist nicht leicht zu täuschen, und er hat dir vertraut. Ich habe gehört, was er zu dir gesagt hat. Er wollte dir zur Flucht verhelfen, obwohl er wusste, dass er sich damit große Probleme einhandeln würde. Das hätte er sicher nie getan, wenn er auch nur die geringsten Zweifel an deinen Absichten gehabt hätte.«

Antaro war überzeugt von dem, was er sagte, und dennoch konnte Shira kaum glauben, dass er scheinbar auf ihrer Seite stand. Sie hatte schon jede Hoffnung verloren, die Oberen von ihrer Unschuld überzeugen zu können. Aber dass Antaro sie für unschuldig hielt, machte ihr Mut.

»Hier ist dein Schwert. Verschwinde, bevor einer von den beiden wach wird. Und nimm die Handschellen mit, sonst wissen sie, dass ich dir geholfen habe«, sagte er. Shira sah ihn ungläubig an. Sie war sprachlos. »Worauf wartest du?«, fragte Antaro. Shira wusste immer noch nicht, was sie sagen sollte. »Er hätte nicht gewollt, dass dir etwas geschieht, also geh endlich!«

»Danke«, sagte sie schließlich und verschwand in der Dunkelheit.

TRAUM UND TOD

Um ihn herum war alles finster. Eine eisige Kälte durchfuhr seinen Körper. Er wusste nicht, wo er war, aber vor ihm zeichneten sich schmale Konturen eines bärtigen Gesichts ab. Er erkannte Berbog, der ihm seine Hand entgegenstreckte. Er wollte sie ergreifen, aber sie entglitt ihm, und Berbogs Gesicht zerfloss vor seinen Augen. Dann breitete sich ein stechendes Licht aus. Die eisige Kälte wich einer ungeheuren Hitze. Er spürte, wie seine Kehle trocken wurde. Die heiße Luft brannte in seiner Nase und machte es ihm schwer, zu atmen.

Er suchte die Umgebung ab. Es kam ihm vor, als stünde er in einer Wüste. Eine tote Einöde, fernab jeglichen Lebens. Dann sah er eine Gestalt auf sich zukommen. Ihr langes blondes Haar wehte im heißen Wind. Es war Shira. Sie blieb kurz vor ihm stehen und öffnete ihre Handflächen. Sie entfachte ein Feuer, das immer größer wurde und die Hitze unerträglich machte. Einen Augenblick lang glaubte er zu verbrennen. Er hielt sich seine Hände vor das Gesicht, um es vor den Flammen zu schützen. Als er sie wieder wegnahm, war Shira verschwunden und mit ihr das Feuer. Aber die Hitze blieb.

Er versuchte, sich zu bewegen, aber sein Körper wollte ihm nicht gehorchen. Die Luft flatterte vor seinen Augen, dann formte sich ein schmaler Mund, der sich zu einem Grinsen ausbreitete. Gefolgt von zwei stechend gelben Schlangenaugen. Aus der Ferne hörte er jemanden seinen Namen rufen, und die furchtbaren Augen verschwanden wieder. Wieder hörte er seinen Namen. Er wurde erneut von Dunkelheit umhüllt. Er bemühte sich, die Augen zu öffnen, als wären sie nicht schon geöffnet. Dann wurde es heller. Er sah die Silhouetten zweier Gesichter. Doch bevor er etwas erkennen konnte, verschmolzen die Bilder wieder miteinander.

Dann erkannte er Casto. »Dracon, hörst du mich?« Castos Stimme klang dumpf und weit entfernt, obwohl er direkt vor ihm zu stehen schien. Dracon war noch sehr benommen. In seinen Augen bildete Castos Körper eine verschwommene Fläche mit der Umgebung. »Dracon, hörst du mich?«, rief Casto wieder. Dracon wollte antworten, und obwohl er mit aller Kraft sprach, kam aus seinem Mund nur ein leises Flüstern.

»Hat Shira dir das angetan?«, fragte Casto.

Dracon wusste nicht, wovon er sprach. »Was soll sie mir angetan haben?« Bei diesen Worten fielen ihm die Augen wieder zu.

»Der Pfeil. Wer hat den Pfeil auf dich geschossen? War es Shira?«

Castos Stimme schien sich immer weiter zu entfernen. Dracon versuchte, sich zu erinnern. Er war in Dradonia gewesen. Es hatte einen Kampf gegeben. Todschatten und Menschen hatten das Dorf angegriffen. Da kam ihm der Pfeil wieder in den Sinn. Es war der Pfeil, den Xendra von seinem Vater bekommen hatte. Aber Shira stand nicht weit entfernt von ihm, und der Pfeil kam aus einer anderen Richtung.

»Dracon, bleib wach! Antworte mir!«

Dracon fragte sich, warum Casto in Dradonia war und ob er selbst überhaupt noch dort war. Er war sich nicht sicher, ob er träumte, und zwang sich, die Augen wieder zu öffnen. Es gelang ihm. »Sie war es nicht«, sagte er schließlich mit kraftloser Stimme.

»Bist du dir sicher?«, fragte Casto mit Nachdruck.

»Ganz sicher«, flüsterte Dracon. Seine Sinne verließen ihn, und er schlief wieder ein.

***

Xendra war nicht von Dracons Seite gewichen, seit sie zurück in der Festung des Lichts waren. Casto hatte sie weggeschickt, bevor er mit Dracon sprach. Sie wartete vor der Zimmertür. Es vergingen nur wenige Minuten, bis Casto sie wieder hereinbat.

»Was hast du gemacht?«, wollte sie wissen.

»Ich habe ihn nur etwas gefragt.«

»Und er hat dir geantwortet?«, fragte sie überrascht.

»Ja, hat er.«

Xendra konnte es kaum glauben. »Ich frage mich, was so wichtig gewesen ist, dass du damit nicht warten konntest.«

»Warten? Worauf? Dass er stirbt?«, erwiderte Casto garstig.

Xendra wurde wütend. »Darauf, dass es ihm wieder besser geht!«

»Ich glaube nicht, dass es dazu kommen wird.«

»Wie kannst du so etwas sagen? Zumal er dich vielleicht hören kann.«

Casto blickte zu Dracon. Dieser sah mehr tot als lebendig aus. »Das bezweifle ich«, sagte er dann tonlos.

»Wie kannst du nur so herzlos sein?« Xendra konnte nicht fassen, das Casto ihn schon aufgegeben hatte.

»Herzlos? Nein. Nur realistisch.«

Sie sah Casto vorwurfsvoll an.

»Sein Zustand hat sich seit drei Tagen nicht verändert. »Wir sollten uns mit dem Gedanken abfinden, dass er nicht wieder aufwachen wird«, sagte Casto bedauernd.

Diese Worte trieben Xendra Tränen in die Augen.

»Mach dir nicht allzu große Hoffnungen«, sagte Casto, bevor er das Zimmer verließ.

Nachdem er fort war, setzte Xendra sich wieder neben das Bett und fing an zu weinen. Sie würde es sich niemals verzeihen können, wenn Dracon sterben würde. Und auch wenn nie jemand erfahren würde, dass sie den Pfeil auf ihn geschossen hatte, würde sie mit dieser Schuld nicht leben können.

***

Als Dracon die Augen wieder aufschlug, standen seine Eltern und Xendra neben ihm. Als seine Eltern bemerkten, dass er wach war, starrten sie ihn an, als wäre er ein Geist, was ihn etwas verwirrte. Nach kurzem Schweigen leuchteten Verdalas Augen auf, sie ging zu ihm hin, umarmte ihn und sah ihn an. »Bist du wirklich wach?« Sie konnte es gar nicht glauben.

Dracon sah sie verwundert an. »Was ist passiert?«

Bevor Verdala etwas sagen konnte, begann Drognor zu sprechen. »Shira wollte dich töten.«

Dracon schüttelte den Kopf. »Nein, das glaube ich nicht. Wie soll sie das gemacht haben?«

»Sie hat dich vergiftet mithilfe eines Pfeils.«

Dracon erinnerte sich wieder an den Pfeil, den er in Xendras Köcher gesehen hatte. »Der Pfeil war von dir. Du hast ihn Xendra gegeben. Woher sollte Shira ihn gehabt haben?« Er verstand den Zusammenhang nicht.

»Sie hat ihn mir gestohlen«, erklärte Xendra.

Dracon sah sie skeptisch an. »Sie war es nicht!«, sagte er.

»Das Fieber hat deine Sinne vernebelt. Zweifellos war sie es. Sie hat erst versucht, mich zu töten, und nun dich«, entgegnete Drognor energisch.

Dracon war sich tatsächlich nicht sicher, was von seinen Erinnerungen Traum und was Wirklichkeit gewesen war. Aber dennoch zweifelte er nicht an Shiras Unschuld. »Wieso hast du Xendra überhaupt einen Giftpfeil gegeben?«, wollte er von seinem Vater wissen.

Drognor seufzte. Er hatte gehofft, dieser Frage entgehen zu können. »Sie sollte Shira töten. Du warst schließlich zu stur, um die Gefahr zu erkennen.«

Dracon zweifelte immer noch. Er wusste, dass Shira an seiner Seite gekämpft hatte, aber was er nicht wusste, war, wo Xendra zu dem Zeitpunkt gewesen war. Er erinnerte sich nicht, sie gesehen zu haben. Dann fragte er sich, wo Shira jetzt war. Womöglich hatte sein Vater sie schon längst getötet. Er traute sich gar nicht, zu fragen, aber er musste es wissen. »Wo ist sie?«

»Wen meinst du? Shira? Darüber musst du dir keine Gedanken mehr machen«, sagte Drognor.

»Lebt sie noch?«

»Wenn es so ist, dann wird es nicht mehr lange so sein«, sagte Drognor selbstsicher.

Er hatte sie noch nicht getötet, das wusste Dracon nun. Aber er wusste auch, dass sein Vater nicht ruhen würde, bis sie tot war. »Wie lange bin ich schon hier?«

»Fünf Tage. Wir hatten fast schon die Hoffnung verloren, dass du wieder aufwachen wirst«, sagte Verdala.

»Was ist das für ein Gift?«

Drognor blickte kurz zu Verdala, als würde er auf ihre Erlaubnis warten, seinem Sohn zu antworten. Sie sah ihn nur vorwurfsvoll an und schüttelte den Kopf. »Das ist nicht wichtig«, sagte er schließlich.

Dracon fragte sich, warum seine Eltern ihm nicht antworten wollten. »Warum sag ihr es mir nicht?« Er sah seine Mutter, die neben ihm saß, misstrauisch an. »Ihr denkt, dass ich sterben werde«, stellte er fest.

Verdala wollte widersprechen, aber sie wollte ihren Sohn nicht anlügen. »Es wird dir sicher bald besser gehen«, sagte sie schließlich, klang dabei aber wenig überzeugt.

»Weil ich dann tot bin.« Keiner sagte etwas dazu, und ihr Schweigen ließ Dracon wissen, dass sie genau dasselbe dachten. »Wie bin ich hierhergekommen?«

»Ich habe dich hergebracht, Hedro hat mir geholfen.« Dracon sah seinen Vater ungläubig an, dann stieß er ein leichtes Lachen aus. »Hedro hat dir geholfen?! Du bist mit einem Greif geflogen? Das kann ich mir gar nicht vorstellen.«

Drognor wurde wütend. »Das ist bedauerlich, denn es ist die Wahrheit.« Er verstand einfach nicht, wie sein Sohn ihm immer noch widersprechen konnte. »Und dass Shira dich töten wollte, ist ebenfalls die Wahrheit. Finde dich damit ab.«

Dracon wusste nicht, was die Wahrheit war. Er hatte das Gefühl, seinem Vater nicht vertrauen zu können. Xendra stand ganz offensichtlich auf seiner Seite, auch bei ihr war er sich nicht sicher, ob er ihr noch trauen konnte. Er sah zu ihr hinüber und dachte nach. Dann kam ihm in den Sinn, dass Xendra selbst auf ihn geschossen haben könnte. Aber er verwarf den Gedanken schnell wieder. Das konnte er einfach nicht glauben. Aber irgendwie schien alles nicht zusammenzupassen. Er dachte an seinen Traum und an Casto und fragte sich, ob er wirklich mit ihm gesprochen hatte. Es erschien ihm äußerst unwahrscheinlich. Andererseits konnte er auch nicht glauben, was sein Vater ihm erzählte. Er würde Casto fragen müssen. Niedergeschlagen schloss er seine Augen. Es ärgerte ihn sehr, dass er sich nicht genau an alles erinnern konnte. Er kam sich hilflos vor. Gezwungen, den Erzählungen der anderen zu glauben.

»Mach dir nicht so viele Gedanken. Komm erst mal wieder zu Kräften«, sagte Verdala sanft und strich ihm übers Haar. Dann wandte sie sich an Drognor und Xendra. »Ihr solltet jetzt gehen, er braucht Ruhe.«

»Glaubst du auch, dass Shira dafür verantwortlich ist?«, fragte Dracon seine Mutter, als sie alleine waren.

»Xendra hat uns alles berichtet. Ich denke, sie sagt die Wahrheit.«

»Aber Shira stand neben mir, als mich der Pfeil traf. Er kam aus einer völlig anderen Richtung.« Dracon war verzweifelt.

Verdala sah ihn liebevoll an. »Du hattest wirklich hohes Fieber und hast von vielen wirren Dingen gesprochen, während du geschlafen hast. Es ist durchaus möglich, dass du einiges durcheinanderbringst.«

Dracon fragte sich, was er wohl erzählt haben könnte und ob er etwas über Shira verraten hatte. »Was genau habe ich gesagt?«

»Ich sagte doch, nichts Verständliches. Dracon, was immer du auch geträumt hast, es war nicht real.«

Es hatte keinen Sinn, weiter mit seiner Mutter zu sprechen, sie würde ihm nicht weiterhelfen. »Würdest du mir bitte einen Gefallen tun?«, sagte er resignierend.

»Gern, was möchtest du?«

»Ruf Casto, ich möchte mit ihm sprechen.«

Verdala war verwirrt. Dracon hatte noch nie freiwillig mit Casto gesprochen, sie grüßten sich nicht einmal. »Casto? Was willst du von ihm?«

»Ich möchte ihn etwas fragen.« Verdala sah Dracon verständnislos an. »Rufst du ihn nun oder nicht?«

»Natürlich.«

Kurz darauf erschien Casto. Er sah Verdala fragend an. Ihr Blick deutete zu Dracon. »Er will mit dir sprechen.« Dann verschwand sie.

Casto war überrascht. »Du beeindruckst mich. Ich hätte nicht gedacht, dass du wieder aufwachst. Du siehst schrecklich aus.«

»Wahrscheinlich immer noch besser als du«, entgegnete Dracon und lächelte.

Casto grinste verächtlich. »Was willst du von mir?«

»Du warst hier und hast mich nach Shira gefragt. Ob sie den Pfeil auf mich geschossen hat.« Er hielt inne und wartete Castos Reaktion ab.

»Daran erinnerst du dich?«, fragte Casto erstaunt.

Dracon war erleichtert, zu hören, dass er sich doch nicht alles eingebildet hatte. »Warum wolltest du das wissen?«

Casto hatte nicht erwartet, dass Dracon ihn darauf ansprechen könnte, und er musste sich schnell eine Begründung überlegen, die ihn nicht verriet. »Ich bin einfach nicht überzeugt davon, dass sie es war, und halte es für überflüssig, sie zu töten«, sagte er, als sei es ihm gleichgültig. Dracons Blick ließ ihn allerdings vermuten, dass er ihm nichts vormachen konnte. Ihn beschlich der Gedanke, dass Dracon von seinem Geheimnis wusste.

»Ihr habt sie zum Tode verurteilt, ohne zu wissen, ob sie tatsächlich schuldig ist?«

»Ich war dagegen, nur war ich leider der Einzige. Niemand zweifelt an Xendras Aussage, was Drognor natürlich sehr gelegen kam, um das Urteil zu begründen. Er ist auf der Suche nach Shira, und wenn er sie gefunden hat, will er sie hinrichten lassen.«

»Ich muss sie finden und sie warnen.«

»Du kannst dich ja nicht mal auf den Beinen halten«, entgegnete Casto spöttisch.

Dracon wollte sich aufrichten, aber es gelang ihm nicht. Er war noch zu schwach.

Casto schüttelte verständnislos den Kopf. »Du solltest dein Glück nicht überstrapazieren«, warnte er.

Dracon musste sich damit abfinden, dass er Shira noch nicht helfen konnte. Er war sichtlich bestürzt. Vielleicht würde er Shira nie wiedersehen. »Warum suchst du sie nicht?«, fragte Dracon vorwurfsvoll.

In diesem Augenblick wusste Casto, dass Dracon sein Geheimnis kannte. »Warum sollte ich sie suchen?« Er versuchte dennoch, sich nichts anmerken zu lassen.

Aber Dracon entging Castos Unsicherheit nicht, und obwohl er dessen Gedanken nicht las, wusste er genau, was Casto gerade dachte. »Um ihr zu helfen«, sagte Dracon.

»Ich werde mich sicher nicht gegen ein Urteil der Oberen stellen. Zumal es sowieso eine sinnlose Suche wäre.«

Dracon konnte Castos Gleichgültigkeit nicht fassen. Wie konnte er seine eigene Tochter verraten? Am liebsten hätte er ihn darauf angesprochen, aber er wollte sein Wort gegenüber Shira nicht brechen. Er musste seine Wut unterdrücken. Ihm fehlten die Worte.

Casto wartete darauf, dass Dracon noch etwas sagte, und sah ihn nachdenklich an. Dann stieß er ein kurzes Lachen aus.

»Was ist so lustig?«, wollte Dracon wissen.

»Es ist schon eine Ironie, dass der Pfeil, mit dem dein Vater Shira töten wollte, dich getroffen hat.«

Dracon blickte Casto zornig an. »Verschwinde!«, sagte er mit drohender, aber schwacher Stimme.

»Nichts lieber als das.« Casto wollte sich gerade entfernen, wartete aber noch einen Augenblick. »Soll ich deine Mutter rufen, oder bevorzugst du jemand anderen als Totenwache?« Dracon antwortete ihm nicht und hatte die Augen wieder geschlossen.

Im Glauben, Dracon sei gerade gestorben, beugte Casto sich ein Stück über ihn, stellte aber erleichtert fest, dass er noch atmete. Er war wieder eingeschlafen. »Das ging aber schnell. Ich hätte es dir auch verdammt übel genommen, wenn du ausgerechnet in meiner alleinigen Anwesenheit gestorben wärst«, sagte er in dem Wissen, dass Dracon ihn nicht hörte. Doch dann fing dieser plötzlich an zu sprechen. Casto dachte zuerst, er hätte mit ihm gesprochen, aber dann bemerkte er, dass Dracon träumte.

Er lauschte seinen Worten und was Dracon sagte, beunruhigte Casto. Dracon schien sich im Traum mit Caldes zu unterhalten. Casto konnte ihm nicht ganz folgen, er sprach sehr leise und undeutlich. Aber er blieb an seinem Bett stehen und bemühte sich, zu verstehen, was Dracon sagte.

Caldes schien ihn aufzufordern, ihm zu folgen. Den nächsten Satz sagte Dracon deutlich. »Lass sie gehen, ich werde tun, was du sagst, aber lass sie gehen.«

Casto war sich nicht sicher, was da gerade geschah. Er wusste, dass sein Bruder durchaus in der Lage war, die Macht der Träume zu nutzen. Er haderte mit sich. Sollte Caldes ihn im Traum wirklich bedrohen, würde er Dracon in seinem derzeitigen Zustand mit Leichtigkeit töten können. Casto hatte keine Wahl, er musste herausfinden, was da vor sich ging. Wenn er mit seiner Vermutung richtig lag, konnte er Dracon nicht seinem Schicksal überlassen.

Er zog den Stuhl direkt neben das Bett und setzte sich. »Hoffentlich bereue ich das nicht«, sagte er leise zu sich selbst und legte seine Hand auf Dracons Stirn. Dabei verzog er kurz angewidert sein Gesicht, als er den Schweiß auf seiner Handfläche spürte. »Ensentu suen.« Ihm fielen sofort die Augen zu, und sein Körper sackte leicht zusammen. Im nächsten Augenblick fand er sich in Dracons Traum wieder. Eine dunkle Umgebung mit schwarzem Himmel. Der Boden war sandig und rissig. Dracon stand direkt vor ihm. Nur wenige Meter entfernt stand ihm gegenüber Caldes, der Shira mit einer Hand festhielt.

»Geh, geh durch das Tor, und ich lasse sie frei«, zischte Caldes bedrohlich. Hinter ihm tat sich ein Tor auf, das beinahe so aussah wie das Tor zur Schattenwelt. Dracon war im Begriff zu gehen, aber Casto hielt ihn fest. Erschrocken über die Hand auf seiner Schulter drehte sich Dracon um.

»Casto? Was machst du hier?«, fragte er verwundert.

»Hör nicht auf ihn! Du darfst auf keinen Fall durch das Tor gehen«, sagte Casto.

»Verschwinde von hier!«, brüllte Caldes seinen Bruder zornig an. »Ich werde sie töten, wenn du nicht gehst.«

»Mich täuschst du nicht. Du kannst sie nicht töten. Sie ist nicht real«, erwiderte Casto. Dann wandte er sich wieder Dracon zu. »Wenn du durch das Tor gehst, wirst du nicht wieder aufwachen«, sagte Casto.

Dracon war verwirrt, er wusste nicht, dass er träumte. »Aufwachen? Wovon sprichst du?«

»Das ist ein Traum, du warst vor wenigen Minuten noch wach und hast mit mir gesprochen. Erinnerst du dich nicht?«

Dracon überlegte kurz, und seine Erinnerung kam langsam zurück.

Caldes sah ihn zornig an. »Ich töte sie«, wiederholte er und fing an, Shira zu würgen.

»Dracon, du musst mir vertrauen. Geh nicht durch das Tor«, sagte Casto eindringlich, dann verschwand er wieder.

Dracon war verunsichert, alles um ihn herum wirkte echt, und es fiel ihm schwer, zu glauben, dass es ein Traum war.

Casto war wieder wach und versuchte Dracon zu wecken. »Komm schon, wach auf.« Es dauerte einige Sekunden, die Casto wie eine Ewigkeit vorkamen, doch dann öffnete Dracon die Augen. Casto seufzte erleichtert, und Dracon schaute ihn verwundert an.

»Hatte ich nicht gesagt, du sollst verschwinden?«, fragte er schließlich.

»Sei froh, dass ich es nicht getan habe, sonst wärst du jetzt wahrscheinlich tot.«

Dracon wusste nicht, was er sagen sollte. Er war sich nicht sicher, was gerade geschehen war. »Du warst in meinem Traum?«, fragte er vorwurfsvoll.

»Caldes wollte dich töten, ich habe ihn nur davon abgehalten«, erklärte Casto.

»Warum machst du dir die Mühe? Du glaubst doch sowieso, dass ich sterben werde.«

»Das kann ich nicht abstreiten, aber noch bist du nicht tot, und ich konnte nicht zulassen, dass Caldes daran etwas änderte. Solltest du nochmal von ihm träumen, darfst du ihm auf keinen Fall folgen, denn das wäre dein sicherer Tod.«

Dracon war sich immer noch nicht im Klaren darüber, wie Caldes ihn hätte töten sollen, aber er widersprach nicht. Während er Casto fragend ansah, fielen ihm langsam die Augen zu, dann schlief er wieder ein.

Casto schüttelte verzweifelt den Kopf. Nach kurzer Überlegung rief er Drognor, der ihn überrascht ansah, als er neben ihm erschien.

»Du bist hier? Ich dachte, du weigerst dich, einen Teil der Wache zu übernehmen«, sagte Drognor.

»Das tue ich auch. Er wollte mit mir sprechen, sonst wäre ich sicher nicht hier«, entgegnete Casto.

»Warum wollte er mit dir sprechen?« Drognor konnte sich nicht vorstellen, dass Dracon freiwillig mit Casto sprechen wollte.

»Das soll er dir selbst erzählen.« Drognor blickte Casto misstrauisch an. »Caldes beabsichtigt, Dracon in seinen Träumen zu töten. Du solltest gut auf ihn achten, wenn du nicht willst, dass Caldes ihn umbringt, bevor das Gift es tut«, sagte er und verschwand.

Drognor sah seinen Sohn besorgt an. Dann setzte er sich auf den Stuhl, auf dem Casto zuvor gesessen hatte. Den ganzen Tag blieb er dort, bis er am Abend Aminar bat, die Aufsicht zu übernehmen. »Wenn er wieder anfängt zu sprechen oder dir sonst etwas Ungewöhnliches auffällt, ruf mich. Und lass ihn auf keinen Fall allein.«

Aminar blieb die ganze Nacht bei Dracon, am frühen Morgen, als ihm langsam die Augen zufielen, erschien Casto wieder.

»Du kannst gehen, ich werde aufpassen«, sagte er.

Aminar war verwundert, dass ausgerechnet Casto ihn ablöste, aber er fragte nicht weiter nach und nahm es dankend an.

GLÜCK IM UNGLÜCK

Ilas hatte einige Tage bei Berbog in Zimheim verbracht, bevor er weiter nach Bergan ging. Er traf spät am Abend ein, und die Kinder schliefen bereits. Er hatte nicht erwartet, Matré ebenfalls dort anzutreffen, und freute sich sehr, sie nach so langer Zeit wiederzusehen. Doch die Nachricht von der Pest in König Ferdinands Festung bestürzte ihn. Er war besorgt um seinen Vater. »Ich werde morgen weiterziehen. Ich muss zu unserem Vater«, sagte er entschlossen.

»Du weißt doch gar nicht, ob er noch lebt«, sagte Dira.

»Deswegen muss ich auch dorthin, um es herauszufinden.«

»Denkst du nicht, dass es zu gefährlich ist? Der Weg ist sehr weit. Und selbst wenn du es schaffen solltest, den Schattenwesen zu entgehen, kannst du dich nicht vor der Pest schützen. Bitte geh nicht«, flehte ihn Dira an.

»Ich verstehe deine Sorgen, aber ich muss es machen«, sagte Ilas. Dira und Matré sahen in traurig an, in dem Wissen, dass sie ihren Bruder von seinem Vorhaben nicht abbringen konnten. »Es wäre einfacher, wenn Dracon mich begleiten könnte. Aber er musste zur Festung des Lichts zurück.« Als seine Schwestern den Namen hörten, füllten sich ihre Gesichter mit Trauer. »Bitte seid nicht traurig. Es wird schon gut gehen«, versuchte Ilas sie aufzumuntern.

»Das ist es nicht«, sagte Dira. Ilas sah sie fragend an. »Weißt du es denn nicht?«, fragte Dira vorsichtig.

»Was weiß ich nicht?«

»Dracon. Er ist tot«, flüsterte sie.

Ilas starrte sie entsetzt an. »Nein, das glaube ich nicht. Wann soll das passiert sein?«

»Vor fünf Tagen wurde Dradonia von Todschatten angegriffen. Er war dort«, sagte Matré.

»Willst du damit sagen, er ist von einem Todschatten getötet worden?« Ilas konnte es nicht glauben.

»Ich bin mir nicht sicher, wie er gestorben ist, aber es wird erzählt, dass er von einem Giftpfeil getroffen wurde.«

Ilas schaffte es kaum, seine Tränen zurückhalten. Er konnte sich einfach nicht vorstellen, dass Dracon tot war. Verzweiflung packte ihn, gefolgt von Wut. Er schlug seine Fäuste auf den schweren Holztisch, sodass ein Glas umkippte und der Inhalt sich über den Tisch ergoss. »Das ist nicht wahr!«, brüllte er. »Das kann einfach nicht wahr sein!«, sagte er verzweifelt.

»Ilas, bitte beruhige dich.« Dira stand auf und legte ihren Arm um ihn. Einige Minuten stand er mit geballten Fäusten da und starrte in die Leere, bis er sich wieder setzte. Den restlichen Abend verbrachte er schweigend am Tisch.

Bereits im Morgengrauen, noch bevor die Kinder wach waren, verließ er Bergan wieder und machte sich auf den Weg zu König Ferdinands Festung. Er lief nahe dem Andror entlang Richtung Westen. Nördlich von ihm erstreckte sich das Androrgebirge. Die Landschaft wirkte trostlos, dabei hatte sich augenscheinlich nichts geändert. Es herrschte eine beängstigende Stille. Und obwohl der Himmel wolkenlos war, kam es Ilas vor, als wären die Tage dunkler geworden. Er hatte nicht viel Proviant mitgenommen und würde bald ein Dorf aufsuchen oder jagen gehen müssen. Doch bisher hatte er kein einziges Tier gesehen. Nicht einmal ein Vogel hatte seinen Weg gekreuzt. Die ersten beiden Nächte schlief er kaum. Die Umgebung wirkte zu bedrohlich, und er bekam kaum ein Auge zu.

Der Andror bog weiter Richtung Norden ab, und Ilas folgte ihm noch ein kurzes Stück, bevor er ihn hinter sich ließ. Er blickte dem reißenden Strom nach. Irgendwo in der Ferne lag Dradonia. Er dachte darüber nach, dorthin zu gehen. Die Bewohner würden ihm sicher Genaueres von Dracon erzählen können. Doch wusste er nicht, was ihm das bringen sollte. Es würde Dracon nicht wieder lebendig machen, und dennoch dachte er lange darüber nach. Vielleicht weil er hoffte, dass seine Schwestern unrecht hatten.

Ständig hielt er Ausschau nach Beutetieren, aber er hatte immer noch kein Tier gesehen. Nur ein paar Beeren und Kräuter hatte er sammeln können, die mittlerweile seine einzige Nahrungsquelle waren. Doch die Vegetation wurde wieder üppiger, und er erhoffte sich, bald mehr Erfolg zu haben.

Er hatte gerade den Tamwald erreicht, als er Stimmen hörte. Vorsichtig näherte er sich ihnen. Als er die Menschen sah, schreckte er zurück. Sie wurden von einigen Todschatten begleitet, Ilas hatte nicht sehen können, wie viele es waren. Verzweifelt suchte er nach einem Versteck oder einer Fluchtmöglichkeit.

Er stand sichtgeschützt hinter einem Baum, doch die Truppe kam direkt auf ihn zu. Reglos, mit dem Rücken an den Baumstamm gepresst, wagte er es kaum, zu atmen. Äste zerbrachen unter den stampfenden Schuhsohlen und ließen Ilas wissen, dass die Männer nur noch wenige Meter entfernt waren. Links und rechts von ihm liefen zwei Todschatten an ihm vorbei. Sie schienen ihn nicht bemerkt zu haben, doch dann folgten einige Menschen. Sie gingen unbeirrt den Todschatten hinterher, und für einen Augenblick glaubte Ilas, ihnen entkommen zu können, aber dann blieb einer der Männer neben ihm stehen und betrachtete ihn. Seine Augen wirkten leer. Ilas hatte so etwas noch nie gesehen. Obwohl er dem Menschen anmerkte, dass er misstrauisch war, erkannte Ilas nicht die Spur einer Emotion in dessen Gesicht.

Immer noch liefen Menschen rechts und links an ihm vorbei. Am Rande der Gruppe verteilt, sah er einige schwarze Kreaturen, die anders als die Todschatten auf vier Beinen liefen. Es waren Fleischreißer, die offenbar dafür sorgten, dass keiner der Männer abhandenkam. Einer von ihnen blieb kurz stehen, nachdem er in einigen Metern Entfernung an Ilas vorbeigelaufen war. Er schnupperte in der Luft und drehte seinen Kopf zu ihm. Der Mann stand immer noch neben Ilas und starrte ihn unablässig an, während sich der Fleischreißer langsam auf Ilas zubewegte.

Plötzlich fragte ihn der Mann etwas. »Warum folgst du ihnen nicht?«

Ilas zögerte einen Augenblick, erkannte dann aber eine Möglichkeit, zu entkommen.

»Selbstverständlich folge ich ihnen«, erwiderte er und lief sofort los. Er mischte sich unter die Menschen und hoffte, nicht aufzufallen. Doch der Fleischreißer, der ihn zuvor schon misstrauisch beäugt hatte, lief direkt hinter ihm. Ilas spürte dessen Blicke und war sich sicher, dass diese Kreatur seine Angst riechen konnte.

Hin und wieder blickte einer der anderen Fleischreißer in seine Richtung und rümpfte die Nase. Wie Hunde ließen sie ihre Zunge beim Laufen heraushängen, und ihre scharfen, spitzen Zähne waren zu sehen. Unauffällig bewegte Ilas sich immer weiter an den Rand der Masse, um bei der nächsten Gelegenheit in den Wald verschwinden zu können. Die Menschen wirkten wie seelenlose Marionetten. Einige von ihnen waren kreidebleich, es schien beinahe, als fehle ihnen ihre Lebensenergie, obwohl es sie in keinster Weise anzustrengen schien, den schnellen Schritten der Todschatten zu folgen.

Die Truppe ging Richtung Süden. Ilas vermutete, dass sie auf dem Weg nach Weisering waren. Plötzlich blieb die Gruppe stehen, und die Todschatten verschwanden im umliegenden Wald. Ilas dachte darüber nach, wegzulaufen, aber er würde sicher einem der Todschatten in die Arme laufen, außerdem waren da noch die Fleischreißer, die keinen der Männer aus den Augen ließen. Noch bevor er seinen Fluchtgedanken beendet hatte, kamen die Todschatten zurück und wiesen die Menschen an, ihnen weiter zu folgen.

Sie hatten Krieger der herrschaftlichen Armee entdeckt und griffen ihr Lager an. Ilas wusste nicht, was er machen sollte. Die Menschen rannten mit gezogenen Schwertern auf die Mankuren, die von dem Angriff überrascht wurden, zu. Ilas hingegen blieb stehen. Die Todschatten hatten sich bereits über das Lager verteilt und einige der Krieger getötet. Die Fleischreißer umkreisten das Lager und gaben acht, dass niemand fliehen konnte. Auch Ilas war es unmöglich, an ihnen vorbeizukommen. Beinahe alle Mankuren wurden getötet, und der Kampf schien entschieden zu sein.

Ilas zog sein Schwert, um nicht aufzufallen, und näherte sich der Mitte des Lagers, als aus dem Nichts drei der Oberen erschienen. Eine heftige Energiewelle breitete sich aus und riss den Menschen den Boden unter den Füßen weg. Auch Ilas verlor den Halt und schlug hart auf. Die Todschatten kreisten die Oberen ein und versuchten unentwegt, an sie heranzukommen, jedoch ohne Erfolg. Rücken an Rücken wehrten die Oberen die Angriffe der Todschatten ab und vernichteten einen nach dem anderen. Nachdem sich der letzte Todschatten aufgelöst hatte, waren die Menschen wie erstarrt. Die Fleischreißer ließen sich nicht beirren, scheiterten aber sehr schnell im Kampf gegen ihre Gegner. Die Oberen bemerkten sofort, dass von den Menschen keine Gefahr mehr ausging und verschwanden.

Ilas starrte noch einen Moment lang auf das Schlachtfeld und die toten Körper, die überall verteilt waren. Er musste erst noch begreifen, was da gerade geschehen war. Die Männer um ihn herum kamen langsam wieder zu sich. Auch Ilas besann sich wieder und rannte in den Wald hinein. Er rannte, so schnell er konnte, ohne sich auch nur ein einziges Mal umzublicken.

Beinahe eine Stunde lief er ohne Pause durch den Wald, bis er vor einem kleinen Weiher haltmachte. Nach Luft schnappend ging er auf die

Knie. Er beugte sich über das Ufer und starrte auf sein Gesicht, das sich im Wasser spiegelte. Er konnte sein Glück kaum fassen. Er trank einen Schluck und spritzte sich etwas Wasser ins Gesicht, dann sah er sich um.

Die Umgebung war ihm völlig unbekannt. Er hatte nicht darauf geachtet, wo er langgelaufen war, und nun wusste er nicht, wo er sich befand. Es schien ihm sinnvoll, wieder Richtung Norden zu gehen, er würde sich sicherlich wieder orientieren können, wenn er den Wald erst hinter sich gelassen hätte. Doch wusste er nicht, dass der Wald, in dem er sich befand, im Norden einen fließenden Übergang zu den Wäldern von Donadur bildete.

Opfer und Verrat

Dracon wurde von einem lauten Geräusch geweckt. Metall, das klirrend auf Stein schlug. Er schreckte auf und sah Casto, wie er mit Dracons Schwert auf die Wand schlug, als würde er mit ihr kämpfen. »Bist du verrückt? Was machst du da?«, fragte er.

Casto grinste Dracon an und sagte: »Dich aufwecken.«

»Leg das Schwert weg!«, forderte Dracon wütend und richtete sich langsam auf.

»Oder was? Willst du mir etwa drohen?« Casto wollte ihn provozieren.

»Das ist mein Schwert«, sagte er beinahe zähneknirschend. Er wollte nicht auf die Provokation eingehen.

Casto schwang das Schwert behände durch die Luft, dann musterte er die Klinge und fuhr mit seiner Hand darüber. »Ich bewundere immer wieder gern meine Arbeit«, sagte er. Casto schmiedete die Waffen im ewigen Feuer. Er beherrschte dieses Handwerk wie kein anderer. Alle Waffen, die er schmiedete, waren perfekt und nahezu unzerstörbar. Wieder schwang er das Schwert, machte ein Schritt auf Dracon zu und richtete die Spitze auf dessen Brust. Dieser warf ihm einen abschätzigen Blick zu. Casto grinste frech. Mit einer eleganten Bewegung drehte er das Schwert so, dass es mit dem Griff auf Dracon gerichtet war. Der zögerte einen Augenblick, nahm es dann aber an sich. »Es scheint dir wieder besser zu gehen«, stellte Casto fest.

»Warum bist du hier?«, wollte Dracon wissen.

»Ich dachte, es würde dich interessieren, dass dein Vater Shira gefunden hat.«

»Wirklich? Wo ist sie?«

»Sie wurde in Nimbal gesehen. Nicht weit entfernt von den Wäldern von Donadur.« Kaum hatte er das gesagt, war er wieder verschwunden.

Dracon fragte sich verwundert, warum es Casto so wichtig war, ihm mitzuteilen, wo Shira war. Vielleicht wollte er ihn nur quälen, weil sie schon tot war und er ihr nicht mehr helfen konnte. Vielleicht hoffte Casto aber auch, dass Dracon versuchen würde, sie zu retten. Aber was auch immer Casto hatte erreichen wollen, Dracon war fest entschlossen, Shira zu helfen. Auch wenn es vielleicht schon zu spät war, musste er es versuchen. Er musste so schnell wie möglich nach Nimbal.

Er fühlte sich immer noch sehr schwach, aber er konnte sich auf den Beinen halten. Die magischen Worte zu sprechen, die ihn zum Garten, der Greiffutterstelle brachten, kosteten ihn ungewöhnlich viel Kraft. Aber er hatte keine Wahl. Wenn er noch länger warten würde, wäre es vielleicht zu spät. Ein beklemmendes Gefühl breitete sich in ihm aus, als er daran dachte, dass Drognor sie vielleicht schon längst gefunden hatte.

Antaro war gerade dabei, neues Futter zu bringen, als Dracon durch die Tür kam. Er sah Antaro und wollte ungesehen wieder gehen, doch dieser bemerkte ihn. »Dracon?! Was machst du hier?« Dracon musste sich an der Wand abstützen, um nicht zusammenzubrechen. »Was auch immer du vorhast, du solltest besser hierbleiben«, sagte Antaro besorgt.

»Das kann ich nicht.«

»Soll ich mitkommen?«

Dracon hätte Hilfe gut gebrauchen können, aber er wollte Antaro nicht in Schwierigkeiten bringen. »Danke, aber ich muss das alleine machen.«

»Ich hoffe, sie ist es wert«, sagte Antaro.

Dass er offenbar doch von seinem Vorhaben wusste, überraschte Dracon. Allerdings entschied er sich dennoch, alleine zu gehen. Er wusste, dass er im Begriff war, sich des Verrates schuldig zu machen. Antaro mit hineinzuziehen, konnte er nicht verantworten. »Das ist sie!«, sagte er schließlich und ging auf Hedro zu, der auf einem großen Felsen lag. Kurz bevor er ihn erreichte, drehte er sich noch mal um. »Antaro, bitte erzähl niemandem etwas.«

»Das kann ich dir nicht versprechen.« Er warf ihm einen letzten Blick zu und ging durch die Tür. Dracon bat Hedro, ihn nach Nimbal zu fliegen. Als der Greif gerade losfliegen wollte, hielt Dracon ihn zurück. »Warte. Ich habe noch eine Bitte. Nimm etwas Rücksicht auf mich, ich will nicht runterstürzen.«

Hedro schüttelte verständnislos den Kopf. »Du weißt, dass ich das nicht kann.«

»Bitte. Ich bin noch nicht ganz bei Kräften. Ich weiß nicht, ob ich mich halten kann.«

Hedro war wenig begeistert, aber Dracon war ein guter Freund von ihm, und er fühlte sich verpflichtet, ihm zu helfen. »Ich werde mein Bestes geben«, sagte Hedro und flog los.

***

Shira hatte Nimbal gerade verlassen. Sie und Rouh waren auf dem Weg zum Königreich der Maraffen. Die Maraffen waren Aphthalen, die aussahen wie große Schimpansen mit silberglänzendem Fell. Sie besaßen überaus starke magische Fähigkeiten und lebten verborgen in den Wäldern von Donadur. Durch einen mächtigen Zauber war ihr Volk vor fremden Augen geschützt. Nur wer die Pforte öffnen konnte, konnte zu ihnen gelangen. Die Königin der Maraffen war eine große Zauberin. Es hieß, sie könne sogar in die Zukunft blicken.

Shira kannte das Volk der Maraffen gut. Sie war dort immer willkommen und erhoffte sich, bei ihnen eine sichere Bleibe zu finden. Zumindest für die nächsten Tage. Außerdem war Shira sich sicher, dass Königin Edisna ihr mehr über die Prophezeiung würde sagen können.

Drognor und Diggto waren nicht weit von Shira und Rouh entfernt. Sie hatten kurz nach Shira das Nimbal erreicht und konnten in Erfahrung bringen, in welche Richtung sie gelaufen war.

Shira hatte gerade den Waldrand erreicht, als sie erschrocken stehen blieb. Sie spürte, dass sie beobachtet wurde.

»Was ist? Warum bleibst du stehen?«, fragte Rouh. Aber bevor Shira antworten konnte, erschien Drognor vor ihr.

»So sehen wir uns also wieder«, sagte er.

Shira wollte ihr Schwert ziehen, doch Drognor stieß sofort eine Energiekugel auf sie und schmetterte sie zu Boden. Rouh wollte auf Drognor losgehen. Aber dieser hob nur seine Hand und blickte ihn mit leuchtend grünen Augen an. »Du wirst dich nicht bewegen, bis ich wieder verschwunden bin«, befahl er ihm. Rouh konnte sich nicht dagegen wehren. Mit einem leeren, starren Blick setzte er sich.

Shira war in der Zwischenzeit wieder aufgestanden, hatte aber keine Möglichkeit gehabt, einen Gegenangriff zu starten. Diggto stand hinter ihr und hatte ihr sein Schwert an den Hals gelegt. Shira sah die Klinge, sie wusste sofort, dass es einer der Oberen sein musste, der sie gerade bedrohte. Nur wenige Herzschläge lang starrte sie auf das Schwert, dann drehte sie sich blitzschnell zur Seite. Diggto holte zum Schlag aus, verfehlte sie aber knapp. Sie warf eine Energiekugel und traf ihn im Gesicht. Er ging zu Boden.

Ihr Erfolg war nur von kurzer Dauer. Drognor stand bereits neben ihr und schwang sein Schwert. Shira konnte gerade noch ausweichen, stolperte aber und fiel hin. Drognor schien sich seines Sieges sicher und holte zum Schlag aus. Shira schlug ihre Faust auf den Boden. Eine Erdwelle entstand, die sich mehrere Meter durch den Boden bewegte. Sowohl Drognor als auch Diggto, der gerade erst wieder aufgestanden war, verloren den Halt. Shira sprang auf und feuerte wie wild Energiekugeln auf die beiden Angreifer. Diggto war überrascht über die Stärke der Geschosse. Während er Mühe hatte, die Kugeln abzuwehren, parierte Drognor jede Einzelne.

»Rigidez!«, rief Shira und Drognor erstarrte einen Augenblick lang. Diggto ließ Shiras Füße im Erdboden versinken, sodass sie nicht mehr von der Stelle kam. Sie versuchte, den Zauber zu lösen, aber es geschah nichts, sie konnte die Magie nicht mehr nutzen.

Drognor hatte sich von dem Erstarrungszauber befreit, und sein Schwert berührte ihre Kehle. Sie setzte sich und sah ihn mit einer Mischung aus Angst und Feindseligkeit an. Drognor grinste triumphierend. »Du wirst niemandem mehr schaden.« Er trat ihr das Schwert aus der Hand und hob es auf, ohne dabei sein Eigenes von ihr wegzunehmen. Er achtete genau darauf, dass die Klinge ihre Haut berührte, damit sie ihrer Fähigkeiten beraubt blieb. Er durfte kein Risiko eingehen.

Shira wurde bewusst, dass er sie töten würde. Das war also ihr Ende. Von den Oberen getötet, weil einer von ihnen sie für die Dienerin des Bösen hielt. Sie fragte sich, ob es so weit gekommen wäre, wenn sie nicht auf das Elitendrium gegangen wäre. Wenn sie Dracon und Drognor nie begegnet wäre.

»Möchtest du noch etwas sagen?«, fragte Drognor und riss sie aus ihren Gedanken.

Shira sah den Hass in seinen Augen, sie vermutete, dass Dracon tot war und daher der Hass auf sie kam. Aber sie konnte auch noch etwas anderes erkennen. Sie war sich nicht ganz sicher, doch es schien Angst zu sein. Drognor schien Angst vor ihr zu haben. »Du machst einen Fehler. Ich bin nicht die, für die du mich hältst«, sagte sie. Ihrer Stimme war keine Furcht zu entnehmen. Sie hatte sich mit ihrem Schicksal abgefunden.

»Ich mache sicher keinen Fehler«, entgegnete Drognor wütend. Er trat ihr mit voller Wucht ins Gesicht, und sie fiel auf den Rücken. Drognor stand sofort über ihr und durchbohrte sie mit ihrem eigenen Schwert. Ein furchtbarer Schmerz durchfuhr ihren Körper. Sie hätte am liebsten geschrien, aber sie bekam kaum Luft. »Du sollst einen qualvollen Tod erleiden, für das, was du meinem Sohn angetan hast.«

Shira war sich sicher, diese Worte konnten nur bedeuten, dass Dracon tot war. Nun hatte sie Gewissheit, und sie schloss ihre Augen.

Diggto legte Drognor seine Hand auf die Schulter. »Ist das wirklich nötig? Nimm das Schwert und lass uns verschwinden.«

»Nein, das Schwert holen wir später. Ich werde das magische Eisen erst von ihr entfernen, wenn sie tot ist!«

Diggto schüttelte verständnislos den Kopf. »Also gut, dann lass uns gehen.« Drognor nickte zustimmend, und die beiden verschwanden.

Im gleichen Augenblick konnte Rouh sich wieder bewegen. Er hatte alles hilflos mit ansehen müssen.

***

Hedro hatte aus der Ferne Energiekugeln gesehen, die er einem Kampf zuordnete. Er wusste nicht, wer dort kämpfte, doch dachte er sich seinen Teil und landete in der Nähe. Die Landschaft vor den Wäldern von Donadur war dicht bewachsen, es gab nur wenige Stellen, an denen ein Greif landen konnte. Doch Hedro fand eine Lichtung, wo er unbemerkt landen konnte.

Dracon fiel mehr, als dass er abstieg, und wirkte etwas unbeholfen. Während des Fluges war er einige Male beinahe abgestürzt, sich auf dem Greif zu halten, hatte ihn viel Kraft gekostet. »Vielen Dank, Hedro. Ich stehe in deiner Schuld.«

»Bleib einfach am Leben, dann ist deine Schuld beglichen.«

Dracon lächelte. »Ich werde mir Mühe geben.«

»Viel Glück«, sagte der Greif, nickte anerkennend und flog davon.

Dracon lief in die Richtung, wo der Kampf stattgefunden hatte. Er schien vorbei zu sein, denn er konnte weder etwas hören noch sehen. Es dauerte nicht lange, bis er Rouh sah, der neben Shira saß. Als Dracon das Schwert erblickte, das in ihrem Körper steckte, schnürte es ihm die Kehle zu, er dachte, er sei zu spät. Er rannte zu ihr und zog das Schwert heraus. Nachdem er festgestellt hatte, dass sie noch lebte, legte er seine Hände auf die Wunde.

Er begann die Verletzung zu heilen, aber es viel ihm ungewöhnlich schwer. Die Wunde schloss sich nur sehr langsam. Die Magie schien ihn auszusaugen. Er hatte das Gefühl, immer schwächer zu werden, und aus der Erschöpfung wurde Schmerz. Er kämpfte dagegen an und konzentrierte sich auf die Wunde, die sich immer weiter schloss. Doch dann fingen seine Hände an, zu zittern, bis sie verkrampften. Er wehrte sich, aber bevor sich die Wunde vollständig geschlossen hatte, wurde er von dem Schmerz überwältigt und verlor das Bewusstsein.

Als Shira aufwachte, fasste sie sich erschrocken an die Einstichstelle und zuckte zusammen, als sie die offene Wunde berührte. Es war nur noch ein tiefer, schmaler Schnitt im oberen Muskelgewebe. Rouh saß immer noch neben ihr und war sichtlich erleichtert, als sie sich aufrichtete. Sie blickte auf die Wunde, dann suchte sie nach dem Schwert und sah Dracon neben sich liegen. Ihr stockte der Atem, sie glaubte, er sei tot, bis sie sah, dass sich seine Brust langsam hob und wieder senkte. »Was ist passiert? Was ist mit ihm?«, fragte sie Rouh und suchte nervös Dracons Körper nach Verletzungen ab.

»Ich weiß es nicht. Es hat ihn ziemlich viel Kraft gekostet, dich zu heilen.«

Shira versuchte, ihn zu wecken. Es dauerte nicht lange, bis er wieder zu sich kam. Als er Shiras Gesicht erkannte, fing er an zu lächeln. Sie erwiderte das Lächeln. Sie war unglaublich glücklich, ihn wieder zu sehen. Sie schwieg einen Augenblick lang, während sie ihn ansah. Er war blass, und die dunklen Augenringe ließen vermuten, dass er tagelang nicht geschlafen hatte. Er wirkte schwach und erschöpft. Shira dachte an den vergifteten Pfeil. »Du siehst schrecklich aus«, sagte sie.

»Du bist genauso charmant wie dein Vater«, entgegnete er.

Shira wunderte sich über seine Worte, ging aber nicht darauf ein. »Wie bist du hierhergekommen?«, wollte sie wissen.

»Hedro hat mich hergebracht.« Dracon war im Begriff, wieder einzuschlafen.

»Wer ist Hedro?«

»Ein Greif.« Er sprach so leise, dass sie ihn fast nicht verstand.

»Kannst du aufstehen?«

Er wollte sich aufrichten, gab aber schnell auf und blieb liegen. »Wir müssen hier weg. Dein Vater wird sicher gleich wiederkommen«, sagte Shira nervös.

»Du musst ohne mich gehen«, sagte Dracon leise, aber bestimmend und schloss die Augen.

Sie beugte sich über ihn. »Sieh mich an!«, rief sie und er öffnete seine Augen wieder. »Ich werde dich hier nicht sterben lassen«, sagte sie.

Er lächelte. »Das Gift wird mich umbringen. Du kannst nichts dagegen tun.«

»Ich nicht. Aber ich kenne jemanden, der es kann. Ich war auf dem Weg zu ihr, bevor dein Vater mich gefunden hatte. Sie lebt nicht weit von hier entfernt. Komm, ich helfe dir. Wir schaffen es bis dorthin.« Sie packte seine Schultern und hob seinen Oberkörper hoch. Die Wunde an ihrem Bauch schmerzte, als sie ihn nach oben zog.

»Soll ich dich tragen?«, bot Rouh an.

»Nein, es geht schon«, lehnte Dracon ab. Die ersten Schritte hielt er sich noch an Shiras Schulter fest und schwankte ein wenig. Dann fand er aber sein Gleichgewicht und ging alleine weiter.

»Was ist passiert? Warum bist du hier?«, fragte Shira.

Mit müden Augen sah er sie an. Ihre langen blonden Haare hatte sie zu einem Zopf gebunden. »Ich konnte nicht zulassen, dass die Oberen dich töten«, sagte er schließlich.

»Warum hast du deinem Vater nicht gesagt, dass ich dir das nicht angetan habe?«

»Glaubst du wirklich, ich hätte es ihm nicht gesagt?« Er war etwas enttäuscht, dass sie das dachte, und der Gedanke, dass sein Vater ihm keinen Glauben schenkte, machte ihn wütend.

»Willst du damit sagen, er vertraut Xendra mehr als dir?«, fragte Shira überrascht.

»Woher weißt du, dass es Xendra war, die dich beschuldigt hat?«

»Ich war dabei, als sie es deinem Vater gesagt hat.«

Dracon war verwirrt. »Du warst dabei?«

»Nachdem dich der Pfeil getroffen hatte und ich bemerkt hatte, dass er vergiftet war, habe ich den Schützen gesucht.« Shira erzählte, was geschehen war.

Dracon war geschockt zu hören, dass Xendra den Pfeil geschossen hatte. »Bist du dir sicher, dass sie es war? Das kann ich mir nicht vorstellen.«

»Sie hat es nicht absichtlich getan. Der Pfeil war für mich bestimmt.«

»Also hast du sie gezwungen, Drognor zu rufen, obwohl du wusstest, dass er dich töten wollte?«

»Ich hatte keine Wahl, als ich erfuhr, dass sie den Pfeil von ihm hatte. Ich dachte, er sei der Einzige, der dir noch helfen könnte.«

Dracon lächelte. »Und er hat dich einfach so gehen lassen?«

Shira musste lachen. »Nein, natürlich nicht.«

»Was hat er gemacht?«

Shira schob den Stoff, der ihre Schulter bedeckte, ein Stück zur Seite und legte die schmale Narbe frei, die immer noch deutlich zu sehen war.

»Wie ist die Wunde so schnell verheilt?«, fragte er skeptisch.

»Antaro hat mir einen Heiltrank gegeben. Ich weiß nicht, was es war.«

»Sicher war es Wurzelwasser von der Mondlichttanne. Antaro hat dir also geholfen?«, sagte Dracon überrascht. Er griff nach Shiras Schulter und hielt sich fest, für einen kurzen Augenblick wurde ihm schwarz vor Augen.

»Ist alles in Ordnung?«, fragte Shira besorgt.

»Ja, es geht schon wieder. Wohin gehen wir eigentlich?«

Shira lächelte ihn an. »Zu einer Freundin. Sie wird dir helfen können.«

***

Drognor saß alleine und völlig niedergeschlagen im großen Versammlungssaal. Er war gerade aus den Wäldern von Donadur zurückgekehrt. Er hatte Shiras Schwert holen wollen, als er sie nicht vorfand, wandte er einen Vergangenheitszauber an. Dabei hatte er gesehen, wie Dracon Shira gerettet hatte, aber er hatte den Zauber beendet, kurz nachdem Dracon bewusstlos zusammengebrochen war. Er glaubte, den Tod seines Sohnes gesehen zu haben.

Nach einer Weile betrat Aminar den Raum. »Da bist du ja. Warum hast du nicht auf meine Rufe reagiert?«, fragte er.

Drognor warf ihm einen überraschten Blick zu. Er hatte Aminar zuvor durchaus gehört, aber ignoriert. Er antwortete ihm nicht.

»Dracon ist verschwunden«, sagte Aminar.

»Das weiß ich bereits«, entgegnete Drognor. Seine Stimme war von Trauer erfüllt.

»Du weißt es? Wo ist er?«

»Er ist tot.« Drognor versuchte, die Fassung zu bewahren.

Aminar war geschockt. »Wieso glaubst du, dass er tot ist?«, fragte er vorsichtig.

»Ich glaube es nicht. Ich weiß es. Als ich das Schwert holen wollte, habe ich einen Vergangenheitszauber angewandt. Ich habe gesehen, wie er sie geheilt hat. Dabei ist er gestorben, er war einfach zu schwach, um die Magie zu nutzen.«

Aminar sah ihn entsetzt an. »Hast du ihn wieder hierhergebracht, damit wir ihn bestatten können?«

»Er war nicht mehr dort«, sagte Drognor.

»Bist du dir absolut sicher, dass er tot ist?«

Drognor war verwundert über diese Frage. »Glaubst du, er lebt noch?«, fragte er.

»Da du seinen Leichnam nicht gefunden hast, besteht zumindestens die Möglichkeit, denke ich.«

Drognor dachte über Aminars Worte nach, sie gaben ihm ein wenig Hoffnung. »Wenn er wirklich noch am Leben sein sollte, ist er ein Verräter. Er hat sein Leben riskiert, um jemanden zu retten, der von uns zum Tode verurteilt wurde.«

»Es muss ihm viel an ihr liegen, wenn er sogar bereit ist, sein eigenes Leben für sie zu opfern. Denkst du nicht, es ist möglich, dass du dich irrst, was Shira anbelangt?«, sagte Aminar.

Drognor wurde wütend. »Mit Sicherheit nicht, und ich begreife nicht, warum er die Gefahr nicht erkennt.« Er war völlig fassungslos über das Verhalten seines Sohnes. Natürlich hoffte er, dass er noch am Leben war, aber das würde es nicht einfacher machen.

»Wer weiß noch davon?«, fragte Aminar.

»Bisher habe ich es nur dir erzählt.«

»Lass uns mit den anderen sprechen. Wenn Dracon noch am Leben ist, werden wir ihn finden und zurückbringen.«

DIE MARAFFENKÖNIGIN

Dracon und Shira waren von dichtem Wald umgeben. Der Boden war komplett mit kleinen Sträuchern und Farnen bedeckt. »Wo genau lebt deine Freundin?«, fragte Dracon.

»Im Maraffenland«, sagte Shira.

»Du willst zu Königin Edisna?«

»Ja, kennst du sie?«

»Nein, ich habe bloß schon viel von ihr gehört«, sagte Dracon.

»Ich hoffe, nur Gutes. Wir sind da.« Shira blieb vor einem der Bäume stehen. Er schien sich von den Übrigen nicht zu unterscheiden. Weder Dracon noch Rouh wussten, woran Shira diesen Ort erkannte. Sie rieb mit ihren Handflächen kreisförmig über den Baumstamm. Dann streichelte sie das Moos auf der Rinde und flüsterte etwas. Der Baumstamm öffnete sich, und ein silbernes Licht trat aus.

Die Pforte war nur wenig größer als Shira, und sowohl Dracon als auch Rouh mussten sich ducken, um hindurchzugelangen. Auf der anderen Seite erstreckte sich eine weite Wiese, die von riesigen Bäumen eingekreist war. Diese Bäume sahen ganz anders aus als die, die sie kurz zuvor noch um sich herum gehabt hatten. Sie waren viel größer, und ihre Stämme waren unglaublich dick.

Schmale Treppen führten bis in die riesigen Baumkronen hinauf. Überall waren Fenster und Türen zu sehen. Einige hatten kleine Terrassen, die sich weit über dem Boden befanden. Fünf Maraffen stellten sich vor die drei Besucher. Auf ihre Wangenknochen waren silberne Streifen gezeichnet, und silberne Armreifen, die einen spitzen Ausläufer über den Handrücken hatten, schmückten ihre Handgelenke. Sie trugen weder eine Schutzrüstung noch Waffen, nur der ungewöhnliche Schmuck und ihre Zeichnungen im Gesicht ließen erkennen, dass sie die Wachen waren.

»Seid Willkommen. Königin Edisna erwartet euch bereits. Bitte legt eure Waffen ab. Ihr bekommt sie zurück, wenn ihr das Königreich wieder verlasst«, sagte einer von ihnen.

Während Shira darauf vorbereitet war und ohne Widerworte den Wachen ihr Schwert und ihren Dolch gab, zögerte Dracon noch. Er gab sein Schwert nur äußerst ungern aus der Hand.

»Nun mach schon, du bekommst es ganz sicher zurück«, sagte Shira. Widerwillig nahm er sein Schwert und reichte es dem Maraffen, der ihm gegenüberstand. Dieser nickte anerkennend.

»Folgt uns!«, sagte der schimpansenähnliche Aphthale.

Sein silbernes Fell schien durch die Reflektion des Sonnenlichts zu funkeln. Während sie die Wiese überquerten, wurden sie von allen Seiten beobachtet. Überall in den Bäumen glitzerten die Felle der Maraffen. Als sie auf der anderen Seite der Lichtung angekommen waren, blieben sie stehen.

Vor ihnen ragten zwei große Bäume in die Höhe. In der Mitte waren die Stämme zusammengewachsen und sahen aus wie Palasttürme. Überall waren Verzierungen und Muster zu erkennen. Aber sie schienen nicht in die Bäume geschnitzt, sondern durch sie entstanden zu sein.

In den Baumkronen war ein goldenes Glitzern wahrzunehmen. Es wurde deutlicher und näherte sich. Shira erkannte, dass es Edisna war. Im Gegensatz zu den anderen Maraffen hatte sie ein goldenes Fell. Sie schwang sich vom Baum hinab und sprang den beiden vor die Füße. Ihr Kopf reichte Dracon gerade bis zur Hüfte, und dennoch flößte sie ihm großen Respekt ein. Ihr Kopf war mit einem silbernen Diadem geschmückt, das auf ihrer Stirn ein perlenbesetztes Dreieck zeichnete.

»Ich hatte euch wesentlich früher erwartet«, sagte sie. Sie sah den Schnitt auf Shiras Brustkorb und trat einen Schritt an sie heran. Sie tippte mit ihrem Finger auf die Wunde, die sofort verschwand.

Dracon war sehr beeindruckt. Zu heilen, ohne dafür Zeit zu benötigen, war die Perfektion dieser magischen Kunst. Er hatte davon gehört, es aber nie zuvor gesehen.

»So ist es schon viel besser«, sagte Edisna zufrieden und wandte sich Dracon zu. Skeptisch betrachtete sie ihn. Dann nahm sie seine Hand und schaute sich die Handfläche an, während sie ihre Fingerspitzen darübergleiten ließ. »Ein Mankur, der das Gift der schwarzen Riesenmamba überlebt hat. Bemerkenswert! Deine Heilkräfte haben dich bisher vor dem Tode bewahrt. Aber ich spüre, dass dein Kampf noch nicht vorüber ist. Dir bleibt nicht mehr viel Zeit. Du bist schon sehr schwach. Aber ich denke, ich kann dir helfen. Der Tiger muss leider hierbleiben. Für einen Aphthalen seiner Größe bieten unsere Behausungen keinen Platz. Die Wege zu den Räumen sind zu eng. Aber es soll dir an nichts fehlen.«

Sie lächelte Rouh freundlich an und winkte ein paar Maraffen aus den Bäumen heran. »Er ist unser Gast, bitte versorgt ihn gut«, befahl sie ihnen. Sie sah Shira und Dracon an. »Folgt mir! Wir dürfen keine Zeit verlieren«, sagte sie bestimmend und ging die Treppe hinauf, die sich um die beiden Baumstämme herum bis in das Blätterdach hinein schlängelte.

Etwa auf halber Höhe des Baumes befand sich eine Tür, durch die sie einen Raum betraten. Darin befand sich eine Feuerstelle, auf der ein großer Kessel stand. Direkt dahinter waren schmale Öffnungen, die als Lüftungsschächte dienten. Auch hier wirkte nichts unnatürlich, als wären alle Formen so gewachsen, selbst die Regale an den Wänden schienen durch den Baum selbst geformt worden zu sein. Als hätte sich der Baum freiwillig seinen Bewohnern angepasst.

Auf den Regalen standen Fläschchen in verschiedenen Formen und Größen. Es roch sehr eigenartig, aber nicht unangenehm. Überall hingen getrocknete Kräuter, verschiedenste Pflanzen und andere Dinge, von denen Shira nicht genau wusste, was es war. Aber sie wollte es auch nicht wissen. An einer der Schnüre, die von der Decke hingen, glaubte Shira getrocknete Schlangenköpfe zu erkennen. In der Mitte des Raumes befand sich ein großer Teppich mit Sitzkissen, die für Mankuren viel zu klein waren.

»Bitte, setzt euch«, sagte Edisna und deutete auf den Teppich. Die Maraffenkönigin schöpfte eine Flüssigkeit aus dem Kessel in eine kleine Schale. »Hier, trink das!«, forderte sie Dracon auf und reichte ihm die Schale.

Er roch misstrauisch daran und verzog das Gesicht. Der Geruch war widerlich und er musste einen Würgereiz unterdrücken.

»Trink!«, forderte Edisna ihn erneut auf.

Er zögerte immer noch und blicke verunsichert zu Shira. Sie nickte zustimmend. Dann überwand er sich, hielt kurz die Luft an und nahm einen Schluck. Kaum hatte die Flüssigkeit seine Zunge berührt, spuckte er alles wieder aus, direkt in Edisnas Gesicht, die ihn wütend ansah.

»Das Zeug kriege ich nicht runter«, sagte er und versuchte dabei, nicht zu lachen, während Shira ihren Drang zu lachen, nicht zurückhalten konnte.

Edisna wischte sich mit ihrem Unterarm den Trank aus dem Gesicht und riss Dracon die Schale aus der Hand. Sie schnüffelte daran und kostete einen Schluck. Bei ihr machte es den Eindruck, als würde sie einen guten Wein degustieren. »Das ist in der Tat nicht der richtige Trank«, stellte sie fest. Sie goss die Flüssigkeit zurück in den Topf und nahm ein Glas aus dem Regal. »Ich habe die Moosmausmägen vergessen. Ohne die ist der Trank nur für Minebras zu gebrauchen. Die haben einen äußerst ungewöhnlichen Geschmackssinn.« Minebras waren Aphthalen, die Lemuren ähnelten, aber gelb-orange gestreift und wesentlich größer waren.

»Glaubst du wirklich, sie weiß was sie tut?«, flüsterte Dracon. Er war verunsichert und auch ein wenig verängstigt. Aber auch Shira hatte Zweifel und konnte ihm seine Angst nicht nehmen.

Edisna drehte sich schlagartig um. »Ich weiß immer, was ich tue!«, sagte sie mit Nachdruck.

Nachdem sie die Moosmausmägen in den Kessel geworfen hatte, rührte sie einige Male um. Dann roch sie wieder an dem Trank und probierte einen Schluck. »Ja, das ist besser.«

Die Moosmausmägen hatten den Geruch tatsächlich verbessert. Dracon wurde nicht wieder direkt übel, als ihm die Dämpfe in die Nase stiegen. Er setzte gerade die Schale an seine Lippen, als Edisna sie ihm wieder entriss.

»Warte!«, sagte sie und schaute sich um. »Wir gehen besser woanders hin.«

Shira und Dracon tauschten fragende Blicke aus. Sie folgten Edisna über die Treppe nach oben. Die Maraffenkönigin trug dabei die Schale mit dem Trank, und obwohl sie sich relativ schnell bewegte, verlor sie nicht einen Tropfen.

Der Raum, in den sie eintraten, war beinahe leer. In der Mitte stand nur ein großer Tisch mit acht Stühlen, und vor dem Fenstersims lagen einige große Kissen und Decken. Shira und Dracon wollten sich an den Tisch setzen, aber Edisna wies Dracon an, auf den Kissen Platz zu nehmen.

»Du solltest nirgendwo sitzen, wo du herunterfallen kannst«, erklärte sie.

»Du machst mir Angst«, bemerkte Dracon.

»Deine Angst ist berechtigt«, entgegnete sie völlig ungerührt. »Nun trink!« Sie gab ihm die Schale zurück.

Während Dracon gerade den Trank zu sich nahm, fragte Shira: »Bist du dir sicher, dass es helfen wird?«

»Nein. Bei einem Mankuren habe ich diesen Zauber bisher noch nie angewandt.«

Kaum hatte Dracon das gehört, riss er geschockt die Augen auf. Aber es war zu spät, er hatte die Schale gerade geleert. Nur wenige Augenblicke später verlor er die Besinnung. Shira sah Edisna besorgt an.

»Es wird schon funktionieren, hoffe ich. Wer weiß, vielleicht auch nicht. Wie ich bereits sagte, hatte ich bisher nicht die Gelegenheit, diesen Zauber bei einem Mankuren anzuwenden. Sie überleben dieses Gift für gewöhnlich nicht so lange.« Edisna musterte Dracon mit einem kritischen Blick. Er fing an, seinen Kopf hin und her zu bewegen, als wollte er eine Fliege vertreiben. »Ich denke es wäre besser, wenn du ihn festhalten würdest«, sagte sie.

»Warum soll …«

»Nun mach es einfach! Und sei nicht zimperlich.

Shira richtete seinen Oberkörper auf, setzte sich hinter ihn, umfasste seinen Brustkorb, und fixierte dabei seine Arme. Sein Kopf hing schlaff herunter. Edisna ergriff sein Kinn und richtete ihn auf. Dann fuhr sie sanft mit den Fingerspitzen über sein Gesicht. Anschließend zeichnete sie verschiedenen Formen in die Luft und sprach in einer Sprache, die Shira unbekannt war.

»De mina se tan. Fuit na pas de ir. Lamo fass a me sa ta.«

Als ihre Worte verstummten, spürte Shira eine starke Anspannung in Dracons Körper. Er versuchte, seine Arme hochzureißen, und Shira hatte Mühe, ihn festzuhalten.

Edisna öffnete ein kleines Fläschchen und hielt es direkt vor sein Gesicht.

»Zumu fa. Zumu fa. Des faron.«

Seine Bewegungen wurden noch heftiger. Es schien, als kämpfe er gegen irgendetwas an. Dann wurde er ruhiger und öffnete seinen Mund. Schwarzer Rauch, der lebendig zu sein schien, strömte aus ihm heraus, hinein in das kleine Fläschchen. Als der Rauch verschwunden war, löste sich auch die Anspannung und Dracons Körper wurde wieder schlaff. Edisna schloss hocherfreut ihr kleines Fläschchen und betrachtete es wie eine Trophäe.

»Hat es geklappt?«, fragte Shira verunsichert.

»Sicher, er wird bald wieder zu sich kommen.«

»Wie lange wird das dauern?«

»Ungewiss, ich habe keine Erfahrung mit Mankuren. Andere Wesen brauchen meist ein bis zwei Stunden. Du kannst so lange bei ihm bleiben, wenn du willst«, sagte Edisna und verließ den Raum.

Shira kniete sich neben Dracon auf den Boden, sie sah ihn eine Weile nachdenklich an und blickte auf seine Schulter. Sie fragte sich, ob die Adern immer noch schwarz waren, und legte seine Schulter ein Stück frei. Sie erschrak, als sie die schwarzen Linien, die sich wie ein Netz über die Schulter legten, sah. Sie konnte nicht erkennen, wie weit die schwarzen Adern sich verbreitet hatten, denn sie waren vom Stoff bedeckt. Shira wollte das Wams gerade ein Stück öffnen, als Dracon wieder aufwachte. Sie zuckte zusammen, was Dracon bemerkte.

»Was ist los, hast du nicht damit gerechnet, dass ich wieder aufwache?«, fragte er.

»Doch, natürlich. Geht es dir gut?«.

»Ja, ich denke schon.«

»Bist du dir sicher?«, fragte Shira skeptisch.

»Sollte ich nicht?«, entgegnete er verunsichert.

»Doch. Ich frage nur, deswegen«, sagte Shira und zeigte auf seine Schulter. Dracon blickte verwundert auf seine Schulter. Es dauerte einen Augenblick, bis er begriff, dass Shira auf die schwarzen Adern deutete.

»Du glaubst, dass sie durch die Vergiftung schwarz geworden sind?« Er lächelte. »Sie sehen immer so aus, schon seit meiner Geburt. Auf der rechten Schulter über den Brustkorb bis zum Bauchnabel sind sie schwarz«, erklärte er. Shira war erleichtert. »Danke, dass du mir geholfen hast.«

»Du solltest Edisna danken, nicht mir«, sagte Shira.

Kaum hatte sie ihren Namen ausgesprochen, kam Edisna zurück. »So schnell wieder aufgewacht. Kaum eine Stunde. Das hätte ich nicht gedacht. Ich danke dir, dass ich mein Wissen durch dich erweitern konnte.« Sie wirkte äußerst zufrieden.

»Danke, dass du mich mit deinem Experiment nicht umgebracht hast«, entgegnete Dracon.

Edisna grinste. »Ich weiß gar nicht, warum du dich beschwerst. Du warst so gut wie tot, ich hätte kaum etwas falsch machen können«, sagte sie.

Dracon wusste, dass sie recht hatte. »Es tut mir leid, und ich danke dir, dass du mir geholfen hast«, sagte er.

»Ja, ja. Schon gut. Kommt mit mir, wir haben einiges zu besprechen«, sagte Edisna.

Sie gingen die Treppe bis in die Baumkrone hinauf. Dort befand sich, geschützt vom Blätterdach, ein großer Speisesaal. Auch hier schien der

Baum den Raum geformt zu haben. In der Mitte befand sie eine lange Tafel, die reich gedeckt war. »Bitte nehmt Platz. Bedient euch. Ihr müsst hungrig sein.«

Außer ihnen war niemand da, und Shira fragte sich, warum der Tisch so üppig gedeckt war. Es gab genug Platz für mindestens fünfzig Personen, die bei der Menge an Speisen auch sicher alle satt geworden wären. Die Maraffen hatten einen ähnlichen Speiseplan wie die Mankuren, und doch gab es einige Speisen auf dem Tisch, von denen Shira nicht wusste, was es war.

Dracon war völlig ausgehungert und ließ sich kein zweites Mal auffordern. Im Gegensatz zu Shira schien ihn auch nicht zu interessieren, was er aß. »Hier probiere das mal, schmeckt köstlich«, sagte er.

Er hielt ihr eine Schale, die mit roten Kugeln gefüllt war, hin. Diese waren etwa so groß wie Trauben und schienen mit einer schleimigen Glasur bedeckt zu sein.

»Was ist das?«, fragte Shira.

»Ich habe keine Ahnung.« Dracon zuckte mit den Schultern und stopfte sich noch eine von den Kugeln in den Mund. Shira zögerte und sah sich eine von den Kugeln etwas genauer an.

»Willst du gar nicht wissen, was das ist?«, wollte Shira von Dracon wissen.

Er warf ihr einen nachdenklichen Blick zu. »Nein, eigentlich lieber nicht«, entschied er und nahm noch mehr.

»Die Eier der lila Baumspinne sind vorzüglich«, sagte Edisna. Sie saß den beiden gegenüber und hatte ebenfalls eine Schale mit den roten Kugeln vor sich stehen.

»Verstehst du, warum ich es lieber nicht wissen wollte?«, sagte Dracon.

Shira lachte und entschloss sich, nur von solchen Speisen zu essen, die sie identifizieren konnte.

»Müssen ziemlich große Spinnen sein«, bemerkte Dracon und aß noch ein Spinnenei.

»Sie werden so groß wie ein Maraffe. Eine sehr unangenehme Spezies, die hier in den Wäldern weit verbreitet ist. Ich würde sie am liebsten ausrotten, aber mir ist bewusst, dass ich das nicht machen kann«, erklärte Edisna.

»Was haben sie dir getan?«, wollte Shira wissen.

»Sie fressen uns Maraffen. Schreckliche Wesen.«

»Was ist so schlimm daran? Ihr fresst sie doch auch«, wandte Shira ein.

Edisna schien erzürnt zu sein. »Sicher, aber nur ihre Eier.«

»Das macht es nicht besser«, sagte Shira.

Die Maraffenkönigin wollte Shira zurechtweisen, aber statt sie zu belehren, wurde sie nachdenklich. »In der Tat. Das macht es nicht besser. Wahrscheinlich sind wir für die Spinnen eine ebenso grauenhafte Spezies wie sie für uns«, musste sie sich eingestehen.

Als sie mit dem Essen fertig waren, bat Edisna Dracon und Shira, ihr zu folgen. Während sie zur Treppe gingen, füllte sich der Saal mit den silbern funkelnden Maraffen. Sie setzten sich an den Tisch und fingen gleich an zu essen. Ihnen schienen jegliche Tischmanieren zu fehlen.

Die Maraffenkönigin und die beiden Mankuren gingen zurück in den Raum, wo die Feuerstelle war. Daneben stand ein Topf, aus dem Edisna eine dunkle Flüssigkeit in eine Schale schöpfte. »Möchtet ihr auch etwas?«, fragte sie.

»Nein, danke«, antwortete Dracon prompt.

»Shira, du vielleicht?« Shira schüttelte den Kopf. Edisna trank die Schale leer und stellte sie beiseite. »Bitte setzt euch«, sagte sie. Sie ging zu einem Regal, unter dem getrocknete Kräuter hingen. Sie pflückte eine grüne Knolle und nahm sich eine lange Holzpfeife, die an der Wand neben dem Regal hing. Sie setzte sich zu den beiden auf den Boden, stopfte die Kräuter in die Pfeife und entzündete sie mit einer kleinen Flamme, die sie an ihrem Zeigefinger entfacht hatte. »Erzählt mir, wie ihr euch gefunden habt und was euch hierhergeführt hat. Ich bin neugierig und möchte alles wissen.«

»Wie meinst du das, wie wir uns gefunden haben?«

»Das Feuer und die heilenden Hände. Es interessiert mich, wie ihr euch gefunden habt. Wo dich dein Vater doch so lange von der Festung des Lichts ferngehalten hat«, erklärte Edisna.

Shira und Dracon waren überrascht. Edisna schien die Prophezeiung nicht nur zu kennen, sondern sie auch deuten zu können. »Du wusstest, von wem die Prophezeiung spricht?«, fragte Dracon neugierig.

»Natürlich wusste ich es.« Sie schien beinahe beleidigt über diese Frage zu sein. »Es ist geradezu eine Ironie des Schicksals, dass Shiras Existenz geheim gehalten wurde.« Edisna zog kräftig an der Pfeife und stieß ein paar ringförmige Wölkchen aus. Sie sah Dracon an und pustete ihm ein Rauchwölkchen ins Gesicht. Er zeigte sich unbeeindruckt und verzog keine Miene. Edisna lächelte. »Hier, probiere mal.« Sie bot ihm die Pfeife an. Er zögerte, nahm sie aber dann und zog kräftig daran. »Dein Vater ist so besessen davon, dich vor der Dienerin des Bösen zu schützen, dass er den Sinn für das Wesentliche verloren hat. Er und Casto haben alles dafür getan, zu verhindern, dass ihr eure Bestimmung erfüllen könnt, aus Angst, ihr würdet vom richtigen Weg abkommen. Aber das Schicksal lässt sich nicht betrügen.« Dracon reichte ihr die Pfeife zurück. »Darum wollte ich wissen, wie ihr euch gefunden habt.« Sie stopfte wieder ein paar Kräuter in die Pfeife und reichte sie Shira, die sie dankend annahm.

Shira und Dracon erzählten Edisna alles, von dem Tag an, an dem sie sich kennengelernt hatten, bis sie zu ihr gekommen waren. Edisna hörte gespannt zu und ergriff nur wenige Male das Wort. Es war bald Mitternacht, als Edisna aufstand.

»Es ist spät geworden. Meine Diener werden euch zu euren Schlafplätzen führen. Morgen sehen wir uns wieder. Dann werde ich euch sagen, wie ihr Caldes und Nevim besiegen könnt.« Edisna verließ den Raum, kurz darauf kamen zwei Maraffen und führten Shira und Dracon hinaus. Sie brachten sie zu einem anderen Baum, in dem sie übernachteten.

Am frühen Morgen weckten zwei von Edisnas Dienern Shira und Dracon und brachten ihnen Essen.

»Erzählst du mir, warum dein Vater dir nicht geglaubt hat, dass ich unschuldig bin?«, fragte Shira Dracon, während sie am Tisch saßen.

»Er glaubt, ich könnte mich nicht richtig erinnern.«

»Wieso denn?«

»Ich war fünf Tage bewusstlos. Als ich aufwachte, war ich mir nicht mehr so sicher, was genau passiert war.«

Shira bemerkte, dass es ihm unangenehm war, darüber zu sprechen. Sie wusste nicht, ob es daran lag, dass er Angst hatte, seinen Erinnerungen nicht trauen zu können, oder daran, schwach und verletzlich zu wirken. Wahrscheinlich war es eine Mischung aus beidem, dachte sie sich. Dabei wollte er nur nicht mit ihr darüber sprechen, weil er Casto nicht erwähnen wollte, aber das konnte sie nicht wissen.

»Es tut mir leid«, sagte sie.

»Schon gut. Es war ja nicht deine Schuld.«

»Da bin ich mir nicht so sicher«, sagte sie.

»Wieso? Wie meinst du das?«, fragte Dracon argwöhnisch.

»Wenn ich nicht gewesen wäre, wäre das alles sicher nicht passiert.«

»Das mag sein. Aber wie Edisna bereits sagte, das Schicksal lässt sich nicht betrügen«, sagte er und lächelte. »Wie bist du eigentlich entkommen?«, wollte er dann wissen.

»Ich hatte dir doch erzählt, dass Antaro mir geholfen hat.«

»Du hast mir erzählt, dass er deine Wunde geheilt hat«, sagte Dracon.

»Richtig, und dafür hat er mir die Handschellen abgenommen. Dann hat er mich fortgeschickt.«

Das überraschte Dracon sehr. Das hätte er von Antaro nicht gedacht. »Warum hat er das getan?«

»Er sagte, dass er deinem Urteil vertrauen würde und du nicht gewollt hättest, dass mir etwas zustößt. Dann sagte er, ich solle verschwinden. Die Handschellen habe ich mitgenommen, damit Xendra und Terron nicht bemerkten, dass er mir geholfen hat. Ohne ihn wäre ich wahrscheinlich schon tot. Ich hoffe, er hat sich keinen Ärger eingehandelt.«

»Ich weiß es nicht. Aber ich denke nicht. Was hast du mit den Handschellen gemacht?«

»Ich habe sie in Nimbal verkauft«, gestand Shira.

»Das war nicht besonders klug von dir.«

»Wahrscheinlich nicht, aber ich habe einen sehr guten Tausch gemacht.«

»Gegen was hast du sie denn getauscht?«, fragte Dracon neugierig.

»Bier, eine warme Mahlzeit und einige geprägte Silbertaler. Einen kleinen Lederbeutel gab es auch dazu, du hast meinen ja verschenkt.« Sie zeigte stolz auf einen Lederbeutel an ihrem Gürtel. Dracon lächelte sie amüsiert an und schüttelte den Kopf. »Es tut mir leid, was ich zu dir gesagt habe.«

»Wovon sprichst du?«

»In Dradonia. Ich hätte nicht an dir zweifeln dürfen«, sagte Shira.

»Deine Worte waren ziemlich verletzend. Viel schlimmer fand ich allerdings, dass du es vor Terron gesagt hast.«

»Du kannst ihn nicht besonders gut leiden, oder?«

»Das beruht auf Gegenseitigkeit«, erklärte er.

»Warum, was hat er dir getan?«, fragte Shira neugierig.

»Ich kann es dir nicht sagen. Ich weiß es selbst nicht genau. Wenn ich so darüber nachdenke, sind wir einfach nicht in der Lage, eine Unterhaltung zu führen, ohne uns zu provozieren. Es endet immer im Streit oder in einer Schlägerei. Wir konnten uns schon als Kinder nicht leiden, ich kann mich nicht daran erinnern, dass es mal anders gewesen war.«

»Dafür war er aber ziemlich wütend auf mich, nachdem Xendra ihm erzählt hatte, dass ich den Pfeil auf dich geschossen hätte. Er schien ziemlich besorgt zu sein«, sagte Shira.

Dracon lächelte. »Ich bin mit ihm aufgewachsen, wir können uns zwar nicht leiden, aber wir sind dennoch in gewisser Hinsicht wie Brüder. Ich denke, das sieht er ähnlich. Und nur weil man jemanden nicht gut leiden kann, wünscht man ihm ja nicht gleich den Tod, oder?«

»Da hast du wohl recht.« Shira dachte an Terron und daran, wie er sie in der Festung des Lichts angesprochen hatte. Sie dachte an das, was er gesagt hatte, und wollte Dracon noch mal darauf ansprechen, doch sie fand nicht die richtigen Worte und schwieg. »Wirst du nun wieder zurückgehen?«, fragte sie.

Dracon sah sie verwundert an. »Wohin zurück?«

»Zur Festung des Lichts.«

»Ich glaube nicht, dass ich dort noch willkommen bin.«

»Wieso denn nicht.«

»Den Oberen wird nicht entgangen sein, dass ich dir geholfen habe. Damit habe ich mich ihrem Urteil widersetzt. Das ist Hochverrat«, sagte er.

Shira hatte sich zuvor gar nicht bewusst gemacht, welches Opfer Dracon für sie gebracht hatte. »Es tut mir leid.«

»Das braucht dir nicht leidzutun. Ich weiß, dass ich das Richtige getan habe. Und vielleicht werden die Oberen das auch irgendwann begreifen«, sagte Dracon.

Edisna kam erst am späten Nachmittag wieder zu ihnen.

»Wir haben einiges zu besprechen, kommt mit mir«, forderte sie die beiden auf. Wie am Abend zuvor gingen sie in Edisnas Kräuterküche. »Es ist an der Zeit für euch, eure Bestimmung zu erfüllen. Der Krieg hat bereits begonnen, und Caldes wird von Tag zu Tag stärker«, begann sie das Gespräch. »Zunächst solltet ihr wissen, was damals geschah und warum er im Berg der Verdammnis eingeschlossen wurde. Dieser Berg hat seinen Namen nicht durch Caldes erhalten. Es sind bereits mehrere Jahrhunderte vergangen, seit er diesen Namen erhielt. Vor langer Zeit schenkten Lynea und Nevim den Drachen die Gabe, Feuer zu speien.«

»Wer ist Nevim?«, unterbrach Shira sie.

»Er ist Lyneas Bruder, und genau wie sie ist er ein Hüter der Magie. Doch es gibt kaum noch ein sterbliches Wesen, das seinen Namen kennt, denn Lynea sorgte dafür, dass er in Vergessenheit geriet. Warum sie das tat, werde ich euch erzählen. Die Drachen bedankten sich für das Feuer, das ihnen gegeben wurde, mit zwei magischen Reliquien, die es den Hütern der Magie erlauben sollten, eine physische Gestalt anzunehmen.«

»Die goldenen Drachenköpfe«, unterbrach Dracon sie.

»Schweig, ich erzähle die Geschichte! So waren sie befähigt, die Magie nicht nur zu vergeben oder zu nehmen, sondern sie selbst zu nutzen. Die Drachen glaubten, damit etwas Gutes zu tun. Aber Nevim verfiel dieser gewaltigen Macht und wollte seine physische Gestalt nicht mehr verlassen. Sein Geist wurde von Gier und Zorn vergiftet. Er wollte die Welt beherrschen und sie nach seinem Willen formen. So sah sich Lynea gezwungen, ihrem Bruder Einhalt zu gebieten.

Da sie ihn nicht töten wollte, musste sie einen Weg finden, die Welt vor ihm zu schützen. Der Berg, der heute den Namen Berg der Verdammnis trägt, ist etwas Besonderes. Umschlossen von einem scheinbar endlosen Labyrinth, verbirgt er einen unterirdischen Vulkan. Ein Loch in einer Höhle. Es heißt, man könne das flüssige Magma sehen, wenn man hineinblickt.

Lynea warf Nevims Drachenkopf in das Magmaloch, und Nevim verlor seine physische Gestalt. Mithilfe des anderen Drachenkopfes sperrte Lynea ihren Bruder ein. Er sollte für immer gefangen bleiben, und nie wieder Magie erlangen oder sie vergeben. Aber sie konnte ihm nicht sein Wesen nehmen. In der Hoffnung, dass niemand je zu ihm gelangen würde, machte sie das Magmaloch zu seinem Gefängnis. Unfähig, sich alleine zu befreien, wartet er seit jeher auf den Tag seiner Rache. Nachdem Caldes besiegt wurde, suchte er, wie ihr bereits wisst, Zuflucht im Berg der Verdammnis, ohne zu ahnen, dass er diesen so schnell nicht wieder verlassen würde. Nevim hatte lange auf diesen Tag gewartet, denn er wusste, dass Caldes ihn befreien wird.«

»Wussten die Oberen das denn nicht?«, fragte Shira verständnislos.

»Natürlich wussten sie es«, sagte Edisna.

»Warum haben sie Caldes dann ausgerechnet im Berg der Verdammnis eingesperrt?«, wollte Shira wissen.

»Das war nie ihre Absicht. Ihn mit einem Fluch zu belegen, sodass er den Berg nicht verlassen kann, war nur ein verzweifelter Versuch, ihn unschädlich zu machen, nachdem es misslungen war, ihn zu töten«, erklärte Edisna.

»Also hat Caldes seine Kräfte durch Nevim zurückerhalten?«, fragte Shira.

»Davon gehe ich aus«, sagte Edisna.

»Aber wieso sollte Caldes Nevim befreien wollen? Er wird sich Nevim sicher nicht unterwerfen wollen«, sagte Dracon.

»Diese Frage kann ich dir nicht beantworten«, sagte Edisna.

»Und wie können wir Caldes vernichten?«

Edisna sah Dracon mit ernstem Blick an, dann lächelte sie. »Diese Frage, kann ich euch beantworten. Ihr müsst zuerst Nevim töten, denn solange Nevim lebt, wird er Caldes mit seiner Magie vor dem Tod schützen.«

»Nevim kann nicht getötet werden«, wandte Dracon ein.

»Doch, er kann getötet werden, aber nur wenn er seine physische Gestalt zurückerlangt. Dann kann ihn eine Waffe aus magischem Eisen durch einen Stich ins Herz töten. Damit er seine physische Gestalt zurückerlangen kann, müsst ihr ihn zuerst befreien.«

»Mit dem goldenen Drachenkopf?«, fragte Dracon eher feststellend.

»So ist es.«

»Das ist reiner Selbstmord. Wenn wir Nevim befreien und ...« Dracon stieß ein kurzes, höhnisches Lachen aus. »... und ihm auch noch den goldenen Drachenkopf bringen«, beendete er den Satz.

»Auch ich erkenne die Ironie dahinter. Doch ich fürchte, ihr habt keine Wahl. Es gibt keinen anderen Weg. Nur so ist es möglich, Caldes und Nevim zu töten«, sagte Edisna.

»So helfen wir ihm dabei, sich zu befreien und uns zu vernichten«, sagte Dracon.

Edisna warf ihm einen verurteilenden Blick zu.

»Ich habe doch recht«, bemerkte er.

»Du solltest nicht immer davon ausgehen, dass du scheiterst, denn das wird dazu führen, dass du versagst«, mahnte Edisna ihn.

»Wo finden wir den Drachenkopf?«, fragte Shira.

»Das weiß ich nicht. Seit nunmehr tausend Jahren ist Nevim eingesperrt und der goldene Drachenkopf verschwunden. Es gibt Legenden, die erzählen, dass Lynea ihn vernichtet hat, aber diese Geschichten haben nur wenig Wahrheitsgehalt.«

»Das nenne ich wirklich hilfreich.« Dracons sarkastischer Unterton war nicht zu überhören.

»Ich kann euch nicht mehr darüber sagen, aber es ist gewiss, dass einer der Drachenköpfe noch existiert. Möglicherweise können euch die Drachen helfen.«

»Die Drachen?! Die letzten dreißig Jahre hat in diesem Land wahrscheinlich niemand mehr einen Drachen gesehen«, wandte Dracon ein.

»Ehrlich gesagt ist das nicht richtig. Ich habe einen gesehen, kurz bevor wir uns in Dradonia getroffen haben«, sagte Shira.

»Du hast einen Drachen gesehen? Wo?« Dracon konnte es kaum glauben.

»Ich bin ihm im Androrgebirge, auf der Nordseite, kurz vor dem Finsterfluchforst begegnet. Sein Name ist Baron.«

»Du hast mit ihm gesprochen?«, fragte Dracon verwundert. »Ja, und er war gar nicht so bösartig, wie du vielleicht glauben magst. Er wird uns bestimmt helfen.«

»Seht ihr. Ihr werdet den goldenen Drachenkopf sicher finden«, freute sich Edisna. »Ich werde euch mit Proviant versorgen. Morgen früh wird eure Reise beginnen. Ihr habt einen langen Weg vor euch.«

»Warte, nur damit ich das richtig verstehe. Ich soll dazu bestimmt sein, Nevim und Caldes zu töten?« Shira wollte nicht glauben, was Edisna gerade gesagt hatte. Sie war plötzlich furchtbar verunsichert. Sie beherrschte kaum die magische Sprache, nicht einmal im Schwertkampf konnte sie von sich sagen, dass sie besonders gut war. Sie wusste nicht, wie sie gegen einen so mächtigen Mankuren wie Caldes etwas ausrichten sollte. Obwohl es ihr ein wenig Erleichterung verschaffte, zu wissen, dass sie nicht die Dienerin des Bösen war.

»Ihr beide seid dazu bestimmt«, berichtete Edisna.

»Ich denke nicht, dass ich gegen Caldes etwas ausrichten kann. Du irrst dich sicherlich.«

»Nein, ganz sicher nicht. Du solltest etwas mehr Selbstvertrauen haben. Du bist viel stärker, als du denkst. Hast du nicht auch Drognor im Kampf besiegt?«, erwiderte Edisna.

»Aber er ist nicht Caldes und außerdem ...«

»Schweig!«, fiel Edisna ihr ins Wort.

»Akzeptiere deine Bestimmung. Wenn ihr beiden Caldes und Nevim nicht besiegen könnt, dann kann es niemand.« Edisna ließ ihren Blick zwischen Shira und Dracon hin und her schweifen. »Ich muss euch noch etwas geben.« Sie ging zu einer kleinen Truhe, die nicht weit von ihr entfernt an einer Wand stand, und versuchte vergebens, sie zu öffnen. »Wo habe ich nur den Schlüssel?«, fragte sie sich selbst und kratzte sich dabei am Kopf. Ihr schien es wieder eingefallen zu sein, und sie lief zu einem Regal auf der anderen Seite des Raumes. Darin stand ein silberner Kelch. Edisna nahm einen kleinen Schlüssel aus dem Kelch und lief zurück zu der großen Truhe. Shira und Dracon waren gespannt, was sich darin verbarg.

Edisna holte eine schwarze Kugel, die etwa so groß wie ein Apfel war, aus der Truhe heraus. Darin befand sich eine goldene Kette, an der ein goldenes Amulett hing. Ein Oval, in dem ein goldener Drache eingebettet war. »Lynea hat es mir einst gegeben. Sie sagte, ich würde wissen, wenn die Zeit gekommen ist, es weiterzureichen. Lange wusste ich nicht, was sie damit meinte, bis heute.«

Sie überlegte einen Augenblick, wem von beiden sie das Amulett geben sollte. Dann leuchteten ihre Augen auf, als hätte sie eine Eingebung. »Du musst es tragen«, sagte sie und legte es Dracon um den Hals. Die beiden Mankuren warfen sich fragende Blicke zu.

»Der Schutz, den es bietet, ist bei dir überflüssig«, sagte sie, während sie Shira ansah. Edisna lächelte und nickte zufrieden.

Als Dracon und Shira sich von den Maraffen verabschiedeten, ließen sie Rouh zurück. Denn er würde ihnen kaum helfen können und sich nur unnötig in Gefahr begeben, wie Shira fand. So blieb er im Maraffenland.

DER KAMPF IN GREDAM

Xendra, Antaro und Terron hatten sich nach Gredam, die größte Mankurenstadt des Landes, begeben. Sie waren auf der Suche nach Dracon. Sie wussten, dass es unwahrscheinlich war, ihn dort zu finden, da er zuletzt in den Wäldern von Donadur gesehen wurde. Doch im Süden und Westen des Landes waren bereits einige Krieger der herrschaftlichen Armee unterwegs. Auf der Jagd nach Schattenwesen durchstreiften sie das Land, und waren angewiesen, sofort Meldung zu geben, sollten sie etwas von Dracon sehen oder hören.

So hatten die Oberen ihre Kinder in den Osten geschickt, um die Suche auszuweiten.

Gredam wurde, genau wie Dradonia, über mehrere Kilometer von einer hohen Stadtmauer umschlossen. Doch anders als in Dradonia gab es nur ein Tor, das in die Stadt führte.

Als die drei Kinder der Oberen in Gredam ankamen, stand das Stadttor offen. Sie wollten es gerade durchschreiten, als ihnen zwei großgewachsene Mankuren mit ihren Schwertern den Weg versperrten. Einer von ihnen hatte einen Kinnbart, der sich in alle Richtungen kräuselte. »Wer seid ihr und was wollt ihr in Gredam?«, fragte einer der beiden.

»Mein Name ist Antaro. Meine Begleiter sind Xendra und Terron.«

»Die Kinder der Oberen?!«, stellte der mit dem Kinnbart fest. Sie steckten ihre Schwerter zurück und baten die drei, einzutreten. Unter den strengen Blicken der Wachen betraten sie die Stadt. Es war kaum jemand zu sehen, und für eine Stadt dieser Größe war es ungewöhnlich ruhig. Eine lange, breite Straße führte vorbei an den Häusern zum Marktplatz. Im Zentrum befand sich ein großes Gebäude, das einem Palast ähnelte. Die Häuser waren ringförmig darum angeordnet, und die meisten waren rund. Es gab auch in dieser Stadt keine Hierarchien. Das große Gebäude war für alle Bewohner zugänglich und diente unter anderem für große, festliche Veranstaltungen. Überall an den Straßenrändern gab es Brunnen und Tiertränken. Ein Mankur kam aus einer Gasse herausgelaufen. Er blickte panisch umher, als würde er verfolgt werden. Als er sicher zu sein schien, dass ihn niemand beobachtete, lief er zu Antaro.

»Seid gegrüßt. Ihr seid die Kinder der Oberen, habe ich recht?«, fragte er hektisch. Antaro nickte. »Die Oberen haben euch sicher geschickt, um uns zu helfen.«

»Die Oberen haben uns nicht …«, begann Xendra den Satz, doch Antaro stieß Xendra den Ellenbogen in die Seite und unterbrach sie.

»Was ist hier geschehen?«, fragte Antaro den verängstigten Mankuren.

»In der letzten Nacht …«, er schwieg plötzlich. Nicht weit von ihnen entfernt hatten sich einige Mankuren versammelt, als der kleine, hektische Mankur sie sah, rannte er davon und verschwand zwischen den Häusern.

»Wovor hat er Angst?«, fragte Antaro. Die Gruppe Mankuren beobachtete die Drei kritisch. Sie waren bewaffnet, und vier von ihnen waren Krieger der herrschaftlichen Armee. Dann verteilten sie sich wieder und verschwanden ebenfalls in den Gassen.

Die Kinder der Oberen tauschten fragende Blicke aus, bevor sie langsam weitergingen. Sie suchten ein Gasthaus in der Nähe des Marktplatzes auf. Es hieß *Zur goldenen Schenke* und war für seine gute Küche bekannt. Im Innern des Gasthauses gab es acht Tische und eine lange Theke. Die Einrichtung war sehr hell, und mehrere Pflanzen ließen die grauen Steinwände freundlich wirken.

Die Tische waren leer, Xendra, Antaro und Terron waren die einzigen Gäste. Kurz nachdem sie sich gesetzt hatten, kam eine junge Mankure zu ihnen. Sie hatte langes kupferrotes Haar und wirkte sehr zierlich. Ihre Arme wurden von einem zartrosafarbenen Federkleid bedeckt, und ihre Beine waren überaus dünn. »Seid gegrüßt, wie kann ich euch helfen?« Ihre Stimme klang hell und freundlich.

»Sei gegrüßt, kannst du uns sagen, warum es so ungewöhnlich ruhig in der Stadt ist?«, fragte Antaro.

»Es ist nicht ruhiger als an anderen Tagen«, sagte sie.

»Aber du kannst doch nicht abstreiten, dass kaum jemand auf den Straßen ist.«

»Ich weiß nicht, wovon du sprichst. Kann ich euch nun etwas bringen oder nicht?«

Keiner antwortete. Das Verhalten der Wirtin irritierte sie.

»Wenn ihr nichts trinken oder essen möchtet, verlasst bitte mein Gasthaus«, sagte die rothaarige Mankure und sah die drei feindselig an.

Die Verwunderung stand ihnen ins Gesicht geschrieben. Sie hatten das Gasthaus ursprünglich mit der Absicht betreten, etwas zu essen, doch die bedrückende Atmosphäre hielt sie davon ab.

Wortlos standen sie auf und verließen das Gasthaus wieder, ohne die Wirtin aus den Augen zu lassen. Dann liefen sie durch die Stadt und versuchten zu erfahren, was wirklich geschehen war. Doch entweder schwiegen die Leute oder taten so, als sei alles normal. Erfolglos wanderten sie umher, stets bei jedem Schritt von den wenigen Bewohnern, die sich noch in der Stadt befanden, beobachtet.

»Ich weiß nicht, was hier los ist, aber wir sollten besser gehen«, forderte Antaro.

»Glaubst du, sie werden uns angreifen?«, fragte Xendra.

»Nein, aber ich habe kein gutes Gefühl. Lasst uns gehen.«

»Ich bin ganz deiner Meinung«, sagte Terron.

Sie hatten das Stadttor schnell erreicht, doch nun war es verschlossen und die beiden Wachen standen davor. »Öffnet das Tor«, bestimmte Terron.

Die Wachen lächelten. »Es tut mir leid, aber wir haben die Anweisung bekommen, euch nicht gehen zu lassen«, sagte einer von ihnen.

»Wer hat euch den Befehl dazu gegeben?«, fragte Terron.

»Derjenige, dem wir folgen.« Seine düstere Stimme klang bedrohlich.

Terron schüttelte ungläubig den Kopf. »Jetzt öffnet das Tor, ich will die Nacht nicht in dieser verdrehten Stadt verbringen«, er klang entschlossen.

Doch einer der Wachen drückte ihm plötzlich seinen Speer an die Kehle. »Ihr werdet die Stadt nicht mehr verlassen!«, sagte er.

Einen kurzen Moment zögerte Terron und starrte dem Krieger in die Augen, doch dann schlug er ihm mit einer schnellen Handbewegung den Speer aus der Hand. »Was soll das werden?«, fragte er spöttisch und zog sein Schwert. Auch Xendra und Antaro machten sich zum Kampf bereit und beobachteten die Situation. Die Wachen schienen von dieser Gegenwehr überrumpelt und wirkten eingeschüchtert. »Nun öffnet das Tor!«, forderte Terron die Wachen erneut auf.

In dem Augenblick zogen diese ihre Schwerter und griffen Terron an, während sie Xendra und Antaro zunächst außer Acht ließen. Doch hatten sie auch zu zweit große Schwierigkeiten, sich gegen Terron zu behaupten. Es dauerte nicht lange, bis beide Wachen entwaffnet am

Boden lagen. Mit angsterfüllten Augen starrten sie den kräftigen Mankuren an und hofften, dass er sie nicht töten würde.

Terron zögerte kurz, wollte dann aber zum tödlichen Schlag ausholen, doch Antaro hielt ihn zurück. Daraufhin steckte Terron sein Schwert zurück in die Scheide und ging an den beiden Wachen vorbei auf die große Winde zu, die das Tor öffnete. Plötzlich erschien ein Todschatten vor ihm und griff nach seiner Kehle. Terron sprang zurück und der Todschatten verfehlte ihn. Geschwind zog er wieder sein Schwert und durchbohrte das Schattenwesen.

Voller Adrenalin prüfte er die Umgebung, bevor er die Winde zum Öffnen des Tors drehte. Das Tor hatte sich noch kein Stück bewegt, als zwei Todschatten neben ihm auftauchten. Antaro war sofort zur Stelle und schlug einem von ihnen den Kopf ab, während Terron den anderen erledigte. Doch ihr Sieg war nur von kurzer Dauer.

Neun Krieger kamen mit gezogenen Schwertern auf die drei zugelaufen. Ein paar von ihnen hatten Waffen aus magischem Eisen, es waren Krieger der herrschaftlichen Armee.

»Sollten die nicht auf unserer Seite stehen?«, fragte Terron verwundert.

»Das scheinen sie anders zu sehen«, entgegnete Antaro.

Er hatte den Satz kaum beendet, als einige Energiekugeln auf sie zugeflogen kamen. Antaro und Terron wichen den Geschossen aus, während Xendra getroffen wurde und hinfiel. Sie schaffte es, gerade wieder aufzustehen, als zwei Mankuren sie mit dem Schwert angriffen. Es gelang ihr, sich zu verteidigen, bis zwei weitere Mankuren dazukamen. Einer von ihnen schlug ihr mit dem Schwert gegen ihr Bein und brachte sie zu Fall. Er holte erneut zum Schlag aus, doch Antaro war zur Stelle und wehrte ihn ab.

Antaro gelang es, seine Gegner zurückzuschlagen, zwei von ihnen tötete er. Terron hatte weniger Erfolg. Zwei seiner Angreifer lagen am Boden, doch drei weitere Krieger der herrschaftlichen Armee ließen ihm kaum eine Möglichkeit, sich zu verteidigen. Er war nicht schnell genug, die Schwerthiebe abzuwehren. Eine der anthrazitfarbenen Klingen durchbohrte seine Brust. Er fiel auf die Knie und ließ sein Schwert dabei fallen. Einer der Krieger wollte gerade wieder zum Schlag ausholen, aber Terron schlug seine Faust auf den Boden und die Erde um ihn herum begann zu beben. Seine Gegner verloren das Gleichgewicht. Antaro lief zu ihnen und tötete sie, bevor sie wieder aufstanden. Terron kniete immer noch am Boden und versuchte mit aller Kraft, die Schwerthiebe des Mankuren vor ihm abzuwehren.

Xendra konnte nicht aufstehen, die Verletzung an ihrem Bein hinderte sie daran. Der andere Krieger lief auf Antaro zu. Doch der Kampf gegen ihn war schnell vorüber. Antaro entwaffnete ihn und durchbohrte ihn mit seinem Schwert. Dann half er Terron und schlug dessen Angreifer ebenfalls nieder. Für einen Augenblick war er erleichtert, bis er bemerkte, dass acht weitere Mankuren aus den Gassen um sie herum auf sie zukamen. Ihm wurde bewusst, dass sie ihnen ohne Hilfe nicht entkommen konnten, und er rief seinen Vater, der sogleich erschien.

»Was ist passiert?«, fragte Aminar entsetzt, als er Xendra und Terron sah.

»Sie greifen uns an. Ruf die anderen, wir brauchen Hilfe«, sagte Antaro nervös, während er die Mankuren nicht aus den Augen ließ, die nicht mehr weit von ihnen entfernt waren.

Aminar zog sein Schwert und rief Verdala und Casto, die nicht weniger überrascht waren als er. Casto drängte die Angreifer mit einer Flammenwand zurück, während Verdala die Verletzungen von Terron und Xendra heilte.

Die Krieger der herrschaftlichen Armee erkannten die Oberen, aber sie ließen nicht von ihren Gegnern ab. Nur drei von ihnen gelangten auf wenige Meter an die Oberen heran, die anderen wurden vorher von Feuerbällen und Energiekugeln niedergestreckt. Aber auch die drei Überlebenden liefen in ihren sicheren Tod, und ihr verzweifelter Angriff war schnell beendet.

»Wieso haben sie uns angegriffen? Sie wussten, dass sie nicht gewinnen können«, sagte Casto, während er den toten Mankuren, der vor ihm lag, betrachtete.

»Was ist hier geschehen?«, wollte Aminar von Antaro wissen.

»Wir wurden von Todschatten angegriffen. Nachdem wir sie getötet hatten, griffen uns die Krieger der Stadt an. Sie stehen auf deren Seite.« Antaro konnte selbst kaum fassen, was er da sagte.

»Diese Mankuren haben sich mit Caldes verbündet? Warum sollten sie das tun?«, fragte Verdala ungläubig.

»Es wäre nicht das erste Mal, dass sich einige Mankuren gegen uns stellen«, bemerkte Casto, der weniger verwundert war.

»Und was glaubst du, ist mit den Bewohnern geschehen? Sind sie geflohen?«, fragte Aminar.

Casto blickte zu dem großen Gebäude, das sich am Ende der Stadt über den Dächern erhob. Es war mit einer schweren Flügeltür verschlossen und bot durchaus Schutz vor Eindringlingen. In der Hoffnung, die Bewohner hätten sich dorthin zurückgezogen, ging er zu dem großen Gebäude, die anderen folgten ihm.

Die Tür war augenscheinlich geschlossen, aber als Aminar kräftig mit der Faust dagegenklopfte, bewegte sie sich ein Stück. Die schwere Flügeltür war nicht verriegelt und ließ sich mühelos öffnen. Dahinter bot sich ihnen ein schockierender Anblick. Mindestens hundert tote Mankuren bedeckten den Boden. Ihre Gesichter waren zusammengefallen, und ihre Haut war grau. Zweifelsohne waren sie von den Todschatten ihres Lebens beraubt worden. Casto schloss mit einem angewiderten Gesichtsausdruck die Tür wieder.

»Wenn das die Alternative war, kann ich verstehen, warum sich die anderen Mankuren Caldes angeschlossen haben«, sagte er.

Sie gingen weiter und suchten den Rest der Stadt ab, denn auch wenn es sehr viele Tote waren, konnten es unmöglich alle Bewohner gewesen sein. Aminar und Antaro blieben plötzlich stehen. Ein Hauch von Verwesung stieg ihnen in die Nase, und Aminar zog sein Schwert, gefasst darauf, jeden Augenblick einem Todschatten zu begegnen. Doch der Geruch war wieder verflogen, und es war nichts zu sehen. Casto warf Aminar einen fragenden Blick zu. »Ich habe einen leichten Geruch von Verwesung wahrgenommen, aber er ist weg«, erklärte dieser.

Alle beobachteten aufmerksam die Umgebung, als sie Schritte vernahmen. Sie schienen direkt neben ihnen zu sein, doch es war niemand zu sehen. Aminar hielt immer noch sein Schwert in der Hand. Er schnüffelte in der Luft, dann hob er seine Klinge und ging einen Schritt vor. Er konnte riechen, dass unmittelbar vor ihm ein Mankur stehen musste. »Ich weiß, dass du da bist, zeig dich!«, sagte er mit bedrohlicher Stimme.

Mit einem Mal erschien vor ihnen ein dunkelhaariger, kleiner Mankur, der ihn verängstigt ansah. Es war derselbe Mankur, der zuvor Xendra, Antaro und Terron angesprochen hatte. »Bitte, tut mir nichts. Ich bin unbewaffnet«, flehte er und hielt seine Arme schützend vor sein Gesicht.

Aminar senkte sein Schwert. »Wer bist du?«, fragte er misstrauisch.

»Mein Name ist Orlof, ich lebe seit vielen Jahren hier in Gredam.«

»Was ist hier geschehen?«, wollte Casto wissen.

»Die Todschatten kamen in die Stadt. Sie zwangen die Krieger, sich ihnen anzuschließen. Sie drohten, ihre Familien zu töten, wenn sie ihnen nicht folgen würden. Daraufhin ergaben sich die meisten Mankuren und wurden mit dem Loyalitätszauber belegt. Ihre Familien wurden verschont, doch alle anderen töteten sie.«

»Und wo sind die Mankuren, die verschont wurden?«, fragte Casto skeptisch.

»Sie verstecken sich in ihren Häusern«, flüsterte Orlof.

Casto blickte sich um. Auf den Straßen war niemand mehr zu sehen. Es war fraglich, ob sie bereits alle getötet hatten, die bereit waren, für die Todschatten zu kämpfen, oder ob sie sich aus Angst vor den Oberen versteckten. Casto ging zu einem der Häuser.

»Was hast du vor?«, fragte Aminar.

»Ich will mit ihnen sprechen«, entgegnete Casto, während er in das Haus vor ihm hineinschaute. Er konnte nicht erkennen, ob sich darin jemand befand, und er öffnete die Tür. Das Haus war leer, und er ging zum nächsten Haus. Es dauerte eine Weile, bis er endlich ein Haus fand, in dem sich eine Mankure mit ihren zwei Kindern versteckte. Als Casto zur Tür hereinkam, starrte sie ihn ängstlich an und hielt ihre Kinder im Arm.

»Bitte töte uns nicht«, ihre Stimme zitterte.

»Warum glaubst du, dass ich euch töten will?«, fragte er.

»Bist du nicht einer von Caldes Dienern?«

»Gewiss nicht. Mein Name ist Casto. Ich bin hier, um euch vor den Todschatten zu schützen.«

»Du bist einer der Oberen«, stellte die Mankure fest. Sie schien ein wenig erleichtert zu sein.

Casto nickte. »Sag mir, wo ist dein Gemahl?«

Die Mankure blickte sich ängstlich um, als fürchtete sie, beobachtet zu werden. »Ich weiß es nicht. Er hat sich den Todschatten verschrieben, um uns das Leben zu retten. Wir haben das Haus nicht mehr verlassen, seitdem die Todschatten in die Stadt kamen.«

»Weißt du, wie viele Mankuren sich den Todschatten angeschlossen haben?«

»Sie haben sich ihnen nicht angeschlossen. Sie wurden gezwungen, ihnen zu folgen. Diejenigen, die sich ihnen widersetzten, wurden getötet, genau wie ihre Angehörigen«, sagte die junge Mankure. »Ich weiß nicht, wie viele es waren. Ich weiß nur, dass die meisten von ihnen die Stadt heute Morgen verlassen haben.« Die Augen der Mankure füllten sich mit Tränen.

»Warte hier, ich komme gleich zurück«, befahl Casto und verließ das Haus.

Aminar, Antaro und Verdala hatten ebenfalls einige Häuser durchsucht, während Xendra und Terron Ausschau nach weiteren Angreifern hielten. Doch wie es schien, waren keine weiteren Mankuren in der Stadt, die die Absicht hatten, sie anzugreifen, und auch Todschatten waren nirgends zu sehen.

»Wir müssen diesen Mankuren helfen«, sagte Verdala verzweifelt.

»Sicher müssen wir das, die Frage ist nur, wie«, entgegnete Casto.

»Hier sind sie nicht sicher«, bemerkte Verdala.

»Gredam ist die größte Mankurenstadt des Landes, wenn sie hier nicht sicher waren, sind sie es auch nirgends sonst«, gab Casto zu bedenken.

»Es ist kaum noch jemand hier, warum sollten die Todschatten zurückkommen?«, fragte Antaro.

»Womöglich hast du recht, aber darauf können wir uns nicht verlassen«, sagte Aminar.

»Es ergibt keinen Sinn, die restlichen Bewohner in eine andere Stadt zu bringen. Dort könnten sie genauso überfallen werden wie hier, nur werden sie wahrscheinlich kein zweites Mal verschont«, warf Casto ein.

»Und was schlägst du vor?«, fragte Verdala.

Casto dachte einen Moment nach. »Vielleicht ist es das Beste, wenn sie hierbleiben«, sagte er schließlich.

»Es sind nur Mankurenfrauen und Kinder. Sollten die Todschatten zurückkommen, sind sie ihnen schutzlos ausgeliefert«, befürchtete Aminar.

»Offensichtlich konnten die Krieger der herrschaftlichen Armee ihnen auch keinen Schutz bieten«, bemerkte Casto.

»Heißt das, du willst sie einfach ihrem Schicksal überlassen?«, fragte Verdala vorwurfsvoll.

Alle Blicke waren auf Casto gerichtet. »Ich weiß es nicht«, gab er zu.

»Vielleicht sollten sie nach Waodur gehen«, sagte Aminar.

»Glaubst du, dass sie dort sicher sind?«, fragte Casto.

»Ich denke, in diesen Tagen gibt es kaum einen sicheren Ort. Aber dort wären sie zumindest nicht auf sich allein gestellt«, erklärte Aminar.

Verdala nickte zustimmend. »Ich werde schauen, ob in Waodur noch alles in Ordnung ist. Ich bin gleich zurück.«

Es dauerte einige Minuten, bis Verdala zurück war, aber sie brachte gute Nachrichten. Auch wenn Waodur nicht so groß war wie Gredam, lebten dort wesentlich mehr Krieger der herrschaftlichen Armee, und bisher war Waodur von einem Angriff verschont geblieben. So überzeugten die Oberen die restlichen Bewohner von Gredam, die Stadt zu verlassen und nach Waodur zu gehen. Verdala und Aminar begleiteten sie und sorgten dafür, dass sie Waodur am nächsten Tag erreichten.

Aminar schickte Xendra, Antaro und Terron zurück zur Festung des Lichts. Es schien ihm ein zu großes Risiko zu sein, sie weiter auf die Suche nach Dracon zu schicken, wo sie nicht einmal wussten, ob er noch lebte.

UNERWARTETE WENDUNG

Während Shira und Dracon die Wälder von Donadur verließen, wechselten sie kaum ein Wort. Sie waren beide in ihre Gedanken vertieft und dachten über das nach, was Edisna ihnen gesagt hatte.

Die Bäume wichen langsam niedrigen, breiten Sträuchern, die sich in Inseln über die Landschaft vor ihnen verteilten. Es war ein sehr heißer Tag, die Luft war stickig und erschwerte das Vorankommen gleichermaßen wie die brennende Sonne. Nachdem sie einige Stunden unterwegs waren, wurde die Vegetation wieder dichter und mehrere Bäume boten Schatten.

An einem kleinen Bachlauf machten sie halt. Die Sonne erreichte bald den Zenit, und die Hitze wurde beinahe unerträglich. Sie saßen nebeneinander und lauschten dem Rauschen des Wassers. »Worüber denkst du nach?«, fragte Dracon.

Shira wurde aus ihren Gedanken gerissen und sah ihn überrascht an. Er schien so unerschrocken und selbstsicher zu sein. Das bewunderte sie. Er schien vor nichts Angst zu haben, wohingegen sie voller Selbstzweifel und Furcht in ihre Zukunft blickte.

»Willst du nicht darüber sprechen?«, fragte er.

»Es ist nur …«, sie wusste nicht, wie sie es ihm sagen sollte. Sie hatte Angst, dass er es nicht verstehen würde.

»Du glaubst, dass wir es nicht schaffen«, stellte er fest.

Shira war überrascht, dass Dracon ihr scheinbar ansah, was sie dachte. »Ich habe einfach das Gefühl, dieser Aufgabe nicht gewachsen zu sein.«

»Das Gefühl kenne ich.«

Shira sah in ungläubig an. Sie konnte sich gar nicht vorstellen, dass er irgendwann in seinem Leben mal an sich gezweifelt hatte. »Das glaube ich kaum«, sagte sie.

»Warum sagst du das?«

»Du scheinst keinen Zweifel daran zu haben, dass wir Caldes besiegen. Du hast nie Angst vor etwas. Und warum solltest du auch? Du bist ein hervorragender Schwertkämpfer, beherrschst die magische Sprache …«

»Nicht so gut wie es von mir erwartet wird, aber ich bin schon ziemlich gut im Schwertkampf«, unterbrach er Shira. »Wahrscheinlich beherrschst du die magische Sprache besser als ich.«

Shira konnte Dracons Worten kaum Glauben schenken. Sie hatte immer gedacht, dass die Kinder der Oberen die magische Sprache genau wie ihre Eltern perfekt beherrschten. Doch je mehr sie Dracon kennenlernte, umso mehr wurde ihr bewusst, dass er tatsächlich nicht so perfekt war, wie es auf sie bei ihrer ersten Begegnung den Eindruck gemacht hatte. »Ist das wirklich wahr?«, fragte Shira.

Dracon nickte. »Ich habe Schwierigkeiten, mir die Wörter zu merken. Wenn ich sie nicht regelmäßig benutze, vergesse ich sie wieder. Mir wurde immer nahegelegt, mich mehr mit der magischen Sprache zu beschäftigen, aber ich habe mir immer nur die Zauber herausgesucht, die ich brauchen konnte, und selbst die habe ich teilweise wieder vergessen. Manchmal fallen mir bestimmte Zauber wieder ein, allerdings selten in Situationen, in denen ich sie dringend brauchen würde.«

»Du hast sie dir herausgesucht?«

»Aus den Büchern. In der Festung des Lichts gibt es eine Bibliothek. Alle erdenklichen Zaubersprüche und Rezepte für Zaubertränke sind dort zu finden«, erklärte Dracon.

»Außer den Verbotenen Zaubern«, sagte Shira.

»Die Bibliothek ist für viele zugänglich, auch für die Krieger der herrschaftlichen Armee. Das Mytricrom hingegen ist nicht für alle Augen bestimmt. Es wäre zu gefährlich, es dort aufzubewahren.«

»Hast du dir aus dem Mytricrom auch schon Zaubersprüche herausgesucht?«, fragte Shira.

»Ich habe einige gelesen.«

»Du hast nie einen davon benutzt?«

»Einmal«, gab Dracon zu.

»Wirklich? Und es hat dir nichts ausgemacht?«, fragte Shira überrascht.

»Es hat mich nicht umgebracht, obwohl es sich kurzzeitig so angefühlt hatte. Du hast mich danach gesehen«, sagte er.

»Ich habe dich danach gesehen? Was meinst du damit?«, fragte Shira verwirrt.

»Es war auf dem Weg zur Festung des Lichts, kurz nachdem du Xendra davon abgehalten hast, mich zu töten.«

Shira war überrascht, als er das sagte. Sie hätte nicht gedacht, dass er ihr glaubte, was Xendra anbelangte. »Was für ein Zauber war das?«

»Ich habe Xendra von einem Fluch befreit«, erklärte Dracon.

»Warum hast du mir das nicht gesagt?«

»Aus Rücksicht auf Xendra.«

»Du kannst die verbotenen Zauber also nutzen«, stellte Shira fest.

»Sicher nicht alle.«

»Wieso, weil du dich nicht gegen irgendwelche Gesetze auflehnen willst?«

Dracon lächelte. »Das war für mich selten ein Grund, etwas nicht zu tun.«

»Woran liegt es dann?«

»Die verbotenen Zauber sind sehr mächtige Zauber, viele von ihnen fordern mehr Energie, als ein Mankur entbehren kann. Und von den meisten Zaubern ist nicht bekannt, wie viel Energie sie benötigen.«

»Aber wenn die Oberen die verbotenen Zauber nicht nutzen können oder es sich nicht trauen, warum hat Lynea ihnen dann das Mytricrom gegeben?«

»Dass Lynea den Oberen das Mytricrom gab, ist lange her. Sie gab es ihnen nicht nur, damit sie es nutzen konnten, sondern viel mehr, damit sie es schützten. Es beinhaltet auch viele Zauber, die nicht allzu viel Energie benötigen, aber sehr gefährlich werden könnten. Und auch solche, die ein anderes Leben als Opfer verlangen. Die Verbotenen Zauber tragen nicht ohne Grund ihren Namen. Außerdem, wo wäre es sicherer vor Missbrauch geschützt als bei jemandem, der es nicht nutzen kann?«

»Glaubst du, es gibt Wesen, die die verbotenen Zauber uneingeschränkt nutzen können?«, fragte Shira.

»Ich kann mir vorstellen, dass die Maraffen es können. Ihre magischen Fähigkeiten sind den unseren weit überlegen«, sagte Dracon.

»Wenn sie so mächtig sind, warum hat Lynea dann die Mankuren für den Schutz des Mytricroms gewählt und nicht die Maraffen?«

»Wahrscheinlich ist genau das der Grund«, entgegnete Dracon.

Shira verstand ihn nicht. »Was meinst du?«

»Ich denke, sie hat den Maraffen das Mytricrom nicht anvertraut, weil sie so mächtig sind und es uneingeschränkt nutzen könnten.«

»Vielleicht, obwohl es nicht uneingeschränkt genutzt werden muss, um missbraucht zu werden, wie wir von Caldes wissen«, sagte Shira.

»Er fürchtet sich halt nicht. Vermutlich könnten die Oberen ebenfalls viele dieser Zauber nutzen und wissen es nicht. Das habe ich mir schon des Öfteren gedacht«, erklärte Dracon.

»Du hast den Fluch von Caldes gebrochen, das heißt doch, du bist genauso mächtig wie er, oder?«, bemerkte Shira.

Dracon hatte sich vorher nicht bewusst gemacht, dass er Caldes' Fluch gebrochen hatte. »Vielleicht hast du recht«, entgegnete er wenig überzeugt.

Shira dachte über seine Worte nach und fragte sich, ob sie sich wagen würde, einen dieser Zauber auszusprechen. »Was kann man alles mit ihnen bewirken?«, wollte sie wissen.

»Einiges, einer ermöglicht es, zu heilen. Ein anderer zu töten. Es ist möglich, anderen Lebewesen ihren Willen zu rauben oder auch einen bestimmten Willen aufzuzwingen, sie sogar nach Bedarf zu kontrollieren.«

»Die Zauber, die Caldes nutzt«, stellte Shira fest.

»Caldes oder die Todschatten«, bemerkte Dracon.

»Kennst du den Zauber, der tötet?«

»Ja, warum?«

»Verrätst du ihn mir?«, fragte Shira.

Dracon wunderte sich zunächst, warum sie ausgerechnet nach diesem Zauber fragte, doch der Grund wurde ihm schnell klar. Sie würde versuchen, ihn bei Caldes anzuwenden. Er traute ihr zu, dass sie das Risiko, dabei zu sterben, ohne Weiteres eingehen würde. »Nein«, sagte er entschlossen.

Shira war überrascht über seine forsche Antwort. »Warum nicht?«

»Ich kann ihn dir nicht sagen, ohne ihn auszusprechen.«

»Du kannst die Worte aufschreiben oder sie einzeln in einer anderen Reihenfolge nennen und mir dann sagen, wie sie aneinanderzureihen sind. Es gibt viele Möglichkeiten, einen Zauberspruch weiterzugeben, ohne ihn dabei zu nutzen. Du hast sie schließlich auch irgendwann beigebracht bekommen«, wandte Shira ein.

»Der einfachste Weg ist es, das magische Eisen zu berühren, während ich den Zauber ausspreche«, erklärte Dracon. »Und trotzdem werde ich ihn dir nicht sagen!«, fügte er in einem strengen Ton an.

Shira verstand seine Reaktion nicht. Er ging sicher nicht davon aus, dass sie ihn töten würde. Und sie konnte sich auch nicht vorstellen, dass er glaubte, sie würde diesen Zauber zum Schlechten missbrauchen. »Was ist der wahre Grund dafür, dass du ihn mir nicht sagen willst?«

»Ich glaube, dass du den Zauber nutzen würdest«, sagte Dracon.

»Wenn ich ihn nutzen würde, dann nur um Caldes zu besiegen«, erklärte Shira.

»Das habe ich mir gedacht, und deswegen werde ich dir die Worte bestimmt nicht beibringen.«

»Wirst du denn den Zauber nutzen, wenn es nötig ist?«, fragte sie.

»Um Caldes zu töten? Nein, dieses Risiko werde ich nicht eingehen, ohne zu wissen, ob der Zauber auch wirkt. Außerdem weißt du doch, was Edisna gesagt hat. Caldes ist unsterblich, solange Nevim lebt.«

Darüber hatte Shira nicht nachgedacht, und es erschien ihr nun sehr naiv, zu glauben, Caldes könne einfach mit einem Zauber besiegt werden, und wieder verließ sie ein wenig Hoffnung. Sie wollte sich Mut machen, doch ihre Gedanken endeten immer mit der Vorstellung, dass sie versagen würde.

»Du solltest etwas mehr Selbstvertrauen haben. Du bist nicht ohne Grund auserwählt«, versuchte Dracon sie zu ermutigen.

»Du hast leicht reden. Du wurdest dein ganzes Leben darauf vorbereitet. Du bist das, was man erwartet von einem Mankuren, der Caldes besiegen soll«, entgegnete sie.

»Es tut gut, das zu hören, aber ich bin gar nicht so perfekt, wie du zu glauben scheinst. Ich verrate dir etwas. Mein Vater hat mir schon als Kind erzählt, dass ich dazu bestimmt sei, Caldes zu vernichten. Seitdem habe ich mich davor gefürchtet, dass mein Vater recht behalten würde. Jahrelang hatte ich Albträume von Caldes und davon, wie er mich tötete.« Er verstummte und starrte in sich gekehrt auf den Bach. Er erinnerte sich an die Träume, die so realistisch waren, dass er jedes Mal, wenn er nach einem dieser Träume aufgewacht war, für einen kurzen Augenblick dachte, er sei tot.

Diesen Gesichtsausdruck hatte Shira bei ihm zuvor noch nie gesehen. Es war Furcht und Unsicherheit, die sich abzeichneten. »Das müssen schreckliche Träume gewesen sein.«

»Das waren sie. Sie fühlten sich unglaublich echt an, und Caldes ist mit Abstand die grauenhafteste Kreatur, die ich je gesehen habe.«

»Das ist er in der Tat. Du hast ihn also auch schon mal gesehen?«, fragte Shira.

»Nein, er wurde hundert Jahre vor meiner Geburt verbannt.«

»Woher weißt du dann, wie er aussieht?«

»Ich weiß nicht, wie er wirklich aussieht, aber in meinen Träumen ist er sehr furchteinflößend. Einmal träumte ich, dass er in den Speisesaal kam, in der Festung des Lichts. Wir saßen alle am Tisch, und er kam rein, tötete jeden Einzelnen vor meinen Augen und sagte dann, ich sei dafür verantwortlich. Es sei mein Schicksal, zu versagen, und wenn der Tag gekommen ist, würde ich wissen, dass dies kein Traum gewesen sei. Dieser Traum hatte mich so verstört, dass ich zwei Monate lang den Speisesaal nicht mehr betreten habe. Meine Eltern waren ziemlich sauer auf mich.«

»Hatten sie denn kein Verständnis dafür?«

»Sie wussten nichts von den Träumen. Ich hatte Angst, dass sie mich für verrückt erklären würden, weil ich nicht glaubte, dass es einfach nur Träume waren. Bis heute habe ich niemandem davon erzählt.«

Langsam wurde Shira bewusst, dass er sich ähnlich fühlen musste wie sie. Genau wie sie wusste er nicht, was ihn erwartete und ob er wirklich in der Lage sein würde, Caldes zu besiegen, oder ob er seinem sicheren Tod entgegenlief.

»Ich habe auch Angst, ich kann es nur besser verbergen«, sagte er, ohne sie anzusehen.

»Glaubst du, dass wir es schaffen können?«, fragte Shira hoffnungsvoll.

Dracon schaute immer noch auf das fließende Wasser. Dann sah er Shira an. Ihr Anblick gab ihm Zuversicht. Er wusste immer noch nicht, woran es lag, aber irgendetwas an ihr verlieh ihm Mut. »Ja, wir können es schaffen«, er klang überzeugt.

Shira lächelte, er hatte ihr zwar nicht die Angst genommen, aber die Zweifel. »Wir sollten nach Nimbal gehen«, schlug sie vor.

»Die Dörfer werden mittlerweile sicherlich bewacht, um sie vor weiteren Angriffen zu schützen. Außerdem suchen die Oberen gewiss nach uns, es ist zu riskant«, gab Dracon zu bedenken.

»Ich weiß, aber ich dachte, wir gehen etwas trinken.«

Dracon runzelte die Stirn, dann lachte er. »Wir stehen kurz vor unserem Untergang, und dir kommt nichts anderes in den Sinn, als dich zu betrinken?«

Es klang beinahe wie ein Vorwurf, zumindest kam es Shira so vor, und sie war verunsichert. »Das war nicht ernst gemeint«, flüsterte sie.

Dracon lächelte sie an. »Das glaube ich dir nicht. Und ehrlich gesagt würde ich nichts lieber machen, als mit dir in die nächste Taverne zu gehen. Aber ich denke, du weißt genauso gut wie ich, dass das nicht klug wäre. Wer weiß, wie viele Schattenwesen bereits zurückgekehrt sind und wo sie als Nächstes angreifen.«

Auch Shira musste sich eingestehen, dass es alles andere als klug wäre, nach Nimbal zu gehen oder in irgendein anderes Dorf. Sie war ein wenig enttäuscht, auch wenn sie insgeheim wusste, dass es gut so war. Sie hatte sich erhofft, ihre Sorgen und Ängste noch mal für eine kurze Zeit verdrängen zu können. Aber ihr wurde klar, dass sie ihrem Schicksal nicht länger entfliehen konnte.

***

Es dauerte noch weitere vier Tage, bis sie den Seelensee erreichten. Die Nacht war bereits angebrochen, und in der Ferne sahen sie flackernde Lichter. Unzählige kleine, tanzende Flammen die einer riesigen Armee den Weg erhellten.

»Das müssen Krieger von Caldes sein«, sagte Dracon besorgt. »Es scheint, als gingen sie weiter in Richtung Nordschlucht, wenn sie die Nacht durchlaufen, werden sie bei Sonnenaufgang dort sein.«

»Und was machen wir jetzt? Wir werden ihnen direkt in die Arme laufen«, sorgte sich Shira.

»Dann müssen wir eben einen kleinen Umweg nehmen. Auf der Südseite des Sees führt ein Weg in das Androrgebirge, von dort aus gelangen wir in die Südschlucht und dann zum Marmitatal. Wir werden einen Tag verlieren, aber ich fürchte, es bleibt uns nichts anderes übrig.«

»Das klingt eher nach einem großen Umweg. Und du willst wirklich das Marmitatal durchqueren?«

»Ich glaube nicht, dass wir eine Wahl haben.«

Sie liefen weiter, bis sie die Südseite des Sees erreicht hatten, von dort aus folgten sie einem Pfad, der durch ein unebenes Gelände in einen dichten Wald führte. Es wurde immer dunkler, und Shira musste ein Feuer entfachen, damit sie etwas sehen konnten. Sie kamen nur langsam vorwärts. Ständig stolperten sie, weil sie den Boden nicht gut erkennen konnten.

»Lass uns einen Schlafplatz suchen, ich denke, die Armee ist weit genug entfernt. Es hat keinen Sinn, weiterzugehen«, schlug Dracon vor.

Am nächsten Morgen wurde Shira von Stimmen geweckt. Sie lag sichtgeschützt in einer Felsvertiefung. Dracon lag neben ihr und schlief noch. Die Stimmen wurden lauter, und Shira wagte sich aus ihrem Versteck, um zu sehen, wo sie herkamen. Zunächst konnte sie nichts erkennen und ging leise den Geräuschen entgegen. Erst als sie eine kleine Steigung hinaufging, hinter der sich eine Lichtung befand, sah sie, wo die Stimmen herkamen.

Etwa zwanzig Krieger, angeführt von fünf Todschatten, standen nicht weit von ihr entfernt. Shira vermutete, dass sie sich von der Armee, die sie am Abend zuvor gesehen hatten, getrennt hatten. Einer der Männer trat einen Schritt zur Seite, und eine junge Mankure kam zum Vorschein. Shira erkannte sie, es war Tarina. Sie ging zu einem der Todschatten und redete mit ihm. Shira versuchte zu verstehen, was sie sagte, doch es gelang ihr nicht. Vorsichtig schlich sie sich näher heran. Sie war nur noch wenige Meter entfernt, als ein Ast unter ihrem Fuß zerbrach und zwei der Männer sie bemerkten.

»Wir werden beobachtet«, schrie einer von ihnen.

Im nächsten Augenblick standen zwei Todschatten neben Shira. Sie waren so plötzlich aufgetaucht, dass sie nicht einmal ihr Schwert ziehen konnte. Einer von ihnen packte sie an der Kehle. Sie spürte wieder diese eisige Kälte durch ihren Körper strömen und war wie erstarrt. Einer der Männer legte ihr Handschellen aus magischem Eisen an, die mit Ketten aus gewöhnlichem Stahl verbunden waren. Das magische Eisen an ihren Handgelenken verhinderte, dass sie ihre Kräfte nutzen konnte, und der Todschatten löste seinen Griff von Shiras Kehle, aber die eisige Kälte lähmte sie immer noch.

Tarina kam mit einem breiten Grinsen im Gesicht auf sie zu. »Endlich habe ich dich gefunden. Nachdem ich so viel Zeit damit verbracht habe, dich zu suchen, kommst du tatsächlich von ganz allein zu mir. Wer hätte das gedacht.«

Shira fehlten die Worte. Sie fragte sich, wann Tarina sich mit Caldes und den Schattenwesen verbündet hatte und ob die Oberen davon wussten. Auf ihrem Schwertgürtel war das Wappen der Oberen zu sehen, was vermuten ließ, dass sie immer noch der herrschaftlichen Armee angehörte. Das erklärte auch, warum die Krieger von Caldes Handschellen aus magischen Eisen bei sich trugen. »Du hast die Oberen verraten? Wie konntest du das nur tun?«, fragte Shira ungläubig.

Tarina grinste. »Es ist immer klüger, auf der Seite der Sieger zu stehen«, entgegnete sie überlegen.

»Was willst du von mir?«

»Ich für meinen Teil würde dich am liebsten töten, doch habe ich von Caldes die Anweisung bekommen, dich an ihn auszuliefern«, sagte Tarina.

»Aber warum?«

»Das wirst du ihn selbst fragen müssen.«

Shira sah auf die schwarzen, seidenmatten Schellen, die ihre Handgelenke umschlossen, und fragte sich, was Caldes mit ihr vorhatte.

***

Dracon wurde von dem Gebrüll der Männer wach und sprang erschrocken auf, als er feststellte, dass Shira nicht da war. Auch er lief den Geräuschen entgegen, hielt aber mehr Abstand als Shira zuvor. Geschützt durch einen dicken Baumstamm, beobachtete er die Todschatten. Dann sah er Shira und fluchte leise vor sich hin. Vorsichtig schaute er wieder an dem Baumstamm vorbei. Nun bemerkte auch er Tarina, und ihm wurde bewusst, dass das kein Zufall war.

Er verließ erneut seine Deckung, um einen weiteren Blick zu riskieren, schreckte aber sogleich wieder zurück. Die Gruppe brach wieder auf und kam in seine Richtung. Er sprang auf und lief geduckt davon. In der Hoffnung, dass sie ihn noch nicht bemerkt hatten, suchte er ein Versteck. Hinter einem von Sträuchern bedeckten Felsen fand er Schutz. Er konnte die Todschatten nicht sehen, aber er wusste, dass sie keine zwei Meter von ihm entfernt waren. Der faulige Geruch von Verwesung haftete an ihnen. Dracon musste sich die Nase zuhalten, um den Gestank zu ertragen. Einer der Todschatten blieb vor dem Felsen stehen, hinter dem Dracon sich versteckte.

»Warum bleibst du stehen?«, hörte er eine dunkle, raue Stimme sagen.

»Ich dachte, ich hätte Mankurenfleisch gerochen.«

»Wir haben ja auch gerade eine Mankure gefangen.«

»Nein, das war ein anderer Geruch.«

»Wie auch immer, wir müssen weiter.«

Der beißende Geruch verflog langsam und Dracon wusste, dass die Todschatten weitergezogen waren. Als sie sich weit genug entfernt hatten, kam Dracon aus seinem Versteck und folgte ihnen. Er musste sich einen Überblick verschaffen. Bisher hatte er vier Todschatten gezählt. Er wusste nicht, ob es noch mehr waren, doch schon vier von ihnen waren zu viele. Die zwanzig Krieger waren Menschen, die er sicher hätte besiegen können, aber gegen vier Todschatten hatte er allein keine Chance.

Er verfolgte sie schon einige Stunden, bis er den fünften Todschatten entdeckte, was ihn noch mehr entmutigte. Unentwegt dachte er darüber nach, wie er Shira befreien konnte, doch bisher war er ratlos. Mindestens zwei der Todschatten liefen immer an Shiras Seite, während zwei kräftige Männer sie an der Kette hinter sich herzogen. Tarina schien die Umgebung nie aus den Augen zu lassen, als würde sie wissen, dass sie und ihre Truppe verfolgt wurden.

***

Sie liefen bis in den späten Nachmittag hinein, ohne eine Rast zu machen. Shira war durstig und ihre Füße schmerzten. Sie sehnte sich nach einer Pause, ließ sich aber nichts anmerken. Der Gestank der Todschatten war so penetrant, dass ihr die ganze Zeit übel war. Es war ihr unmöglich, sich an diesen beißenden Geruch zu gewöhnen. Zu ihrer Verwunderung schienen weder Tarina noch die Menschen ein Problem damit zu haben. Ständig sah sie sich um in der Hoffnung, Dracon irgendwo zu entdecken oder doch eine Möglichkeit zu finden, sich selbst zu befreien. Bald passierten sie den Zugang zur Südschlucht, gingen aber weiter Richtung Nordosten.

***

Dracon war sich sicher, dass sie zum Berg der Verdammnis wollten. Caldes wollte Shira lebend haben, sonst würde sich Tarina sicher nicht die Mühe machen, sie den weiten Weg hinter sich herzuziehen. Dracon musste sie unbedingt befreien, bevor die Truppe ihr Ziel erreicht hatte.

Der Weg wurde felsiger und die Bäume boten kaum noch genug Schutz, um sich verstecken zu können. Am Wegesrand ragten bald steile Felswände empor, die sich zu einer schmalen, langen Schlucht ausformten. Endlich blieb Tarina stehen und wies die Männer an, ein Lagerfeuer zu machen.

Shira beobachtete jeden Einzelnen von ihnen genau. Die größte Gefahr stellten die Todschatten dar. Es war unmöglich, gegen fünf von ihnen gleichzeitig zu kämpfen. Wenn sie sich befreien würde, hätte sie kaum eine Chance zu entkommen. Aber sie musste es versuchen. Denn wäre sie erst im Berg der Verdammnis, würde sie dort sicher nicht mehr herauskommen.

Tarina kam zu ihr, und die Todschatten traten zur Seite. Sie sah Shira verächtlich an, dann griff sie nach Shiras Schwert, das diese am Rücken trug. Trina zog es aus der Scheide und hielt es erfreut hoch.

»Das nehme ich. Es wird mir sicher nützlich sein, und du wirst es nicht mehr brauchen«, sagte sie und lachte triumphierend.

»Ich bezweifle, dass das Schwert jemandem nützen kann, der so unfähig ist wie du«, sagte Shira.

Tarina grinste überlegen. »Wenn ich wirklich unfähig wäre, würdest du wohl kaum in Ketten vor mir sitzen.«

»Ohne die Todschatten wäre dir das nie gelungen. Du bist viel zu schwach. Du bist sicher eine große Enttäuschung für Caldes, wenn nicht sogar eine Schande«, entgegnete Shira.

Tarina wurde wütend, und Shira hatte ihr Ziel erreicht. Tarina holte mit dem Schwert aus und schlug zu, als wollte sie Shira den Kopf spalten. Aber Shira streckte ihr die Kette, die die Handschellen verband, entgegen und blockte so den Schwerthieb ab. Die Ketten waren aus gewöhnlichem Stahl, das Schwert glitt durch sie hindurch wie durch ein Seil und spaltete sie in zwei Teile.

Tarina wollte erneut zuschlagen, aber Shira trat ihr die Füße weg. Sie holte sich ihr Schwert zurück und erstach einen der Todschatten. Doch neben ihr erschienen sofort zwei weitere Todschatten, und auch einige der Männer hatten ihr Schwert gezogen und liefen auf Shira zu. Aber sie liefen an ihr vorbei, und Shira sah Dracon. Er feuerte einige Energiekugeln auf die Männer und brachte sie zu Fall. Dann ging er auf die Todschatten los.

In dem Moment der Unaufmerksamkeit, da Shira Dracon beobachtet hatten, schlug einer der Männer sie nieder. Zwei Weitere folgten ihm, und die drei schlugen unablässig auf Shira ein. Sie ließen ihr keine Möglichkeit, sich zur Wehr zu setzen. Sie hatte ihr Schwert fallen lassen und lag am Boden. Sie versuchte, sich wieder aufzurichten, aber immer, wenn sie sich bewegen wollte, wurde ihr ein Tritt versetzt.

Sie sah zu Dracon, der gerade gegen zwei Todschatten kämpfte. Tarina hatte Shiras Schwert wieder an sich genommen und rammte es Dracon von der Seite in den Bauch. Sie zog es wieder zurück und er sackte zusammen. Shira konnte nicht fassen, was da gerade geschah. Tarina war sich ihres Sieges sicher.

»Ein Jammer, um dich tut es mir fast ein wenig leid«, sagte sie zu Dracon. Sie lachte zufrieden, während er schwer atmend am Boden lag. »Wir gehen weiter, löscht das Feuer, hier ist es nicht länger sicher«, befahl Tarina den Kriegern.

Zwei der Männer packten Shira unter den Armen und zogen sie hinter sich her.

»Töte ihn«, sagte Tarina zu einem der Todschatten, bevor sie sich von Dracon abwendete und ging.

Shira war entsetzt, sie hätte am liebsten geschrien vor Verzweiflung, aber ihr fehlte die Kraft. Sie blickte zurück, doch nur wenige Augenblicke später verlor sie den Sichtkontakt zu Dracon.

***

Dracon hielt immer noch sein Schwert in der Hand. Der Todschatten hatte sich über ihn gebeugt und umschloss mit seinen kalten, langen Fingern seinen Hals. Dracon konnte sich nicht bewegen, die eisige Kälte lähmte ihn, und er spürte, wie ihm langsam seine Kräfte entzogen wurden.

Er müsste nur seinen Arm heben, um ihn mit seinem Schwert zu treffen. Mit aller Kraft versuchte er es, doch seine Muskeln gehorchten ihm nicht. Er wurde mit jeder Sekunde schwächer, wenn er es nicht in den nächsten Augenblicken schaffen würde, wäre das sein Ende. Dieser Gedanke machte ihn wütend. Caldes durfte nicht so leicht siegen, er dachte an Shira und daran, dass alles verloren wäre, wenn nicht ein Wunder geschehen würde.

Getrieben von seinem Willen zu überleben, strömte das Adrenalin in seinen Körper. Voller Wut riss er seinen Arm hoch und stieß dem

Todschatten sein Schwert durch den Körper. Dracon konnte gar nicht fassen, dass er sich gerade befreit hatte. Es war ihm tatsächlich gelungen, den Todschatten zu töten. Ihm war unbegreiflich, wie er das gemacht hatte.

Immer noch lag er am Boden und schaute sich um. Tarina und ihre Leute waren nicht mehr zu sehen. Aber Dracon hörte Stimmen und glaubte für einen kurzen Augenblick, dass sie zurückkämen. Doch die Geräusche kamen aus einer anderen Richtung. Langsam richtete er sich auf und nahm sein Schwert in die Hand. Die Wunde war kaum geschlossen, und er musste gegen den Schmerz ankämpfen.

Vom Westen her kamen drei Mankuren auf ihn zu. Sie waren nicht mehr allzu weit entfernt, und es dauerte nicht lange, bis er sie erkannte. Es waren Xendra, Antaro und Terron. Die drei schienen nicht weniger überrascht über diese Begegnung zu sein. Antaro lächelte, er schien sich zu freuen, Dracon wiederzusehen. Xendra und Terron hingegen blickten ihn geringschätzig an. Dracon wurde sofort bewusst, dass dieses Treffen kein gutes Ende nehmen würde.

»Für einen Toten siehst du recht lebendig aus. Ich hätte nicht gedacht, dass ich dich noch mal wiedersehe«, stellte Terron fest.

»Wirst du uns freiwillig zur Festung des Lichts begleiten?«, fragte er.

»Warum sollte ich euch begleiten wollen? Und warum habt ihr geglaubt, ich sei tot?« Dracon war verunsichert, obwohl er sich bereits denken konnte, warum sie vorhatten, ihn zu den Oberen zu bringen.

Terron grinste überlegen. »Du weißt es gar nicht«, stellte er fest. »Du wirst im ganzen Land gesucht. Dein Vater war sich nicht sicher, ob du deine Schandtat überlebt hast. Für den Fall, dass du noch am Leben bist, hat er den Kriegern der herrschaftlichen Armee mitgeteilt, dass du Hochverrat begangen hast. Sie sollen dich sofort festnehmen oder Drognor rufen, wenn sie dich finden.«

Dracon kannte die Konsequenzen für sein Handeln und war nicht überrascht von dieser Nachricht. Ihm war durchaus bewusst, dass Verrat hart bestraft wurde. Er hatte gewusst, dass er sich Probleme einhandeln würde, als er Shira gerettet hatte. Auch wenn er insgeheim gehofft hatte, dass er dafür nicht verurteilt werden würde, was ihm nun furchtbar naiv erschien.

»Ich werde ganz bestimmt nicht mit euch gehen!«, sagte Dracon entschlossen und sah Terron angespannt an. Er wusste, dass er ohne einen Kampf nicht davonkommen würde. Aber keinen von ihnen ernsthaft zu verletzen und sie trotzdem zu besiegen, würde sicher nicht einfach werden, zumal seine Verletzung ihm immer noch Schmerzen bereitete. Zwar heilten auch schwere Verletzungen verhältnismäßig schnell bei ihm, aber es dauerte immer einige Minuten, bis er sie nicht mehr spürte.

Langsam ließ er seinen Blick schweifen. Xendras Augen strahlten pure Kälte aus. Als Dracon sie ansah, hatte er das Gefühl, eine Fremde vor sich zu haben. Diesen völlig emotionslosen Gesichtsausdruck hatte er bei ihr noch nie gesehen. Jegliche Zuneigung, die sie für ihn gehabt hatte, schien verschwunden zu sein. Er hatte nicht erwartet, dass Xendra sich seinetwegen gegen die Oberen auflehnen würde, aber dass sie ihm so kalt entgegentrat, verletzte ihn. Antaro hingegen wirkte, als wäre er unfreiwillig dabei, und sah ihn besorgt an. Seine Absichten schienen nicht dieselben zu sein wie die seiner beiden Begleiter, was Dracon deutlich spüren konnte. Dennoch war er darauf gefasst, jeden Augenblick angegriffen zu werden.

Hinter ihm schlängelten sich dicke Wurzeln am Boden entlang, die sich unbemerkt um seine Füße wickelten. Erst als sie die Knöchel erreichten, sah Dracon, was da gerade geschah. Sowohl Xendra als auch Antaro besaßen die Fähigkeit, die Pflanzen nach ihrem Willen zu formen und wachsen zu lassen. Doch Dracon war sich sicher, dass es Xendra war, die versuchte, ihn zu fesseln. Sie grinste, als Dracon bemerkte, was sie vorhatte. Er ließ sich aber nicht beeindrucken und schlug die Wurzeln mit seinem Schwert ab. Er formte eine Energiekugel, um sie auf Xendra zu feuern, doch er zögerte im nächsten Augenblick. Er konnte sich nicht überwinden, sie anzugreifen.

Plötzlich traf ihn ein Schlag von der Seite, und er schwankte, drehte sich aber sogleich um. Im gleichen Augenblick traf ihn ein weiterer Schlag im Gesicht. Ein lautes Knacken war zu hören, als seine Nase brach. Den dritten Schlag blockte er ab und bekam endlich die Gelegenheit, sich zu verteidigen. Er wollte Terron in den Magen schlagen, aber seine Faust prallte auf den dicken Knochenpanzer, der Terrons Oberkörper schützte. Dracon blickte auf seine schmerzende Hand, und er ärgerte sich über sich selbst. Es war ihm unerklärlich, wie er Terrons Panzer vergessen konnte.

Terron lachte. »Du bist wirklich bemitleidenswert.«

In diesem Augenblick schlug Dracon ihm so heftig unters Kinn, dass dieser umfiel. Sogleich ging Xendra mit dem Schwert auf Dracon los. Er wehrte ihre Schläge ab, griff aber nicht an. Terron war wieder aufgestanden und kam Xendra zur Hilfe. Dracon schlug Xendra das

Schwert aus der Hand und wandte sich wieder Terron zu, der ihn erneut von der Seite angriff. Xendra feuerte Energiekugeln auf ihn und brachte ihn zu Fall. Dann sprang Terron auf ihn und schlug ihm mit voller Wucht seine Faust ins Gesicht. Für einen kurzen Augenblick wurde ihm schwarz vor Augen. Als sein Blick wieder klar wurde, sah er Terron neben sich stehen. Er hielt Dracons Schwert in der Hand.

»Das nehme ich! Einem Verräter steht es nicht zu, eine Waffe der Oberen zu tragen«, sagte er und versetzte Dracon einen Tritt in die noch offene Wunde.

Antaro hatte sich aus dem Kampf herausgehalten, bisher hatte er noch kein Wort gesprochen. Doch nachdem Terron Dracon getreten hatte, schubste er ihn zur Seite. »Du bist wirklich das Letzte. Hör auf, ihn zu quälen.«

»Willst du den Verräter etwa in Schutz nehmen?«, fragte Terron wütend. »Du weißt, dass es dich gleichermaßen zu einem Verräter macht, wenn du ihm hilfst.«

Antaro erwiderte nichts und blickte Terron nur abfällig an. Dracon überlegte, wie er sich aus dieser Situation befreien könnte, ohne jemandem zu schaden. Dann kam ihm der rettende Gedanke. Er flüsterte etwas in der magischen Sprache, und im nächsten Moment rissen Xendra, Terron und Antaro ihre Augen auf. Sie konnte nichts mehr sehen und starrten erschrocken ins Leere.

Dracon sprang auf und lief los. Der Zauber dauerte nur wenige Sekunden an, und er würde schnell sein müssen, wenn er in dieser Zeit außer Sichtweite gelangen wollte. Er lief zunächst zurück in Richtung Westen, wo er hergekommen war. Dort war die Vegetation noch etwas dichter und bot mehr Möglichkeiten, sich zu verstecken.

»Wo ist er? Antaro, geh Richtung Westen, Xendra, du gehst nach Osten. Ich werde am Zugang zur Südschlucht nachsehen. Er kann noch nicht weit sein«, Terron war wütend, als der Zauber seine Wirkung verloren hatte.

Dracon lief so schnell er konnte, doch er hörte bereits Schritte hinter sich. Als er sich umdrehte, sah er Antaro und blieb stehen. Antaro blieb ebenfalls stehen. Schweigend starrten sich die beiden an.

»Antaro, hast du ihn gefunden?«, hörten sie Terron rufen.

»Nein! Hier ist er nicht, er muss in eine andere Richtung gelaufen sein«, rief Antaro zu Dracons Verwunderung zurück. Er warf ihm noch ein kurzes Lächeln zu. »Viel Glück«, flüsterte er und ging wieder zu den anderen.

Dracon war erleichtert, er lief noch ein kleines Stück und setzte sich zum Schutz hinter einem Baum nieder. Seine Nase schmerzte noch ein wenig, war aber schon fast wieder geheilt, und auch die Wunde, die Tarina ihm zugefügt hatte, war wieder verschwunden. Er wischte sich das Blut aus dem Gesicht und dachte nach. Er hatte kein Schwert mehr, es war unmöglich, Shira ohne eine Waffe aus magischem Eisen zu befreien. Selbst mit einer Waffe hatte der erste Versuch, Shira zu retten, beinahe mit seinem Tod geendet.

Er hatte keine Wahl, er musste sich ein neues Schwert besorgen, doch das würde er nur in der Festung des Lichts bekommen. Aber er konnte nicht in die Waffenkammer, denn nur die Oberen kannten den Zauber, der die Tür dorthin öffnete. Die einzige Möglichkeit, die ihm blieb, war es, zum ewigen Feuer zu gehen. Casto lagerte dort einige Waffen, allerdings war er auch fast immer zugegen. Aber so absurd es Dracon auch erschien, hatte er das Gefühl, dass Casto der Einzige sei, der ihm vielleicht helfen würde. Er musste es versuchen.

Über die Südschlucht würde er zur Festung des Lichts gelangen, allerdings war es sehr wahrscheinlich, dass Xendra, Antaro und Terron ebenfalls diesen Weg wählten. Es gab noch einen weiteren Weg, der sich fast parallel zur Südschlucht befand. Nur war dieser länger und äußerst mühsam, führte er doch durch ein sehr steiniges und unebenes Gelände. Bis zur Festung des Lichts würde er mindestens einen Tag brauchen, und es wäre kaum noch möglich, Shira einzuholen, bevor sie und ihre Begleiter den Berg der Verdammnis erreichten. Aber ihm blieb nichts anderes übrig.

Nachdem er sichergestellt hatte, dass die drei nicht mehr in der Nähe waren, lief Dracon zur Südschlucht. Von dort aus führte ein schmaler, steiniger Pfad den Berg entlang. Er wollte sich beeilen, um keine Zeit zu verlieren, aber es wurde bereits dunkel, und der Weg vor ihm war kaum noch zu erkennen. Er stolperte immer wieder über die dicken Steine, die über den Boden verteilt waren. Seine Beine waren schwer, und er spürte die Müdigkeit. Es widerstrebte ihm, aber sein Körper zwang ihn, eine Pause zu machen.

Er schlief sehr unruhig und wurde früh am Morgen von dem Geräusch knackender Äste und raschelnden Laubes aufgeschreckt. Ein Hase saß unmittelbar neben ihm und sah ihn überrascht an.

Dracon erwiderte seinen Blick und dachte kurz darüber nach, den Hasen zu töten, um ihn zu essen. Doch bevor er sich entschieden hatte, hüpfte der Hase davon.

EIN MENSCH IM MARAFFENLAND

Ilas irrte bereits drei Tage umher. Seine Jagdversuche waren alle erfolglos, und die Vegetation hatte sich verändert. Die Pflanzen und Sträucher waren ihm unbekannt. Er wusste nicht, welche von ihnen essbar waren. Der Hunger zerrte an seinen Kräften, und es fiel ihm immer schwerer, sich durch die Sträucher und Farne zu kämpfen, die den Boden bedeckten. Sein Wasserschlauch war beinahe leer, und eine Wasserquelle hatte er bisher nicht finden können.

Erschöpft ließ er sich, an einen Baumstamm gelehnt, zu Boden sinken. Wenn er nicht bald einen Weg aus diesen Wäldern finden würde, wäre er verloren. Er blickte zum Blätterdach hinauf. Nur an wenigen Stellen blitzte das Sonnenlicht hindurch und wirkte wie kleine Sterne, die hinter den Blättern strahlten.

Er schloss die Augen und lauschte dem Wind. Plötzlich hörte er Laub rascheln und schreckte auf. Vor ihm saß ein silbern funkelnder Aphthale. Er sah aus wie ein Schimpanse, nur viel größer, und beäugte ihn neugierig. Ilas war sich nicht sicher, ob er etwas zu befürchten hatte, er hatte ein solches Wesen noch nie gesehen. Es schnüffelte an ihm, und schien ihm etwas mitteilen zu wollen. Das affenähnliche Wesen bedeutete Ilas mit seiner Hand, ihm zu folgen.

Ilas war verunsichert, aber er dachte sich, dass er nichts zu verlieren hätte. Er stand auf und ging dem silbernen Aphthalen hinterher. Vor einem dicken Baum blieben sie stehen. Das Wesen legte seine Hand auf den Stamm, und ein Durchgang wurde sichtbar. Ilas behagte es nicht, hineinzugehen, und dennoch blieb er nicht stehen. Auf der anderen Seite standen zwei weitere dieser sonderbaren Aphthalen.

»Wieso bringst du einen Menschen hierher?«

»Er hat sich verirrt. Er braucht unsere Hilfe.«

Ilas wusste, dass sie sich unterhielten, doch hören konnte er nichts. Sie sahen ihn misstrauisch an, dann nickte einer von ihnen. Je einer trat an Ilas Seite, und sie wiesen ihn an, sein Schwert und seinen Dolch abzulegen.

Zunächst weigerte er sich, doch er merkte schnell, dass er keine Wahl hatte. Widerwillig legte er seine Waffen ab und folgte ihnen.

Sie überquerte eine weite Wiese, und Ilas bestaunte die riesigen Bäume rings herum. Überall waren die affenähnlichen Aphthalen zu sehen, sie standen auf den Balkonen, die an jedem Baum zu sehen waren. Oder auf den Treppen, die sich um die breiten Stämme herumwickelten. Neugierig folgten ihre Blicke jedem Schritt, den Ilas tat. Es war ihm unangenehm, aber er fürchtete sich nicht. Diese Wesen machten einen sehr friedlichen Eindruck, und Ilas glaubte nicht, dass sie ihm etwas antun würden, obschon er sich fragte, was sie mit ihm vorhatten.

Sie erreichten die beiden Bäume, die wie Palasttürme vor ihnen emporragten. Sie blieben stehen. Einer seiner Begleiter lief die Treppe hinauf, die zum Blätterdach führte. Es dauerte nicht lange, bis er zurückkam, gefolgt von einem weiteren dieser Wesen, nur dass dieses ein goldenes Fell trug. Die Anmut und die Ausstrahlung dieses Geschöpfes ließen Ilas wissen, dass es die Königin oder der König dieses Volkes sein musste. Wieder wurde Ilas gemustert und beschnüffelt. Er kam sich vor wie ein Pferd, das von seinem möglichen Käufer begutachtet wurde.

Schließlich lächelte der goldene Aphthale, nahm seine Hand und zog ihn hinter sich her die Treppe hinauf. Sie betraten eine Art Küche. Ilas war beeindruckt von der Vielfalt an Kräutern, Tränken und anderen Dingen, von denen er nicht zu sagen vermochte, was es war. Der sonderbare Geruch, eine Mischung aus Kräutern, Erde und verbranntem Holz, stieg ihm in die Nase. Nie zuvor hatte er etwas Ähnliches gerochen, aber er empfand es in keiner Weise unangenehm.

Nur diese Umgebung beunruhigte ihn. Ihn beschlich das Gefühl, dieses eigenartige Wesen würde ihn mit einem Zauber belegen. In der Mitte des Raumes lagen Kissen, auf die er sich setzen sollte, während der Aphthale ein Regal, das voller kleiner Glasfläschchen war, durchsuchte. Aus der hintersten Ecke zog er eines der Fläschchen hervor. Es war von einer dicken Staubschicht bedeckt, die vermuten ließ, dass dieses Fläschchen jahrzehntelang nicht angerührt worden war. Der Aphthale pustete den Staub ab, und eine Wolke bildete sich um ihn herum. Die feinen Partikel verteilten sich im Raum und tanzten im einfallenden Sonnenlicht.

Er öffnete das Fläschchen, roch kurz daran und reichte es Ilas. Er deute mit der Hand an, dass Ilas es trinken solle, doch der hatte Angst. Womöglich würde er sich in etwas verwandeln. In eine Ratte oder in irgendein anderes Tier oder irgendein anderer furchtbarer Zauber würde sich über ihn legen. Vielleicht würde er auch einfach tot umfallen. Obwohl ihm das eher abwegig erschien.

Der goldene Aphthale forderte ihn erneut auf zu trinken. Ilas roch an dem Trank. Er roch süßlich, und vorsichtig nippte er an der dunklen Flüssigkeit. Zu seiner Verwunderung schmeckte sie köstlich, er zögerte nicht länger und trank das Fläschchen aus. Im nächsten Augenblick bereute er es. Angespannt sah er an sich herab und erwartete, sich zu verwandeln, doch es geschah nichts.

»Sei gegrüßt.«

Ilas zuckte zusammen, als er die weibliche Stimme vernahm. Er blickte erstaunt den goldenen Aphthalen an.

»Fürchte dich nicht. Ich bin Edisna, die Königin der Maraffen.«

Ilas wunderte sich zunächst, dass er sie verstehen konnte. Doch dann begriff er, dass dafür der Zaubertrank verantwortlich war. Ehrfürchtig senkte er sein Haupt. »Seid gegrüßt, Königin Edisna.«

»Bitte, sag mir, was macht ein Mensch ganz allein so tief in den Wäldern von Donadur?«

Ilas erzählte von seiner Reise und von seiner Begegnung mit den Todschatten.

»Du bist also ein Untertan von König Ferdinand?«, stellte Edisna fest. Ihre Mine verfinsterte sich.

»Nein, ich habe mich seiner Herrschaft schon lange entzogen. Sich so wie er gegen die Oberen aufzulehnen, missfällt mir.«

»Also folgst du den Gesetzen der Oberen?«

»Zumindest mehr als denen König Ferdinands.«

Edisna lächelte, als er das sagte. »Du bist ein außergewöhnlicher Mensch. Du scheinst dir dein eigenes Bild über die Dinge zu machen und folgst niemanden, ohne seine Absichten zu hinterfragen. Das ist sehr weise.« Sie sah ihn wieder nachdenklich an. »Warum ist dein Herz von Kummer erfüllt? Du bist den Todschatten entkommen, und dein Leben wurde gerettet. Aus welchem Grund trauerst du?«

»Ich habe vor einigen Tagen erfahren, dass ein guter Freund von mir gestorben ist.«

»Eine solche Nachricht ist immer schwer zu verkraften, doch in diesen Tagen werden sich solche Nachrichten bedauerlicher Weise häufen.«

»Das ist mir bewusst, und dennoch fällt es mir schwer zu begreifen, dass ein mächtiger Mankur, wie er einer war, einfach getötet werden konnte«, sagte Ilas.

»Er war ein Mankur?«, fragte Edisna überrascht. Selten hatte sie erlebt, dass Menschen und Mankuren befreundet waren. Aber die Zeiten mochten sich geändert haben. »Nun, auch die Mankuren sind nicht unsterblich«, erklärte sie.

»Sicher nicht. Aber er war nicht irgendein Mankur, und es war sicherlich nicht einfach, ihn zu töten. Zumal er die Fähigkeit besaß, seine Wunden zu heilen«, erklärte Ilas.

Edisna schaute ihn skeptisch an. Sie wusste, dass es nur zwei Mankuren gab, die diese Fähigkeit besaßen. »Wer war dein Freund?«

»Sein Name war Dracon, er war der Sohn von Drognor.«

»Dracon ist tot?!«, fragte Edisna entsetzt. »Woher weißt du davon?«

»Meine Schwestern habe es mir erzählt. Sie sagten, er sei im Kampf gegen die Todschatten in Dradonia gestorben.«

Edisnas bestürzter Gesichtsausdruck wandelte sich in Erleichterung. »Er ist nicht tot«, sagte sie.

»Ist er nicht?« Ilas sah Edisna mit großen Augen an.

»Nein, ich bin mir ziemlich sicher.«

»Aber wieso verbreitet sich die Nachricht im Land, er sei tot?«, fragte Ilas.

»Er war dem Tode sehr nahe, und womöglich wird davon ausgegangen, er habe nicht überlebt. Und vielleicht ist das auch gar nicht so schlecht. Du solltest dieses Wissen für dich behalten. Ich denke nicht, dass du ihm einen Gefallen tust, wenn du es weiterträgst.«

Ilas verstand nicht recht, wozu er geheim halten sollte, dass Dracon noch lebte. Aber ihm war bewusst, dass Edisna sicherlich Dinge bekannt waren, die sich seinem Wissen entzogen, und er versicherte ihr, es für sich zu behalten.

»Nun folge mir«, forderte Edisna ihn auf.

Sie gingen weiter die Treppe hinauf, die den Baumstamm entlangführte, bis sie zum großen Speisesaal im Blätterdach gelangten. Mehrere Maraffen waren dort zugange. Sie saßen auf dem langen Tisch, auf den Stuhllehnen oder auf dem Boden. Einige von ihnen sprangen herum, beschmissen sich mit Früchten oder anderen Lebensmitteln und kämpften um die besten Speisen.

Als Edisna den Raum betrat, wurde es schlagartig still. Alle Augen waren auf Ilas und sie gerichtet. Die Maraffenkönigin wedelte mit der Hand vor ihrem Gesicht, als wollte sie eine Fliege vertreiben, daraufhin verließen die anderen Maraffen den Saal. »Du musst verzeihen. Manieren, wie sie den Menschen oder Mankuren eigen sind, werden hier kaum gepflegt«, sagte sie.

Der Boden war mit Essensresten bedeckt, und die Tafel sah aus, als hätte ein wildes Tier darauf gewütet. Zerbrochene Teller, umgekippte Schüsseln und überall verteilte Speisen. Edisna nahm einen der Teller, die nicht zerbrochen waren, und sammelte einige unversehrte Früchte auf. »Bitte. Du bist sicher hungrig«, sagte sie und reichte Ilas den Teller.

Er war angewidert von dem Bild, was sich ihm bot, und dennoch hätte er sich am liebsten auf die umherliegenden Speisen gestürzt. Er hatte seit Tagen nichts gegessen, und das Obst auf dem Teller war für ihn ein Festmahl.

»Wenn es dir beliebt, darfst du bleiben. Hier im Maraffenland bist du vor den Schattenwesen sicher. Wenn du aber gehen möchtest, werden wir dich begleiten und dich aus den Wäldern von Donadur herausführen.«

»Vielen Dank. Ich bleibe gern.« Sein Vorhaben, seinen Vater zu besuchen, hatte er nicht verworfen. Aber der Gedanke, nicht in Angst leben zu müssen, auch wenn es nur für eine kurze Dauer sein würde, verlangte von ihm zu bleiben. Schließlich war er gewiss, dass sich eine solche Gelegenheit kaum ein zweites Mal bieten würde. Er bekam einen Einblick in eine Welt, die ein Mensch noch nie zuvor gesehen hatte.

Edisna nahm sich die Zeit, Ilas die Umgebung zu zeigen. Sie genoss seine erstaunten Blicke und hatte Freude daran, jemanden, der so leicht zu beeindrucken war, ihr Reich zu zeigen. Ilas war überwältigt von dem Anblick, der sich ihm bot. Riesige Blumen, deren Blütenblätter wie Baumkronen weit über ihre Köpfe hinausragten, umgaben sie. Die Bäume waren entsprechend größer, und Ilas kam sich vor, als wäre er auf die Größe eines Insektes geschrumpft. Am Boden fanden sich Pflanzen und Sträucher, deren Größe vertraut war, doch waren ihre Formen und Farben außergewöhnlich. Das Grün einiger Blätter fluoreszierte und ließ sie in einem bezaubernden Licht erstrahlen. Dann gab es Blätter, die aussahen wie Skulpturen, die verschiedene Vogelarten darstellten. Sie sahen so realistisch aus, dass Ilas sie für echte Vögel gehalten hätte, wären sie nicht am Blattstiel angewachsen gewesen.

Ein kleines Insekt flog an ihm vorbei und setzte sich auf eine Blüte neben seinem Fuß. Es sah von der Form her aus wie eine Biene, aber ihr Hinterteil war blaugrün gestreift und erzeugte, wie bei einem Glühwürmchen, ein kleines Licht. Als er das Tierchen betrachtete, kam ihm der Gedanke, dass es sicherlich auch Insekten gab, die sich der Größe der riesigen Blumen angepasst hatten.

»Ist es hier eigentlich gefährlich?«, fragte Ilas verunsichert.

»Gewiss, es ist überall gefährlich«, antwortete Edisna gelassen.

»Und gibt es hier vielleicht Wesen, die uns angreifen könnten?«

»Einige, am schlimmsten sind die lila Baumspinnen.«

»Lila Baumspinnen?! Wie groß sind die?«

»Sie werden etwa so groß wie ein Maraffe und fressen uns gern.«

»Fressen sie auch gern Menschen?«

»Sie kennen keine Menschen, also stehst du wohl nicht auf ihrem Speiseplan. Allerdings kann ich dir nicht versprechen, dass du ihnen nicht schmecken würdest.«

»Das nenne ich beruhigende Worte«, flüsterte Ilas.

Edisna lächelte. »Mach dir keine Sorgen, solange du in meiner Begleitung bist, wird dir sicher nichts geschehen.«

Und so war es auch. Auf ihrer Wanderung begegneten sie einigen Wesen, die für Ilas beängstigend wirkten, doch unabhängig davon, wie groß oder stark sie waren, traten sie Edisna mit Respekt gegenüber. Dabei war auch eine Kreatur, die so groß wie ein Drache war. Sie hatte einen Echsenkopf und ein rotes Fell. Mit ihrem Maul hätte sie Ilas problemlos verschlucken können, und ihre spitzen Zähne ließen vermuten, dass es ein Fleischfresser war. Aber auch diese Kreatur wagte es nicht, Edisna oder ihre Begleiter anzugreifen. So erfuhr Ilas, dass Edisna nicht nur die Königin der Maraffen war, sondern des ganzen Landes.

In den wenigen Tagen, die Ilas im Maraffenland verbrachte, traf er auch Rouh. Es freute ihn sehr, den großen grünen Tiger wiederzusehen, vor allem, weil er sich mit ihm unterhalten konnte.

Als Ilas das Maraffenland wieder verließ, versorgte Edisna ihn mit ausreichend Proviant und stellte ihm zwei ihrer Gefolgsleute zur Seite, die ihn sicher aus den Wäldern von Donadur herausführen sollten.

»Ich habe noch etwas für dich«, sagte Edisna und zupfte sich eines ihrer goldenen Haare aus. Es war viel dicker als ein Menschenhaar und zudem nicht rund, sondern flach, die Form war vergleichbar mit der eines Grashalms. »Das wird dich vor dem Zauber der Todschatten schützen, solange du es bei dir trägst. Es wird nicht verhindern können, dass du ihnen folgst, aber es wird dir ermöglichen, dich wieder aus ihrem Bann zu befreien.«

Ilas begriff nicht recht, was sie damit meinte, aber er nahm das Haar und steckte es behutsam in seine Hosentasche. Die beiden Maraffen begleiteten Ilas bis zum nördlichen Rand vom Tamwald. Dann verabschiedeten sie sich mit freundlichen Gesten, denn seitdem sie das Maraffenland verlassen hatten, war die Wirkung des Zaubertrankes verflogen und Ilas konnte sie nicht mehr verstehen. Er war überrascht, wie weit er vom Weg abgekommen war und dankbar über die Hilfe der Maraffen.

Er würde noch einige Tage unterwegs sein, bis er die Festung von König Ferdinand erreicht haben würde. Es war ein langer gefährlicher Weg, dessen war er sich bewusst, und er hoffte, auch weiterhin das Glück auf seiner Seite zu haben.

ZWIELICHTES VERHALTEN

Casto schmiedete gerade ein neues Schwert, als Dracon den großen Raum in der Festung des Lichts betrat, in dem sich das ewige Feuer befand. Er hatte gehofft, einer Begegnung mit ihm entgehen zu können, aber zu Dracons Ärgernis hatte das Schicksal es anders geplant.

»Wen haben wir denn da? Der tot geglaubte Verräter. Ich muss sagen, es ist ziemlich mutig von dir hierherzukommen oder auch einfach nur dumm. Was willst du hier?«, begrüßte Casto ihn.

»Ich brauche deine Hilfe«, sagte Dracon.

Casto fing lauthals an zu lachen. »Du willst meine Hilfe?! Der kleine Junge von Drognor will meine Hilfe haben. Dass ich das erleben darf«, spottete er und schien es richtig zu genießen.

»Bist du fertig?«, fragte Dracon und versuchte, seine Wut zu unterdrücken. Er hätte gern auf Castos Hilfe verzichtet. Doch wusste er, dass er es allein wahrscheinlich nicht schaffen würde, Shira zu befreien, schon gar nicht ohne eine Waffe aus magischem Eisen.

»Warum fragst du ausgerechnet mich? Wie kommst du darauf, dass ich dir helfen würde?« Casto grinste überlegen.

»Caldes hat Shira entführt.«

Als Casto seine Worte vernahm, wich das Grinsen einer finsteren Miene. »Wieso glaubst du, dass mich das interessiert?«

»Ich weiß, dass sie deine Tochter ist«, sagte Dracon.

Casto blickte ihn erstaunt an, obwohl er schon lange die Vermutung hatte, dass Dracon die Wahrheit über Shira kannte. Es schien ihm sinnlos zu sein, es weiterhin vor Dracon zu verleugnen. »Das hatte ich befürchtet.« Casto knirschte beinahe mit den Zähnen, als er das sagte.

»Also wirst du mir jetzt helfen?«

»Wozu? Sie ist längst tot«, war Casto sich sicher. Es klang beinahe so, als wäre es ihm gleichgültig. Er nahm das rotglühende Metall aus dem Feuer und schlug wütend mit dem Hammer darauf ein.

»Wenn er sie töten wollte, würde er sich doch nicht die Mühe machen, sie gefangen zu nehmen. Wir müssen ihr helfen!«

Casto stoppte seine Bewegung und sah Dracon wütend an. »Weißt du überhaupt, wovon du da sprichst? Selbst wenn du es irgendwie schaffen solltest, in den Berg der Verdammnis hineinzugelangen, wirst du nicht wieder herauskommen. Du kannst ihr nicht helfen. Find dich einfach damit ab.«

»Wenn es nicht möglich ist, Shira zu befreien, dann ist es auch nicht möglich, Caldes zu besiegen!«

»Was genau meinst du damit?«

»Ohne sie werden wir Caldes nicht besiegen können.«, erklärte Dracon und hoffte, Casto so überzeugen zu können. Aber dieser glaubte ihm nicht.

»Verschwinde hier, bevor ich dich nicht mehr gehen lasse!«, erwiderte Casto.

»Gibst du mir wenigstens ein Schwert?«

»Wieso? Was ist mit deinem passiert?«

»Xendra und Terron haben es mir abgenommen, als sie gegen mich gekämpft haben.«

Casto zog verwundert seine Augenbraue hoch. »Sie haben gegen dich gekämpft?«, Casto lachte kurz. »Sie wollten dich herbringen, habe ich recht?«

Dracon nickte. »Ich konnte ihnen entkommen, aber Terron hat mein Schwert.«

»Sie waren nicht in der Lage, dich festzuhalten? Ich muss schon sagen, du überraschst mich immer wieder. Aber wenn sie bereits wissen, dass du nicht tot bist, lässt du mir keine Wahl. Espodra«, sagte Casto, und ein Paar Handschellen flogen von der Wand direkt an Dracons Handgelenke. Er schaute sich panisch nach einer Waffe um. Nicht weit von ihm entfernt hing ein Schwert an der Wand.

»Wag es nicht!«, drohte Casto, als er sah, was Dracon vorhatte.

»Wieso tust du das?«

»Ich sagte doch, ich habe keine Wahl. Drognor aserecer!« Casto grinste Drognor spöttisch an, als dieser neben ihm erschien. »Bitte. Dein Problem!«, erklärte Casto, deutete auf Dracon und trat einen Schritt zurück.

Drognor war sprachlos. Er war einerseits froh, dass sein Sohn am Leben war, andererseits war er überaus wütend. Sein eigener Sohn hatte ihn verraten! Er hatte die Mankure gerettet, die zuvor ihn und seinen Vater beinahe getötet hätte. Und dabei hatte er noch sein eigenes Leben riskiert.

»Vater ...«

»Schweig!«, entfuhr es Drognor. »Du sprichst erst, wenn du dazu aufgefordert wirst! Casto, komm mit. Wir werden mit den anderen besprechen, was wir mit ihm machen.« Drognor bedeutete Dracon vorzugehen und ging mit gezogenem Schwert hinter ihm her.

»Ist das wirklich nötig?«

»Ich sagte, schweig! Was nötig ist, entscheide ich«, fuhr Drognor seinen Sohn an.

Sie betraten einen kleinen Raum, in dessen Mitte sich ein runder Tisch befand. Kurz davor blieben sie stehen. Casto trat Dracon in die Kniekehle, sodass er wegknickte und nach vorne stürzte. Seine Hände waren vor seinem Bauch eng aneinandergeschlossen, und er konnte seinen Sturz nicht richtig abfangen. Er landete mit dem Gesicht auf dem Boden. Drognor warf Casto einen vorwurfsvollen Blick zu.

»Ich dachte, dann musst du dein Schwert nicht so hochhalten«, sagte Casto erfreut.

»Mistkerl!« Obwohl Dracon das ziemlich leise sagte, konnte Casto ihn hören.

»Halt dein verdammtes Maul!«, entgegnete er.

»Es reicht! Casto, setz dich und ruf die anderen!«, brüllte Drognor, während er Dracon half, wieder aufzustehen. Dann sah er das Amulett, das bei dem Sturz aus Dracons Wams gerutscht war. »Was ist das?«, fragte Drognor misstrauisch und nahm das Amulett in die Hand, um es genauer zu betrachten.

»Eine Halskette, nichts weiter«, antwortete Dracon. Aber ihm war bewusst, dass sein Vater ihm nicht glauben würde.

Mit finsterer Miene sah Drognor ihn an, dann riss er das Amulett von Dracons Hals. »Wenn es nichts weiter ist, stört es dich sicher nicht, wenn ich es an mich nehme.«

Dracon erwiderte nichts und versuchte, seine Wut zu unterdrücken. Er starrte seinen Vater zornig in die Augen, während die anderen Oberen erschienen.

»Der verlorene Sohn ist zurück. Wer hat dich dieses Mal denn gefunden?«, wollte Aminar wissen. Natürlich hatten Xendra und Terron bereits von Dracons Festnahme und seiner Flucht berichtet.

»Casto hat ihn festgenommen. Er kam in die Höhle des ewigen Feuers.« Drognor drehte sich zu seinem Sohn. »Was hast du da eigentlich gemacht?«, fragte er.

»Er hat mich um ein Schwert gebeten«, rief Casto, bevor Dracon antworten konnte.

»Ha, das glaube ich nicht. Du hast Casto um ein Schwert gebeten?« Das klang allzu absurd, wie Drognor fand. Selbst Widera und Diggto konnten sich ein Lachen nicht verkneifen.

»Es stimmt. Ich habe ihn um ein Schwert gebeten. Ich brauche es. Caldes hat Shira entführt, und ich muss ihr helfen«, erklärte Dracon. Mit einem Mal wurden alle still.

»Du glaubst, du könntest sie aus Caldes' Fängen befreien? Du bist ja nicht mehr bei Trost«, sagte Drognor.

»Wir brauchen sie! Ohne sie werden wir den goldenen Drachenkopf nicht finden.«

Die Gesichter im Raum blickten teilweise verwirrt und teilweise nachdenklich drein.

»Der goldene Drachenkopf? Woher weißt du davon?«, fragte Drognor misstrauisch.

Dracon war sich unsicher, ob er von seiner Begegnung mit Edisna erzählen sollte. Er wusste, dass die Oberen keine gute Meinung von ihr hatten. Sie misstrauten ihr, da sie und ihr Volk sich den Gesetzen der Oberen entzogen, und nicht zuletzt, weil sie so mächtig war. »Das ist unwichtig«, sagte er schließlich.

»Das sehe ich anders. Denn es ist ungewiss, ob noch einer der goldenen Drachenköpfe existiert«, erwiderte Drognor und schüttelte verständnislos den Kopf. »Was ist nur mit dir geschehen? Du suchst nach einer uralten Reliquie, von der niemand weiß, ob es sie überhaupt noch gibt, und willst eine Mankure retten, die versucht hat, dich und deinen Vater zu töten.«

»Sie hat nie versucht, mich zu töten! Xendra hat den Pfeil auf mich geschossen, nicht sie!«, fiel Dracon seinem Vater ins Wort.

»Was redest du denn da?« Drognor trat vor seinen Sohn und musterte ihn. Er fragte sich, ob Dracon nicht doch mit einem Zauber belegt worden war. Da er wieder geheilt war, musste er zu einem Wesen Kontakt gehabt haben, das weitaus mächtiger war als die Mankuren. Da schien es Drognor nicht abwegig zu sein, dass dieses Wesen Dracon verflucht hatte. »Was hat Shira mit dir gemacht? Wo bist du mit ihr gewesen?«, fragte er.

»Wir waren in den Wäldern von Donadur«, erzählte Dracon weiter und ärgerte sich im selben Augenblick, dass er das gesagt hatte.

»Edisna! Ich hätte es mir denken können. Ich habe genug gehört, bringt ihn in den Kerker!«, befahl Drognor und verschwand.

»Das könnt ihr doch nicht machen! Mutter?« Dracon konnte es nicht glauben.

»Es tut mir leid, mein Sohn. Aber ich denke, dein Vater hat recht, du scheinst vom richtigen Weg abgekommen zu sein. Wir müssen dich davor bewahren, dass du einen großen Fehler begehst.« Verdala küsste ihn auf die Stirn und verschwand.

Dracon kochte vor Wut. Dass sie ihn für verrückt erklärten, machte ihn wahnsinnig.

»Wenn niemand sonst das übernehmen möchte, würde ich ihn gern in seine neue Unterkunft begleiten«, sagte Casto vergnügt.

»Ich werde mitgehen. Wir wollen doch sicher sein, dass er nicht wieder versucht wegzulaufen«, sagte Diggto. Dabei verzog er keine Miene, trat an Dracon heran und griff seinen Arm. »Lasst uns gehen«, forderte er Casto und Dracon auf.

***

Der Kerker war nur ein kleiner Raum mit einer Zelle aus magischem Eisen. Sie war ein Relikt aus vergangenen Zeiten und wurde nicht mehr gebraucht. Außer einem Steinbalken an der Wand, über dem einige Metallösen hingen, gab es nichts in dieser Zelle, nicht einmal ein Fenster. Die einzige Lichtquelle war eine kleine Öllampe, die gegenüber der Zelle an der Wand hing.

»Setz dich und heb deine Arme hoch«, befahl Diggto. Er befestigte die Handschellen an einer der Metallösen in der Wand.

»Muss das sein?«

»Sei still. Du kannst froh sein, dass wir dich nicht nach Damphthron bringen«, lachte Casto. Er schien es richtig zu genießen, Dracon einsperren zu dürfen. Casto verschloss die Zelle, dann verschwanden Diggto und er, ohne ein weiteres Wort.

Dracon war verzweifelt. Er konnte kaum glauben, dass das wirklich das Ende sein sollte. Er war gescheitert, noch bevor er überhaupt auch nur in die Nähe des Ziels gekommen war. Er fragte sich, was Caldes wohl mit Shira vorhatte. Was auch immer es war, es konnte nichts Gutes sein.

Er schloss die Augen und dachte an den Abend bei Berbog, als sie sich kennengelernt hatten. In seine Gedanken versunken hörte er plötzlich ein Geräusch. Er öffnete die Augen und sah, dass Casto vor ihm stand.

»Was willst du schon wieder hier? Bist du immer noch nicht zufrieden?«, fragte er verärgert.

Casto hatte, wie so oft, ein spöttisches Grinsen aufgelegt. »Wie hast du gedacht, sie zu befreien? Weißt du überhaupt, wie du in den Berg der Verdammnis hineingelangst oder wie du dich dort zurechtfindest? Dieser Berg ist ein einziges Labyrinth«, sagte Casto.

»Ich war noch nie dort. Woher soll ich also wissen, wie ich dort hineingelange? Ich wollte Shira befreien, bevor sie den Berg der Verdammnis erreicht. Aber das wusstest du ja zu verhindern«, entgegnete Dracon wütend.

»Ich hatte keine Wahl. Caldes hat seine Augen überall. Ich vermute schon seit Längerem, dass ein Verräter unter uns ist«, erklärte Casto.

Dracon verzog ungläubig das Gesicht. »Du glaubst, es ist einer von den Oberen?«

»Oder eines ihrer Kinder. Caldes wird sehr bald wissen, dass du eingesperrt wurdest. Das verschafft uns ein wenig Zeit. Auf der Nordseite des Berges gibt es einen verborgenen Zugang. Wenn wir Glück haben, können wir dort unbemerkt hineingelangen.« Er öffnete die Handschellen.

Dracon war sichtlich verwirrt und sah Casto fragend an, während er sich die Handgelenke rieb. »Hat mein Vater das veranlasst?«

»Dein Vater sollte davon besser nie etwas erfahren«, entgegnete Casto bestimmend. »Willst du hier Wurzeln schlagen? Wir haben nicht viel Zeit. Die Truppe von Caldes ist uns einen Tagesmarsch voraus.« Casto zeigte auf die Zellentür. »Nach dir.«

Dracon zögerte kurz, stand dann aber auf und verließ die Zelle.

»Wir gehen zuerst zum ewigen Feuer. Ich möchte dir noch etwas geben«, sagte Casto.

Als sie beim ewigen Feuer waren, nahm Casto ein Schwert und reichte es Dracon. »Das ist für dich. Es ist besser als dein altes. Probiere es aus.«

Dracon nahm das Schwert und schwang es durch die Luft. »Es ist perfekt. Danke.«

Er betrachtete das Schwert, dann sah er Casto an. »Warum hilfst du mir?«

»Ich bin es meiner Tochter schuldig.«

Seine Worte klangen gestellt. Dracon hatte immer noch das Gefühl, Casto mache ihm etwas vor.

»Außerdem weiß ich, dass sie unschuldig ist, und ich hoffe, dass ihr, dank Edisna, den goldenen Drachenkopf finden könnt.«

»Was willst du damit sagen?«

»Nur, dass ich dir glaube. Warte kurz hier, ich muss noch etwas Wichtiges holen«, sagte Casto und verschwand.

Dracon war verunsichert. Er wusste nach wie vor nicht, ob er Casto trauen konnte. Und es erschien ihm merkwürdig, dass er den goldenen Drachenkopf erwähnt hatte. Dracon fragte sich, ob Casto ganz andere Absichten verfolgte. Er dachte darüber nach, zu gehen, aber dann würde dieser ihn sicherlich verraten.

Bevor Dracon sich entschieden hatte, war Casto wieder zurück. Er hielt ihm das Amulett hin, das Drognor ihm zuvor weggenommen hatte.

»Ich weiß nicht, was es ist, aber ich denke, es ist wichtig, dass du es zurückbekommst«, vertraute Casto ihm an.

An das Amulett hatte Dracon gar nicht mehr gedacht, er war überrascht, dass Casto es ihm zurückgab.

»Lass uns gehen. Wir werden mindestens vier Tage brauchen, bis wir den Berg der Verdammnis erreichen.«

»Wir könnten Hedro um Hilfe bitten«, schlug Dracon vor.

»Das könnten wir. Aber nachdem du mit Hedro zu den Wäldern von Donadur geflogen bist, hat Aminar ihn und seine Familie von der Futterstelle fortgeschickt.«

Dracon bedauerte es sehr, das zu hören. Er wusste, wie sehr Hedro diese Futterstelle genossen hatte, und er fragte sich, ob er ihn je wiedersehen würde.

»Lass uns gehen. Wir haben bestimmt nicht viel Zeit, bis dein Vater bemerkt, dass du nicht mehr da bist.«

***

Es war bereits später Nachmittag, als sie das Marmitatal durch die Drachenschlucht, die in den Nordosten führte, verließen. Der Weg führte einige Kilometer weit durch eine schmale, steile Schlucht. Am Ende der Schlucht wuchsen wieder Sträucher, und die Berghänge wurden grüner.

Als die Nacht anbrach, hatten sie ein gutes Stück zurückgelegt. Casto blieb stehen. »Dein Vater ruft mich«, sagte er. »Wahrscheinlich wird er deine Flucht bemerkt haben. Ich bin bald zurück.« Dann war Casto verschwunden.

Dracon wusste nicht, ob er warten oder einfach weitergehen sollte. Casto würde ihn im Dunkeln sicher nicht so leicht wiederfinden. An einem Felsen neben einem kleinen Busch setzte er sich und wartete auf Casto.

***

Drognor hatte sich in seine Kammer zurückgezogen. Er saß am Tisch mit einem Glas Kräuterwasser in der Hand und starrte gedankenverloren auf die Flasche, die vor ihm stand. Er dachte über seinen Sohn nach, und je länger er darüber nachdachte, umso mehr Zweifel kamen in ihm auf. Beinahe zwei Stunden saß Drognor an dem Tisch, trank unentwegt Kräuterwasser und ließ sich alle Ereignisse der letzten Wochen noch mal durch den Kopf gehen. Dann dachte er über die Prophezeiung nach, und immer mehr beschlich ihn das Gefühl, einen Fehler gemacht zu haben.

Die Flasche Kräuterwasser war fast leer, als er Verdala zu sich rief. »Wir müssen uns unterhalten«, sagte er.

Verdala sah ihn vorwurfsvoll an. »Musst du immer gleich zum Kräuterwasser greifen, wenn dich etwas bedrückt?«

Drognor ging darauf nicht ein, er hatte sie nicht gerufen, um mit ihr über seine schlechten Gewohnheiten zu streiten. »Ich möchte wissen, was du über unseren Sohn denkst. Hältst du es für möglich, dass er die Wahrheit sagt? Ich meine, kann es wirklich sein, dass wir zu stur sind, um den richtigen Weg zu erkennen, so wie es die Prophezeiung besagt? Was ist, wenn wir ihm unrecht getan haben?« Drognor klang verzweifelt. Er nahm einen Schluck aus seinem Glas und sprach weiter. »Ich hatte immer das Gefühl, ich bin dafür verantwortlich, ihn auf den richtigen Weg zu bringen. Aber nun scheint es mir, ich hätte genau das Gegenteil erreicht.« Er seufzte und trank erneut einen Schluck Kräuterwasser.

»Es ist bedauerlich, dass du nur unter Einfluss von Kräuterwasser in der Lage bist, die Dinge von mehreren Seiten zu betrachten. Aber ich habe mir bereits ähnliche Gedanken gemacht. Wir sind davon ausgegangen, dass Shira ihn töten wollte, doch hat sie ihm, wie es scheint, das Leben gerettet. Ich denke, sie ist unschuldig, und deswegen möchte ich gern von dir wissen, was wirklich geschehen ist an dem Abend, als sie die Festung des Lichts verlassen hatte.« Verdala schaute Drognor eindringlich an.

»Ich habe sie in der kleinen Schlafkammer, die an Dracons Zimmer grenzt, eingesperrt. Doch sie konnte fliehen, natürlich nur mithilfe unseres Sohnes. Ich habe sie verfolgt und angegriffen. Ich war überzeugt, dass sie eine Bedrohung für uns ist.«

»Also hat Dracon die Wahrheit erzählt. Sie hat nicht versucht, dich zu töten, sie hat sich nur verteidigt«, stellte Verdala fest.

Drognor nickte schuldbewusst.

»Warum hast du gelogen?«

Drognor dachte über die Frage nach. Er hatte gelogen, weil er die anderen Oberen so leichter von seiner Vermutung hatte überzeugen können. Nachdem Xendra ihm dann noch erzählt hatte, dass Shira ihr den Pfeil gestohlen hatte, fühlte er sich bestätigt und hatte nicht einmal in Betracht gezogen, dass Xendra gelogen haben könnte.

»Zu diesem Zeitpunkt war ich mir sicher, dass richtige zu tun. Bitte verzeih mir. Ich denke, wir sollten mit Dracon sprechen«, schlug Drognor vor.

Verdala nickte zustimmend. Gemeinsam gingen sie zum Kerker und stellten mit Entsetzen fest, dass er nicht mehr dort war. Drognor wurde wütend, war er zuvor beinahe noch bereit gewesen, seinem Sohn zu verzeihen, konnte er seinen Zorn nun wieder kaum bändigen.

»Das glaube ich nicht!«, brüllte er, verschwand und ließ Verdala mit einem fragenden Blick zurück.

Er suchte Terron, Xendra und Antaro und forderte sie auf, in den Versammlungssaal zu kommen. Auch die anderen Oberen rief er dorthin. Wütend blickte er in die Runde.

»Dracon ist geflohen, und einer von euch hat ihm dabei geholfen!« Seine Stimme klang bedrohlich. Jeden Einzelnen sah er misstrauisch an, selbst Verdala entging seinem stechenden Blick nicht. »Wer ist der Verräter? Wer von euch hat ihn befreit?«, brüllte er ungehalten.

»Ich glaube kaum, dass derjenige es freiwillig zugeben wird«, bemerkte Aminar und schürte damit Drognors Misstrauen ihm gegenüber.

»Ich werde euch alle dazu zwingen, die Wahrheit zu sagen. Mit dir fange ich an«, drohte er und ging auf Aminar zu.

»Was hast du vor? Willst du etwa meine Gedanken lesen? Das werde ich nicht zulassen«, entgegnete dieser und zog sein Schwert. Er besaß nicht die Fähigkeit, dass Gedankenlesen abzublocken, aber er war bereit, sich mit allen Mitteln dagegen zu wehren.

Casto ging dazwischen. »Ich denke, wir finden eine bessere Lösung, als uns gegenseitig die Köpfe einzuschlagen«, warf er ein. Aminar trat einen Schritt zurück, während Drognor Casto wütend anstarrte. »Beruhige dich. Ich kann deine Wut durchaus nachvollziehen, doch es ist sicherlich nicht der richtige Weg, jeden in diesem Raum für einen Verräter zu halten.«

»Und was schlägst du stattdessen vor? Es besteht kein Zweifel, dass einer von euch ihm zur Flucht verholfen hat«, sagte Drognor.

»Wer sagt uns denn, dass du es nicht selbst gewesen bist?«, gab Casto zu bedenken und erzürnte Drognor noch mehr.

»Wenn ich mir nicht sicher wäre, dass du meinem Sohn niemals helfen würdest, würde ich denken, dass du es gewesen bist«, erwiderte Drognor. Casto lächelte verschmitzt.

»Statt uns gegenseitig Vorwürfe zu machen, sollten wir ihn suchen«, überlegte Diggto. »Seitdem wir ihn eingesperrt haben, sind einige Stunden vergangen, doch wird er sich sicherlich noch nicht allzu weit entfernt haben. Wir teilen uns auf und suchen alle Wege, die aus dem Marmitatal führen, ab.«

»Es ist bereits dunkel, es wird nicht einfach sein, ihn im Schutze der Nacht zu finden«, wandte Planara ein.

»Vielleicht sollten wir ihn auch einfach gehen lassen. Es ist nicht auszuschließen, dass wir ihn zu Unrecht verurteilt haben«, gab Verdala zu bedenken und erntete zum Teil misstrauische und zum Teil nachdenkliche Blicke.

Drognor war skeptisch. Er fragte sich, ob sie das wegen des Gesprächs, das sie zuvor mit ihm geführt hatte, sagte oder ob sie es gewesen war, die Dracon geholfen hatte.

»Wieso glaubst du, er sei zu Unrecht verurteilt worden?«, fragte Widera.

Verdala sah Drognor an und überlegte, ob sie erzählen sollte, was er ihr gebeichtet hatte. Drognors Blick verriet ihr, dass sie schweigen sollte, doch sie entschied sich dagegen. »Weil sich herausgestellt hat, dass sich einige Dinge anders zugetragen haben, als es uns berichtet wurde«, sagte sie.

»Was genau meinst du damit?«, fragte Diggto skeptisch.

»Ich denke, das sollte Drognor euch erzählen.«

Widerwillig berichtete Drognor, was an dem Abend geschehen war, an dem Shira aus der Festung geflüchtet war, und gestand ein, einen Fehler gemacht zu haben. Allerdings ließ er nicht von seiner Vermutung ab, dass Shira die Dienerin des Bösen war. Und dieses Mal erzählte er, dass sie Castos Tochter war.

»Ist das wahr?«, wollte Aumora von Casto wissen. Alle Augen waren auf ihn gerichtet, gespannt auf seine Antwort.

Er dachte darüber nach, es weiterhin zu leugnen, doch würden sie dann die Wahrheit erfahren, würde er seine Glaubwürdigkeit verlieren. »Ja, es ist wahr«, gab er schließlich zu.

Aumora sah ihn misstrauisch an. »Wie alt ist sie?«, fragte sie.

Sie war mit ihren vierunddreißig Jahren ein Jahr jünger als Dracon. Aber das durfte er Aumora nicht sagen. »Sie ist einunddreißig«, log er.

»Ich wusste gar nicht, dass du in dieser Zeit eine Geliebte hattest«, sagte Aumora.

»Keiner von euch wusste das«, meinte Casto.

Nun, da alle die Wahrheit kannten, schien es ihnen nur allzu wahrscheinlich, dass Drognor mit seiner Vermutung richtig lag. Obwohl er sich selbst nicht mehr so sicher war, was er allerdings verschwieg. Zumal er sich einfach nicht vorstellen konnte, dass Xendra es wagen würde, ihn anzulügen. Allerdings wenn er genauer darüber nachdachte, kamen ihm doch Zweifel. Sollte sie wirklich selbst den Pfeil abgeschossen haben, hätte sie es ihm sicher nicht gesagt. Er beäugte sie kritisch. Dann verwarf er den Gedanken wieder. Er war sich sicher, dass Xendra Dracon nie etwas antun würde.

»Ich weiß, dass es nicht richtig war, die Wahrheit zu verschweigen, aber ich habe keinen Zweifel daran, dass die Prophezeiung von Shira spricht«, beendete Drognor seinen Bericht.

»Wie erklärst du dir dann, dass sie Dracon offensichtlich vor dem Tode bewahrt hat?«, wollte Casto wissen.

»Ich kann mir vorstellen, dass sie ein bestimmtes Ziel verfolgt. Sie wird ihn brauchen. Angenommen Dracon ist tatsächlich dazu bestimmt, den goldenen Drachenkopf zu finden, dann wäre es möglich, dass Shira auf ihn angewiesen ist. Sie würde ihn so lange am Leben lassen, bis sie den Drachenkopf gefunden haben.«

Diese Überlegung erschien auch den anderen Oberen nicht ganz abwegig, nur Casto war weniger überzeugt.

»Das würde allerdings bedeuten, dass sie nicht die Schützin des Giftpfeils war«, sagte er.

Alle Augen waren auf Xendra gerichtet, die ihre Nervosität nicht länger verbergen konnte. »Ist das so?«, fragte Drognor sie, der nun wieder Verdacht schöpfte, dass sie selbst den Pfeil geschossen hatte.

Xendra fühlte sich bedrängt. Sie wusste nicht, was sie sagen sollte, doch dann fiel ihr etwas ein. »Ich habe die Wahrheit gesagt.«

»Dann erklär mir, wieso Shira erst versucht hat, Dracon zu töten, um ihn anschließend wieder zu retten. Das ergibt keinen Sinn«, warf Casto in einem bedrohlichen Ton ein. Er hatte Xendra von Anfang an nicht geglaubt und war überzeugt davon, dass sie log.

»Das ist offensichtlich. Sie musste sein Vertrauen zurückgewinnen. Deswegen musste sie dafür sorgen, dass sie ihm das Leben retten kann«, erklärte Xendra.

»Das scheint mir doch etwas weit hergeholt«, widersprach Casto.

»Vielleicht ist es das, und dennoch ist es eine durchaus plausible Erklärung«, sagte Drognor.

Antaro zweifelte an Xendras Aussage. Dracon hatte Shira vertraut, sonst hätte er nicht versucht, ihr zur Flucht zu verhelfen, dementsprechend hatte sie es gar nicht nötig, sein Vertrauen zurückzugewinnen. Je länger er darüber nachdachte, umso sicherer war er, dass seine Schwester log. Er wollte es den Oberen sagen, allerdings würde er dann erzählen müssen, dass Dracon versucht hatte, Shira zur Flucht zu verhelfen. Antaro hatte Zweifel, ob er Dracon damit helfen würde, wenn er die Wahrheit sagte. Vielleicht würde er sich nur selbst Probleme einhandeln, schließlich hatte Antaro von Dracons Vorhaben gewusst und nicht versucht, ihn daran zu hindern. Wenn er etwas sagen würde, lief er Gefahr, selbst als Verräter verurteilt zu werden, und wahrscheinlich würden alle von ihm denken, dass er Dracon aus der Zelle befreit hätte. Bei diesem Gedanken entschied Antaro sich, zu schweigen.

»Wenn deine Vermutung zutrifft, ist es unsere Pflicht, Dracon vor ihr zu schützen. Es ist nachvollziehbar, dass er ihr vertraut, wenn sie ihm das Leben gerettet hat«, sagte Aminar.

»Wenn Shira eine Verbündete von Caldes wäre, würde Caldes sie sicher nicht entführen lassen«, wandte Casto ein.

»Vielleicht wurde sie gar nicht entführt. Möglicherweise hat sie Dracon das nur glauben lassen, um ihn zu Caldes zu führen«, merkte Aumora an.

»Wir werden ihn suchen«, entschied Drognor, »gleich morgen früh werden wir mit der Suche beginnen. Wir kennen sein Ziel, es wird sicher nicht lange dauern, bis wir ihn gefunden haben. Und um auszuschließen, dass der Verräter unter uns ihm erneut zur Flucht verhilft, werden wir gemeinsam nach ihm suchen. Zumindest immer zu zweit«, fügte er an. »Gut, wenn alle damit einverstanden sind, treffen wir uns morgen kurz vor Sonnenaufgang wieder hier.«

Alle nickten zustimmend, und einer nach dem anderen verließ den Raum.

***

Dracon hatte wieder von Caldes geträumt und wachte erschrocken auf. Vor ihm brannte ein Lagerfeuer, und ein kleiner schwarzer Falter flog von ihm weg. Als er ihn sah, versuchte er, ihn sofort zu fangen, aber er verfehlte ihn, und das schwarze Insekt flog an dem Feuer vorbei zu Casto, dem es gelang, den Falter zu erwischen. Der zerdrückte ihn in seiner Faust, und als er seine Hand wieder öffnete, rieselte glitzernder Staub heraus. Dracon seufzte erleichtert, als Casto den Falter zerquetscht hatte.

»Er verwendet erstaunlich viel Energie, um dich aus dem Weg zu räumen«, stellte Casto fest. »Er schreckt nicht einmal davor zurück, Traumdiebe zu nutzen. Du scheinst wirklich eine Bedrohung für ihn zu sein.«

Traumdiebe gehörten zu den verbotenen Zaubern. Sie drangen in Träume ein, wandelten diese zu einem Albtraum, den sie dann einfingen, um ihn mitzunehmen. Sobald das Opfer erwachte, flüchteten sie als Nachtfalter. Wenn sie nicht gefangen und zerdrückt wurden, ließen sie den gestohlenen Traum wahr werden.

Es waren schon einige Stunden vergangen, seit Casto aus der Festung des Lichts zurückgekehrt war, und die ganze Zeit hatte er Dracon beim Schlafen beobachtet. Er hatte wieder im Schlaf gesprochen, und Casto hatte alles gehört.

»Wie lange hast du diese Träume schon?«, fragte er.

»Welche Träume?«, war Dracon überrascht.

»Die, in denen Caldes dich heimsucht.«

»Wieso glaubst du, dass ich diese Träume schon länger habe?«

»Während du krank warst, hast du viel im Schlaf von ihm gesprochen. Als ich es mitbekam, konnte ich nicht überhören, dass es nicht der erste Traum von ihm war. Ich habe dich davor bewahrt, dass er dich tötet, falls du dich erinnerst«, sagte Casto.

Dracon erinnerte sich sogar sehr gut daran, und es ärgerte ihn, dass ausgerechnet Casto von seinen Albträumen erfahren musste. Seine Mutter hatte gesagt, es seien nur unverständliche Dinge gewesen, die er im Schlaf erzählt hatte, als er krank war. Nun fragte er sich, ob sie gelogen hatte. Casto schien einiges verstanden zu haben. Dracon wollte nicht mit ihm darüber sprechen, aber er wusste, dass Casto keine Ruhe geben würde, bis er eine Antwort erhielt.

»Es hat angefangen, als ich sechs Jahre alt war, kurz nachdem mein Vater mir von der Prophezeiung erzählt hatte. Beinahe zwei Jahre lang träumte ich jeden Tag von ihm. Dann hörte es irgendwann auf, erst nachdem ich von dem Pfeil getroffen worden war, hat es wieder angefangen.«

»Das erklärt, warum du so ein verstörtes Kind warst«, stellte Casto fest.

»Ich war nicht verstört«, entgegnete Dracon beleidigt.

»Ja, rede dir das nur ein. Deine Eltern dachten zeitweise, du würdest den Verstand verlieren. Und offen gestanden waren sie nicht die Einzigen, die das dachten.«

»Gut zu wissen, dass mich meine Eltern schon damals für verrückt gehalten haben.«

»Du hast mithilfe eines Zaubers verhindert, dass du eingeschlafen bist. Nach sechs Tagen ohne Schlaf bist du völlig durchgedreht. Du hast niemanden mehr an dich herangelassen und jeden angegriffen, der dir zu nahekam. Wir mussten dich einsperren, bis wir herausgefunden hatten, was mit dir los war und dich von dem Zauber befreien konnten. Und da wunderst du dich, dass du für verrückt gehalten wurdest?«

Dracon erinnerte sich daran, dass er versucht hatte, sich mit einem Zauber vor dem Einschlafen zu schützen, um Caldes nicht mehr zu begegnen. Aber er dachte, es hätte nicht funktioniert, denn davon, dass er sechs Tage nicht geschlafen hatte, wusste er nichts mehr.

»Warum hast du deinen Eltern von den Träumen nichts erzählt?«, fragte Casto.

Dracon musste lächeln. »Weil ich befürchtete, sie würden mich für verrückt erklären.«

Auch Casto erkannte die Ironie dahinter und grinste.

»Damals war ich mir sicher, dass es nicht nur Träume waren. Caldes sagte immer, ich würde es bereuen, wenn ich meinen Eltern von ihm erzählen würde, was mir zusätzlich Angst machte. Zudem dachte ich, dass sie mir nicht glauben würden und mir auch nicht helfen könnten«, erzählte Dracon.

»Es wäre besser gewesen, wenn du es ihnen gesagt hättest. Es sind nicht nur Träume, Caldes versucht, dich zu manipulieren.«

Dracon sah Casto skeptisch an, er konnte sich nicht vorstellen, dass Caldes ihn manipuliert hatte.

»Er lässt dich glauben, dass du ihn nicht besiegen könntest. Du fürchtest dich vor ihm, weil er dich schon als Kind heimgesucht hat. Damit hat er erreicht, dass du glaubst, schwächer zu sein als er«, erklärte Casto.

»Und selbst wenn ich das glauben würde, würde es mich nicht davon abhalten, gegen ihn zu kämpfen«, entgegnete Dracon gereizt.

»Sicher nicht. Aber wenn du an dir zweifelst, wirst du verlieren.«

Dass Caldes ihn so stark beeinflussen konnte, machte Dracon wütend. »Es fällt mir schwer, das zu glauben. Wie konnte er Zugang zu meinen Träumen bekommen?«

»Das weiß ich nicht, aber wenn du ihn siehst und feststellst, dass er genauso aussieht wie in deinen Träumen, dann wirst du wissen, dass ich recht hatte«, erklärte Casto.

Dracon dachte über Castos Worte nach, und ihn beschlich das Gefühl, Caldes nicht gewachsen zu sein. Er würde versagen, daran hatte er kaum noch einen Zweifel. Mit diesem Gedanken stellte er fest, dass Casto recht hatte, Caldes hatte ihn manipuliert. Und das Gefühl zu versagen, bestärkte sich. Aber er wollte Casto keine Bestätigung geben und versuchte, sich auf andere Gedanken zu bringen.

»Was wollte mein Vater eigentlich von dir?«

»Wie ich bereits vermutet hatte, hat er bemerkt, dass du geflohen bist. Er ist ziemlich wütend, und weil er nicht weiß, wer dir geholfen hat, traut er niemandem mehr, nicht einmal deiner Mutter.«

Das wunderte Dracon nicht, dafür kannte er seinen Vater zu gut. »Hat er dich auch verdächtigt?«

»Ich denke, von mir glaubt er am wenigsten, dass ich dir helfen würde. Du solltest wissen, dass morgen früh die Suche nach dir beginnt. Sie haben beschlossen, dich davon abzuhalten, zum Berg der Verdammnis zu gehen. Sie vermuten, Shira sei nicht entführt worden und beabsichtige, dich zu Caldes zu führen. Es wird nicht einfach werden, deine Reise fortzusetzen. Wahrscheinlich werden sie dich spätestens morgen Nachmittag gefunden haben«, sagte Casto.

Dracon sah ihn entsetzt an. »Du musst sie irgendwie davon abbringen.«

»Das ist nicht möglich, und glaube mir, ich habe es versucht. Morgen früh werde ich mit ihnen die Suche beginnen, du wirst deinen Weg vorerst allein fortsetzen müssen.«

»Was willst du damit sagen, wirst du sie zu mir führen?« Dracon traute Casto zu, dass er ihn wieder verraten würde, gerade wenn es darum ging, sich selbst zu schützen.

»Nein, aber sie würden Verdacht schöpfen, wenn ich ihnen nicht helfe. Außerdem wird es gar nicht nötig sein, sie werden dich ohnehin früh genug finden.«

»Da wäre ich mir nicht so sicher«, entgegnete Dracon. Er stand auf und ging, ohne Casto zu beachten.

»Was hast du vor?«, rief dieser ihm hinterher.

»Zeit gewinnen.« Dracon verschwand in der Dunkelheit. Casto lief ihm nach. »Wolltest du nicht zurück zur Festung des Lichts?«, fragte Dracon garstig.

»Sicher, aber erst kurz vor Sonnenaufgang. So lange werde ich dich begleiten.«

»Wieso? Damit du weißt, wo ich bin, und die Suche der Oberen beschleunigen kannst?«

Casto grinste. »Ich muss zugeben, der Gedanke gefällt mir, aber wenn ich das vorhätte, hätte ich mir sicher nicht die Mühe gemacht, dich aus der Zelle zu befreien.«

Dracon blieb stehen und sah Casto verärgert an. »Warum verschwindest du nicht einfach?«, fragte er.

»Weil du meine Hilfe brauchen wirst«, antwortete Casto.

»Ich kann dir nicht glauben, dass du mir tatsächlich helfen willst.«

»Wenn es dir gelingt, den Berg der Verdammnis zu erreichen, bevor dich die Oberen finden, werde ich dir helfen«, versicherte Casto.

»Das bezweifle ich.«

»Einige Kilometer von hier entfernt befindet sich eine Höhle, sie ist mit einem kleinen Tunnelnetz verbunden. Einige dieser Tunnel führen am Fuße des Spähers vorbei bis zur Westseite des Berges. Wenn du dein Ziel erreichen willst, solltest du diesen Weg wählen. Es wird den Oberen kaum möglich sein, dich in diesem Labyrinth zu finden.«

»Labyrinth sagst du? Und wie soll es mir dann möglich sein, den richtigen Weg zu finden?«

»Das könnte in der Tat ein Problem werden. Aber du wirst das schon schaffen.« Casto klopfte ihm auf die Schulter, allerdings vermittelte er dabei nicht den Eindruck, als würde er an seine Worte glauben.

Dracon war sich nicht sicher, ob er Casto trauen konnte. Er vermutete einen Hinterhalt.

»Du vertraust mir nicht«, stellte Casto fest. »Wenn du dein Ziel erreichen willst, bleibt dir allerdings keine Wahl.«

Dracon behagte es nicht, Castos Vorschlag anzunehmen, aber auch ihm schien es die einzige Möglichkeit, unentdeckt das Androrgebirge zu verlassen. »Wo genau finde ich diese Höhle?«

»Ich werde dich hinbringen. Wir sollten sie bis Sonnenaufgang erreicht haben. Folge mir.«

Schnellen Schrittes verschwand Casto in der Dunkelheit. Dracon zögerte einen Augenblick, er hatte immer noch das Gefühl, Casto würde ihn in einen Hinterhalt führen. Schließlich folgte er ihm doch. Eine Weile liefen sie schweigend nebeneinanderher. Dracon blickte gelegentlich zu Casto, während er sich fragte, was dieser vorhatte. Nie hätte Dracon gedacht, dass Casto einmal der Einzige der Oberen sein würden, der ihm helfen würde. Obwohl er schon immer da gewesen war, hatte er ihn nie richtig kennengelernt. Er war für ihn wie ein böser Onkel, mit dem man sich nie unterhielt und nur gelegentlich böse Blicke oder Beleidigungen austauschte. Dracon hielt ihn für einen herzlosen, hinterhältigen Mistkerl, und er war für ihn ein Buch mit sieben Siegeln. Er vermittelte den Eindruck, dass ihm alles gleichgültig sei, was Shira anbelangte, und doch war er nun da. Wieder kamen Dracon Zweifel, ob Casto ihm wirklich helfen wollte oder nicht doch ganz andere Absichten verfolgte. Immer wieder blickte er zu ihm hinüber.

Schließlich bemerkte Casto seine Blicke. »Was ist? Warum starrst du mich so an?«

»Wer ist ihre Mutter?«, fragte Dracon.

Casto wusste sofort, dass er von Shira sprach und war etwas überrascht über diese direkte Frage. »Wieso glaubst du, ich würde dir das erzählen?«

»Es wird sowieso herauskommen, du wirst es nicht mehr lange vermeiden können. Bis dahin wird es von mir sicher niemand erfahren«, sagte Dracon.

»Nein, gewiss nicht. Weil ich es dir nicht sagen werde! Außerdem bin ich mir sicher, dass es nie jemand erfahren wird«, entgegnete Casto.

»Warum hast du es Shira nie erzählt?«

»Ich wüsste nicht, was dich das angeht.«

Dracon wusste, dass Casto sich angegriffen fühlte. Er wollte ihn nicht provozieren, aber er konnte sich einfach nicht zurückhalten. »Weißt du eigentlich, was du ihr damit angetan hast? Hast du gar kein schlechtes Gewissen, dass sie wegen dir ohne Mutter aufgewachsen ist?«

Casto packte die Wut. »Wegen mir? Du glaubst wirklich, dass es meine Schuld war? Ich verrate dir mal etwas. Wegen mir ist Shira überhaupt am Leben. Ihre Mutter wollte sie unmittelbar nach ihrer Geburt töten. Ich habe es nicht übers Herz gebracht. Um sie zu schützen, sagte ich ihrer Mutter, dass ich das Baby töten würde. Shiras Mutter weiß nicht einmal, dass sie eine Tochter hat.«

Dracon fehlten die Worte. Ihm wurde bewusst, dass Casto gar nicht so herzlos war, wie er sich gab. »Wieso hat sie ihr eigenes Baby gehasst?«, fragte Dracon.

»Ich weiß nicht, ob sie es gehasst hat. Ich weiß nicht einmal, ob sie überhaupt Gefühle für das Kind gehabt hat«, sagte Casto traurig.

»Liebst du sie immer noch?«, fragte Dracon.

»Shiras Mutter? Nein, aber ich habe sie geliebt.«

»Bis sie von dir verlangt hat, euer Kind zu töten.«

»Das war nicht der einzige Grund, sie sagte mir, dass sie mich nie geliebt hat, dass ihr Herz immer jemand anderem gehört hat. Als sie das sagte, sah ich etwas in ihren Augen, das ich zuvor nie gesehen hatte. Es war Kälte und Boshaftigkeit. Ich begriff in diesem Augenblick, dass sie nur mit mir gespielt hatte«, erklärte Casto, dann sah er Dracon verärgert an. »Ich weiß gar nicht, warum ich dir davon erzähle. Das geht niemanden etwas an und dich am allerwenigsten!«

»Hast du sie seitdem wieder gesehen, oder lebt sie mit demjenigen zusammen, den sie schon immer geliebt hat?«, fragte Dracon.

»Sagte ich gerade nicht, dass dich das nichts angeht? Sie lebt ganz sicher nicht mit ihm zusammen, ich weiß nicht einmal, wer er ist, und es interessiert mich auch nicht«, Casto wurde zornig.

»Du solltest Shira sagen, wer ihre Mutter ist«, sagte Dracon.

»Das wäre sicher nicht klug. Ich weiß nicht, was ihre Mutter machen würde, wenn sie erfahren würde, dass ich das Baby damals nicht getötet habe«, gab Casto niedergeschlagen zu.

Dracon bekam ein völlig anderes Bild von ihm. Er hatte sich zuvor noch nie richtig mit ihm unterhalten, und er begriff, dass Casto ein völlig anderer Mankur war, als er bisher gedacht hatte. »Es ist wirklich bemerkenswert, dass es dir drei Jahre lang gelungen ist, Shira in der Festung des Lichts vor den Oberen zu verbergen«, sagte Dracon.

Casto lächelte. »Dass noch vier weitere Kinder dort waren, erleichterte es ungemein«, kommentierte er tonlos. Er wollte sich nicht mehr über dieses Thema unterhalten, zwar hatte es ihm gutgetan, endlich mit jemandem darüber zu sprechen, aber er hätte nie gedacht, dass es ausgerechnet Dracon sein würde.

Dracon hingegen hätte gern noch mehr erfahren, aber er wusste, dass er sich auf sehr dünnem Eis bewegte. »Bist du eigentlich davon ausgegangen, dass ich Shira retten würde, als du mir sagtest, dass die Oberen sie in Nimbal gefunden haben?«

Casto schien verwundert zu sein über die Frage. »Wieso interessiert dich das?«

»Weil ich mich gefragt habe, ob du gehofft hast, dass ich Shira helfen würde, oder ob es dir einfach nur Freude bereitet hatte, mir schlechte Nachrichten zu überbringen«, sagte Dracon.

»Ich bin nicht davon ausgegangen, ich wusste, dass du es versuchen würdest. Allerdings hatte ich wenig Hoffnung, dass es dir gelingt. Ich war mir sicher, du würdest sterben. Was ist? Warum siehst du mich so vorwurfsvoll an? Niemand hat geglaubt, dass du die Vergiftung überleben wirst.«

»Deine Tochter hat daran geglaubt. Sonst wäre ich wahrscheinlich schon tot.«

»Wenn ich dich nicht dazu gebracht hätte, ihr zu helfen, aber auch. Also genau genommen, hast du es mir zu verdanken, dass du noch lebst.«

Dracon lächelte kopfschüttelnd. »Natürlich, das habe ich dir zu verdanken«, wiederholte er die Worte mit einem sarkastischen Unterton. Bis zur Morgendämmerung sprachen sie kein Wort mehr.

»Ab hier musst du allein weitergehen. Die Höhle befindet sich nicht weit von hier. Folge weiter diesem Pfad, und du wirst genau darauf zulaufen«, sagte Casto und verschwand.

Dracon dachte darüber nach, einen anderen Weg zu nehmen, während er weiterlief. Sollte Casto tatsächlich vorhaben, ihn wieder zu verraten, wäre es sicher klüger, seiner Anweisung nicht zu folgen. Allerdings würde er sich den Tag über verstecken müssen, wenn er nicht den Weg durch die Höhle gehen würde. Er blieb stehen. Vor ihm erstreckte sich ein großer Felsen, an dem sich der Pfad in zwei Richtungen teilte, aber von einer Höhle war nichts zu sehen, und sein Misstrauen wurde bestärkt.

Die Gegend war von bewaldeten Hügeln geprägt, die an einigen Stellen kahle, steinige Oberflächen hatten, es war nicht unwahrscheinlich, dass sich in einigen von ihnen Höhlen verbargen. Dracon wollte den Felsen vor sich genauer betrachten und näher herangehen, doch als er einen Schritt nach vorne machen wollte, bemerkte er, dass er mit einem Fuß am Boden festklebte. Dracon versuchte mit aller Kraft, seinen Fuß zu befreien, aber es gelang ihm nicht, und er fragte sich, warum er festklebte, denn es war nichts zu sehen.

Doch dann wurde es ihm plötzlich klar, und er zog sein Schwert. Angespannt blickte er sich um. Es war ungewöhnlich ruhig, die ersten Sonnenstrahlen drangen bereits durch das Blätterdach und berührten an einigen Stellen den Boden. Dracon wusste, dass er jeden Augenblick angegriffen werden würde. Verzweifelt versuchte er, sich an den Zauber zu erinnern, mit dem er sich von der klebrigen Substanz befreien konnte.

Er dachte an Widera. Sie hatte einige Jahre die Kinder der Oberen in der magischen Sprache unterrichtet. Dracon hatte vieles davon vergessen, aber er erinnerte sich, wie Widera bei diesem Zauber sagte, dass er wichtig sei und keiner ihn vergessen sollte. Davon könnten irgendwann unsere Leben abhängen. Wenn sie gewusst hätte, wie recht sie damit hatte, dachte er sich. Aber die Worte der magischen Sprache, die ihn befreien würden, wollten ihm einfach nicht einfallen, und ihm blieb keine Zeit mehr, weiter darüber nachzudenken.

Zwischen den Bäumen, die links von ihm standen, bewegte sich etwas. Lange schwarze Spinnenbeine, die so groß waren, dass ein Mankur ohne Probleme darunter durchlaufen konnte, waren zu sehen. Dann kamen zwei weitere Beine zum Vorschein, gefolgt von dem riesigen, achtäugigen Kopf, hinter dem sich der dicke runde Körper wie ein dunkler Schatten emporhob. Eine Finsterspinne kam aus ihrem Versteck, bereit, ihre Beute zu fressen.

Dracon kannte diese Art von Schattenwesen nur von Erzählungen, und er hatte sie sich wesentlich kleiner vorgestellt. Der Körper der Finsterspinne absorbierte das einfallende Licht komplett. Dracon hatte noch nie ein tieferes Schwarz gesehen. Die Konturen vom Kopf und der Beine verschwanden vor dem dicken Hinterteil, und ein bizarres Bild entstand. Eine schwarze, ovale Fläche mit acht Beinen. Nur die acht Augen und die beiden Zähne waren durch ihre tiefblau schimmernde Farbe zu erkennen.

Mit ihren langen Vorderbeinen versuchte die Spinne, Dracon zu packen, aber er wehrte sie ab, und die Finsterspinne sprang ein kleines Stück zurück. Für einen kurzen Augenblick verharrte sie auf der Stelle, bevor sie auf ihn zusprang. Sie war dabei so schnell, dass Dracon kaum reagieren konnte. Er hielt sein Schwert mit beiden Händen, die Klinge leicht geneigt, vor sich und durchbohrte die Spinne von unten durch ihren Kopf. Sie sackte zusammen, und Dracon hatte Mühe, unter der schweren Last stehen zu bleiben.

Die Finsterspinne lebte noch, ihre Zähne waren kurz vor seinem Gesicht und bewegten sich immer vor und zurück, bei dem Versuch ihn zu erwischen. Das Schwert steckte fest. Dracon hielt den Griff immer noch mit beiden Händen umschlossen und versuchte, es mit aller Kraft tiefer in die Spinne hineinzudrücken, aber es bewegte sich nicht.

Casto war inzwischen zurückgekommen, und er hatte Aminar bei sich. Sie standen nur wenige Meter von ihm entfernt. Aminar wollte Dracon sofort zur Hilfe eilen, aber Casto hielt ihn zurück.

»Warte noch. Ich will wissen, ob er es allein schafft«, sagte er.

»Dein Ernst?«, fragte Aminar entsetzt.

Casto nickte, während Aminar sein Schwert zog, bereit, einzugreifen, tat es aber nicht und sah gespannt zu der Finsterspinne, die dabei war, Dracon zu besiegen. Casto beobachtete entspannt das Geschehen.

Dracon versuchte, das Schwert zu bewegen, aber es hatte sich in dem dicken Chitinpanzer verkeilt und rührte sich nicht. Die Spinne brachte Dracon mit ihren Vorderbeinen zu Fall. Als er mit dem Rücken auf dem Boden aufschlug, hielt er immer noch sein Schwert fest, die Spinne drückte sich weiter nach unten, um ihn zu beißen. Dabei bohrte sich das Schwert ein Stück tiefer in sie hinein und tötete sie. Genau wie die anderen Schattenwesen löste sie sich in eine schwarze Wolke auf und wurde vom Wind davongetragen.

Dracon war erleichtert, aber er klebte immer noch fest, nicht nur mit seinem rechten Fuß, sondern auch mit dem Rücken. Er hatte Casto und Aminar immer noch nicht bemerkt und starrte nachdenklich in den Himmel. Wenn er sich befreien wollte, musste er sich an den Zauberspruch erinnern. Plötzlich legte sich ein Schatten über sein Gesicht, und er blickte erschrocken zur Seite. Aminar und Casto standen neben ihm. Als er sie sah, packte ihn sofort die Wut. Casto hatte ihn tatsächlich schon wieder verraten, dachte er sich.

»Brauchst du Hilfe?«, fragte Casto überlegen.

Dracon biss sich auf die Zähne, wäre er nicht am Boden festgeklebt, wäre er sofort auf ihn losgegangen. Casto grinste verschmitzt.

»Hast du tatsächlich den Zauber vergessen, mit dem du dich befreien kannst?«, stellte Aminar überrascht fest. »Wenn du dich mit allem so gut anstellst wie mit der magischen Sprache, wird es schwierig für dich werden, Caldes zu besiegen.« Er schüttelte bedauernd den Kopf und sprach: »Corcu bune va.« Das unsichtbare Sekret, das Dracon am Boden festhielt, verschwand. »Du solltest dir die Worte merken, wenn du nicht auf dein Glück vertrauen willst.«

Dracon stand auf und blickte die beiden Oberen misstrauisch an.

»Ich werde Drognor rufen. Er soll sich darum kümmern, ihn zurückzubringen«, wandte sich Aminar zu Casto.

Aber bevor Aminar Drognor rufen konnte, sprach Dracon einen Zauber aus. »Detentiem.« Aminar und Casto erstarrten, in ihrer Bewegung. Dracon hatte für die beiden die Zeit angehalten. Er ergriff Casto am Unterarm und löste für ihn den Zauber wieder. »Exembru.«

Casto sah ihn verwundert an, dann blickte er zu Aminar und ließ seine Hand vor seinem Gesicht hin und her schweifen. »Der Zeitverzögerungszauber«, stellte Casto fest. »Hätte ich dir gar nicht zugetraut.«

»Wieso hast du mich schon wieder verraten?«, fragte Dracon zornig.

»Ich habe dich nicht verraten. Es ist nicht meine Schuld, dass du dich lieber auf ein Tänzchen mit einer Finsterspinne einlässt, statt die Höhle aufzusuchen, wie ich es dir gesagt hatte.«

Dieser Vorwurf machte Dracon noch wütender. Er ballte seine Fäuste und war kurz davor, Casto einen Schlag zu verpassen.

»Überlege dir gut, was du tust. Ich bin zurzeit der Einzige, der auf deiner Seite ist«, mahnte ihn Casto und Dracon hielt sich zurück.

»Leider habe ich nicht das Gefühl, dich auf meiner Seite zu haben«, sagte er verärgert.

»Das ist dein Problem. Da vorne ist der Eingang zu der besagten Höhle. Verschwinde hier.«

Dracon sah zu dem großen Felsen, der nur wenige Meter entfernt war.

»Folge einfach den Erdkrabblern, sie führen dich auf die Westseite des Spähers. Und jetzt geh! Wir sehen uns auf der anderen Seite wieder.«

Dracon suchte den Felsen nach einem Höhleneingang ab. Es war nichts zu sehen, aber als er ihn abtastete, fühlte er die Öffnung. Er ging hindurch, ohne Casto eines weiteren Blickes zu würdigen.

Nachdem Dracon verschwunden war, befreite Casto Aminar von dem Zauber. Für Aminar war die Zeit einfach stehen geblieben, und er wunderte sich, dass Dracon auf einmal verschwunden war.

»Was ist gerade passiert?«, fragte er skeptisch.

»Ich weiß es nicht. Ein Zeitverzögerungszauber, nehme ich an«, entgegnete Casto.

»Was du nicht sagst, und wie hat sich der Zauber wieder gelöst?«

»Woher soll ich das wissen. Ich stand genauso wie du unter dem Einfluss des Zaubers«, sagte Casto.

Aminar sah ihn misstrauisch an. Er wusste, dass Casto ihm etwas verschwieg. »Aus der Entfernung kann dieser Zauber nicht gelöst werden. Das heißt also, entweder lügst du oder Dracon ist noch ganz in der Nähe.«

»Glaubst du wirklich, dass ich dich anlügen würde, um Dracon zu schützen?«

Das schien Aminar tatsächlich abwegig, und dennoch glaubte er ihm nicht. Allerdings behielt er seine Zweifel für sich. »Halt die Augen offen, er muss hier irgendwo sein«, sagte er, ohne auf Castos Frage einzugehen.

Aminar kannte den Höhleneingang nicht und lief daran vorbei, Casto folgte ihm.

Mithilfe der magischen Sprache hatte Dracon ein Licht geschaffen. Eine kleine Kugel, die über ihm schwebte und ihm den Weg erhellte. Anfangs war es noch ein breiter Raum, der sich allmählich zu einem schmalen Gang formte, dem Dracon folgte. Er suchte dabei die Wände und den Boden ab, in der Hoffnung, irgendwo Erdkrabbler zu finden. Doch es war nichts zu sehen. Schließlich teilte sich der Weg, und Dracon ärgerte sich, dass er Casto vertraut hatte. Wenn es wirklich ein Labyrinth war, würde er nie wieder hinausfinden. Er dachte kurz darüber nach, wieder umzukehren, aber dann würden ihn die Oberen sicher sofort finden, und er bezweifelte, dass er ihnen ein zweites Mal entkommen würde.

Er ging erst den rechten Weg einige Schritte entlang, dann ging er zurück und nahm den anderen Weg. Er hoffte immer noch, Erdkrabbler zu finden, aber weder am Boden noch an den Wänden war irgendetwas außer dem dunklen lehmigen Gestein zu sehen.

»Trazu«, sagte er leise. Dabei zeichnete er ein Dreieck in der Luft, daraufhin erschien ein schwarzer Pfeil auf der Wand. Er markierte die Wege, die er entlanglief, so würde er zumindest zurückfinden, dachte er. Dann ging er weiter, der Gang wurde wieder breiter, und immer mehr Wege zweigten sich von ihm ab. Dracon lief an den Abzweigungen vorbei, bis er schließlich ein Geräusch vernahm.

Vorsichtig blickte er nach rechts, wo sich ein schmaler, niedriger Tunnel befand. Das Licht der Fackel erhellte den dunklen Gang nur wenige Schritt weit, und er ging ein Stück hinein. Am Boden bewegte sich etwas. Es waren Erdkrabbler. Handtellergroße Käfer mit einem blaugrün schimmernden Panzer, der von kleinen Lehmkugeln bedeckt wurde. Die braunen Kügelchen rollten unentwegt über die runden Panzer, als hätten sie ein Eigenleben. Dabei schimmerte der blaugrüne Panzer an verschiedenen Stellen immer wieder durch, und es wirkte, als würden die Käfer funkeln. Sie liefen über den Boden und verschwanden in der Dunkelheit.

Dracon rannte ihnen hinterher. Der Gang wurde immer enger, und er musste sich ducken, um nicht an die Decke zu stoßen. Die Erdkrabbler bewegten sich sehr schnell und verschwanden schließlich alle nacheinander in der Wand. Dracon hoffte, an der Stelle einen Weg zu finden, den auch er passieren konnte, doch stattdessen war nur ein schmaler Riss in dem Gestein zu sehen.

Verärgert schlug Dracon seine Faust gegen die Wand, und kleine Erdbrocken lösten sich von dem Spalt. Er klopfte die Wand etwas fester ab, dabei bröckelten noch mehr Steine herunter, und der Riss tat sich zu einem breiten Loch auf. Die Öffnung war immer noch nicht groß genug, um hindurchzugelangen, aber sie gab die Sicht auf den Tunnel dahinter frei.

Er sah, wie die Erdkrabbler in der Dunkelheit verschwanden. Sie waren gerade außer Sichtweite, da sprang etwas Größeres von der Seite hinterher. Dracon konnte es nicht genau erkennen. Es war zu schnell wieder verschwunden. Gespannt starrte er durch das Loch in der Wand. Aber es war nichts mehr zu sehen. Er versuchte, die Öffnung weiter zu vergrößern. Vergebens. Der umliegende Fels war zu massiv, als dass er weitere Teile davon hätte abschlagen können.

Er wusste nicht, warum er den Erdkrabblern folgen sollte. Diese käferartigen Wesen lebten unter der Erde und kamen nie an das Tageslicht. Sie würden ihn sicher nicht zu einem Ausgang führen. Er markierte die Stelle wieder mit einem Pfeil und ging langsam weiter, bis sich der Weg in drei Richtungen teilte. Er wählte den mittleren Gang und setzte wieder eine Markierung. Während er immer weiter in die Tiefen der scheinbar endlosen Tunnel lief, dachte er sich, dass er niemals den richtigen Weg finden würde, und überlegte, umzukehren. Aber dann hörte er wieder das Trippelgeräusch der Erdkrabbler.

Er lief dem Geräusch entgegen, bis er die Erdkrabbler sehen konnte. Es waren Hunderte, die sich sehr schnell in die entgegengesetzte Richtung bewegten. Dracon lief ihnen hinterher, als sich eine Gabelung vor ihnen auftat, blieben die Erdkrabbler stehen, dann verteilten sie sich plötzlich willkürlich in allen Richtungen.

Irgendetwas hatte sie verjagt, und es dauerte auch nicht lange, bis Dracon sah, was es war. Fünf große Eicheneckechsen kamen ihm aus einem der Gänge entgegen. Sie jagten die Erdkrabbler, die sich überall verteilt hatten. Sie waren an den Wänden und der Decke oder flüchteten sich in die Gänge. Die Eicheneckechsen blieben erschrocken stehen, als sie Dracon sahen. Sie waren fast zwei Meter lang, dunkelbraun und hatten messerscharfe Spitzen auf ihrem Kopf, die sich in einer Linie bis zur Schwanzspitze durchzogen. Sie züngelten mit ihrer gespaltenen Zunge und begannen Dracon zu umkreisen.

»Wenn ihr mich nicht angreift, bin ich keine Bedrohung für euch«, sagte Dracon.

»Was machst du in unserem Jagdgebiet?«, fragte eine der Echsen.

»Ich versuche zur Westseite des Spähers zu gelangen.«

Immer noch umkreisten sie ihn züngelnd. Ihre beigefarbenen Augen wirkten bedrohlich. »Wir dulden aber keine Besucher. Du verscheuchst unsere Beute.«

Im gleichen Augenblick lief eine von ihnen auf Dracon zu und schnitt ihm mit den scharfen Spitzen an ihrem Schwanz die Wade auf. Als sie sich wieder ein Stück entfernt hatte, warf Dracon eine Energiekugel nach ihr. Die Echse flog ein Stückchen, prallte gegen die Wand und blieb reglos am Boden liegen. Die anderen vier Eicheneckechsen nahmen Abstand von Dracon, ließen ihn aber nicht aus den Augen.

»Ich habe nicht vor, euch etwas anzutun, aber wenn ihr noch mal versucht, mich anzugreifen, werde ich nicht zögern, euch zu töten.«

Die Echsen warfen ihm einem zornigen Blick zu und wollten verschwinden.

»Wartet!«, rief Dracon, und sie blieben stehen. Die Eicheneckechsen lebten im Eicheneckwald, der sich auf der Nordseite vom Späher befand. Sie kamen nur zum Jagen her.

»Ihr kennt doch sicher den Weg, oder?«, fragte Dracon.

»Selbstverständlich kennen wir den Weg, aber wir werden ihn dir sicher nicht zeigen«, zischte eine der Echsen.

Dracon fixierte die Augen der Echse. Dabei fingen seine Augen an, grün zu leuchten, und er befahl der Eicheneckechse, ihn an sein Ziel zu führen. Die anderen Echsen wagten nicht mehr, ihn anzugreifen, und begleiteten ihn ebenfalls bis zum Ausgang des Tunnellabyrinths, auf der Westseite des Spähers.

Als das Tageslicht am Ende des Tunnels zu sehen war, verschwanden die Echsen wieder in den Höhlengängen. Zu Dracons Überraschung erwartete Casto ihn bereits am Ausgang.

»Da bist du ja endlich. Ich hätte nicht gedacht, dass du so lange brauchst, um die Eicheneckechsen zu finden«, bemerkte er.

»Du wusstest von ihnen? Warum hast du mir gesagt, ich soll den Erdkrabblern folgen?«, fragte Dracon verärgert.

»Wo die Erdkrabbler sind, da sind auch die Eicheneckechsen nicht weit«, entgegnete Casto zufrieden. Dann lief er schnellen Schrittes los.

Die Sonne stand schon sehr tief. Dracon war den halben Tag in dem dunklen Höhlenlabyrinth gewesen, was ihm nun bewusst wurde. Die stundenlange Dunkelheit um ihn herum hatte ihm jedes Zeitgefühl genommen.

»Beweg dich, du musst dich beeilen!«, rief Casto, der sich bereits einige Schritte entfernt hatte. »Ich habe nicht viel Zeit. Genau genommen befinde ich mich noch auf der Suche nach dir.«

»Was willst du damit sagen?«

»Aminar und ich waren dabei, dich auf der Westseite des Spähers zu suchen. Aber er musste kurz in die Festung des Lichts zurück, Antaro hatte ihn gerufen. Er wird sicher bald zurückkommen«, erklärte Casto.

»Wir befinden uns auf der Westseite des Spähers«, bemerkte Dracon.

»Richtig, ein weiterer Grund, warum du dich beeilen solltest.«

Dracon blickte sich angespannt um. »Sind mein Vater und die anderen Oberen auch in der Nähe?«

»Ich gehe davon aus. Ich empfehle dir, die Augen offen zu halten, sie werden dich suchen, bis es dunkel wird. Bis dahin musst du das Feenmoor erreicht haben und es die Nacht über durchqueren.«

»Warum?«

»Weil es sicherer ist«, sagte Casto.

»Ist es nicht gefährlicher, im Dunkeln durch das Feenmoor zu wandern?«, fragte Dracon.

»Glaube mir, bei Tag ist es gefährlicher. Die heimtückischen Feen schlafen nachts, und außer ihnen leben in diesem Moor kaum Lebewesen, die uns gefährlich werden könnten.«

Dracon war weniger überzeugt davon, gab ihm aber keine Widerworte. Sie liefen noch ein Stück, bis Casto von Aminar gerufen wurde. »Ich muss gehen«, sagte er und verschwand.

Dracon fragte sich, ob er irgendwann wiederkommen würde und ob er ihn dann finden würde. Er war sich immer noch nicht sicher, ob Casto wirklich auf seiner Seite stand. Aber er musste sich auf die Umgebung konzentrieren, was ihn von seinen Gedanken ablenkte. Schnellen Schrittes ging er durch den Wald und versuchte, sich dabei möglichst lautlos zu bewegen.

Als die Sonne unterging, erreichte er das Feenmoor. Es war ihm nicht geheuer, das Moor in der Nacht zu durchqueren, aber er hielt sich an Castos Rat.

Im Mondlicht formten sich bizarre Schatten, und ein dicker Nebelschleier legte sich über den Boden. Gelegentlich waren Kröten zu hören und andere fremdartige Geräusche, die Dracon nicht deuten konnte. Es wehte ein kühler Wind, der hin und wieder aufheulte. Dracon war beunruhigt, alles an diesem Ort war unheimlich. Immer wieder hörte er Laute von irgendwelchen Tieren oder Ähnlichem, von denen er nicht wusste, wo sie herkamen. Die ungewohnte Umgebung machte ihn nervös, zumal er kaum etwas sehen konnte. Aber bei Nacht gab es in diesem Moor nichts, was ihm gefährlich werden konnte, und er ließ es noch lange vor Sonnenaufgang hinter sich.

Vor ihm lag das Tal des Vergessens, und im hellen Mondschein konnte er in der Ferne den Berg der Verdammnis erkennen.

Erschöpft ließ er sich, an einem Baum gelehnt, auf den Boden sinken. Es war das letzte Mal, dass er die Gelegenheit bekam, seine Kräfte zu sammeln, bevor er Caldes begegnen würde.

Heimkehr

Die Gräser bewegten sich sanft im frischen Wind, und Vogelgezwitscher war zu hören. Seit Langem hatte Ilas nicht mehr dieses Gefühl gehabt. Das Gefühl, die unberührte Natur um ihn herum genießen zu können. Er war an einer kleinen Lichtung im Wald angekommen, wo er stehen blieb. Er atmete tief ein und genoss die frische Sommerluft. Es roch nach Blumen und Gräsern, aber da war noch etwas anderes. Ein Geruch, den Ilas nicht einordnen konnte. Er war nur schwach wahrzunehmen, doch als er weiterging, wurde der Geruch mit jedem Schritt stärker. Beißend vertrieb er nach und nach den Duft der Blumen und Gräser, bis er die anderen Gerüche komplett überdeckte. Es war der Gestank von faulem Fleisch, das in der Sonne verweste.

Ilas wurde langsamer und suchte aufmerksam die Umgebung ab. Er befürchtete, jeden Augenblick einem Todschatten zu begegnen. Der Boden des Waldes war dicht bewachsen, und nicht weit entfernt von ihm sah er zwischen den Sträuchern etwas liegen. Zunächst konnte er nicht erkennen, was es war, doch als er sich näherte, sah er einen toten Menschen.

Dieser Mann schien nicht in einem Kampf gestorben zu sein. Zumindest konnte Ilas keine Verletzungen erkennen. Das Gesicht war beinahe weiß, und die Lippen waren grau. Ilas wollte sich so schnell wie möglich von dem Gestank, der ihm beinahe den Magen umdrehte, entfernen und lief schnellen Schrittes weiter. Doch der beißende Geruch schien ihn zu verfolgen. Er fand einen weiteren toten Mann, der eine ungewöhnliche Verletzung am Arm hatte. Es sah aus wie eine Bisswunde, allerdings wusste Ilas nicht, von was für einem Wesen sie stammen könnte.

Ilas wurde immer nervöser und ging weiter. Er blickte sich um in der Angst, beobachtet oder gar verfolgt zu werden, und stolperte. Direkt vor ihm lag noch eine Leiche, an der er mit seinem Fuß hängen blieb und auf sie fiel. Angewidert sprang er wieder auf. Dieser Mann hatte die gleiche ungewöhnliche Verletzung. Fünf dreieckige Löcher, die sich mit nur wenigen Zentimetern Abstand in einer Linie befanden. Sie schienen sehr tief zu sein, und dennoch waren nirgendwo Spuren von Blut zu erkennen. Ilas hatte keine Vorstellung davon, was für ein Wesen ihn getötet haben könnte. Er schaute auf das Gesicht, und glaubte, diesen Mann schon mal gesehen zu haben. Auf seinem Weg fand er noch zwei weitere tote Männer, und auch ihre Gesichter kamen ihm bekannt vor.

Während er weiterlief, fragte er sich, wo er diese Männer schon mal gesehen hatte. Es dauerte eine Weile, doch dann erinnerte er sich. Diese Männer waren unter den Menschen gewesen, die den Todschatten gefolgt waren, denen er entkommen war.

Er hatte den Wald hinter sich gelassen und lief über eine weite Wiese, die vereinzelt mit Bäumen und Sträuchern bewachsen war. Der unangenehme Geruch war verflogen, und Ilas war ein wenig erleichtert. Die Gegend, in der er sich nun befand, kannte er gut. Er war nicht mehr weit von König Ferdinands Festung entfernt, und es dauerte nicht lange, bis er die ersten Felder, die sich um die Festung herum erstreckten, erreicht hatte. Es war später Sommer, und die Hälfte der Pflanzen war verdorrt. Nur das Getreide schien noch brauchbar zu sein, aber es war niemand zu sehen, der es erntete.

Ilas beschlich eine dunkle Vorahnung. Am Fuße des Berges, auf dem sich König Ferdinands Festung befand, lag Atrenia. Die größte Menschenstadt im Westen des Landes. Viele seiner Freunde und Bekannte, die Ilas schon aus Kindheitstagen kannte, lebten dort. Doch, nachdem Ilas die Felder gesehen hatte, stellte er sich darauf ein, dass ihn in Atrenia nichts Gutes erwarten würde.

Als er in die Stadt kam, wurde seine Annahme bestätigt. Auf den Straßen war niemand zu sehen, und auch die Häuser schienen leer zu sein. Ilas sah vereinzelt dunkle Flecken am Boden, die aussahen wie getrocknetes Blut. Er lief die gesamte Stadt ab, doch außer ein paar Tieren konnte er niemanden finden. Als er sich dem Stadtrand näherte, erkannte er in der Ferne einige Männer, die dabei waren, Gruben auszuheben. Nicht weit von ihnen entfernt lagen etwa zehn Körper in Leinentüchern eingewickelt, und Ilas wurde bewusst, dass die Männer Gräber aushoben. Einen von ihnen kannte er. Es war Jacor, mit ihm war Ilas früher häufig jagen gegangen.

Jacor war überrascht, Ilas zu sehen. »Ich hätte nicht gedacht, dass du dich noch mal hierher traust«, sagte er.

»Wieso sollte ich denn nicht?«, fragte Ilas verwundert.

»Nach dem Brief, den du Heron geschrieben hast«, bemerkte Jacor.

»Du weißt davon?«

»Jeder wusste davon. Heron hat den Brief König Ferdinand gezeigt. Auch wenn der Brief nicht direkt an den König gerichtet war, hat er dennoch bewiesen, dass du Hochverrat begangen hast. Die Nachricht, dass du König Ferdinand verachtest und persönlich dafür sorgen wirst, dass die Oberen von seinen Missetaten erfahren, hat sich wie ein Lauffeuer verbreitet. Und nachdem einer der Oberen hier gewesen war, hat der König wohl auch keinen Zweifel mehr daran, dass du deine Drohungen wahr gemacht hast. Wenn du vorhast, zur Festung zu gehen, solltest du wissen, dass König Ferdinand dich hängen will.«

Ilas konnte es kaum glauben. Heron hatte ihn, seinen Freund aus Kindertagen, verraten. Wut packte ihn, gefolgt von großer Enttäuschung. »Wie konnte er das nur tun?«, sagte er zu sich selbst.

»Wie auch immer. Wahrscheinlich ist es auch belanglos geworden, nachdem was hier geschehen ist«, stellte Jacor fest.

»War es die Pest?«, fragte Ilas.

»Nein, damit gab es kaum Schwierigkeiten. Einer der Oberen, Drognor, hat König Ferdinand ein Heilmittel gezeigt. Alle waren unheimlich erleichtert, und es wurden sogar Feste gefeiert, weil diese Krankheit keine Gefahr mehr darstellt.«

Jacor stieß ein kurzes, freudloses Lachen aus. »Selbst die Oberen wurden gefeiert. Allerdings hatte König Ferdinand den wahren Grund für Drognors Besuch verschwiegen. Er hatte behauptet Drognor sei wegen dem Krieg im Wasserwald hier gewesen. Doch nur kurze Zeit später kamen einige Menschen aus dem Süden des Landes zu uns und berichteten von Schattenwesen, die ihre Dörfer überfallen hatten. König Ferdinand wusste bereits von der Rückkehr der Schattenwesen. Aber er nahm die Gefahr nicht ernst, obschon Drognor ihn ebenfalls bereits gewarnt hatte, wie sich herausstellte. Schließlich blieben die Lieferungen von den Bauern der umliegenden Dörfer aus. Dann kamen viele Männer nicht mehr von der Jagd zurück, und König Ferdinand bekam es mit der Angst zu tun. Er hielt eine lange Rede und warnte das Volk, woraufhin viele die Stadt verließen. In der Hoffnung, in Sicherheit zu sein, wenn sie sich weit von den Mankurendörfern entfernten. Und wie es scheint, war das ihr Glück, denn von denen, die hiergeblieben sind, ist kaum noch einer da.«

»Was ist mit ihnen geschehen?«

»Ich kann es dir nicht sagen. Ich war auf der Jagd, während die Stadt überfallen wurde. Als ich zurückkam, waren sie verschwunden oder tot«, sagte Jacor verbittert und stieß den Spaten in die Erde. Neben ihm waren noch zehn andere Männer dabei, tiefe Löcher in die Erde zu graben.

»Was ist mit ihnen? Wissen sie auch nicht, was geschehen ist?«, fragte Ilas, während er mit seinem Blick auf die anderen Männer deutete.

»Sie haben Waren in die Festung gebracht. Ihnen erging es wie mir.«

»Die Festung wurde nicht angegriffen?«

»Nein, aber es ist auch kaum noch jemand dort.«

Ilas erschütterte diese Nachricht. Er verabschiedete sich von Jacor und lief voller Sorge um seinen Vater die breite Serpentine hinauf, die zum Eingang der Festung führte. Die Tore waren verschlossen, und vier Bogenschützen hielten Wache. Sie erkannten Ilas und das Tor wurde geöffnet. Dahinter standen vier Wachen. Ilas grüßte sie und ging an ihnen vorbei. Er ging nur wenige Schritte, bis er einen der Wachmänner rufen hörte.

»Halt! Bleib stehen! Du bist festgenommen! Befehl vom König.«

Zwei weitere Wachen standen bereits neben Ilas und packten seine Handgelenke. Einer von ihnen hatte eine Glatze und ungewöhnlich dicke Augenbrauen, die ihn noch unfreundlicher wirken ließen.

Ilas war überrascht, er hatte nicht mehr daran gedacht, dass König Ferdinand ihn hängen wollte.

Von drei Wachen begleitet wurde er durch die Stadt zur Burg geführt. In den Straßen herrschte eine beängstigende Stille. Auf dem Marktplatz, wo sonst die Händler standen und Kinder spielten, waren nur ein paar Blätter zu sehen, die vom Wind langsam über den Boden getragen wurden. An vielen Häusern waren die Fensterläden verschlossen, sie schienen verlassen zu sein, und Ilas fragte sich, ob sein Vater noch dort war. »Wo bringt ihr mich hin?«, fragte er.

»In den Kerker«, entgegnete der glatzköpfige Mann.

»Ich will mit König Ferdinand sprechen. Er kann mich nicht einsperren lassen, ohne mich vorher anzuhören.«

»Sicher kann er das.«

»Ihr müsst mich zu ihm bringen. Ich habe ihm etwas Wichtiges mitzuteilen. Sein Leben könnte davon abhängen.«

»Was genau soll das sein?«

»Das muss ich ihm selbst sagen.«

Die drei Männer lachten. »Wir werden dich ganz sicher nicht zu ihm bringen«, sagte einer von ihnen.

»Bist du wirklich bereit, das Leben deines Königs aufs Spiel zu setzen?«, fragte Ilas ihn.

»Was willst du damit sagen?«

»Wenn ihr nicht zulasst, dass ich ihm diese Nachricht überbringe, seid ihr für seinen Tod verantwortlich.«

»Das denkst du dir doch nur aus.«

»Tue ich das? Was aber, wenn nicht? Bist du bereit, dieses Risiko einzugehen? Ich meine, wenn ich nicht die Wahrheit sagen würde, welchen Grund hätte ich dann hierherzukommen? König Ferdinand will mich am Galgen sehen, da ist es doch recht dumm, bei ihm an die Tür zu klopfen, oder nicht?« Die Wachen kamen ins Grübeln. »Nun bringt mich zu ihm. Was habt ihr zu verlieren?«

Die Wachen tauschten nachdenkliche Blicke aus. »Gut, wir werden dich zu ihm bringen. Aber solltest du uns belogen haben, werde ich dir persönlich die Schlinge um den Hals legen«, drohte der Krieger, der Ilas linken Arm gepackt hatte. Er war ein sehr großgewachsener, breiter Mann, der einen Kopf größer als Ilas war, und er flößte diesem großen Respekt ein.

***

König Ferdinand empfing Ilas und seine Begleiter im Thronsaal. Die große Halle war mit kunstvoll verzierten Wandteppichen geschmückt. Dazwischen hingen Banner, auf denen eine Burg auf einem Berg zu sehen war, das Wappen König Ferdinands. Neben dem Thron standen zwei goldene Adler, deren Augen den Eingang betrachteten, als würden sie ihn bewachen. Außer den drei Wachen, die Ilas begleitet hatten, befanden sich noch sechs weitere bewaffnete Männer im Thronsaal.

»Das hier ist Ilas, der Mann, der den ketzerischen Brief an euren Hauptmann Heron verfasst hat. Er behauptet, euch eine dringende Nachricht überbringen zu müssen«, erklärte einer der Männer, der neben Ilas stand.

»Der Mann, der mich als Feigling und Verbrecher betitelt hat?! Was für eine dringende Nachricht sollte er mir überbringen können?«, wunderte sich König Ferdinand.

Die Wachen schubsten Ilas ein Stück nach vorn, sodass er auf die Knie fiel.

»Sprich!«, forderten sie ihn auf.

Ilas sah die Wachen an, dann ließ er seinen Blick zu König Ferdinand wandern. »Eure Majestät, verzeiht mir, aber was ich Euch zu sagen habe, ist nur für Eure Ohren bestimmt«, sagte Ilas. Er wusste, dass er nur einen Einfluss auf den König ausüben konnte, wenn er mit ihm allein war. Außerdem wollte er den drei Männern, die ihn festgenommen hatten, nicht bestätigen, dass er sie angelogen hatte.

König Ferdinand wurde misstrauisch, aber auch neugierig. Nach kurzer Überlegung befahl er den Wachen, Ilas zu entwaffnen und den Thronsaal zu verlassen. Nachdem die letzte Wache die schwere Tür hinter sich geschlossen hatte, forderte König Ferdinand Ilas auf zu sprechen.

»Zunächst möchte ich sagen, dass ich nie einen Brief geschrieben habe, in dem ich Euch als Verbrecher oder Feigling betitelt habe«, versicherte Ilas.

»Wieso sollte ich dir glauben?«

»In Herbato hatte ich eine heftige Meinungsverschiedenheit mit Heron. Wir sind nicht im Guten auseinandergegangen. Heron schwor mir, dafür zu sorgen, dass ich gehängt werde. Als mir Jacor, einer der Bauern von Atrenia, von dem Brief erzählt hat, wusste ich sofort, dass Heron diesen Brief gefälscht haben muss, um an sein Ziel zu gelangen. Ich bin unschuldig, das müsst Ihr mir glauben«, flehte Ilas, und hoffte, dass er sich mit dieser Lüge nicht noch mehr Ärger einhandeln würde.

»Weswegen habt ihr euch gestritten? Was hat Heron so erzürnt, dass er deinen Tod wollte?«

Ilas dachte kurz nach. »Ich habe seine Frau verführt«, log er.

»Seine Frau ist vor drei Jahren gestorben«, bemerkte König Ferdinand.

Daran hatte Ilas nicht gedacht. »Ja, sicher. Ich meinte auch seine Geliebte«, versuchte er sich herauszureden.

»Das reicht. Wa…«, rief König Ferdinand.

»Halt, wartet! Sperrt mich nicht ein. Ihr habt kaum noch Männer hier. Wenn Ihr mich gehen lasst, gebe ich Euch mein Wort, dass ich helfe, die Felder zu bewirtschaften, und auf die Jagd gehen werde.«

»Niemand geht hier mehr auf die Jagd, seit Wochen nicht. Alle, die es versucht haben, sind verschwunden.«

»Ich aber nicht. Ich bin den Todschatten bereits einmal entkommen und kann Euch und Euren Männern sicherlich eine große Hilfe sein. Das kann ich allerdings nur, wenn Ihr mich nicht einsperren lasst. Ich würde Euch nur wertvolles Brot und Wasser kosten, ohne einen Beitrag zu leisten.«

König Ferdinand lachte. »Nichts würdest du mich kosten. Ich würde dich einfach verhungern lassen. Allerdings muss ich zugeben, dass jeder Mann gebraucht wird. Einige Leute, die zu alt oder zu schwach sind, haben die Festung nicht verlassen. Die Bauern sind entweder verschwunden oder geflohen. Unsere Lebensmittel werden knapp, weil kaum genug Männer da sind, um die Felder zu bestellen. Sie wollen nicht jagen gehen aus Angst vor den Schattenwesen, und Hilfe von außerhalb können wir auch nicht erwarten«, gestand König Ferdinand.

»Verzeiht mir die Frage, aber wenn es kaum möglich ist, Euch und Eure Diener in der Festung zu versorgen, warum seid Ihr dann nicht mit den anderen Bewohnern geflüchtet?«

»Weil ich der König bin. Ich werde diese Festung nicht aufgeben. Lieber sterbe ich als der erste König zu sein, der aus dieser Festung vertrieben wurde«, entgegnete er erzürnt.

König Ferdinand sah Ilas nachdenklich an. Er machte auf Ilas einen erschöpften und niedergeschlagenen Eindruck. Er schien sich mit seinem Schicksal abgefunden zu haben.

»Also gut, ich begnadige dich. Dafür erwarte ich gehorsame Dienste von dir.«

»Gewiss, mein König«, sprach Ilas unterwürfig. Er war erleichtert, dass er es tatsächlich geschafft hatte, dem Kerker zu entkommen. Er hatte nicht geglaubt, König Ferdinand tatsächlich überzeugen zu können, doch schien dem König vieles gleichgültig geworden zu sein, was Ilas zugutekam.

Auf dem Weg zum Haus seines Vaters sah er niemanden. Es war beinahe unheimlich, durch die leeren Straßen zu laufen, vorbei an den Häusern, die alle die Fensterläden geschlossen hatten. Auch das Haus von seinem Vater schien verriegelt zu sein. Ilas befürchtete, sein Vater sei mit den anderen Bewohnern geflüchtet. Doch als er die Tür öffnete, sah er ihn am Tisch sitzen. Ilas war ein wenig geschockt von dem Anblick. Sein Vater wirkte ausgezehrt und schien einige Jahre gealtert zu sein. Er erzählte Ilas die gleiche Geschichte wie die Bauern zuvor, nur waren bei seiner Erzählung unzählige Flüche und Beschimpfungen eingebaut, die

König Ferdinand oder den Mankuren galten. Ilas erklärte seinem Vater, dass er eine Weile bei ihm bleiben würde, was diesen sehr erfreute.

Ilas hielt Wort. Er half bei der Ernte und ging regelmäßig jagen. Dabei wurde er immer von Jacor begleitet. Einige Tage lang ging alles gut, und die Angst vor den Schattenwesen legte sich allmählich, bis Ilas und Jacor nicht mehr zurückkamen.

GRAUSAME BEGEGNUNG

Als Shira wieder aufwachte, war um sie herum alles finster. Im ersten Augenblick dachte sie, sie sei blind, denn sie war von völliger Dunkelheit umgeben. Sie spürte keinen Boden unter den Füßen und merkte, dass sie an ihren Armen aufgehängt war. Nur an den Handgelenken befestigt, hing sie so weit über dem Boden, dass sie ihn gerade mit den Zehenspitzen berühren konnte. Sie versuchte vergebens, ihre Kräfte zu nutzen, um sich zu befreien, und ihr wurde bewusst, dass die Handschellen aus magischem Eisen sein mussten. Es war unmöglich zu entkommen. Völlig ausgeliefert, von tiefster Dunkelheit eingeschlossen, war sie sich sicher, dass das ihr Ende war. Sofort fiel ihr wieder der Traum ein. Der Traum, in dem sie sah, wie sie verbrannte, und ihr kam der Gedanke, dass dieser Traum ihr die Zukunft gezeigt hatte.

Plötzlich wurde es hell. Shira war so geblendet, dass sie die Augen direkt verschloss und ihren Kopf zur Seite drehte. Für einen Moment dachte sie, es sei das Feuer, das sie nun verbrennen würde, wie in ihrem Traum.

„Sei gegrüßt."

Shira erkannte diese zischende, grauenvolle Stimme sofort. Es war dieselbe, die sie im Marmitatal in Sclavizars Lager gehört hatte. Sie wusste, wer vor ihr stand. Sie spürte, wie ihr Herz raste. Sie hatte sich schon lange vor diesem Augenblick gefürchtet, in dem sie Caldes das erste Mal gegenüberstehen würde. Ihm dabei völlig ausgeliefert zu sein, war eine ihrer schlimmsten Befürchtungen gewesen, die sich nun bewahrheitete.

Vorsichtig öffnete Shira die Augen, und obwohl sie wusste, was sie erwartete, erschrak sie. Zwei riesige gelb leuchtende Schlangenaugen starrten sie an. Es war einige Zeit her, aber dieses Gesicht hätte sie unmöglich vergessen können. Es war zweifellos dasselbe Gesicht, das sie beim Elitendrium in diesem unheimlichen Lager gesehen hatte. Aber in leibhaftiger Gestalt flößte ihr dieser Mankur eine unbeschreibliche Furcht ein.

Ähnlich einer Kobra formte sich um das Gesicht dieser Kreatur ein Schirm. Die stechend gelb umrandeten Pupillen sahen aus wie Messerklingen. Dieser Mankur strahlte Boshaftigkeit und Verderben aus.

Sein Anblick erzeugte nicht die Kälte und die Starre wie der der Todschatten. Dieser Anblick war auf eine ganz andere Weise grauenhaft. Shira sah auf die Hände der Gestalt. Die Finger waren lang und dünn, mit kleinen Krallen versehen. Die Hand bewegte sich auf sie zu und packte sie am Kinn. Seine andere Hand loderte in Flammen und diente ihm als Fackel. Langsam drehte er ihren Kopf erst zur linken und dann zur rechten Seite.

„Du bist also Castos Tochter. Ich hätte nicht gedacht, dass er sich einem Verbot der Oberen widersetzen würde", sagte er mit einem breiten Grinsen. „Ich wollte dich eigentlich töten lassen. Doch, nachdem ich erfahren hatte, wer du bist, wollte ich es mir nicht nehmen lassen, dies selbst zu tun."

Shira sah ihn verunsichert an. Sie fragte sich, woher er davon erfahren hatte, und wieder beschlich sie der Gedanke, dass Casto sich mit ihm verbündet hatte. „Woher weißt du das?", fragte sie.

„Dein Freund hat es mir verraten."

„Von wem sprichst du?"

„Von Dracon."

„Das glaube ich dir nicht. Das würde er niemals tun. Außerdem ist er dir nie begegnet."

„Glaubst du das wirklich?"

Shira wusste nicht, was sie glauben sollte. Sie konnte sich nicht vorstellen, dass Dracon sie angelogen hatte, aber vielleicht hatte er das auch gar nicht. Vielleicht hatte Caldes durch Dracons Träume von ihr erfahren. Shira spuckte ihm ins Gesicht. Er wischte sich die Spucke weg und grinste wieder. Dann schlug er ihr mit der Faust ins Gesicht. Sie spürte, wie sich ihr Mund mit Blut füllte und spuckte ihn wieder an.

„So rebellisch. Es ist fast eine Schande, dass du dich auf die Seite der Oberen gestellt hast, obwohl sie dich töten wollen. Du könntest dich mir anschließen und dich an ihnen rächen."

„Lieber sterbe ich."

„Das habe ich mir gedacht. Weißt du, ich war überaus erzürnt darüber, dass du die Todschatten vernichtet hast. Sie sollten während des Elitendriums unbemerkt bleiben. Eine kurze Zeit lang habe ich wirklich geglaubt, du und dein Freund würdet mir unbewusst in die Quere kommen. Es war ein kluger Schachzug von Drognor, seinen Sohn vom Elitendrium fortzuschicken."

Er lachte selbstgefällig, bevor er weitersprach.

„Alle meine Pläne schienen zunächst zu scheitern. Ich fand in Prauwo einen Freund von Drognors Sohn. Ich wollte diesen Menschen nutzen, um Dracon nach Prauwo zu locken und mit einem Zauber zu belegen. Er sollte mir gehorchen. Doch der Zauber war bei ihm wirkungslos. Zu allem Überfluss nahm er den Menschen mit in die Festung des Lichts und sorgte dafür, dass Drognor und die anderen Oberen von Prauwo erfuhren, bevor das Elitendrium vorüber war. Das hat mich sehr wütend gemacht, doch dass sie, dank dir, herausgefunden haben, dass Sclavizar mein Diener ist, erzürnte mich weitaus mehr. Damit hättest du meine Pläne beinahe zunichtegemacht."

Nachdenklich ging er hin und her, während Shira ihren Blick nicht von ihm abwendete. Dann sah er sie wieder an.

„Es ist beinahe eine Ironie des Schicksals, dass die Oberen alles daran gesetzt haben, euch aus dem Weg zu schaffen, und mir damit entgegengekommen sind. Aber wie so häufig ist ihr Vorhaben misslungen", sagte er verärgert.

„Was willst du von mir?", fragte Shira. Er trat an sie heran, bis sich ihre Nasen beinahe berührten. Er würde ihre Gedanken lesen, und Shira konnte es nicht verhindern. Sie versuchte, an nichts zu denken. Er durfte nicht erfahren, dass sie und Dracon auf der Suche nach dem goldenen Drachenkopf waren, als seine Lakaien sie gefangen genommen hatte. Doch, obwohl sie sich bemühte, gelang es ihr nicht, etwas vor ihm zu verbergen.

Caldes lächelte zufrieden. Er hatte alles gesehen. Nun wusste er, dass sie und Dracon vorgehabt hatten, den goldenen Drachenkopf zu ihm zu bringen. „Das ändert einiges", stellte er erfreut fest.

„Was immer du dir auch erhoffst, es wird nicht geschehen. Meine Suche nach dem goldenen Drachenkopf wurde in dem Augenblick beendet, als ein Todschatten Dracon das Leben nahm", sagte sie.

„Ich verrate dir ein kleines Geheimnis. Dein Freund ist nicht tot, und er hat sich vorgenommen, dich zu befreien. Allerdings könnte es etwas dauern, bis er hier ist."

Shira war erleichtert, dass Dracon noch lebte, aber Caldes' Worte verhießen nichts Gutes.

„Was hast du mit ihm gemacht?"

„Ich habe nichts mit ihm gemacht. Die Oberen halten ihn für einen Verräter. Sie haben ihn eingesperrt."

„Du lügst! Sie würden ihn niemals einsperren."

„Ich muss dich enttäuschen. Mit dieser Ansicht liegst du falsch."

„Woher weißt du das alles?"

„Ich habe meine Augen überall", erklärte Caldes. Er grinste, und seine spitzen Zähne kamen zum Vorschein. „Sei froh, dass ich von eurem Vorhaben erfahren habe, denn nun werde ich dich vorerst am Leben lassen."

Dann betrat eine stämmige blassgrüne Kreatur den Raum. Sie war sehr muskulös, und mit den kurzen, dicken Beinen wirkte sie sehr schwerfällig. Sie trug eine Fackel in der Hand, und im Schein der Flamme erkannte Shira, dass diese buckelige Kreatur ein Mankur war.

„Mein Herr, verzeiht, wenn ich euch störe. Es wird nach euch verlangt", sagte der Mankur, dessen Kopf von strähnigen schwarzen Haaren bedeckt wurde.

Caldes nickte zustimmend und verließ den Raum. Mit ihm ging auch das Licht, und Shira wurde wieder von der Dunkelheit umhüllt. Sie hatte jedes Zeitgefühl verloren. Sie wusste weder, wie sie in den Berg der Verdammnis gekommen war, noch wie lange sie schon dort war. Nachdem sie Dracon das letzte Mal gesehen hatte, waren Tarina und ihr Gefolge noch drei Tage lang unterwegs gewesen. Sie erinnerte sich, dass sie nicht mehr weit vom Berg der Verdammnis entfernt gewesen waren, danach wusste Shira nicht, was geschehen war. Sie vermutete, dass Tarina irgendetwas gemacht hatte, damit sie schlief, während sie den Berg der Verdammnis betraten. Sicher wollte sie ihr jede Möglichkeit nehmen, sich orientieren zu können. Vielleicht war es das Wasser, das sie getrunken hatte, sie wusste es nicht, aber es war auch gleichgültig. Sie war nun dort und würde diesen Ort sicher nicht mehr lebend verlassen. Und obwohl sie gerade erfahren hatte, dass Dracon noch am Leben war, schien alles hoffnungslos zu sein.

***

Caldes und der kleine, breite Mankur gingen durch einen langen hohen Tunnel, bis sie in eine kleine Höhle gelangten. Die Wände waren glatt und steil. In der Höhe verengten sie sich zu einer Spitze und ließen den kleinen Raum noch enger wirken. Eine Mankure stand dort und erwartete Caldes.

„Ich bin gekommen, um dir zu sagen, dass Dracon auf dem Weg hierher ist."

„Die Oberen haben ihn gehen lassen?", fragte Caldes überrascht.

„Nein. Er wurde befreit, von wem, kann ich dir allerdings nicht sagen."

„Es scheinen also doch nicht alle Oberen gegen ihn zu sein. Ich würde nur zu gern wissen, wer ihm geholfen hat. Aber wir werden es sicher bald erfahren", sagte Caldes.

„Wenn ich etwas erfahren sollte, werde ich es dich wissen lassen", versicherte die Mankure.

Caldes nickte anerkennend, und die Mankure verschwand sogleich wieder.

IM BERG DER VERDAMMNIS

Die erfolglose Suche nach Dracon verärgerte Drognor, und bereits am frühen Morgen rief er alle zusammen, um die Suche fortzusetzen. »Es ist mir unerklärlich, warum wir ihn gestern nicht finden konnten, nachdem er Casto und Aminar entwischt ist. Alle Wege, die er hätte wählen können, haben wir abgesucht«, sagte er.

»Bist du dir sicher, dass es wirklich alle Wege waren?«, wollte Casto wissen.

Drognor sah ihn fragend an.

»Ihr kennt doch sicher die Tunnel, die am Fuße des Spähers und teilweise auch darunter verlaufen. Vielleicht ist er dort hineingegangen«, sagte Casto.

»Ich bin mir sicher, dass er sich dort nicht auskennt. Er würde sich verlaufen und nie wieder herausfinden. Ich kann mir kaum vorstellen, dass er so leichtsinnig ist«, entgegnete Drognor.

»Aber was ist, wenn doch. Vielleicht kennt er auch den Weg, oder er ist immer noch dort und sucht verzweifelt einen Ausgang«, überlegte Casto.

»Du glaubst er hat sich verlaufen?«, fragte Drognor.

»Das lässt sich herausfinden. Sollte er den Weg kennen, ist er bereits gestern am Feenmoor angekommen«, antwortete Casto.

»Dort waren wir gestern, dann hätten wir ihn gefunden«, sagte Aminar.

»Richtig, also können wir davon ausgehen, dass er in den Tunneln umherirrt.«

»Ihn dort zu suchen, ergibt keinen Sinn«, ärgerte sich Drognor.

»Das sehe ich allerdings genauso«, erwiderte Casto.

»Wir könnten die Ausgänge bewachen«, schlug Drognor vor.

»Es gibt sechs verschiedene Zugänge in dieses Labyrinth, die sich um den Späher herum verteilen. Ich werde mich nicht den ganzen Tag lang an einen dieser Zugänge stellen, in der Hoffnung, Dracon zu finden. Da beschäftige ich mich doch lieber mit wichtigeren Dingen. Und du solltest das Gleiche tun«, wandte sich Casto an Drognor.

Niemand sagte etwas, und auch Drognor, der sich innerlich ungeheuer über Casto ärgerte, wusste nichts entgegenzusetzen.

»Dann hätten wir das ja geklärt. Ich werde dann mal gehen«, sagte Casto.

»Wo willst du denn hin?«, fragte Drognor misstrauisch.

»Ich werde Schattenwesen jagen gehen«, antwortete er und verschwand.

***

Dracon schlief noch, als Casto ihn fand. »Wach auf!«, rief der und trat ihm gegen den Fuß. Dracon schreckte auf und war überrascht, Casto zu sehen. »Es ist ziemlich leichtsinnig von dir, dich hier am Waldrand, wo dich jeder sehen kann, schlafen zu legen. Du kannst von Glück sagen, dass dich die Oberen nicht mehr suchen.«

»Ich freue mich auch, dich zu sehen«, erwiderte Dracon tonlos und stand auf.

Casto schüttelte verständnislos den Kopf. »Du hast meine Hilfe gar nicht verdient«, sagte er.

»Bisher bist du mir auch keine große Hilfe gewesen«, entgegnete Dracon verärgert.

»Du solltest etwas mehr Dankbarkeit zeigen. Ohne mich wärst du sicher nicht so weit gekommen. Und ganz nebenbei hast du es mir zu verdanken, dass dich die Oberen nicht mehr suchen.«

»Dir habe ich es zu verdanken, dass sie überhaupt nach mir gesucht haben«, ärgerte sich Dracon, ohne ihn eines Blickes zu würdigen.

»Wie auch immer. Wir sollten keine Zeit verlieren also lass uns gehen«, forderte Casto ihn auf.

Sie waren noch nicht weit gekommen, als Casto stehen blieb und sich umsah.

»Was ist? Warum bleibst du stehen?«, fragte Dracon.

»Wenn ich es mir recht überlege, habe ich keine Lust, mit dir durch diese trostlose Landschaft zu wandern. Siehst du den Berg dahinten, links vom Berg der Verdammnis, der aussieht wie eine Speerspitze?« Dracon bestätigte Casto mit einem Nicken. »An der Stelle, wo die beiden Berge verbunden sind, findest du den nördlichen Zugang zum Berg der

Verdammnis. Es ist weiter weg, als es aussieht. Du wirst einige Stunden unterwegs sein. Ich treffe dich dort«, sagte Casto und verschwand.

Dracon war sich nicht sicher, ob er sich ärgern oder sich darüber freuen sollte. Er konnte auf Castos Gesellschaft gut verzichten, aber dessen tückische Art machte ihn wütend und misstrauisch. Allmählich breitete sich eine trostlose Landschaft um ihn herum aus. Der Boden war trocken und von Rissen durchzogen. Vereinzelnd waren verdorrte Sträucher und kleine Felsbrocken zu sehen. Alles sah gleich aus, selbst die verdorrten Sträucher schienen alle die gleiche Form zu haben. Auch nach einigen Stunden hatte sich die Umgebung kaum geändert. Dracon hatte das Gefühl, sich kaum von der Stelle zu bewegen, weil alles um ihn herum gleich aussah. Aber er wusste, dass es nicht so war, denn er kam der Bergformation vor ihm immer näher. Schließlich erreichte er sein Ziel, aber von Casto oder einem Zugang zum Berg war nichts zu sehen. Er fragte sich, ob er sich an der richtigen Stelle befand. Rechts von ihm reckte sich der Berg der Verdammnis empor. Auf dieser Seite war die Felswand sehr steil und glatt. Dracon ging langsam neben der Wand entlang und betrachtete sie genauer.

»Suchst du etwas Bestimmtes?«

Dracon zuckte vor Schreck zusammen, als er Castos' Stimme hörte. »Musst du dich so anschleichen?«, warf Dracon ihm vor und suchte weiter die Felswand ab. »Bist du dir sicher, dass es hier einen Eingang gibt?«, fragte Dracon. Er betrachtete die Felswand. Sie war völlig glatt und massiv.

»Der Eingang ist direkt vor deiner Nase«, bemerkte Casto.

»Hier ist gar nichts«, sagte Dracon.

»Vielleicht siehst du nicht richtig hin.« Dracon war sich nicht sicher, ob Casto ihn nur ärgern wollte oder ob er wirklich etwas übersah. Er ging einen Schritt näher an die Felswand heran und tastete sie vorsichtig ab. Dann schaute er nach links und erkannte einen Spalt, der sich in der Wand auftat. Auf der rechten Seite befand sich ebenfalls ein schmaler Spalt. Dracon war erstaunt über diese perfekte optische Täuschung. Die Zugänge waren nur zu erkennen, wenn man unmittelbar neben ihnen stand. So nah, dass man mit der Nasenspitze beinahe die Felswand daneben berührte. Dracon wollte gerade hindurchgehen, dann drehte er sich um und sah Casto an, der keine Anstalten machte, sich zu bewegen.

»Hast du nicht vor, mitzukommen?«, fragte Dracon.

»Keine Sorge, ich werde mitkommen, auch wenn es meiner Meinung nach unser sicherer Tod ist«, sagte Casto.

»Deine Meinung interessiert mich nicht«, erwiderte Dracon.

»Natürlich nicht. Ich würde dir im Übrigen empfehlen, den anderen Eingang zu wählen, aber meine Meinung interessiert dich ja nicht«, erwiderte Casto gelassen.

»Tut sie auch nicht«, sagte Dracon, nahm Castos Vorschlag aber an.

Casto folgte ihm, und nur wenige Schritte weiter standen sie plötzlich in völliger Dunkelheit. Casto entfachte ein Feuer in seiner Hand, das die Umgebung erhellte. Sie fanden sich in einem schmalen, langen Gang wieder. Die Wände waren feucht, und an einigen Stellen war das Tropfen des Wassers zu hören. Nach einer Weile teilte sich der Weg in vier Richtungen. Casto überlegte nicht lange und wählte einen der vier Wege.

»Du kennst den Weg?«, wollte Dracon wissen.

»Nein«, antwortete Casto knapp.

Dracon glaubte ihm nicht, aber er gab auch keine Widerworte. Die Wände und die gewölbte Decke waren völlig glatt, sie änderten kaum ihre Form, und alles sah gleich aus. Wieder gelangten sie am Ende des Ganges an eine Stelle, von der sich vier weitere Wege abzweigten.

Sie blieben stehen und sahen sich um. Der Boden war mit Sand bedeckt, und Dracon konnte Fußspuren erkennen, die in einem der Gänge verschwanden. Als er sie genauer betrachtete, stellte er fest, dass es seine eigenen Fußabdrücke waren.

»Wir sind im Kreis gelaufen, das ist dieselbe Stelle wie vorhin.«

Casto blickte auf den Boden. »Wenigstens wissen wir, welche der Wege wir noch nicht entlanggegangen sind.«

Er schien sich nicht aus der Ruhe bringen zu lassen. Zu ihrer Linken war der Weg, der zum Ausgang führte. Ihnen gegenüber lag der Gang, den sie danach entlanggegangen waren. Es blieben nur noch zwei Richtungen, die sie wählen konnten. Aber auch der nächste Weg führte wieder zurück zum Ausgangspunkt.

»Das ist eine Sackgasse. Wir hätten den anderen Eingang in den Berg nehmen müssen«, stellte Dracon fest. Er ärgerte sich, dass er sich nicht gleich dafür entschieden hatte, und wollte zurückgehen.

»Ich bin mir sicher, dass der andere Zugang nicht zu unserem Ziel führt. Das hier ist keine Sackgasse. In diesem Berg ist nichts, wie es scheint. Wenn wir uns in diesem Labyrinth zurechtfinden wollen, müssen wir aufmerksamer sein. Wahrscheinlich übersehen wir etwas«, erklärte Casto.

Er ging wieder in einen der Gänge. Dracon fragte sich, wie sie in dieser trostlosen, leeren Umgebung etwas übersehen sollten. »Wir werden hier drinnen sterben«, sagte er leise zu sich selbst.

Doch Casto hatte ihn gehört. »Ich frage mich, warum du so lange für diese Erkenntnis gebraucht hast«, entgegnete er.

Dracon erwiderte darauf nichts, er wusste, dass es sowieso nur im Streit enden würde. Der Weg verlief schnurgerade immer steiler nach unten bis zu einer kleinen Höhle, von der aus er wieder nach oben führte.

Casto tastete die Wand ab. Doch schien er nicht willkürlich zu suchen, sondern er betrachtete eine ganz bestimmte Stelle, die allerdings genauso aussah wie die anderen Felswände. »Hier geht es lang«, entschied er und verschwand einfach in der Wand.

Mit ihm ging auch das Licht, und Dracon fand sich plötzlich in völliger Dunkelheit wieder. Er ärgerte sich über Casto und erschuf schließlich mit der magischen Sprache eine kleine Lichtkugel. Dracon betrachtete die steinige Fläche vor ihm, doch anders als beim Zugang zur Höhle konnte er hier keinen Durchgang erkennen. Vorsichtig berührte er die Wand.

»Du musst einfach hindurchgehen«, hörte er Casto rufen.

Er zögerte einen Augenblick, ging dann einen Schritt nach vorn und stieß sich den Kopf an. »Es funktioniert nicht.«

»Dann stehst du nicht direkt davor«, sagte Casto.

Dracon trat einen Schritt zur Seite und versuchte es erneut. Dieses Mal gelang es ihm. »Woher wusstest du von diesem Durchgang?« Dracon war misstrauisch. Er hatte das Gefühl, Casto wusste mehr, als er zugab.

»Ich habe einfach die Augen offengehalten«, sagte Casto und zuckte mit den Schultern.

Dracon wusste, dass er log. Immer noch sah alles gleich aus, und es erinnerte Dracon ein wenig an die Gänge in der Festung des Lichts. Nur dass diese Gänge viel dunkler und kälter waren. Sie wirkten beängstigend. Dracon hatte die Hoffnung schon beinahe aufgegeben, dass sich an der Umgebung noch mal irgendetwas ändern würde, als sie schließlich in eine riesige Höhle gelangten. Sie war so groß, dass die beiden Mankuren nicht erkennen konnten, wo sie endete. Aber sie konnten sehen, dass es mehrere Wege gab, die wieder hinauszuführen schienen.

Casto ging zielstrebig auf einen der Wege zu, der sehr steil nach unten führte. »Dieser hier ist der richtige«, sagte er.

»Was macht dich so sicher?«

Casto war von Dracons ständigem Misstrauen genervt. »In den letzten Tagen habe ich dir nicht nur einmal deinen Hintern gerettet. Ich denke, du bist mir ein wenig Vertrauen schuldig.«

Aber Dracon war sich sicher, dass Casto nicht ehrlich zu ihm war und einiges vor ihm verbarg. Er schien genau zu wissen, wie sie zu Caldes gelangen konnten, und dennoch stellte er sich ahnungslos. Ihm zu vertrauen, war für Dracon unmöglich.

Der Weg wurde immer breiter und endete vor einem tiefen Abgrund. Dracon sah nicht nach vorne, er bemerkte nicht, dass Casto stehen geblieben war und stieß gegen ihn. Casto schwankte und stürzte beinahe, doch Dracon hielt ihn fest.

»Pass doch auf, wo du hinläufst!« Casto schüttelte genervt den Kopf. »Encen naluz«, sprach er, und die Höhle wurde erhellt. Nachdem er sich einen Überblick verschafft hatte, ließ er das Licht wieder verschwinden, und die Flamme in seiner Hand war wieder die einzige Lichtquelle. Mit einer kleinen Handbewegung formte er eine Stufe in die Steilwand. »Folge mir!« Er erschuf eine Stufe nach der anderen, und sie gingen langsam hinunter.

Der Boden war mit etwas bedeckt, zunächst erkannten sie nicht, was es war, bis sie kurz davorstanden. Es waren Knochen. Unförmige Schädelknochen, Rippenbögen und Gebisse mit spitzen Zähnen.

»Das waren Höhlenmankuren«, war sich Casto sicher.

Die Höhle war mehrere Meter breit, und der Boden war komplett mit Knochen bedeckt, es mussten Tausende sein.

»Glaubst du, dass Caldes sie getötet hat?«, fragte Dracon.

»Ich bin mir sicher, dass er es war.«

Plötzlich bemerkten sie ein flackerndes Licht in einem der Tunnel. Geräusche von Schritten und Stimmen folgten. Casto zog Dracon hinter einen großen Felsen und löschte das Feuer. Die Stimmen kamen näher, wurden aber dann wieder leiser. Sie folgten einer Abzweigung und entfernten sich wieder von der Höhle.

»Was war das?«

»Das waren Diener von Caldes, vielleicht Todschatten oder auch Mankuren. Sie bewachen die Zugänge zur Magmahöhle«, erklärte Casto.

Er entfachte wieder ein Feuer in seiner Hand und ging weiter. Sie folgten dem Weg immer tiefer in den Berg hinein, bis das Gefälle schließlich in einer sanften Ebene ein Ende fand. Plötzlich wurde um sie herum alles hell. An den Wänden waren Fackeln befestigt, die sich scheinbar von selbst entzündet hatten. Der Gang war völlig leer, es gab keine Möglichkeit, sich zu verstecken.

Casto wandte einen Unsichtbarkeitszauber an, um den Blicken der Feinde zu entgehen. Aber sie mussten vorsichtig sein. Zwar konnte sie niemand sehen, doch der Zauber vermochte weder Gerüche noch Geräusche zu verbergen.

Wieder wurden Stimmen laut und das Klirren von Metall war zu hören. Es waren fünf Mankuren, die auf sie zukamen. Casto und Dracon stellten sich mit dem Rücken nebeneinander an die Wand und versuchten, so leise wie möglich zu sein.

Vier der Mankuren gingen an ihnen vorbei, doch der Fünfte blieb direkt vor ihnen stehen. Er hatte einen Speer in der Hand und beäugte misstrauisch die Wand. Er schien sie zu riechen, aber zugleich verwirrt zu sein, dass nichts zu sehen war. Plötzlich rammte er seinen Speer in die Wand und durchbohrte dabei Castos' Oberschenkel. Der wollte schreien, aber Dracon presste ihm im selben Moment die Hand auf den Mund, und Casto blieb stumm.

»Was machst du da? Hör auf rumzutrödeln!«, rief einer seiner Begleiter. Der Mankur zog den Speer so ruckartig zurück, dass er keinen Widerstand spürte. Auch die blutverschmierte Spitze bemerkte er nicht und ging weiter.

Dracon nahm die Hand von Castos Mund und heilte die Wunde.

»Ich hasse dich!«, sagte Casto wütend darüber, dass Dracon ihm den Mund zugehalten hatte.

»Ich weiß deine Dankbarkeit zu schätzen«, entgegnete dieser in einem sarkastischen Ton.

Die Mankuren waren hinter der nächsten Abbiegung verschwunden, und Casto löste den Unsichtbarkeitszauber wieder. Dann liefen sie weiter in die entgegengesetzte Richtung. Der Tunnel wurde immer breiter und höher, bald fanden sie sich in einer Tropfsteinhöhle wieder, in deren Mitte sich ein großer Kreis aus Stalagmiten befand. Ihre Form wirkte so perfekt, dass es beinahe unnatürlich aussah. Die Decke ringsherum war mit kleinen und großen Stalaktiten bedeckt, und der Boden darunter war sehr uneben. An einigen Stellen erkannte man Bruchstücke, die darauf schließen ließen, dass dort einmal Stalagmiten gewachsen waren, aber sie waren entfernt worden.

Ihr Weg führte sie weiter über einen schmalen Pfad, der sich direkt an einem tiefen Abgrund entlangschlängelte. Wieder teilte er sich, diesmal in fünf Richtungen, und Casto schien immer noch zu wissen, welche Richtung sie wählen mussten. Dracon folgte ihm wortlos, während seine Ungewissheit stetig wuchs. Am Ende des Ganges war ein Licht zu erkennen, und Casto blieb stehen.

»Dort ist sie, die Höhle, in der sich das Magmaloch befindet, und Caldes wird sicher nicht weit entfernt sein. Also nimm dich in Acht!«, flüsterte er und löschte die Flammen in seiner Hand.

Lautlos schlichen sie voran, bis sie am Eingang der Höhle waren. Die Höhle war riesig, und auf einer Seite wurde sie von einem breiten, dampfenden Erdriss durchzogen, der sich von einer Außenwand bis zum Magmaloch schlängelte. Die Wände waren kantig und formten verschiedenste Muster. Es gab noch zwei weitere Zugänge, die sich auf der anderen Seite befanden. Caldes stand nicht weit von dem großen Magmaloch entfernt, das sich links von Dracon und Casto befand.

»Versuch, ihn abzulenken«, sagte Casto, schubste Dracon in die Höhle und verschwand.

Erschrocken schaute der sich um. Casto war nicht mehr da, und Dracon fluchte innerlich, dass er ihm vertraut hatte. Er blickte zu Caldes, der ihn noch nicht bemerkt hatte und mit dem Rücken zu ihm stand. Dracon wandte erneut den Unsichtbarkeitszauber an und ging langsam auf ihn zu. Er hatte erst zwei Schritte gemacht, als Caldes sich ruckartig umdrehte und ihm direkt in die Augen sah. Dracon blieb geschockt stehen und traute sich kaum, zu atmen. Caldes' Blick traf ihn wie ein Schlag. Seine stechenden Augen fixierten ihn.

Dracons Herz raste, ein wahr gewordener Albtraum stand vor ihm. Casto hatte recht gehabt. Caldes sah genauso aus wie in seinen Träumen. Nun stand er vor ihm und starrte ihm in die Augen, der Unsichtbarkeitszauber schien Caldes nicht zu beirren. Dennoch machte Dracon einen weiteren Schritt, um sicherzugehen, doch Caldes ließ ihn nicht aus den Augen.

»Ich kann dich vielleicht nicht sehen, aber ich rieche deine Angst!«, sagte er.

Dracon löste den Zauber und zog sein Schwert.

Caldes lächelte überlegen. »Es ist mutig von dir herzukommen oder vielleicht auch nur dumm.«

Dracon dachte sofort an Casto, als er diese Worte hörte.

»Du bist allein hergekommen? Das hätte ich dir wirklich nicht zugetraut, wo du doch wissen solltest, dass ich dich wie eine Fliege zerquetschen könnte.«

Um seine Hände bildeten sich kleine rote Blitze, die sich zu Kugeln ausformten. Er schoss die zwei Energiekugeln auf Dracon, der sie abblockte und sogleich zurückfeuerte. Aber auch er verfehlte sein Ziel. Dann rannte er auf seinen Gegner zu und feuerte weitere Energiekugeln ab. Eine davon traf Caldes und schmetterte ihn zu Boden. Er war sichtlich überrascht über die Wucht, mit der ihn die Kugel traf. Dracon stand nun neben ihm und holte mit dem Schwert zum Schlag aus. Im gleichen Moment schlug Caldes ihm einen der roten Kugelblitze vor die Brust.

Dracon flog einige Meter weit nach hinten und landete mit seinem Kopf direkt am Rand des Magmalochs. Er hörte eine Stimme flüstern, die ihn zwang, hineinzuschauen. In der rotglühenden Flüssigkeit zeichnete sich ein verzerrtes Gesicht ab. Seelenlose Augen umrandet von einem runden Kopf mit einem spitzen Kinn. Dracon war gefesselt von dem Anblick. Das Gesicht fing an, zu grinsen, und neben ihm tauchte eine flammende Hand aus dem Magma auf, die nach ihm griff.

Plötzlich stand Caldes neben ihm. »Dies ist nicht der richtige Zeitpunkt«, sagte er.

Dracon begriff, dass dieser mit Nevim sprach. Er stand wieder auf. Caldes reichte Nevim eine Hand, während er die andere Hand gegen Dracon richtete. Dracon spürte einen festen Griff an seiner Kehle und verlor den Boden unter den Füssen. Ohne ihn zu berühren, hatte Caldes ihn gepackt und in die Luft gehoben. Er machte eine Wurfbewegung und schmetterte Dracon so fest gegen die Wand, dass er benommen zu Boden ging.

**

Shira hatte die meiste Zeit ihre Augen geschlossen. Es war angenehmer, als in die Dunkelheit zu starren. Sie bemerkte das Flackern von Licht und ging davon aus, dass Caldes wieder vor ihr stand. Sie wagte nicht, die Augen zu öffnen, zwang sich aber schließlich, es doch zu tun.

Casto stand vor ihr und lächelte sie an.

»Du?!«, klang sie überrascht. Sie konnte kaum glauben, dass er wirklich vor ihr stand. Und sie fragte sich sogleich, woher er gewusst hatte, dass er sie dort finden würde. Plötzlich glaubte Shira, ihre schlimmste Befürchtung würde der Wahrheit entsprechen. Casto hatte sich mit Caldes verbündet. Deswegen hatte Caldes so viel gewusst, ihr eigener Vater war ein Verräter. Sie konnte es kaum fassen, sie hätte nie gedacht, dass Casto dazu fähig war. Aber er mochte sich geändert haben, schließlich hatte sie ihn über zehn Jahre nicht gesehen.

»Was machst du hier?«, fragte sie.

»Dich befreien.« Casto schlug mit seinem Schwert die Ketten durch, und Shira fiel auf den Boden.

Sie war erleichtert, festzustellen, dass sie sich getäuscht hatte. »Kannst du die Handschellen öffnen?«

Casto sah auf die breiten, dunklen Ringe an ihren Handgelenken. »Sicher kann ich sie öffnen, ich habe sie geschmiedet.«

Sie waren mit einem magischen Mechanismus geschlossen, der ohne Schlüssel funktionierte, aber vom Träger selbst nicht geöffnet werden konnten. Auf der Außenseite der Schellen befanden sich Gravierungen, die gleichzeitig gedrückt werden mussten, was alle Handschellen aus magischem Eisen gemein hatten. Wurden die Gravierungen gedrückt, erschienen geometrische Formen, die sich als Gravur auf dem anthrazitfarbenen Untergrund abzeichneten. Sie mussten zu einem Gebilde zusammengeführt und wie ein Schlüssel genutzt werden. Die Formen waren immer unterschiedlich, und außer Casto kannte kaum jemand alle Schließmechanismen.

»Woher wusstest du, dass ich hier bin?«, fragte Shira, während Casto die Handschellen aufschloss.

»Dracon hat mich um Hilfe gebeten.«

»Dracon? Wo ist er?«

»Vermutlich versucht er sich gerade gegen Caldes zu behaupten.«

»Du hast ihn mit Caldes allein gelassen?« Shira war entsetzt.

»Er wird schon zurechtkommen. Aber vielleicht sollten wir uns etwas beeilen, nur für den Fall, dass er doch Hilfe brauchen sollte. Hast du dein Schwert noch?«

Shira starrte ihn fassungslos an. »Was glaubst du denn? Natürlich nicht«, entgegnete sie tonlos.

Sie betraten gerade die Magmahöhle, als Dracon gegen die Wand prallte.

»Ich hätte ihn vielleicht doch nicht alleine lassen sollen«, gestand sich Casto wenig betroffen ein.

Shira warf ihm einen zornigen Blick zu und rannte zu Dracon. Caldes bemerkte sie zwar, aber sein Interesse galt Casto.

»Kleiner Bruder. Es freut mich, dich wiederzusehen.«

»Die Freude ist ganz deinerseits«, entgegnete Casto tonlos.

»Es sind einige Jahrzehnte vergangen, seit wir uns gesehen haben, und doch hast du dich nicht geändert«, stellte Caldes fest. Er ging langsam auf Casto zu und fixierte ihn.

»Zu wenige Jahre, wenn du mich fragst«, entgegnete Casto. Er trat Caldes völlig furchtlos gegenüber. Dracon war bereits wieder aufgestanden. Er und Shira beobachteten die beiden. Caldes kam immer näher an Casto heran, der sich nicht bewegte. Er war gefasst darauf, jeden Augenblick von Caldes angegriffen zu werden, und fragte sich zugleich, ob sein Bruder tatsächlich wieder genauso mächtig war wie damals, bevor Lynea ihm seine Kräfte nahm. Er entschloss sich, es herauszufinden, und griff ihn an.

Caldes schien nicht darauf vorbereitet zu sein, und er wurde von einer Energiekugel auf den Boden gerissen. Casto zog sein Schwert und rammte es Caldes durch die Brust. Doch dieser grinste ihn nur an, woraufhin Casto das Schwert zurückzog und einen Schritt von Caldes wegging. Caldes stand unbeeindruckt vor ihm, als hätte das Schwert ihn nie berührt. Er sah auf die Stelle, an der ihn kurz zuvor die Klinge durchbohrt hatte, und fing an zu lachen.

»Welch eine Ironie. Erst hindern dich deine lächerlichen Gefühle daran, mich zu töten, und nun, wo du endlich den Mut besitzt, kann es nicht mehr gelingen.«

Die Geschwister starrten sich hasserfüllt an, bereit, bis zum Tode zu kämpfen. Shira und Dracon glaubten, dass die Situation jeden Augenblick eskalieren würde, doch stattdessen verschwand Caldes. Casto sah sich verwundert um. Auch Shira und Dracon waren sichtlich überrascht. Sie rechneten damit, dass er jeden Moment wieder auftauchen würde, aber das tat er nicht.

»Lasst uns verschwinden«, drängte Casto.

Während Shira und Dracon Casto folgten, sprachen sie kein Wort. Sie waren verunsichert. Weder Caldes noch seine Wachen hatten versucht, sie aufzuhalten, und sie fragten sich, warum er sie einfach gehen ließ.

Der Rückweg war mühsam. Shira war erschöpft, die letzten Tage hatte sie kaum etwas gegessen, und es viel ihr schwer, mit Casto und Dracon Schritt zu halten. Ihr gingen viele Fragen durch den Kopf, aber sie wollte nicht sprechen, sie musste sich ihre Kräfte einteilen. Als sie endlich den Berg verließen, war es bereits dunkel.

Sie liefen noch eine Weile, bis sie das Tal des Vergessens hinter sich gelassen hatten und ein kleines Waldstück erreichten. Immer noch hatte Shira mit ihrem Vater kein Wort gewechselt, seitdem er sie befreit hatte. Sie wusste einfach nicht, was sie sagen sollte. Natürlich war sie dankbar, dass er ihr geholfen hatte, aber das ließ sie nicht vergessen, was er Rouh angetan hatte und auch nicht die Lügen, die er ihr über ihre Mutter erzählt hatte. Als sie daran dachte, wurde sie wütend. Was auch immer sie sagen würde, das Gespräch mit Casto würde anstrengend werden. Ihr fielen beinahe schon die Augen zu, sie war zu müde und ihr fehlte die Kraft, sich mit ihrem Vater auseinanderzusetzen. Sie legte sich neben das Feuer, das Casto entfacht hatte, und schlief nur wenige Augenblicke später ein.

»Caldes hätte uns wie Fliegen zerquetschen können«, sorgte sich Casto.

Dracon sah ihn verwundert an. Nicht weil er ihn aus seinen Gedanken gerissen hatte, sondern viel mehr, weil ihm die Ähnlichkeit zu Caldes wieder auffiel. »Er hat uns gehen lassen, weil er weiß, dass wir vorhaben, mit dem goldenen Drachenkopf zurückzukommen«, entgegnete Dracon. Es war die einzige denkbare Erklärung, da war er sich sicher.

»Das denke ich auch. Ihr solltet sehr gut auf euch aufpassen und auf alles gefasst sein, wenn ihr euer Ziel erreichen wollt«, sagte Casto, ohne ihn dabei anzusehen. Er starrte nachdenklich auf das Feuer.

Dracon hätte zu gern gewusst, was in dessen Kopf vorging, und er dachte daran, was Caldes zu ihm gesagt hatte. »Du hattest ihn damals gefunden, habe ich recht?«, fragte Dracon.

Casto sah ihn verwundert und misstrauisch an. »Wovon redest du?«

»Als du ihm damals gefolgt bist, in den Berg der Verdammnis. Es war eine Lüge, dass du Caldes nicht gefunden hattest«, stellte Dracon fest und erntete einen strafenden Blick von Casto. Aber zu Dracons Verwunderung sagte der zunächst nichts.

Casto erinnerte sich an den Tag, an dem sein Bruder vor ihm stand und er ihn hätte töten können. Er sah es noch genau vor sich, als wären es erst gestern gewesen. Er hatte gerade seine Eltern verloren, und sein Bruder war dafür verantwortlich. Doch als er vor ihm stand, bereit, zu sterben, war Casto nicht in der Lage gewesen, ihn zu töten. Obwohl Caldes ihre Eltern kaltblütig ermordet hatte, war Casto nicht fähig gewesen, seinen eigenen Bruder zu töten. Er schämte sich dafür. Dafür, dass seine Gefühle ihn davon abgehalten hatten, die Welt für immer von Caldes zu befreien. Deshalb hatte er behauptet, Caldes in den dunklen, verzweigten Gängen nicht mehr gefunden und ihn deshalb mit einem Fluch belegt zu haben. »Ich konnte es nicht«, gab er schließlich zu und überraschte Dracon ein weiteres Mal.

»Du konntest es nicht?! Obwohl er kurz zuvor eure Eltern getötet hatte?«

»Es mag dir vielleicht unverständlich erscheinen, aber Caldes ist dennoch mein Bruder, und auch wenn du es nicht glauben magst, habe ich nicht nur schlechte Erinnerungen an ihn. Du hättest sicher auch ein Problem damit, Xendra etwas anzutun.«

Dracon dachte an seine letzte Begegnung mit ihr. Und daran, dass er tatsächlich nicht in der Lage gewesen war, ihr etwas anzutun. Nicht mal als sie ihn angegriffen hatte. »Wahrscheinlich hast du recht.«

»Tu mir bitte einen Gefallen. Behalte das für dich«, bat ihn Casto.

»Von mir wird es niemand erfahren«, versicherte Dracon und Casto nickte anerkennend.

Feenmoor und Mondscheinhöhle

Am frühen Morgen verschwand Casto, um etwas zu essen zu besorgen. Er war nicht lange fort. Dracon und Shira hatten noch geschlafen und seine Abwesenheit nicht bemerkt. Sie waren dankbar für das Obst und das Trockenfleisch, das Casto aus der Speisekammer der Festung des Lichts besorgt hatte.

Während Shira sich satt aß, starrte sie Casto unentwegt an. Immer wieder dachte sie über die Worte nach, mit denen sie das unvermeidliche Gespräch beginnen würde. Nachdem sie viele verschiedene Varianten überdacht hatte, glaubte sie, die perfekte Wortwahl gefunden zu haben. Doch als sie ihn ansah und etwas sagen wollte, schienen die zurechtgelegten Worte aus ihrem Kopf verschwunden zu sein.

»Ich hatte etwas mehr Dankbarkeit erwartet. Aber es freut mich dennoch, dich wiederzusehen«, sagte Casto.

»Dankbarkeit? Dafür, dass du mich mein ganzes Leben lang angelogen hast?«, entfuhr es Shira.

»Das habe ich nur getan, um dich zu schützen.«

»Wieso verschweigst du mir, wer meine Mutter ist? Warum hast du mir verschwiegen, dass Caldes dein Bruder ist?«

»Ich wollte dich nicht unnötig belasten«, versuchte Casto sich herauszureden.

»Belasten? Weißt du, was es für eine Belastung ist, ohne Eltern aufzuwachsen? Es ist ein Wunder, dass so ein gefühlloser Mankur wie du überhaupt jemanden gefunden hat, der bereit war, ein Kind mit dir zu zeugen.«

Diese Worte machten Casto so wütend, dass er sich nicht beherrschen konnte und Shira dasselbe über ihre Mutter erzählte wie zuvor Dracon.

Dracon hätte die beiden gern allein gelassen, er wollte sich nicht noch einmal die Geschichte von Shiras Mutter anhören, und schon gar nicht, wenn er dabei zusehen musste, wie Shira das Herz gebrochen wurde. Aber er traute sich auch nicht zu gehen.

Als Casto endete, war Shira den Tränen nahe. Casto hatte sich wieder beruhigt und begriff, was er gerade getan hatte. »Es tut mir leid. Ich wollte nicht, dass du es erfährst. Ich hatte gehofft, ich könnte es dir ersparen.«

»Ich hasse dich!«, erwiderte Shira. Ihr war bewusst, dass Casto keine Schuld traf, doch sie war furchtbar wütend und musste diese Wut herauslassen. Sie drehte sich um, warf Dracon einen zornigen Blick zu und ging an ihm vorbei.

»Was habe ich dir denn getan?«, fragte er verunsichert.

»Du hast meinen Vater mitgebracht!«, schrie sie und lief in den Wald hinein. Sie wollte allein sein. Zu erfahren, dass ihre Mutter sie töten wollte, hatte sie schwer getroffen. Sie hatte sich schon viele Gedanken über ihre Mutter gemacht, aber so etwas hätte sie nie gedacht. Dabei erschien es plötzlich so offensichtlich.

Der schmale Pfad verlief in einem leichten Bogen an einem großen Felsen vorbei, und Shira verschwand aus Dracons Sichtfeld. Er wollte ihr hinterhergehen, doch Casto hielt ihn zurück.

»Sie wird sicher zurückkommen«, sagte er.

Dracon blickte den Pfad entlang und zögerte kurz, entschied sich dann aber doch, ihr zu folgen. Es erschien ihm nicht klug zu sein, sie allein zu lassen. Casto rollte genervt seine Augen, als Dracon losging, dann lief er ihm hinterher. Sie hatten die Abbiegung noch nicht erreicht, als sie ein leises Pfeifen vernahmen. Eine liebliche Melodie, die in einem hohen Ton erklang.

»Shira?«, rief Dracon.

»Sei leise und bleib stehen! Das ist eine Fee. Sie sitzt links in dem Busch neben uns, aber sieh nicht hin, wenn sie weiß, dass wir sie sehen können, kommt sie her«, flüsterte Casto.

Feen waren bekannt dafür, Lebewesen zu verwandeln oder sie zu verfluchen, wenn sie verärgert wurden, was sich bei diesen emotional empfindlichen Wesen kaum vermeiden ließ. Zumal sie sehr kontaktfreudig waren, wenn sie gesehen wurden, bemerkten sie es und nahmen sich ihres Beobachters an. Dracon hatte noch nie eine Fee gesehen, und obwohl er sich der Gefahr bewusst war, konnte er seine Neugier nicht zurückhalten.

Trotz Castos Warnung schaute er zu dem Busch, in dem die Fee saß. Er sah ein kleines, helles weißes Licht. Es kam auf ihn zu und wurde größer, dann erkannte er einen blauschwarzen, weiblichen Körper mit langen weißen Haaren, der von Flügel getragen wurde, die der einer Libelle glichen. Die pupillenlosen, weiß leuchtenden Augen musterten Dracon und Casto.

»Was hast du getan?«, flüsterte Casto nervös.

Die Fee war nicht größer als ein Lindenblatt und schwebte nun direkt vor ihren Augen. »Wer seid ihr und was führt euch her?«, erklang eine helle Stimme.

»Wir sind auf der Durchreise und haben es sehr eilig, also wenn du uns bitte entschuldigen würdest«, sagte Casto und wollte weitergehen, doch die Fee flog ihm in den Weg.

»Du hast meine Frage nicht beantwortet«, drängte sie.

Casto wusste, dass diese Begegnung nicht gut ausgehen würde. Denn es war kaum zu vermeiden, eine Fee zu verärgern. Er dachte darüber nach, sie zu töten, aber eine Fee zu töten, zog immer einen Fluch nach sich, was ihm keine gute Alternative zu sein schien.

»Ich bin Dracon und das ist Casto. Es freut mich, deine Bekanntschaft zu machen. Entschuldige bitte, falls mein Freund unhöflich erschien. Er ist nur nervös, weil die Zeit für uns wirklich drängt.« Dracon versuchte, so freundlich wie möglich zu sein, ohne dabei gestellt zu klingen.

Die Fee schien erfreut über seine Worte und lächelte. »Warum habt ihr es denn so eilig?«, fragte sie mit ihrer hohen Stimme.

»Wir haben etwas Wichtiges zu erledigen, und jetzt lass uns bitte gehen«, bat Casto. Er versuchte, ruhig zu bleiben.

»Was ist denn so wichtig?«, wollte die Fee wissen.

»Es ist uns nicht erlaubt, darüber zu sprechen«, sagte Casto. Er verlor langsam die Geduld und erwog wieder, die Fee zu töten.

»Wer verbietet euch denn, darüber zu sprechen?«

»Das geht dich nichts an!«, entfuhr es Casto.

Die Fee wurde sauer. »Niemand sagt mir, was ich wissen soll und was nicht!«

Casto wusste, was nun folgen würde, und er versuchte, die Fee zu packen, aber sie war schneller und verwandelte ihn in einen großen Stein. Dracon blickte zu dem Stein, auf dem sich Castos Gesicht abzeichnete, und musste sich ein Lachen verkneifen.

»Starr mich nicht so an! Mach irgendetwas!«, forderte dieser ihn auf. Dracon schaute wieder die Fee an.

»Was hast du nun vor? Du willst mich doch nicht etwa töten, oder? Dir ist sicher bekannt, dass es einen Fluch nach sich zieht, wenn du eine Fee tötest.«

»Daran hatte ich auch nicht gedacht.«

»Gut, dann werde ich dich vielleicht verschonen. Aber nur, wenn du mir euer Geheimnis verrätst.«

»Welches Geheimnis?«, fragte Dracon.

Der Blick der Fee verfinsterte sich. »Versuche nicht, mich an der Nase herumzuführen. Was habt ihr Wichtiges zu erledigen?«

Dracon wusste nicht, was er sagen sollte, und ließ die ungeduldige Fee zu lange auf eine Antwort warten.

»Du bist genauso unhöflich wie dein Freund!«, schrie die Fee und verwandelte Dracon ebenfalls in einen Stein, dann flog sie davon.

»Fantastisch. Das hast du ja mal wieder sehr gut gemacht«, bemerkte Casto genervt.

»Wieso ich? Du hast die Fee doch wütend gemacht.«

»Wenn du nicht hingesehen hättest, wäre sie gar nicht erst zu uns gekommen.«

»Wie können wir uns befreien?«, fragte Dracon.

»Gar nicht.«

»Gar nicht?! Gibt es denn keinen Umkehrzauber?«

»Sicher gibt es den, aber falls du es noch nicht bemerkt hast, sind wir Steine, und als Steine sind wir wohl kaum in der Lage, die magische Sprache zu nutzen«, sagte Casto.

»Hast du es denn schon versucht?«

Casto hätte Dracon gern einen verachtenden Blick zugeworfen, aber er konnte aus dem Augenwinkel bloß den grauen Felsbrocken neben ihm erkennen. »Nein, ich habe es nicht versucht, weil ich weiß, dass es nicht funktioniert. Uns bleibt nichts anderes übrig, als darauf zu hoffen, dass Shira bald zurückkommt.«

***

Es war schon einige Zeit vergangen, Casto und Dracon erschien es wie eine Ewigkeit. Ein Gecko war auf Castos Gesicht gekrabbelt und hatte es sich unter seiner Nase bequem gemacht. Mit Schnaufen und Pusten versuchte er vergebens, das Tier zu vertreiben.

»Alles in Ordnung?«, fragte Dracon.

»Nichts ist in Ordnung. Wir sind Steine, schon vergessen?!«, brüllte er wütend. »Und zu allem Überfluss sitzt ein Gecko auf meinem Gesicht.«

Endlich hörten sie Schritte, und wenig später sahen sie Shira auf sich zukommen. Die Steine lagen mitten auf dem Weg und versperrten den Durchgang. Shira blieb verwundert davor stehen und ließ ihre Blicke zwischen den beiden Gesichtern auf den Felsen hin und her schweifen.

»Ja, wir sind es, und jetzt befreie uns endlich«, forderte Casto sie auf.

In dem Moment fing Shira an zu lachen. »Was ist passiert?«, fragte sie schließlich.

»Das war eine Fee. Dein Vater konnte seine Freundlichkeit mal wieder nicht zügeln.«

»Wenn du sie nicht erst angelockt hättest, wäre das gar nicht geschehen!«, gab Casto wütend zurück.

Shira lächelte. »Wisst ihr, vielleicht habt ihr es einfach nicht anders verdient.«

»Befrei uns endlich!«, drängte Casto.

»Schon gut. Aber ich weiß nicht, wie.«

»Sprich mir nach! Libra na embru del hada.«

Shira wiederholte die Worte, und die beiden verwandelten sich zurück. Dracon sah sie vorwurfsvoll an. »Warum bist du so wütend auf mich?«, fragte er.

»Ich bin nicht wütend auf dich. Es tut mir leid. Ist es wahr, dass die Oberen dich eingesperrt haben?«

»Ja, woher weißt du davon?«

»Caldes hat es mir erzählt. Er muss einen Verbündeten haben«, erklärte sie.

»Das wusste ich bereits«, bestätigte Casto. »Allerdings habe ich keine Vorstellung, wer es sein könnte.« Er trug ein kleines silbernes Fläschchen an seinem Gürtel, das er abnahm und Shira reichte.

»Das ist für dich, falls er dir keine Hilfe mehr ist«, sagte Casto, während er Dracon einen abfälligen Blick zuwarf.

»Was ist das?«, wollte Shira wissen.

»Wurzelwasser von der Mondlichttanne. Es heilt Wunden, genau wie Dracon. Nur etwas schneller.«

Die letzten Worte klangen wieder etwas abfällig, und Dracon sah Casto an, als würde er ihm jeden Augenblick an die Kehle springen. Shira entging die Spannung zwischen den beiden nicht, aber sie ignorierte es und nahm das silberne Fläschchen an sich. Dann zog Casto sein Schwert und reichte es Shira.

»Ohne Schwert wirst du nicht weit kommen. Ihr werdet allein weitergehen müssen. Solltest du mich brauchen, ruf mich einfach.«

»Wozu, damit du mich wieder ignorieren kannst?«

»Ich werde da sein«, versicherte Casto und verschwand.

Schweigend sahen sich Shira und Dracon an, dann fiel Shira ihm um den Hals, was ihn überraschte. »Ich bin so froh, dass du mich da herausgeholt hast. Ich habe wirklich gedacht, dass ich das Tageslicht nie wiedersehen werde.«

Dracon erwiderte die Umarmung. »Du hättest das Gleiche für mich getan.«

»Wahrscheinlich, aber ich wäre vielleicht nicht so erfolgreich gewesen.«

»Ohne deinen Vater hätte ich es nicht geschafft.«

Sie lösten die Umarmung wieder. »Hast du ihn wirklich um Hilfe gebeten?«, fragte sie.

»Ich wusste nicht, wen ich sonst hätte fragen sollen.«

Shira blickte traurig zu Boden. »Es wundert mich, dass es ihm nicht gleichgültig war«, bemerkte sie.

»Vielleicht bist du zu streng mit ihm. Du bist ihm nicht gleichgültig«, gab Dracon zu bedenken.

Shira wunderte sich, dass ausgerechnet Dracon ihren Vater in Schutz nahm. Doch schienen seine Worte ihr die Augen zu öffnen. Sie war nicht mehr wütend und begriff langsam, dass Casto immer nur das Beste für sie gewollt hatte. Wenn sie genauer darüber nachdachte, hätte sie sich an seiner Stelle ähnlich verhalten. Sie bekam ein schlechtes Gewissen. Sie war ihm gegenüber furchtbar undankbar gewesen. Dabei hatte er sein Leben riskiert, um sie zu retten.

»Das mag sein«, gab sie zu.

»Lass uns weitergehen, wir haben noch einen langen Weg vor uns«, schlug Dracon vor.

Sie ließen den schmalen Wald, der das Tal des Vergessens vom Feenmoor trennte, hinter sich. Der Boden wurde immer feuchter und schlammiger. Mit jedem Schritt sanken sie tiefer ein, bis der zähe Schlamm schließlich ihre Fußknöchel erreicht hatte und ein Vorankommen fast unmöglich machte. Die hohen Gräser und die dicken, dicht umwachsenen Baumwurzeln vermochten Lebewesen in den unterschiedlichsten Größen zu verbergen. Doch sahen und hörten sie nichts außer einer Krähe, die nicht weit von ihnen entfernt auf einem Ast saß. Dracon beachtete sie nicht weiter, bis ihm auffiel, dass sie ihnen zu folgen schien. Er blieb stehen, und die Krähe setzte sich wieder nicht weit von ihm auf einen Ast.

»Warum bleibst du stehen?«

Dracon antwortete Shira nicht. Er sah die Krähe an und bemühte sich, mit ihr zu sprechen, aber sie gab ihm keine Antwort. Ob sie es nicht konnte oder nicht wollte, wusste Dracon nicht, aber er wollte es herausfinden. Er versuchte die Krähe zum Reden zu zwingen, sollte sie es können.

Shira sah, wie seine Augen grün leuchteten, während er die Krähe anstarrte. Sie wusste sofort, was Dracon machte, fragte sich aber, warum er das tat. Das Glühen in seinen Augen verschwand wieder.

»Wir müssen diese Krähe irgendwie loswerden«, sagte er, ohne diese aus den Augen zu lassen.

»Wieso? Was stimmt mit ihr nicht?«

Sie entfernten sich von der Krähe. »Ich kann nicht mit ihr sprechen, vermutlich weil sie sich weigert, und es ist mir auch nicht möglich, sie dazu zu zwingen. Irgendein Zauber schützt sie davor. Ich bin mir sicher, dass Caldes sie geschickt hat. Er nutzt sie, um uns zu beobachten, vielleicht kann er durch sie sogar hören, was wir sagen«, flüsterte Dracon Shira ins Ohr.

Shira suchte die Krähe, die sich bereits ein Stück vor ihnen auf einer dicken Wurzel niedergelassen hatte. Als sie die Krähe entdeckte, schlug sie eine Feuerkugel auf sie. Dracon zuckte vor Schreck zusammen. Der brennende Vogel gab qualvolle Laute von sich. Er versuchte davonzufliegen und stürzte nur wenige Meter weiter auf den Boden. Reglos lag er da, und die Flamme wurde kleiner, bis sie allmählich erlosch. Dracon war erstaunt und etwas entsetzt. Er hätte Shira nie zugetraut, so brutal zu sein.

»Sieh mich doch nicht so an. Ich dachte, wir müssen die Krähe loswerden. Jetzt sind wir sie los«, sagte Shira zufrieden und lief weiter.

**

Mehrere Stunden waren vergangen, seit sie das Feenmoor betreten hatten. Der Boden wurde trockener, und die sumpfige Landschaft wich mehr und mehr einem immer dichter werdenden Mischwald. Bei Sonnenuntergang hatten sie das Feenmoor hinter sich gelassen. Zu Dracons Verwunderung waren sie keiner Fee begegnet.

Am nächsten Tag wurden sie wieder von einer Krähe verfolgt, die bereits am Morgen an ihrem Lager gesessen hatte. Auch dieses Tier tötete Shira, doch nur kurze Zeit später gesellte sich eine neue Krähe zu ihnen. Shira war genervt, und zu wissen, dass Caldes sie beobachtete, machte sie wütend. Sie wollte die Krähe wieder töten, aber Dracon hielt sie zurück.

»Das ist doch sinnlos. Wir müssen einen anderen Weg finden, um sie loszuwerden«, überlegte er.

Shira musste sich eingestehen, dass er recht hatte, auch wenn sie ihre Wut auf Caldes gern an dem Vogel ausgelassen hätte. So wurden sie zwei weitere Tage von einer Krähe begleitet und verloren kaum ein Wort in ihrer Gegenwart. Zu groß war die Gefahr, dass Caldes etwas erfahren könnte, was nicht für seine Ohren bestimmt war.

Shira und Dracon erreichten den Tayguien auf der Nordostseite. An dieser Stelle war der Berg sehr steil, und der Weg nach oben führte am Abgrund entlang. Auf der Suche nach einem Drachen, der ihnen helfen würde, den goldenen Drachenkopf zu finden, wollten sie zu der Stelle zurückkehren, wo Shira Baron begegnet war. Um das Marmitatal zu umgehen, mussten sie über die Nordseite des Berges marschieren. Doch blieb nur der Weg nahe dem Gipfel entlang, denn am Fuße befand sich der Finsterfluchforst. Es gab viele Höhlen, die teilweise im Inneren des Berges miteinander verbunden waren. Einige dieser Höhlen waren Dracon bekannt. Er hatte vor einigen Jahren viel Zeit in dieser Gegend verbracht, weil er das Höhlensystem so faszinierend fand, aber Drachen waren ihm dort nie begegnet, allerdings war er nie auf der Nordseite des Berges gewesen. Er ging davon aus, wenn es Drachen in diesem Gebirge gab, würden sie dort zu finden sein.

Es war stürmisch und regnete stark. Wie ein kleiner Bach rauschte das Wasser den schmalen Weg hinab, den sie hinaufstiegen. Der heulende Sturm peitschte den Regen in ihre Gesichter. Dracon und Shira hatten Mühe, nicht abzustürzen. Sie mussten unbedingt Schutz in einer der Höhlen suchen. An die Felswand gedrückt, kämpften sie sich Schritt für Schritt nach oben und erreichten gerade eine kleine Höhle, als der Regen noch stärker wurde. Völlig durchnässt gingen sie hinein und blickten auf die Naturgewalten, die ihrer Macht freien Lauf ließen. Die Sonne ging unter und der tiefgraue Himmel wurde noch finsterer. Dann ließ der Regen nach und Dracon ging vor die Höhle. Er blickte den Berg hinauf. Der Mond schob sich in eine Lücke der Wolkendecke und erhellte für wenige Augenblicke die wolkenverhangene Nacht.

»Komm schnell her. Ich will dir etwas zeigen«, rief er. Shira stand auf und stellte sich neben ihn. »Siehst du das Licht dort oben?« Etwas weiter links über dem Höhleneingang sah Shira ein silbernes Licht blitzen. Der Mond wurde wieder von den Wolken verdeckt, und das Licht verschwand wieder.

»Was ist das?«, fragte sie.

»Das ist die Mondscheinhöhle. In ihrem Innern befinden sich große metallisch glänzende Steinflächen. An einigen Stellen kann das Mondlicht hineingelangen und wird so stark reflektiert, dass die gesamte Höhle erleuchtet wird«, sagte Dracon.

»Das ist sicher wunderschön«, bemerkte Shira.

»Ist es, aber es ist sehr gefährlich, diese Höhle zu betreten.«

»Wieso ist es gefährlich?«

»Sie zeigt jedem, der sie betritt, seine Vergangenheit und eine mögliche Zukunft.«

»Und was ist so schlimm daran?«

»Es ist immer die Zukunft, die am meisten gefürchtet wird. Wenn es nicht gelingt, sich aus der Illusion zu befreien, bleibt man für immer darin gefangen«, erklärte Dracon.

»Bist du schon einmal dort gewesen?«

»Ja, aber es ist schon einige Jahre her.«

»Und was für eine Zukunft hast du gesehen?«

»Das wirst du dir sicher denken können«, sagte er und ging zurück in die Höhle.

Shira sie blickte den Gipfel hinauf, in der Hoffnung, der Mond würde noch einmal zum Vorschein kommen. Aber ein weiterer Blick zu der Mondscheinhöhle bot sich nicht, und sie ging zu Dracon. Die vom Regen durchnässte Kleidung fühlte sich unangenehm an, und es wurde immer kühler.

»Es ist kalt, findest du nicht auch«, bemerkte sie und rieb sich über die Arme. Dracon rutschte ein Stück an sie heran und legte seinen Arm um sie. Sein Körper strahlte eine angenehme Wärme aus, und sie schmiegte sich an ihn. Dann sah sie ihn verunsichert an, sie wollte nicht aufdringlich sein. Sie schauten sich in die Augen. Dracon war kurz davor, sie zu küssen, entschied sich dann aber, es nicht zu tun, und drehte seinen Kopf weg.

Shira war erleichtert, sie hätte den Kuss sicher erwidert, aber vielleicht wäre danach alles anders gewesen. Nachdem Dracon eingeschlafen war, stand Shira vorsichtig auf und ging nach draußen. Das Unwetter hatte sich verzogen, und die Wolken hatten das Mondlicht größtenteils wieder freigegeben. Shira schaute zur Mondscheinhöhle hinauf, aus der ein silbernes Licht schimmerte. Sie war nicht allzu weit entfernt, Shira würde klettern müssen, aber es würde sicher nicht lange dauern, den Höhleneingang zu erreichen.

Sie war unentschlossen, schaute zu Dracon und dachte nach. Eigentlich wollte sie nicht wieder einfach gehen, aber wenn sie Dracon sagen würde, was sie vorhatte, würde er sie sicher nicht gehen lassen. Sie entschied sich, ihn nicht zu wecken, denn sie war sich sicher, dass sie zurück sein würde, bevor er ihre Abwesenheit bemerkte. Sie würde nur einen kurzen Blick in die Höhle werfen, ohne sie zu betreten, und dann gleich wieder umkehren.

Zu Beginn konnte sie den Berg noch ein kurzes Stückchen hinauf Richtung Westen laufen, dann endete der lange, schmale Felsvorsprung, und sie musste klettern. Oben angekommen fand sie sich auf einer ebenen Fläche wieder, von der aus sie in eine lange Felsspalte gelangte, die nach Süden führte. Sie lief bereits einige Zeit, während sie der Höhle nur langsam näher zu kommen schien. Allmählich kamen ihr Zweifel, ob sie den Weg nicht doch unterschätzt hatte. Er war viel länger, als sie zuvor vermutet hatte. Immer wieder verschwand der Mond hinter den Wolken und ließ die Höhle in der Dunkelheit verschwinden. Sie fragte sich, ob sie in die richtige Richtung lief, doch dann konnte sie endlich den Eingang der Höhle erkennen, die sich etwa zehn Meter über ihr befand. In die Felswand waren kleine Stufen geschlagen, die sicher nicht natürlichen Ursprungs waren.

Gerade als sie die Höhle erreicht hatte, verschwand das helle Licht wieder. Sie ging einen Schritt hinein und entfachte ein Feuer in ihrer Hand. Der Schein der Flamme wurde von den Wänden reflektiert und ließ einen kleinen Teil der Höhle in einem orangefarbenen Licht flackern. Es wirkte etwas unheimlich, und doch faszinierten Shira die tanzenden Lichtreflexionen.

Sie war gerade im Begriff, sich umzudrehen und die Höhle wieder zu verlassen, als sie etwas auf sich zukommen sah. Zunächst erkannte sie nur schemenhafte Umrisse, die nach und nach deutlicher wurden. Es schien eine Mankure zu sein. Sie war nicht mehr weit entfernt, und Shira konnte ihr Gesicht erkennen. Es war sie selbst.

Ihr zweites Ich ergriff ihre Hand und zog sie weiter in die Höhle hinein. Dann wurde es um sie herum hell. Sie fand sich im Androrgebirge wieder. Sie erkannte sich selbst, wie sie einen Steilhang hinunterstürzte. Rouh war bei ihr und lief besorgt um sie herum. Dann kam Dracon, und kniete sich neben sie, während Rouh ihn anfauchte. Shira begriff, was sie dort sah. Es war der Tag, an dem sie von dem Rudel Mankurenfresser angegriffen worden war.

Das Bild vor ihr wurde undeutlich und formte neue Konturen. Nun zeigte es sie und Dracon, wie sie gerade das Maraffenland betraten und ihre Waffen ablegten. Das Bild verblasste. Plötzlich war sie in der Magmahöhle. Caldes stand ihr gegenüber und lachte, nur dieses Mal sah sie sich nicht aus der Entfernung, sondern schien sich selbst in der Illusion zu befinden. Casto hatte Caldes gerade mit seinem Schwert durchbohrt. Doch anders als in ihrer Erinnerung zog nicht Casto das Schwert zurück, sondern Caldes und nutzte es sogleich, um Casto zu enthaupten. Dann ging er auf Shira zu. Er fixierte sie mit seinen stechend gelben Augen. Shira griff nach ihrem Schwert, aber es war nicht da. Sie sah sich verzweifelt um, während sie sich langsam nach hinten bewegte. Sie stolperte über etwas, erschrocken sah sie, dass es Dracon war. Er lag auf dem Boden, unter ihm war eine Blutlache zu sehen, und er bewegte sich nicht.

Panik packte Shira. Vorsichtig stieg sie über den leblosen Körper. Caldes war nun direkt vor ihr und holte zum Schlag aus. Dann sprang sie ein Stück zurück und spürte keinen Widerstand unter den Füßen, einen kurzen Augenblick lang glaubte sie zu fallen. Doch ihre Bewegung stoppte ruckartig, als etwas ihr Handgelenk packte.

Caldes stand immer noch vor ihr, aber seine Konturen verschwammen allmählich. Vor ihr war eine schwarze Silhouette, die leise Laute von sich gab, zu erkennen. Allmählich wurden die Laute deutlicher und formten sich zu einer Stimme. Sie hörte ihren Namen. Jemand schien sie zu rufen. Dann wurde das Bild vor ihr langsam klarer, es war Dracon.

»Shira, hörst du mich?« Dracon hielt ihre Schultern fest und sah ihr in die Augen. Sie saß auf dem Boden, und er kniete vor ihr, um sie herum erschien die Höhle in einem schimmernden silbernen Licht.

»Was ist passiert? Was machst du hier?«, fragte sie verwirrt. Sie begriff erst langsam, was geschehen war.

»Dasselbe könnte ich dich fragen«, sagte Dracon verärgert. Neben ihr klaffte ein breiter Riss im Boden, der sich durch die Höhle zog. Er war schmal genug, um ihn mit einem Sprung überwinden zu können, aber auch breit genug, um hineinzustürzen. Dracon blickte sie vorwurfsvoll an. Er hatte ihr Schwert in der Hand und hielt es ihr entgegen.

»Das solltest du das nächste Mal besser mitnehmen«, sagte er und kehrte ihr den Rücken zu.

Shira war immer noch von dem Anblick der Höhle gefesselt, erst als sie Dracon nicht mehr sehen konnte, sprang sie auf und folgte ihm. Er verhielt sich ihr gegenüber sehr abweisend, und sie sprachen kaum ein Wort miteinander. Shira war sich nicht sicher, woran es lag, und sie wusste, dass er es ihr nicht von allein sagen würde.

»Was ist los? Bist du sauer auf mich?«, fragte sie.

»Warum? Weil du dich mal wieder weggeschlichen hast? Ich verstehe nicht, warum du das immer machst, schon gar nicht nachdem, was beim letzten Mal geschehen ist«, erwiderte er wütend.

»Ich wollte nur einen kurzen Blick in die Höhle werfen. Es ist doch nichts passiert.«

»Nichts passiert?! Du wärst beinahe in die Felsspalte gestürzt.«

Er schüttelte verständnislos den Kopf. Ihre Sinne hatten Shira nicht getäuscht, sie hatte tatsächlich keinen Boden mehr unter den Füßen gehabt. Doch die Illusion des Zaubers hatte ihre Wahrnehmung überlistet. »Es tut mir leid. Es wird nicht noch mal vorkommen«, sagte sie.

»Das hoffe ich, beim nächsten Mal werde ich dir sicher nicht noch mal helfen«, entschied er in seiner Wut, obwohl er wusste, dass er sie niemals im Stich lassen würde.

Sie waren wieder zurück in der kleinen Höhle, in der sie zuvor vor dem Unwetter Schutz gesucht hatten. Dracon lehnte sitzend und mit geschlossenen Augen an der Wand. Shira saß nicht weit von ihm entfernt und starrte bedrückt in die Leere.

»Was hast du gesehen?«, fragte Dracon schließlich.

Shira sah ihn überrascht an, sie dachte, er hätte schon geschlafen. »Dich und meinen Vater.« Sie schwieg einen Moment lang. »Caldes hat euch getötet«, fügte sie dann leise hinzu.

»Mach dir nicht so viele Gedanken. Es war nur eine mögliche Zukunft, die du gesehen hast, es ist sehr ungewiss, ob sie sich bewahrheiten wird.«

»Ungewiss vielleicht, aber nicht ausgeschlossen.« Sie blickte vor sich auf den Boden.

»Wieso konntest du mir eigentlich helfen?«, fragte Shira. Dracon war erst nach ihr in die Höhle gekommen, aber er wurde nicht in einer Illusion gefangen.

»Weil diese Höhle jedem nur eine mögliche Zukunft offenbart, was bei mir schon vor einigen Jahren geschehen ist«, erklärte Dracon.

DER FINSTERFLUCHFORST

Der nächste Morgen brachte sehr durchwachsenes Wetter mit sich. Immer wieder gab es Wolkenbrüche gefolgt von Sonnenschein. Nach dem nächtlichen Unwetter war die Krähe, die Shira und Dracon verfolgt hatte, verschwunden. Doch bereits am frühen Vormittag bemerkten sie wieder einen schwarzen Vogel, der sich immer in ihrer Nähe aufhielt.

Der Himmel zog sich zu, und es begann wieder zu regnen, und obwohl der Regen immer stärker wurde, flog die Krähe unbeirrt neben ihnen her. Shira beobachtete sie unentwegt. Sie konnte sich einfach nicht damit abfinden, dass Caldes es so leicht hatte, sie zu beobachten. Es schien ihr beinahe, als würde er sie verspotten. Erneut von Wut gepackt, blieb sie stehen und holte die Krähe mit einer Feuerkugel aus der Luft. Die Flammen wurden schnell vom Regen gelöscht, und der Vogel bewegte sich noch. Shira hob ihn vom Boden auf, sah ihm kurz in die Augen und drehte ihm das Genick um. Dracon sagte kein Wort und sah sie an, als würde er nicht wissen, wer vor ihm steht. »Entschuldigung, ich habe die Beherrschung verloren. Es macht mich einfach wütend, dass Caldes uns so leicht verfolgen kann.«

Dracon konnte ihre Wut nachempfinden, er sagte aber nichts. Plötzlich hörten sie ein lautes Geräusch. Es war ganz in der Nähe und klang ähnlich wie Donner. Sie glaubten, ein Gewitter würde aufziehen, aber dann hörten sie erneut das Geräusch, das nun deutlich näher zu sein schien und mehr nach einem Knurren und Schnaufen klang.

Links von ihnen war eine Steilwand, die neben einem großen Felsbrocken, der an der Wand festgewachsen zu sein schien, emporragte. Sie gingen um den Felsen herum, dahinter befand sich ein hoher, breiter Höhleneingang. Sie sahen zwei große rubinrote Augen leuchten, die sich auf sie zubewegten. Die Kreatur trat langsam aus dem Schatten heraus. Es war ein Drache, seine Schuppen glänzten in einem hellen, fast weißen Silberton. Die flache, aber leicht spitze Schnauze wurde von einem runden Kopf umgeben, aus dem fünf geschwungene Hörner wuchsen.

Schnaufend und knurrend kam er auf sie zu. Sein zorniger Blick war beängstigend. Sowohl Shira als auch Dracon gingen langsam zurück, ohne den Drachen dabei aus den Augen zu lassen. Vor der Höhle war eine ebene Fläche, die sich streckenweise am Berg entlangschlängelte, doch waren es nur wenige Meter bis zum Abgrund. Als der Drache seinen Kopf aus der Höhle streckte, spie er sogleich eine Flamme auf die beiden. Shira verschränkte die Arme vor ihrem Gesicht, das Feuer konnte ihr nichts anhaben. Besorgt versuchte sie, durch die Flammen Dracon zu erkennen. Er hatte ebenfalls die Arme vor seinem Gesicht verschränkt und wurde von den Flammen umschlossen, doch wie es schien, konnte auch ihm das Feuer nichts anhaben.

Der Drache stoppte seinen Angriff. Er war verwundert, aber offensichtlich auch erzürnt. Er holte mit seiner Pranke aus und versuchte Dracon zutreffen, der ihm nach hinten auswich. Die Krallen des Drachens streiften ihn und hinterließen einen Riss in seinem Wams, dabei kam das Amulett zum Vorschein.

»Woher hast du das?«, fragte der Drache. Seine Stimme klang dunkel und rau. Er kam mit seiner Nase dicht an Dracon heran, der langsam immer weiter nach hinten auswich. Der Drache fixierte ihn mit seinen rubinroten Augen. Dracon stand mit seinen Fersen schon am Abgrund, und er wusste, dass der Drache ihn nur noch anstupsen müsste, um ihn hinunterzustürzen.

Shira wollte ihr Schwert ziehen, doch schon als das Schwert die Scheide entlangglitt, schwenkte der Drachen seinen Kopf und stieß sie weg. Sie flog ein Stück zur Seite und landete am Rand der Klippe. Von dort aus sah sie erst, wie nah Dracon am Abgrund stand und dass der Drache ihn jeden Augenblick hinunterstürzen würde.

»Vancar! Halt dich zurück! Es ist nicht an dir, über das Schicksal dieser Mankuren zu entscheiden.« Ein weiterer Drache war direkt neben ihnen gelandet, er war etwas größer, wirkte aber weniger beängstigend.

»Das ist Baron«, flüsterte Shira. Der silberne Drache ließ von Dracon ab. Auch wenn er sich nur widerwillig der Forderung fügte, zog er sich in die Höhle zurück. Zu groß war sein Respekt dem goldenen Drachen gegenüber, der ihn mit seinen bernsteinfarbenen Augen beobachtete. Vancar verharrte in der Dunkelheit kurz hinter dem Höhleneingang. Dracon konnte immer noch seine zornigen rubinroten Augen sehen, die ihn und Shira anstarrten.

»Ich weiß, warum ihr hier seid, und wir Drachen werden euch helfen. Doch hier ist es nicht sicher, ihr werdet verfolgt, und das, was die Drachen euch mitzuteilen haben, ist nur für eure Ohren bestimmt«, sagte Baron. Er legte seinen Kopf auf den Boden. »Steigt auf und haltet euch gut fest.«

Shira und Dracon waren verunsichert. Noch nie zuvor war ein Mankur auf einem Drachen geritten.

»Worauf wartet ihr?«, fragte Baron ungeduldig. Shira, die weniger mit Vorurteilen behaftet war, trat an ihn heran und kletterte auf seinen Rücken, während Dracon immer noch zögerte. Er traute dem Drachen nicht. Er hatte zu viele Geschichten über ihresgleichen gehört, die sie nie in einem guten Licht darstellten. Aber er wusste auch, dass er keine Wahl hatte.

»Hoffentlich bringt er uns nicht um«, flüsterte er zu sich selbst.

»Wenn ich das wollte, wäret ihr bereits tot«, entgegnete Baron.

Die goldenen Schuppen waren hart wie Metall, aber sie waren so fein angeordnet, dass sie sich angenehm weich anfühlten. Der Drache ging in die Lüfte und stieg immer weiter nach oben, bis er die Wolkendecke erreicht hatte. Er flog sehr schnell, der kalte Wind zerrte an ihnen, und der schuppige Rücken bot kaum eine Möglichkeit, sich festzuhalten. Dracon hätte nie gedacht, dass es so schwierig ist, sich auf einem Drachen zu halten. Einen Greif zu fliegen, war wesentlich leichter. Sie waren viel kleiner und mit einem Drachen kaum zu vergleichen. Dennoch war es ein unglaubliches Gefühl, von einem Drachen durch die Lüfte getragen zu werden, obwohl die Kälte immer unangenehmer wurde.

Sie flogen nur wenige Minuten, bis Baron die Wolkendecke wieder durchbrach und sich wieder dem Boden näherte. Unter ihnen schien der Boden schwarz zu sein. Erst als sie noch tiefer flogen, erkannten Shira und Dracon, dass es nicht der Boden war, der schwarz war, sondern die Baumkronen vom Finsterfluchforst. Selbst am Tag verschluckte das dichte Blätterdach das Licht, bevor es auch nur annähernd den Boden erreichen konnte. Zu ihrer Linken ragte, einige Kilometer entfernt, der Tayguien empor, dessen Gipfel von den Wolken verdeckt wurde. Unter ihnen und um sie herum waren nur die schwarzen Baumkronen zu sehen, die sich wie eine Decke über das Land legten. In der Ferne war eine Lichtung. Inmitten des Waldes war eine helle Stelle zu erkennen. Eine große Wiese, die wie ein grünes Licht aus der schwarzen Decke heraustach. Dort landete Baron.

Nun kamen auch Shira die ersten Zweifel. Sie befanden sich mitten im Finsterfluchforst. Es hieß, dass dieser Wald alle, die ihn betraten, einnehmen würde. So erzählte man, dass dieser Wald selbst das reinste Herz verderben würde. Sobald man einen Schritt hineinwagte, sei man verseucht und würde Stück für Stück zu einem Teil von ihm werden.

Kaum jemand wagte es, in diesen Wald zu gehen, und diejenigen, die es doch taten, kamen nie zurück. Was sich wirklich in diesem Wald verbarg, war ungewiss, denn bisher hatte niemand darüber berichtet.

Shira und Dracon wussten, wenn Baron sie nicht wieder fortbringen würde, wäre das ihr sicherer Tod. Shira hoffte, dass Baron diesen Ort gewählt hatte, um sicherzustellen, keine unerwünschten Zuhörer zu haben. Sie konnte sich einfach nicht vorstellen, dass er ihnen etwas antun würde. Dracon hingegen hatte kaum noch Zweifel, dass der Drache keine guten Absichten verfolgte.

»Warum hast du uns hierhergebracht?«, fragte er, ohne sein Misstrauen verbergen zu können.

»Hier werdet ihr finden, was ihr sucht«, sagte Baron.

Nun wurde auch Shira bewusst, dass Baron sie zum Tode verurteilt hatte. Aus diesem Wald würden sie nie wieder herauskommen, weder mit noch ohne goldenen Drachenkopf. Selbst am Tag war es unmöglich, hinter der ersten Baumreihe, die sie umgab, etwas zu sehen. Dieser Ort bot nur die Wahl, im Sonnenlicht zu verhungern und zu verdursten oder in der Dunkelheit zu sterben.

Sie war sprachlos und blickte hilfesuchend zu Dracon. Aber auch ihm schienen die Worte zu fehlen.

Baron schüttelte sich gelassen, dann begann er zu sprechen: »Es sind viele Jahrhunderte vergangen, seit Lynea ihren Bruder Nevim verbannt und einen der goldenen Drachenköpfe vernichtet hatte. Sie bat die Drachen damals, den anderen goldenen Drachenkopf wieder zurückzunehmen und ihn sicher zu verwahren. Doch die Drachen wussten, dass sie dieser Aufgabe nicht gewachsen waren, und wiesen Lyneas Bitte ab. Sie war überaus erzürnt darüber. Viele der Drachen fürchteten, dass sie den Drachenkopf nutzen würde, um sich zu rächen, und verließen das Land. Aber anders als bei ihrem Bruder Nevim gebietet es Lyneas Wesen nicht, anderen Lebewesen zu schaden.«

»Und was geschah dann?«, fragte Shira.

»Da die Drachen ihr nicht freiwillig halfen, versteckte sie den goldenen Drachenkopf nicht weit von ihnen entfernt. Sie teilte den Drachen mit, wo er sich befand, und ließ sie mit diesem Wissen allein. Die Gefahr, dass diese mächtige Reliquie in die falschen Hände geraten könnte, war einfach zu groß, als dass die Drachen sie hätten ignorieren können. So waren sie gezwungen, Lyneas Willen zu folgen. Doch innerhalb weniger Jahre entstand durch den goldenen Drachenkopf der

Finsterfluchforst. Ein Schutz, den er sich von selbst geschaffen hat. Dieser grausame Wald öffnete Lynea die Augen. Sie begriff, dass der goldene Drachenkopf ungeahnte Gefahren mit sich brachte, und verstand, warum die Drachen ihre Bitte abgewiesen hatten. Sie versöhnte sich wieder mit ihnen, und seither schützt der Finsterfluchforst den goldenen Drachenkopf, der zugleich das Herz des Waldes ist.«

»Wo genau befindet er sich?«, fragte Shira zaghaft.

»Das Amulett wird euch den Weg weisen. Doch seid gewarnt, der goldene Drachenkopf ist nicht für sterbliche Wesen bestimmt. Hütet euch davor, von ihm Gebrauch zu machen. Sobald ihr ihn einmal benutzt, wird er euren Geist vergiften und euch immer ein Stück mehr eurer Lebensenergie berauben, solange er in eurem Besitz ist.« Mit diesen Worten breitete Baron seine Flügel aus und flog davon.

Shira und Dracon schauten dem goldenen Drachen hinterher, der immer kleiner wurde, bis er in die Wolkendecke eintauchte und verschwand.

»Ich wusste, dass man den Drachen nicht trauen kann«, ärgerte sich Dracon.

Shira war fassungslos, und obwohl Baron nicht mehr zu sehen war, starrte sie immer noch in den Himmel. Es war schon später Nachmittag, und sie würden in diesem unheilvollen Wald übernachten müssen. Aber das machte auch keinen Unterschied mehr, selbst am Tage war es beinahe unmöglich zu überleben.

Dracon beobachtete den Waldrand, gelegentlich glaubte er, ein großes Tier oder etwas Ähnliches zu sehen. Zwei Augen, die zwischendurch aufblitzen und wieder in der Dunkelheit verschwanden. Er griff nach dem Amulett und betrachtete es. Der geschwungene Drache, der von einem Oval umschlossen wurde, war mit zwei kleinen hellblauen Steinchen verziert, die die Augen darstellten. Er fragte sich, wie dieses Amulett ihnen den Weg weisen sollte, und kam zu dem Entschluss, dass der Drache sie belogen haben musste.

»Wir werden hier sterben«, befürchtete Shira, als sie endlich ihren Blick vom Himmel löste.

Dracon hätte ihr gern widersprochen, aber auch ihm erschien die Situation aussichtslos. »Wir werden es irgendwie schaffen, hier rauszukommen.« Er wollte sie ermutigen, fand sich aber wenig überzeugend. »In welche Richtung sollen wir gehen?«, fragte er.

»Es ist egal, welche Richtung wir wählen, wir werden diesen Wald nie wieder verlassen.«

»Du weißt doch gar nicht, was uns erwartet. Vielleicht …«

»Der Tod erwartet uns«, unterbrach Shira ihn.

»Wenn wir nicht kämpfen, haben wir bereits verloren. Auch wenn es aussichtslos erscheint, sollten wir es zumindest versuchen. Wenn du außerdem so überzeugt davon bist, dass wir sterben werden, dann hast du doch nichts zu verlieren«, entgegnete Dracon.

Shira blickte nachdenklich auf den Waldrand. »Du hast recht.« Sie sah Dracon in die Augen, und ein wenig Zuversicht kehrte zurück.

»Dann lass uns gehen.« Er lief in die Richtung, wo er das Tier vermutete. Ihm war die Gefahr bewusst, aber er wollte unbedingt wissen, was er gesehen hatte. Sie betraten den Wald, und bereits nach wenigen Schritten wurde es dunkel, es schien beinahe, als würde der Wald sie verschlingen. Das dichte Blätterdach schien nahtlos geschlossen zu sein, nicht ein Lichtstrahl gelangte hindurch. Shira entzündete ein Feuer in ihrer Hand und suchte den Boden nach einem dicken, kurzen Stock ab. Sie wurde schnell fündig. Sie entfachte ein Feuer am oberen Ende des Stocks und drückte ihn Dracon in die Hand. Irgendetwas im Gebüsch neben ihnen schreckte auf und lief davon. Sie hörten nur das Rascheln des Laubes, konnten aber nichts erkennen. Es war völlig windstill, und nur ihre eigenen Schritte waren zuhören. Hinter ihnen begann das Laub wieder zu rascheln, kleine Äste zerbrachen, und Dracon glaubte in der Dunkelheit etwas zu sehen.

»Wir werden beobachtet«, flüsterte er und zog sein Schwert, während er in der linken Hand die Fackel festhielt.

Shira zog ebenfalls ihr Schwert und versuchte, im Schein der Flamme etwas zu erkennen. Irgendetwas schlich um sie herum, und es kam näher. Zwei Augen blitzten in der Dunkelheit auf, verschwanden aber sogleich wieder. Plötzlich sprang es aus dem Gebüsch, direkt auf Shira zu. Sie machte einen Schritt zur Seite, sodass die Kreatur sie verfehlte. Dann verschwand diese wieder in der Dunkelheit. »Was war das?«, fragte Shira.

»Ich weiß es nicht. Ich habe es nicht richtig gesehen. Es war zu schnell.«

Im nächsten Augenblick wurde der Ruf einer Krähe laut. Wie das Zirpen einer Grille schien er aus jeder Richtung zu kommen. Shira wurde nervös. Sie hatte das Gefühl, jeden Moment angegriffen zu werden. Das Geräusch wurde lauter, es war unmöglich auszumachen, wo es herkam.

Aber es schien immer näher zu kommen. Dann war es mit einem Mal wieder totenstill. Langsam gingen sie weiter, und das Geräusch von zerbrechenden Ästen folgte ihnen.

Dracon war sich sicher, dass diese Kreatur, die Shira angegriffen hatte, noch ganz in ihrer Nähe war. Er blieb stehen und beobachtete schweigsam den düsteren Wald vor sich. Das Licht seiner Fackel reichte nur wenige Meter in die Dunkelheit hinein, aber auch wenn er sie nicht sehen konnte, wusste Dracon, dass die Kreatur, die sie verfolgte, direkt vor ihm stand. Er konnte die Augen erkennen, in denen sich für einen kurzen Augenblick das Licht seiner Fackel spiegelte.

Shira war schon weitergelaufen, bemerkte aber schnell, dass Dracon ihr nicht folgte. »Warum bleibst du stehen?«

Er legte seinen Zeigefinger auf den Mund und bedeutete Shira, leise zu sein, ohne sie dabei anzusehen. Dann verschwand er hinter einem der Bäume, und die Finsternis verschluckte den Lichtschein seiner Fackel. Shira lief ihm sofort hinterher und stellte fest, dass er sich nur wenige Schritte nach vorne bewegt hatte. Immer noch starrte er in die Dunkelheit vor sich.

»Was machst du da?«

»Es verfolgt uns«, flüsterte er.

»Was meinst du?«

»Diese Kreatur, die versucht hat, dich anzugreifen. Sie ist hier.«

Shira bemühte sich, etwas zu erkennen. Sie sah Dracon an und bemerkte ein sanftes blaues Licht auf seiner Brust. Es war das Amulett. Die Augen des Drachens leuchteten. »Dracon. Sieh nur, das Amulett. Es leuchtet.«

Verwundert schaute er auf das Amulett und nahm es in die Hand. Es begann noch heller zu leuchten, und der Drache fing an, sich zu bewegen. Er löste sich aus dem Oval, das ihn umschloss, und flog vor ihnen in die Luft. Shira und Dracon starrten überrascht auf den kleinen goldenen Drachen, der lebendig geworden war.

Im gleichen Augenblick rannte die Kreatur aus der Dunkelheit auf sie zu. Sie sprang auf Dracon, der gerade noch sein Schwert heben wollte, doch die Kreatur war schneller. Sie biss ihn in den Arm und riss ihn zu Boden. Shira schlug sogleich mit dem Schwert auf sie ein, und der schwarze Körper blieb leblos auf Dracon liegen. Es sah aus wie eine Raubkatze mit einem Kopf, der dem einer Ratte glich.

Dracon stand wieder auf und betrachtete kurz die Bisswunde an seinem Arm, die sich bereits wieder schloss. Dann blickte er nach oben und suchte den goldenen Drachen. Er war verschwunden, und an der Halskette hing nur noch ein leeres goldenes Oval. »Hast du gesehen, wo er hingeflogen ist?«, fragte er.

»Nein, leider nicht.«

Beide versuchten vergebens, den Drachen zu finden, als Shira etwas am Bein spürte. Erschrocken sah sie nach unten. Dicke Wurzeln hatten sich um ihren Fuß gewickelt. Sie durchtrennte die Wurzel, und ihre Fußfessel fiel zu Boden. »Wir sollten nicht zu lange an der gleichen Stelle stehen bleiben«, bemerkte sie.

Dracon nickte zustimmend und ging weiter. Plötzlich schrie wieder eine Krähe. Der Schrei war ungewöhnlich laut und schien wieder aus allen Richtungen zukommen. Sowohl Shira als auch Dracon zuckten vor Schreck zusammen, als der Laut ertönte. Um sie herum hörten sie es wieder rascheln. Aber es schienen diesmal mehrere Kreaturen zu sein, die sie umkreisten. Nur das Laub war zu hören, keine knackenden Äste, was vermuten ließ, dass es kleinere Wesen waren.

Shira und Dracon stellten sich mit gezogenem Schwert Rücken an Rücken. Neben ihnen blitzte ein goldenes Licht auf und verlangte ihre Aufmerksamkeit. Es war der goldene Drache, er schwebte direkt vor ihnen. Dann flog er davon, Dracon und Shira rannten ihm hinterher. Das Rascheln vom Laub wurde lauter und schien sie zu verfolgen. Der Drache wurde immer schneller und machte es ihnen schwer, hinterherzukommen. Er verschwand wieder in der Dunkelheit, und sie verloren ihn aus den Augen.

»Verflucht. Warum macht er das? Ich denke, er soll uns helfen«, ärgerte sich Dracon. »Warum wundert mich das? Es ist halt auch nur ein Drache.«

Das Rascheln des Laubes war immer noch deutlich zu hören. Es wurde immer lauter, dann begannen sich die Bäume zu bewegen. Knochige lange Äste, wie Arme mit langen, spitzen Fingern, griffen nach ihnen, und unzählige glühende Augen sahen sie boshaft an. Shira und Dracon schwangen ihre Schwerter, Äste brachen und gingen zu Boden, um sie herum bildete sich ein freier Kreis. Der Abstand zu ihren Angreifern wurde immer größer. Shira drehte sich zur Seite, in diesem Augenblick schnellte ein großer Ast unter ihr Kinn, und sie fiel auf den Rücken. Kaum hatte sie den Boden berührt, schlangen sich auch schon dicke Wurzeln über ihren Hals und gleichzeitig über ihre Arme und Beine. Sofort war jede Bewegung unmöglich. Dracon war selbst zu sehr damit beschäftigt, sich vor den Wurzeln und Ästen zu schützen, als dass er Shira hätte helfen können. Aber sie wusste sich selbst zu helfen. Sie verbrannte die Wurzeln und befreite sich aus ihrer Gewalt. Doch es waren sofort Neue zugegen und versuchten unablässig, sie wieder zu fesseln. Wie viel Dracon und Shira von dem Geäst und den Wurzeln auch abschlugen, es erneuerte sich unentwegt. Der Kampf schien endlos zu werden, bis der Drache wieder auftauchte. Die Äste fielen zu Boden, die Bäume standen still, und die Wurzeln bewegten sich nicht mehr.

»Vielleicht, will er uns ja doch helfen«, sagte Shira.

Der Drache flog davon, und sie folgten ihm. Er war so schnell, dass sie kaum hinterherkamen. Konzentriert darauf, den Drachen nicht aus den Augen zu verlieren, achteten sie nicht auf den Boden. Shira war Dracon ein kleines Stück voraus, aber ihr nächster Schritt ging ins Leere. Shira wusste nicht, wie ihr geschah, sie fiel ein paar Sekunden, bis sie plötzlich von etwas Elastischem aufgefangen wurde. Sie versuchte, eine Hand zu heben, aber sie klebte fest. Mit aller Kraft zog sie ihre Arme nach oben. Es bildeten sich Schleimwände an ihren Unterarmen, die sich ein kleines Stück in die Höhe ziehen ließen. Aber der Widerstand war so groß, dass Shira schnell die Kraft ausging und ihre Arme, wie an einem Gummiband befestigt, wieder zurückgezogen wurden. Unter ihr war eine Art elastische Decke, die ebenfalls sehr klebrig war. Die Flamme in Shiras Hand war erloschen, als sie die klebrige Masse berührt hatte, und es war zu dunkel, um etwas zu erkennen. Aber auch wenn sie nichts sehen konnte, vermutete sie, dass sie sich in einer Art Netz befand, was sie beunruhigte.

Der Drache war wieder verschwunden, und Dracon schaute den Rand der Klippe hinunter und versuchte, etwas zu erkennen. Der Lichtschein von seiner Fackel reichte kaum drei Meter in die Tiefe, Shira befand sich jedoch wesentlich weiter unten, und er konnte sie nicht sehen.

»Ich bin hier unten. Irgendetwas hat meinen Sturz gebremst. Aber ich klebe fest«, rief sie.

»Ich komm zu dir runter. Bist du immer noch der Meinung, dass der Drache uns helfen will?«, fragte er, ohne eine Antwort zu erwarten. Die Wand war steil und bot nur wenig halt. Dracon brauchte beide Hände zum Klettern, und er ersetzte die Fackel durch eine weiß leuchtende Kugel, die er mithilfe der magischen Sprachen schuf. Sie schwebte neben ihm her und spendete weitaus mehr Licht als die Fackel zuvor. Vorsichtig kletterte er die Wand hinab. An einigen Stellen lösten sich kleine Steine unter seinem Gewicht und fielen in die Tiefe. Es war kein Aufprall zu hören, als wäre die Schlucht bodenlos.

Shira konnte den Lichtschein sehen, aber Dracon war noch ziemlich weit weg. Sie wurde nervös, sicher würde jeden Augenblick eine riesige Spinne oder etwas Ähnliches zu ihr kommen. Shira konnte in der Dunkelheit kaum etwas sehen, es war möglich, dass sich die Besitzerin des Netzes schon direkt neben ihr befand. Aber sie bemerkte nichts. Sie wusste nicht, ob sie sich täuschte, aber hätte sich eine Spinne in unmittelbarer Nähe befunden, hätte sie sicher längst angegriffen. Shira hoffte, dass dieses Netz verlassen war. Sie bemerkte, dass der Schleim, der sie am Netz festhielt, sich langsam über ihren Körper ausbreitete, als ob er lebendig wäre. Wieder versuchte sie, sich mit aller Kraft zu befreien, aber es gelang ihr nicht. Je mehr sie kämpfte, umso anstrengender wurde es. Allmählich verließ Shira die Kraft. Die Bewegungen fielen ihr immer schwerer, und sie wurden immer langsamer, bis ihr endgültig die Kraft ausging und sie das Bewusstsein verlor. Der Schleim breitete sich weiter über ihren Körper aus, bis dieser komplett umhüllt war. Es sah aus, als würde eine verpuppte Raupe auf einem schleimigen, riesigen Spinnennetz kleben.

Dracon erreichte einen kleinen Vorsprung. Das Netz war nun direkt unter ihm, und er konnte es sehen. Für einen Moment verharrte er, betrachtete es und suchte Shira. Er begriff schnell, dass sie in dem Kokon sein musste, der sich in der Mitte des Netzes befand. Gerade als er weiterklettern wollte, fing das Netz an, sich zu bewegen. Es zog sich zusammen und wanderte an dem Felsen unter ihm entlang. Dabei verlor es die Netzform und ging in eine einheitliche Masse über, die wie eine zähe Flüssigkeit die Felsen entlangkroch.

Der Kokon, in dem sich Shira befand, war nun komplett von diesem Wesen umschlossen und nicht mehr zu sehen. Es kroch noch tiefer in die Schlucht hinein und verschwand in der Felswand. Dracon kletterte weiter hinunter, bis er auf der Höhe war, wo er glaubte, dass dieses Wesen in den Felsen gekrochen war. Er hatte kaum einen Überblick und versuchte, mehr zu erkennen. Dabei rutschte er ab und stürzte, landete aber nur wenige Meter tiefer auf einem Felsvorsprung. Die leuchtende Kugel erreichte ihn unmittelbar danach und gab die Sicht auf einen Höhleneingang frei.

Dracon ging langsam hinein. Von der Decke tropfte eine schleimige Substanz. Bemüht, den herabfallenden Tropfen auszuweichen, bewegte er sich nach vorn. Am Boden war eine durchgehende Schleimspur zu sehen, der er folgte, darauf achtend, dass er nicht hineintrat. Die Decke wurde nicht viel höher, aber der Tunnel wurde breiter. Vorsichtig ging er weiter, und der breite Gang formte sich zu einer riesigen Höhle, in der dutzende Kokons den Boden bedeckten. Dracon hatte große Schwierigkeiten, sich zu bewegen, ohne einen zu berühren. Er betrachtete die Kokons. Es war nicht zu erkennen, was sich darin befand, sie unterschieden sich nur in ihrer Größe.

Ratlosigkeit packte ihn. Er konnte nur wenige Kokons anhand ihrer Größe ausschließen. Vorsichtig berührte er einen mit seiner Hand und blieb daran kleben. Er wollte sich wieder befreien, aber es gelang ihm nicht. Verwundert blickte er auf seine Hand und sah, wie sich der Schleim langsam über ihr ausbreitete. Geschockt riss er seine Hand von dem schleimigen Kokon los. Dieses Mal schaffte er es und zog einen dünnen schleimigen Faden nach. Angewidert versuchte er, den Schleim von seiner Hand am Boden abzustreifen, vergebens, er lief nur Gefahr, kleben zu bleiben.

Die Spur, der er gefolgt war, verlief sich in den großen Pfützen, von denen der Boden bedeckt war. Das formlose schleimige Wesen war nicht zu sehen, aber an den Wänden und an der Decke waren überall große schleimige Flächen zu erkennen. Angespannt starrte Dracon die Kokons und den darum herum liegenden Schleim an, er schien zu wachsen und kam seinen Füßen immer näher. Auf der anderen Seite befand sich eine natürliche Treppe, die aus herabgestürzten Felsen entstanden war. Dracon wollte dort hinauf, in der Hoffnung, die Kokons besser sehen zu können und vielleicht doch einen Unterschied auszumachen.

Nur sehr mühselig gelang es ihm, die Treppe zu erreichen. Immer wieder blieb er an der klebrigen Flüssigkeit hängen und schaffte es kaum, sich wieder zu befreien. Der Schleim an seiner Hand hatte sich schon bis zu seinem Ellenbogen ausgebreitet, und auch sein rechter Fuß war von der schleimigen Substanz bereits komplett überzogen. Bei jedem Schritt blieb er am Boden kleben und musste sich mit aller Kraft losreißen. Schließlich gelangte er auf die oberste Stufe.

In der Felswand vor ihm war eine tiefe Einbuchtung, durch die sich ein breiter Riss zog. In der Felsspalte funkelte etwas. Neugierig blickte Dracon hinein. Er konnte kaum glauben, was er da sah. Für einen

Augenblick vergaß er alles um sich herum. Er griff in die Felsspalte und holte den glänzenden Gegenstand heraus. Es war ein kleiner goldener Drachenkopf. Er war nicht größer als eine Pflaume und erschien Dracon sehr unscheinbar dafür, dass es so eine mächtige Reliquie sein sollte. Die Form war sehr filigran gearbeitet, und die Augen zierten zwei kleine Rubine. Fasziniert hielt er ihn in der Hand und betrachtete ihn. Er dachte nicht mehr an Shira und hatte nur Augen für den Drachenkopf.

Doch plötzlich spürte er etwas Feuchtes, Kaltes in seinem Nacken. Sein gesamter rechter Arm und seine Schulter waren bereits von dem Schleim überzogen, der nun langsam seinen Hals hochkroch. Auch sein Bein sowie der andere Fuß waren bereits gefangen, und er schaffte es nicht mehr, seine Füße vom Boden zu lösen. Verzweiflung packte ihn. Er wusste nicht, wie er sich befreien sollte, und selbst wenn es ihm irgendwie gelingen sollte, wusste er nicht, wie er Shira finden sollte. Er wusste nicht einmal, ob sie noch am Leben war. Er versuchte, ruhig zu bleiben und sich zu konzentrieren. Dann versuchte er, sich mit dem gleichen Zauber zu befreien, den Aminar genutzt hatte, um ihn von dem Sekret der Finsterspinne zu lösen. Aber der Zauber wirkte bei diesem eigenartigen Wesen nicht. Der Schleim erreichte seine Lippen. Erschrocken versuchte Dracon, ihn mit der Hand, die der Schleim noch nicht bedeckt hatte und in der er den Drachenkopf hielt, abzuwischen.

In seinen Gedanken immer noch nach einem Zauberspruch suchend, schloss er seine Augen und stellte sich vor, wie der Schleim einfach von ihm abfallen würde. Der goldene Drachenkopf begann zu leuchten und ließ Dracons Hand in einem hellen Rot erscheinen. Dracon öffnete die Augen. Der Schleim trocknete, zerbrach und fiel von ihm ab wie eine Schale. Überrascht starrte er den Drachenkopf an. Er hätte nicht gedacht, dass es so leicht war, ihn zu nutzen. Es war nicht seine Absicht gewesen, und ein Anflug von Panik folgte, obwohl er erleichtert war, von dem Schleim befreit zu sein.

Einen Moment lang verharrte er und fürchtete, jeden Augenblick den Fluch des Drachenkopfes zu spüren, doch es geschah nichts. Dracon fragte sich, ob der Drache vielleicht gelogen hatte. Möglicherweise wollte Baron nur verhindern, dass sie die Macht des Drachenkopfes missbrauchen würden. Sicher war es so, er hatte nie vorgehabt, ihnen zu helfen. Schon als er im Finsterfluchforst gelandet war, hatte Dracon vermutet, dass er nicht auf ihrer Seite stand. Drachen waren einfach listige Kreaturen.

Der Gedanke an den verräterischen Drachen machte Dracon furchtbar wütend. Er dachte an das Amulett und sah vor sich, wie der kleine goldene Drache davonflog. Als würde er es erneut erleben, sah Dracon die Bilder vor sich. Er sah den Drachen, der immer wieder versuchte, ihnen davonzufliegen, ebenfalls mit der Absicht, Shira und ihn zu töten. Dessen war er sich sicher. Als er sah, wie Shira die Klippe hinunterstürzte, während sie dem Drachen hinterherrannte, fiel ihm wieder ein, wo er war. Die Bilder verschwanden, und er erblickte die düstere Höhle, in der er sich befand.

Er fragte sich, was gerade geschehen war. Es kam ihm vor, als wäre er für einige Sekunden nicht er selbst gewesen. Die Bilder, die sich ihm zuvor so klar vor seinem Auge gezeigt hatten, waren in seiner Erinnerung nur noch verschwommene Wahrnehmungen, die er nicht mehr deuten konnte.

Dracon blickte auf die Kokons. Auch wenn er sich nicht sicher war, ob Baron die Wahrheit gesagt hatte, entschloss er sich, den Drachenkopf erneut zu nutzen. Ihm blieb kaum etwas anderes übrig, wenn Shira und er mit dem Leben davonkommen wollten. Er stellte sich vor, in die Kokons hineinsehen zu können, dabei erstrahlte der goldene Drachenkopf in einem warmen roten Licht. Der weiße Schleim, der die Kokons bedeckte, wurde klar und gab die Sicht auf ihren Inhalt frei. Die verschiedensten Wesen kamen zum Vorschein. Einige Tiere, Aphthalen, aber auch Menschen und Mankuren verbargen sich in den Kokons. Der Kokon, in dem sich Shira befand, lag nahe dem Gang, der aus der Höhle führte.

Dracon ging die breiten Stufen wieder hinab. Die klebrige Substanz schien ihm zu folgen, und der Boden um ihn herum war komplett von ihr bedeckt. Wieder behalf er sich mit dem Drachenkopf, und vor ihm ebnete sich ein freier Weg. Die Furcht davor, dass die Magie der goldenen Reliquie ihren Tribut fordern würde, schwand immer mehr, und er bediente sich ihrer, um Shira aus dem Kokon zu befreien.

Shira war immer noch bewusstlos. Dracon hob sie hoch, dann betrachtete er den Drachenkopf. Mit diesem unscheinbaren Gegenstand hatte er die Macht, Caldes zu vernichten. Diese kleine Reliquie, von der sein Vater nicht glaubte, dass sie noch existierte.

Plötzlich erschien sein Vater vor ihm. Dracon sah wie Drognor neben Curdo stand, und diesen mit der Streitaxt enthauptete. Dann sah er, wie sein Vater Xendra den vergifteten Pfeil gab. Die Umgebung änderte sich erneut, und zeigte nun die Wälder von Donadur. Drognor und Diggto standen neben Shira, die auf dem Boden lag, und Drognor stieß ein Schwert in ihre Brust. Zum Schluss sah Dracon, wie Casto ihn in die Zelle einsperrte.

Diese Bilder erfüllten ihn mit Zorn. Der Gedanke an Caldes und an sein eigentliches Vorhaben waren wie ausgelöscht. Er sann nur noch nach Rache.

Sein Vater würde für seine Taten büßen, schwor er sich. Er musste zur Festung des Lichts. Er wünschte sich dorthin, und im nächsten Augenblick stand er mit Shira im Arm davor. Verwundert darüber, dass sie da war, ließ er sie fallen und schenkte ihr weiter keine Beachtung mehr, während sie aufwachte.

UNVERMEIDLICHE UND VERMEIDLICHE KONFLIKTE

Shira sah auf die steile Felswand und richtete sich verwundert auf. Sie blickte sich um. Dracon sprach gerade die Worte, um den Zugang zur Festung des Lichts zu öffnen, als Shira ihn unterbrach. »Ist das hier das Marmitatal?«, fragte sie ungläubig. »Wie sind wir hierhergekommen?«

Dracon warf ihr einen zornigen Blick zu und begann, die Worte erneut zu sprechen, um in die Festung des Lichts zu gelangen.

»Was machst du da?«, unterbrach Shira ihn erneut. Er drehte sich wütend zu ihr um. In dem Moment erkannte Shira, dass er etwas in der Hand hielt. Die andere Hand streckte er ihr mit der Handfläche entgegen, und ein heftiger Schlag traf sie an der Brust. Sie flog ein Stück nach hinten und prallte auf den Boden. Zunächst begriff Shira nicht, was gerade geschehen war. Sie fragte sich, warum Dracon sie angriff und wie er sie ohne eine Energiekugel so heftig treffen konnte. Sie stand wieder auf und lief zu ihm zurück. Er war gerade im Begriff, die Festung des Lichts zu betreten. »Wo willst du hin?«, fragte sie. Sie stand direkt hinter ihm. Er drehte sich wieder zu ihr um.

»Verschwinde!« Dracons Stimme klang kalt und abweisend.

Shira versuchte zu erkennen, was er in der Hand hielt. Dracon starrte sie bedrohlich an. Seine Augen strahlten Zorn und Bösartigkeit aus. Shira hatte das Gefühl, einen Fremden vor sich zu haben. Plötzlich wurde ihr bewusst, dass es nur der goldene Drachenkopf sein konnte, den er in der Hand hielt.

»Gib ihn mir!«, forderte Shira Dracon auf. Dabei versuchte sie, bedrohlich zu klingen, was ihr kaum gelang, da sein Blick sie einschüchterte.

»Sicher nicht. Und jetzt verschwinde, bevor ich dich töte.«

Shira konnte nicht fassen, was er da sagte. »Ich werde nicht gehen!« Kaum hatte sie das gesagt, hob Dracon seine Hand und stieß Shira, ohne sie zu berühren, weg. Wieder flog sie mehrere Meter weit nach hinten und prallte auf den Rücken. Einige Sekunden lang rang sie nach Luft, bevor sie wieder richtig atmen konnte. Dracon hatte sich nicht von der Stelle bewegt, er stand mit einem Fuß bereits in der Festung. Der Zugang würde sich jeden Moment wieder schließen, sobald Dracon einen Schritt weiter ging, das war auch Shira bewusst. Sie musste ihn aufhalten und ihm den Drachenkopf so schnell wie möglich wegnehmen.

Sie stand auf, zog ihr Schwert und rannte auf ihn zu, woraufhin er sie unentwegt mit Energiekugeln beschoss. Shira parierte die Angriffe mit ihrem Schwert. Ihre eigenen Energiekugeln wären zu schwach gewesen, um seine auszulöschen. Aber mit der Klinge ihres Schwertes konnte sie die Kugelblitze abwehren. Doch es waren zu viele, und sie wurde wieder getroffen. Dracon zog sein Schwert, kam auf sie zu gerannt und der Zugang zur Festung des Lichts schloss sich wieder.

Sie schlug ihre Faust auf den Boden, die Erde begann zu beben und Dracon stolperte. Dabei fiel ihm der Drachenkopf aus der Hand und rollte vor Shiras Füße. Sofort nahm sie ihn an sich, aber Dracon war bereits neben ihr und stieß ihr sein Schwert durch den Oberschenkel. Er holte wieder zum Schlag aus und wollte ihr die Hand abschlagen, in der sie den Drachenkopf hielt. Shira gelang es, seinem Schlag auszuweichen. Sie warf ihm eine Feuerkugel entgegen, und er ging einen Schritt zurück. Shira ließ einen der dicken Steine, die sich ringsherum auf dem Boden befanden, an seinen Kopf fliegen. Der Stein traf ihn hart, und er begann kurz zu schwanken, blieb aber stehen. Shira versuchte aufzustehen und wegzurennen, aber die Verletzung an ihrem Bein hinderte sie daran. Sie stolperte halb aufgerichtet zwei Schritte nach vorn, bevor sie wieder hinfiel.

Sie musste den Drachenkopf loswerden. Sie lag auf dem Bauch und hatte ihre Hände unter ihrem Kinn. In der einen Hand hielt sie den Drachenkopf. Die andere Hand legte sie flach auf den Boden. Unter einem sanften Glühen öffnete sie in der Erde ein kleines Loch. Sie ließ den Drachenkopf hineinfallen, als sie ein heftiger Schmerz durchfuhr. Blut lief ihr aus dem Mund, und sie konnte kaum atmen.

Dracon hatte ihr sein Schwert in den Rücken gerammt. Er zog es sofort wieder heraus. Nur wenige Sekunden vergingen, als sie mit letzter Kraft und zitternder Hand das Loch vor sich schloss, um den Drachenkopf verschwinden zu lassen. Mit einem heftigen Tritt gegen ihre Schulter kehrte Dracon sie um, sodass sie auf dem Rücken lag und ihn ansah.

Mit erhobenem Schwert stand er vor ihr, bereit, ihr den Gnadenstoß zu geben. Shira sah ihm in die Augen. »Bitte Dracon, tu es nicht«, flüsterte sie. Dann schloss sie ihre Augen und erwartete den Todesstoß.

Die Sekunden, die vergingen, kamen ihr vor wie Stunden, sie spürte, wie die Kälte sie langsam einhüllte und ihre Sinne schwanden. Ein klirrendes Geräusch durchdrang die Stille, Metall, das auf Stein schlug, dann wurde alles um sie herum schwarz.

Dracon hatte sein Schwert fallen gelassen, starrte Shira an und kam langsam wieder zu sich. Er war entsetzt und begriff nicht, was geschehen war. Er konnte sich nicht erinnern. Er kniete sich neben Shira und heilte ihre Wunden. Sie wachte nicht wieder auf, und Dracon glaubte, es sei zu spät, aber dann öffnete sie die Augen. »Was ist da gerade passiert?«, fragte er sie zögerlich.

Shira war noch leicht benommen und verhielt sich ihm gegenüber skeptisch, sogar ein wenig verängstigt, was Dracon verunsicherte. Shira sah ihm misstrauisch in die Augen, erkannte aber schnell, dass er nicht mehr unter dem Einfluss des Drachenkopfes stand. »An was kannst du dich denn erinnern?«

»Daran, dass ich den goldenen Drachenkopf gefunden und ihn benutzt habe, um uns zu befreien.« Er sah sich um. »Sind wir im Marmitatal?«, fragte er überrascht.

»Du hast versucht, mich umzubringen, und es wäre dir auch beinahe gelungen. Und ja, wir sind im Marmitatal. Du hast uns hergebracht«, sagte Shira bestürzt.

Dracon wusste nicht, was er sagen sollte. Er hatte die Gefahr, die von dem Drachenkopf ausging, unterschätzt. »Es tut mir leid. Ich hatte keine Wahl. Wir wären niemals lebend aus dieser Höhle herausgekommen.«

»Aus welcher Höhle? Was ist passiert, nachdem ich in die Schlucht gestürzt bin? Und wo hast du den goldenen Drachenkopf gefunden?«

Dracon erzählte ihr alles, bis zu dem Punkt, an dem er sie aus dem Kokon befreit hatte. An das, was danach geschah, erinnerte er sich nicht. Als Shira ihm erzählte, was geschehen war, war er entsetzt. Es war ein furchtbares Gefühl, zu wissen, dass er nicht sein eigener Herr gewesen war. Nun verstand er, wie es Xendra ergangen sein musste, als sie unter dem Fluch von Caldes stand. Shira machte ihm keine Vorwürfe. Obwohl sie sich insgeheim ärgerte, dass Dracon den Drachenkopf benutzt hatte. »Wo ist der Drachenkopf jetzt?«, fragte er schließlich.

Shira wurde sofort stutzig, als er das fragte. »An einem sicheren Ort. Hoffe ich zumindest«, sagte sie. Den letzten Satz flüsterte sie mehr zu sich selbst.

»Was sollen wir jetzt machen? Wirst du mit dem Drachenkopf allein weitergehen?«

»Du willst, dass ich allein weitergehen?«, fragte Shira überrascht.

»Nein, aber ich habe Angst, dass ich wieder versuchen werde, dich zu töten, sobald der Drachenkopf in der Nähe ist.«

Shira beunruhigte es sehr, dass er das sagte. Wenn der Drachenkopf ihn wieder beeinflussen würde, sobald er ihn sah, war sie verloren. Sie würde einen zweiten Kampf gegen ihn sicher nicht überleben. Aber sie mussten den Drachenkopf zum Berg der Verdammnis bringen, und ohne Dracon würde sie es sicher nicht schaffen. Aber ob sie nun das Risiko einging, von Dracon getötet zu werden oder im Kampf gegen Caldes, schien ihr kaum einen Unterschied zu machen. »Wir müssen es versuchen«, entschied sie. »Wie kommen wir von hier aus am schnellsten zum Berg der Verdammnis?«

»Wir müssen durch die Drachenschlucht. Wenn du etwa hundert Meter von hier Richtung Osten läufst, befindet sich auf der linken Seite ein breiter Spalt in der Felswand, dahinter beginnt die Drachenschlucht«, erklärte Dracon.

»Gut, dann geh dorthin und warte. Ich werde den goldenen Drachenkopf holen und dann nachkommen.«

»Bist du dir wirklich sicher, dass du das tun willst?«

Shira nickte stumm.

Dracon stand wie angewurzelt da. Er hatte Angst, dass er Shira nie wiedersehen würde. Er nahm sie in den Arm und flüsterte ihr ins Ohr. »Versprich mir, dass du nicht zögern wirst, mich zu töten, wenn es sein muss.«

Shira standen die Tränen in den Augen. Sie antwortete nicht.

»Versprich es mir!«

Shira nickte zögerlich. »Ich verspreche es«, flüsterte sie.

Einen Moment lang sahen sie sich noch an, bevor Dracon ging. Shira wartete noch, bis er außer Sichtweite war. Dann öffnete sie wieder den Boden. Der goldene Drachenkopf hatte sich die ganze Zeit direkt unter ihr befunden, und es gab ihr ein wenig Hoffnung, dass er Dracon von dort aus nicht mehr beeinflusst hatte. Baron hatte gesagt, dass der Drachenkopf nur so lange seinen Nutzer beeinflusst, wie er in dessen

Besitz ist. Shira hoffte, es würde reichen, wenn Dracon ihn nicht mehr in die Hand nehmen würde. Als sie den Drachenkopf aus dem Erdloch holte, hatte sie das erste Mal Gelegenheit, ihn genauer zu betrachten. Genau wie Dracon zuvor war sie fasziniert von dieser unscheinbaren Reliquie, die so viel Macht in sich barg. Sie steckte ihn in ihren Lederbeutel.

Sie atmete tief durch, dann ging sie zur Drachenschlucht. Kurz davor blieb sie stehen und zog ihr Schwert. Dracon war nicht weit hineingegangen, und sie konnte ihn bereits sehen. Ihr Herz pochte und die Ungewissheit lähmte sie beinahe, als sie ihm gegenübertrat.

»Hast du ihn bei dir?«, fragte er.

»Ja, habe ich«, entgegnete sie und hielt ihr Schwert noch fester in der Hand. Sie rechnete damit, jeden Augenblick angegriffen zu werden, aber der Drachenkopf hatte keinen Einfluss mehr auf Dracon. »Du hast nicht das Bedürfnis, mir den Drachenkopf wegzunehmen? Oder … mich zu töten?«, fragte Shira misstrauisch.

»Nein, ich möchte ihn am liebsten nie wiedersehen«, sagte Dracon ein wenig erleichtert.

Shira lächelte. Auch sie war erleichtert und steckte ihr Schwert weg. Sie liefen schweigend ein Stückchen die schmale Schlucht entlang. »Warum sind wir eigentlich im Marmitatal? Was wolltest du in der Festung des Lichts?«, hakte Shira schließlich nach.

»Ich wollte in die Festung des Lichts?« Dracon war selbst etwas verwundert darüber. Shira nickte. »Aber ich habe den Zugang nicht geöffnet, oder?«

»Doch, hast du.«

Dracon blickte zum Tayguien, als würden die kahlen Felswände offenbaren, was im Innern vor sich ging.

»Bemerken die Oberen, wenn jemand den Zugang zur Festung des Lichts öffnet?«, fragte Shira.

»Nicht unbedingt, aber wir sollten uns nicht darauf verlassen.«

»Und was wolltest du dort?«, fragte Shira noch mal.

Dracon dachte nach. Er erinnerte sich nicht daran, sich zur Festung des Lichts gewünscht zu haben. Er hatte eine vage Erinnerung daran, dass er wütend auf seinen Vater gewesen war und den Gedanken hatte, ihn zu töten. »Ich bin mir nicht sicher, aber ich vermute, ich wollte zu meinem Vater.«

»Du wolltest mit deinem Vater sprechen?«, fragte Shira überrascht.

»Ich denke eher, dass ich ihn töten wollte.«

Shira sah ihn entsetzt an. »Ich wusste gar nicht, dass du deinen Vater so sehr hasst«, sagte sie vorsichtig.

»Das tue ich nicht. Das war der Drachenkopf, er verstärkt negative Emotionen«, erklärte Dracon.

***

Die Sonne ging langsam unter, und Shira fragte sich, wie lange sie eigentlich im Finsterfluchforst gewesen waren. Die ewige Finsternis im Wald hatte ihnen jedes Zeitgefühl genommen, und Shira empfand es, als hätte sie zwei Nächte lang nicht geschlafen.

Die Schlucht, in der sie sich befanden, war sehr schmal, und an einigen Stellen mussten sie klettern, um an den dicken Felsen vorbeizukommen, die teilweise den Weg versperrten. Die Nacht verbrachten sie in einer nahe gelegenen Höhle. Als sie am nächsten Morgen aufbrachen, liefen sie nur wenige Kilometer, bis sie schließlich auf eine Sackgasse stießen. Ringsherum waren hohe Steilwände, und dort, wo der Weg entlanggeführt hatte, lagen dicke Felsen.

»Als ich das letzte Mal hier war, war hier noch ein Weg. Das müssen die Steinformer gewesen sein«, bemerkte Dracon.

»Gibt es noch einen anderen Weg?«

»Sicher, aber wir wären mindestens drei Tage länger unterwegs«, sagte Dracon und sah Shira nachdenklich an. »Du kannst die Felsen doch entfernen«, bemerkte er.

»Ich kann es versuchen«, entgegnete sie.

Sie hielt ihre Handflächen gegen die Felsen, die ihnen den Weg versperrten. Die riesigen Steine versanken einfach im Boden. Doch dahinter befand sich nicht, wie erwartet, ein Weg, sondern nur noch mehr Geröll. Shira ließ auch diese Felsen im Boden versinken, aber ein Weg war nicht zu sehen. Sie wurde wütend und ließ einige der riesigen Steinbrocken explodieren.

Dracon zuckte vor Schreck zusammen, als die Felsen vor ihm mit einem lauten Knall zersprangen. Er hob die Arme schützend über seinen Kopf und verhinderte so, von einigen herabfallenden Steinbrocken getroffen zu werden.

»Es tut mir leid«, entschuldigte sich Shira. Immer noch war kein Weg zu sehen, und das Geröll war einem kleinen Berg gewichen.

»Ich verstehe nicht, warum die Schlucht nicht mehr da ist. Die Steinformer können sie doch nicht komplett verschwinden lassen haben«, dachte Dracon laut.

»So ein Mist«, rief Shira. Sie ließ noch mehr Gestein explodieren, und eine Lawine von Geröll löste sich.

»Das war nicht hilfreich«, bemerkte Dracon.

»Doch, es hat geholfen, meine Wut abzubauen«, Shira klang zufrieden. Links von ihnen lösten sich langsam große Steine von den Felsen.

»Was machst du da?«, fragte Dracon.

»Das bin ich nicht«, sagte Shira.

Die beiden betrachteten argwöhnisch das Geschehen. Die Steine formten sich zu kleinen klobigen Gestalten. Immer mehr von diesen Wesen lösten sich aus dem umliegenden Gestein. Es sah zunächst aus, als würden sich melonengroße Steine an verschiedenen Stellen lösen. Dann bildeten sich aus ihnen Körper mit breiten Armen und dicken, kurzen Beinen. Wie Statuen, die in den Felsen gemeißelt waren und sich nun von ihm befreiten. Sie wirkten schwerfällig und bewegten sich sehr langsam. Sie hatten weder Ohren noch ein Gesicht und waren etwa so groß wie eine Katze. Sie krabbelten an der Felswand entlang. Ihre großen Hände hatten spitze Finger, mit denen sie sich in die massive Steinwand bohrten und begannen, den Weg vor ihnen freizuschaufeln. Die gesichtslosen Wesen schafften einen kleinen Durchgang, der in den abgeschnittenen Teil der Schlucht führte. Dann wurden sie wieder eins mit ihrer Umgebung und waren nicht mehr zu sehen.

Shira wollte sogleich den Durchgang passieren, aber Dracon hielt sie zurück. »Was ist, warum hältst du mich fest?«, wollte sie wissen.

»Das waren Steinformer, sie werden uns sicher zu Stein verwandeln, wenn wir da durchgehen.«

»Blödsinn, dann hätten sie sich doch nicht die Mühe gemacht, uns den Weg zu zeigen«, erwiderte Shira und ging hindurch.

Dracon wartete noch und blickte ihr misstrauisch hinterher, folgte ihr dann aber. Verwundert sah er zurück. »Ich frage mich, warum sie das gemacht haben«, sagte er immer noch skeptisch.

»Weil sie uns helfen wollten.«

»Steinformer helfen anderen Lebewesen nicht, sie verwandeln sie zu Stein und fressen sie.«

»Wie es scheint, liegst du damit falsch«, entgegnete Shira.

»Das wage ich zu bezweifeln, sie haben uns nicht ohne Grund geholfen. Du darfst auf keinen Fall die Felsen berühren, sie sind sicher überall um uns herum«, warnte Dracon sie.

Sie gingen langsam weiter, und eine Krähe kreiste über ihnen. Shira und Dracon hatten sie noch nicht bemerkt, erst als sie sich auf einem Felsvorsprung direkt vor ihnen niederließ, wurden sie auf die Krähe aufmerksam. Der schwarze Vogel flog wieder davon, um sich einige Meter weiter auf die Felswand zu setzen. Plötzlich wurde er zu Stein, und aus dem Felsen neben ihm formte sich ein Kopf mit geöffnetem Mund, der die Steinkrähe schnappte und sie zwischen seinen Kiefern zerbröseln ließ. Nun war auch Shira gewarnt und legte einen Schritt zu.

Drei Stunden lang durchquerten sie die Drachenschlucht, immer darauf bedacht, nichts außer dem Boden zu berühren. Immer wieder musste Shira ihre Kräfte einsetzen, um dichtes Geröll oder auch nur Felsen, die den Weg verengten, beiseite zu räumen. Eine weitere Begegnung mit den Steinformern blieb ihnen aber erspart.

***

Der Weg zum Berg der Verdammnis dauerte vier Tage, und seit sie den Nadelwald am Ende der Schlucht betreten hatten, war ihnen wieder eine Krähe gefolgt. Dracons Versuche, mit ihr zu sprechen oder sie zu zwingen, davonzufliegen, waren auch bei diesem Tier gescheitert. Im Wissen, dass Caldes sie wieder beobachtete, sprachen sie kaum miteinander.

Als sie schließlich das Feenmoor hinter sich gelassen hatten und das Tal des Vergessens sich vor ihnen erstreckte, flüstere Shira Dracon ins Ohr: »Findest du den Weg durch den Berg in die Magmahöhle?«

Dracon antwortete ihr nicht. Er dachte über ihre Frage nach und versuchte, sich an den Weg zu erinnern, den er mit Casto gegangen war. Als sie den Berg der Verdammnis verlassen hatten, war es Dracon vorgekommen, als wären sie einen anderen Weg gegangen, obwohl sie den Berg an der gleichen Stelle verlassen hatten, an der sie ihn auch betreten hatten. »Ich hoffe, ich werde mich genauer daran erinnern, wenn wir dort sind«, sagte er.

»Du hoffst? Das sind nicht gerade die besten Voraussetzungen«, bemerkte Shira.

Dracon sah nach oben, nur knapp über ihren Köpfen kreiste die Krähe. »Bascha dispa«, sprach er, und die Krähe löste sich in Luft auf.

Shira schaute ihn überrascht an. »Der Zauber ist mir gerade wieder eingefallen, und ich wollte nicht mehr flüstern«, entschuldige sich Dracon. »Ich denke, wir sollten deinen Vater um Hilfe bitten, Shira. Er kennt den Weg.«

Shira zögerte, nickte dann aber zustimmend. Sie erreichten den Berg der Verdammnis, und Dracon zeigte ihr den Zugang, blieb aber davor stehen. »Wolltest du nicht deinen Vater rufen?«, fragte er.

»Wieso rufst du ihn nicht?«

Dracon lächelte. »Weil ich seinen Ruf nicht kenne. Er ist der Einzige von den Oberen, der seinen Ruf keinem von uns Nachkommen verraten hat. Außer dir natürlich.«

»Wirklich nicht? Aber warum?«, wunderte sich Shira.

»Ruf ihn, dann kannst du ihn selbst fragen«, entgegnete Dracon. Er konnte ihre Worte nicht hören, aber an Shiras Lippenbewegung sah Dracon, dass sie Casto rief. Er erschien direkt neben Dracon.

»Ihr seid wieder hier. Dann habt ihr den Drachenkopf also gefunden«, stellte Casto fest.

»Begleitest du uns bis zur Magmahöhle? Dracon sagte, du würdest den Weg kennen.«

»Du erinnerst dich also nicht mehr daran«, sagte Casto zu Dracon. »Warum wundert mich das nicht? Es ist schließlich kein Geheimnis, dass du nicht das beste Gedächtnis hast.« Casto grinste verächtlich.

»Irgendwann werde ich dir dein dämliches Grinsen aus dem Gesicht schlagen«, entgegnete Dracon ruhig.

»Dafür bist du doch viel zu feige«, sagte Casto.

Dracon fiel es schwer, sich zu beherrschen. »Ich würde mich an deiner Stelle nicht darauf verlassen«, knirschte er mit den Zähnen. Wäre Shira nicht dabei gewesen, hätte er sicher zugeschlagen, aber er hielt sich zurück.

Casto trat immer noch grinsend an Dracon heran. »Du würdest mich niemals schlagen, weil du genau weißt, dass du gegen mich verlieren würdest«, flüsterte er ihm ins Ohr.

Dracon konnte seine Wut nicht mehr zügeln und holte zum Schlag aus, aber Shira ging dazwischen. Sie schubste Casto zur Seite, und Dracons Faust traf sie an der Schläfe. Der Schlag war so heftig, dass sie sofort bewusstlos zu Boden stürzte.

»Das sieht dir ähnlich, deine Wut an Schwächeren auszulassen«, grinste Casto. Er hatte die Worte kaum ausgesprochen, als ihn Dracons Faust mitten im Gesicht traf. Er schwankte ein Stück zurück, fing sich aber schnell und holte ebenfalls zum Schlag aus, aber Dracon wehrte ihn ab. Casto ließ sich davon nicht beeindrucken und ging wieder auf Dracon los. Er schlug ihn in den Magen und verpasste ihm einen Kinnhaken. Aber auch Dracon fiel nicht zu Boden und schlug Casto in die Leber. Dann trat er ihm die Beine weg. Casto stürzte und schlug hart auf den Boden auf, als Shira gerade wieder zu sich kam. Casto sprang wieder auf und rannte auf Dracon zu. »Hört auf!«, schrie Shira, doch Casto ignorierter sie. Auch Dracon schien sie nicht zu beachten und prügelte sich weiter mit Casto, bis beide plötzlich erstarrten.

»Was stimmt denn nicht mit euch? Seid ihr verrückt geworden?«, rief Shira wütend. Sie hatte den Erstarrungszauber genutzt, um den Kampf zu beenden. »Ihr seid wirklich das Letzte! Statt euch darauf zu konzentrieren, Caldes zu vernichten, habt ihr nichts Besseres zu tun, als euch zu prügeln?« Sowohl Casto als auch Dracon wurden sich ihrer Schuld bewusst, was Shira an ihrem Blick erkannte, und sie löste den Erstarrungszauber wieder.

»Es tut mir leid«, sagte Dracon.

»Das hoffe ich doch, schließlich hast du sie geschlagen«, fügte Casto gehässig hinzu.

»Halt einfach die Klappe«, entgegnete Dracon. Wütend sah Shira ihn an. »Es tut mir leid, das wollte ich nicht«, wiederholte er.

Shira erwiderte nichts und warf Casto einen ebenso zornigen Blick zu. »Wirst du uns nun begleiten?«, fragte Shira ihren Vater.

»Mir bleibt wohl nichts anderes übrig«, entgegnete Casto.

»Sicher bleibt dir etwas anderes übrig, du kannst auch einfach wieder verschwinden. Damit hattest du schließlich nie ein Problem«, sagte Shira verärgert und wollte in den Berg hineingehen.

»Du musst die rechte Seite nehmen«, riefen Casto und Dracon gleichzeitig, als Shira den Zugang auf der linken Seite wählte.

»Da seid ihr euch also einig«, stellte Shira fest und ging in den Berg hinein.

»Nach dir«, sagte Casto zu Dracon.

»Ich denke, es ist besser, wenn du vorgehst.«

»Warum? Hast du Angst, dass ich dich von hinten absteche?«, fragte Casto spöttisch.

»Zutrauen würde ich es dir.«

Casto schüttelte verständnislos den Kopf und folgte Shira. Dann ging auch Dracon hinterher.

DRADONIA WIRD EINGENOMMEN

Es waren viele Tage vergangen, seitdem die Menschen nach Dradonia gekommen waren. Der Angriff auf die Stadt hatte den Bewohnern vor Augen geführt, welche Gefahren außerhalb der Stadtmauer lauerten. Doch nachdem die Angreifer schnell und erfolgreich besiegt worden waren, glaubten zumindest die Menschen, vor weiteren Angriffen sicher zu sein. Die Mankuren hingegen genossen den vermeidlichen Frieden mit Vorsicht. Täglich sandten sie Kundschafter aus, die auf Montachos in einem weiten Umkreis das Land durchstreiften und Ausschau nach Feinden hielten.

In Dradonia hatte alles wieder seinen gewohnten Gang genommen, und die friedliche Umgebung ließ die meisten Bewohner beinahe vergessen, was im Land vor sich ging. Doch das sollte sich bald ändern.

Es war ein warmer, sonniger Tag. Frasir und Agriem waren nicht weit vom südlichen Stadttor entfernt und sahen drei Kundschafter, die gerade zurückgekehrten. Es war früh am Morgen und Frasir war verwundert, dass die Kundschafter scheinbar die ganze Nacht unterwegs gewesen waren. Bisher waren sie immer vor Einbruch der Dunkelheit zurückgekommen. Sie unterhielten sich mit den Wachen, und obwohl sie etwas weiter entfernt waren, konnte Frasir erkennen, dass sie nervös waren.

Dann ritten die Kundschafter in die Stadt, während eine der Wachen mit seinen Händen ein Muster in die Luft zeichnete. Daraufhin schwärmten kleine rote Vögelchen aus seinen Händen und verteilten sich in Sekundenschnelle in der ganzen Stadt. Auf jedem Dach, jedem Fensterbrett und an jeder Ecke waren sie zu sehen. Sie gaben ein schrilles Pfeifen von sich, das immer lauter wurde und schließlich überall in der Stadt zu hören war. Dann lösten sich die Vöglein wieder in Luft auf, und das schrille Geräusch verstummte.

»Was war das?«, fragte Agriem verwirrt.

»Sirenensinger, sie warnen die Bewohner und lassen sie wissen, dass sie sich in der Stadthalle versammeln sollen«, erklärte Frasir.

»Sirenensinger, so etwas Einfältiges. Ein Horn würde den gleichen Zweck erfüllen«, spottete Agriem.

»Ein Horn würde bis in die Weiten des Landes gehört werden, also sicherlich auch vom Feind. Der Ruf der Sirenensinger geht nicht über die Stadtmauern hinaus, und es ist sicher klüger, den Feind nicht wissen zu lassen, dass wir gewarnt sind«, entgegnete Frasir.

Dabei sprach er wie immer sehr ruhig und klang belehrend, wie Agriem fand. Diese Art, die ihm herablassend erschien, verärgerte ihn. Auch wenn er sich mittlerweile mit Frasir angefreundet hatte und auch mit den meisten anderen Mankuren in der Stadt zurechtkam, musste er sich immer wieder bemühen, nicht in einen Konflikt mit den Mankuren zu geraten.

Die ersten Bewohner sammelten sich bereits in der Stadthalle, und es dauerte nicht lange, bis sich alle Bewohner eingefunden hatten. Auch Frasir ging in die Markthalle und ließ Agriem, ohne ein Wort zu sagen, allein. Auf einmal waren die Straßen leer, nur die Menschen und die Wachen an den Stadttoren waren nicht in der Stadthalle verschwunden.

Agriem lief durch die leeren Gassen, bis er die Stadtmauer erreicht hatte. Er ging ein Stückchen die Stadtmauer entlang und wollte gerade wieder in eine der Gassen einbiegen, da sah er, nur wenige Meter entfernt, jemanden an der Mauer stehen. Ob Mensch oder Mankur konnte er nicht erkennen, denn die Person trug eine lange Robe mit einer Kapuze und stand mit dem Rücken zu ihm. Dann verschwand sie plötzlich vor seinen Augen. Agriem sah sich verwundert um, doch er konnte niemanden sehen.

Neugierig ging er wieder die Stadtmauer entlang, und nur wenige Augenblicke später sah er die Gestalt wieder, diesmal in der Ferne am anderen Ende der Mauer. Sie schien irgendetwas abzulegen, dann verschwand sie wieder, als wäre sie nie da gewesen. Agriem war verunsichert, er lief zu der Stelle, an der er die Gestalt zuletzt gesehen hatte. Er wollte wissen, was sie dort abgelegt hatte, doch er konnte nichts finden. Nur ein unscheinbarer runder Stein lag dort. Er trat mit dem Fuß vorsichtig dagegen, stellte aber schnell fest, dass sich der Stein nicht bewegen ließ. Zwar wunderte er sich darüber, aber in den letzten Wochen hatte er bei den Mankuren einige kuriose Dinge gesehen und machte sich weiter keine Gedanken.

Die Nachricht der Kundschafter war erschütternd. Eine große Armee näherte sich vom Westen her der Stadt. Angeführt von Todschatten und von Fleischreißern begleitet, waren Hunderte Menschen auf dem Weg nach Dradonia. Sie waren noch etwa einen Tagesmarsch entfernt und würden Dradonia spätestens am nächsten Morgen erreichen. Die Armee war zu groß, als dass sie einfach hätte besiegt werden können, so wie beim ersten Angriff auf die Stadt.

So verließen alle Bewohner, die nicht kämpfen konnten oder nicht wollten, die Stadt. In aller Eile wurden die Kutschen beladen und die Montachos davor gespannt. Anders als die Menschen arbeiteten die Mankuren gemeinsam und nicht jeder für sich. So waren sie wesentlich schneller, und es dauerte nicht lange, bis alles für die Abreise bereit war.

Auch die Menschen verließen die Stadt, nur vereinzelnd gab es welche, die den Mankuren im Kampf beistehen wollten. Einige der Wachen begleiteten die Karawane zum Schutz, alle anderen blieben zurück, um die Stadt zu verteidigen.

Routag und Agriem blieben in Dradonia und verabschiedeten sich von Cloub und seiner Familie. Cloub ging gemeinsam mit Casandra und ihren Kindern nach Nimbal. Auch Frasirs Tochter Alesa verließ die Stadt und verabschiedete sich schweren Herzens von ihrem Vater. Sie fürchtete, ihn nicht mehr wiederzusehen, und war den Tränen nahe.

Agriem hatte sie in den letzten Wochen ins Herz geschlossen, und er konnte es kaum ertragen, sie so traurig zu sehen. »Wieso begleitest du sie nicht?«, fragte er Frasir beinahe vorwurfsvoll.

Frasir schien über diese Frage verwundert zu sein. »Als ich vor dreißig Jahren der herrschaftlichen Armee beitrat, habe ich mich verpflichtet, das Land zu schützen. Ich muss hierbleiben und kämpfen«, sagte Frasir mit völliger Selbstverständlichkeit. »Was ist mit dir? Denkst du nicht, es wäre klüger, wenn du mitgehen würdest? Der Feind ist in der Überzahl, es wird ein ungleicher Kampf werden.«

»Willst du damit sagten, weil ich ein Mensch bin, könne ich nicht kämpfen?«, fragte Agriem gereizt.

»Nein, dass die Menschen kämpfen können, ist mir durchaus bewusst. Schließlich haben sie nicht nur einen Krieg gegen die Mankuren geführt. Außerdem sind die meisten unserer Gegner Menschen.«

»Also hältst du nur mich für unfähig«, stellte Agriem fest.

»Gewiss nicht. Ich wollte nur sagen …«

»Was, was wolltest du sagen?«, unterbrach Agriem ihn wütend. »Dass ich wie ein Feigling davonlaufen soll?« Er brüllte es fast heraus.

»Also hältst du deinen Freund für einen Feigling?«, fragte Frasir und deutete auf Cloub. Dabei klang seine Stimme wie immer ruhig und emotionslos.

»Natürlich nicht! Er hat Familie, das ist etwas anderes«, erklärte Agriem verärgert. »Ich werde an deiner Seite kämpfen und dir beweisen, dass wir Menschen nicht weniger wert sind als ihr Mankuren.« Beim ersten Angriff auf die Stadt hatte er nicht die Gelegenheit dazu bekommen. Die Angreifer waren so schnell zurückgedrängt worden, dass Agriem sie nur aus der Ferne gesehen hatte.

Frasir war wenig verwundert über Agriem. Die letzten Wochen hatte er häufiger feststellen müssen, dass Agriem viel daran lag, von den Mankuren als gleichwertig anerkannt zu werden. »Das musst du mir nicht beweisen. Ich habe nie etwas dergleichen gedacht. Wenn es dein Wunsch ist, hierzubleiben, respektiere ich das, und es ist mir eine Ehre, an deiner Seite zu kämpfen«, sagte Frasir und Agriem nickte anerkennend.

Nachdem die Karawane die Stadt verlassen hatte, wurden die Tore geschlossen und von innen mit schweren Holzbalken verstärkt. Bogenschützen besetzten die Stadtmauern.

Die feindlichen Truppen erreichten am nächsten Morgen Dradonia und belagerten die drei Stadttore. Am Südtor wurde die Truppe von einem Mann, der auf einem schwarzen Ross saß, angeführt. Es war Sclavizar. Mit gezogenem Schwert ritt er an das Tor heran. Die Bogenschützen hatten ihn im Visier und hätten in einfach erschießen können, doch schien er keine Furcht zu haben. »Bürger von Dradonia, ergebt euch, und wir werden euch verschonen«, rief Sclavizar.

»Wir werden euch Dradonia nicht kampflos überlassen«, brüllte einer der Bogenschützen. Dann kam ein Pfeil auf Sclavizar zugeflogen, doch er prallte an einem magischen Schutzschild, das ihn umgab, ab. Die Bogenschützen waren überrascht, sie hatten ihn zuvor für einen Menschen gehalten. Dass ein Mankur die Todschatten anführte, verunsicherte sie.

Einen kurzen Augenblick wurde es still. Dann gab Sclavizar ein Handzeichen, und auch die Menschen spannten ihre Bogen. Doch die Mankuren waren schneller, und ein Pfeilhagel prasselte auf die Menschen nieder.

»Bürger von Dradonia …« DRADONIA, hallte es in Ilas Kopf wider und rief Erinnerungen wach. Plötzlich kam er wieder zu sich. Völlig verwirrt blickte er um sich. Er trug eine Rüstung und stand direkt hinter einem Mann, der auf einem schwarzen Pferd saß, in vorderster Reihe einer Armee. Er wusste kaum, wie ihm geschah, als er das große Stadttor von Dradonia hinaufblickte und die Bogenschützen sah. Das Letzte, an das er sich erinnern konnte, war die Jagd mit Jacor. Sie waren im Wald einem Hirsch gefolgt und dabei auf Todschatten getroffen. Er erinnerte sich wieder, wie er einem von ihnen direkt gegenübergestanden hatte, und langsam wurde ihm bewusst, was geschehen war.

Dann kamen die Pfeile auf ihn niedergeregnet, und es gelang ihm gerade noch, sich mit seinem Schild zu schützen. Direkt neben ihm wurden zwei Männer getroffen und gingen zu Boden. Dann stießen aus der Menge einige Männer mit einem Rammbock hervor, die Ilas zur Seite drängten. Weitere Männer brachten lange Leitern und versuchten, die Stadtmauer zu erstürmen. Anfangs gelang es den Mankuren in der Stadt noch, sie abzuwehren, aber die Menschen waren weit in der Überzahl.

Ilas suchte einen Weg, um zu verschwinden. Er wollte nicht gegen die Mankuren kämpfen, und würde er die Menschen angreifen, die ihn umgaben, wäre er sicher innerhalb von Sekunden tot. Doch eine Flucht war beinahe unmöglich, es war einfach eine zu große Armee, die ihn umgab und ihn immer näher an das Stadttor herandrängte. Überall flogen Pfeile, Feuerbälle und Energiekugeln von den Stadtmauern. Als das Stadttor schließlich durchbrochen wurde, gab es kein Entkommen mehr. Ilas wurde von der wütenden Meute in die Stadt gedrängt. Die Menschen wurden sogleich mit Energiekugeln beschossen, gefolgt von einem breiten Feuerschwall, der sie zunächst wieder zurückdrängte.

Ilas entging nur knapp den Flammen und versuchte, sich vom Stadttor zu entfernen. Es führte kein Weg hinaus. Die Menschenmasse ließ es nicht zu. Aber es gelang ihm, sich dicht an der Stadtmauer entlang von der Masse zu entfernen. Doch er kam nur wenige Meter, als auch schon ein Mankur auf ihn zu gerannt kam und ihn angriff. Ilas tötete ihn, was er sehr bedauerte, doch hatte er keine Wahl. Entweder er oder der Mankur.

Nach drei weiteren Konfrontationen erreichte er eine der schmalen Gassen, die zwischen den Häusern verliefen. Immer wieder schaute er durch die Fenster der Häuser, an denen er vorbeilief, und stellte schnell fest, dass sie leer waren. Er musste sich verstecken. Er konnte unmöglich auf der Seite der Todschatten kämpfen.

***

Routag, Agriem und Frasir versuchten, die Angreifer am Südtor zurückzudrängen. Anfänglich schien es, als wären die Mankuren den Menschen überlegen. Sie brachten die Erde zum Beben oder ließen sie explodieren. Felsbrocken regneten nieder und begruben viele Menschen unter sich. Energiewellen brachten die Menschen zu Fall, und Feuerwalzen ließen sie kaum in die Stadt vordringen.

Doch dann kamen die Todschatten. Sie erschienen aus dem Nichts und gaben ihren Opfern keine Chance zu entkommen. Sie griffen die mächtigsten Mankuren als Erstes an und sorgten so dafür, dass die Verteidigung schnell geschwächt wurde.

Die feindlichen Truppen hatten alle drei Stadttore durchbrochen und drängten die Mankuren immer weiter ins Stadtzentrum.

Als Frasir bemerkte, dass die Lage aussichtslos wurde, forderte er Agriem und Routag auf, ihm zu folgen. Diese waren noch im Kampf, schlugen ihre Gegner aber schnell nieder. Frasir lief allein vor in eine der Gassen, wo direkt vier Menschen auf ihn zukamen und ihn angriffen. Er wehrte sie erfolgreich ab und glaubte für einen Augenblick, der Gefahr entkommen zu sein, als plötzlich ein Todschatten neben ihm erschien und ihn sofort packte. Als eisige Kälte seinen Körper durchströmte, ließ er sein Schwert fallen. Genau wie die anderen Krieger der herrschaftlichen Armee hatte auch er ein Schwert aus magischem Eisen erhalten. Diese Waffe hatte ihm Sicherheit gegeben, er hatte geglaubt, sich vor den Schattenwesen schützen zu können, und nie gedacht, dass er im Kampf verlieren könnte. Nun musste er feststellen, dass dies nur eine Illusion gewesen war, die dafür gesorgt hatte, den Mut nicht frühzeitig zu verlieren. Er dachte an Alesa, und ihm wurde mit einem Mal bewusst, dass er sie nie wiedersehen würde. Er spürte, wie ihn immer mehr seine Kraft verließ, während er in die entsetzlichen blutroten Augen des Todschatten starrte.

Am Ende der Gasse befand sich eine Futterstelle, neben der zwei große Strohballen gestapelt waren. Ilas hatte sich dahinter versteckt, als die vier Menschen an ihm vorbei auf Frasir zugelaufen waren. Er hatte den Kampf beobachtet und war erleichtert gewesen, als der Mankur seine Gegner besiegt hatte. Doch als der Todschatten erschien, wusste Ilas, dass er eingreifen musste, wenn er nicht zusehen wollte, wie der Mankur vor seinen Augen stirbt.

Er verließ sein Versteck und rannte zu ihm. Er hob Frasirs Schwert vom Boden auf und erschlug damit den Todschatten.

Frasir sackte erschöpft auf die Knie und sah Ilas verwundert an. »Bist du nicht einer von ihnen?«, fragte er skeptisch.

Im gleichen Augenblick kamen Routag und Agriem in die Gasse gerannt. Ilas warf Frasir das Schwert vor die Füße und lief davon, als er die beiden sah. Agriem und Routag blickten ihm nach, folgten ihm aber nicht. »Was ist passiert? Ist alles in Ordnung?«, fragte Routag. Frasir nickte, nahm sein Schwert und stand wieder auf.

Von der Gasse aus waren die Kämpfe auf den breiten Alleen zu sehen. Routag ging etwas näher heran. Dann entdeckte er Sclavizar, der immer noch auf seinem schwarzen Ross saß und eine Gruppe Mankuren mit Energiekugeln beschoss.

»Ich glaube es nicht«, sagte Routag fassungslos. Er kannte dieses Gesicht. Es war älter geworden, eingefallen und etwas fahler, als er es in Erinnerung hatte, aber er war sich sicher, wen er da sah.

»Was ist?«, fragte Agriem nervös.

»Dieser Mann dort auf dem Pferd.«

»Du meinst den Mankur«, korrigierte Agriem ihn.

»Nein, das ist kein Mankur. Das ist ein Mensch«, erklärte Routag, während er Sclavizar anstarrte.

»Wie kommst du darauf? Du siehst doch, dass er der Magie mächtig ist. Es muss ein Mankur sein«, widersprach Agriem.

»Ich kenne ihn. Sein Name ist Walsier, und er ist ein Mensch«, versicherte Routag.

»Walsier?! Der Mensch, von dem du erzählt hast, der zum Berg der Verdammnis gegangen ist, weil er sich erhofft hat, magische Fähigkeiten zu erlangen?«, fragte Agriem überrascht.

»Genau der«, bestätigte Routag.

»Bist du dir sicher?«

»Kein Zweifel, er ist es.«

»Kommt, wir müssen hier weg!«, rief Frasir.

Routag folgte ihm sogleich, während Agriem wie angewurzelt dastand und Sclavizar anstarrte. Er konnte einfach nicht glauben, dass es

Walsier tatsächlich gelungen war, sich der Magie zu bemächtigen. Wie gern hätte Agriem sein Geheimnis erfahren. Er dachte kurz darüber nach, Sclavizar darauf anzusprechen, doch wusste er nicht, wie er zu ihm gelangen konnte, ohne gleich getötet zu werden. Aber der Drang danach, zu erfahren, wie Walsier es geschafft hatte, sich den Traum zu erfüllen, dem Agriem ebenfalls sein ganzes Leben lang nacheiferte, war einfach zu groß. Von seinem Verlangen getrieben, war er im Begriff, auf das Schlachtfeld zu laufen, als Routag seinen Arm packte.

»Wir gehen in die andere Richtung«, sagte er.

Agriem blickte ihn irritiert an, folgte ihm aber dann.

»Wir müssen die Stadt verlassen, wenn wir überleben wollen«, sagte Frasir. Er stand sichtgeschützt an der Futterstelle, wo Ilas sich zuvor versteckt hatte, und beobachtete das Geschehen auf der Ostallee, an der die Gasse endete.

»Wie sollen wir das machen? Sie sind überall. Und selbst wenn wir eines der Stadttore erreichen, werden wir nicht hindurchgelangen. Es sind einfach zu viele«, bemerkte Routag.

»Wir müssen versuchen, zu den Gärten zu gelangen. Dort befindet sich am nördlichsten Rand eine große Eiche. Sie reicht bis zur Stadtmauer hoch. Wenn es uns gelingt, sie zu erreichen, können wir dort über die Stadtmauer klettern. Ich denke, das ist die einzige Möglichkeit, die uns bleibt«, erklärte Frasir.

Routag und Agriem nickten zustimmend. Sie stürzten sich in die Menge und kämpften sich durch, bis sie wieder Schutz in den Gassen hinter dem Marktplatz fanden.

Die feindlichen Truppen nahmen die Stadt immer weiter ein und trieben die Mankuren zusammen. Sie lieferten sich einen erbitterten Kampf, obwohl die Mankuren kaum noch Hoffnung auf einen Sieg hatten.

Sclavizar thronte immer noch auf seinem schwarzen Ross und stand vor der Stadthalle. »Ergebt euch, es ist sinnlos weiterzukämpfen!«, rief er. Das Klirren der Schwertklingen verstummte für einen kurzen Augenblick.

Frasir blieb stehen und drehte sich um. Er konnte den Marktplatz am Ende der Gasse sehen und wollte wissen, was dort vor sich ging. Er ging ein Stück zurück. Routag und Agriem wollten weiterlaufen, aber auch sie wurden neugierig.

»Ihr habt die Wahl, verbündet euch mit uns oder sterbt«, forderte Sclavizar.

»Wir werden uns niemals mit euch verbünden!«, schrie einer der Mankuren und griff die Menschen, die ihm gegenüberstanden, wieder an. Daraufhin erschien sofort einer der Todschatten neben ihm und tötete ihn.

»Seid ihr alle der gleichen Meinung?«, fragte Sclavizar überlegen.

Die Mankuren waren verunsichert. Ihnen wurde bewusst, dass die einzige Möglichkeit zu überleben die war, sich mit Caldes zu verbünden. Doch den meisten schien dieser Preis zu hoch zu sein. Die Hälfte von ihnen preschten aus der Menge hervor und versuchten, so viele Menschen wie möglich mit in den Tod zu reißen, bevor sie selbst ihr Leben ließen. Die restlichen Mankuren fügten sich Sclavizars Willen. Sie hofften, ihr Leben so zu retten, und glaubten, sich später aus Caldes' Fängen befreien zu können, aber dazu sollte es nicht kommen.

Sie wurden durch einen Loyalitätszauber gezwungen, sich Caldes anzuschließen. Durch diesen Zauber blieb ihnen nichts anderes übrig, als ihm zu folgen, denn würden sie sich gegen ihn stellen, würden sie sterben.

Frasir, Routag und Agriem liefen weiter und erreichten die Mauer, die den großen Garten umgab. Sie war nur einen halben Meter hoch, und sie konnten sie problemlos überwinden. Sie waren gerade hinübergestiegen, als Frasir sie aufforderte, sich auf den Boden zu legen. Nicht weit von ihnen entfernt näherten sich ein paar Menschen dem Garten. Sie suchten nach weiteren Stadtbewohnern.

Dicht an der Mauer lagen Frasir, Routag und Agriem auf dem Boden und warteten darauf, dass die Männer an ihnen vorbeiliefen. Zunächst blieben sie unbemerkt, doch dann betraten die Männer den Garten und erblickten die drei. Diese sprangen sofort auf und griffen die vier Männer an. Sie waren schnell besiegt, und Routag, Agriem und Frasir liefen tiefer in den Garten hinein. Aber kurz bevor sie die große Eiche erreicht hatten, wurden sie von vier weiteren Kriegern entdeckt. Einer von ihnen hatte einen Bogen und schoss einen Pfeil ab, der Routag in die Brust traf. Frasir schlug die Angreifer mit einer Energiewelle nieder. Agriem nutzte diesen Vorteil und erschlug zwei von ihnen. Die anderen beiden wurden von Frasir getötet. Die große Eiche war nur noch wenige Meter entfernt, und es waren keine weiteren Angreifer zu sehen.

Agriem lief zu Routag, der auf dem Boden lag. »Steh auf! Der Baum ist da vorne. Wir schaffen es!«, rief er. Agriem griff Routag am Arm und wollte ihn hochziehen, doch dann bemerkte er, dass Routag tot war. Agriem war schockiert und kniete sich neben ihn. »Bitte steh auf. Wir können es schaffen«, sagte er verzweifelt, während ihm die Tränen übers Gesicht liefen.

Frasir legte Agriem seine Hand auf die Schulter. »Es tut mir leid, aber wir müssen weiter. Du kannst ihm nicht mehr helfen.«

Agriem sah Frasir wütend an. Er wollte ihm widersprechen, weil er es nicht wahrhaben wollte, doch er wusste, dass es sinnlos war.

»Ich weiß, dass es schwer ist. Aber wenn du überleben willst, musst du jetzt mit mir kommen«, bestimmte Frasir.

Agriem blickte ein letztes Mal zu Routag. »Ich werde dich nie vergessen«, sagte er. Dann schloss er Routags Augen und stand auf.

Frasir und Agriem kletterten den großen Baum hinauf und gelangten auf die Stadtmauer. Agriem lief zu der anderen Seite und blickte hinunter. Die Mauer war etwa zehn Meter hoch, und es gab keine Möglichkeit, auf der anderen Seite hinunterzuklettern. »Wie sollen wir hier wegkommen?«, fragte er.

»Wir müssen noch ein Stück Richtung Süden auf der Mauer entlanglaufen. Dort können wir von der Mauer aus auf einen Felsvorsprung springen und herunterklettern.«

Sie liefen geduckt weiter und hatten dabei großes Glück, dass sie nicht gesehen wurden. Schließlich erreichten sie die Stelle, von der Frasir gesprochen hatte. Der Abstand zwischen der Mauer und dem Felsvorsprung betrug gut zwei Meter. Frasir sprang, ohne zu zögern, über den Abgrund und landete unversehrt auf der gegenüberliegenden Seite. Agriem hingegen traute sich nicht. Der Abstand war ihm zu weit, und er fürchtete, abzustürzen.

»Worauf wartest du? Spring endlich, bevor uns jemand sieht«, forderte Frasir ihn auf.

»Du hast leicht reden, für dich war es sicher nur ein Katzensprung. Ich weiß nicht, ob ich so weit springen kann«, entgegnete Agriem.

Frasir streckte ihm seinen Arm entgegen. »Spring, ich werde dich fangen«, versicherte er. Agriem zögerte immer noch. Frasir blickte sich nervös um. In der Ferne sah er bereits drei Männer, die auf die Stadtmauer zuliefen. »Du musst springen, du hast keine Wahl. Sie werden gleich hier sein. Bitte, spring! Ich werde dich nicht fallen lassen.«

Agriem sah die Männer ebenfalls. Er holte tief Luft. »Bitte, lass mich nicht fallen«, sagte er mehr zu sich selbst als zu Frasir. Dann nickte er ihm zu und sprang. Er schaffte es nur bis kurz vor den Felsvorsprung, doch

Frasir packte seinen Arm und bewahrte ihn vor einem Sturz. Er zog ihn zu sich herauf, und Agriem sah ihn erleichtert an. »Danke.«

Frasir lächelte. »Ich sagte doch, dass ich dich nicht fallen lassen werde.«

Sie kletterten den Felsen hinab und schlichen sich an der Außenseite der Stadtmauer Richtung Norden entlang, bis sie sich in den umliegenden Wald flüchten konnten. Niemand hatte ihre Flucht bemerkt, und sie wurden nicht verfolgt. Dennoch rannten sie das erste Stück, bis sie sich weit genug von Dradonia entfernt hatten.

Dann blieb Agriem schwer atmend stehen. »Was machen wir jetzt?«, fragte er.

»Wir werden nach Nimbal gehen«, sagte Frasir.

Agriem blickte zurück und dachte an Routag. »Warum haben uns die Oberen in diesem Kampf nicht beigestanden?«, fragte er.

»Ich habe mir bereits dieselbe Frage gestellt. Ich weiß, dass sie gerufen wurden, kurz bevor die feindliche Armee Dradonia erreicht hatte. Allerdings ist keiner von ihnen erschienen. Wir wissen nicht, ob sie den Ruf nicht gehört haben oder ihm aus einem anderen Grund nicht folgen konnten«, erklärte Frasir.

»Glaubst du, sie wissen, was in Dradonia geschehen ist?«

»Wenn sie es wüssten, wären sie uns zur Hilfe gekommen«, sagte Frasir überzeugt.

»Ich denke, sie haben eure Rufe ignoriert und euch eurem Schicksal überlassen«, entgegnete Agriem.

»Es wundert mich nicht, dass du so von ihnen denkst. Aber ich bin mir sicher, dass es eine Erklärung dafür gibt.«

»Kannst du sie auch rufen?«

»Ja, warum fragst du?«

»Dann ruf einen von ihnen, wenn sie den Ruf zuvor nicht absichtlich ignoriert haben, werden sie ihm dieses Mal folgen. Dann kannst du sie fragen, warum sie die Bewohner von Dradonia im Stich gelassen haben.«

Frasir dachte über Agriems Worte nach. »Du hast recht«, sagte er zu Agriems Verwunderung. Er rief Aminar, der nur wenige Sekunden später neben ihm erschien.

»Frasir, sei gegrüßt. Warum hast du mich gerufen?«

»Dradonia wurde angegriffen. Eine Armee von Menschen, begleitet von Todschatten und angeführt von einem Menschen, der magische

Fähigkeiten besaß, fiel heute Morgen in die Stadt ein. Dradonia wurde von ihnen übernommen. Es waren einfach zu viele«, berichtete Frasir.

Aminar schaute Agriem an, der zum ersten Mal einen der Oberen sah. Der Anblick verunsicherte Agriem und beängstigte ihn auch ein wenig, doch er versuchte, sich nichts anmerken zu lassen.

»Seid ihr beiden die einzigen Überlebenden?«, wollte Aminar wissen.

»Viele der Bewohner sind geflüchtet, bevor die feindliche Armee die Stadt erreicht hatte. Doch diejenigen, die dortgeblieben sind, um die Stadt zu verteidigen, sind entweder tot oder wurden durch einen Loyalitätszauber gezwungen, sich Caldes anzuschließen.«

Aminar war entsetzt. »Warum hast du mich nicht früher gerufen? Vielleicht hätten wir das verhindern können«, warf Aminar Frasir vor.

»Das habe ich und nicht nur ich, auch andere Krieger der herrschaftlichen Armee haben versucht, die Oberen zu rufen. Aber unsere Rufe wurden ignoriert.«

Aminar schüttelte den Kopf. »Nein, sicher nicht. Wenn wir eure Rufe gehört hätten, wären wir ihnen gefolgt. Wo seid ihr gewesen, während ihr uns gerufen habt?«

»In Dradonia.«

»Irgendein Zauber muss verhindert haben, dass ihr von uns gehört werden konntet. Anders kann ich es mir nicht erklären«, stellte Aminar fest.

»Ist das überhaupt möglich?«, fragte Frasir.

»Ja, ist es. Allerdings ist es nicht so einfach. Bevor ihr diese Armee entdeckt hattet, habt ihr da Besuch von Fremden erhalten, Mankuren oder auch Menschen?«

»Nicht, dass ich wüsste. Die Menschen, die bei uns Zuflucht gesucht haben, waren schon einige Tage in Dradonia, ich glaube kaum, dass einer von ihnen etwas damit zu tun hat«, überlegte Frasir und sah Agriem an.

Auch Aminar betrachtete den Menschen.

»Seht mich nicht so an. Ich war es sicher nicht.«

»Ich danke dir, Frasir, dass du mich über die Geschehnisse in Dradonia in Kenntnis gesetzt hast. Diese Stadt wird nicht in feindlichen Händen bleiben. Wir werden sie zurückerobern und die Mankuren befreien. Gebt gut auf euch acht. Und Frasir, zögere nicht, mich oder einen anderen Oberen zu rufen, solltest du Hilfe benötigen«, sagte Aminar und verschwand.

»Wie ich gesagt habe, sie würden die Rufe ihrer Krieger niemals ignorieren«, bemerkte Frasir zufrieden.

»Wie wollen sie Dradonia zurückerobern? Sie mögen vielleicht sehr mächtig sein, aber sie sind sicher nicht in der Lage, so viele Mankuren, Menschen und Schattenwesen wie sich derzeit in der Stadt befinden, allein zu besiegen«, spottete Agriem.

»Nein, das müssen sie auch nicht. Sie werden mit einer Armee zurückkommen.«

»Da bin ich aber gespannt.«

»Scheinbar traust du dem Wort der Oberen nicht, aber du wirst sehen, dass sie zu ihrem Wort stehen«, war Frasir überzeugt.

UNERWÜNSCHTER BESUCH

Galdron hatte sich bei Einbruch der Nacht hoch oben über den Baumkronen vom Simsalbawald niedergelassen. Er saß auf einer breiten, kahlen Fläche, die aus einem Geflecht von Geäst geformt war und über das Blätterdach hinausragte. Die Aussicht reichte über den Anchosee bis zum Silberkamm. Der volle Mond erschien riesengroß am Horizont, bevor er weiter gen Himmel zog und den Silberkamm erleuchtete.

Während er in seine Gedanken vertieft in die Ferne starrte, erschien Drognor neben ihm. Galdron sah ihn kurz an, wendete seinen Blick aber sogleich wieder ab und beachtete ihn nicht weiter.

»Ich habe den Silberkamm noch nie so hell leuchten sehen«, sagte Drognor und schaute auf die Berge, die den hellen Mondschein reflektierten.

»Warum bist du hier?« Galdron klang ruhig, aber Drognor konnte seine Verachtung spüren.

»Die Ereignisse in den jüngsten Tagen sind dir sicher nicht entgangen.« Drognor hielt inne und dachte nach.

»Wie könnte es? Die Hälfte meines Volkes wurde in den letzten Tagen von den Schattenwesen getötet. Finsterspinnen wurden gesehen und Fäulnisbringer haben weite Teile des Waldes in eine tote Landschaft verwandelt. Mein Volk versteckt sich, unfähig, diesen Wesen aus der Schattenwelt etwas entgegenzusetzen«, rief Galdron wütend. »Ihr haltet die einzigen Waffen, mit denen diese Wesen getötet werden können, unter Verschluss, in einem Krieg, der nur durch das magische Eisen gewonnen werden kann.«

»Das ist nicht wahr. Wir haben unseren Kriegern die Waffen bereits wieder ausgehändigt«, sagte Drognor.

»Euren Kriegern«, wiederholte Galdron mit einem verächtlichen Ton.

»Warum hast du uns nicht um Hilfe gebeten?«, fragte Drognor.

»Das letzte Mal, als mein Volk die Oberen um Hilfe gebeten hat, wurde es abgewiesen. Es war gezwungen, sich selbst zu helfen, und falls du dich nicht erinnerst, wurde mein Vater dafür von dir und deinesgleichen verurteilt. Wir könnten genauso gut Caldes um Hilfe bitten, das Ergebnis wäre das gleiche«, entgegnete Galdron.

»Du stellst mich mit Caldes gleich?«

»Nein, du bist schlimmer als er!«

»Wie kannst du so etwas sagen? Caldes ist ein Monster, er hat unzählige Leben auf dem Gewissen. Nicht zuletzt meine Eltern«, sagte Drognor.

»Du hast meinen Vater getötet und nun lieferst du mein Volk den Schattenwesen aus«, erwiderte Galdron.

»Das ist etwas völlig anderes.«

»Ich sehe keinen Unterschied darin. Caldes ist ein bösartiger, gewissenloser Mankur, der nur seine eigenen Interessen verfolgt. Doch im Gegensatz zu dir macht er kein Geheimnis daraus. Du hingegen glaubst, nur Gutes zu tun und dein Volk zu beschützen. Aber dafür gehst du über Leichen, und das nicht immer berechtigt. Du bist so überzeugt von dir selbst, dass du nicht bereit bist, deine Ansichten zu überdenken. Versessen darauf, recht zu behalten, erkennst du deine Fehler nicht und schreckst nicht einmal davor zurück, deinen eigenen Sohn zu verstoßen. Sag mir, was hat er getan, dass du ihn als Verräter betitelst?«

Galdrons Worte machten Drognor wütend, aber er versuchte, ruhig zu bleiben. »Woher weißt du davon?«

»Du hast ihn im ganzen Land suchen lassen. So eine Nachricht verbreitet sich schnell.«

»Er hat sich gegen ein Urteil der Oberen gestellt und einer Mankure zur Flucht verholfen, die wir zum Tode verurteilt haben. Diese Mankure ist die Tochter von Casto und vermutlich die Dienerin des Bösen, von der die Prophezeiung spricht.«

»Du glaubst, nur weil sie Castos Tochter ist, sei sie die Dienerin des Bösen?«, fragte Galdron verständnislos, dann lächelte er. »Du wirst dich nie ändern. Du hältst lieber an dem Glauben fest, dass dein Sohn so dumm ist und einer Mankure hilft, die ihn töten will, statt dir einzugestehen, dass du falschliegst. Du kehrst ihm lieber den Rücken zu, als ihm in diesen Zeiten zur Seite zu stehen, nur weil dir dein Stolz im Wege steht?« Drognor war sprachlos. »Du solltest dein Handeln endlich überdenken. Vielleicht ist es noch nicht zu spät.«

Es war nicht das erste Mal, dass Drognor das hörte, aber dieses Mal war er einsichtig. Vielleicht lag es an Galdrons respektloser, offener Art. Er nahm kein Blatt vor den Mund und schaffte es so, Drognor zum

Nachdenken zu bringen. »Weißt du, wo er ist?«, fragte er nach kurzem Schweigen.

»Wer? Dein Sohn? Nein, und ich kann mir vorstellen, dass er sehr darauf bedacht ist, weder von dir noch von einem anderen Oberen gefunden zu werden«, entgegnete Galdron.

Drognor verärgerten diese Worte, weil er an die erfolglose Suche vor einigen Tagen dachte. Er musste sich eingestehen, dass Galdron mit beinahe allem, was er gesagt hatte, recht hatte. Aber sein Stolz hinderte Drognor daran, es zuzugeben.

»Da gibt es noch etwas, was du wissen solltest. Das Tor zur Schattenwelt wurde vor wenigen Tagen erneut geöffnet, und genau wie beim ersten Mal hat niemand den Simsalbawald durchquert, um zur Wüste der Toten zu gelangen«, sagte Galdron.

»Was willst du damit sagen?«, fragte Drognor skeptisch.

»Ich denke, das weißt du sehr genau. Nur die Todschatten und ihr seid in der Lage, zu einem beliebigen Ort zu gelangen, ohne dabei einen Weg zurücklegen zu müssen«, sagte Galdron und erntete einen kritischen Blick von Drognor. »Du weißt genauso gut wie ich, dass die Todschatten das Tor nicht geöffnet haben können.«

»Es ist sehr gewagt von dir, einen der Oberen des Verrates zu bezichtigen.«

»Ich habe dir nur gesagt, dass niemand den Simsalbawald betreten hat, um in die Wüste der Toten zu gelangen«, antwortete Galdron.

»Vielleicht hast du es einfach nur nicht bemerkt. Zumal es viele Möglichkeiten gibt, sich vor unerwünschten Blicken zu schützen«, unterstellte Drognor seinem Gegenüber.

»Wie auch immer. Bitte lass mich nun allein. Ich habe dir nichts mehr zu sagen.«

Während Galdron ihn nicht mehr beachtete, sah Drognor ihn einen Augenblick lang nachdenklich an, bevor er verschwand. Der Mond wanderte langsam über den Silberkamm hinweg und erschien wieder in seiner gewohnten Größe. Bis zum Sonnenaufgang saß Galdron in seine Gedanken versunken über den Baumkronen. Er dachte an seinen Vater und wurde wütend, als ihm Drognor in den Sinn kam. Die Tatsache, dass die Oberen bereit waren, das Volk der Waldmankuren zu opfern, nur um ihre wertvollen Waffen nicht aushändigen zu müssen, war für Galdron nur noch mehr Beweis für die Boshaftigkeit der Oberen. Doch der Zorn, der sich in ihm aufbaute, galt noch viel mehr sich selbst. Er wusste, dass er sein Volk vor den Schattenwesen nicht schützen konnte. Ihnen blieb nur die Möglichkeit, sich zu verstecken und zu hoffen, dass die Oberen das Land zurückerobern würden. Diese Hilflosigkeit war für Galdron das Schlimmste. Insgeheim hoffte er, Drognor würde ihm doch noch einige Waffen aus magischem Eisen geben, daran glauben konnte er jedoch nicht.

Aber seine Hoffnung sollte nicht enttäuscht werden. Es waren seit Drognors Besuch einige Tage vergangen. Die Waldmankuren hatten sich in ihre Behausungen zurückgezogen, nur in den Baumkronen hatten sich einige Wachen verteilt. Hoch über der Erde konnten die Todschatten sie nicht riechen. Die Bäume ließen kaum vermuten, dass in ihnen die Waldmankuren lebten, denn sie unterschieden sich nicht von den anderen Bäumen im Wald.

Als Drognor mit einigen Kriegern der herrschaftlichen Armee in das Dorf kam, glaubte er, es sei verlassen, bis er die Wachen in den Baumkronen entdeckte, die sie beobachteten. Sie waren lautlos und beinahe unsichtbar, die Krieger der herrschaftlichen Armee bemerkten sie gar nicht. Einzig Drognor entgingen ihre wachsamen Blicke nicht. »Bringt mich zu Galdron! Ich muss mit ihm sprechen«, forderte er.

Seine Gefolgsleute waren zunächst überrascht, da sie nicht wussten, mit wem er sprach, bis zwei Waldmankuren von den Bäumen hinabkamen.

»Warum seid ihr hier?«, wollte einer von ihnen wissen.

»Das möchte ich mit Galdron besprechen, also bringt mich zu ihm.«

»Er wird dich nicht empfangen, wenn er nicht den Grund deines Besuches kennt.«

»Dann sagt ihm, ich bin gekommen, um ihn und euer Volk im Kampf gegen die Schattenwesen zu unterstützen.«

Die beiden Waldmankuren sahen sich nachdenklich an. Sie waren sich nicht sicher, ob sie Drognor vertrauen konnten.

»Gut, warte hier, wir werden mit ihm sprechen.« Die beiden Waldmankuren verschwanden hinter den dicken Baumstämmen.

Es dauerte eine Weile, bis sie zurückkamen und Drognor anwiesen, ihnen zu folgen.

»Sei gegrüßt, Galdron. Meine Krieger und ich sind gekommen, um deinem Volk im Kampf gegen die Schattenwesen beizustehen.«

Galdron war nicht erfreut über den unerwarteten Besuch und machte auch kein Geheimnis daraus. »Wir verzichten auf den Schutz der Oberen.«

»Damit habe ich gerechnet. Allerdings habe ich mich verpflichtet, das Land und seine Bewohner vor den Schattenwesen zu schützen, und dazu zählt auch das Volk der Waldmankuren. Wir Oberen haben beschlossen, euch einige unserer Waffen auszuhändigen. So seid ihr nicht länger hilflos und könnt euch, so hoffe ich, gegen die Schattenwesen verteidigen.«

»Wenn du glaubst, mein Volk würde dir die Taten der Vergangenheit verzeihen, nur weil du uns nicht den Schattenwesen auslieferst, hast du dich getäuscht. Allerdings weiß ich zu schätzen, dass du uns in diesen Zeiten der Not nicht unserem Schicksal überlässt. Diese Entscheidung ist dir sicher nicht leichtgefallen.

»Was dein Vater getan hat, war gegen das Gesetz«, sagte Drognor.

»Er hat den Wald und seine Bewohner geschützt«, fiel Galdron ihm ins Wort.

»Es war nicht seine Aufgabe, den Menschen Einhalt zu gebieten«, entgegnete Drognor.

»Da ihr euch diesem Problem nicht annehmen wolltet, habt ihr es zu seiner Aufgabe gemacht.«

»Wir hätten uns darum gekümmert, aber sicher nicht in einem ungleichen Krieg. Die Menschen sind den Mankuren weit unterlegen. Es mag ihnen gelingen, Schlachten zu gewinnen, doch nie konnten sie einen Krieg gegen die Mankuren gewinnen. Es war ein jahrhundertelanger Kampf, mit den Menschen in weiten Teilen des Landes Frieden zu schließen. Dein Vater Garadur hat diesen Frieden mit seiner Tat gefährdet und beinahe einen neuen Krieg entfacht. Sicherlich hatte er gute Gründe für sein Handeln, aber er hätte darauf vertrauen müssen, dass wir dieses Problem lösen.«

»Ihr habt aber nichts unternommen!«

»Möglicherweise haben wir die Dinge anders gesehen und die Gefahr, die von den Menschen damals ausging, unterschätzt. Aber wie dem auch sei. Ich möchte die Vergangenheit ruhen lassen. Ich erwarte nicht, dass du mir vergibst, und sicher werden wir keine Freunde werden, aber vielleicht werden wir uns irgendwann mit weniger Verachtung und mehr Respekt begegnen«, sagte Drognor.

»Dieser Tag liegt sicherlich so weit entfernt, dass keiner von uns beiden ihn erleben wird«, sagte Galdron.

»Das ist bedauerlich.« Für einen kurzen Moment sahen sie sich schweigend in die Augen. »Die Krieger, die mich begleiten, werden dir und deinem Volk die Waffen übergeben. Und wenn ich oder einer der Oberen die Waffen zurückfordern, erwarte ich von dir, dass du sie uns ohne Widerworte aushändigen wirst.«

»Ich gebe dir mein Wort«, versicherte Galdron.

Drognor nickte anerkennend, dann verschwand er. Nachdem die Waldmankuren die Waffen erhalten hatten, verließen auch die Krieger der herrschaftlichen Armee das Dorf. Es waren weitaus weniger Schwerter, als es Kämpfer im Dorf gab, und nur die stärksten unter ihnen konnten mit einem Schwert oder Pfeilen aus magischem Eisen ausgestattet werden. Doch reichte es aus, um das Überleben der Waldmankuren zu sichern.

DER VERLORENE KAMPF

Als Shira zusammen mit Dracon und Casto die Magmahöhle betrat, herrschte eine beunruhigende Stille. Die Höhle wurde durch das glühende Magma in ein düsteres Licht getaucht. Caldes war nirgends zu sehen. Langsam näherten sie sich dem Magmaloch.

Shira blickte hinein und zuckte vor Schreck zusammen. Nevim grinste sie an. Das flüssige Magma formte die Konturen seines Gesichts. Der runde Kopf mit dem spitzen Kinn und die seelenlosen Augen waren furchteinflößend. Shira konnte sich von dem Anblick nicht lösen. Es bildete sich eine flammende Hand aus dem Magma und fasste nach ihr.

Doch bevor Nevim sie erreichte, wurde sie nach hinten gerissen. Dracon hatte sie zurückgezogen. Casto und er standen direkt neben ihr. Casto suchte aufmerksam die Umgebung ab. Er konnte die Anwesenheit von Caldes spüren und wusste, dass er nicht weit entfernt war. Shira tastete nach dem Lederbeutel an ihrem Gürtel, in dem sich der goldene Drachenkopf befand. Sie wollte ihn gerade herausnehmen, stoppte dann aber in ihrer Bewegung und sah Dracon an.

»Vielleicht solltest du besser etwas weiter weggehen. Wenigstens so weit, dass du mir nicht gleich dein Schwert in die Brust rammen kannst«, sagte sie.

Dracon entfernte sich einige Schritte von ihr. Casto war etwas verwundert über Shiras Bitte, er dachte sich aber nichts weiter dabei. Als Shira den Drachenkopf in die Hand nahm, spürte sie ein Kribbeln in ihrer Handfläche. Es ging über in einen warmen Strom, der sich zunächst in ihrem Arm und dann in ihrem gesamten Körper ausbreitete. Diese Macht hatte sie das erste Mal, als sie den Drachenkopf in der Hand gehalten hatte, nicht verspürt, und sie fragte sich, ob es daran lag, dass sie im Begriff war, ihn zu nutzen, oder ob Nevims Anwesenheit der Grund dafür war.

Ihre Augen auf das Magmaloch gerichtet, holte sie noch einmal tief Luft. Sie hielt in ihrer rechten Hand das Schwert und in ihrer linken den goldenen Drachenkopf, als Nevim aus dem Magmaloch aufstieg. Er war nun nicht länger eine rotglühende Masse, sondern ein blasses, beinahe farbloses Wesen, von dem nur der Kopf und die Augen beständig zu sein schienen, während der Rest des Körpers beliebige Formen annahm.

Fasziniert betrachtete Shira den Hüter der Magie, der auf sie zukam. Sie hielt den Drachenkopf fest in ihrer geschlossenen Faust, doch als Nevim vor ihr stand und danach verlangte, sah Shira fassungslos zu, wie sich gegen ihren Willen ihre Hand öffnete und sie den goldenen Drachenkopf freigab. Sie hatte keinen Einfluss darauf und sah hilflos zu, wie Nevim die Reliquie an sich nahm. Er verschluckte den Drachenkopf, lachte höhnisch und formte sich zu einer dunklen Gestalt, die von einem gleißenden blauen Licht umrandet wurde. Eine gesichtslose Kreatur mit weiß leuchtenden, scharfkantigen Augen, die nichts als Boshaftigkeit ausstrahlten.

Dracons Aufmerksamkeit galt ebenfalls Nevim, und er bemerkte nicht, dass Caldes neben ihm erschienen war. Er war aus dem Nichts aufgetaucht und hielt das Schwert in der Hand, dass Tarina Shira bei ihrer Gefangennahme entwendet hatte. Er war gewillt, Dracon zu töten, aber Casto ging dazwischen. Er schubste Dracon zur Seite. Der Schwerthieb traf ihn und hinterließ eine tiefe Wunde in seinem Bauch. Casto sank auf die Knie und sah seinen Bruder an.

»So geht es auch mit dir zu Ende, kleiner Bruder. Es tut mir fast ein bisschen leid. Dich habe ich von unserer Familie am wenigsten gehasst«, sprach Caldes.

Er holte gerade wieder zum Schlag aus, aber Dracon war schneller, er sprang über Casto und rammte Caldes sein Schwert durch die Brust. Dabei stieß er ihn nach hinten und zog die Klinge wieder zurück. Caldes stand unbeeindruckt vor ihm.

»Du kannst mich nicht töten«, sagte er und hielt Dracon seine Handfläche entgegen. Ein gewaltiger Stoß ließ ihn einige Meter durch die Luft fliegen, bevor er auf den Boden stürzte. Noch bevor Dracon wieder aufstehen konnte, stand Caldes neben ihm und stieß ihm sein Schwert durch die Brust. Der Schmerz überwältigte Dracon, für einen kurzen Moment lang verlor er das Bewusstsein, und Caldes hielt ihn für tot.

Er wandte sich wieder seinem Bruder zu, der auf allen vieren am Boden kniete und mit schmerzverzerrtem Gesicht versuchte, aufzustehen. Caldes versetzte ihm einen Tritt in die Seite. »Ruhe in Frieden, Bruder«, sagte er und versetzte ihm einen weiteren Schwertstich.

Währenddessen war Shira auf Nevim losgegangen, aber ihr Angriff wurde sogleich abgewehrt. Er machte nur eine kleine Handbewegung und schlug sie damit zur Seite. Sie prallte heftig auf den Boden. Leicht benommen stand sie wieder auf. Nevim ließ sie nicht aus den Augen. Sie war kaum aufgestanden, da spürte sie einen Druck an ihrer Kehle, als würde eine kräftige Hand sie würgen. Sie verlor den Boden unter ihren Füßen. Als sie nach unten blickte, stellte sie fest, dass sie mindestens zwei Meter über der Erde schwebte. Im nächsten Augenblick flog sie ein Stück nach hinten und knallte gegen eine Wand. Sie fiel hinunter und blieb reglos am Boden liegen.

Caldes stand hinter Nevim, der ihn nicht bemerkt hatte, während Dracon wieder zu sich kam. Er rollte sich auf den Bauch und drückte sich gerade mit den Armen hoch, als er sah, wie Caldes die anthrazitfarbene Klinge von hinten in Nevim rammte und genau dessen Herz traf. Die dunkle Gestalt zerfloss langsam und hinterließ am Boden nur den goldenen Drachenkopf, den Caldes sofort an sich nahm. Ein finsteres, unheilvolles Lachen hallte durch die Höhle.

Dracon war wieder aufgestanden. Die Wunde war noch nicht verheilt, und er schaffte es nur mit Mühe, Caldes anzugreifen. Doch war es vergebens. Caldes sah ihn nur an, der goldene Drachenkopf erzeugte ein rotes Glühen in seiner Hand, und ein brennender Schmerz breitete sich in Dracons Körper aus, der ihn lähmte. Caldes stand neben Dracon und betrachtete die Wunde auf dessen Brust, die sich langsam verschloss.

»Das ist interessant«, bemerkte er, während er langsam um ihn herumschlich, ohne den schmerzhaften Zauber zu lösen. Immer noch beobachtete er, wie sich die Wunde schloss, bis sie schließlich verschwunden war. Dann stieß er das Schwert durch Dracons Oberschenkel. Dracon biss sich auf die Zähne, gab aber keinen Ton von sich. Caldes zog das Schwert wieder heraus und blickte auf das tiefe, blutige Einstichloch, das sich wieder zu schließen begann. Er stach ein weiteres Mal zu, diesmal ließ er das Schwert stecken, und die Heilung stoppte sogleich.

»Das gefällt mir«, sagte Caldes mit einem diabolischen Blick. Er zog die Klinge wieder heraus und wartete einen Augenblick, bevor er sie in Dracons Schulter bohrte. Dracon stöhnte auf vor Schmerz, immer noch unfähig, sich zu verteidigen.

»Warum tötest du mich nicht einfach«, sagte er wütend.

»Wie ich feststellen musste, ist das gar nicht so einfach«, gab Caldes zu und berührte mit der Spitze der Schwertklinge Dracons Handrücken, um die Heilung der Wunden wieder zu unterbrechen.

»Und nun, wo du so jämmerlich vor mir liegst, fällt mir wieder ein, dass ich dir einst ein Versprechen gegeben habe. Es ist an der Zeit, es einzulösen.«

Dracon wusste zunächst nicht, was er damit meinte, doch dann dachte er an seine Träume. Caldes wollte die Oberen vor seinen Augen töten. Plötzlich ließ der brennende Schmerz nach, und Dracon konnte sich wieder bewegen. Caldes hatte den lähmenden Zauber wieder gelöst. Dracon blickte sich um und entdeckte Shira einige Meter entfernt, die immer noch am Boden lag. Er war sich nicht sicher, ob sie noch lebte, und er hoffte, dass sie aufstehen würde, doch sie bewegte sich nicht. Dracon schoss eine Energiekugel auf Caldes. Dieser schwankte kurz, fing sich aber schnell wieder. Dann versuchte Dracon, den Zeitverzögerungszauber anzuwenden, doch er zeigte bei Caldes keine Wirkung.

Verzweifelt nahm Dracon sein Schwert, das neben ihm lag, und richtete sich auf.

Caldes lachte überlegen. »Gib dir keine Mühe. Du bist machtlos gegen mich.«

Dracon sprang auf und wollte Caldes mit seinem Schwert durchbohren, doch im gleichen Augenblick spürte er erneut den brennenden Schmerz, Caldes hatte ihn wieder mit dem lähmenden Zauber gepackt.

»Das ist genug.« Er lachte immer noch. Er steckte das Schwert in die Scheide, die er am Rücken trug. Dann packte er Dracon am Handgelenk, mit der anderen Hand hielt er immer noch den Drachenkopf fest umschlossen, und im nächsten Augenblick waren beide verschwunden.

Nur kurze Zeit später kam Shira wieder zu sich. Verwirrt sah sie sich um und erblickte Casto. Sie sprang auf und rannte zu ihm. Sie kniete sich neben ihn und schüttelte ihn leicht. »Vater, wach auf, bitte wach auf.« Tränen liefen ihr übers Gesicht. Dann sah sie die Wunden in seiner Brust. Ihr kam das Fläschchen wieder in den Sinn. Hektisch zog sie es von ihrem Gürtel ab und öffnete es. Sie schüttete die Flüssigkeit in seinen Mund, doch es geschah nichts. Verzweifelt leerte sie den Rest der Flasche über den Wunden aus. Angespannt starrte sie auf die Verletzung, die langsam zu heilen begannen.

Casto öffnete die Augen, er wollte sich gerade aufrichten, da fiel Shira ihm weinend um den Hals. Er war überrascht, erwiderte aber ihre Umarmung.

»Was ist passiert?«, fragte sie und sah sich um. »Wo ist Dracon?«

»Caldes hat ihn mitgenommen.«

»Er hat ihn mitgenommen? Wohin?«

»Ich weiß es nicht. Er hat etwas davon gesagt, dass er noch ein Versprechen einzulösen habe«, erklärte Casto.

»Und Nevim?«

»Caldes hat ihn getötet.«

»Wieso hat er das getan?«, fragte Shira ungläubig.

»Ich nehme an, weil er den goldenen Drachenkopf haben wollte. Es hätte mich auch gewundert, wenn er sich mit jemandem verbündet, dem er unterlegen ist. Er unterwirft sich niemandem«, sagte Casto.

Shira ging durch die Höhle. Sie entdeckte die Blutspuren und Dracons Schwert, das sie vom Boden aufhob. »Bist du dir sicher, dass er ihn nicht getötet hat?«

»Nein, aber ich gehe davon aus, dass er es noch nicht getan hat«, erwiderte Casto.

Shira war verzweifelt, sie fürchtete, Dracon nie wiederzusehen.

»Er ist bestimmt noch am Leben. Wir werden ihn finden«, versuchte Casto sie zu ermutigen. »Allerdings sollten wir keine Zeit verlieren, lass uns gehen.«

»Keine Zeit verlieren? Wir wissen nicht mal, wo er ist.«

»Hier ist er sicher nicht mehr, also lass uns gehen.«

Sie verließen die Höhle und folgten dem schmalen Gang, durch den sie gekommen waren. Es war alles finster, beide hielten eine Flamme in ihrer Hand, die ihnen ein wenig Licht spendete. Sie liefen eine Weile, bis sie schließlich ein Licht in der Ferne sahen. Ein flackernder Schein, der sich bewegte. Casto hielt einen Finger vor seinen Mund und bedeutete Shira, leise zu sein. Stimmen waren zu hören, und sie sahen breite Schatten, die sich näherten. Shira und Casto hatten keine Möglichkeit, sich zu verstecken.

»Lösch das Feuer«, bat Casto. Dann drückte er Shira an die Wand und nahm ihre Hand. »Invisar por odra«, sagte er leise. »Beweg dich nicht, und gib keinen Ton von dir.«

Die Schatten wurden größer, das flackernde Licht kam näher, und drei bucklige, breite Gestalten, die eine hellblaue Haut und schwarze Haare hatten, gingen an ihnen vorbei.

Als sie sich weit genug entfernt hatten, fragte Shira: »Waren das Mankuren?«

»Höhlenmankuren, wahrscheinlich die Letzten ihrer Art.«

»Und warum verstecken wir uns vor ihnen?«

»Sie sind Fremden gegenüber nicht gerade freundlich gesinnt, und besonders klug sind sie auch nicht. Sie greifen jeden an, der ihnen in ihren unterirdischen Behausungen begegnet, unabhängig davon, ob es Freunde oder Feinde sind. Aber auch wenn dem nicht so wäre, müssen wir davon ausgehen, dass sie Caldes folgen, sonst hätte er sie wahrscheinlich getötet«, erklärte Casto.

Sie durchquerten die Höhle, in der die Knochen den Boden bedeckten. »Waren das auch Höhlenmankuren?«

»Ja, wahrscheinlich diejenigen, die nicht bereit waren, sich in Caldes‹ Dienst zu stellen«, entgegnete Casto mit einem recht gleichgültigen Ton.

Den Rest des Weges ließen sie schweigend hinter sich. Als sie den Berg der Verdammnis verließen, ging die Sonne bereits unter. Der Himmel war von einem düsteren roten Nebel bedeckt, und die Sonne erschien wie eine blutrote Kugel. Verzweifelt blickte Shira in die Ferne. Das Tal des Vergessens wirkte in dem roten Dunst noch beängstigender.

Auch Casto ereilte ein unbehagliches Gefühl, als er den roten Nebel betrachtete. »Du musst allein weitergehen. Ich muss zurück in die Festung des Lichts.«

»Das kannst du doch nicht machen. Ich weiß doch nicht mal, wo ich hingehen soll.«

»Geh zum Marmitatal, ich werde zurückkommen, bevor du es erreichst, versprochen. Außerdem kannst du mich rufen, wenn du mich brauchst.«

»Sicher, das konnte ich immer, und trotzdem warst du nie da«, gab Shira vorwurfsvoll zurück.

»Ich sagte doch, ich verspreche es dir.«

»Deine Versprechen mir gegenüber haben ihren Wert verloren.«

Casto wusste nicht, was er dazu sagen sollte. »Ich muss gehen«, sagte er nach kurzem Schweigen. Dann verschwand er und ließ Shira in ihrer Verzweiflung zurück.

***

Caldes und Dracon waren im großen Versammlungssaal in der Festung des Lichts, er war leer, und die großen Statuen der einstigen

Oberen bewachten als Einzige die acht schweren Holztüren. Caldes lähmte Dracon, der vor einer der Türen lag, durch den Zauber immer noch.

»Ruf sie! Ruf die Oberen.«, forderte Caldes ihn auf.
Dracon grinste spöttisch. »Das werde ich ganz sicher nicht.«
»Ruf sie, sofort!«, brüllte Caldes.
»Oder was? Oder du tötest mich?«
»Das hättest du wohl gern.« Caldes sah ihn verärgert an und dachte nach.
»Es war dumm von dir, Nevim zu töten«, versuchte Dracon ihn abzulenken.
»Dumm? Nein, er war nur ein Mittel zum Zweck. Oder hast du wirklich geglaubt, ich würde ihm den goldenen Drachenkopf überlassen?« Caldes drehte sich um und betrachtete den Saal. »Es ist lange her, dass ich hier gewesen bin, und doch hat sich kaum etwas verändert.« Dann betrachtete er den Drachenkopf in seiner Hand und wurde in seinen Bann gezogen. Er erinnerte sich daran, wie er erfahren hatte, dass diese mächtige Reliquie immer noch existierte. Dann dachte er an seinen älteren Bruder, und ihn packte die Wut, als ihm einfiel, dass Carito ihn opfern wollte. Aber er war schneller gewesen. Caldes hatte seinen älteren Bruder überlistet, und dieser hatte bekommen, was er verdient hatte, dachte Caldes zufrieden. Während er, in seine Gedanken vertieft, den Drachenkopf betrachtete, löste sich der Zauber, der Dracon am Boden hielt.

Caldes hatte ihm immer noch den Rücken zugekehrt und schien seinen Fehler nicht zu bemerken. Dracon stand langsam auf, vorsichtig drückte er die schwere Holztür auf, die sich trotz ihres Gewichts lautlos öffnen ließ.

Caldes starrte immer noch den Drachenkopf an, über Carito waren seine Gedanken zu Casto gekommen. Auch ihn hatte er getötet, nun fehlten nur noch die anderen Oberen. Aber auch sie würde er bald töten, er musste sie finden. Dieser Gedanke holte ihn zurück, und er löste seinen Blick von dem Drachenkopf. Verwundert stellte er fest, dass Dracon verschwunden war.

»Was für ein dummes Missgeschick«, sagte er laut zu sich selbst. Er ging durch die Tür, und vor ihm erstreckte sich der endlose Gang, der durch den grünen Teppich und den Schein der Fackeln kaum beängstigend wirkte, obwohl er ins Nichts zu führen schien. Caldes versuchte, einen Raum zu öffnen. Doch die Zauber, die ihm aus seiner

Kindheit noch bekannt waren, brachten nicht eine einzige Tür zum Vorschein. Die Zaubersprüche waren geändert worden, wie Caldes verärgert feststellen musste. Wütend versuchte er, den Drachenkopf zu nutzen, um die Tür zu öffnen, durch die Dracon geflohen war. Die Wände begannen zu zittern, ein rotglühendes Licht, dessen Quelle der goldene Drachenkopf war, färbte das Gestein um ihn herum rot. Sein ganzer Körper bebte, während vor ihm eine Tür flackernd erschien. Doch Caldes verließ plötzlich seine Kraft. Er sank auf die Knie, und die Tür vor ihm verschwand wieder.

Schwer atmend kniete er am Boden, den goldenen Drachenkopf hielt er immer noch fest in der Hand. Er betrachtete ihn nachdenklich. Genau wie die magische Sprache wurde der goldene Drachenkopf von der Magie seines Nutzers genährt, was seine Macht für sterbliche Wesen begrenzte. Dessen war sich auch Caldes bewusst gewesen, doch hatte Nevim ihm Unsterblichkeit verliehen, was ihn dazu befähigen sollte, den Drachenkopf uneingeschränkt zu nutzen. Die Festung des Lichts war von Lynea erschaffen worden, und es war ein sehr mächtiger Zauber, der dort wirkte. Caldes erklärte sich sein Versagen damit, dass Lyneas Zauber nur durch sie selbst gelöst werden konnte.

Langsam kehrten seine Kräfte zurück. Er stand auf und ging in den großen Versammlungssaal zurück. Er stellte sich in die Mitte des Raumes und brüllte laut: »Ich werde euch alle töten, jeden Einzelnen von euch, genau wie eure Eltern.« Voller Zorn zerstörte er durch seine Gedanken und mithilfe des Drachenkopfes die riesigen Statuen der ersten Oberen. Eine nach der anderen zerbarst mit einem lauten Knall in tausend kleine Stücke.

***

Dracon war in die Höhle des ewigen Feuers gegangen, um sich ein Schwert zu holen. Die Flamme, die am Fuße dunkelblau war und an der Spitze so hell, dass es in den Augen schmerzte, wenn man ungeschützt hineinsah, reichte aus, um als einzige Lichtquelle die große Höhle zu erhellen. Dracon nahm sich eines der Schwerter, die neben dem Feuer standen, und blickte sich um. Er wusste nicht, ob Caldes ihm folgen konnte. Es war möglich, dass er die entsprechenden Zauber, die er benötigte, um in die verschiedenen Räume zu gelangen, nicht kannte. Aber dann könnte er sich mithilfe des goldenen Drachenkopfes dort hinbegeben. Doch dafür würde er die Räume kennen müssen, um sie sich vorzustellen.

Dracon stand mit dem Rücken an der Wand, das Schwert mit beiden Händen fest im Griff, und schaute nervös hin und her. Sicher war auch Caldes schon einmal in der Höhle des ewigen Feuers gewesen. Genau wie der große Versammlungssaal war sie ebenso alt wie die Festung des Lichts selbst. Es war nicht ausgeschlossen, dass Caldes jeden Augenblick auftauchte. Während Dracon sich umsah, fielen ihm die Pfeile aus magischem Eisen auf. Ein Bogen allerdings fehlte. Aber er wusste, dass einer bei ihm in der Schlafkammer war, also nahm er sich auch noch die Pfeile und begab sich dorthin.

***

Mit Schwert, Pfeil und Bogen bewaffnet ging er zurück zum großen Versammlungssaal. Vorsichtig öffnete er eine der schweren Holztüren. Diesmal eine andere als die, durch die er den Raum zuvor verlassen hatte. Vorsichtig schob er sie einen kleinen Spalt auf und zuckte vor Schreck zusammen, als nur wenige Meter entfernt eine der Statuen zersprang.

Er zog die Tür schnell wieder zu, um sich vor den herabstürzenden Trümmern zu schützen. Er wartete einige Sekunden, bevor er die Tür langsam wieder öffnete. Caldes stand mit dem Rücken zu ihm und betrachtete die Staubwolken, die sich langsam über den Trümmern niederlegten. Dracon spannte den Bogen. Er zielte genau auf Caldes‹ Herz, während dieser hämisch lachte, seine Nasenlöcher rümpfte und mit seiner gespaltenen Zunge züngelte. »Ich kann dich riechen«, sagte er.

Dracon ließ die Sehne aus seinen Fingern gleiten, beinahe im gleichen Augenblick drehte sich Caldes zu ihm um. Der Pfeil streifte ihn an der Schulter und hinterließ eine blutige Wunde. Überrascht blickte Caldes kurz auf die Verletzung, wandte sich dann aber Dracon zu, der bereits den zweiten Pfeil in den Bogen spannte. Doch der Bogen wurde ihm von einer unsichtbaren Kraft aus der Hand gerissen, und der lähmende Schmerz, der ihn auf den Boden zwang, breitete sich wieder in seinem Körper aus.

Caldes grinste wieder zufrieden und ging langsam auf Dracon zu. »Hast du wirklich geglaubt, du könntest mich besiegen? Du kannst mich nicht töten. Dank Nevim bin ich unsterblich.« Ein diabolisches Lachen hallte durch den Saal.

Dracon sah auf die Wunde an Caldes' Schulter, die sich fast wieder geschlossen hatte. Als Casto ihn mit dem Schwert durchbohrt hatte, war kein Blut zu sehen gewesen. Daraus schloss Dracon, dass Nevims Zauber nicht mehr wirkte. Die Verletzung an Caldes' Arm heilte durch die Magie des goldenen Drachenkopfes. »Du irrst dich. Du warst nur durch Nevim unsterblich, durch seinen Tod hast du dir dieses Privileg selbst wieder genommen.«

Caldes wollte ihm widersprechen, aber er blickte auf seine Wunde, und ihm wurde bewusst, dass Dracon recht hatte. Das war auch der Grund, warum für ihn die Macht des goldenen Drachenkopfes begrenzt war, wie er nun feststellte. »Das wird mich nicht daran hindern, dich und die Oberen zu vernichten«, sagte er mit Wut erfüllter Stimme. »Du kommst mit mir. Vielleicht liegt den Oberen ja doch etwas an dir. Wenn sie versuchen, dich zu retten, werde ich sie töten. Und für den Fall, dass sie sich weiterhin hier verkriechen, habe ich noch einen anderen Plan. Aber zunächst werde ich dafür sorgen, dass du mir nicht noch einmal entkommst.« Caldes packte Dracons Arm und wenige Sekunden später waren sie in der Waffenkammer. Hier waren auch die Handschellen aus magischem Eisen gelagert. Caldes hatte sie kaum erblickt, da flogen sie auch schon an Dracons Handgelenke und verschlossen sich ruckartig.

Der brennende Schmerz verschwand, und er konnte sich wieder bewegen, doch bevor er sich aufrichten konnte, rammte Caldes ihm eine Klinge durch sein Bein. Er zog sie wieder heraus und stach ein zweites Mal zu.

»Ich will nur sichergehen, dass du nicht gleich wieder wegrennst«, erklärte Caldes und blickte in Dracons schmerzverzerrtes Gesicht.

Sein hämisches Grinsen machte Dracon wütend, und er versuchte, mit zusammengebundenen Händen sein Schwert vom Rücken zu ziehen. Caldes unterbrach seine Bewegung mit einem Schwerthieb auf seinen Unterarm. Die Klinge hinterließ eine tiefe Fleischwunde, die bis zum Knochen reichte.

»Du solltest mich nicht zu sehr verärgern, es liegt ganz bei dir, wie viel Schmerz du noch ertragen musst, bevor ich dich töte.«

Dracon sah in zornig an. Er wollte aufstehen, aber ihm war bewusst, dass er damit nichts erreichen würde, er würde nur eine weitere Verletzung riskieren.

Caldes nahm ihm das Schwert ab und warf es zur Seite, dabei fiel ihm die goldene Kette ins Auge, die Dracon um den Hals trug. Mit seinen knochigen Fingern packte er sie und zog das Amulett aus Dracons Wams. »Was haben wir denn da«, sagte Caldes erfreut.

Zu Dracons Überraschung war der kleine Drache, der sich im Finsterfluchforst aus dem Amulett gelöst hatte, um ihnen den Weg zu weisen, wieder da.

Mit einem heftigen Ruck riss Caldes ihm die Kette vom Hals. »Find dich damit ab. Du kannst nicht gewinnen«, gab Caldes überlegen von sich, während er das Amulett betrachtete.

»Das wird sich noch herausstellen«, flüsterte Dracon, woraufhin Caldes lachte.

»Du hast die Hoffnung immer noch nicht aufgegeben. Das macht die Sache ein wenig interessanter für mich.« Wieder packte er Dracon am Arm, dabei krallte er absichtlich seine dünnen, spitzen Finger in die tiefe Wunde.

Dracon stieß einen kurzen, schmerzerfüllten Schrei aus, der durch den Raum hallte. Im nächsten Augenblick fand sich Dracon neben einem Brunnen auf einem Marktplatz wieder. Es war Sonnenuntergang, und ein blutroter Schleier, der in der Luft lag, ließ die Sonne wie eine blutende Kugel erscheinen. Einige Sekunden lang betrachtete er den blutroten Feuerball, bevor er sich umblickte. Sie waren in Dradonia. Dracon sah mehrere Mankuren auf den Straßen, einige liefen nur wenige Meter an ihnen vorbei, aber sie schienen sich vor Caldes nicht zu fürchten. Dann sah er Sclavizar, der, gefolgt von drei Kriegern aus der herrschaftlichen Armee, auf sie zukam.

»Erkennst du die Stadt wieder? War es nicht hier, wo dich der Pfeil traf, der dich beinahe getötet hätte? Welch eine Ironie, dass du nun durch meine Hand, in dieser Stadt sterben wirst.«

»Was hast du mit den Bewohnern gemacht?«, fragte Dracon. Er verstand nicht, warum niemand Angst vor Caldes zu haben schien, im Gegenteil, es machte vielmehr den Eindruck, als stünden sie auf seiner Seite. Einige von ihnen betrachteten Caldes neugierig aus der Ferne, waren aber kaum überrascht, ihn zu sehen.

»Ihnen wurde nur mitgeteilt, dass es nicht klug ist, auf der Seite der Verlierer zu stehen«, entgegnete Caldes zufrieden.

»Seid gegrüßt, Meister. Ich freue mich zu sehen, dass ihr endlich wieder frei seid«, begrüßte ihn Sclavizar.

Caldes nickte anerkennend. »Das ist in der Tat erfreulich. Allerdings haben sich meine Pläne geändert. Sorge dafür, dass er nicht flieht. Ich werde bald zurück sein.« Sclavizar nickte und blickte zu Dracon. Caldes sah ihn ebenfalls an und sagte: »Ich möchte ihn lebend, aber sollte er zu viel Ärger machen, töte ihn, bevor er entkommt.« Er warf Dracon noch ein verschmitztes Lächeln zu, bevor er verschwand.

Zwei der Krieger packten Dracon unter den Armen und zogen ihn hoch. Er kannte sie. Es war lange her, aber er erinnerte sich an sie. Luro und Steban waren ihre Namen. Es waren etwa zehn Jahre vergangen, seit sie mit ihm in der Festung des Lichts trainiert wurden. Luro hatte langes blaues Haar, und die Haut in seinem Gesicht war mit kleinen blauen Sommersprossen übersät. Steban war relativ klein, aber sehr breit und muskulös gebaut. Mit seinem weit vorstehenden Unterkiefer, aus dem zwei große Eckzähne herausragten, hatte er ein sehr markantes Aussehen. Den dritten Krieger kannte Dracon nicht. Er war schon älter, wirkte aber durch seine Größe und seine kantigen Gesichtszüge sehr mächtig. Er stand vor Dracon und hielt ihm sein Schwert an den Hals. »Mach keine Dummheiten.«

Sclavizar führte sie zu einem der Häuser, während die anderen Männer Dracon hinter sich her schleiften. Das Haus, das sie betraten, befand sich nicht weit vom Marktplatz entfernt. Es war nicht sehr groß. Es gab nur einen Raum, in dessen Mitte ein Tisch mit vier Stühlen stand. Daneben gab es eine Kochstelle, und auf der gegenüberliegenden Seite war ein Kamin. Luro und Steban ließen Dracon neben dem Kamin auf den Boden fallen und setzten sich an den Tisch, wo der dritte Krieger bereits Platz genommen hatte.

Sclavizar stand noch an der Tür und betrachtete Dracon, der, mit dem Rücken gegen die Wand gelehnt, am Boden saß. Die Wunde an seinem Arm blutete immer noch stark, genau wie die Einstiche in seinem Bein. Die Handschellen aus magischem Eisen verhinderten, dass die Verletzungen heilten. Er machte nicht den Eindruck, als hätte er noch die Kraft, um einen Fluchtversuch zu wagen. »Ich habe noch etwas zu erledigen, kann ich euch mit ihm allein lassen?«, fragte Sclavizar.

»Gewiss doch, wir werden ihn sicher nicht entkommen lassen«, versicherte Luro.

Sclavizar nickte. »Ich werde noch vor Sonnenaufgang zurück sein.«

Dracon sah die drei Mankuren am Tisch verachtend an. »Warum macht ihr das? Wieso habt ihr euch mit Caldes verbündet?«, fragte er sie.

Steban stand auf und trat an ihn heran. »Wer ihm nicht folgt, wird sterben oder ist bereits tot. Außerdem ist es nur eine Frage der Zeit, bis er die Oberen besiegt und die Herrschaft an sich gerissen hat.«

»Als ihr der herrschaftlichen Armee beigetreten seid, habt ihr euch verpflichtet, das Land zu beschützen. Es sollte für euch selbstverständlich sein, lieber zu sterben, als euch mit Caldes zu verbünden«, sagte Dracon.

»Das sollte es. Doch wenn man tatsächlich zwischen Leben und Tod wählen muss, ist es nicht leicht, sich für den Tod zu entscheiden.«

»Das sind die Worte eines Feiglings«, bemerkte Dracon abfällig.

»Sei vorsichtig mit dem, was du sagst!«

»Warum sollte ich? Weil du die Wahrheit nicht verkraftest?«

Kaum hatte Dracon das gesagt, schlug Steban ihm mit der Faust ins Gesicht. »Du scheinst dich für den Tod entschieden zu haben. Zwing mich nicht dazu, Caldes die Arbeit abzunehmen«, drohte Steban und setzte sich wieder an den Tisch.

Dracon sah die anderen beiden an. Er hätte gern gewusst, was sie dachten. Es schien ihm, als würden sie Caldes nicht freiwillig folgen. Aber vielleicht täuschte er sich auch, weil er es sich einfach nicht vorstellen konnte. Dracon wurde bewusst, dass es sinnlos wäre, weiter mit ihnen zu diskutieren. Er ließ seinen Blick durch den Raum schweifen und dachte darüber nach, wie er entkommen könnte. Doch schien es ihm beinahe aussichtslos zu sein. Niedergeschlagen schloss er seine Augen. Er war so erschöpft, dass er einschlief, aber der Schmerz in seinem Arm riss ihn kurze Zeit später wieder aus dem Schlaf.

Im ersten Augenblick wusste er nicht, wo er war, und schaute sich erschrocken um, aber es dauerte nicht lange, bis ihm alles wieder einfiel. Die drei Mankuren saßen immer noch am Tisch, auf dem eine Kerze, die fast abgebrannt war, flackerte, und schliefen. Ludo saß breitbeinig auf dem Stuhl und hatte den Kopf in den Nacken gelegt. Seine Hände umschlossen den Griff seines Schwertes, dessen Klinge zwischen seinen Beinen auf dem Boden stand. Steban lag mit dem Kopf auf dem Tisch, während der dritte Krieger ähnlich wie Ludo dort saß, nur hatte er sein Schwert auf den Tisch gelegt.

Dracon versuchte aufzustehen. Er sackte wieder zusammen, als er sein Gewicht auf das verletzte Bein verlagerte. Doch sein Wille war stärker als der Schmerz, und er schleppte sich langsam vorwärts. Er nahm das Schwert vom Tisch. Seine Hände waren durch die Handschellen direkt an den Handgelenken miteinander verbunden, und er musste es mit beiden Händen greifen.

Die drei Mankuren schliefen immer noch, und er dachte daran, einfach zu gehen. Aber er würde nicht viel Zeit haben, um die Stadt zu verlassen, und in seinem Zustand war es unmöglich, schnell genug zu entkommen. Wenn er Zeit gewinnen wollte, musste er die drei Mankuren töten. Er durchbohrte dem ersten die Brust, sodass er genau sein Herz traf, und tötete ihn lautlos. Dann wandte er sich Ludo zu, holte zum Schlag aus und enthauptete ihn, dabei wurde Steban wach.

Er sprang sofort auf und ging mit erhobenem Schwert auf Dracon los. Mit Mühe gelang es Dracon, den Schlag abzuwehren. Dabei hielt er seine Klinge direkt vor seinen Kopf. Aber Steban war schnell und schwang sein Schwert von der Seite. Dracon versuchte, nach hinten auszuweichen, und stieß an den Tisch. Die Klinge streifte über seinen Bauch und hinterließ einen tiefen Schnitt. Steban holte erneut zum Schlag aus. Doch bevor er zuschlagen konnte, schwang Dracon sein Schwert von der Seite unter Stebans Brustkorb durch und durchtrennte seinen Körper.

Dracon starrte einen Augenblick lang auf die Leichenteile vor ihm. Er steckte das Schwert in die Scheide auf seinem Rücken und schleppte sich mit letzter Kraft zur Tür. Vor dem Haus war niemand zu sehen, die Straßen waren leer, nur am Marktplatz liefen einige Wachen herum, die durch ihre Fackeln deutlich zu sehen waren.

Dracon verließ das Haus, dabei konnte er sich kaum auf den Beinen halten und schaffte nur wenige Schritte, bevor er hinfiel. Neben dem Haus war eine schmale Gasse, in die er hineinkroch. Er konnte nicht mehr aufstehen, und er blieb am Anfang der Gasse liegen. Verzweifelt sah er auf die Handschellen, wenn er überleben wollte, musste er sie irgendwie loswerden. Aber es war unmöglich, sie ohne fremde Hilfe zu öffnen, und mit seiner letzten Kraft verließ ihn auch die Hoffnung.

Hoffnung und Verzweiflung

Ilas ging die Häuser entlang, vorbei an einer schmalen Gasse. Er tat noch einige Schritte, blieb dann aber stehen. Er glaubte, etwas gesehen zu haben. Vielleicht war es nur ein Schatten, der durch den Schein seiner Fackel entstanden war, aber er wollte es genau wissen und ging zurück.

In der Gasse lag jemand. Ilas blickte sich um. Er musste sichergehen, dass ihn niemand beobachtete. Seitdem Dradonia von Caldes' Truppen eingenommen worden war, hatte er sich versteckt und zeitweise so getan, als gehöre er zu ihnen. So hatte er überlebt. Damit das so blieb, durfte er keinen Fehler machen. Die anderen Wachen liefen etwas weiter von ihm entfernt entlang und beachteten ihn nicht.

Vorsichtig näherte er sich dem reglosen Körper und blieb geschockt stehen, als er Dracon erkannte. Er hatte die Augen geschlossen und bewegte sich nicht. Ilas betrachtete seine Verletzungen, dann sah er die Handschellen. Er nahm sie in die Hand, dabei zog er Dracons Arme ein Stück nach vorne, und dieser stöhnte auf. Ilas wusste nicht, wie die Handschellen geöffnet wurden. Nervös suchte er nach einem Schließmechanismus. Doch schienen sie aus einem Stück gegossen zu sein. Nichts an ihnen ließ erkennen, dass sie geöffnet werden konnten. Das Einzige, was auf der anthrazitfarbenen Oberfläche zu erkennen war, waren zwei kleine Gravierungen auf den Außenseiten, die das Wappen der Oberen darstellten.

»Dracon, wach auf! Bitte, wach auf!«

Dracon öffnete die Augen. »Ilas?!«, sagte er verwirrt. Dracon war sich nicht sicher, ob Ilas wirklich da war oder ob er träumte.

»Wie kann ich die Handschellen öffnen?«, wollte Ilas wissen.

Dracon blickte auf seine Hände und auf die Handschellen, dann sah er Ilas wieder an. »Was machst du hier?«, fragte er ungläubig.

Ilas blickte sich nervös um. Überall liefen Wachen entlang, es würde nicht lange dauern, bis einer von ihnen sie entdecken würde. »Das erkläre ich dir später. Sag mir, wie ich die Handschellen öffnen kann.«

»Du musst die beiden Gravierungen gleichzeitig drücken.«

Ilas tat, was Dracon sagte, und ein gezacktes Muster erschien auf der Oberfläche, aber die Handschellen waren immer noch verschlossen. »Und was jetzt?«

»Siehst du die beiden Pyramiden?«

»Ich sehe Dreiecke, das ist eine Gravur«, sagte Ilas.

»Nimm sie, eine Fläche der beiden Pyramiden ist identisch, die musst du zusammenfügen«, erklärte Dracon.

Ilas sah ihn verwirrt an und fragte sich, ob Dracon wusste, wovon er sprach. »Wie soll ich sie nehmen, es sind Gravierungen.«

»Es ist eine optische Täuschung«, bemerkte Dracon.

Ilas fuhr mit dem Finger über eines der Dreiecke und stellte erstaunt fest, dass es nicht bloß eine Gravierung war, sondern ein dreidimensionales Gebilde. Es war nicht zu sehen, aber er konnte es fühlen. Er nahm in jede Hand eine Pyramide und fügte sie zusammen. Daraufhin änderte sie ihre Form in zwei Spiralen. Ilas sah verwundert die beiden Gebilde, die nicht aus Materie bestanden und sich dennoch anfassen ließen, in seiner Hand an.

Dracon war gleichermaßen verwundert. Er kannte viele Schließmechanismen der magischen Handschellen, aber dieser war ihm nicht bekannt. Er fragte sich, was Casto sich bei dieser Form gedacht hatte und wie die beiden Teile zusammengefügt werden mussten, um den Schlüssel zu formen.

»Was soll ich jetzt machen?«, wollte Ilas wissen.

»Ich weiß es nicht. Ich denke darüber nach.«

»Dann denk schneller. Es wird nicht lange dauern, bis uns hier jemand sieht.«

»Ja, ich weiß«, Dracon klang nervös. Er konnte sich nicht konzentrieren, er hatte kaum die Kraft, die Augen offen zu halten. »Zeig mir noch mal die Formen«, forderte er Ilas auf. Als er die beiden Spiralen betrachtete, kam er auf eine Idee. »Dreh sie ineinander, sodass sie eine Röhre bilden.«

Ilas tat, was er sagte, und die Form änderte sich wieder. Es war eine Pyramide, etwas spitzer als die beiden zuvor.

»Das ist der Schlüssel«, sagte Dracon erleichtert.

»Bring ihn auf die Gravierung zurück und dreh ihn nach rechts und drücke ihn anschließend rein.«

Ilas nickte. Immer noch erstaunt darüber, wie wenig er seinen Augen trauen konnte, schloss er die Handschellen auf.

Dracon spürte, wie seine Kräfte zurückkehrten, und sah Ilas erleichtert an. »Du glaubst gar nicht, wie froh ich bin, dich zu sehen«, sagte er.

»Ich kann es mir vorstellen. Wer hat dir das angetan?«

»Caldes, hauptsächlich.«

»Du warst bei ihm? Im Berg der Verdammnis?«, fragte Ilas sichtlich verwirrt.

»Ich war nicht nur bei ihm, ich habe ihn befreit«, gestand Dracon.

»Du hast was?« Ilas starrte ihn fassungslos an. »Warum hast du das getan?«

Dracon lächelte betreten. »Shira und ich wollten ihn töten, aber Nevim und er besiegten uns. Caldes tötete Nevim und nahm den goldenen Drachenkopf an sich.«

»Nevim? Goldener Drachenkopf?« Ilas wusste nicht, wovon Dracon sprach.

»Vergiss es einfach«, winkte Dracon ab. Ihm wurde bewusst, dass Ilas mit dem, was er erzählte, nichts anfangen konnte. »Caldes ist wieder frei. Er hat mich hierhergebracht, und es wird sicher nicht lange dauern, bis er zurückkommt.«

»Und wo ist Shira?«, fragte Ilas vorsichtig.

Dracon sah ihn bestürzt an, sagte aber nichts. Doch das brauchte er auch nicht, die Trauer in seinen Augen machte Ilas unmissverständlich klar, dass sie tot sein musste. »Das tut mir leid«, flüsterte er. »Was hast du nun vor?«

»Ich werde Caldes töten«, antwortete Dracon entschlossen.

»Und wie willst du das machen? Willst du hier auf ihn warten? Die Stadt ist voller Mankuren und Menschen, die alle auf seiner Seite stehen. Du kannst sie nicht allein besiegen.«

»Das habe ich auch nicht vor. Wir sollten so schnell wie möglich aus der Stadt verschwinden, solange es dunkel ist, haben wir bessere Chancen.«

Ilas war erleichtert, als er hörte, dass Dracon es bevorzugte, die Stadt zu verlassen. Doch auch das würde nicht leicht werden. »Die Stadttore sind verschlossen und werden von mindestens fünf Todschatten bewacht«, gab Ilas zu bedenken und blickte Dracon fragend an. »Wirst du mit denen fertig?«

»Wenn du mir hilfst, können wir es schaffen.«

»Ich habe kein Schwert aus magischem Eisen.«

»Dann werden wir dir eins besorgen«, entgegnete Dracon zuversichtlich. Seine Wunden waren fast geheilt, und er stand auf. »Komm mit«, forderte er Ilas auf. Er spähte aus der Gasse hinaus. Auf der anderen Seite liefen drei Wachen, die ihnen aber keine Beachtung schenkten.

Langsam ging Dracon die Hauswand entlang Richtung Tür und blieb an dem Fenster stehen. Er warf einen Blick hinein. Sclavizar stand mit dem Rücken zur Tür vor dem Tisch. Dracon schlich geduckt am Fenster vorbei zum Eingang, und Ilas folgte ihm. Lautlos öffnete Dracon die Tür. Sclavizar stand direkt vor ihm, er tippte ihm auf die Schulter. Als er sich umdrehte, schlug Dracon ihm seine Faust ins Gesicht, und er ging zu Boden. Er zog sein Schwert und drückte Sclavizar, der noch benommen war vom Schlag, die Klinge an den Hals. »Gib mir die Handschellen«, bat Dracon Ilas, der gerade hinter ihm die Tür schloss.

Während Dracon Sclavizar die Handschellen anlegte, betrachtete Ilas angewidert die drei Leichen. Dann sah er die beiden Schwerter aus magischem Eisen am Boden liegen und nahm sich eins.

Dracon hatte Sclavizar am Kragen gepackt und hielt ihn mit einer Hand vor sich in der Luft. »Wo ist Caldes?«, fragte Dracon mit bedrohlichem Ton.

»Ich weiß es nicht.« Sclavizars Stimme zitterte vor Angst.

»Was hat er vor?«, wollte Dracon wissen.

Sclavizar fürchtete sich vor Dracon, doch seine Furcht vor Caldes war größer. »Er hat es mir nicht gesagt«, stammelte er.

Dracon wusste, dass er log, und las dessen Gedanken. Dann stieß er Sclavizar so heftig von sich, dass der gegen den Tisch flog. Dracon ging auf ihn zu. Halb gegen das Tischbein gelehnt, kniete Sclavizar geduckt vor ihm und zitterte am ganzen Leib, als Dracon mit seinem Schwert zum Schlag ausholte. Aber als er Sclavizar betrachtete, nahm er das Schwert wieder herunter. Es schien ihm nicht richtig zu sein, jemanden zu töten, der in Handschellen am Boden kniete.

Ilas war verwundert über Dracons Handeln. »Warum tötest du ihn nicht? Er wird uns verraten.« Er erntete einen überraschten, nachdenklichen Blick.

Dann zuckte Dracon mit den Schultern, steckte das Schwert weg, packte Sclavizar erneut am Kragen und zog ihn wieder hoch. Er schlug ihm wieder mit der Faust ins Gesicht, sodass dieser bewusstlos wurde, und ließ ihn auf den Boden fallen. »Hast du ein Schwert?«, fragte er schließlich.

Ilas nickte, und die beiden verließen das Haus. Im Schutze der Dunkelheit gelangten sie ungesehen zum westlichen Stadttor. Die Todschatten standen nebeneinander mit dem Rücken zum Stadttor und beobachteten aufmerksam die Straßen.

Dracon und Ilas standen hinter dem äußersten Haus, das etwa zwanzig Meter vom Westtor entfernt war. Dazwischen befand sich eine freie Fläche, die es ihnen unmöglich machte, ungesehen zur Stadtmauer zu gelangen. Sie würden mit allen fünf Todschatten gleichzeitig fertig werden müssen. Außerdem war das Tor verschlossen und musste mit einer schweren Winde, die sich neben der großen Flügeltür befand, geöffnet werden, was nicht sehr schnell ging.

Dracon teilte Ilas seine Bedenken mit. »Kannst du das Tor nicht mit Magie öffnen?«, fragte Illas.

Dracon dachte nach. Dann fiel ihm etwas ein. »Doch, ich denke schon.«

»Gut, ich werde zu ihnen gehen. Sie werden mich nicht sofort angreifen, schließlich gehen sie davon aus, dass ich ihren Befehlen gehorche. Wenn du das Tor öffnest, kurz bevor ich sie erreicht habe, sind sie sicher abgelenkt. Mit ein wenig Glück werde ich diesen Vorteil nutzen können und einen von ihnen töten. Aber dann solltest du sofort zur Stelle sein.«

Dracon schüttelte den Kopf. »Ich habe eine bessere Idee. Gib mir deine Hand.«

Ilas wunderte sich und reichte ihm etwas zögerlich seine Hand.

»Invisar por odra.«

Ilas blickte auf seine Hand, die langsam vor seinen Augen verschwand. Als wäre sie aus Glas, konnte er nur noch leichte Konturen erkenne. Dann sah er zu Dracon, der war ebenfalls verschwunden, aber seine Silhouette konnte Ilas noch sehen.

»Für andere sind wir komplett unsichtbar«, erklärte Dracon.

»Du meinst, wir können einfach an ihnen vorbeilaufen?«

»So einfach wird es nicht. Die Todschatten können uns zwar nicht sehen, aber sie können uns immer noch hören und riechen. Wir müssen also schnell sein. Bist du bereit?«

Ilas nickte zustimmend, und sie gingen lautlos auf die Todschatten zu. Zwei von ihnen konnten sie sofort töten. Doch die anderen drei ließen sich nicht mehr beirren. Einer von ihnen packte Ilas am Arm, und dieser wurde sofort wieder sichtbar. Der eisige Griff ließ Ilas erstarren. Der

Todschatten blickte ihn mit glühenden Augen an und zwang Ilas, ihm zu gehorchen.

Dracon hatte die anderen beiden Todschatten bereits getötet und öffnete das Tor. »Abepaso«, rief er, als Ilas mit erhobenem Schwert auf ihn zu rannte. Dracon wehrte Ilas mit einer Energiekugel ab, die ihn zu Boden riss, wo er bewusstlos liegen blieb. Der Todschatten, der zuvor Ilas gepackt hatte, stand bereits neben Dracon, aber er war nicht schnell genug und konnte dem tödlichen Schwerthieb Dracons nicht entfliehen.

Dracon blickte sich nervös um. Er sah, dass einige Wachen aus der Stadt die Straße hinunterkamen, und hob Ilas vom Boden auf. Das Tor war noch in Bewegung und noch nicht weit geöffnet. Mit Ilas über der Schulter zwängte er sich durch die beiden Flügeltüren hinaus. »Deabepaso«, flüsterte er. Die Türen stoppten sogleich in der Bewegung, um sich dann wieder in die andere Richtung zu schließen.

Er war nur wenige Schritte gelaufen, als Ilas wieder wach wurde. Dracon erschrak und ließ ihn unsanft zu Boden fallen. Ilas kniete vor Dracon, der immer noch unsichtbar war, und starrte ihn mit leerem Blick an.

»Ilas, hörst du mich? Ilas, bitte, bitte komm zurück«, sagte Dracon verzweifelt. Dabei hielt er Ilas an den Schultern und schüttelte ihn leicht. Als er dabei auf seine Hände blickte, bemerkte er, dass Ilas ihn gar nicht sehen konnte. »Exembru«, sprach er und löste damit den Zauber.

Der leere Blick von Ilas wich einem Ausdruck von Verwirrung. Ilas kam wieder zu sich und versuchte zu begreifen, was geschehen war. »Was ist passiert?«, fragte er.

Dracon war erleichtert. »Steh auf! Wir müssen hier weg«, forderte er Ilas auf, der immer noch etwas verwirrt war, aber Dracon, ohne weiter nachzufragen, folgte.

Nach zwanzig Minuten blieb Ilas stehen und stützte sich auf seinen Knien ab. »Es tut mir leid, aber ich brauche eine Pause«, schnaufte er. Dracon blickte zurück, sie waren bereits im Wald, und es hatte nicht den Anschein, als würden sie verfolgt werden. Ilas bewunderte immer wieder diese scheinbar unerschöpfliche Energie der Mankuren. Im Gegensatz zu ihm war Dracon kein bisschen außer Atem.

»Wir müssen weitergehen«, bestimmte Dracon, und schaute sich aufmerksam um. Die Morgendämmerung und der rote Schleier in der Luft ließen den Wald in einem beängstigenden Licht erscheinen.

Ilas richtete sich wieder auf, und sie gingen weiter. »Was ist da eben geschehen?«, fragte Ilas, während sie immer tiefer in den Wald liefen.

Dracon blieb stehen und sah Ilas skeptisch an. Er fragte sich, warum Ilas in Dradonia gewesen war, obwohl er nicht unter dem Einfluss der Todschatten gestanden hatte. Diese Frage war ihm zuvor gar nicht in den Sinn gekommen, doch nun war er plötzlich verunsichert und wusste nicht, ob er ihm überhaupt vertrauen konnte. Vielleicht hatte Caldes auch ihn mit einem Zauber belegt. »Das wollte ich dich eigentlich fragen«, sagte er zu Ilas. »Warum wirkt der Zauber der Todschatten bei dir nicht?«

»Ich bin mir nicht sicher, aber ich glaube, es liegt daran.« Ilas holte das goldene Haar, das Edisna ihm gegeben hatte, aus seiner Hosentasche.

»Was ist das?«

»Ein Haar vom Fell der Maraffenkönigin. Sie hat es mir gegeben und gesagt, es würde mich nicht davor bewahren, den Todschatten zu folgen, aber es würde mir helfen können, mich aus ihrem Bann zu befreien.«

»Du warst bei Edisna?«, fragte Dracon überrascht.

»Ja, nachdem ich in Bergan gewesen bin, wollte ich zu meinem Vater. Auf dem Weg dorthin bin ich einigen Todschatten begegnet, die von einer Gruppe Menschen begleitet wurden.« Ilas erzählte Dracon von seinen Erlebnissen der vergangenen Tage.

»Und warum warst du in Dradonia?«, wollte Dracon wissen.

»Wie du sicherlich bemerkt hast, wirkt der Zauber der Todschatten auch bei mir. Ich weiß nicht, was mich von dem Bann gelöst hat, doch ich betrat gerade Dradonia, als ich wieder zu mir kam. Das war gestern Vormittag. Ich befand mich zwischen den Menschen und den Todschatten, ich konnte unmöglich fliehen. Mir blieb nichts anderes übrig, als ihnen zu folgen, in der Hoffnung, dass sich irgendwann eine Fluchtmöglichkeit ergeben würde.«

Dracon konnte kaum glauben, was Ilas ihm erzählte. So viele Zufälle, die letztendlich dazu geführt hatten, dass er Caldes entkommen konnte. Dieser Gedanke verlieh ihm ein wenig Hoffnung. Er reichte Ilas das Schwert aus magischem Eisen, das dieser verloren hatte, als der Todschatten ihn gepackt hatte. Dracon hatte es mitgenommen, und da er nun keine Zweifel mehr daran hatte, Ilas vertrauen zu können, gab er es ihm zurück. »Nimm es, du wirst es sicher noch brauchen.«

Ilas nickte anerkennend und sie gingen weiter. »Glaubst du, sie suchen uns?«, fragte Ilas.

»Ich weiß es nicht. Ich kann Caldes nicht einschätzen. Bevor er im Besitz des Drachenkopfes war, wollte er mit Hilfe der Schattenwesen die Mankuren versklaven.«

»Woher weißt du das?«

»Ich habe es in Sclavizars Gedanken gesehen. Aber ich habe auch gesehen, dass Caldes seine Pläne geändert hat.«

»Und welches Ziel verfolgt er nun?«, fragte Ilas gespannt.

»Das weiß ich nicht.«

»Hast du es denn nicht durch Sclavizars Gedanken erfahren?«

»Er wusste es auch nicht. Der goldene Drachenkopf wird Caldes in seinen Entscheidungen beeinflussen. Ich kann mir vorstellen, dass er sich am meisten nach Rache sehnt. Die Frage ist nur, wie wichtig es ihm ist, dass ich daran teilhabe.« Dracon zweifelte daran, dass Caldes sich die Mühe machen würde, ihn zu suchen, aber sicher sein konnte er nicht.

»Und was hast du nun vor? Du sagtest, du willst ihn töten, aber wie willst du das anstellen, wenn du nicht mal weißt, wo du ihn findest?«

»Ich habe keine Ahnung.« Der kleine Hoffnungsschimmer, den Dracon kurz zuvor noch gesehen hatte, war verschwunden. Ihm kamen Zweifel. Sein Vorhaben erschien ihm auf einmal sinnlos. Ilas hatte recht, es war unmöglich, Caldes zu finden. Wer konnte schon wissen, was er als Nächstes tun würde. Vielleicht würde er seine ganze Energie darauf verwenden, die Oberen zu töten. Vielleicht waren sie aber auch schon tot. Vielleicht würde er auch Dracon suchen, weil er die Oberen unbedingt vor seinen Augen töten wollte. Er dachte an Shira und daran, dass er sie verloren hatte. Er hatte bisher kaum Zeit gehabt, darüber nachzudenken, was am Vortag geschehen war. Nun, da er Caldes entkommen war, zumindest für den Augenblick, ereilten ihn seine Erinnerungen schlagartig.

»Es tut mir leid. Ich wollte dich nicht verunsichern. Ich dachte nur, du hättest einen Plan«, entschuldigte sich Ilas, dem Dracons Verzweiflung nicht entgangen war. Dracon nahm seine Worte kaum war. »Warum bittest du nicht deine Eltern um Hilfe?«

»Weil ich von ihnen keine Hilfe erwarten kann«, entfuhr es Dracon prompt.

»Würdest du mir das bitte erklären?«

»Das letzte Mal als ich sie gesehen habe, haben sie mich eingesperrt. Ich denke nicht, dass sie mir noch vertrauen«, sagte Dracon.

»Wieso nicht? Egal was du getan hast, unter diesen Umständen werden sie dir sicher helfen. Es liegt schließlich auch in ihrem Interesse, Caldes zu besiegen.«

»Selbst wenn es so wäre, könnte ich ihnen nicht mehr unter die Augen treten. Meinetwegen ist Caldes überhaupt frei, schon vergessen? Und zu allem Überfluss bin ich auch dafür verantwortlich, dass der goldene Drachenkopf in seinem Besitz ist. Außerdem weiß ich nicht einmal, ob sie noch leben.«

»Und du willst es nicht herausfinden?«

Dracon sah Ilas nachdenklich an. Sicher hätte er gern gewusst, ob seine Eltern noch am Leben waren, aber er wusste nicht, wie er ihnen sein Versagen erklären sollte. Und wie sie es aufnehmen würden, dass Casto tot war. »Schon, aber auch wenn sie noch leben, ich könnte ihnen einfach nicht gegenübertreten. Außerdem ist noch etwas geschehen.«

Ilas warf Dracon einen fragenden Blick zu, doch dieser schwieg. »Was? Was ist noch geschehen?«, hakte er nach.

»Einer der Oberen wurde getötet.«

»Aber doch nicht von dir, oder?«

»Nein, natürlich nicht. Aber das macht keinen Unterschied. Ich bin dafür verantwortlich«, sagte Dracon.

»Du solltest mit ihnen sprechen. Es ist schließlich nicht so, dass du das alles absichtlich getan hättest«, entgegnete Ilas.

Dracon war allmählich von Ilas' Penetranz genervt. »Du verstehst das nicht! Es ist nicht so einfach wie bei euch Menschen.«

»Wer sagt denn, dass es bei uns einfach sei?«, erwiderte Ilas.

»Ist es nicht?«, fragte Dracon etwas ungläubig.

Ilas musste lächeln, als Dracon das fragte. »Es ist immer wieder interessant zu erfahren, wie ihr Mankuren über uns denkt.«

»Ich denke, das beruht auf Gegenseitigkeit«, gab Dracon zurück.

Sie gingen noch eine Weile wortlos nebeneinanderher, bis sie an einem kleinen Bachlauf haltmachten. Ilas setzte sich erschöpft auf den Boden, während Dracon stehen blieb und die Umgebung beobachtete.

»Ich weiß nicht, wie es mit dir steht, aber ich brauche eine Pause. Ich habe die letzte Nacht nicht geschlafen, und ich habe Hunger«, sagte Ilas.

»Wir sollten uns nicht zu lange am gleichen Ort aufhalten«, bemerkte Dracon.

»Willst du etwa die ganze Zeit weiterlaufen? Ist das dein Plan, so lange davonlaufen, bis du umfällst?«

Dracon blickte Ilas kritisch an und dachte über dessen Worte nach. Er hatte ›davonlaufen‹ gesagt, was Dracon wie ein Messerstich traf. »Ich habe nicht vor, davonzulaufen.

»Das sehe ich anders«, entgegnete Ilas leise.

Dracon hatte ihn gehört, aber er ging nicht darauf ein. Plötzlich blieb er stehen und zog sein Schwert. Angespannt suchte er mit den Augen die Umgebung ab, während Ilas ihn verwirrt und nervös ansah. Dann zog dieser ebenfalls sein Schwert und folgte Dracons Blicken.

Ein Eichhörnchen kam einen Baum heruntergerannt. Es schien vor irgendetwas zu flüchten. Ilas lachte erleichtert, aber Dracon wies ihn sofort an, still zu sein, und deutete vor ihm in den Wald. Etwa fünfzig Meter von ihnen entfernt begannen die Bäume und Sträucher innerhalb von Sekunden zu verdorren. In einer schmalen Linie kam die Spur der toten Pflanzen direkt auf sie zu.

Dracon trat einen Schritt zurück, im selben Augenblick ging der letzte Busch vor ihnen ein und ein dunkelgraues Tier sprang heraus. Sein Kopf und auch sein Körper ähnelten einem Schakal, doch seine dunkelgraue, fast schwarze Haut war löchrig und an einigen Stellen waren die blanken Rippen und offenes Fleisch zu sehen. Mit fletschenden Zähnen griff es Dracon an, der es mit dem ersten Schwertschlag tötete. Es hinterließ einen grauen Nebel, der nach nur wenige Sekunden verflogen war.

»Was war das?«

»Ein Fäulnisbringer«, sagte Dracon.

»War das auch ein Schattenwesen? Es sah aus, als wäre es schon länger tot gewesen«, Ilas war schockiert von dieser Begegnung.

»Ja, war es. Sie sehen immer so aus«, erklärte Dracon.

»Glaubst du, Caldes hat diesen Fäulnisbringer geschickt?«

»Nein, nur die Todschatten arbeiten mit Caldes zusammen.«

»Aber die Todschatten werden noch von anderen Schattenwesen begleitet. Sehr angsteinflößende Wesen«, gestand Ilas.

»Du sprichst sicher von den Fleischreißern. Sie sind Nutztiere der Todschatten, wie Hunde für die Menschen«, erklärte Dracon.

»Aber wenn Caldes nur mit den Todschatten zusammenarbeitet, warum hat er dann auch andere Schattenwesen in unsere Welt geholt?«, wollte Ilas wissen.

»Das lässt sich nicht vermeiden«, sagte Dracon. »Sobald das Tor zur Schattenwelt geöffnet wird, nutzen viele Schattenwesen die Möglichkeit, in unsere Welt zu gelangen. Mein Vater hat mir mal erzählt, dass sie beim Verlassen der Schattenwelt ihre Gestalt verändern können. Bis sie das verweste Moor erreichen, sind sie nur schwarzer Nebel, der vom Wind getragen wird. So können sie unbemerkt die Wüste der Toten verlassen.«

»Glaubst du, das Tor ist noch geöffnet?«

»Nein, er hat es bisher immer nur kurzzeitig öffnen lassen. Sonst wären wesentlich mehr Schattenwesen in unsere Welt gelangt. Lass uns weitergehen«, drängte Dracon.

Ilas folgte ihm ohne Widerworte. Als sie wieder eine Weile gegangen waren, blieb Ilas schließlich stehen.

»Was ist los?«, fragte Dracon.

»Hast du ein bestimmtes Ziel, oder läufst du einfach planlos durch die Gegend?«

Dracon sah Ilas nachdenklich an. Er hatte kein Ziel. Er wollte einfach nur weit weg von Dradonia, weg von Caldes. Als er darüber nachdachte, wurde ihm plötzlich bewusst, dass er doch davonlief. Er wusste nicht, was er sagen sollte, er wollte nicht zugeben, dass er Angst hatte, weil er nicht wusste, wie er Caldes besiegen sollte. Ilas glaubte an ihn, für ihn war es noch nicht das Ende, und Dracon wollte ihm seine Hoffnung nicht nehmen.

Ilas wartete immer noch auf eine Antwort. »Ich kann verstehen, dass es schwer für dich ist, und sicher möchtest du jetzt sagen, dass ich ja keine Vorstellung habe, und das mag sein. Aber es ist niemandem geholfen, wenn wir ziellos in der Gegend umherirren und unsere Kräfte vergeuden. Übermüdet und ausgehungert sind wir Menschen kaum für einen Kampf zu gebrauchen oder für etwas anderes. Und eigentlich dachte ich, dass es bei Mankuren ähnlich ist.«

»Gut, machen wir eine Pause, dann kannst du etwas schlafen. Ich werde so lange Wache halten«, sagte Dracon.

***

Die Sonne war bereits aufgegangen. Ilas konnte kaum noch seine Augen aufhalten und schlief schnell ein.

Als er wieder wach wurde, saß Dracon noch genau wie zuvor neben ihm und starrte auf den vom Laub bedeckten Boden. »Warst du die ganze

Zeit wach? Du hättest mich wecken können.« Dracon schreckte auf, es kam Ilas so vor, als hätte jener mit offenen Augen geschlafen.

»Was sagst du?«

»Ich fragte, warum du mich nicht geweckt hast.«

»Ich konnte sowieso nicht schlafen«, entgegnete Dracon gleichgültig.

»Du siehst aber aus, als könntest du Schlaf gebrauchen.« Dracon ignorierte seine Worte und starrte weiter auf den Boden. Ilas hatte ihn noch nie so niedergeschlagen gesehen. Eigentlich war er immer derjenige, der nie die Zuversicht verlor, was auch immer geschah, er hatte sich nie unterkriegen lassen. Doch diese positive Ausstrahlung, die jeden mitreißen konnte, war verflogen, und Ilas befürchtete, dass Dracon aufgegeben hatte, was ihn seinerseits entmutigte.

»Ist alles in Ordnung?«, fragte Ilas.

Dracon sah ihn verzweifelt an. Er glaubte nicht mehr daran, Caldes besiegen zu können. Nicht einmal mit Shiras und Castos Hilfe war es ihm gelungen. Im Gegenteil, er hatte Glück, dass er überhaupt mit dem Leben davongekommen war. Er hatte versagt, er hatte weder Shira beschützen noch Caldes töten können. Sein Leben lang hatte er sich davor gefürchtet, zu scheitern. Während sein Vater nie an seinem Sieg gezweifelt hatte, war Dracon immer unsicher gewesen und hatte sich gefragt, was wäre, wenn er Caldes nicht besiegen würde. Nun musste er feststellen, dass es sich noch weitaus schlimmer anfühlte, als er es sich je hätte vorstellen können. Castos Worte kamen ihm wieder in den Sinn. Wenn du an dir zweifelst, wirst du verlieren, hörte er seine Stimme in Gedanken. Caldes hatte es tatsächlich geschafft, Dracon den Glauben an sich selbst zu nehmen. Und nun war er frei und im Besitz des goldenen Drachenkopfes. Der Kampf war verloren. Es war vorbei. Dracon versuchte zu akzeptieren, dass er versagt hatte. Doch je mehr er versuchte, sich mit diesem Schicksal abzufinden, umso weniger konnte er es. Es gab für ihn nur zwei Möglichkeiten: entweder Caldes zu besiegen oder bei dem Versuch zu sterben.

Ilas wartete immer noch auf eine Antwort, aber er bekam keine.

Eine Weile saßen sie schweigend nebeneinander. »Ich muss zurück nach Dradonia. Caldes wird sicher dort sein oder zumindest dorthin zurückkommen«, sagte Dracon schließlich.

»Bitte was?! Du willst ernsthaft zurückgehen?«, fragte Ilas.

»Er wird nicht damit rechnen. Das verschafft mir einen Vorteil«, erklärte Dracon.

»Bist du dir da sicher?«

Dracon warf Ilas einen verunsicherten Blick zu. »Nein, bin ich nicht.«

»Und was willst du machen, wenn er nicht dort ist? Ich meine, willst du dann warten, bis er zurückkommt? Das könnte Tage dauern.«

»Hast du einen besseren Vorschlag?«

»Na ja, du könntest auch warten, bis er dich findet«, entgegnete Ilas und erntete einen merkwürdigen Blick von Dracon. Etwas abfällig, aber auch nachdenklich, als würde Dracon diese Möglichkeit tatsächlich in Erwägung ziehen.

»Sollte er mich suchen, wird er mich sicher bald finden. Aber ich halte es nicht für klug, darauf zu warten. Wirst du mich nach Dradonia begleiten?«

Ilas zögerte mit seiner Antwort.

»Du solltest dir im Klaren darüber sein, dass du mit hoher Wahrscheinlichkeit sterben wirst, wenn du es tust«, sagte Dracon. Er wollte nicht, dass Ilas ihn begleitete. Er wollte nicht auch für seinen Tod verantwortlich sein.

»Das klingt beinahe, als wolltest du mich nicht dabeihaben.«

»Ich will nicht, dass du stirbst«, erklärte Dracon.

»Weißt du, ich vertraue darauf, dass du Caldes besiegen wirst. Sollte es tatsächlich anders kommen, werden meine Tage sicher auch gezählt sein.«

»Du könntest auch sterben, wenn ich ihn besiege.«

»Das ist mir durchaus bewusst«, sagte Ilas.

Dracon sah in skeptisch an. »Und du willst trotzdem mitkommen?«

Ilas nickte.

»Es ist deine Entscheidung«, räumte Dracon ein.

WETTLAUF MIT DER ZEIT

Als Sclavizar wieder zu sich kam, schaute er sich erschrocken um. Dann sprang er auf und rannte aus dem Haus direkt zum westlichen Stadttor. Es wurde nicht bewacht, wie er verärgert feststellen musste. Er lief zu einigen bewaffneten Mankuren, die etwas weiter entfernt die Straße entlangliefen.

»Warum wird das Tor nicht bewacht? Wo sind die Todschatten?«, fragte er sie. Der größte von ihnen trat einen Schritt an Sclavizar heran. Er hatte Federn statt Haare, und seine Augen glichen denen eines Adlers.

»Das wissen wir nicht«, antwortete er und beäugte misstrauisch die Handschellen an Sclavizars Handgelenken.

»Ein Gefangener ist entflohen! Warum ist ihm niemand gefolgt? Wo sind die anderen Todschatten?«, brüllte Sclavizar. »Macht euch sofort auf die Suche nach ihm!«

Sie gehorchten ihm allerdings nicht. »Warum trägst du diese Handschellen?«, fragte der große Mankur.

»Der Gefangene, er hat mich überwältigt und sie mir angelegt. Befolgt endlich meinen Befehl!«

»Aus diesen Handschellen kann er sich nicht befreit haben«, widersprach der gefiederte Mankur.

»Er hatte Hilfe«, erklärte Sclavizar, während ihn die Wachen bedrohlich ansahen. »Ihr glaubt doch nicht etwa, ich würde diese Handschellen zurecht tragen?«, fragte Sclavizar.

»Ohne einen Beweis wirst du uns nicht vom Gegenteil überzeugen können.«

»Ich bin Sclavizar, Caldes' rechte Hand und euer Befehlshaber! Also tut, was ich euch sage!«, schrie Sclavizar nun völlig ungehalten.

Die Mankuren tauschten fragende Blicke aus. »Wo ist Caldes?«, wollten sie wissen.

»Er wird wahrscheinlich im Morgengrauen zurück sein«, sagte Sclavizar.

»Wenn Caldes uns versichert hat, dass du nicht sein Gefangener bist, werden wir dem vermeintlich Geflohenen folgen«, erklärte der adlerähnliche Mankur.

»Wenn Caldes erfährt, dass ihr meine Befehle verweigert habt, wird er euch töten«, entgegnete Sclavizar wütend.

»Wenn er erfährt, dass wir einem seiner Gefangenen geholfen haben, zu fliehen, wird er das ebenfalls.« Die Stimme des Mankuren klang bedrohlich.

Im nächsten Augenblick rannte Sclavizar davon, aus Angst, die Mankuren würden ihn womöglich noch festhalten. »Das werdet ihr büßen«, rief er noch, bevor er zwischen den Häusern verschwand. Er ging zurück in das Haus, in dem er Dracon bewachen sollte, und wartete auf Caldes. Er wusste, dass es nicht klug wäre, noch weitere Mankuren oder die Todschatten aufzufordern, Dracon zu folgen. Sie würden ihn vielleicht auch für einen Gefangenen halten.

Caldes ließ nicht lange auf sich warten. Sclavizar hatte sich auf einen der Stühle gesetzt, den er an den Kamin, etwas abseits der drei toten Mankuren, gestellt hatte. Caldes erschien aus dem Nichts, und Sclavizar zuckte zusammen, als er ihn sah. Caldes ließ nur kurz seinen Blick durch den Raum schweifen. Dann ging er auf Sclavizar zu, packte ihn an der Kehle und hob ihn in die Luft.

»Du hast ihn entkommen lassen?! Du Nichtsnutz!«

Sclavizar erstarrte beinahe vor Angst, während Caldes ihn mit seinem zornigen, furchteinflößenden Blick durchdrang. Dann warf er ihn mit Wucht gegen die Wand. Verängstigt kniete Sclavizar auf dem Boden. Er fürchtete, Caldes würde ihn nun töten. Zögernd blickte er ihn an. Caldes hielt immer noch den goldenen Drachenkopf in der Hand.

»Ich würde dich am liebsten auf der Stelle töten«, brüllte Caldes. »Aber zu deinem Glück brauche ich dich noch.« Nachdenklich lief er durch den Raum und schaute dabei auf die drei Mankurenleichen, dann grinste er. »Ich habe ihn wirklich unterschätzt«, sagte er zu sich selbst. Dann wich das Grinsen einem wütenden Gesichtsausdruck. Es ärgerte ihn sehr, dass Dracon ihm schon wieder entwischt war. Auch wenn er sich noch nicht im Klaren darüber war, wie er an die Oberen herankommen sollte, so wollte er es sich nicht nehmen lassen, sie vor Dracons Augen zu töten. Der Hass gegen Dracon wurde von dem goldenen Drachenkopf so bestärkt, dass Caldes kaum noch etwas anderes in den Sinn kam. »Hast du wenigstens dafür gesorgt, dass die Wachen ihm folgen?«, fragte er.

»Ich habe es versucht. Sie wollten meine Befehle nicht befolgen. Sie glaubten, ich sei ein Gefangener«, stotterte Sclavizar.

»Ist er schon lange weg?«

»Nein, vielleicht zwei Stunden.«

»Finde ihn!«, befahl Caldes und nahm Sclavizar die Handschellen ab. »Ich rate dir, nicht zu versagen«, fügte er in einem bedrohlichen Ton hinzu.

»Das werde ich sicher nicht.« Sclavizar verließ das Haus. Begleitet von fünf Mankuren und drei Todschatten machte er sich auf die Suche nach Dracon.

Caldes stand immer noch im Haus und betrachtete die Leichen. Dann blickte er nachdenklich auf seine Hand, in der er den Drachenkopf hielt.

»Wo bist du gewesen?«, fragte Drognor mit zornigem Unterton, als Casto im großen Saal in der Festung des Lichts erschien.

Casto betrachtete die zerstörten Statuen. »Er war also schon hier«, stellte er fest.

Alle Oberen hatten sich versammelt und bereits mehrfach versucht, Casto zu rufen, bevor er kam. »Du hast meine Frage nicht beantwortet. Warum hast du nicht auf unsere Rufe reagiert?«

»Ich habe sie nicht gehört. Zufällig war ich dabei, deinem Sohn zu helfen.«

Drognor lachte abfällig. »Du hast versucht, meinem Sohn zu helfen? Wobei? Caldes zu befreien? Wo ist Dracon?«

»Ich weiß es nicht. Caldes hat ihn mitgenommen.«

Drognor trat ein Stück an ihn heran. Die anderen hielten sich aus dem Gespräch heraus, aber Casto konnte ihre misstrauischen Blicke spüren. »Du willst uns also erzählen, dass Caldes sein Gefängnis verlassen, Dracon entführt und dich unversehrt zurückgelassen hat? Du musst zugeben, dass das mehr als unglaubwürdig erscheint.«

»Von unversehrt zurückgelassen kann kaum die Rede sein. Er hätte mich beinahe getötet. Ich habe überlebt, weil Shira ein Fläschchen Wurzelwasser von der Mondlichttanne dabeihatte, ohne sie wäre ich wahrscheinlich tot.«

»Shira? Sie war ebenfalls dort, und sie hat genau wie du überlebt?«

Casto nickte und bemerkte, dass dieses Gespräch eine unverhoffte Richtung nahm. Ihm wurde bewusst, dass Drognor ihn für einen Verräter hielt. Er sah die anderen Oberen an, die schweigend dastanden und offensichtlich verunsichert waren. Selbst Aminar, der immer auf Castos Seite gestanden hatte, schien an ihm zu zweifeln. Casto wusste, dass es kaum möglich sein würde, sie von seiner Unschuld zu überzeugen. Solange er Dracon nicht gefunden hatte, würden sie ihm nicht glauben. Er wollte verschwinden, aber es funktionierte nicht.

»Wo willst du denn hin?«, fragte Diggto. Er hatte ihm die Klinge seines Schwertes auf den Handrücken gedrückt, genau in dem Augenblick als Casto verschwinden wollte. Casto antwortete ihm nicht und warf ihm nur einen verärgerten Blick zu.

»Es ist äußerst merkwürdig, dass du in der vergangenen Woche kaum anzutreffen warst. Und nun hast du unsere Rufe ignoriert.«

»Nicht gehört, ich habe sie nicht gehört, weil ich bewusstlos war, Drognor.«

»Schweig!«, schrie dieser.

»Ich schweige, wenn ich es für angebracht halte«, entgegnete Casto nachdrücklich.

»Du bist gerade nicht in der Position, um Widerworte zu geben«, sagte Drognor bedrohlich.

»Das sehe ich anders.« Casto zog seine Hand von Diggtos Schwert weg, im gleichen Augenblick sprach Drognor die Worte, die Casto erstarren ließen.

»Solange wir nicht wissen, ob du die Wahrheit gesagt hast, wirst du nirgendwo hingehen.« Keiner widersprach Drognor. Diggto verschwand und kam nur wenige Sekunden später mit Handschellen aus magischem Eisen zurück, die er Casto sogleich anlegte.

»Ihr macht einen großen Fehler«, sagte dieser, da sich der Erstarrungszauber wieder gelöst hatte.

»Vielleicht, vielleicht machen wir aber auch genau das Richtige«, gab Drognor zu bedenken.

Sie sperrten Casto in die Zelle, aus der er Dracon zuvor befreit hatte. Mit den Handschellen an die Wand gekettet, hatte er keine Möglichkeit zu entkommen.

***

Shira war auf dem Weg zum Feenmoor. Sie würde sich beeilen müssen, wenn sie das Feenmoor erreichen wollte, bevor es dunkel wurde. Sie rannte, so schnell sie konnte. Aber sie rannte nicht aus Angst, ihr Ziel nicht rechtzeitig zu erreichen, sondern aus Verzweiflung. In Gedanken an ihren Vater und an Dracon wollte sie einfach davonrennen, als könnte sie dem Geschehen entfliehen. Sie rannte immer schneller, einige Kilometer weit, bis sie am Rande des Feenmoors angekommen war.

Völlig außer Atem fiel sie auf die Knie. Sie konnte immer noch nicht fassen, dass ihr Vater sie wieder allein gelassen hatte. Wütend schlug sie mit den Fäusten auf den Boden, und die Erde um sie herum begann zu beben. Schließlich rief sie ihn, aber er kam nicht. Obwohl sie es nicht anders erwartet hatte, war sie enttäuscht, und sie ärgerte sich, dass sie ihm geglaubt hatte. Sie dachte an Dracon und fragte sich, ob er noch lebte. Sie hatte keine Vorstellung davon, wo Caldes ihn hingebracht haben könnte, und es erschien ihr unmöglich, ihn zu finden. Die halbe Nacht lang saß sie, an einen Baum gelehnt, am Rande des Feenmoors, bis sie über ihre Gedanken hinweg einschlief.

Sie wurde von einer Fliege, die unablässig über ihr Gesicht krabbelte, geweckt. Genervt schlug sie das lästige Insekt zur Seite. Vor ihr wanderte langsam die Sonne über den Horizont, und während sie über das weite Tal des Vergessens hinwegblickte, fragte sie sich, wie sie Dracon rechtzeitig finden sollte. Vielleicht war er auch bereits tot. Bei diesem Gedanken liefen ihr Tränen über die Wangen. Dann kam ihr Rouh in den Sinn. Sie musste unbedingt zu ihm. Er wartete sicher immer noch im Maraffenland auf sie. Oder er glaubte, sie sei tot, weil Edisna sicher nicht entgangen war, dass Dracon und sie bei dem Versuch, Caldes zu töten, gescheitert waren. In diesem Fall wäre er vielleicht nicht mehr dort. Sie fragte sich, wie Edisna ihr entgegentreten würde. Sie würde sie sicher für ihr Versagen verurteilen. Aber auch wenn dem so war, wenn sie Rouh wiedersehen wollte, musste sie zu ihr.

In Gedanken versunken lief sie durch das Feenmoor, beachtete ihre Umgebung nicht. Ihr Blickwinkel reichte kaum über zwei Schrittlängen hinaus, und sie bemerkte nicht, dass sie beobachtet wurde. Sie ging gerade an einem der dicken Bäume vorbei, die sich über das Moor verteilten, als sie erschrocken den Kopf hob und abrupt stehen blieb. Jemand hielt ihr von der Seite eine lange, seidenmatt glänzende anthrazitfarbene Klinge an den Hals. Vorsichtig drehte sie ihren Kopf zur Seite und sah Aminar.

»Ganz ohne Begleitung, so nah an Caldes' Gefängnis?« Seine Stimme war voller Misstrauen.

»Es ist nicht länger sein Gefängnis. Caldes ist wieder frei«, entgegnete Shira angespannt.

»Das ist mir nicht entgangen. Ich nehme an, es ist kein Zufall, dass du hier bist und Caldes befreit wurde.« Nachdem Casto eingesperrt worden war, hatte Aminar sich auf die Suche nach ihr gemacht. Er konnte sich einfach nicht vorstellen, dass Casto die Seiten gewechselt hatte, dafür kannte er ihn zu gut. Er wollte herausfinden, ob Casto die Wahrheit gesagt hatte. Den anderen Oberen hatte er nichts von seinem Vorhaben erzählt. »Was ist passiert? Wo ist Dracon?«, fragte er.

»Ich weiß es nicht. Nachdem Caldes Nevim getötet hatte, ist er verschwunden und hat Dracon mitgenommen. Hat Casto das denn nicht erzählt?«

»Doch hat er. Aber wir haben uns gefragt, warum Caldes dich und ihn verschont hat, während Dracon angeblich verschwunden ist.«

»Er hat uns nicht verschont. Er ist sicher davon ausgegangen, dass wir tot sind. Es war Glück, dass wir überlebt haben.«

Aminar war immer noch verunsichert, glaubte aber immer weniger, dass Casto gelogen hatte.

»Bist du hergekommen, um mich das zu fragen? Wo ist Casto?«, wollte Shira wissen.

»Er wurde festgenommen, weil wir uns nicht sicher sind, ob er noch auf unserer Seite steht.«

Diese Nachricht beunruhigte Shira, aber es gab ihr auch ein wenig Mut zu wissen, dass ihr Vater ihrem Ruf nicht folgen konnte und ihn nicht absichtlich ignoriert hatte. Sie schüttelte verständnislos den Kopf. »Warum steht ihr euch gegenseitig im Weg, statt gemeinsam gegen Caldes zu kämpfen? Wenn ihr von Anfang an zusammengehalten hättet, wäre es viel einfacher gewesen. Wir hätten Caldes und Nevim besiegen können«, entfuhr es ihr. Aminar war überrascht. Shira hatte gesprochen, ohne vorher darüber nachzudenken, und nun fürchtete sie, sie würde jeden Augenblick Aminars Zorn zu spüren bekommen.

Doch ihre Worte machten ihn nicht wütend, sie brachten ihn vielmehr zum Nachdenken. Er nahm das Schwert herunter, und sein misstrauischer Blick wich einem Ausdruck von Einsicht.

Shira hätte zu gern gewusst, was ihm gerade durch den Kopf ging. »Wo hattest du vor hinzugehen?«, fragte er schließlich.

»Ich war auf dem Weg zum Marmitatal.«

»Was willst du da?« Aminar wurde wieder skeptisch.

Shira hielt es für klüger, nicht zu erwähnen, dass Casto sie dorthin geschickt hatte. Zumal sie selbst nicht wusste, warum sie zum Marmitatal gehen sollte. »Ich weiß es nicht. Ehrlich gesagt, weiß ich nicht, wo ich hingehen soll. Dracon könnte überall sein.«

Sie klang verzweifelt, und Aminar war sich nun sicher, dass Casto nicht gelogen hatte. »Vor zwei Tagen wurde Dradonia von Caldes' Armee eingenommen. Einige Mankuren, die versucht hatten, die Stadt zu verteidigen, haben sich Caldes und den Todschatten angeschlossen, darunter auch Krieger der herrschaftlichen Armee. Nun ist die Stadt in der Hand von Caldes und seinen Lakaien«, erzählte Aminar.

»Denkst du, er hat Dracon dort hingebracht?«, fragte Shira.

»Möglich wäre es. Aber ich würde dir nicht raten, allein zu versuchen, es herauszufinden. Wir werden uns hoffentlich bald wiedersehen, bis dahin wünsche ich dir Glück«, sagte er und verschwand.

Shira wusste nicht, was sie davon halten sollte. Wenn sie nicht allein nach Dradonia gehen sollte, warum hatte Aminar ihr dann überhaupt gesagt, dass Dracon möglicherweise dort war, und warum hatte er nicht seine Hilfe angeboten? Was auch immer er bezwecken wollte, Shira hatte zwei Tage Zeit, bis sie das Marmitatal erreichen würde, bis dahin musste sie sich für ein Ziel entschieden haben, denn sie waren alle am schnellsten über das Marmitatal erreichbar.

***

Bis zum Einbruch der Nacht lief sie unentwegt weiter. Auch am nächsten Tag machte sie keine Pause, bis sie der Hunger zwang, etwas zu jagen. Sie hatte Glück, ein Hase kreuzte ihren Weg und wurde zu ihrer Beute. Aber obwohl sie großen Hunger hatte, bekam sie kaum einen Bissen herunter. Unentwegt quälten sie ihre Gedanken. Ihre Welt war komplett zusammengebrochen.

Sie versuchte, sich Mut zu machen, aber es gelang ihr kaum. Sie dachte an Dracon, an ihre erste Begegnung und an den Tag bei Berbog. Als sie an den glatzköpfigen, freundlichen Mankuren dachte, lächelte sie, aber dieses Lächeln verschwand sogleich, als ihr Dracon erneut in den Sinn kam.

Sie hatte plötzlich das Gefühl, dass es das Ende war, doch sie konnte sich damit nicht abfinden. Dracon war sicher noch am Leben, vielleicht war er sogar in Dradonia, und vielleicht würde Aminar dafür sorgen, dass die Oberen ihm halfen.

Unbeirrt lief sie weiter durch den dichten Mischwald, der sich vor dem Androrgebirge erstreckte, als sie ein kleines helles Licht entdeckte, das sich nur wenige Meter von ihr entfernt auf und ab bewegte. Als sie sich dem Licht näherte, flog es davon, aber es verschwand nicht. Es schien, als wolle es Shira den Weg weisen, denn es verharrte nur so lange an einer Stelle, bis sie ihm wieder folgte. Das Licht führte sie zu einem kleinen Teich, der verborgen zwischen fünf riesigen Tannen mitten im Wald war. Der Himmel war bedeckt, und alles erschien in einem dunklen Grau, aber das Wasser des Teiches funkelte, als würde es einfallende Sonnenstrahlen reflektieren.

Fasziniert von dem silberglänzenden Wasser, kniete Shira sich an das Ufer. Die fünf Tannen hatten alle den gleichen Abstand, sowohl zueinander als auch zum Teich. Außerdem waren es die einzigen Nadelbäume weit und breit. Das Wasser war glasklar, und doch war der Grund des Teiches nicht zu sehen. Während sie auf das glitzernde Wasser blickte, glaubte sie, etwas in der Tiefe zu erkennen. Es bewegte sich. Ein hellblauer Schleier stieg langsam nach oben.

Shira beugte sich weiter über das Wasser und versuchte zu erkennen, was sich darin bewegte. Dann sah sie ein weibliches Gesicht. Der Schleier bildete lange Haare um das Gesicht herum, dann packte sie etwas und zog sie ins Wasser. Sie kämpfte dagegen an, aber ihre Anstrengung war vergebens, die unsichtbaren Hände hatten sie fest im Griff und zogen sie immer weiter nach unten.

Shira bekam Panik. Sie konnte die Oberfläche nicht mehr sehen, und der hellblaue Schleier, der nun aussah wie ein Geist, ließ sie nicht los. Sie bekam keine Luft mehr und drohte, zu ertrinken. Verzweifelt suchte sie die Wasseroberfläche, doch um sie herum war alles schwarz. Der hellblaue Schleier verschwand, und Shira riss ihren Mund auf, sie konnte den Drang, nach Luft zu schnappen, nicht mehr unterdrücken.

Zu ihrer Verwunderung gelangte kein Wasser in ihre Lunge, und sie konnte atmen. Das Wasser um sie herum war verschwunden, und sie spürte Boden unter ihren Füßen. Sie ließ eine Flamme in ihrer Hand auflodern und hoffte, etwas zu sehen. Aber auch das Licht der Flamme brachte nichts zum Vorschein. Dann spürte sie etwas Kaltes an ihren Füßen, das langsam ihre Knöchel hochstieg. Erschrocken blickte sie auf den Boden, der wieder mit Wasser geflutet war, das sehr schnell anstieg.

Es dauerte nur wenige Sekunden, bis es die Flamme in ihrer Hand gelöscht und sie komplett bedeckt hatte.

Panisch blickte sie sich um. Nirgends war etwas zu erkennen, bis plötzlich ein Licht über ihr erschien. Shira schwamm darauf zu, und es wurde immer größer, schließlich erkannte sie, dass es die Wasseroberfläche war. Sie schaffte es nach oben und rang erleichtert nach Luft. Aber sie war nicht mehr in dem kleinen Teich. Sie war von Wasser umgeben, und das Ufer war nun mindestens dreißig Meter entfernt.

Das kalte Wasser fühlte sich wie kleine Nadelstiche an, und sie hatte Mühe voranzukommen. Mit letzter Kraft erreichte sie das Ufer und zog sich an Land. Schwer atmend verweilte sie kurze Zeit, bevor sie ihren Blick wieder auf den See richtete. Es war der Seelensee, wie sie erstaunt feststellte. Ein Wassergeist hatte sie dorthin gebracht.

Diese Wesen zeigten sich äußerst selten. Sie bewachten geheime magische Portale, die sich in manchen Gewässern befanden und immer woanders hinführten. Doch war es äußerst ungewöhnlich, dass sie anderen Lebewesen den Durchgang gewährten. Auch Shira wusste das. Scheinbar war es den Wassergeistern wichtig, Shira zum Seelensee zu bringen. Shira fragte sich, aus welchem Grund sie das taten, und kam zu dem Schluss, dass es ein Zeichen war. Die Wassergeister wollten ihr damit mitteilen, dass sie nach Dradonia gehen sollte. Vielleicht hatten sie auch eine ganz andere Absicht verfolgt, aber darüber wollte sie nicht weiter nachdenken.

Der rote Dunst hing wie eine drückende Decke über dem Land. Der Tayguien war kaum zu sehen. Während sie den Berg betrachtete, fragte sie sich, ob die Oberen noch dort waren und ob sie noch lebten. Sie verdrängte diesen Gedanken schnell wieder. Sowohl das Marmitatal als auch Dradonia lagen kaum einen Tagesmarsch entfernt. Sie musste sich entscheiden, welchen Weg sie einschlug. Sie brauchte nicht lange darüber nachzudenken. Nach Dradonia zu gehen, schien ihr das einzig Richtige zu sein, wenn sie Dracon wiederfinden wollte.

Sie war kaum eine Stunde unterwegs, als sie den Geruch von Verwesung wahrnahm. Ihre Schritte wurden langsamer, und sie suchte aufmerksam die Umgebung ab. Schließlich erblickte sie Sclavizar, der nur wenige Meter vor ihr zwischen den Bäumen zum Vorschein kam. Angespannt versteckte sie sich hinter einem Baumstamm in der Hoffnung, er und sein Gefolge würden sie nicht bemerken, doch die Todschatten blieben stehen und sahen in ihre Richtung. Sie hatten sie bereits gerochen. Shira wusste, dass sie sich nicht länger vor ihnen verstecken konnte, und zog ihr Schwert.

Die Todschatten folgten ihrem Geruch und näherten sich dem dicken Baumstamm. Sie hatten sie kaum erblickt, da sprang sie hervor. Es gelang ihr, zwei von ihnen zu töten, aber bevor sie den dritten Todschatten erledigen konnte, wurde sie von einer Energiekugel niedergeschlagen. Sclavizar und die Mankuren, die ihn begleiteten, kamen ebenfalls auf sie zu, während der übrig gebliebene Todschatten versuchte, sie zu packen. Sie konnte seinem tödlichen Griff ausweichen, wurde aber sogleich von den Mankuren angegriffen. Mit einem Feuerschwall wehrte sie ihre Angreifer ab, als sie hinter sich plötzlich eine zischende Stimme vernahm, die ihr direkt ins Mark fuhr. »Was für eine Überraschung.«

Langsam drehte sie sich um und zuckte zusammen. Caldes stand direkt vor ihr und sah sie mit einem finsteren Grinsen an. Bevor sie reagieren konnte, breitete sich ein lähmender Schmerz in ihrem Körper aus, und sie sank auf die Knie. Sie wollte ihre Faust auf den Boden schlagen und die Erde zum Beben bringen, aber so sehr sie sich auch anstrengte, ihr Körper wollte ihr nicht gehorchen.

»Ich dachte eigentlich, du wärst tot. Welch ein Pech für dich, dass es nicht so ist«, sagte Caldes triumphierend.

»Exmalcio de enmi«, flüsterte Shira, und Caldes' lähmender Zauber löste sich. Sie schlug ihre Faust auf den Boden, und Caldes verlor durch die bebende Erde den Halt. Shira sprang auf und holte mit ihrem Schwert zum Schlag aus. Caldes wich ihr aus, und einer der Mankuren griff sie von der Seite an. Er traf sie mit einem Schwerthieb am Bein, woraufhin sie zusammensackte.

Caldes war wieder aufgestanden und trat ihr mit voller Wucht ins Gesicht. Shira fiel auf den Boden, hielt aber ihr Schwert noch in der Hand. Doch Caldes ließ ihr keine Chance zu einem Gegenangriff. Er stellte einen Fuß auf ihre Brust und drücke ihr sein Schwert an die Kehle.

»Du bist genauso lästig wie dein Freund. Allerdings werde ich bei dir nicht den Fehler machen, dich am Leben zu lassen«, drohte Caldes.

Dracon und Ilas waren nicht weit entfernt. Sie hatten ebenfalls den Geruch der Todschatten wahrgenommen. Dracon hatte Sclavizar allerdings gesehen, bevor er oder dessen Begleiter ihn bemerkt hatte. Als er schließlich Shira sah, wollte er gleich zu ihr rennen, aber Ilas hielt ihn zurück.

»Mach nichts unüberlegtes«, sagte er leise.

Dracon zögerte. Sie standen hinter einem breiten Felsbrocken, und bisher hatte sie noch keiner bemerkt. Als Caldes Shira niedertrat und ihr sein Schwert an die Kehle drückte, kam Dracon aus seinem Versteck hervor. Er schlug eine Energiewelle von sich, die die Mankuren und Sclavizar zu Boden riss. Der Todschatten hingegen schwebte über dem Boden und wurde von der Energiewelle nicht beeinflusst. Er kam auf Dracon zu, der ihm aber keine Chance gab und ihn sofort tötete.

Caldes schien erfreut über Dracons Erscheinen. Er grinste ihn an, und beinahe im gleichen Augenblick stieß er Shira das Schwert durch die Brust. »So viel Glück auf einmal hätte ich nicht erwartet«, sagte er zufrieden.

»Lass sie los«, forderte Dracon ihn auf.

Caldes lachte. »Wie könnte ich? Wenn du sie wiedersehen willst, wirst du nach Dradonia kommen müssen. Und du solltest dich beeilen, ich denke nicht, dass sie noch lange leben wird.« Er packte Shira am Arm und verschwand mit ihr.

Nachdem Caldes verschwunden war, versuchten Sclavizar und die fünf Mankuren Dracon und Ilas zu überwältigen. Im Kampf gegen Ilas und ihn ließen die fünf Mankuren ihr Leben, nur Sclavizar rannte davon.

***

Shira fand sich in einem kleinen Haus wieder, in dem die Leichen dreier Mankuren lagen. Ihre Hautfarbe ließ erkennen, dass sie schon länger tot sein mussten. Einer von ihnen war enthauptet, sein Kopf lag neben ihr auf dem Boden und starrte sie mit seinen leblosen Augen an.

»Gefällt dir der Anblick?«, fragte Caldes.

Shira sagte kein Wort. Er hielt immer noch ihren Arm fest. Sie ließ ihren Arm in Flammen aufgehen, sodass Caldes seinen Griff sofort löste. Sie fiel auf den Boden, die Wunde an ihrer Brust schmerzte, und das

Atmen fiel ihr schwer. Sie kämpfte dagegen an, nicht das Bewusstsein zu verlieren. Sie konnte sich weder bewegen noch sprechen.

»Es wäre einfacher für mich, wenn du am Leben bleibst, bis er hier ist«, sagte Caldes. Er legte ihr die Handschellen an, mit denen zuvor noch Sclavizar gefesselt gewesen war.

Shira warf ihm nur einen zornigen Blick zu. »Weißt du, wenn du vorher stirbst, wird er sich wieder weigern, die Oberen zu rufen. Dann wäre meine Mühe, dich herzubringen, sinnlos gewesen.«

»Das hättest du …«, Shira konnte nicht weitersprechen. Der Schmerz schnürte ihr die Kehle zu.

»Nicht sprechen. Das beschleunigt nur unnötig deinen Tod, und wie ich bereits sagte, wäre es mir lieber, wenn du noch nicht sterben würdest.«

Shira wusste, dass Dracon versuchen würde, sie zu befreien, auch wenn es aussichtslos schien, und sie war sich sicher, dass das nicht gut ausgehen würde. Caldes packte sie wieder am Arm und setzte sie auf den Stuhl, der neben dem Kamin stand. Kurz darauf fing der Boden an zu beben, und kleine Risse taten sich auf, aus denen sich dicke Wurzeln herausdrückten. Sie schlängelten sich die Stuhlbeine hinauf, um Shiras Körper herum. Nur wenige Sekunden später war sie komplett bis auf den Hals und den Kopf von den dicken Wurzeln umschlungen.

Caldes zeichnete mit seinem Finger einen großen Kreis in die Luft, in dem ein Bild von einem Wald erschien. Er fuhr mit dem Finger langsam über das Bild, als wollte er es zur Seite schieben. Der Wald veränderte sich, dann waren tote Mankuren zu sehen. Plötzlich begriff Shira, was Caldes da tat. Es war ein Fenster, das ihm erlaubte, aus der Ferne den Wald zu durchsuchen, ohne ihn betreten zu müssen, aber Dracon war nirgends zu sehen.

Caldes war sich sicher, dass er auf dem Weg nach Dradonia war. Doch er konnte ihn durch das Fenster nicht finden. »Wo bist du?«, sagte er zu sich selbst.

OHNE WIEDERSEHEN

Dracon ließ Sclavizar laufen. Er brauchte noch einen Augenblick, um zu verarbeiten, was gerade geschehen war. Zu wissen, dass Shira am Leben war, gab ihm wieder ein wenig Hoffnung. Aber er wusste auch, dass ihm nicht viel Zeit blieb. »Ich muss sofort nach Dradonia. Wenn du nicht vorhast, mich zu begleiten, was das Beste für dich wäre, dann trennen sich unsere Wege hier«, sagte er zu Ilas.

»Er wird dich töten«, entgegnete Ilas verzweifelt.

»Danke, dass du mir so viel Mut machst.«

»Entschuldige. Aber du kannst nicht abstreiten, dass du ihm direkt in die Falle läufst.«

»Das ist mir durchaus bewusst, aber ich habe keine Wahl. Ich muss Shira helfen. Ich will sie nicht noch mal verlieren«, sagte Dracon.

»Das kann ich gut verstehen. Aber allein kannst du es nicht schaffen. Wenn du es versuchst, werdet ihr beide sterben«, gab Ilas zu bedenken.

Dracon starrte ihn an und dachte über seine Worte nach. Er wollte ihm widersprechen, aber er wusste, dass Ilas recht hatte. »Was würdest du an meiner Stelle machen?«

»Ich denke, du kennst die Antwort.« Ilas machte eine kurze Pause. »Ich würde mit meinem Vater sprechen«, sagte er dann.

Dracon nickte. »Ich möchte, dass du nach Nimbal gehst. Diesen Kampf muss ich ohne dich führen.«

»Hatten wir das nicht schon besprochen? Ich werde dich begleiten.«

»Nein, es war schon vorher nicht deine klügste Entscheidung, aber nun, da Caldes mich erwartet, wäre es dein sicherer Tod. Das kann ich einfach nicht verantworten.«

Ilas schwieg einen Augenblick. Er war immer noch bereit, Dracon zu begleiten, aber er akzeptierte seinen Wunsch und widersprach ihm nicht. »Ich weiß, dass du das Richtige tun wirst. Ich wünsche dir viel Glück, mein Freund«, verabschiedete Ilas Dracon.

»Danke.«

»Gern geschehen. Ich hoffe, dass wir uns bald wiedersehen.«

»Das werden wir, versprochen.«

Ilas lächelte. »Versprich nichts, was du womöglich nicht halten kannst.« Er machte sich auf den Weg.

Dracon wusste, dass Caldes ihn sicher dazu zwingen würde, die Oberen zu rufen, um sie zu töten. In Gedanken spielte er alle möglichen Szenarien durch und kam zu dem Schluss, dass Ilas recht hatte. Er musste mit seinem Vater sprechen. Wenn die Oberen vorbereitet waren, würde ihnen das einen großen Vorteil verschaffen. Er blieb stehen und blickte sich um. Er wollte sicherstellen, dass er nicht beobachtet wurde, bevor er seinen Vater rief.

Drognor war sichtlich überrascht, seinen Sohn zu sehen, aber auch erfreut. Nachdem er ihn einen Moment lang schweigend angestarrt hatte, umarmte er ihn. Dracon hatte nicht damit gerechnet und hatte keine Gelegenheit, die Umarmung zu erwidern, da sein Vater sie sogleich wieder löste, und ihn genauer betrachtet. Er sah die Löcher in Dracons Kleidung und das getrocknete Blut an dem Stoff. »Was ist passiert? Wo bist du gewesen?«, fragte er.

Dracon erzählte seinem Vater, was geschehen war. Auch wenn es ihm schwerfiel, ließ er nichts aus. Zwischendurch beteuerte er immer wieder, wie leid es ihm tat, dass er versagt hatte. Er fürchtete sich etwas vor der Reaktion seines Vaters. Doch anders, als er es erwartet hatte, stand Drognor ruhig vor ihm und hörte ihm zu. Dabei verzog dieser keine Miene, nicht einmal als Dracon von Castos Tod berichtete. Drognor ließ seinen Sohn nicht wissen, was er dachte.

Als Dracon zum Ende kam und seinem Vater sagte, dass Caldes in Dradonia auf ihn warten würde, zeigte sein Vater endlich eine Reaktion. Er lächelte, was Dracon verwirrte. »Hast du mir eigentlich zugehört?«, fragte er, weil er nicht verstand, wieso Drognor lächelte.

»Natürlich habe ich das«, sagte er. »Ich werde mich bei Casto entschuldigen müssen.« Dracon sah seinen Vater verständnislos an. »Er ist nicht tot. Zurzeit ist er im Verlies in der Festung des Lichts.«

»Bitte was?«

»Er hat uns erzählt, was geschehen ist, allerdings erschien es uns nicht sehr glaubwürdig, deswegen haben wir ihn vorsichtshalber eingesperrt.« Dracon wusste darauf nichts zu sagen und schüttelte nur ungläubig den Kopf. »Und ich denke, ich muss mich auch bei dir entschuldigen. Du warst auf dich allein gestellt, als du meine Unterstützung gebraucht hättest. Stattdessen habe ich dir im Weg gestanden. Es ist nicht deine alleinige Schuld, ich habe auch einen Teil dazu beigetragen, dass es so weit gekommen ist. Aber es ist noch nicht zu spät. Nevim ist tot, und somit ist Caldes verwundbar.«

Drognor blickte skeptisch zum Himmel, dann in die Baumkronen. »Escon sitaver«, sagte er.

Dracon wusste nicht, was dieser Zauber bewirkte. Die Worte waren ihm bekannt, aber wie so oft bei der magischen Sprache hatte er ihre Bedeutung vergessen, wollte es aber nicht vor seinem Vater zugeben.

»Dieser Zauber verhindert, dass Caldes uns sehen kann«, erklärte Drognor, als hätte er gewusst, dass Dracon den Zauber nicht kannte. Dann rief er die anderen Oberen. Verdala war überglücklich, ihren Sohn zu sehen, genau wie Drognor zuvor umarmte sie ihn, aber diesmal erwiderte Dracon die Umarmung.

Aminar verschwand sogleich wieder, als er Dracon sah. Er kehrte zurück in die Festung des Lichts, um Casto zu befreien. Gemeinsam erschienen sie wieder bei Dracon. »Ich hätte nicht gedacht, dass ich das jemals sagen würde, aber ich bin froh, dich zu sehen«, sagte Casto zu Dracon, der mit einem Lächeln antwortete. Casto musterte ihn kurz. »Wie bist du ihm entkommen?«, wollte er dann wissen.

»Geschicklichkeit, Talent, wie auch immer du es nennen willst«, erwiderte Dracon selbstsicher. Er wollte vor Casto keine Schwäche zeigen.

Casto musterte ihn von Kopf bis Fuß und wieder zurück. »Glück will ich es nennen«, sagte er schließlich mit einem abfälligen Unterton.

»Ich kann nicht abstreiten, dass Glück seinen Teil dazu beigetragen hat«, gab Dracon zu.

»Shira wird sicher erfreut sein, zu hören, dass du ihm entkommen konntest. Ich werde sie suchen«, sagte Casto.

»Sie ist in Dradonia, Caldes hat sie entführt. Wir müssen ihr so schnell wie möglich helfen. Sie ist verletzt und wird sterben, wenn wir uns nicht beeilen.«

»Warum und woher wusste er, dass sie noch lebt?«, fragte Casto verwundert.

»Das weiß ich nicht. Er hat sie nach Dradonia gebracht, um mich zu zwingen, dorthin zurückzugehen.«

»Wieso nach Dradonia?« Casto wusste noch nicht, dass Caldes‹ Armee Dradonia eingenommen hatte, und wurde aufgeklärt. »Es wird unmöglich für dich werden, sie zu befreien. Caldes wird auf alles vorbereitet sein«, warnte Casto schließlich.

»Und was sollen wir deiner Meinung nach machen? Wir müssen Shira helfen«, forderte Dracon. Casto nickte nachdenklich.

»Einer von uns sollte sich in Dradonia umsehen. Vielleicht können wir uns einen Vorteil verschaffen, wenn wir wissen, wo er sie festhält«, warf Aminar ein.

»Du hast recht. Ich werde gehen«, stimmte Casto zu.

»Du kannst nicht einfach in Dradonia auftauchen, dort wimmelt es von seinen Kriegern, sie werden dich sofort bemerken«, warnte Dracon.

»Nicht, wenn sie uns nicht sehen«, entgegnete Casto.

»Ich werde mit dir kommen«, sagte Aminar.

»Ich ebenfalls. Vielleicht bekomme ich die Gelegenheit, ihre Verletzung zu heilen«, meldete sich Verdala.

Casto blickte sie skeptisch an, nickte dann aber zustimmend. »Dann lasst uns keine Zeit verlieren. Wir werden uns unter dem Schutz des Unsichtbarkeitszaubers in die Stadt begeben. In einer Stunde werden wir zurück sein«, bemerkte Casto.

»Und wenn nicht?«, fragte Dracon.

»Dann folgt uns nicht«, entgegnete Casto.

»Nicht folgen? Natürlich werden wir euch zu Hilfe kommen«, wandte Diggto ein.

»Dann hat Caldes sein Ziel erreicht. Sollte wirklich etwas schiefgehen, müsst ihr warten, bis ihr eine Nachricht von uns erhaltet. Alles andere wäre nicht klug«, sagte Casto.

Alle schwiegen betreten, dann ergriff Aumora das Wort. »Sollten wir von euch bis morgen früh nichts gehört haben, werden wir einschreiten.«

»So machen wir es«, stimmte Drognor zu.

Verdala verabschiedete sich von ihm und Dracon mit einem Kuss auf die Wange, dann verschwand sie gemeinsam mit Casto und Aminar.

Sie wussten, dass die Tore von den Todschatten bewacht wurden, also wählten sie den Marktplatz als Ankunftsort. Für andere waren sie unsichtbar, doch die Todschatten und die Fleischreißer würden sie riechen können. Der Marktplatz war leer, die Wachen waren in den Straßen verteilt. Langsam verließen sie den Marktplatz Richtung Norden über eine der vier Alleen. Vorbei an den verzierten Häusern, die alle ihre Geschichte erzählen wollten.

Etwa fünfzig Meter liefen sie die Straße entlang, dann bogen sie in eine kleine Gasse ein, weil sich fünf Wachen näherten. Ein Stück weiter kreuzte ein Weg, und Casto, der vorangegangen war, blieb abrupt stehen.

Zwei Mankuren, gefolgt von fünf Menschen, liefen an ihnen vorbei, bemerkten sie aber nicht. Während die drei Oberen auf der Stelle verharrten, bis die Wachen sich wieder entfernt hatten, beobachtete Verdala die Hauswand gegenüber. Die Bilder von zwei Mankuren, die gerade ein großes vierbeiniges Wesen jagten, bewegten sich.

Sie tippte Aminar auf die Schulter und zeigte auf die Hauswand. Auch Casto wurde aufmerksam, und den dreien wurde bewusst, dass die Bilder sie auch im unsichtbaren Zustand wahrnahmen. Die Bilder, die ihre Geschichte nur dann erzählten und sich auch nur dann bewegten, wenn ein Lebewesen sie betrachtete, würden die drei Oberen verraten.

Die Wachen waren außer Sichtweite, und sie querten die Straße, dabei blickte Aminar zur Seite durch die Gasse. Er konnte die Westallee sehen und auffällig viele Wachen an einem der Häuser. Er blieb stehen und zeigte Casto und Verdala das Haus. »Das sollten wir uns genauer ansehen.

Vorsichtig näherten sie sich der breiten Straße. Auf der gegenüberliegenden Seite war eines der Häuser von Mankuren umstellt. Es war offensichtlich, dass Shira in diesem Haus festgehalten wurde. Caldes wollte, dass sie schnell gefunden werden kann.

»Wir müssen da rein«, flüsterte Casto.

»Wir können nicht direkt in das Haus rein. Wir wissen nicht, was uns dort erwartet. Caldes wird damit rechnen, dass einer von uns dort auftaucht«, überlegte Aminar.

»Wir könnten vorher einen Blick durch das Fenster werfen«, schlug Verdala vor. Sowohl Casto als auch Aminar blickten sie an, als hätte sie sich einen Scherz erlaubt. »Von der Veranda aus kann man durch das Fenster sehen. Die Wachen stehen alle vor der Veranda. Ich werde einen Blick in das Haus werfen und direkt wieder verschwinden.«

Casto und Aminar tauschten fragende Blicke aus. »Ich werde gehen«, entschied Aminar und war im nächsten Augenblick auch schon auf der Veranda. Vorsichtig linste er durch das Fenster und sah einen kopflosen Körper, der auf einem Stuhl saß, dann entdeckte er die anderen beiden Leichen. Aminar spürte ein unangenehmes Gefühl in der Magengrube. Er erkannte die drei toten Mankuren. Der restliche Teil des Raumes entzog sich seinem Sichtfeld, und er ging zu dem Fenster auf der anderen Seite der Eingangstür, dabei knarzte eine der Holzdielen unter seinem Fuß, und eine der Wachen drehte sich um. Aminar bewegte sich nicht.

Skeptisch betrachtete der Mankur die Tür und wollte seinen Blick gerade wieder abwenden, dann fiel ihm auf, dass die Bilder neben dem Fenster, an dem Aminar stand, sich bewegten. Auch Aminar entging nicht, dass die Bilder ihn verraten hatten, er warf schnell einen Blick durch das Fenster und sah Shira von den Wurzeln gefesselt vor dem Kamin sitzen. Ihr Kopf hing herunter, und ihre Augen waren geschlossen. Aminar war sich nicht sicher, ob sie noch lebte.

Der Mankur kam gerade mit gezogenem Schwert auf die Veranda, als Aminar verschwand und neben Verdala und Casto wieder auftauchte. »Das war knapp«, sagte er erleichtert.

»Was hast du gesehen? Ist Shira dort?«, fragte Casto.

»Ja, ist sie. Wie es scheint, ist sie allein, außer ihr konnte ich nur drei tote Mankuren sehen. Allerdings bin ich mir nicht sicher, auf welcher Seite sie standen, als sie noch am Leben waren.«

»Aber Shira lebt, oder?«, fragte Casto prompt.

»Ich denke schon«, sagte Aminar verunsichert.

Casto entgingen Aminars Zweifel nicht, und er sah ihn besorgt an. »Ich werde da reingehen und sie befreien, ihr müsst die Wachen ablenken«, entschied Casto entschlossen.

»Bist du verrückt? Wir werden in wenigen Sekunden von den Wachen der ganzen Stadt belagert werden. Shira wird es niemals schaffen, die Stadt zu verlassen, der Unsichtbarkeitszauber wird ihr dann auch nicht mehr nützen können«, entgegnete Aminar.

»Dracon hat es auch geschafft«, sagte Casto.

»Das mag sein, aber ich bezweifle, dass ihm dabei die Aufmerksamkeit der ganzen Stadt zuteilward«, gab Aminar zu bedenken.

»Wir werden wiederkommen, wenn es dunkel ist. Dann haben wir bessere Chancen«, schlug Aminar vor.

»So lange können wir nicht warten, vielleicht ist sie dann bereits tot«, sagte Casto.

»Gut, ich werde den anderen Bescheid sagen. Warte, bis ich zurück bin«, beschloss Aminar.

»Beeil dich«, forderte Casto.

»Sicher.« Aminar wollte sich gerade zurück in den Wald zu Dracon begeben, doch in dem Augenblick, als er verschwinden wollte, war ein lautes, summendes Geräusch zu hören. Ein Gitter aus weißen Blitzen in Form einer Kuppel leuchtete kurz über der Stadt auf. Aminar konnte die Stadt nicht verlassen. »Was war das?«, fragte er leise.

»Barrieresteine. Caldes muss sie an den Stadtmauern verteilt haben«, stellte Verdala fest.

Diese Steine bildeten, wenn sie in einem Kreis angeordnet wurden, einen magischen Schutzschild. Er verhinderte, dass Magie entweichen konnte. Es war unmöglich, Zauber anzuwenden, die außerhalb dieses Schutzschildes ihre Wirkung entfalten sollten. Alles, was hineinkam, konnte nicht wieder hinaus. Ganz gleich, ob Energie oder Feuerkugeln, Schriftrollenvögel oder auch Lebewesen, die mithilfe von Magie die Stadt verlassen wollten, alles prallte an diesem magischen Netz ab.

»Dann können wir auch keine Nachricht verschicken. Sie wird von dem Schutzschild genauso aufgehalten wie wir«, bemerkte Casto.

»Das hätten wir wissen müssen«, sagte Aminar. Es erklärte, warum die Bewohner die Oberen nicht hatten rufen können, kurz bevor die Stadt eingenommen wurde. Die Barrieresteine waren zu diesem Zeitpunkt sicher schon dort gewesen, was Aminar nun bewusst wurde.

»Ich sagte doch, er wird auf alles vorbereitet sein«, ärgerte sich Casto.

Kaum hatte er den Satz beendet, kamen ihnen aus allen Richtungen Wachen entgegen. Das Aufleuchten des magischen Schutzschildes hatte sie gewarnt, und nun wussten sie, dass sich Eindringlinge in der Stadt befanden. Diesmal waren auch einige Todschatten und zwei Fleischreißer dabei. Sie rannten direkt auf die Oberen zu und fixierten sie, als könnten sie die drei sehen.

»Schnell zur Treppe der Stadthalle«, drängte Aminar leise.

Die Tür der Stadthalle war verschlossen, den Marktplatz entlang liefen überall Wachen herum, die aufmerksam alles absuchten. Die Fleischreißer rümpften ihre Nasen und spitzten die Ohren.

»Vielleicht können wir uns in der Stadthalle verstecken«, schlug Verdala vor.

»Was ist, wenn sie nicht leer ist?«, fragte Aminar.

»Soll ich nachsehen?«, bot Casto an.

Aminar und Verdala nickten. »Beeil dich«, sagte Verdala, noch bevor Casto verschwand. Es dauerte nur wenige Sekunden, da stand er schon wieder neben ihr.

»Zu den Gärten, sofort!«, forderte er nervös und verschwand sogleich wieder.

Aminar und Verdala taten es ihm gleich, als sich gerade die Tür der Stadthalle öffnete. Vier Todschatten kamen heraus, gefolgt von Caldes, der sich mit einem finsteren Blick umschaute. »Ich will, dass ihr sie findet.

Sorgt dafür, dass die Stadttore nicht geöffnet werden können!«, sagte er mit einer beängstigenden Stimme.

In den Gärten von Dradonia war niemand zu sehen, aber die drei Oberen wussten, dass sich das schnell ändern würde.

»Was machen wir jetzt? Es wird nicht lange dauern, bis sie uns gefunden haben«, sagte Aminar.

Casto sah die beiden nachdenklich an. »Wir werden Shira befreien und uns den Weg freikämpfen. Sie wissen sowieso, dass wir hier sind. Es wird nicht schwieriger, wenn sie dabei ist«, sagte er dann.

»Gut, dann würde ich vorschlagen, wir treffen uns bei ihr. Diesmal direkt im Haus. Wollen wir hoffen, dass Caldes dort nicht auf uns wartet«, sorgte sich Aminar.

Einen Augenblick lang sahen sich die drei schweigend an, dann nickten sie zustimmend und begaben sich in das Haus, in dem Shira immer noch gefesselt auf dem Stuhl saß. Außer ihr war niemand in dem Raum zu sehen. Die Luft war stickig, und ein leicht unangenehmer Geruch, der von den toten Mankuren kam, war zu vernehmen.

Verdala und Aminar blieben neben der Tür stehen, während Casto sich lautlos Shira näherte. Diese blickte sich nervös um. Sie spürte die Luftveränderung und hörte den Atem von Casto. »Keine Angst, ich bin es«, flüsterte er. Shira erkannte die Stimme ihres Vaters und war erleichtert.

»Exmalcio de enmi«, flüsterte Casto, und die Wurzeln, die Shira am Stuhl festhielten, lösten sich in Luft auf. Dann öffnete Casto die Handschellen. Für Shira sah es aus, als würden sie sich von allein lösen. Nur als Casto das magische Eisen berührte, um die beiden Gravierungen zu drücken, flackerte seine Silhouette vor Shira kurz auf.

Nachdem sie von den Handschellen befreit war, heilte Verdala die Wunde an ihrer Brust. Shira konnte sie nicht sehen und fragte sich zunächst, ob es Dracon sei, der sie heilte, aber der süßliche Geruch verriet ihr, dass er es nicht sein konnte.

Dann ergriff Casto Shiras Hand und ließ auch sie unsichtbar werden. Es war nötig, dass er den Zauber sprach, damit Shira Casto, Aminar und Verdala sehen konnte und auch von ihnen gesehen wurde. »Caldes weiß, dass wir hier sind, und die Stadt wird durch Barrieresteine geschützt. Es wird also kein Spaziergang werden«, warnte Casto.

Shira hob ihr Schwert auf, das immer noch auf dem Boden neben dem Stuhl lag. Plötzlich durchfuhr ein eisiger Windhauch den Raum. »Habt ihr wirklich geglaubt, ich würde es euch so einfach machen?«, zischte Caldes' grauenvolle Stimme durch den Raum. Er war direkt hinter Verdala aus dem Nichts erschienen, hatte sie von hinten gepackt und hielt ihr ein Messer an den Hals. Aminar griff ihn sofort an, wurde aber mit einem heftigen Energiestoß abgeschmettert und prallte auf den Boden. Caldes belegte ihn sofort mit dem Erstarrungszauber, und er blieb bewegungslos am Boden liegen. Casto sprach sogleich den Gegenzauber aus. In diesem Augenblick schlitzte Caldes Verdala die Kehle auf, sie war sofort tot. Caldes ließ sie unsanft fallen, während aller Augen geschockt auf ihren leblosen Körper gerichtet waren.

»Euer Unsichtbarkeitszauber vermag euch vor den Blicken der Todschatten und der Wachen zu schützen, aber ich kann euch sehen«, sagte Caldes und lachte. Dabei sah er auf den Drachenkopf, dann ließ er alle drei gleichzeitig erstarren. »Kleiner Bruder, es überrascht mich, dich zu sehen. Du machst es mir wirklich nicht leicht, dich loszuwerden.«

Er ging auf Casto zu und ließ die Spitze des Dolches, an dem noch Verdalas Blut klebte, über Castos Nasenspitze gleiten. »Möchtest du noch etwas sagen, bevor du diese Welt für immer verlässt? Ich vergaß, du kannst ja nicht sprechen. Caralib.« Caldes löste die Erstarrung in Castos Gesicht. »Nun, wie lauten deine letzten Worte?«, wollte Caldes wissen.

»Piedbarri alredro«, sagte Casto.

Caldes lachte spöttisch. »Wirklich, du verschwendest deine letzten Worte, wo du doch wissen müsstest, dass mir die magische Sprache nichts anhaben kann, solange ich im Besitz des Drachenkopfes bin.«

»Vielleicht kann sie dir nicht direkt etwas anhaben«, erwiderte Casto.

Caldes sah überrascht auf den Boden. Um ihn herum bildete sich ein Kreis aus Barrieresteinen. Casto nutzte die Gelegenheit, löste den Erstarrungszauber und schlug Caldes den Dolch aus der Hand. Dann befreite er Shira und Aminar. Caldes grinste spöttisch und wollte aus dem Steinkreis herausgehen, um seine Kräfte wieder einsetzen zu können, doch ein Kraftfeld hinderte ihn daran, was ihn sichtlich verwirrte.

»Das sind keine gewöhnlichen Barrieresteine. Diese Steine sperren nicht nur die Magie ein«, erklärte Casto triumphierend.

»Lächerlich«, entgegnete Caldes unbeeindruckt. Er schaute auf die Steine, und plötzlich zersprangen sie einer nach dem anderen. Das Kraftfeld verschwand, im selben Augenblick durchbohrte Casto Caldes' Brust mit dem Schwert. Der schwankte geschockt zurück. Die Tür wurde von außen aufgerissen, vier Todschatten und einige Mankuren stürmten herein. Casto wollte Caldes einen weiteren Schwerthieb versetzen, um ihn zu töten, doch stattdessen wurde er gezwungen, sich gegen einen der Todschatten zu verteidigen. Auch Shira und Aminar konnten sich nicht mehr auf Caldes konzentrieren, und er verschwand.

***

Er versteckte sich in der Stadthalle und wartete, bis seine Wunde wieder verheilt war. Es dauerte nur wenige Minuten, doch als er in das Haus zurückkehrte, fand er nur noch mehr Leichen vor. Shira, Casto und Aminar aber waren verschwunden.

Sie hatten die Gestalt von dreien der toten Mankuren im Haus angenommen und liefen inmitten der anderen Wachen durch die Stadt Richtung Nordtor. Als die Truppe in eine Seitengasse abbog, ließen sie sich unauffällig zurückfallen und liefen auf das Stadttor zu. Es wurde von acht Todschatten und drei Fleischreißern bewacht. »Abepaso todra de siuda«, sagte Aminar leise, und alle drei Stadttore begannen sich zu öffnen.

Die Wachen an den Toren waren überrascht und bereiteten sich auf einen Angriff vor. Als Aminar, Shira und Casto auf die Todschatten am Westtor zuliefen, wurden sie zunächst nur kritisch beäugt. Die Todschatten gingen davon aus, dass es die eigenen Leute waren, die zur Verstärkung kamen. Erst als die drei Mankuren die Stadt verlassen wollten, wurden sie misstrauisch.

»Niemand verlässt die Stadt«, ertönte die tiefe, raue Stimme von einem der Todschatten.

»Wir haben den Befehl, herauszufinden, wer die Stadttore geöffnet hat«, erklärte Casto.

»Wir haben den Befehl, niemanden aus der Stadt zu lassen«, entgegnete der Todschatten.

Shira, Casto und Aminar tauschten Blicke aus, und als hätten sie sich ohne Worte verstanden, zogen sie alle gleichzeitig ihr Schwert. Die Todschatten konnten kaum reagieren, und drei von ihnen wurden getötet, bevor sie sich überhaupt bewegt hatten. Aber auch die anderen fünf hatten kaum eine Chance, sich gegen ihre Angreifer zu verteidigen. Den Fleischreißern allerdings gelang es, sowohl Casto als auch Aminar eine tiefe Fleischwunde zuzufügen, bevor sie getötet wurden. Einer von ihnen hatte Casto in die Wade gebissen, und der konnte nicht mehr aufstehen. Shira und Aminar mussten ihn stützen.

Außerhalb der Stadt begab Casto sich sofort zu der Stelle, wo er Dracon zurückgelassen hatte, aber er war nicht mehr dort. Es waren bereits zwei Stunden vergangen, seit sie sich nach Dradonia begeben hatten. Casto rief Drognor, der sogleich neben ihm erschien.

»Was ist passiert? Wo sind Verdala und Aminar?«, fragte dieser.

»Aminar und Shira haben gerade die Stadtmauern von Dradonia verlassen. Wo ist Dracon?«, fragte Casto schmerzgeplagt.

»Er ist auf dem Weg nach Dradonia. Und wo ist Verdala?«

Casto blickte Drognor bedauernd an. Drognor starrte Casto fassungslos an. Er verstand sofort, was Castos Blick aussagte. »Nein, sag mir, dass er sie nicht getötet hat«, wünschte er sich.

Casto schüttelte langsam den Kopf. »Es tut mir leid.«

»Ich werde Dracon suchen, sobald ich ihn gefunden habe, rufe ich dich«, sagte Drognor tonlos und verschwand.

***

Dracon war erst eine knappe Stunde unterwegs und noch nicht weit gekommen. Drognor fand ihn recht schnell.

»Casto ist zurück«, sagte Drognor angespannt.

»Casto? Und was ist mit …«

»Das soll er dir selbst sagen«, unterbrach Drognor seinen Sohn und rief Casto.

Casto erschien zum ersten Mal am Boden liegend vor Dracon. Dieser hätte gern eine abfällige Bemerkung gemacht, doch in dem Wissen, dass Casto sicher keine guten Nachrichten hatte, verkniff er sich die unnötigen Provokationen. »Was ist passiert?«, fragte Dracon, während er Castos Bein betrachtete. Der Fleischreißer hatte eine tiefe Wunde hinterlassen, die stark blutete.

»Würdest du mir bitte erst helfen«, erwartete Casto zähneknirschend.

»Ist kein gutes Gefühl, wenn man auf jemanden angewiesen ist, den man nicht leiden kann, habe ich recht?«, entgegnete Dracon garstig.

»Jetzt mach schon«, forderte Casto ihn auf.

Sein wütender Blick verriet Dracon, dass Casto ihm am liebsten an die Kehle gesprungen wäre. Etwas widerwillig heilte er die Wunde an Castos Bein. »Und jetzt sag mir, wo meine Mutter und Aminar sind!«, sagte Dracon schließlich.

»Deine Mutter ist tot«, entfuhr es Casto unwirsch, was ihm im nächsten Moment leidtat. Sicher war er wütend auf Dracon, aber ihm diese Nachricht so unsanft zu überbringen, hatte er nicht beabsichtigt.

Dracon sah ihn mit einem zornigen Blick an, und bevor Casto sich entschuldigen konnte, schlug Dracon ihm mit voller Wucht seine Faust ins Gesicht. Der Schlag war so heftig, dass Castos Nase brach und er zwei Schritte nach hinten schwankte, dabei stolperte und hinfiel. Dracon hatte einfach die Beherrschung verloren.

Drognor konnte sich ein Lächeln nicht verkneifen, als er Castos blutige Nase sah. Vorsichtig fasste Casto sich an die Nase und betrachtete das Blut an seinen Fingern. Dann sprang er auf und wollte auf Dracon losgehen, aber Drognor hielt ihn durch den Erstarrungszauber auf. »Halt dich zurück«, sagte er in bedrohlichem Ton, bevor er den Zauber wieder löste.

»Das wirst du noch bereuen!«, drohte Casto Dracon.

»Ich glaube nicht«, entgegnete dieser.

Casto trat ein Stück an ihn heran. »Das werde ich dir heimzahlen, verlass dich drauf!«, sagte er. Dracon erwiderte Castos zornigen Blick, sagte aber kein Wort. »Wir haben Shira befreit, sie und Aminar befinden sich unweit von Dradonia auf der Flucht«, berichtete Casto, und Dracon lief sofort los.

DAS ÄUSSERE TÄUSCHT

Aminar und Shira hatten sich bereits einige Kilometer von Dradonia entfernt. Sie rannten unentwegt, obwohl es nicht den Anschein hatte, dass sie verfolgt wurden. Plötzlich blieb Aminar stehen, er blickte sich um und rümpfte die Nase.

»Was ist los?«, fragte Shira nervös.

»Ich kann die Todschatten riechen. Wie es scheint, sind sie uns doch gefolgt. Sie sind noch weit entfernt, aber sie sind schnell. Es wird nicht lange dauern, bis sie uns eingeholt haben«, befürchtete Aminar.

»Dann lass uns weiterlaufen.«

»Wir können ihnen nicht davonlaufen, sie folgen unserem Geruch«, sagte Aminar und dachte nach. Dann sprach er einen Zauber aus, und um ihn herum stiegen kleine orangene Blüten auf. Sie verteilten sich in der Luft, und ein schwefliger Geruch breitete sich aus. Die Blüten wurden vom Wind davongetragen, und in nur wenigen Augenblicken waren sie verschwunden. »Das wird uns Zeit verschaffen«, bemerkte Aminar zufrieden.

»Was war das?«

»Foetorblumen. Sie verbreiten einen unangenehmen Geruch, der es unmöglich macht, eine Fährte zu wittern. Allerdings kann ich die Todschatten nun auch nicht mehr riechen.«

Schnellen Schrittes ging Aminar weiter. Er schien sein Ziel genau zu kennen, während Shira sich nicht sicher war, wo er hinlief. Aber sie folgte ihm und stieß beinahe gegen ihn, als er abrupt stehen blieb. Sein Katzenohr drehte sich zur Seite und wieder nach vorn. Langsam zog er sein Schwert. Shira tat es ihm gleich und beobachtete angespannt die Umgebung, dann hörte sie ebenfalls etwas. Das leise Rascheln von Laub. Es klang wie Schritte.

Aminar und Shira versteckten sich hinter einem Baum. Was auch immer sich ihnen genähert hatte, lief auf der anderen Seite des Baumstamms an ihnen vorbei. Aminar ließ seine Klinge hervorschnellen.

Dracon zuckte zusammen, als er beinahe in Aminars Schwert rannte. Aminar nahm das Schwert sofort herunter.

»Hat Casto dich gefunden?«, fragte Aminar. Dracon nickte. »Dann weißt du es also bereits. Es tut mir leid.«

Dracon antwortete nicht und blickte auf Aminars verletzten Arm. Ohne etwas zu sagen, nahm er vorsichtig die blutüberströmte Hand und hob sie ein Stück an, dann legte er seine andere Hand auf die Wunde und heilte sie. Nachdem Dracon die Verletzung geheilt hatte, ging Shira zu ihm und umarmte ihn. Sie konnte kaum glauben, dass sie ihn wieder in die Arme schließen konnte. Ihm ging es ähnlich, und weder er noch sie lösten die Umarmung, bis Aminar sich ungeduldig räusperte.

»Ich störe euch nur ungern, aber wir sollten weitergehen. Bevor die Todschatten uns finden.«

»Wo gehen wir hin?«, wollte Dracon wissen.

»Zur Festung des Lichts«, sagte Aminar.

»Wollt ihr Drodonia denn nicht zurückerobern?«, fragte Dracon.

»Natürlich wollen wir das. Aber es wird noch etwa zwei Tage dauern, bis unsere Truppen sich gesammelt haben. Zumal wir vorher darüber nachdenken sollten, wie wir Caldes besiegen können. In der Festung sind wir vorerst sicher, und ihr könnt euch etwas ausruhen, bevor wir zurückschlagen.«

»Sicher? Hast du nicht gesehen, was er mit dem großen Versammlungssaal gemacht hat?«

»In den Räumen, die er nicht kennt, sind wir sicher.«, sagte Aminar.

***

Als sie den Seelensee hinter sich gelassen und die Nordschlucht vom Androrgebirge erreicht hatten, ließ Aminar sie allein. Es war bereits dunkel, aber Shira und Dracon hatten sich entschlossen, die Nacht durchzulaufen, damit sie die Festung des Lichts noch vor Morgengrauen erreichen würden. Hin und wieder glaubten sie, einen leichten Geruch von Verwesung wahrzunehmen, doch Todschatten waren nirgends zu sehen.

Die Nacht neigte sich langsam dem Ende zu, und ihr Ziel war nicht mehr weit entfernt, aber ein dichter Nebel war aufgezogen und nahm ihnen die Sicht in der zuvor klaren Nacht. Ihre Schritte wurden langsamer, sie konnten kaum noch zwei Meter weit sehen. Blind, im Vertrauen auf ihre Ohren, setzten sie einen Fuß vor den anderen. Als sie plötzlich ein lautes Geräusch hörten, blieben sie abrupt stehen. Es klang wie ein Flügelschlag von etwas Großem, gefolgt von dem Geräusch herabfallender Steine. Dann trat wieder Stille ein.

Shira und Dracon zogen ihre Schwerter. Sie starrten angespannt auf die weiße Nebelwand. Ein Feuerschwall kam ihnen entgegen. Dahinter zeichnete sich langsam die Kontur eines großen Drachenkopfes ab. Es war Vancar, der langsam auf sie zukam. Dracon dachte sogleich an das Amulett und daran, dass es ihm keinen Schutz mehr bot.

»Du trägst also das Amulett nicht mehr«, sagte Vancar, der Dracons Gedanken gehört hatte. Seine Stimme klang finster und bedrohlich.

»Warum sollte er auch? Es hätte uns den Weg im Finsterfluchforst weisen sollen, stattdessen hat es uns beinahe getötet«, mischte sich Shira ein.

Vancar war mit seiner Nasenspitze kaum eine Handbreit von Dracon entfernt und hätte einfach nur zuschnappen müssen, um ihn zwischen seinem Kiefer zu zermalmen. Doch Dracon fürchtete viel mehr, dass Vancar ihn mit einem Feuerschwall verbrennen würde. Shira versuchte, sich dazwischenzuschieben, in der Hoffnung, Dracon schützen zu können, sollte Vancar sein tödliches Feuer speien.

»Dennoch habt ihr den goldenen Drachenkopf gefunden!«, sagte Vancar und stieß Shira mit seinem Kopf wieder zur Seite. Weder Dracon noch Shira antworteten ihm, doch das brauchten sie auch nicht, denn ihre Gedanken verrieten sie. Vancar grinste verächtlich, dabei kamen seine spitzen Zähne zum Vorschein und ließen ihn noch unheimlicher wirken. »Nun, da der goldene Drachenkopf nicht mehr in eurem Besitz ist, habe ich keinen Grund, euch am Leben zulassen«, bemerkte er.

Kaum hatte er den Satz beendet, spie er einen Feuerschwall auf Dracon. Shira löschte das Feuer sogleich wieder, was Vancar wütend machte. Er wollte wieder angreifen, und Dracon holte mit seinem Schwert zum Schlag aus.

»Halt, warte!«, rief Shira. Sowohl Vancar als auch Dracon sahen sie verwundert an. »Wenn du uns tötest, wird der goldenen Drachenkopf in Caldes´ Besitz bleiben«, sagte sie.

»Worauf willst du hinaus?«

»Glaubst du, ihr Drachen könntet Caldes besiegen? Er wird jeden einzelnen von euch umbringen. Wenn du uns gehen lässt, werden wir den goldenen Drachenkopf zurückholen«, versicherte Shira.

»Ich glaube kaum, dass euch das gelingt.«

»In dem Fall hast du nichts zu verlieren. Wenn wir Caldes nicht besiegen können, wird er dir die Mühe, uns zu töten, sicher abnehmen«, erklärte Shira.«

»Das mag sein, nur ist es keine Mühe für mich, euch zu töten. Es wäre viel mehr ein Vergnügen«, sagt Vancar mit einem beängstigenden Blick. Shira war im Begriff, ebenfalls ihr Schwert zu ziehen. »Das würde ich an deiner Stelle nicht tun«, warnte Vancar. »Ich werde euch gehen lassen. Doch sollte der goldene Drachenkopf beim nächsten Vollmond immer noch in Caldes‹ Besitz sein, ist das gewiss euer Ende. Er breitete seine Flügel aus, hielt aber inne in seiner Bewegung. »Ich hoffe für euch, dass der neue Träger des Amuletts nicht derjenige ist, der auch den Drachenkopf besitzt«, warnte Vancar.

»Wieso?«, fragte Dracon vorsichtig.

»Falls du es nicht bemerkt haben solltest, ist dieses Amulett etwas Besonderes. Es schützt seinen Träger nicht nur vor dem Feuer der Drachen, es schützt ihn gleichermaßen davor, seiner Energie beraubt zu werden. Mit dem Amulett ist der goldene Drachenkopf auch für sterbliche Wesen uneingeschränkt nutzbar.«

Dracon dachte daran, wie er den Drachenkopf das erste Mal genutzt hatte. Ihm war nicht bewusst gewesen, dass er sich ebenso von magischer Lebensenergie nährte wie die magische Sprache. Schließlich hatte er nichts dergleichen bemerkt.

»Du hast es also gewagt, ihn zu benutzten. Das war nicht klug von dir, dich dem Verbot von Baron zu widersetzen.«

»Ich musste es tun. Davon abgesehen hat mich das Amulett nicht davor geschützt, dem Bann des goldenen Drachenkopfes zu verfallen. Er hat mich kontrolliert.«

»Ich habe auch nicht gesagt, dass es davor schützen würde, seiner Macht zu verfallen. Es schützt die Lebensenergie seines Trägers. Oder hast du gespürt, dass er dich deiner Kräfte beraubt, als du dich seiner Macht bedient hast?« Vancar blickte ihn verachtend an. »Es war sehr anmaßend von dir zu glauben, du seist fähig, die Mächte des Drachenkopfes zu beherrschen. Kein sterbliches Wesen ist dem gewachsen.«

»Caldes schon«, widersprach Dracon.

Vancar schien verwundert zu sein. »Wieso denkst du das?«

»Er weiß genau, was er tut. Der Drachenkopf zieht ihn nur gelegentlich für wenige Minuten in seinen Bann.«

»Dann ist es ihm vielleicht bestimmt, vom Bann des Drachenkopfes verschont zu bleiben«, erklärte Vancar in spöttischem Ton.

»Das kann ich mir kaum vorstellen«, sagte Dracon abfällig.

»Es ist auch mehr als unwahrscheinlich, nicht einmal Nevim vermochte, diese Macht zu bändigen«, entgegnete Vancar. Dann breitete er seine Flügel aus und flog davon. Der Nebel wurde unter seinen Schwingen verwirbelt und zeichnete einen kleinen Strom, bis er sich wieder verdichtete.

Die Verbrennungen waren wieder verheilt, nur an Dracons Kleidung war noch zu erkennen, dass Vancar ihn angegriffen hatte.

»Ist alles in Ordnung?«, fragte Shira.

Dracon nickte und blickte nach oben, aber außer der weißen Nebeldecke war nichts zu sehen. »Ich hasse Drachen«, bemerkte Dracon verärgert.

»Glaubst du, dass Baron ihn geschickt hat, uns zu suchen?«

»Wer weiß, schon möglich. Vielleicht hat er uns aber auch nur zufällig gefunden.«

»Wo ist das Amulett?« Dracons Blick verriet Shira die Antwort auf ihre Frage, noch bevor er sie aussprach.

»Caldes hat es mir abgenommen«, sagte er leise.

»Natürlich hat er das.«

»Ich habe es ihm nicht freiwillig gegeben!«, erwiderte Dracon verärgert.

»Das ist mir bewusst. Das war auch kein Vorwurf.« Shira seufzte. »Das Amulett gibt ihm also das zurück, was er durch Nevims Tod verloren hat. Er kann den goldenen Drachenkopf uneingeschränkt nutzen. Wir werden ihn niemals besiegen. Das Schicksal ist einfach gegen uns«, resignierte sie.

»Vielleicht ist es tatsächlich so, dennoch werde ich versuchen, Caldes zu besiegen und den goldenen Drachenkopf zurückzuholen, und wenn es mein Schicksal ist, dabei zu sterben, dann sei es.«

»Das nenne ich aufbauende Worte«, sagte Shira sarkastisch.

»Es ist sicher nicht unmöglich, Caldes zu besiegen, uns muss es nur irgendwie gelingen, ihm den Drachenkopf abzunehmen.«

»Wenn das nur so einfach wäre«, sagte Shira.

»Vielleicht ist es das auch. Wir werden sehen. Lass uns weitergehen.«

Der Nebel hatte sie auch im Morgengrauen, als sie die Festung des Lichts erreichten, noch fest umschlossen. Seit ihrer Begegnung mit Vancar hielten sie ihre Schwerter immer noch in ihren Händen. Sie waren nicht mehr weit vom Eingang der Festung entfernt, als sie die Umrisse einer Gestalt im dichten Nebel sahen. Darauf gefasst, jeden Augenblick angegriffen zu werden, versuchten sie zu erkennen, wer sich ihnen näherte. Als die Gestalt nur noch wenige Schritte entfernt war, stellten sie erleichtert fest, dass es Casto war.

»Musst du uns so erschrecken. Hättest du nicht in der Festung auf uns warten können?«, fragte Dracon. Er warf ihm einen zornigen Blick zu und stellte fest, dass Castos Nase wieder geheilt war. »Wie ich sehe, hat dir das Wurzelwasser wieder gute Dienste erwiesen.« Dracon wusste, dass er Casto damit provozierte, aber er konnte sich nicht zurückhalten. Doch zu seiner Verwunderung reagierte Casto gelassen und sagte nur:

»Sicher hat es das.«

»Wovon sprecht ihr?«, fragte Shira neugierig.

Dracon hatte eigentlich nicht vorgehabt, ihr von dem Vorfall zu erzählen, aber Casto würde es sicher nicht verschweigen. »Das soll dir dein Vater erzählen.«

»Unwichtig!«, sagte Casto prompt.

Dracon war verwundert über diese Reaktion, und er wurde misstrauisch. »Warum bist du hier? Du bist doch nicht hergekommen, um uns in die Festung des Lichts zu geleiten?«

»Ich wollte nur sichergehen, dass ihr auch ankommt.«

Castos Stimme klang listig. Dracon war es von ihm gewohnt, dass er hinterhältig war, doch irgendetwas an ihm war diesmal anders. Allerdings hatte Dracon in der letzten Zeit häufiger das Gefühl gehabt, dass Casto ihn in einen Hinterhalt führen würde. So hielt Dracon sich zurück und hoffte, dass er auch dieses Mal mit seinem Gefühl falschlag. Er sah Casto noch einen Moment lang an, bevor er den Zugang zur Festung des Lichts öffnete.

»Nach dir«, sagte Casto zu ihm und grinste.

Dracon zögerte einen Augenblick, ging dann aber hinein gefolgt von Shira und Casto. Vor ihnen erschien eine Tür, kaum dass sie den Gang betreten hatten. Sie öffnete sich und Drognor kam ihnen entgegen.

»Casto?! Du bist schon wieder zurück?«, Drognor schien überrascht.

»Wo warst du denn?«, wollte Dracon wissen.

»Ich war nicht hier«, sagte Casto.

Drognor schüttelte genervt den Kopf. »Das Wurzelwasser ist aus. Er und Aminar haben neues besorgt. Allerdings ist es noch keine Stunde her, dass sie sich auf den Weg gemacht haben. Ich kann kaum glauben, dass ihr in der kurzen Zeit mehr Wurzeln als die Menge, die du für deine Nase benötigt hast, ernten konntet. Ich dachte, wir waren uns einig, dass ihr so viel wie möglich beschafft. Es ist schließlich nicht so, dass wir derzeit gut darauf verzichten könnten.«

»Da stimme ich dir zu. Aber nun, da Shira und Dracon in der Festung des Lichts eingetroffen sind, halte ich es für klüger, unverzüglich unser weiteres Vorgehen zu besprechen. Denn mit jeder Minute gelangt Caldes ein Stück näher an sein Ziel. Wir sollten so schnell wie möglich einen Weg finden, ihn zu vernichten. Sicher bleibt uns danach noch Zeit, einige Wurzeln der Mondlichttanne zu ernten.«

»Du scheinst Caldes' Ziel zu kennen. Hast du uns etwas mitzuteilen?«, fragte Drognor.

»Ich kenne sein Ziel nicht, aber er wird sicher nicht untätig sein.«

»Ich sage es nur ungern, aber er hat recht. Wir dürfen keine Zeit verlieren«, sagte Dracon.

Er dachte an Vancars Worte. Zwar dauerte es noch einige Tage bis zum nächsten Vollmond, aber ihre Zeit war begrenzt.

»Gut, wie ihr wollt. Wir gehen in den Saal der Säulen. Caldes kennt diesen Raum nicht, also sind wir dort sicher«, entschied Drognor und öffnete die Tür.

»Dort sind wir bestimmt sicher«, sagte Casto leise.

Drognor hatte ihm bereits den Rücken gekehrt und ging, dicht gefolgt von Dracon, durch die Tür, die in den Saal der Säulen führte. Nur Shira hatte die letzten Worte ihres Vaters gehört und sein hinterhältiges Grinsen gesehen. Ein ungutes Gefühl überkam sie. Ihr kam wieder der Gedanke, dass er sich doch mit Caldes verbündet hatte. Sie bemerkte, dass er die linke Hand im Ärmel seines Wamses verbarg, und sprach ihn darauf an. Er blickte auf seinen Arm, und Shira glaubte kurz, ein rotes Licht zu erkennen, doch als er ihr seine Hand zeigte, war sie leer.

Der Saal der Säulen war wesentlich kleiner als der große Versammlungssaal, aber durch seine hohe, gewölbte Decke wirkte er beinahe genauso groß. Am äußeren Rand des Raumes reihten sich hohe Säulen dicht nebeneinander und ließen nur zwei Zugänge offen. In der Mitte befand sich ein langer weißer Marmortisch. Mittig darüber hing ein riesiger Kronleuchter, der mit mindestens hundert Kerzen bestückt war und sich in der glatten Oberfläche des Tisches spiegelte.

Auf Shira wirkte der Raum kalt, von Wandbildern oder edel verzierten Teppichen war nichts zu sehen. Ein paar Fackeln waren das Einzige, was einige der Säulen zierte. Es wunderte Shira, dass dieser Raum so kahl war, und sie fragte sich, ob es daran lag, dass er noch nicht lange existierte, oder ob bewusst mit der Dekoration gespart worden war.

Drognor und Dracon gingen zum Tisch, dicht gefolgt von Casto. Shira blieb an der Tür stehen und beobachtete ihren Vater. Sie wusste, dass er etwas in seiner Hand verbarg, obwohl er ihr die leere Hand gezeigt hatte. Sie vermutete, dass Casto sie durch einen Zauber getäuscht hatte.

Drognor rief die anderen Oberen. Aumora und Diggto erschienen als Erste, und Casto begrüßte sie. »Aumora, deine Schönheit entzückt mich auch nach über hundert Jahren noch.« Dann wandte er sich Diggto zu und blickte ihn an, als würde er ihn zum ersten Mal sehen. Er grüßte ihn lediglich mit einem Kopfnicken.

In dem Augenblick war sich Shira sicher, dass es nicht Casto war, der dort am Tisch stand. Er hatte ihr den Rücken zugekehrt und war abgelenkt. Shira nutzte die Gelegenheit und rief ihren Vater. »Vencasto«, flüsterte Shira, und Casto erschien neben ihr. Seine Nase war geschwollen und blau, worüber Shira kurz verwundert war. Sie schubste ihn hinter die breite Säule neben ihr.

Casto stolperte und landete unsanft auf dem Boden. Das dumpfe Geräusch seines Aufpralls entging seinem Doppelgänger nicht. Er blickte Shira misstrauisch an, wandte seinen Blick dann aber wieder den Oberen zu. Casto war völlig überrumpelt und verstand nicht, warum Shira das getan hatte. Allerdings war ihm bewusst, dass er sich besser versteckt hielt. Gerade erschien Aminar neben Drognor am Tisch und war sichtlich irritiert.

»Casto?! Sagtest du nicht gerade, Shira habe dich gerufen?«

»Sagte ich das?!«, entgegnete Castos Doppelgänger und blickte wieder zu Shira.

Nachdem er sich wieder umgedreht hatte, gab sie Dracon mit einem Fingerstreich über ihre Kehle unmissverständlich zu verstehen, dass der Mankur neben ihm nicht Casto war. Dracon zögerte nicht und zog sein Schwert. Doch bevor er zum Schlag ausholen konnte, wurde er durch eine unsichtbare Kraft weggestoßen und prallte gegen die Säule, hinter der sich Casto versteckte.

Die Oberen waren überrascht, begriffen aber schnell, wer sich hinter Castos Erscheinung verbarg. Doch war es zu spät, sie waren bereits mit einem Zauber belegt und konnten sich weder bewegen noch sprechen. Auch Shira blieb von diesem Zauber nicht verschont, nur Casto war dem entgangen, da sein Doppelgänger ihn noch nicht bemerkt hatte. Dieser genoss die geschockten Gesichter der Anwesenden und fing an, zu lachen. Er wandelte seine Gestalt, und Castos Gesichtszüge verzerrten sich, um sich in den Schlangenkopf von Caldes zu formen.

Casto wagte einen Blick aus seinem Versteck, doch dieses Mal bemerkte Caldes ihn. Im nächsten Augenblick zersprang die Säule, hinter der sich Casto verbarg.

Dracon war noch leicht benommen und gerade dabei, sich wieder aufzurichten, als die Säule hinter ihm mit einem lauten Knall zerbarst. Er versuchte, sich vor den herabstürzenden Trümmern zu schützen, aber er war nicht schnell genug, und sein Bein wurde unter einem der Bruchstücke eingeklemmt.

»Was für ein glücklicher Zufall«, grinste Caldes und betrachtete den großen Steinbrocken, unter dem Dracons Bein begraben war. »So endet es also. Und deine letzte Chance, mich zu töten, vergeudest du. Aber das überrascht mich nicht.« Dabei beobachtete er zufrieden, wie Dracon verzweifelt versuchte, sein Bein zu befreien.

In diesem Augenblick griff Casto ihn an. Er ließ einen Feuerkreis um Caldes entstehen, der aber sogleich von Caldes wieder gelöscht wurde. Casto hatte bereits sein Schwert gezogen und war nur noch wenige Meter von ihm entfernt, bekam aber keine Chance für einen weiteren Angriff. Für Caldes bedurfte es nur eines Gedankens, und Casto erstarrte genau wie die anderen in seiner Bewegung.

»Weißt du, Bruderherz. Du bist wirklich lästig. Umso erfreulicher ist es für mich, dass du mit deinem Überleben nur erreicht hast, deiner Tochter beim Sterben zusehen zu können.« Caldes setzte wieder sein diabolisches Grinsen auf. Dracon versuchte immer noch vergebens, sich zu befreien. »Du brauchst dich nicht länger zu bemühen, obwohl mir der Anblick gefällt. Du solltest dich lieber darauf konzentrieren, mir zuzusehen, wie ich jeden Einzelnen in diesem Raum töten werde, bis ich dich endlich erlöse. Und mit ihr fange ich an«, sagte Caldes und zeigte auf Shira.

Und, als würde er sie mit seinem Finger führen, folgte sie seiner Bewegung und schwebte in der Luft. Caldes holte sie näher heran, bis sie nur noch wenige Schritte von ihm entfernt war. Dann schob sich ihr Schwert aus der Scheide und schwebte an ihrem Kopf vorbei, bis es sich direkt vor ihr befand. Panisch blickte sie auf die Spitze der Klinge, die auf sie gerichtet war.

Dracon versuchte, Shira durch einen Zauber zu befreien, doch alles, was er versuchte, war wirkungslos. Caldes‹ Zauber ließen sich nicht brechen. Dracon schloss verzweifelt die Augen.

»Du wirst es dir ansehen!«, sagte Caldes garstig.

Dracon durchfuhr ein heftiger Schmerz, dann wurden seine Augen aufgerissen. Im nächsten Augenblick schoss das schwebende Schwert nach vorn und durchbohrte Shiras Brustkorb. Durch die Berührung mit dem magischen Eisen löste sich der Zauber, der sie am Schweben hielt, und sie stürzte zu Boden. Nach Atem ringend griff sie langsam mit beiden Händen nach dem Schwert, das in ihrer Brust steckte. Mit letzter Kraft zog sie es heraus und sackte zusammen.

Wütend zerrte Dracon wieder an seinem Bein und versuchte, die Schmerzen zu ignorieren, aber es bewegte sich kein Stück. Shira lag direkt neben Caldes, sie hatte die Augen geschlossen, und Blut lief ihr aus dem Mund.

»Wen möchtest du als Nächstes verlieren?«, fragte Caldes, während er seinen Blick zu den Oberen schweifen ließ, die alles hilflos mit ansehen mussten.

Caldes hatte Dracon gerade den Rücken gekehrt, als Shira ihre Augen wieder öffnete. Ihr Schwert lag nur zwei handbreit von ihr entfernt. Sie versuchte, es an sich zu nehmen, aber es gelang ihr nicht.

»Wie wäre es mit dir. Du musst Widera oder Planara sein. Wie auch immer, deine blauen Haare gefallen mir nicht, also werde ich dich als Nächstes töten.« Kaum hatte Caldes seinen Satz beendet, wurde auch Widera von einem Zauber erfasst, durch den sie zu schweben begann. Durch den Erstarrungszauber wirkte sie wie eine Statue, die, auf einem unsichtbaren Stuhl sitzend, über die Köpfe der andern hinweg in Dracons Sichtfeld schwebte.

Shira hatte sich gerade mit aller Kraft ein Stück nach vorne geschoben und erreichte den Griff von ihrem Schwert. Sie hatte es kaum in der Hand, als es mit einem heftigen Ruck in die Luft stieg und sich mit der Spitze nach vorn gegen Widera ausrichtete.

»Lass ihr wenigstens die Möglichkeit, ein paar letzte Worte zu sprechen«, forderte Dracon. Widera war eine Meisterin der magischen

Sprache und beherrschte sie besser als alle anderen Oberen. Dracon wusste, wenn es einen Zauber gab, der ihnen einen Vorteil verschaffen konnte, würde sie ihn kennen, und er hoffte, dass sie diese Gelegenheit nutzen würde.

»Ich bin nicht dafür bekannt, gnädig zu sein. Aber zur Feier des Tages gewähre ich dir diesen Wunsch.« Caldes war so siegessicher, dass er die Gefahr völlig außer Acht ließ und den Erstarrungszauber von Wideras Gesicht löste, sodass sie wieder sprechen konnte.

Sie hatte bereits einen Zauber gewählt, der sie und die anderen Oberen befreien würde. Doch sie hatte kaum das erste Wort der magischen Sprache über die Lippen gebracht, da stieß die Klinge von Shiras Schwert durch ihr Herz. Ihr lebloser Körper fiel zu Boden und landete direkt neben Shira.

»Ein Jammer, die letzten Worte so zu vergeuden«, bemerkte Caldes abfällig.

Als er Shira den Rücken kehrte, um sein nächstes Opfer zu erwählen, bemühte sie sich, das Schwert aus Wideras Brust zu ziehen. Aber es steckte zu fest und ihr fehlte die Kraft. Caldes stand nicht weit von ihr entfernt, es war möglich für sie, ihm mit dem Schwert die Hand abzuschlagen oder zumindest dafür zu sorgen, dass er den Drachenkopf fallen ließ. Diese Gelegenheit durfte Shira nicht ungenutzt lassen. Da sie zu schwach war, um das Schwert herauszuziehen, behalf sie sich mit einem Zauber. Dieser löste die Klinge, sodass Shira sie ohne Mühe an sich nehmen konnte. Aber der Zauber hatte sie zusätzlich geschwächt, und sie musste dagegen ankämpfen, die Besinnung zu verlieren.

Caldes hatte seine Wahl getroffen. Es war Aminar, der gerade in die Luft stieg, als Shira die Klinge gegen Caldes' Hand schlug. Der Schlag war nicht kräftig genug, um ihm die Hand abzutrennen, aber es reichte, um eine tiefe Wunde zu verursachen und seine Sehnen zu durchtrennen. Der goldene Drachenkopf fiel auf den Boden und rollte unter die Trümmer der Säulen.

Caldes drehte sich sogleich um und sah Shira an, die wieder auf dem Boden lag. Wütend entriss er ihr mühelos das Schwert. Er hielt es über ihr, bereit, zuzustoßen. »Das war ein Fehler«, sagte er.

Er wollte gerade zustechen, als Dracon die Worte des verbotenen Zaubers aussprach. »Morvi ca ven, Caldes.«

Als Caldes die Worte vernahm, blickte er zu Dracon und stieß ein kurzes, fassungsloses Lachen aus, dann sackte er zusammen und blieb reglos liegen.

Die Zauber, mit denen die Oberen belegt waren, lösten sich, und Aminar fiel unsanft zu Boden. Casto ging sogleich zu seinem Bruder. Er betrachtete ihn mit einem traurigen Blick, der dann aber einem zornigen Gesichtsausdruck wich. Er hob sein Schwert und stach es Caldes durch dessen bereits verstummtes Herz. Er wollte kein Risiko eingehen und ließ das Schwert stecken. Dann erst wandte er sich Shira zu.

Casto nahm ein kleines Fläschchen aus seiner Hosentasche und öffnete es. »Es ist nicht viel, aber es sollte reichen«, sagte er und träufelte ihr die silberglänzende Flüssigkeit in den Mund. Die Wunde begann langsam zu heilen, und sie kam wieder zu sich. Als sie sich wieder aufrichten konnte, rannte sie zu Dracon.

Drognor und Aminar standen neben ihm, und Diggto hatte das Trümmerstück, das Dracons Bein einklemmte, bereits entfernt. Shira schob Drognor und Aminar zur Seite und kniete sich neben ihn. Er hatte die Augen geschlossen. Seine Atmung war so schwach, dass die Bewegung seines Brustkorbs nicht zu sehen war, und Shira glaubte, er sei tot.

»Warum hast du das getan? Du hast gesagt, du würdest das Risiko nicht eingehen. Warum hast du es doch getan?«, schrie sie wütend, während ihr Tränen über das Gesicht liefen. »Bitte, wach auf. Bitte, wach wieder auf«, murmelte sie verzweifelt.

Drognor und Aminar standen schweigend hinter ihr. Drognor senkte bedauernd den Kopf und wollte sich gerade abwenden, als Dracon schließlich die Augen öffnete.

»Ist er tot?«, fragte er mit leiser Stimme.

Shira lächelte. »Ja, ist er.« Dann schlug sie ihm mit der flachen Hand ins Gesicht.

»Womit habe ich das verdient?«, fragte Dracon etwas überrascht.

»Das war dafür, dass du den verbotenen Zauber angewandt hast. Was sagtest du noch? Das würdest du niemals machen?«

»Die Umstände haben mich dazu gezwungen.«

»Du hättest auch jeden anderen Zauber verwenden können, schließlich hat der goldene Drachenkopf ihn nicht mehr geschützt«, warf Shira ihm vor.

»Es schien mir die beste Lösung zu sein.«

Aminar grinste. »Es ist schon erstaunlich, dass dir gerade dieser Zauber im Gedächnis bleibt, wo du doch sonst alles vergisst.«

»Ihr solltet dankbar sein, statt mich zu kritisieren.«

Casto hatte den goldenen Drachenkopf aus den Trümmern geborgen und betrachtete ihn fasziniert. Als Shira sah, dass er ihn in der Hand hielt, ging sie zu ihm und versperrte Dracon dabei die Sicht. Sie befürchtete, die magische Reliquie könnte wieder Besitz von Dracon ergreifen, wenn er sie sehen würde. Sie nahm den goldenen Drachenkopf wieder an sich und ließ ihn in ihren Lederbeutel an ihrem Gürtel verschwinden.

Dracons Kräfte kehrten langsam zurück, und er richtete sich auf, ging er zu Caldes und kniete sich neben ihn. Unter den verwunderten Blicken der Oberen saß er einfach da und starrte in die gelben, toten Augen von Caldes. Dann schaute er auf Caldes' Hals. Er trug das Amulett. Dracon nahm es in die Hand und riss ihm die Kette vom Hals. »Das gehört mir«, sagte er.

Er stand wieder auf und starrte Caldes weiterhin an. Dracon konnte es kaum fassen. All die Jahre hatte er sich gefragt, wie es zu Ende gehen würde, und nun lag Caldes vor ihm und war tatsächlich tot. Dracon spürte eine unglaubliche Last von sich fallen, aber er konnte sich kaum darüber freuen. Er hatte immer gewusst, dass es ihn viel kosten würde, Caldes zu besiegen, doch hatte er dabei immer gehofft, dass es sein eigenes Leben wäre. Seine Mutter zu verlieren, hatte ihn schwer getroffen, auch wenn er sich das bisher nicht hatte anmerken lassen. Ohne sich zu bewegen, hielt er das Amulett in der Hand, während er an seine Mutter dachte.

»Was ist das?«, fragte Aumora. Sie stand direkt neben ihm und riss ihn aus seinen Gedanken.

»Was meinst du?«, wollte Dracon wissen.

»Das, was du da in der Hand hältst«, sagte Aumora.

Dracon blickte auf seine geschlossene Hand, dann öffnete er sie, und das Amulett kam zum Vorschein. Dracon betrachtete es nachdenklich. »Es ist ein Geschenk von einer Freundin«, erklärte er schließlich. Dracon verzichtete auf weitere Erklärungen, es war besser, wenn niemand wusste, was dieses Amulett für Kräfte besaß.

Aumora sah ihn skeptisch an. Sie schien zu ahnen, dass mehr dahintersteckte. »Warum hat Caldes es getragen?«, wollte sie wissen.

»Er hat es mir gestohlen.«

»Das erklärt nicht, warum er es selbst getragen hat.«

»Woher soll ich das wissen. Vielleicht war es für ihn eine Art Trophäe«, erwiderte Dracon genervt.

Aumora war mit dieser Antwort unzufrieden, verzichtete aber auf weitere Fragen.

***

Nur wenige Tage später wurde Dradonia zurückerobert. Tarina wurde bei diesem Kampf getötet. Sclavizar kämpfte an ihrer Seite, doch anders als sie flüchtete er, als die Niederlage in Aussicht war. Er entkam und ward nicht mehr aufzufinden. Die Mankuren, die sich Caldes angeschlossen hatten, wurden festgenommen, nur diejenigen, die mit dem Loyalitätszauber belegt worden waren, wurden begnadigt. Doch da sie ihren Schwur, das Land mit ihrem Leben zu schützen, gebrochen hatten, wurden sie aus dem Dienst der herrschaftlichen Armee entlassen.

Die Stadt Dradonia hatte nur wenig Schaden genommen, und die Bewohner, die nach Nimbal geflüchtet waren, kehrten zurück. Casandra und ihre Familie entschieden sich, in Dradonia zu bleiben und nicht nach Hastem zurückzugehen, genauso wie Agriem, der gemeinsam mit Frasir und Alesa zurück nach Dradonia gekomen war. Auch die anderen Menschen, die vor einigen Wochen Zuflucht bei den Mankuren gesucht hatten, blieben nun für immer dort. Und genau wie die anderen Häuser wurden auch die der Menschen mit Bildern verziert, die jedem, der sie ansah, ihre Geschichte erzählten. Sie erzählten von den Menschen, die einst nach Dradonia kamen, um Schutz zu suchen. Die zuerst die Mankuren verachteten und sich dann mit ihnen anfreundeten. Um Seite an Seite mit ihnen gegen Caldes und seine Armee zu kämpfen.

***

Es war beinahe Vollmond, als Lynea den Oberen und deren Kindern in der Festung des Lichts gegenübertrat und den goldenen Drachenkopf zurückforderte. Ihre Erscheinung war nicht weniger faszinierend als die von Nevim. Auch sie hatte eine blasse, formlose Gestalt, von der nur ihr

Kopf beständig zu sein schien. Doch im Gegensatz zu Nevim hatte sie keine spitzen Ohren, und ihre pupillenlosen Augen wirkten freundlich. Nachdem Shira ihr den goldenen Drachenkopf überreicht hatte, bot sie Dracon an, das Erbe seiner Mutter anzutreten und ihn zu einem der Oberen zu ernennen. Doch er lehnte dieses Angebot ab. So wurde Terron zum Oberen ernannt, ebenso wie Antaro, der Wideras Platz einnahm.

EPILOG

Es war Sommer, drei Tage, bevor das Elitendrium begann. Drognor ging in die Kammer der Hoffnung. Beinahe ein Jahr nachdem Caldes getötet worden war, wollte er sich die Prophezeiung noch einmal ansehen. Er hatte gerade die Liste der Teilnehmer für das diesjährige Turnier fertiggestellt. Dabei hatten ihn die Erinnerungen an das Vorjahr ereilt.

Mit einem guten Gefühl betrat er den kleinen Raum, in dessen Mitte sich der Altar befand, auf dem immer noch die Prophezeiung lag. Langsam ging er darauf zu und wollte gerade den Zauber aussprechen, der das Kraftfeld verschwinden ließ, das die Prophezeiung und das Mytricrom schützte. Doch dann fiel sein Blick auf die Säule hinter dem Altar, auf der das Mytricrom liegen sollte. Es war verschwunden.

Drognor traute seinen Augen kaum. Er war so schockiert, dass er vergaß, das Kraftfeld zu lösen, und dagegenlief. Mit einem lauten Knall flog er ein Stück nach hinten und prallte unsanft auf den Boden. Verärgert über sich selbst stand er wieder auf und ließ das Kraftfeld verschwinden. Er ging zu der Säule und tastete die Oberfläche ab, als wäre das Buch nur unsichtbar. Allerdings musste er feststellen, dass es tatsächlich verschwunden war.

Er begab sich in den Saal der Säulen und rief die Oberen. Auch Xendra, Shira, Dracon und Antaro wurden aufgefordert, in den Saal zu kommen. Es war bereits spät am Abend, und alle Anwesenden waren gespannt, was Drognor ihnen zu dieser späten Stunde mitzuteilen hatte. Als sie erfuhren, dass das Mytricrom verschwunden war, waren sie entsetzt, denn der Dieb musste einer von ihnen sein.

»Niemandem, außer den Anwesenden, ist es möglich, die Kammer der Hoffnung zu betreten, geschweige denn, den Schutzzauber zu lösen«, sagte Drognor und blickte Shira an.

Sie stand zwischen Dracon und Casto. »Warum siehst du mich an?«, fragte sie.

»Bevor du zu uns gestoßen bist, war das Mytricrom noch da«, sagte Drognor in einem abfälligen Ton.

»Das ist doch lächerlich«, verteidigte sich Shira wütend.

»Nimm es dir nicht so zu Herzen. Unsere Familie hat nicht den besten Ruf, du wirst dich daran gewöhnen müssen, immer als Erste beschuldigt zu werden«, sagte Casto gelassen.